suhrkamp taschenbuch 656

An keine Programme und Institutionen gebunden, brauchte Hesse nirgends vorsichtig zu sein und diplomatische Rücksichten zu nehmen, sondern konnte ohne jeden Vorbehalt, mit gutem Gewissen, die Dinge bei ihrem wirklichen Namen nennen. Das gibt den politischen Stellungnahmen Hesses ihre kompromißlose Brisanz und die immer wieder verblüffende Möglichkeit, schon lange vor den politischen Katastrophen ihre entscheidenden Kausalitäten und Antriebe zu durchschauen und auf den einfachsten Nenner zu bringen. Doch immer sind diese Schriften mehr als Protest und Entrüstung, »mehr als das Vergnügen, einem gelegentlichen Wutausbruch nachzugeben«. Sie ermuntern zum Bau einer besseren Zukunft, indem sie Gegenkräfte mobilisieren und zwischen den ideologisch verhärteten Fronten Alternativen erkennbar machen; Alternativen, die »nicht durch Verzicht auf Persönlichkeit, sondern nur durch deren höchste Entwicklung« erreichbar sind.

»Ein grandioses Zeugnis der Zeitgeschichte!«

Der Tagesspiegel, Berlin

Die Frage, ob Gewalt zur Durchsetzung eines höheren und allgemeinen Rechtes erlaubt, ja nötig sei und worin dieses bestehe, haben die deutschen Terroristen nach Herbert Marcuse, nicht nach Hermann Hesse beantwortet. Hier scheiden sich die Geister auch in Zukunft. Wie diese Unterscheidung in öffentlicher, politischer oder fiktionaler Sprache verlautet werden kann, dafür gibt es auf den tausend Seiten der »Politik des Gewissens« zahlreiche und beeindruckende Beispiele ... Erstaunlich auch die klare Sprache, die in allen Tönen sachbezogen bleibt, ohne an Leidenschaft zu verlieren. Es dürfte wenige deutschsprachige Autoren des 20. Jahrhunderts geben, die die Zeichen der Zeit so sicher erkannt und so deutlich ausgesprochen hätten.

Bernhard Gajek in »Schweizerische Monatshefte«

Hermann Hesse
Politik des Gewissens

Die politischen Schriften
1933-1962

Vorwort von Robert Jungk
Herausgegeben von Volker Michels

Zweiter Band

Suhrkamp

suhrkamp taschenbuch 656
Erste Auflage 1981
Revidierter und erweiterter Nachdruck
der 1977 erschienenen Erstausgabe

Satz: LibroSatz, Kriftel
Druck: Ebner Ulm · Printed in Germany
Umschlag nach Entwürfen von
Willy Fleckhaus und Rolf Staudt

Zweiter Band
1933-1962

Du hast recht, daß wir gegen den Staat und ähnliche Mächte wehrlos sind. Aber Du hast nach meiner Meinung vollkommen unrecht, wenn Du daraus den Schluß ziehst, wir müßten darauf antworten, indem wir »skrupellos« uns wehren. Gerade das, Heiner, dürfen wir nicht: über die Welt schimpfen, weil sie skrupellos ist, und selber ebenso skrupellos sein. Grade das ist unser Vorrecht und unser Adel, daß wir Skrupel haben, daß wir nicht alles für erlaubt halten, daß wir das Hassen und Töten und alle übrige Sauerei nicht auch noch mitmachen. Hier fängt jede Kultur an, jede Beseelung des an sich viehischen Lebens, auch jede Möglichkeit zur Kunst, zur Religion, zu allem geistigen Wert. Die ruppige Gebärde des »Ich scheiße auf das alles« ist nicht erst von Euch erfunden worden, sie ist in der Geschichte schon hundertmal dagewesen, man kann sie dulden, man kann sie verstehen als Reaktion schwacher und unerzogener Menschen auf grausame Übermacht – aber billigen und richtig finden kann man sie nicht.

(Aus einem Brief vom Januar 1933 an seinen Sohn Heiner)

Nein, ich kann Deine Auffassung vom Geldverdienen etc. etc. zwar nicht bekämpfen, denn ich bekämpfe andrer Menschen Meinungen nicht, aber ich muß sie für mich ganz und gar ablehnen. Und was das betrifft, daß ich gesagt habe, ich bemühe mich, meine Bücher immer mehr der Massenverbreitung und dem »Erfolg« zu entziehen, so hast Du das nicht sehr genau geprüft. Zum Beispiel, daß die »Morgenlandfahrt« für ganz wenige ist, sich der Masse vollkommen verschließt und mir infolgedessen auch nichts einbringt, das ist eine meiner Praktiken, mit denen ich meine Stellung zum Geld, zum Gelderdienen und zur Mechanisierung des Lebens zum Ausdruck bringe, und ich habe nicht im Sinn, jemals meine Freunde für diese Praktiken vorher oder nachher um ihre Billigung zu bitten. Übrigens bist Du nicht konsequent: Sobald der Gedanke auftaucht, mir die Bestehlung durch deutsche Finanzämter nicht mehr gefallen zu lassen und in der Schweiz, die meine Heimat ist und deren Bürger ich bin, künftig zu verlegen – da mahnst Du plötzlich den Hesse an ideale Pflichten und findest, das dürfe ein Seifenfabrikant, aber nicht ein Hesse. Ich habe diese zweierlei Moral nicht gern und nehme sie nicht ernst. Sie hat in Euren Weltkrieg geführt und wird zum nächsten führen, und wird von mir nicht mitgemacht werden, auch wenn die Welt mich dafür verrecken läßt. [. . .]

Sei mir nicht böse Geheeb, und verstehe es nicht falsch wenn ich dir sage, daß deine Worte (die »Predigt«) mich enttäuscht und mir weh getan haben, nicht an sich, sondern weil sie von dir kamen, von einem Freund, von einem der paar Leute, bei denen ich mich, wenn nicht gebilligt, so doch verstanden glaubte. Das versurrt wieder, es gibt Schlimmeres, aber wir wollen jene Fragen vorerst unberührt lassen. Ihre gründliche Erörterung würde auch zu einer Erörterung über Dinge führen, die dir nicht angenehm wäre mit mir zu erörtern, und auch ich möchte das vermeiden, ich meine das Politische. Ich habe in Deutschland noch X Freunde, mit denen ich gut Freund geblieben bin, mit denen aber vorerst diese Fragen zu erörtern unmöglich ist. Die meisten stehen noch zögernd vor Fragen, die sich für mich schon anno 1915 und 16 aufs Grellste und für immer entschieden haben.

(Aus einem Brief vom 26. 1. 1933 an Reinhold Geheeb)

Das Konsequenteste wäre, daß Hitler sein Volk nochmals in einen Krieg reitet und trompetet und dabei nochmals bis zum Verbluten verhauen wird.[1]

(Aus einem Brief, 1933, an Alice Leuthold)

Ich mag Ihnen keine Predigten halten zu Ihrem lieben Brief. Ich war auch einmal jung, und auch für mich hatte das Wort »kämpfen« einen jubelnden und edlen Klang – im Jahr 1914 zwang mich die Welt, darüber einige Jahre lang gründlich nachzudenken. Das »Kämpfen« ist aber gerade das, was Sie trotz andrer Formulierungen mit den Nazis etc. verbindet.

Der Abendländer, und besonders seine dümmste und wildeste, kriegerischeste Form, der »faustische Mensch« (das heißt: der Deutsche, der aus seinen Inferioritäten durch Maulaufreißen Tugenden gemacht hat) – also der Abendländer liebt und lobt das Kämpfen sehr, Raufen ist ihm Tugend, und das hat ja etwas infantil Hübsches und Rührendes. Solang Bauernsöhne aus Überfluß an Drang und Blut einander verhauen oder hie

1 Am 30. 1. 1933 war Hitler vom Reichspräsidenten Hindenburg zum deutschen Reichskanzler berufen worden.

und da auch zu Tod hauen, ist es ein hübscher Kindersport. Aber schon wenn organisierte Horden das gleiche tun (siehe Nazi), sieht es unangenehmer aus. Die schlimmste Form des »Kämpfens« aber ist die staatlich organisierte, wie sie damals anno 14 losbrach, und die dazugehörige Philosophie des Staates, des Kapitals, der Industrie und des faustischen Menschen, dessen Erfindung diese Dinge sind.

(Aus einem Brief vom 4. 2. 1933 an Anni Rebenwurzel)

Im letzten (wundervollen) Buch von Martin Buber (es heißt »Kampf um Israel«[1]) wurde ich dieser Tage an eine Geschichte aus dem Alten Testament erinnert, an die ich seit Jahren nicht mehr gedacht hatte, und die eine wunderbare Illustration zu dem Gedanken ist, daß es einzig auf Qualität und Intensität, gar nicht auf Zahl und Quantität ankommt. Es ist die Geschichte vom Feldherrn Gideon, der gegen die Feinde über ein Heer von zehntausend Mann verfügte, und der im Gegensatz zu allen andern Generälen sein Heer nicht zu vergrößern suchte, sondern es einmal ums andremal verkleinerte, bis bloß noch 300 übrig waren, mit denen hat er dann gekämpft und gesiegt.

So denke ich mir: wenn ein Autor wie ich zehn, oder fünf, oder zwei Menschen findet, die infolge seiner Schriften ihr Leben ändern, ihren Willen zum Guten stärken und aus ihrem Herzen heraus der zerfallenden Welt, einen neuen Halt zu geben suchen, so wiegt das 100 000 Leser auf, denen die Lektüre bloß eine Angelegenheit des Genusses und der Bildung ist. Der Knabe in meinem Gedicht zur Morgenlandfahrt,[2] der sich von Don Quichotte zum Kreuzritter schlagen läßt, ist in diesem Sinn gemeint.

(Aus einem Brief vom 20. 2. 1933 an Helene Welti)

Im Augenblick stehen für uns, soweit wir vor Schnupfen und Grippe dazu kommen, die Sorgen zuvorderst, die uns der Ausbruch des weißen Terrors in Deutschland bringt. Es ist für mich wieder Krieg, es wird wieder Feindschaft, Verarmung, Anpöbelei etc. jeder Art geben – und auch das ist noch nicht

1 Martin Buber, »Kampf um Israel«, Schocken Verlag, Berlin, 1932.
2 Vgl. H. Hesse, »Die Gedichte«, Frankfurt a. M., 1977, Bd. 2, S. 605.

das Drückende, sondern im Moment steht die Sorge um alle die Freunde und Kollegen voran, die jetzt verhaftet, verprügelt, vielleicht totgeschlagen sind. Den ersten Flüchtling erwarten wir dieser Tage, einen Leipziger Sozialisten. Wem von diesen Leuten es gelingt, über die Grenze zu fliehen, der steht mittellos und verlassen da, es wird jetzt wieder eine Menge solcher Flüchtlinge geben.

Für mich ist die Lage nur insofern etwas leichter als im Krieg, als ich heut von Anfang an genauer weiß, wo ich stehe, und die Phrasen von rechts und links nicht mehr erst nehme. Dafür bin ich auch älter und mutloser. Nun, vielleicht überlebt man auch dies. Die Periode der absoluten Brutalität und Verfolgung des Geistes wird ja bestimmt vorübergehn.

(Aus einem Brief vom März 1933 an Josef Bernhard Lang)

Absage[1]

(1933 als Antwort an Freunde auf Anfragen, warum ich mich nicht auf die Seite der Kommunisten stelle)

Lieber von den Faschisten erschlagen werden
Als selbst Faschist sein!
Lieber von den Kommunisten erschlagen werden
Als selbst Kommunist sein!
Wir haben den Krieg nicht vergessen. Wir wissen,
Wie das berauscht, wenn man Trommel und Pauke rührt.
Wir sind taub, wir werden nicht mitgerissen,
Wenn Ihr das Volk mit dem alten Rauschgift verführt.
Wir sind weder Soldaten noch Weltverbesserer mehr,
Wir glauben nicht, daß ›an unserem Wesen
Die Welt müsse genesen‹.
Wir sind arm, wir haben Schiffbruch gelitten,
Wir glauben alle die hübschen Phrasen nicht mehr,
Mit denen man uns in den Krieg gepeitscht und geritten.–
Auch die Euren, rote Brüder, sind Zauber und führen zu Krieg und Gas!

Auch Eure Führer sind Generäle,
Kommandieren, schreien und organisieren.
Wir aber, wir hassen das,
Wir trinken den Fusel nicht mehr,
Wir wollen Herz und Vernunft nicht verlieren,
Nicht unter roten noch weißen Fahnen marschieren.
Lieber wollen wir einsam als ›Träumer‹ verderben
Oder unter Euren blutigen Bruderhänden sterben,
Als irgend ein Partei- und Machtglück genießen
Und im Namen der Menschheit auf unsre Brüder schießen!

Ich kenne den Ruf, der uns zur Masse und zum aktuellen Mitkämpfen ruft, sehr gut, und bin mehrmals nahe daran gewesen, ihm zu folgen. Bei der deutschen Revolution war ich

1 Anmerkung Hesses: »Geschrieben Anfang März in schlafloser Nacht auf einer Reise. In dieser Form nicht brauchbar, nur einigen Freunden mitgeteilt.«

ohne Vorbehalt auf seiten der Revolution, und meine drei Söhne[1] sind, soweit ich dazu beitragen konnte, über die Zustände in der Welt durchaus im sozialistischen Sinn aufgeklärt. Außerdem habe ich Freunde überall in der Linken, und nahe Freunde gerade bei der deutschen Linken. Die Betten sind auch bei mir gerüstet, und ich erwarte morgen den ersten aus Deutschland entkommenen Gast.[2]

Etwas anderes aber ist meine Einsicht in die Ungerechtigkeit der Zustände und meine Auffassung über die Änderung derselben. Ich habe den Krieg 1914-1918 so intensiv und bis zur Vernichtung erlebt, daß ich seither über eines vollkommen und unerschütterlich im klaren bin: daß ich, für meine Person, jede Änderung der Welt durch Gewalt ablehne und nicht unterstütze, auch nicht die sozialistische, auch nicht die scheinbar erwünschte und gerechte. Es werden immer die Falschen totgeschlagen, und auch wenn es die Rechten wären: an die bessernde und entsühnende Kraft des Totschlagens glaube ich nun einmal nicht und sehe in der Zuspitzung der Parteikämpfe zum Bürgerkrieg zwar wohl die Kraft des Entschlusses, die moralische Spannung des »Entweder-Oder«, aber ich lehne die Gewalt ab. Die Welt ist krank an Ungerechtigkeit, ja. Sie ist noch viel mehr krank aus Mangel an Liebe, an Menschentum, an Brudergefühl. Das Brudergefühl, das dadurch genährt wird, daß man zu Tausenden marschiert und Waffen trägt, ist mir sowohl in der militärischen wie revolutionären Form nicht annehmbar.

Das gilt für mich, für meine Person. Ich lasse jedem andern seinen Entschluß, ich erwarte nur, falls er mich kennt, daß er meine Haltung als für mich notwendig, oder doch als von mir wohl begründet und verantwortlich anerkenne. Wunderlich war mir z. B. in dem, was Sie damals über mich gesagt haben

1 Die drei Söhne H. H.'s: Bruno, geb. 9. 12. 1905; Heiner, geb. 1. 3. 1909; Martin, geb. 26. 7. 1911, gest. 14. 10. 1968.

2 Heinrich Wiegand (1895-1934), Lehrer, Pianist, Kabarettist, Kritiker, Mitarbeiter der »Frankfurter Zeitung«, des »Berliner Tageblatts«, der »Neuen Rundschau«, der »Literarischen Welt« und Herausgeber der sozialistischen Arbeiterzeitung »Kulturwille«. Wiegand war nach seiner Flucht aus Deutschland bei Hesse vom 20. 3. bis 2. 4. 1933 zu Gast. In sein Tagebuch notierte Wiegand am 20. 3. 1933: »Am nächsten Tag mit Hesse über das ›Glasperlenspiel‹ gesprochen. Er: ›Ich kann nicht mehr. Ich gehöre nicht in das Haus hier. An die Wand und erschossen. In den Wald . . .‹«

sollen, die Zusammenstellung mit Thomas Mann. Th. Mann ist mit mir befreundet, und die wenigen Male, wo er mit mir auf Soziales zu sprechen kam, stand er, bei aller intellektuellen Billigung des Sozialismus, mit dem Herzen so unendlich viel weiter rechts als ich, war in seinem gepflegten feinen Wesen so unangegriffen vom klaffenden Riß in der Welt, daß es mich schauderte, denn ich habe ihn aus andern Gründen sehr gern.

Ich habe auch meinen Weg und meine Wandlungen hinter mir. Es ist vielleicht der Weg eines Don Quichote, jedenfalls ist es der eines Leidens und Sichverantwortlichwissens, er hat mir ein sehr empfindliches Gewissen gegeben, das begann (vorher war es harmlos) im Jahr 1914, und wenn ich heute bewußter als je der Alleinstehende und »Träumer« bin, so bin ich es bewußt, und sehe nicht bloß einen Fluch, sondern auch ein Amt darin. Ich habe freilich auch meine Art von Gemeinschaft und von Sozialität. Ich bekomme im Jahr viele tausend Briefe, alle von jungen Menschen, die meisten unter 25, und sehr viele suchen mich auch selber auf. Es sind fast ohne Ausnahme begabte oder schwierige Junge, bestimmt zu einem überdurchschnittlichen Maß von Individuation, verwirrt durch die Etikettierungen der normierten Welt. Manche sind pathologisch, manche so prachtvoll, daß auf ihnen mein ganzer Glaube an den Fortbestand eines deutschen Geistes beruht.

Für diese Minorität von zum Teil gefährdeten, aber lebendigen jungen Geistern bin ich weder Seelsorger noch Arzt, es fehlt mir jede Autorität und auch jeder Anspruch dazu, aber ich stärke, soweit meine Einfühlung reicht, jeden einzelnen in dem, was ihn von den Normen trennt, suche ihm den Sinn davon zu zeigen. Ich rate keinem ab, sich einer Partei anzuschließen, sage aber jedem, daß, wenn er es zu jung tut, er Gefahr läuft, nicht bloß das eigene Urteil zu verkaufen gegen die Annehmlichkeit, von Genossen umgeben zu sein, sondern (der Satz wurde durch Besuch unterbrochen, ich beginne neu:) sondern ich weise jeden, auch meine Söhne, vor allem darauf hin, daß Zugehörigkeit zu Programm und Partei kein Spiel sein darf, sondern volle Gültigkeit haben muß, daß also, wer sich auf Revolution einläßt, nicht bloß selber mit Leib und Leben seiner Sache zur Verfügung stehen, sondern auch zum Töten, zum Schießen, zum Maschinengewehr und Gas entschlossen und fähig sein muß. Ich gebe jungen Menschen, zumal meinen Söhnen, oft die Literatur der revolutionären Linken zu lesen, aber wenn darüber gesprochen wird, und das übliche verantwortungslose Schimpfen auf den Bürger, den Staat und den Faschismus losgeht (die ich natürlich alle zum Teufel wünsche), dann erinnere ich an die Gewissensfrage: daß man bereit zum Töten sein muß, und nicht bloß zum Töten von solchen, die man als Verbrecher kennt und haßt, sondern zum Blindlings-Töten, zum Schießen in Massen. Meinerseits bin ich dazu nicht bereit, unter keinen Umständen, und bin darin Christ, daß ich im Notfall durchaus das Getötetwerden dem Töten vorziehe, aber ich habe nie einen andern, auch nicht meine Söhne, beim Entscheid in dieser letzten Gewissensfrage irgend zu beeinflussen gesucht.

Ich erwarte in einer Stunde einen bekannten antifaschistischen Autor,[1] und morgen den ersten Flüchtling aus Deutschland. Die Wellen reichen auch hierher, ich kann mich ihnen beinahe ebenso wenig entziehen wie anno 14. Nur bin ich meines persönlichen Gewissens jetzt sicherer. Damals machte der Gedanke, daß meine Freunde im Feld stehen und auf sich schießen lassen, während ich nicht dabei sei, immerhin Unruhe, so sehr, daß ich oft nahe daran war, mich der nächsten deutschen Behörde zu stellen mit dem Verlangen: »ich verdamme und verfluche euren Krieg, aber ich will nicht am Leben bleiben: bitte schießt mich tot!« Das war, naiv formuliert, etwa der Stachel, der mich damals plagte. Ich bekam dann auch allerlei auszufressen, und stand von 1916 an vollkommen allein, für die Patrioten ein Schwein, für die Revolutionäre ein rückständiger Bürgerlicher. Ein letztes Mal mußte ich das alles durchprüfen während der deutschen Revolution, als mir dort eine Tätigkeit angeboten wurde. Bei aller Sympathie für Landauer[2] etc. blieb ich beiseite. Da stehe ich noch immer, und von Ihnen aus gesehen ist das vielleicht Stagna-

1 Bertolt Brecht; vgl. hierzu auch »Hermann Hesse. Leben und Werk im Bild«, hrsg. von Volker Michels, Frankfurt/Main, 1973, S. 181; und »Materialien zu H. H.'s ›Das Glasperlenspiel‹«, Band I, Frankfurt/Main, 1973; S. 35.

2 Gustav Landauer (1870-1919), Philosoph, Literaturwissenschaftler und sozialistischer Politiker, Beauftragter für Volksaufklärung der Münchner Räteregierung, 1919 ermordet. Für ihn hat sich Hesse in zahlreichen Briefen und Rezensionen immer wieder eingesetzt.

tion, für mich war und ist es von Tag zu Tag Leben, Wandlung und Prüfung.

(Aus einem Brief ca. Mitte März 1933 an R. J. Humm)

Ich möchte an Ihrer Begeisterung für Deutschland nicht herumkritisieren. Sie sagen ja auch selbst: das Volk sei dazu da, fröhlich zu sein und sich um den Geist nicht zu kümmern, während der Geist da ist, um aus dem Volk heraus zu blühen und dann schnell abzuwelken.

Aber deswegen ist es dennoch die Aufgabe von uns Geistigen, auf der Seite des Geistes zu stehen, und nicht mitzubrüllen, wo das Volk die ihm von seinen Führern befohlenen Hymnen singt. Ich stehe heut und stehe immer bei denen, die an der Mauer stehen und erschossen werden, und nicht bei den Schießenden. Und die Begeisterung über Deutschlands plötzlich entdeckte Größe wird wieder zu Krieg und Blut führen, und ist der Begeisterung vom Jahr 14 zum Verwechseln ähnlich. Ich will Ihnen die Freude nicht verderben, freuen Sie sich über das Hübsche, das diese Sache mit sich bringt, und lieben Sie Ihr Volk, auch wenn es Phrasen singt und hohle Ideale anbetet. Aber ich bitte Sie sehr, machen Sie nicht für Hitler und die deutsche Diktatur Propaganda! Sie dienen damit dem nächsten Krieg und einem verschärften Klassenkampf, wenn Sie in der Schweiz so sehr für Hitler schwärmen.

Als ich Ihnen Anfang März das Gedicht schickte, in dem ich sowohl den Kommunisten wie den Faschisten absage, da haben Sie mir in einem Brief herzlich zugestimmt. Heute stehen Sie bei den Faschisten. Sie tun es aus Liebe für Ihr Volk, und weil Sie einige hübsche ländliche Feste gesehen haben. Aber Sie sehen nicht, welche Mächte dahinter stehen. Sie sind eine alte Patriotin und sind die Tochter des alten Draufgängers und Patrioten [. . .] Aber verwirren Sie nicht harmlosen Menschen die Köpfe durch Ihre Hymnen auf Hitler! Sie haben weder die deutschen Gefängnisse gesehen noch die ungeheure Not, die überall herrscht. Hitler hat es fertiggebracht, daß die Deutschen jetzt nicht mehr über Bankrott und Arbeitslosigkeit klagen, sondern statt dessen über die Franzosen schimpfen und solchen Dreck singen wie ihr Wessel-Lied – aber der Bankrott und die Arbeitslosigkeit und das alles ist nach wie vor da, es hat sie niemand weggezaubert, man spricht nur im

Augenblick in Deutschland nicht davon, weil man sonst sofort ins Gefängnis kommt. Die Deutschen brauchen nicht viel Freiheit, sie sind geborene Diener und Soldaten – aber so wenig Freiheit wie jetzt, das ist für kein Volk gut.

Ich lehne es ab, mit Ihnen darüber zu diskutieren, ich kenne alles auswendig, was Sie mir zu erwidern haben. Ich schätze und liebe auch Ihre Begeisterung! Aber glauben Sie uns, die diese Dinge bis aufs Blut durchlebt und durchlitten haben, daß wir darüber keine Aufklärung mehr brauchen. Und bitte, helfen Sie nicht dazu, daß auch in der Schweiz die braunen Hemden eingeführt werden. Sonst können Sie es bald erleben, daß unter dem Jubel des Volkes ich und andre Ihrer Freunde an der Mauer stehen und erschossen werden. Und das würde Ihnen dann doch ein wenig leid tun.

(Aus einem Brief vom 19. 3. 1933 an eine Leserin)

Zu den deutschen Ereignissen habe ich nichts zu sagen, ich beteilige mich an der Politik nicht. Aber daß jede Form von Terror mir noch fremder und noch mehr zuwider ist als es ohnehin schon alles Machtstreben, Organisieren, Schreien und Befehlen ist, können Sie sich ja denken. Ich bezweifle nicht am Idealismus vieler junger Patrioten, aber ich finde, es wiederholen sich ganz genau alle Erfahrungen des Jahres 1914: namentlich die Bekenntnisse und Aufrufe der servilen deutschen Intellektuellen und Professoren sind genau dieselben wie damals, ebenso die Haltung der Presse.

(Aus einem Brief, 1933, an Alfred Kubin)

Soweit Kultur nur Lebensform der Massen, und soweit sie nur Mode ist, mag man ihr Prognosen stellen, soweit sie aber Schöpfung und Geist ist, vollzieht sie sich innerhalb einer ganz kleinen Minderheit und wird sich erst, wenn Spätere auf sie zurückblicken, scheinbar in ein Kausalsystem einreihen lassen.

(Aus »Der Bücherwurm«, Dachau/Berlin, vom März 1933)

Ihre Pläne, nach Deutschland zu gehen, scheinen uns im Augenblick nicht sehr klug, es geht dort drunter und drüber, Gewalt herrscht. Ich halte eine Revolution noch lange für aussichtslos und hoffe, die Opposition bleibe vorerst still, es gäbe nur unnützes Blut.

(Aus einem Brief vom 19. 3. 1933 an Emmy Ball)

Das deutsche Pogrom gegen den Geist trifft natürlich mich wie alle. Unser Gastbett ist von einem geflohenen Leipziger Kollegen besetzt, andre werden rasch folgen, dieser Tage kommt auch Thomas Mann. Die sind wenigstens alle am Leben, wenn auch zum Teil ohne Brot und ohne Pfennig, viele andre sind totgeschlagen, andre eingesperrt, viele vergewaltigt und wie von Henkersknechten gefoltert. Schlimm werden die Früchte davon sein! Denn natürlich wird der deutsche Faschismus, wenn auch vielleicht erst in 10 oder 20 Jahren, einmal wieder gestürzt, von denselben Bolschewisten, die er jetzt zu Märtyrern und Helden macht. Und dann wird es mit der Rache übel zum Himmel stinken. Denn leider ist Hitler doch nicht so dumm, daß er das täte, was die rascheste Erledigung wäre: einen Krieg provozieren, und sich vom Ausland nochmals ganz und gar verhauen und besiegen zu lassen.

Mitten in diesen Tagen, die für mich eine ganz ungeheure Last, und eine Wiederholung des Krieges (mit unendlich vermehrtem Wissen und Mitleben) bedeuten, kam, wie das manchmal so geht, auch plötzlich etwas Hübsches und Freundliches daher: ein Briefchen von André Gide. Er gehört zu den ganz wenigen weltberühmten Autoren von heute, aus denen ich mir etwas mache, ich liebe und verehre ihn sehr. Nun schreibt er mir: er fürchte, es könnte einer von uns beiden sterben, ehe er mir gesagt habe, wie sehr er manche meiner Bücher liebe, und wie er innerhalb einer gleichen Elite in Frankreich für mich werbe.

(Aus einem Brief, ca. März 1933, an Volkmar Andreä)

Leider ist es gar nicht unmöglich, daß der Schweizer Bundesrat, der sich nie durch Großzügigkeit ausgezeichnet hat, bald mit dem Asylrecht für Leute sparsam umgehen wird, die nicht Schieber sind und Geld mitbringen. Wunderlich, wie alles wiederkommt, und alles so furchtbar folgerichtig! Wie z. B. die deutsche Sozialdemokratie, die anno 1914 auf ihre ganze Macht verzichtete, indem sie vor dem Kaiser und seinem Krieg Kotau machte, jetzt dafür vernichtet wird. Was nicht vernichtet, sondern gestärkt wird, ist dafür der deutsche Bolschewismus, der seinerzeit an den Faschisten grausame Rache nehmen wird für die unsinnigen, mehr als dummen, vom Reich und dem alten Esel Hindenburg feierlich geschützten Mordtaten, Einkerkerungen, Verprügelungen, Folterungen, die in diesen furchtbaren Tagen geschehen sind. Dies Blut wird alles zehnfach zurückgefordert werden, leider.

[. . .] Dieser Tage kommt auch Thomas Mann her, um sich ein wenig hier aufzuhalten und mit mir die Lage zu besprechen. Er sei ganz gebrochen, telefonierte seine Frau und liege im Bett. Bei ihm droht kein Hunger, aber er steht zuoberst auf der schwarzen Liste derer, die von der deutschen Terrorregierung als Volksfeind angeprangert und als vogelfrei erklärt sind.

(Aus einem Brief vom 22. 3. 1933 an Helene Welti)

Die Zeitungen, auch die der Schweiz, haben ja erstaunlich schnell sich von den Berliner Drohungen flachdrücken lassen und triefen Honig. In Wirklichkeit ist drüben in Germanien ein richtiges und wütendes Pogrom gegen den Geist im Gange, mit Einkerkerungen, Entlassungen aus Amt und Brot, Vergewaltigung, Verprügelung, Totschlag, und nirgends sind es die Lauten und Krakeeler, die getötet oder gequält werden, sondern fast ohne Ausnahme stille Gelehrte, friedliebende Beamte, fleißige Künstler etc.! Heute erwarte ich hier Thomas Mann, der obenan auf der schwarzen Liste steht.

(Aus einem Brief vom 24. 3. 1933 an Arthur Stoll)

Wenn ich mir erlaubt habe, Ihnen zu widersprechen, und Sie um ein sachlicheres Betrachten zu bitten, so geschah das aus guten Gründen. Nämlich diese Begeisterungen sind sehr ansteckend, und ein Mensch wie Sie, der gut erzählen kann und etwas Suggestives hat, kann es doppelt gut. Daran dachte ich und dachte auch speziell an [X], zu denen Sie manchmal kommen. Die sind, als reiche Leute, eigentlich sehr nach rechts und zur Frontbildung und brutalen Feindseligkeit gegen alles Sozialistische etc. etc. geneigt. Wenn wir solchen Leuten nicht bei jedem Anlaß etwas Vernunft und Gerechtigkeit aufzwingen (ich denke dabei mehr an die Kinder) [X], dann dürfen wir uns nicht wundern, wenn wir bald in der Schweiz den bewaffneten Bürgerkrieg haben, wir haben dann dazu beigetragen, ihn herbeizurufen.

So steht es heute mit der Verantwortung, die der einzelne im Politischen hat. Wir sollen nicht Kommunisten werden, wir Wohlmeinenden und Nachdenkenden, sondern sollen uns von Machtrausch und Haß freihalten und unsere Freunde mit. Ich bekomme oft fürchterliche Briefe aus Deutschland: manchmal Briefe von Fanatikern, die am liebsten zu jedem Frühstück drei Juden und zwei Katholiken fressen würden, dabei aber von der gewaltigen Zeit der »neuen Freiheit und Einigkeit in unsrem Volke« faseln. Wo ist da die Freiheit? Und die Einigkeit? Mehr als die Hälfte des großen Volks ist unter Terror und beständiger Beaufsichtigung zum Schweigen gezwungen, der Protestant haßt den Katholiken so wild wie man es seit den siebziger Jahren nicht mehr gekannt hatte! Andre Briefe sind von Leuten, die sich inmitten des großen blutigen Rausches ihrer Nation furchtbar verloren und heimatlos vorkommen.

(Aus einem Brief, 1933, an eine Leserin)

Schade, das Schweizer Bürgertum scheint nichts von dem zu ahnen, was vorgeht. Sie werden es schon noch spüren. Vorerst scheint ihnen der Faschismus ganz angenehm, er soll ihnen den Bolschewismus vom Leibe halten. Aber das ist falsch gerechnet, der Faschismus und Bolschewismus sind zwar feindliche Brüder, aber doch Brüder, und wo der eine wächst, düngt er das Feld für den andern und ruft ihn hervor.

(Aus einem Brief, 1933, an Alice Leuthold)

Thomas Müntzer war uns, als wir noch Schüler und Studenten waren, lediglich bekannt als sogenannter Anführer im thüringischen Bauernkrieg, eine Art von Rebell, ja Antichrist, der denn auch nach dem Zusammenbruch des Aufstandes geköpft wurde (1525). Dann wurden wir, gegen das Ende des Weltkrieges, wieder an ihn erinnert durch [Ernst] Bloch und Hugo Ball, die ihn als Kommunisten sahen und seine Gegnerschaft gegen Luther priesen. Inzwischen haben mehrere Forscher, namentlich Troeltsch und Holl, Müntzers wirkliche Stellung sowohl im Bauernkrieg wie in der Reformationstheologie ziemlich eindeutig festgestellt, und jetzt erhalten wir durch Brandt[1] dies schöne und wichtige Werk: eine mit schonender Hand dem

1 »Thomas Müntzer, sein Leben und seine Schriften«, hrsg. von O. H. Brandt, Diederichs, 1932.

heutigen Deutsch angenäherte Ausgabe von Müntzers Schriften – viele von ihnen sind in diesem Buch seit ihrem ersten Erscheinen, vor vierhundert Jahren, zum erstenmal wieder gedruckt worden. Sie zeigen einen reformatorischen, aber stark anti-lutherischen Geist, in ihrer leidenschaftlichen Polemik und oft wilden Überhitzung gleichen sie vielen Kampfschriften der Reformationszeit, in ihren Gedanken und ihrem inneren Herzensantrieb aber sind sie durchaus persönlich und originell, namentlich in ihrem Kampf gegen jedes dogmatische »Glauben«, als Verfälschung des persönlichen, echten, erlebten Umganges mit Gott. Man lese etwa die »Protestaktion« von 1524. Müntzer erscheint als ein Mystiker mit dem Gefühl des Auserwählten, der sich zwar nicht für den Propheten Gottes seiner Zeit gehalten hat, aber von der Unmittelbarkeit göttlicher Inspiration sich erfüllt fühlte. Sein Kampf gegen Luther ist so wenig siegreich gewesen wie sein politischer Kampf. Aber erledigt ist er nicht, auch heute nicht.

(Aus »Der Bücherwurm«, Berlin/Dachau, vom März 1933)

In Deutschland sind etwa 30 000-40 000 Menschen zur Zeit, lediglich ihrer Gesinnung wegen, gefangengesetzt, viele werden gefoltert, viele sind totgeschlagen, fast alle roh und zum Teil schwer mißhandelt worden. Das deutsche Pogrom gegen den Geist ist heftiger, brutaler und säuischer als all das Schlimme, was im faschistischen Italien geschah. Dazu die Judenverfolgung, das Unwürdigste, was diese blutigen Tiger sich noch extra ausdenken konnten. Für mich ist es wieder genau wie anno 1914: die gesamte öffentliche Meinung des Landes, auf das ich in jeder Hinsicht angewiesen bin, schlägt allem ins Gesicht und verflucht und verfolgt alles, woran ich glaube und was mir heilig ist. Und welche Saat von Haß! Der Gegenaufstand, den (wahrscheinlich erst in vielen Jahren) der deutsche Kommunismus (der jetzt Märtyrer ist) einmal machen wird, wird doppelt wild, roh und blutig sein.

Es fehlen bloß noch die Scheiterhaufen.

Gestern kam Thomas Mann mit seiner Frau. Er kann natürlich nicht nach Deutschland zurück, er steht zuoberst auf der schwarzen Liste der auszurottenden Schriftsteller. In einer Stunde erwarte ich sie zum Mittagessen wieder.

(Aus einem Brief, 25. 3. 1933, an Hermann Hubacher)

Sämtliche Redakteure und Mitarbeiter der deutschen Linkspresse sind plötzlich brotlos geworden, viele mußten, um Freiheit und Leben zu retten, rasch entfliehen. Bei meinem Gast z. B. blieb die Frau zurück, um die Wohnung zu kündigen und zu räumen und womöglich eine ausstehende Forderung noch einzubringen, aber die Redaktionen der fraglichen Blätter sind geschlossen, die Druckereien im Durcheinander, zum Teil auch demoliert, die Angestellten entlassen und brotlos. Allein für die sozialistische Presse macht das etwa 80 000 bis 100 000 Menschen im ganzen Reich.

Morgen kommt wieder ein Bekannter und Kollege aus Deutschland zu mir. Inzwischen waren Thomas Manns öfter bei uns, und ich sehe mit Freude, daß er die erste schwere Depression langsam überwindet. Wir verbrachten halbe Tage miteinander. Bei ihm herrscht ja keine materielle Not, vorerst ist er in guten Verhältnissen. Aber was aus seinem Haus und seinen Kindern in München werden soll, weiß er nicht, und dieser Tage läuft sein Paß ab und wird ihm von keinem deutschen Konsulat auch nur provisorisch erneuert, er wendet sich jetzt an den Völkerbund mit der Bitte um einen Paß. Noch im letzten Moment vor Hitlers Sieg erschien in Berlin Thomas Manns Bekenntnis zur sozialen Republik (einen etwas gekürzten Abdruck lege ich Ihnen bei).[1] Seither steht er auf der schwarzen Liste der Terroristen obenan. Gegen mich ist vorerst nichts geschehen, es kamen nur einige Warnungsbriefe von besorgten Lesern, ich möchte doch ja den Mund halten und vorsichtig sein, denn es drohe mir die Boykottierung meiner Bücher und die Sperrung meiner Bezüge aus Deutschland. Das ist natürlich sehr möglich, aber immerhin ungewiß. Am Montag erwarte ich meinen Verleger,[2] er will auf der Durchreise nach Italien (wo er Gerhart Hauptmann aufsucht) die Lage mit mir durchsprechen. Da der Gründer und die Besitzer meines Verlags Juden sind, besteht auch von dieser Seite Gefahr.

Im ganzen freilich denke ich, daß gerade die phantastische Verrücktheit des momentanen Zustandes gegen seine Dauer spricht. Zwar wird der Hitlerterror sicher noch lang herrschen

1 »Bekenntnis zum Sozialismus« in »Sozialistische Bildung«, Berlin, H. 2, 1933.
2 Samuel Fischer.

(so lang, bis er in einen Krieg stolpert und ihn verliert, oder wirtschaftlich Bankrott macht). Aber so ausgefallene und pathologische Erscheinungen wie der Minister Göring mit seinen sadistischen Reden (er soll Morphinist sein, sagt man) halten sich doch wohl vor der Welt nicht allzu lange. Leider wird in Deutschland die Korruption groß werden, und auch Leute mit großen Namen werden klein beigeben. Ich würde mich gar nicht wundern, wenn z. B. Hauptmann umfiele und Kotau machte. Aber schließlich kommt es immer nur auf die Minorität der Echtgesinnten an, und die ist vorhanden.

(Aus einem Brief Anfang April 1933 an Arthur Stoll)

In der Schweiz wird das fettere Bürgertum nach anfänglichem Naserümpfen wahrscheinlich bald mit den deutschen Faschisten sympathisieren, so wie sie es mit Mussolini auch taten, des Kapitals wegen und aus Angst vor dem Bolschewismus ... Aber ich gehe deswegen doch nicht zur Gegenpartei, um den Mangel an Liebe und Verstand in der Welt durch Schießen und Terror zu bekämpfen, ich halte das für völlig verkehrt, und den Marxismus als Glauben für ebenso stupid wie irgendeine preußische oder zaristische Staatsidee.

(Aus einem Brief vom Frühjahr 1933 an seinen Sohn Bruno)

In Deutschland sind mindestens 40 000 Menschen, lediglich ihrer Gesinnung wegen oder einfach auf Denunziation hin, gefangen gesetzt, man bildet jetzt große Gefangenen-Konzentrationslager in allen deutschen Städten, ganz wie im Krieg, nur sind diesmal nicht Russen, sondern deutsche Mitbrüder hinterm Stacheldraht. Uns Intellektuellen etc. wird es schlecht gehen. In Lugano sind viele angekommen, noch mehr in Paris, auf den Balearen etc. etc.

(Aus einem Brief vom April 1933 an seinen Sohn Bruno)

Jener Leipziger Freund ist fort, nach Italien. Man sieht zu und schweigt, es ist scheußlich: viele, viele Zehntausende sind allein durch die Aufhebung und Ruinierung der sozialistischen Presse brotlos geworden: Drucker, Setzer, Schriftsteller, Redakteure etc. etc. Harmlose Deutsche, d. h. solche, die die Umwälzung parteilos miterlebt und hingenommen haben, habe ich nur wenige gesehen, sie meinen, es sei nicht gar so schlimm und schwatzen wie kleine Kinder gutartig und wörtlich die amtlichen Dementierungen der Gruselmeldungen nach, während gleichzeitig die amtlichen Reden etc. den Zustand von Unfreiheit, Gewalttat, Knebelung, Judenverfolgung etc. etc. grinsend bestätigen.

Das Schlimmste daran ist für mich vorerst das bange Gefühl: ob nicht diese Art von Regiment, d. h. die roheste, gewaltsamste Form geistloser Diktatur, überhaupt die Lebensform der Staaten von morgen ist? Italien ist wenig besser, Ungarn auch nicht, Rußland auch nicht. Wir sind mit unsern Begriffen von Freiheit, Humanität etc. etc. wahrscheinlich altmodische Trottel, über welche die Zeit lachend weggeht.

(Aus einem Brief vom 18. 4. 1933 an Helene Welti)

Ihre jetzige Situation bewegt mich aus mancherlei Gründen sehr stark mit. Zum Teil wohl deshalb, weil ich selbst, während des Krieges, sehr Ähnliches erlebt habe, woraus für mich nicht nur eine vollkommene Absage an das offizielle Deutschland wurde, sondern auch eine Revision meiner Auffassung von der Funktion des Geistes und der Dichtung überhaupt. Bei Ihnen liegt vieles anders als damals bei mir, gemeinsam aber scheint mir das seelische Erlebnis dabei: das Abschiednehmenmüssen von Begriffen, die man sehr geliebt und lang mit dem eigenen Blut genährt hat.

Es steht mir nicht zu und ist nicht mein Wunsch, darüber andre Worte zu sagen als eines der innigen Sympathie. Ich fühle auch, daß Ihr jetziges Erlebnis von meinem damaligen verschieden und schwerer ist, als das meine war – einfach dadurch, daß Sie heute wesentlich älter sind, als ich es in der Kriegszeit war.

Aber ich sehe aus dem allen einen Weg für Sie und für uns weiterführen, einen Weg ins Europäische aus dem Deutschen und ins Überzeitliche aus dem Aktuellen. In dieser Hinsicht halte ich den Zusammenbruch der deutschen Republik und der Hoffnungen, die Sie auf sie setzten, nicht für unerträglich. Es ist etwas zusammengebrochen, was nicht recht lebendig war. Und es wird für den deutschen Geist eine fruchtbare Schule sein, wenn er wieder in offene Opposition zum offiziellen Deutschland kommt.

(Aus einem Brief vom 21. 4. 1933 an Thomas Mann)

Meine Stellung zu den Tagesfragen ist der Ihres Vaters sehr ähnlich, nur ist bei mir die Tonart anders, insofern für mich das Prinzip der Gewaltlosigkeit obenan steht und das ganze mehr religiös gefärbt ist. Ich halte viel vom Ertragen und von der Geduld und allen passiven Tugenden und wenig vom Kämpfen. Meine lebenslängliche Opposition ist nicht die zugunsten eines realen Zieles, sondern die des Religiösen, der grundsätzlich und immer zur »Welt« im Gegensatz steht und dem jede Partei, jedes Wirkenwollen auf andre gleich verdächtig ist. Ich stehe damit ziemlich allein, da meine »Religion« keine konfessionelle Färbung hat, sie ist im Lauf meines Lebens aus indischen, chinesischen, christlichen und jüdischen Quellen langsam zusammengeronnen.

(Aus einem Brief Mitte Mai 1933 an Klaus Mann)

Da mir die Neue Zürcher Zeitung zu unsympathisch ist, bitte ich Dich, sie bei der Post auf 1. 7. abzubestellen. Dafür lasse ich dann die Nationalzeitung [Basel] kommen.

(Notiz an seine Frau Ninon, Anfang Juni 1933)

Mit der spezifisch deutschen Art von Vaterlandsliebe erlebt man jetzt manche wunderlichen und rührenden Beispiele. Es gibt hinausgeworfene Juden und Kommunisten, darunter solche, die in der Kollektivhaltung eines unsentimentalen Heroismus schon ganz hübsche Fortschritte gemacht hatten und welche jetzt, kaum eine kleine Weile in der Fremde und Unsicherheit lebend, an einem geradezu rührenden Heimweh leiden. Ich kann es begreifen, wenn ich daran denke, wie schwer es mir in der Zeit des Krieges fiel und wie lang ich dazu brauchte, in mir selbst mit dem sentimentalen Teil der Deutschlandliebe aufzuräumen.

Ich muß gestehen, daß ich diesmal die deutschen Vorgänge nicht so heftig miterlebe wie damals im Krieg, weder um Deutschland bange, noch mich für Deutschland schäme, sondern eigentlich wenig berührt bin. Ich hänge, je mehr das Gleichschalten Schlagwort wird, desto inniger an meinem Glauben ans Organische und an die Berechtigung und Unentbehrlichkeit auch solcher Funktionen, welche vom Kollektivbewußtsein verabscheut werden. Darüber, ob mein Denken und Tun deutsch sei oder nicht, habe ich ja gar nicht zu urteilen. Ich kann aus dem Deutschtum, das ich habe, ja nicht heraus, und ich glaube, daß mein Individualismus und auch mein Widerstand und Haß gegen gewisse deutsche Allüren und Phrasen Funktionen sind, bei deren Ausübung ich nicht bloß mir, sondern meinem Volk diene.

(Aus einem Brief von Anfang Juni 1933 an Thomas Mann)

Was mir teils durch Briefe, teils direkt durch Besuche zur Zeit alles ins Haus kommt an deutschem Elend, ist nicht zu sagen. Ich ertrage diesmal die »große Zeit« etwas besser als einst im Krieg, einfach weil ich diesmal von Anfang an genau weiß, wo ich stehe und zum Begriff »Deutschland« keine sentimentalen Beziehungen mehr habe, aber einfach auch weil ich älter bin und nicht mehr so am Leben hänge, das klärt manches.

(Aus einem Brief vom 24. 6. 1933 an Otto Basler)

Leid tut es mir ein wenig, daß ich bei Ihrem Hiersein meine Scheu nicht überwand und Sie mit dem Vorwort meines seit zwei Jahren geplanten Buches bekannt machte.[1] Es ist vor mehr als einem Jahr geschrieben und schildert den heutigen geistigen Zustand Deutschlands so genau voraus, daß ich dieser Tage beim Wiederlesen beinah erschrak. [. . .]

Meine Rolle in Deutschland und der dortigen Literatur ist diesmal, vorerst wenigstens, eine angenehmere als die Ihre. Offiziell bin ich unbelästigt geblieben. In Aufrufen an die Hitlerjugend, sich um ihre deutschen Dichter zu kümmern, finde ich mich weder unter den empfohlenen Kolbenheyern etc. noch auch unter den »Asphaltliteraten« genannt, vor denen gewarnt wird. Man hat mich diesmal vergessen, und ich schätze das sehr, ohne doch zu vergessen, daß es nur ein Versehen ist und sich jeden Tag ändern kann.

Sehr merkwürdig sind mir die Briefe aus dem Reich, die ich von Anhängern des Regimes bekomme, sie sind alle in einer Temperatur von etwa 42 Grad geschrieben, rühmen in großen Worten die Einigkeit, ja sogar die »Freiheit«, die jetzt im Reich herrsche, und schreiben in der nächsten Zeile wütend über das

1 Politische Fassung der Einleitung zum »Glasperlenspiel«. Erstdruck u. d. T. »Vom Wesen und der Herkunft des Glasperlenspiels«. Vgl. S. 462 f. und »Materialien zu H. H. ›Das Glasperlenspiel‹«, Frankfurt a. M. 1973, S. 9 ff.

Saupack von Katholiken oder Sozialisten, dem man es jetzt zeigen werde. Es ist Kriegs- und Pogromstimmung, freudig und schwer betrunken, es sind Töne von 1914, ohne die damals noch mögliche Naivität. Es wird Blut und anderes kosten, es riecht sehr nach allem Bösen. Dennoch rührt mich zuweilen die blauäugige Begeisterung und Opferbereitschaft, die man bei vielen spürt.

(Aus einem Brief, Mitte Juli 1933, an Thomas Mann)

Aus einem Tagebuch vom Juli 1933

Ich glaube, seit jener Zeit vor 12 Jahren, wo die große Pause in »Siddhartha« zu überdauern war, habe ich kein Tagebuch mehr geführt, und wenn ich jetzt wieder das Bedürfnis zu ähnlichen Notizen habe, so kommt es wohl vor allem von der sehr ähnlichen Situation: einer großen Stockung in meiner Produktion. Im übrigen freilich ist die Lage von heute anders. Aber vielleicht redet man sich alle »sachlichen«, allgemeinen und vernünftigen Gründe nur ein, und folgt in Wirklichkeit einzig den privaten, egoistischen Antrieben. Und wenn es mir heut so scheint, als sei es die Weltgeschichte, die mich an der Arbeit hindert, oder als sei das Nachdenken über die jetzigen Vorgänge in Deutschland für mich so sehr nötig, so verbirgt sich dahinter doch wohl das Unbehagen, ja die Qual des Zustandes, in dem ich seit zwei Jahren bin, und der Unfruchtbarkeit ist. Ich hatte mir die Geschichte Josef Knechts und des Glasperlenspiels ausgedacht, habe vor einem Jahr auch die einleitenden Seiten dazu aufgeschrieben (dreimal umgearbeitet), die Herkunft des Glasperlenspiels betreffend. Damals dachte ich mir die Entstehung des Ganzen schön und angenehm, mir schien: da ich den Inhalt in den Hauptsachen voraus erfunden und kostruiert hatte, müsse das Ausarbeiten, das Füllen der Schemata mit Blut, das Ausfüllen und Bemalen der Vorzeichnung eine freudige Arbeit sein. Statt dessen machte die Arbeit mir so wenig Spaß, daß es nicht einmal die Widerstände überwog, die mir von den Augenschmerzen etc. her kommen, ich empfand diese Arbeit als lustlos und mich als unfruchtbar, und habe nur wenige Seiten schreiben können. Lange schob ich es auf das Schlechterbefinden der Augen, auch auf die Ungunst der Zeit, auf das feindliche Entgegenstehen des ganzen Zeitgeistes, und manchmal schien es mir, ich sei nun eben zu alt und es sei zu Ende mit meiner Produktion. Es ist nutzlos, darüber zu grübeln, statt dessen will ich es dahingestellt sein lassen, wo denn die wirklichen Gründe meines Tuns und Lassens liegen, und will versuchen, zur Übung der Finger und Gedanken je und je wenigstens etwas über meine jetzigen Erlebnisse und Gedanken aufzuschreiben.

Vorgestern bat ich, als Böhmer[1] da war, Ninon[2] uns jene Einleitung zu Knecht vorzulesen, die Geschichte des Glasperlenspiels, ich hatte sie seit mehr als einem halben Jahr nicht mehr angesehen. Da erschrak ich nun zunächst über die paar Seiten des Vorworts, die von heute handeln: der geistige Zustand Deutschlands ist darin beinah haargenau vorausgeschildert, es liest sich wie eine soeben geschriebene Parodie auf heute. Das bedeutet nicht nur, daß mein dreimal umgearbeitetes Vorwort jetzt und vielleicht für sehr lange Zeit nicht gedruckt und in Deutschland nicht gelesen werden kann: es bedeutet auch, daß das Vorwort, das doch die Distanz der Knecht-Zeit zum Heute schaffen sollte, noch viel zu sehr zeitbestimmt und zeitbeeinflußt ist. Es muß neu gemacht werden.

Die Nachrichten aus Deutschland (zuletzt die neuen Gesetzentwürfe über Reichsangehörigkeit etc., die Ehrung der Mörder Rathenaus und andre ziemlich derbe Berserkereien) erschrecken einen manchmal, man hat sich aber schon daran gewöhnt, und es kommt ja auch auf ein wenig mehr oder weniger an Geschrei und Grausamkeit nicht mehr an. Was mich dauernd beunruhigt, ist nicht meine Kritik am deutschen Regime, die unterscheidet sich wohl wenig von dem der meisten Ausländer, sondern mich beunruhigt mein Mangel an Verständnis für das Positive, für das Lebendige, was in den gutgesinnten Deutschen vorgeht, für ihr Eingehen auf die ihnen zunächst erschreckende »Revolution«, kurz für die heutige Form der Vaterlandsliebe im Reich. Es interessiert und quält mich, zu wissen warum stille, ernste, parteilose Männer (ich denke an H. und manche andre) diese Revolution jetzt bejahen, warum sie sie als Kriegs- und Ausnahmezustand anerkennen und sich, sei es als Mitarbeiter oder auch als Opfer, ihr zur Verfügung stellen. Wenn die »Revolution« nur Reaktion und weißer Terror ist, wenn sie wirklich, wie man aus vielen Zeichen schließen muß, nicht bloß von einer naiven, sondern von einer krankhaft verbohrten Blindheit und Scheu vor Kritik ist, also im Innern falsch, dem Organischen und Lebendigen feindlich, dann hat es keinen Sinn mehr zu sagen wie etwa H. mir schrieb: »Wenn auch diese ungeheure An-

1 Gunter Böhmer, Maler und Graphiker, Freund Hermann Hesses.
2 Ninon, geb. Ausländer, Hesses dritte Frau.

strengung und Zusammenraffung unsres Volkes erlahmt und scheitert, dann kracht alles zusammen, das darf nicht geschehen.« Nein, dann kracht ja nur etwas zusammen, worum es nicht schade ist, und wenn auch viel gutes Blut, viel redliche deutsche Liebe und Idealität diesen Schiffbruch mit erleidet und untergeht – es ist besser, sie gehen unter, als sie stützen eine Organisation, die im Grunde bös und teuflisch ist. Und als bös und teuflisch erscheint mir, der ich gar kein Politiker bin, diese ganze Gesinnung des Dritten Reichs, wobei ich jedem einzelnen das Recht der bona fides und des Verblendetseins zugestehe, auch den Führern. Es scheint mir sehr wichtig und kennzeichnend, daß die protestantische Kirche diese Bewegung sich sofort zu eigen gemacht hat und im Begriff scheint, sich als eine deutsche, germanische, nicht mehr römische, auch nicht mehr christliche Organisation bedingungslos den Männern mit den hohen Titeln und den schönen Uniformen zur Verfügung zu stellen. Alles Anrüchige des Protestantismus, vom Fürstendienertum Luthers bis zur Vergötzung des rein Dynamischen in der jüngern Theologie, vereinigt sich hier und wird Ausdruck für eine bestimmte, eben für die deutsche und protestantische Form des blinden Nationalismus. Dazu paßt die Selbstanbetung des heutigen Deutschen, der tiefe Ehrfurcht vor seiner »tragischen« und »faustischen« Natur hat und darunter versteht, daß er, Auserwählter und zugleich Gezeichneter unter den Völkern, nun einmal dazu bestimmt sei, über die kleinlichen Schranken der bloßen Vernunft und bloßen Moral hinweg das Große und Ungeheure zu tun, nämlich seine Triebe auszuleben und seine Gelüste zu befriedigen. Die Theologie der protestantischen Reichspfarrer hat dafür dann eine Dogmatik des »Peccandum est« zur Verfügung, die eher noch geistvoller aussieht als die, mit der sie anno 14 den Krieg verherrlichte.

Also zweierlei beunruhigt mich: Warum auch die sauberen, zuverlässigen, anständigen und unbedingt nicht feigen Leute im Reich zu einem sehr großen Teil den Hurra- und Kriegspatriotismus, dessen Schiffbruch sie kaum erst erlebt haben, in dieser neuen Form bejahen und mitmachen, und zweitens: ob nicht vielleicht diese vernunftlose, aber starke Art von organisiertem Triebleben, diese Methode des Schreiertums und Führertums, diese starke Dampfwalze der Uniformierung einer bedingungslos verpflichteten Untertanenschaft – ob nicht diese Maschinerie (einerlei ob in faschistischer oder sozialistischer oder andrer Form) eben die Methode ist, nach welcher im jetzigen Weltaugenblick die Völker regiert werden wollen und müssen. Denn soweit bin ich immerhin Denker und auch Christ, daß ich einsehe: es ist jede, ausnahmslos jede Form von Gewalt eine Angelegenheit der »Welt«, das Streben nach ihr und ihrer Ausübung vollzieht sich immer und unter allen denkbaren Formen im Diesseitigen, ist Sache der Triebe und nie des Geistes, auch wenn sie tausend »geistige« Argumente zu ihrer Rechtfertigung benutzt. Es werden stets und immer die Napoleone regieren und die Christusse umgebracht werden – aber wenn das »dritte« Reich auf tausendjährige europäische und christliche Gewohnheiten, Formen, Bändigungen verzichtet und unter dünner Ideologie nahezu hemmungslos der Macht huldigt, so hat das, ebenso wie das Regime bei den Sowjets, eben doch etwas Neues, etwas, was von unsrer Zeit ist, etwas, was mit brüchig gewordenen Begriffen gebrochen hat und darum stark ist. Das nun, womit Sowjet und Hitler gebrochen haben, ist vor allem die christliche Konvention, darin sind sie gleich. Nicht daß die Leiter des Dritten Reichs Antichristen wären, und Bismarck oder Metternich wirklich Christen gewesen wären! Aber es wird heute gebrochen mit Konventionen der Menschlichkeit, des Rechts, der Völkermoral, welche zwar längst faul waren, die man aber bisher immer noch zu schonen suchte. Man könnte sich z. B. recht wohl denken: wenn die Deutschen anno 14, statt mit der alten brüchig gewordenen, mit dieser neuen, rohen, aber starken, alle Christlichkeit etc. als dumme Sentimentalität abwerfenden Ideologie in den Krieg gezogen wären, gegen Völker, in denen die alte Moral zwar auch faul war, aber doch noch galt – dann hätten sie trotz aller Übermacht vielleicht die Welt besiegen können. Nun aber haben sie das nicht getan, sondern haben den Krieg verloren, und würden ihn sofort wieder verlieren, wenn er sich heut wiederholte. Es scheint also mit dem Wert der neuen Ideologie, auch rein biologisch betrachtet, flau zu stehen. Man hat ein Stück Geschichte, nämlich den Krieg und seine politische Vorgeschichte, durch primitive Magie im Gedächtnis des Volks ausgelöscht, und man hat vom Bolschewismus eine neue Methode der Macht und Massenlenkung gelernt, das ist beides nicht so originell wie es für viele aussieht. Als geistiges Gerüst für einen so großen Bau wird es nicht genügen, auch wenn man von einer Ideologie nicht zuviel erwartet. Schließlich hat weder die deutsche Geschichte damit begonnen, daß in dem schuldlosen Paradies Germaniens plötzlich der Versailler Vertrag als Teufel einbrach, noch kann, rein vernunftgemäß betrachtet, das Blut- und Rassengeschwärme sich mit dem Marxismus vergleichen. Ich liebe, weiß Gott, diesen Marxismus nicht und seine dünne Vernünftigkeit, aber um sich mit den Sowjets vergleichen zu können, müßte das Dritte Reich doch etwas mehr haben als das Hakenkreuz und die blauen Augen.

Indessen: wenn diese Vernunftgründe mir genügen würden, so wäre die Sache ja abgetan. Weit hinter ihnen rieche ich aber im Hakenkreuz und der fanatischen Pogromstimmung des Reichs Mächte, die sich mit Vernunft nicht widerlegen lassen, und da ich sie wohl fühlen, nicht aber bejahen und annehmen kann, machen sie mir Qual.

Merkwürdig: unter den Dichtern, deren Namen durch das Dritte Reich plötzlich wieder berühmt geworden sind, sind bloß zwei wirkliche Dichter, [Paul] Ernst[1] und [Emil] Strauß, und Ernst ist im Augenblick des kommenden Ruhms gestorben (was wunderbar zu ihm paßt), und Strauß scheint alt, verbraucht und erloschen. Wenigstens hat er seit mehr als 10 Jahren nichts publiziert, und das einzige von ihm, was ich über seinen politischen Glauben zu lesen bekam, war eine große Enttäuschung: im »Völkischen Beobachter« stand ein Aufsatz von ihm, darin will er erzählen, wie er zu seinem Glauben an Hitler kam, aber man erfährt nur, daß er seit dem Kriege viel zu traurig und verdrossen gewesen sei, um sich politisch zu betätigen, er habe sich darauf beschränkt, die Erde zu bestellen und Brot zu bauen. Gut, ich verstehe das, aber wie kam er auf diesem Weg zu Hitler? So: er fährt eines Tages in der Bahn, weil er Saatkorn einkaufen muß. In der Bahn sitzt ihm eine

1 Paul Ernst (1866-1933), Romancier und Dramatiker. Im März 1933 hatte Kultusminister Bernhard Rust verkündet: »Das neue Deutschland wird Paul Ernst, einem der tiefsten und reinsten Führer des deutschen Volkes zu sich selbst, geben, was ihm die Vergangenheit versagte.« Daraufhin erschien erstmals eine 19bändige Gesamtausgabe seiner Schriften.

sympathisch aussehende Frau gegenüber, er kommt mit ihr ins Gespräch, sie entdecken, daß sie beide das Vaterland lieben und die jetzigen Zustände unerträglich finden, und nun erzählt ihm die Dame, sie komme von München, und da sei einer, der halte Versammlungen und bereite das neue Deutschland vor, er heiße Hitler. Und so also hat Strauß Hitler kennengelernt, man erfährt kein Wort weiter. Eine liebe, nette Dame hat ihm erzählt, in München halte einer Volksreden, und siehe, das wurde der große Moment in Straußens Leben. Es ist mir furchtbar gewesen, das zu lesen, das Ganze war ein mäßiges, flaues Feuilleton, müde, ohne Spannung, sprachlich beinahe reizlos, es war das schwache müde Lächeln eines verbitterten alten Mannes. Wie liebte ich diesen Strauß, und wie liebe ich ihn noch heut! Und ich werfe ihm nicht vor, daß er Patriot ist, daß auch für ihn die Weltgeschichte mit Versailles beginnt, daß er für Hitler schwärmt, auf dem Umweg über eine angenehme Reisebekanntschaft – nein, was ich ihm trotz aller Liebe nicht verzeihe, was ich nicht begreife ist: dieser Strauß hat seit sehr vielen Jahren geschwiegen, er war bekannt und war vorbildlich durch seine Strenge gegen sich, er gab keine Feuilletons und schlecht formulierten Tagesbekenntnisse von sich, er lebte einsam, streng, asketisch, er wog jedes Wort, das er schrieb, er hat in den vielen schweren Jahren seit dem Krieg z. B. darauf verzichtet, jemals sich auszusprechen, sein Volk anzurufen, seine politischen Gegner zu stellen, nein, er hat Brot gebaut und Not gelitten, sauber und anständig. Aber kaum wird er von Hitlers Zeitung aufgefordert, da schreibt der alte Mann fahrig und ungekonnt diesen mäßigen, diesen törichten Aufsatz! Aber ich glaube Strauß besser zu kennen als seine jetzigen Anpreiser ihn kennen: ich glaube und weiß, daß er an diesem heutigen Ruhm, daß er an diesem so laut und schreierisch gewordenen Land und Volk trotz allem keine Freunde hat, daß er im Herzen leidet, daß er sich darauf freut, bald zu sterben, denn die Erfüllung, das Dritte Reich, sieht so sehr anders aus als was dieser treue Deutsche mag geträumt haben.

Anders und einfacher steht es mit Finckh. Der liebe Finckh steht natürlich bei Kaiser und Reich, wie immer, und meint es im Herzen so treu und gut wie möglich, aber es kommt bei ihm manches hinzu, sein altes, trotz allem noch herzliches Verhältnis zu mir, sein schweres Leben, der Niedergang seines einstigen Ruhms und Erfolgs, die ewige Sorge, das ewige Zusehenmüssen, wie andre gepriesen werden und Erfolg haben. Trotz alledem hat er gegen mich seine Liebe und Anerkennung bewahrt, er anerkannte nicht bloß, daß ich literarisch ihm vielleicht über sei, er anerkannte sogar die Ehrlichkeit meiner politischen und moralischen Gesinnungen, obwohl sie nicht seine waren. Jetzt, im Reich der Lautsprecher, hat er mich plötzlich verraten. Nicht schlimm, und für mich nicht schädigend, vielleicht sogar ganz ohne es zu wissen. Er erließ soeben einen Aufruf an die »Hitlerjugend« Badens, die deutschen Dichter betreffend, worin er ihr rät, sie möge bei der Wahl ihrer Dichter nur brav dem eigenen Gefühl und Herzensinstinkt folgen, ihr dann aber doch eine Liste von Böcken und Schafen vorlegt. Und (was bis vorgestern noch ganz unmöglich gewesen wäre), Finckh überblickt den Bestand der heutigen deutschen Dichtung, das Gute und das Schlechte, und den verehrten Hesse läßt er dabei weg. Wahrscheinlich kaum bewußt. Aber er witterte bei mir Gefahr, er müßte mich dem Gefühl und der Überzeugung nach zu den wirklichen deutschen Dichtern stellen, er hat mich, wenn von deutscher Dichtung je die Rede war, stets beinahe allzu laut unter den Vordersten genannt und muß mich doch, meines Schweizertums und meiner politischen Auffassungen wegen, heute für verdächtig halten, und Konflikte liebt er nicht, er kann weder den Hesse zu den deutschen Dichtern stellen, noch bringt er es über sich, ihn zum Geschmeiß, zu den Juden, Asphaltdichtern etc. zu stellen, und so verschluckt er halt den Namen. Und dann empfiehlt er der Hitlerjugend eine Reihe von Dichtern, die keine sind und die er selber bisher gar nicht heftig geliebt und gelesen hat. Außer Strauß und Ernst enthält seine Liste keinen echten Dichter, den Carossa[1] vergißt er oder kennt er nicht, den Billinger[2] ebenso, obwohl beide seiner Absicht sehr gedient hätten. Er nennt gerade die paar Namen, die heut von der Hitlerpresse am lautesten propagiert werden, und meint, damit der Jugend ein Beispiel für selbständige Wahl ihrer Dichter zu geben. Er schreibt ein klischiertes, unter Durchschnitt

1 Hans Carossa (1878-1956), Arzt, Lyriker und Romancier, mit H. H. in freundschaftlicher Korrespondenz.
2 Richard Billinger (1893-1965), Lyriker, Romancier und Dramatiker.

schlechtes Feuilleton, begeht nebenbei, halbwissentlich, den kleinen Verrat an mir und an der stärksten Freundschaft und dem stärksten geistigen Einfluß seines Lebens, und steht höchstwahrscheinlich vor dieser Jugend doch nur als ein uninteressanter älterer Herr da, auf den keiner hört. Für mich folgt persönlich daraus keine Änderung im Verhalten zu ihm, ich halte ihm die Treue und anerkenne seine Tugenden, ich bin ja nicht Partei. Aber er ist mir ein besonders klares Beispiel für die Verbiegung, welche Denken, Geschmack, Herzenstakt durch die Massenpsychose erleiden, er zeigt mir besonders deutlich diese Deformierungen, diese gut gemeinten, nicht ins Bewußtsein der Erkrankten kommenden Verrohungen und Verzerrungen.
Und nun ist das Fatale und wieder Beunruhigende auch hier nicht leicht aufzudecken. Was ich da Logisches über Finckh und Strauß sage, über ihre Entgleisungen, über meine trotzdem fortbestehende Liebe zu ihnen, das trifft mein Problem noch gar nicht. Es quält mich nicht, daß geliebte und geachtete Männer Dummheiten machen, und daß ich dabei einige Spritzer wegkriege. Es quält mich etwas ganz andres. Ich sehe nämlich das, was ich bei Leuten wie Strauß und Finckh etc. als »Tugenden« bezeichne (es sind wertvolle Eigenschaften, die ich an ihnen deshalb besonders achte, weil ich selber sie nicht oder nur viel schwächer besitze) – ich sehe diese »Tugenden« aufs Unlöslichste vermischt und verwachsen gerade mit dem für mich Unbegreiflichen und Abstoßenden, und vermutlich ginge es ihnen, wenn sie in gleicher Art über mich nachdächten, ganz gleich. Ich sehe vor allem in der Art, wie sie »ihr« Volk und Vaterland lieben können, in der starken, blinden, bluthaften, unausrottbaren Art ihrer Liebe, die durch kein Leid, keine Macht, auch keine Vernunft zu beeinträchtigen ist, eine große Stärke und Tugend, obwohl sie zu sehr üblen Folgen führen kann. Ich neige dazu, jede starke Liebesfähigkeit zu bewundern, beinah zu beneiden, so wie ich auch bei den Frauen, die mich geliebt haben, immer der mit-fast schlechtem Gewissen Bewundernde war, denn immer schien mir ihre Fähigkeit zur Hingabe an einen einzigen etwas unsäglich Starkes und auch Schönes, was mir aber fehlt, was ich bewundern, aber nicht nachahmen kann. Ich habe diese Gewalt der Hingabe an ein geliebtes Objekt nicht, vielmehr für mich ist dies

Objekt nie ein materielles gewesen, nie eine Person oder ein Volk, sondern immer etwas ganz Überpersönliches, Gott, oder das All, oder die Menschheit, oder der Geist, oder die Tugend, oder der Begriff »Vollkommenheit«. Ich weiß, daß auch mein Vater, und vielleicht auch Großvater Gundert, etwas davon in sich hatte. Wenn nun ein Finckh oder sonstwer sich ganz nur als einen Teil seines Volkes empfindet, wenn er auf Gedeih und Verderb an diesem Volk hängt, lieber mit ihm Elend leidet und verdirbt als es losläßt, dann sehe ich darin dieselbe gewaltige, blinde, tödliche Kraft, mit der z. B. Finckh auch an seinen Kindern hängt. Auch der verstorbene Vater Wenger[1] z. B., ein urkräftiger und nicht ungefährlicher Mann, hatte das: für die Rettung seiner Familie hätte er sich Stück um Stück zerhacken lassen. Diese Liebe ist natürlich nicht in einem allgemeinen Sinne »Tugend«, sie verträgt sich mit tausend Sünden, sie kann zu jedem Fanatismus und jeder Art von Töterei führen. Aber sie macht die Liebenden stark, blind und zu Heldentaten fähig, sie springt in Wasser und Feuer, sie löscht das Ich aus und gibt ihm zugleich Riesenkraft. Und zu dieser Art von Liebe fühle ich mich wenig begabt, es fehlt mir da, schon vom Körperlichen her, eine gewisse Ungebrochenheit und Saftigkeit des Wesens, ich bin dafür allzu schwach und zart, allzu »geistig«, alles ohne Ironie gemeint. Auch ich, glaube ich, kann mich im äußersten Fall opfern, kann den Tod erleiden, um nicht meinen Idealen untreu zu werden. Aber so für ein sichtbares Objekt zu jeder Stunde Egoismus und Bequemlichkeit, Ruhe und Arbeit, Kritik und Besinnung zu opfern, jederzeit zum Töten und Sterben bereit sein wie eine Tiermutter in der Wüste, dazu fühle ich nicht die Fähigkeit in mir, und will gar nicht versuchen, diesen Mangel als Tugend erscheinen zu lassen. So wie ich im täglichen Leben zur Absonderung, zum vielen Alleinsein, zur Meditation etc. neige, so neige ich dem Volk gegenüber (das ich, etwa im Sinn Dostojewskis, sehr liebe) auch zur Absonderung etc. Das ist nichts Politisches, läßt sich also nicht daraus herleiten, daß ich eine eigentliche politische Zugehörigkeit nie erlebt und gefühlt habe. Sondern, wenn man mich nicht von außen nötigt, gleite ich immer ganz von selber abseits und in ein stilles Leben der Versunkenheit. Ich habe

1 Theo Wenger, Vater von Hesses zweiter Frau Ruth Wenger.

z. B. unser Dorf und die Bauern durchaus gern, ich übe viel weniger Kritik daran als etwa Ninon, aber ich komme doch nie mit ihm in Berührung. Kurz, ich bin theoretisch ein Heiliger, der alle Menschen liebt, und praktisch ein Egoist, der nie gestört sein mag. Ich ziehe mich von Volk und Menschen zurück, und glaube so halb und halb daran, daß das ein wenig gerechtfertigt wird durch meine Arbeit, die in der Einsamkeit und Stille geschieht und doch am Ende allen gehört. Aber vielleicht sind die Leser meiner Bücher, die mir Briefe schreiben, auch nur solche Abgesonderte wie ich, und finden bei mir nur eine Bestätigung ihres Wesens, eine Entschuldigung mehr für ihren Mangel an Liebesdynamik, an Hingabe, an Besessensein. Ich diene mit meinem Leben und meiner Arbeit einer kleinen Minorität von Sonderlingen, und die Patrioten mögen recht haben, wenn sie finden, daß ich ein liebloser Verstandesmensch und Egoist sei. Jedenfalls aber scheint es so zu stehen, daß die Patrioten und Besessenen ein besseres Gewissen haben als ich, wenigstens glaube ich nicht, daß auch sie des öfteren so dasitzen und sich mit solchen Skrupeln abplagen wie ich.

Wenn nun also den über- und unterrationalen Vorgängen im Volk gegenüber meine Natur sich wieder ähnlich beengt und auch unsicher fühlt wie im Jahr 1914, so bin ich dennoch diesmal der »großen Zeit« weniger preisgegeben und habe sehr viel mehr Distanz als damals. Das damals Vollzogene an Kritik meiner selbst sowie an Kritik meines Volkes ist nicht vergessen, in allem Rationalen ist mein Wissen und mein Gewissen sicher und seiner selbst gewiß. Eben darum habe ich diesmal gar kein Bedürfnis, mitzureden, öffentlich mitzutun, Kritik zu üben oder Opposition zu machen. Ich habe mir zwar vorzuwerfen, daß meine Natur die Seelenregungen meines Volkes nicht mitmacht, aber darüber, ob diese Regungen gute oder böse seien, bin ich ohne Zweifel. Darum kann ich den Wunsch von vielen Wohlmeinenden auch nicht teilen, Deutschland möchte in seiner jetzigen Bewegung vor einem Bankrott bewahrt bleiben, ich halte einen frühen Bankrott für viel besser als einen späten. Sowohl die Verlogenheit der Geschichte gegenüber, die diese Führer auszeichnet, wie auch ihre wilden Methoden im Ausradieren, Verbieten und Unterdrücken alles dessen, vor dem sie Angst haben, vor allem jeder Wahrheit und Selbstkritik, verurteilt das Ganze ja ohne weiteres – aber eben nur für den, der sie »von außen« und »objektiv« betrachtet. Für den, der sie rein biologisch als einen Anlauf und Rausch miterlebt, ist es anders. Viele der Briefe, die ich von dort bekomme, sind wie im höchsten Fieber geschrieben, ganz wie Briefe aus dem August 1914, brennend, berauscht, besoffen, Haßlieder, Amoklieder. Die andern Stimmen sind seltener, weil niemand aus dem Reich offen zu schreiben wagt, alles zittert ja vor Spionage, Geheimpolizei, Denunziantentum. Aber wenn je und je doch ein Brief offener redet, oder einer der Nichtberauschten in die Schweiz zu uns kommt, dann hört man Töne des Leidens, der Entrüstung oder der Resignation, auf die mein ganzes Wesen sofort ohne jede Hemmung reagiert. Auch jetzt wieder stehe ich mit dem Herzen dort, wo die Unterdrückten und Gemaßregelten stehn: die Mißhandelten, Gefangenen, die Juden, die Vertriebenen. Nur heißt das nicht, daß ich so unbedingt mit der Emigranten-Mentalität einig wäre! Ich kann dieser Partei sowenig beitreten wie einer andern. Übrigens hat das Dritte Reich mich bis jetzt ganz und gar in Ruhe gelassen, keins meiner Bücher ist angeprangert, keine Zeitung hat sich verschlossen, ich bekomme bisher auch meine Einkünfte weiter, die freilich sehr klein geworden sind, da fast niemand mehr ein Buch kauft [. . .] Ich empfinde eine Art von Verpflichtung zur Opposition, kann diese aber nicht anders realisieren als indem ich mich und meine Arbeit noch intensiver neutralisiere. Zur aktiven Opposition sehe ich keinen Weg, da ich ja im Grunde an den Sozialismus nicht glaube. Ich habe also gegen das Dritte Reich keine andre Ablehnung und Opposition als ich sie gegen jedes Reich, jeden Staat und jede Gewaltausübung habe, die des einzelnen gegen die Masse, der Qualität gegen die Quantität, der Seele gegen die Materie.

In der Woge nationaler Begeisterung fehlt es nicht an geschäftstüchtigen Versuchen zur Verbreitung minderwertiger Kunst und Dichtung, in welcher der dick aufgetragene Patriotismus für Seichtigkeiten und Nichtkönnen entschädigen soll. Wir wollen uns diese Gefahr recht klarmachen und den Fabrikanten und Anpreisern solcher Waren keinerlei Vorschub leisten. Desto wärmer treten wir für Werke ein, deren Herkunft aus deutscher Geschichte und deutschem Wesen sie zu Volksbüchern besonders geeignet macht. [. . .] Es kann heute, wo

Volkstum, Urwüchsigkeit, Volksseele wieder Schlagworte und zum Teil Gegenstand der Spekulation geworden sind, nicht deutlich genug auf die wenigen echten, unverfälschten Quellen unseres Wissens vom »Volk« hingewiesen werden.[1]

(Aus der »Münchner Zeitung« vom 28. 7. 1933)

Die Meinungen über Deutschland sind verschieden. Unter meinen Freunden, soweit sie überhaupt nähere Beziehungen dazu haben, sind mehrere des Glaubens, das die ganze Hitlerei wieder umfallen und wegschmelzen werde. Andre, in Deutschland Lebende, die anfangs sehr dagegen waren, sagen: wenn die Sache zu einem Bankrott führen sollte, wäre Deutschland am Ende. Mich interessiert die Machtfrage nicht, ich bin immer und jedesmal nicht auf der Seite, wo die Macht ist, möge sie kaiserlich, kommunistisch oder faschistisch sein. Aber dieser groteske Rückfall ins elendeste Deutschland der Unteroffiziere, Fahnen, des Servilismus und der verlogenen Vaterlandslieder ist mir natürlich sehr zuwider. Wirtschaftlich ist dieser Kurs für unsereinen ohnehin beinah vernichtend.

(Aus einem Brief vom 13. 8. 1933 an Ida Frohnmeyer)

Im Übrigen suche ich die Unsicherheit und die vielen Beschwerden, die diese Zeit mir bringt, möglichst ruhig zu ertragen. Es ist moralisch wie materiell recht heikel, der Buchhandel in Deutschland ruht, mit Ausnahme des Verkaufs von Hitlerbroschüren, so gut wie ganz. Kürzlich ist es mir zum erstenmal im Leben passiert, daß ein Verleger ein Buch von mir als Einwickelpapier verkauft hat, weil es unverkäuflich bei ihm auf Lager lag, obwohl es erst vor wenigen Jahren erschienen ist. Es war das kleine Buch zum Gedächtnis meines Vaters.

(Aus einem Brief vom 15. 8. 1933 an Max Thomann)

Dieser Tage kam die Halbjahresabrechnung von meinem Verleger. Ich hatte, nach Abzug dessen, was ich schon als Vorschuß bezogen, ein Resultat von etwa 2000 Mark erwartet. Es waren aber nicht einmal 500. Man braucht Bücher nicht ein-

1 Im März 1934 wurde Hesse nach 30jähriger Rezensententätigkeit für die »Münchner Zeitung« gekündigt.

mal zu verbieten oder zu verbrennen, sie erledigen sich heute von selbst.

(Aus einem Brief vom 25. 8. 1933 an Wilhelm Stämpfli)

Das Phänomen, daß auch sehr kluge und kultivierte Deutsche, die früher über Hitler lachten, ihn jetzt so ernst nehmen, begegnet auch mir des öftern. Ich erkläre es mir so: Deutschland hat, weil es weder seine Mitschuld am Krieg noch den Verlust und die Folgen des Krieges moralisch verdaut und auf sich genommen hat, seit 1918 dauernd mit geschlossenen Augen gelebt. Seine Revolution, die sehr nötig war, ließ es von einer winzigen Gruppe aktiver Linkssozialisten machen, es ließ alle seine Regierungen machen, keine hatte das Interesse und Vertrauen des Volkes; der einzige politische Akt, an dem das Volk ernstlich teilhatte, war die Wahl des alten Generals Hindenburg (der am Jetzigen große Mitschuld hat, der alte Feldwebel). Jetzt auf einmal hat im Volk eine Partei Sympathien gewonnen, ist etwas wie Patriotismus, wie Glaube an sich selber wieder in der Nation aufgewacht – und nun fürchten viele Deutsche, die ihr Volk lieben: wenn auch diese Hoffnung trügt und das Volk in seinem Vertrauen enttäuscht wird, dann bricht alles zusammen. Das ist zwar nicht richtig gedacht, oder doch nur halb richtig, ist aber sehr begreiflich, und erklärt die Ergebenheit, mit der auch viele geistig Hochstehende sich dem heutigen Regime zur Verfügung stellen. Wenn es ihnen glückt, und wenn sie es fertigbringen, Deutschland ohne Krieg wieder in die Höhe zu bringen und die scheußlichen Auswüchse der jetzigen Bewegung wieder zu heilen, so soll es mich freuen. Einen Glauben daran habe ich aber nicht, es ist mir alles zu wüst, zu krampfig, zu marktschreierisch, zu unedel und auch zu dumm, zu geistfeindlich.

Ich werde des öftern belästigt durch das Drängen von Kollegen, ich müsse Stellung nehmen und mich öffentlich der Opposition gegen Hitler anschließen. Ich lehne das ab, ich gehöre keiner Partei an, und wenn der Kommunismus mir auch persönlich sympathischer ist als der Faschismus, so hänge ich ihm dennoch nicht an, wie überhaupt keiner Form von Machtstreben. Ich sehe das Amt des Dichters und der Geistigen darin, den Frieden zu fördern und nicht den Kampf.

(Aus einem Brief vom 17. 9. 1933 an Arthur Stoll)

Ich verstehe es und billige es, wenn ein Mensch viel von sich selbst verlangt, wenn er aber diese Forderung auf andere ausdehnt und sein Leben zum »Kampf« für das Gute macht, so muß ich mich des Urteils darüber enthalten, denn ich halte von Kampf, Aktion, Opposition nicht das mindeste; ich glaube zu wissen, daß jeder Wille zur Änderung der Welt zu Krieg und Gewalt führt, und kann darum mich keiner Opposition anschließen, denn ich billige die letzten Konsequenzen nicht, und halte das Unrecht und die Bosheit auf Erden nicht für heilbar. Was wir ändern können und sollen, das sind wir selber: unsere Ungeduld, unser Egoismus (auch der geistige), unser Beleidigtsein, unser Mangel an Liebe und Nachsicht. Jede andere Änderung der Welt, auch wenn sie von den besten Absichten ausgeht, halte ich für nutzlos, darum habe ich auch keinerlei Beziehungen zu oppositionellen Parteien und Blättern, und kann Ihnen also leider auch in dieser Hinsicht keinen Rat geben.

(Aus einem Brief vom 25. 9. 1933 an eine Studienassessorin)

Ich habe seit dem Frühling Hunderte von Deutschen bei mir gesehen, Flüchtlinge sowohl wie Feriengäste, Anhänger wie Gegner des deutschen Faschismus, Leute beinahe jeden Standes, und ich selbst hänge mit Deutschland so eng zusammen (wirtschaftlich ganz und gar, es ist ja mein Markt, und seelisch sowohl durch die Sprache und Literatur wie durch meine nahen Verwandten und Freunde, die dort leben und zu Haus sind), daß ich im wesentlichen orientiert bin. Nur ist meine persönliche Anschauungsweise und auch meine Ausdrucksweise eine etwas andre als die Ihre. Ich habe, als Dichter und als ein sehr stark »introvertierter« Mensch, von frühester Jugend an in einer gewissen Einsamkeit und Weltabgewandtheit gelebt, und daraus ist auch meine Aufgabe, mein Beruf und Pflichtenkreis entstanden: Anwalt und Sprecher für die Menschen meinesgleichen, für die Vereinsamten, Insichgekehrten, von der »Welt« Verspotteten zu sein. Darum ist auch heute meine Stellung zu den deutschen Vorgängen die: ich versuche mit aller Ruhe so lange meine Funktion weiter auszuüben, als es mir erlaubt wird. Einer Opposition gegen Hitler mich anzuschließen hätte nur dann einen Sinn, wenn ich mich einer Partei, einer organisierten Macht anschlösse, das wären die

Kommunisten, aber die Teilnahme an ihrem Kampf ist mir ebenso verboten wie die Teilnahme am militaristischen Faschismus, denn ich lehne jede Macht und jedes Erreichenwollen von Macht mit materiellen Mitteln ab.

Meines Standpunktes bin ich geistig nahezu vollkommen sicher, und das ist diesmal mein Vorzug im Gegensatz zum Jahr 1914: ich habe damals eine Reihe von Selbstprüfungen und inneren Aufräumearbeiten bis zur Grenze der Selbstvernichtung tun müssen, und die meisten davon brauchte ich diesmal, wo aufs neue Politik und brutale Nötigung mich zum Blick nach außen zwingen, nicht wieder zu tun.

Die traurige Mentalität der deutschen Juden ist mir leider seit langem bekannt, ihr Verhalten gegen die Ostjuden war schon lange vor Hitler ein Verrat und eine Schande, beinahe möchte man sagen »es geschieht ihnen recht«, wenn das nicht gegenüber ihrer jetzigen Lage unerlaubt roh wäre. Aber wir dürfen nicht vergessen: Juden wie Deutsche haben neben ihrer rohen, dummen und feigen Mehrheit auch eine feine, weise und tapfere Minderheit, mag sie noch so klein sein. Allein das Vorhandensein einer Person wie Martin Buber ist ein Trost und Glück. Er hat sich in seinen letzten Schriften und seinem Verhalten seit Jahren zu einer Reinheit, Klarheit und Sicherheit des Standpunktes entwickelt und ist heute, als Jude und für die kleine Minderheit der geistigen Juden, ein Sammler und Kraftspender geworden, er hat sich weder der deutschen noch der feigen deutsch-jüdischen Art auch nur um einen Schritt gefügt.

Diese kleinen Minderheiten und Herde von Geist und Frömmigkeit sind es, für die ich heute ein lebendiges Mitwissen und Mitschwingen und stilles Mittragen und Mitarbeiten habe. Für meinen kleinen persönlichen Lebenskreis zum Beispiel wird meine Verbindung mit Deutschland mir beinahe täglich bestätigt durch die Briefe von Lesern, namentlich ganz jungen Lesern, die sich in einer oft argen Unsicherheit, aber meist mit rührendem Vertrauen an mich wenden, um in ihren Lebenskrisen irgendeine Bestätigung oder Korrektur zu suchen. Und diese Briefe, seit zwanzig Jahren mein einziger realer Beweis für den Sinn meiner Existenz und Arbeit und zugleich meine tägliche Last und Plage – diese Briefe von jungen deutschen Lesern haben sich seit dem März 1933 in nichts geändert, nicht einmal seltener sind sie geworden. Nach wie vor kämpfen jene Schichten der Jugend, denen ein rasches Aufgehen in der Masse und Uniform nicht möglich ist, ihren Kampf um Licht und Geist, wozu oft die bitterste materielle Not kommt, lesen Arbeitslose in Leihbibliotheken ein Buch, das sie anpackt, beginnen nachzudenken, suchen den Weg zum Autor, verlassen ihn vielleicht bald wieder, weil er für sie nicht als Ratgeber oder Vorbild, nur als Erwecker in Betracht kam, und an dieser Stelle, als Sprecher für eine kleine Minderheit von Menschen, die um Sinngebung und Zielsetzung ringen, an dieser Stelle bin ich nach wie vor mit dem deutschen Volk verbunden und habe in ihm eine Funktion. Manche dieser Leute finden auch persönlich den Weg bis Montagnola, erscheinen eines Tages hier, sprechen für eine Stunde oder einen halben Tag vor, sind zu Fuß oder per Rad hergekommen und geben, ebenso wie die Briefe, sowohl Sorgen wie Freude, und im ganzen wird für mich daraus eine langsam und stetig wachsende Verantwortlichkeit, die mich manchmal schwer drückt, manchmal auch hält und freut.

Andererseits begreifen viele meiner Freunde nicht, daß ich nicht Partei ergreife, mich weder in Deutschland einordne noch der Opposition anschließe. Ich hätte zu letzterem oft Lust, aber nur für Augenblicke. Wozu die Proteste? Wozu die witzigen Aufsätze über Hitler oder über die deutsche Unteroffizierbegabung? Was geht sie mich an? Ich kann sie nicht ändern. Ich kann aber allen denen ein wenig helfen, die gleich mir die ganze säuische Machtstreberei und Politik in ihrem ganzen Tun und Denken sabotieren und Inseln des Menschentums und der Liebe bilden inmitten von Teufeltum und Totschlag.

(Aus einem Brief vom 29. 9. 1933 an Josef Englert)

Mit dem, was Sie über Deutschland und über die Funktion von Literaten meiner Art sagen, haben Sie ganz recht. Diese Funktion dauert unverändert fort, wird sogar noch notwendiger, und daß es so ist, zeigen mir das Jahr hindurch einige tausend Briefe von Lesern, meist jungen Menschen, diese Briefe haben seit dem Regime Hitler an Zahl kaum abgenommen und an Intensität sich verstärkt. Dagegen wird uns Autoren im heutigen Deutschland der wirtschaftliche Boden immer mehr entzogen, der Geist an sich ist unbeliebt, das Volk soll nicht lesen, sich bilden oder Gefühle pflegen, sondern soll turnen, gehorchen und den Krieg vorbereiten. Wir merken das zunächst daran, daß der ganze gute Büchermarkt fast völlig eingeschlafen ist. Die Zeitungen bezahlen uns Autoren heute noch ein Viertel der ohnehin mäßigen Honorare, die noch vor kurzem galten. Und langsam droht unser äußerer Apparat notzuleiden und zu verrosten: z. B. mein Verlag hat einige seiner besten und erfolgreichsten Autoren durch Bücherverbote und Verfemung zur Zeit verloren, unsre gute Zeitschrift, die Neue Rundschau, hält sich nur noch mühsam und wahrscheinlich nicht mehr sehr lange. Zum erstenmal im Leben ist es mir passiert, daß ein kleines Buch von mir, erst vor 4 Jahren erschienen, vom Verleger als Makulatur verramscht wurde. Nur diese äußeren, materiellen Zustände sind es, die ich beklage und die mir Leiden bringen. In der Arbeit selbst lasse ich micht nicht beirren. Hätte ich die Gabe und den innern Beruf des Organisators, statt ein so ausgesprochner Einzelgänger zu sein, so würde ich jetzt eine Gruppe der Intellektuellen bilden, welche die Politik und das Parteiwesen grundsätzlich und schärfstens sabotieren, würde zur Geduld, zur Liebe, zum Festhalten großer Gesichtspunkte aufrufen, ja einen Boykott gegen das Aktuelle in der Kunst und Literatur ausrufen. Denn wenn ich Hitler und Goering nicht billigen kann, so billige ich den Kommunismus eben so wenig, und halte es für das Amt der Literaten, keineswegs Richtungen und Parteien und aktuellen Zielen zu dienen, sondern im Gegenteil die Menschen an das Zeitlose zu mahnen. Aber es würden mir da nur wenige Schwärmer folgen, ich muß weiterhin als Einzelgänger leben und arbeiten. So stehe ich im Augenblick zwischen der offiziellen, gebilligten Literatur Deutschlands und der oppositionellen der Emigranten ganz allein, ebenso wie ich während des Krieges allein stand.

(Aus einem Brief vom September 1933 an Werner Reinhart)

Der schlecht stilisierte, feierlich-komische Fluch, den der arme [Alfred] Kerr seinem Hauptmann nachruft,[1] hat mich nicht sehr tief bewegt. Er maßregelt den, den er seit 30 Jahren überschätzt hat. Und wie spät hat er das alles bemerkt, der sonst so gerissen und findig tuende Kerr! Vor zwei Jahren will dieser Scharfsinnige bemerkt haben, daß Hauptmann politisch nicht ganz »sicher« sei! Als ob Hauptmann das jemals gewesen wäre! Als ob Hauptmann nicht immer dorthin gelaufen wäre, wo Macht und Erfolg waren! Als ob die liederlichen Kriegsgedichte, die Hauptmann schon gleich im Sommer 1914 schrieb (während er gleichzeitig alles tat, um seinen Sohn militärfrei zu kriegen) nicht genügen würden! Oder die würdelos feige Antwort, die er mir 1914 auf Rollands offenen Brief gab![2]

Nein, Herr Kerr konnte seit Jahrzehnten ganz genau wissen, wieviel Hauptmann wert sei. Aber solang Herr Kerr Erfolge hatte und von Hauptmanns Ruhm mitzehrte, war er zufrieden mit ihm. Erst als Kerr Ruhm und Brot verlor und flüchtig werden mußte, während Hauptmann weiterhin gedieh, da entdeckte Kerr nun plötzlich, daß Hauptmann »seit zwei Jahren« politisch »unsicher« sei!

1 Von seinem Pariser Exil aus schrieb Alfred Kerr u. a. in seinem Buch »Die Diktatur des Hausknechts« u. d. T. »Gerhart Hauptmanns Schande«: »Ich kenne diesen Feigling nicht. Dornen sollen wachsen, wo er noch hinwankt. Und das Bewußtsein seiner Schande soll ihn würgen in jedem Augenblick. [. . .] Er will seine Wirtschaftsexistenz nicht aufs Spiel setzen. Doch er duckt nicht nur: er wedelt. [. . .] Er hat sich dann unmißverständlich den klobigen Gefängniswächtern Deutschlands angefreundet. Er wußte genau, daß es ihr Trick ist, jede begangene Gemeinheit gleichzusetzen mit dem feierlichen Begriff ›Deutschland‹! Er wußte genau, daß Volkserhebungen keineswegs mit Niedrigkeit verbunden sein müssen. Er hat aber mit dem letzten bißchen Kraft den Hakenkreuzlappen gehißt auf seinem Haus; aus Furcht, aus Vorteilsucht, aus schmieriger Schwäche, Hauptmann ist wurmstichig im Seelengrund. [. . .] Ich weiß, Hauptmann, was Du mir (mit schlechtem Gewissen) sagen würdest: ›eine gewaltige Volksströmung . . .‹ und so. Du belügst – auch Dich. Es gibt, nochmals, Volksbewegungen, die anständig sind . . . und außerdem ist es keine: sondern, wie Du genau weißt, eine Volksüberrumpelung durch plumpe Gewalthaber. [. . .] Du bist ihr Zutreiber geworden. Ehrlos, ehrlos, ehrlos. [. . .] Hier starb jemand vor seinem Tode; verachtet selbst von denen, die von allen verachtet sind. Das ist der Schluß. Sein Andenken soll verscharrt sein unter Disteln; sein Bild begraben in Staub.«

2 Bisher noch nicht aufgefunden. Rollands »Offener Brief an Gerhart Hauptmann« erschien im »Journal de Genève« vom 2. 9. 1914.

Das ist keine Tragödie, sondern ein derber Schwank. Den beiden brauchen wir nicht nachzutrauern, nicht dem Hauptmann und nicht dem Kerr.

(Aus einem Brief vom 24. 11. 1933 an Otto Basler)

Von den jetzigen Spaltungen im deutschen Christentum weiß ich nicht sehr viel, die protestantische Neigung zum Sichanpassen und zum Kapitulieren vor dem Staat war mir stets fatal und verhaßt, und anfangs sah ich, nachdem Deutschland die Katholiken zum Schweigen gebracht und durch ein Konkordat eingeschläfert hatte, in der protestantischen Kirchenbewegung nichts anderes als einen brutalen Rückfall ins Barbarische und Urdeutsche. Inzwischen freilich hat es sich gezeigt, daß außer einigen Katholiken und außer dem großartigen Juden [Martin] Buber auch eine ganz stattliche protestantische Bewegung da ist, die sich gegen die Verdummung und Verrohung wehrt, und einige recht mutige Vertreter hat, einer davon, der mir seit Langem bekannte Tübinger Professor Hauer[1], hat mir dieser Tage geschrieben.

(Aus einem Brief vom 1. 12. 1933 an Hermann Hubacher)

1 Jakob Wilhelm Hauer (1881-1962), Religionshistoriker und Indologe, Führer der »Deutschen Glaubensbewegung«.

Besinnung

(Geschrieben in Baden, am 20. Nov. 33, als ein Versuch, jene paar Fundamente meines Glaubens zu formulieren, deren ich sicher bin.)

Göttlich ist und ewig der Geist.
Ihm entgegen, dessen wir Bild und Werkzeug sind,
Führt unser Weg, unsre innerste Sehnsucht ist:
Werden wie Er, leuchten in Seinem Licht.
Aber irden und sterblich sind wir geboren,
Träge lastet auf uns Kreaturen die Schwere.

Hold zwar und mütterlich warm umhegt uns Natur,
Säugt uns Erde, bettet uns Wiege und Grab;
Doch befriedet Natur uns nicht,
Ihren Liebeszauber durchbricht
Des unsterblichen Geistes mahnender Funke
Väterlich, macht zum Manne das Kind,
Löscht die Unschuld und weckt uns zu Kampf und Gewissen.

So zwischen Vater und Mutter,
So zwischen Leib und Geist
Zögert der Schöpfung gebrechlichstes Kind,
Zitternde Seele Mensch, des Leidens fähig
Wie kein andres Wesen, und fähig des Höchsten:
Gläubiger, hoffender Liebe.

Schwer ist sein Weg, Sünde und Tod seine Speise,
Oft verirrt er ins Finstre, oft wär' ihm
Besser, nicht geschaffen zu sein.
Ewig aber strahlt über ihm seine Sendung,
Seine Bestimmung: das Licht, der Geist.
Und wir fühlen: ihn, den Gefährdeten,
Liebt der Ewige mit besonderer Liebe.

Darum ist uns irrenden Brüdern
Liebe möglich noch in der Entzweiung,
Und nicht Richten und Haß,

Sondern geduldige Liebe,
Liebendes Dulden führt
Uns dem heiligen Ziele näher.

Das gleiche Gedicht[1] hatte ich der »Vossischen Zeitung« [Berlin] geschickt mit der Bitte, es an Weihnachten oder Neujahr in einer der Festbeilagen zu bringen, damit viele es zu sehen bekommen. Aber die gleichgeschaltete Redaktion hat richtig erkannt, daß der in dem Gedicht ausgesprochene Glaube genau das Gegenteil von der Blut- und Machtreligion ist, die heute regiert, und hat es abgelehnt und mir zugleich zu verstehen gegeben, daß ich bei ihr nichts mehr zu suchen habe.

(Aus einem Brief vom 1. 1. 1934 an Arthur Stoll)

Wenn ich auch nicht an lange Dauer der Gewaltorgien glauben kann, so weiß ich doch, wie schnell alte und edle Gebilde unter Umständen ihr Ende finden können, und die Eidgenossenschaft rechne ich dazu. Und leider sind alte Demokratien mehr geeignet, ein politisch waches Volk als eine starke Regierungsmacht für Notzeiten zu bilden.

Ich darf nicht mitreden, ohne sofort als Schwob eins aufs Maul zu bekommen, aber über Bundesrat und Nationalversammlung denke ich nicht anders als Du.

(Aus einem Brief vom Dezember 1933 an Walter Schädelin)

Die kleinen Literaten und die kleinen Pfaffen sind meistens am kriegerischsten gewesen. Nach verlornen Kriegen schweigen sie eine Weile, bis wieder Fahnen wehen, dann geht der Gesang wieder los. Quod Deus bene vertat.

(Aus einem Brief vom 4. 1. 1934 an Otto Hartmann)

Dem Briefschreiben gefährlicher als all das ist das Abgesperrtsein durch die Grenzen, das Fremdwerden des eben noch nah Verwandten, die babylonische Sprachverwirrung zwischen den Lagern. Es wird mehr und mehr wie in Pestzeiten, wo keiner dem andern mehr traut, oder wenn er ihm auch traut und ihn liebt, doch ihm die Hand zu geben sich nicht getraut, weil er sich oder weil er dem andern schaden könnte.

(Aus einem Brief vom Januar 1934 an Alfred Kubin)

1 »Besinnung«.

Sowohl die Rechten wie die Linken pflegen diesen edlen Geistern zu mißtrauen, denen Liebe über Haß, Bewahren über Zerstören, Wartenkönnen über Schlagworte geht. Es wird heute der Dichter, der nicht das Feld seiner Arbeit und Pflicht liegen läßt, um aktuell zu tun, leicht angepöbelt. Indessen vollzieht er ein wichtiges und heiliges Amt, kein anderes ist inmitten aufregender und leidenschaftlicher Zeiten wichtiger. Er gibt das Beispiel der Treue im Dienst, er bewahrt edle Traditionen, er ermutigt die geistige Jugend im Glauben an das Überzeitliche.

(Aus »Die Neue Rundschau«, Berlin, vom April 1934)

Den politischen Ereignissen des Jahres gegenüber verhielt ich mich still und neutral, ich lebe seit zweiundzwanzig Jahren in der Schweiz und bin Schweizer, und habe auch als solcher nicht viel Nationalismus in mir. Daß man in solchen Zeiten »bei seinem Volk stehen« müsse, wie auch Du es ausdrückst, mag schon richtig sein, aber man kann das auf viele Arten tun. Durch Mitschreien bei dem großen Geschrei und Mithassen bei all den Pogromen gegen die Juden und den Geist, gegen Christentum und Menschentum nützt man ja seinem Volk wenig, für das »Volk« sind die »großen Zeiten« ja immer die des Hassens und der Kriegsbereitschaft. Wir Geistigen, auch wenn wir uns dadurch unbeliebt machen, sollten dazu schweigen, solang es möglich ist, und sollten zwar zum Volk, nicht aber zu seinen Leidenschaften, Roheiten und Gemeinheiten stehen, dazu sind wir nicht da.

Inzwischen hat Dich vielleicht mein Gedicht »Besinnung« erreicht. Es ist ein Glaubensbekenntnis in ziemlich scharfer Formulierung, recht weit weg vom »deutschen« Christentum dieser Tage, das den Primat des Geistes nicht kennt, weil es von »Rasse«-Gläubigkeiten betrunken ist.

(Aus einem Brief vom 11. 2. 1934 an Wilhelm Gundert)

Daß ich meinem letzten Brief an Sie jene Zeitung mit dem Bericht über die Leipziger Wagner-Orgie beilegte, war zunächst einfach Zufall – sie war grade am selben Morgen angekommen, an dem ich Ihnen schrieb, und da ich selbst nur sehr selten deutsche Zeitungen zu sehen kriege, vergaß ich für einen Moment, daß Sie ja viel mehr Gelegenheit haben als ich, solche

Dokumente der Zeit zu sehen. Aber wenn ich mich genauer prüfe, war leider auch etwas Bosheit oder Schadenfreude dabei: Sie wissen ja, daß ich in dem, was Sie Abschätziges und Kritisches über Wagners Theatralik und Großmannssucht sagen, sehr mit Ihnen übereinstimme, während Ihre Dennoch-Liebe zu Wagner mir zwar ehrwürdig und auch rührend, aber doch nur halb verständlich ist. Ich kann ihn, offen gesagt, nicht ausstehen. Und vermutlich empfand ich beim Blick auf jene Zeitung mit Hitlers Superlativen über Wager Ihnen gegenüber etwas wie »Da haben Sie Ihren Wagner! Dieser gerissene und gewissenlose Erfolgmacher ist genau der Götze, der ins jetzige Deutschland paßt, und daß er doch wohl Jude ist, paßt erst recht dazu!« Irgend so etwas war wohl mit im Spiel.

Daß Sie nicht in Deutschland leben könnten, ist auch mir ganz klar. Wenn es auch ganz hübsch ist, daß dort allmählich alles irgendwie Geistige in Konflikt mit der Macht gerät und in die Christenverfolgung mit einbezogen wird (sogar ein recht harmloser Vortrag von Kolbenheyer[1] wurde polizeilich verboten) – so sieht das Ganze doch wohl sehr ernst aus, denn es ist kein Zweifel, daß drüben ganz gewaltig gerüstet wird. Ich weiß nicht recht, was ich wünschen oder anordnen würde, wenn ich für eine Minute Weltgeschichte machen müßte – ich glaube beinahe, ich würde Frankreich über den Rhein marschieren und Deutschland jetzt einen Krieg verlieren lassen, den es in ein paar Jahren vielleicht gewinnt.

(Aus einem Brief vom 18. 3. 1934 an Thomas Mann)

Für Sie muß »heute« alle Stellungnahme des einzelnen politisch sein. Für mich nicht, sondern im Gegenteil, für mich ist an der Haltung eines jeden das, was mich interessiert: ob er »politisch« ist und an die Mittel der Politik glaubt, deren letzte und stärkste immer die Kanonen sind, oder ob er den Unglauben an die Politik hat und dafür die Tendenz, sein Leben und Denken auf Gott hin, auf einen überzeitlichen, überaktuellen Mittelpunkt hin zu zentrieren nicht im Sinn einer verständigen Weltanschauung, sondern im Sinn des Dienstes und Opfers. Mein Standpunkt ist für Sie nicht diskutabel, er ist es auch für

1 E. G. Kolbenheyer, »Über den Lebensstandard der geistig Schaffenden und das neue Deutschland«.

mich nicht, da er nicht Wahl sondern Schicksal ist. Ob ich damit »recht« habe, das zu entscheiden, liegt gar nicht bei mir. Von mir aus gesehen hat niemand recht, und die Kämpfe streitender Meinungen und Programme sind nicht vernünftig, also im Grunde vermeidbar, sondern tragisch und unvermeidbar. Für mich ist es ganz einerlei, ob Hitler oder ob Trotzki oder wer sonst die Kanonen befehligt – wohl ihm, wenn er aufrichtig an den Wert seines Tuns glaubt; die Welt ändern oder bessern wird er nicht, da er gar nicht am Angelpunkt steht, der liegt für die Menschen von meinem Glauben innen in jeder Seele, und jedem von uns ist es zwar erlaubt, für seinen Glauben zu sterben, aber nicht: für seinen Glauben zu töten. [. . .]

Ich habe seit vier Wochen die junge Witwe eines Freundes im Haus,[1] eines Ihrer Gesinnungsgenossen, der als Emigrant in Italien gestorben ist. Die Beziehungen zu Deutschland bröckeln langsam ab; was dort noch in Zeitungen von mir steht, sind Zweitdrucke, ohne mein Wissen durch ein Büro vertrieben. Allmählich rücken auch die Emigranten sachte von mir ab, und es entsteht eine ähnliche Isolierung wie die, in der ich die Jahre des Krieges lebte, aber sie ist heute trotz allem viel leichter zu ertragen. Ich kann sogar ein wenig arbeiten, freilich geht es sehr schwer.

(Aus einem Brief vom 19. 3. 1934 an Rudolf Leonhard)

Von Deutschland her kommt jetzt fast nur noch Schlimmes. Und das Schlimmste wird der kommende Krieg sein, der dort mit Fanatismus vorbereitet wird, wenn auch Hitler seine Friedensreklame macht. Nach der Judenverfolgung ist nun auch eine Art Christenverfolgung da, und bald wird alles, was mit Geist, mit Menschlichkeit etc. etc. zu tun hat, von diesen Berserkern ausgerottet werden. Ein baldiger Krieg, den sie noch verlieren würden, wäre das beste.

(Aus einem Brief von Mitte März 1934 an Hans Hesse)

Vorgestern wurde mir meine letzte, seit manchen Jahren bestehende Mitarbeit in Deutschland gekündigt, meine mehrmals

1 Eleonore Wiegand.

im Jahr erscheinenden Bücherberichte für die »Propyläen«[1] werden jetzt nicht mehr gewünscht, es war meine letzte Verbindung mit der heutigen Öffentlichkeit in Deutschland. Jetzt habe ich als Organ, an dem ich gelegentlich, mit beschnittenen Flügeln natürlich, mitarbeiten kann, bloß noch »Die neue Rundschau«, und deren Leserkreis ist klein geworden, meine Tätigkeit ist wieder zu einem Privatvergnügen herabgesunken. Ich arbeite aber zur Zeit dennoch weiter, Studien zum nächsten Buch,[2] dem schwierigsten und kompliziertesten meiner Versuche, ich habe auch die Bude voll alter Bücher aus der Zürcher Zentralbibliothek liegen, meist schwäbische Theologie des 18. Jahrhunderts.

(Aus einem Brief vom 1. 4. 1934 an Helene Welti)

Es wird heute in Deutschland, trotz allem was gepredigt wird, trotz allem Schimpfen auf »Asphaltliteratur« und Hochpreisen der echt deutschen Dichter, noch immer eine große Menge Schund gelesen, wozu auch viel Schund in patriotisch-deutscher Aufmachung gehört. Um das zu bessern, gibt es keinen anderen Weg als eine neue, ernstliche Erziehung der Jugend, und vor allem der werdenden Lehrer, zur Kenntnis und Schätzung der großen Dichter, besonders der großen volkstümlichen Erzähler, deren Zahl keineswegs groß ist. Zu ihnen gehört Gotthelf, er ist einer ihrer besten.[3]

(Aus der »Münchner Zeitung« vom 25. 5. 1934)

Ihre so starke Beanspruchung durch die Arbeit im Beruf gehört ja mit zu den Symptomen unsrer Zeit und ihrer Todkrankheit. Gerade die Besten, soweit sie nicht zu einem unfruchtbaren Outsidertum getrieben werden, erschöpfen ihr Leben in dieser großen Mühle der Geschäfte, wobei niemand zu sagen weiß, wo die zivilisatorische Hochleistung aufhört und die mechanisierte tote Organisation anfängt, und niemand weiß auch zu sagen, wo und wie es begonnen hat und verursacht ist. Die Naivsten schieben die Schuld auf den Weltkrieg. Andre sehen einen Schritt weiter, überblicken die Ge-

1 Feuilletonbeilage zur »Münchner Zeitung«.
2 »Das Glasperlenspiel«.
3 Mit dem Bücherbericht, aus dem dieser Passus stammt, wurde Hesses Mitarbeit am Feuilleton der »Münchner Zeitung« (»Die Propyläen«) eingestellt.

schichte der Industrie, der Naturausbeutung und des Hochkapitalismus seit dem letzten Viertel des 19. Jahrhunderts und schaudern, wenn sie feststellen, daß sich seit damals die Einwohnerzahl von Europa viermal vermehrt hat, während sie vorher durch etwa 2000 Jahre ziemlich stabil gewesen zu sein scheint. Für meine subjektive Betrachtung liegen die Wurzeln noch tiefer, reichen in der Zeit weiter zurück und sind am Ende geistige. Aber die Tatsache besteht, daß wir in einer sinnlosen Hölle leben, entweder unnütz und von Volk und Staat nur noch als entbehrliche Zierate empfunden, wie die Künstler und abstrakten Denker, oder überanstrengt, ohne Muße, ohne Ruhe, eingespannt in eine Riesenmaschine, wie es allen tüchtigen und erfolgreichen Geistigen geht, in der Wissenschaft, der Arztpraxis, der Industrie oder wo immer.

Aber wenigstens ist uns die Einsicht möglich, daß das Gefüge der Welt ein Ganzes ist, und wir können es erleben, daß die besten Vertreter der spezialisierten Arbeitskategorien nach einander und nach der verlorengegangenen Einheit des Lebens und Denkens Sehnsucht fühlen.

Ich habe zur Zeit stärker als je seit dem Jahr 1918 das Gefühl, daß wir einer Katastrophe näherrücken, d. h., daß bald wieder große kriegerische Erschütterungen unsre Ateliers und Laboratorien gefährden und uns die Fragwürdigkeit unsres Lebens demonstrieren werden.

Von jungen Menschen aus Deutschland bekomme ich oft phantastische Briefe. Die einen davon fühlen sich als Gipfel der Weltgeschichte und strahlen eine geistlose, aber gewaltige Vitalität aus. Die andern sind von einer Zerrissenheit und Verzweiflung, bei der einem der Atem stehen bleibt.

(Aus einem Brief vom 6. 5. 1934 an Arthur Stoll)

Ich glaube an kein einziges der Ideale, die heute gelten, und glaube zwar durchaus an den Fortbestand der Menschen, des Geistes und damit der Kultur, sehe die äußere Weltgeschichte aber einem Abbau und Zusammenbruch entgegengehen, deren Beginn der letzte Krieg erst war und die durchlaufen werden müssen, ehe an Neuordnung zu denken ist. Es wird uns Geistigen nahezu unmöglich, in dieser Zeit zu leben, aber Aufgaben haben wir doch, und damit ist auch in der Hölle Leben möglich. [. . .]

Ich sehe uns und unsere Welt untergehen, nichts ist mir sicherer als dieser Untergang, den ich bejahe, ja wünsche, denn ich sehe ihn nur als Sterben erkalteter Formen, ohne an die Mitvernichtung des Lebens zu glauben. Wir werden bald wieder Kriege haben, große Kriege, und den Todeskampf ein Stück weiterführen. Nicht ihn zu verhindern, zu verzögern oder zu beschleunigen halte ich für meine und unsere Aufgabe, sondern ihn zu sehen, den Blick ins Chaos zu ertragen, dem Chaos den Geist entgegenzustellen und den Glauben an den Geist, als Creator wie als Logos, den Späteren weiterzugeben.

(Aus einem Brief vom Mai 1934 an Friedrich Michael)

Es vergeht kein Tag ohne Besuche, oft sind es gleich mehrere, und neun Zehntel sind junge Menschen aus Deutschland und der deutschen Schweiz. Ein Primaner aus Hannover, der neulich kam, gab zu, daß im 3. Reich nicht alles ideal sei, aber als ich ihm sagte, es sei eine Schande für die ganze deutsche Jugend, daß sie die in den Konzentrationslagern zu Tod gequälten Leute so lächelnd mit auf ihr Gewissen nehme (eben war die Nachricht von Mühsams[1] Tod gekommen), da meinte er mit jenem besserwissenden germanischen Lächeln: unter den gefangensitzenden Autoren sei doch wohl keiner, der dem deutschen Volk etwas zu sagen habe. Ich sagte ihm: wenn er das mit seinen 18 Jahren so genau wisse, und wenn er damit die Bestialität des ganzen dritten Reichs für entschuldigt halte, so möge er uns hier in der Schweiz lieber mit seinem Besuch verschonen, und er zog, immerhin betreten, ab.

(Aus einem Brief, Mitte Juli 1934 an Manuel Gasser)

Also das, was ich Ihrem Wohlwollen empfehlen wollte, ist der Schweizer Schriftsteller-Verein (Zürich, Witikonerstr. 250). Er sandte mir ein Rundschreiben mit der Bitte, einige Gönner zu werben, die dem Verein als »Freunde« beitreten und einen Jahresbeitrag von 20 Franken Minimum bezahlen. Das wollte ich Ihnen empfehlen, weil die Schweiz bekanntlich noch weniger als andre Länder für die Literatur tut, und die Bundesbei-

1 Erich Mühsam (1878-1934), Lyriker, Dramatiker, zeitkritischer Essayist. 1919 beteiligte er sich als Mitglied des »Revolutionären Arbeiterrats« an der Proklamation der Bayerischen Räterepublik. Am 6. 4. 1934 war er im KZ Oranienburg »zu Tod gequält« worden.

träge etc. der Krise wegen teils gekürzt, teils ganz gestrichen wurden. Nun ist aber dieser Verein, als Berufsorganisation der sonst vollkommen schutzlosen »Intellektuellen«, heute für uns Autoren sehr wichtig, und wenn er einginge, wären wir übel dran. Daß ich z. B. heute noch in Deutschland Bücher drucken darf, ohne mich einem der scheußlichen Gebilde dort wie »Kulturkammer« etc. anzuschließen und zu unterwerfen, davor schützt mich nur die Zugehörigkeit zum Schweizer Verein.

(Aus einem Brief vom 30. 7. 1934 an Helene Welti)

[Stefan] George und was zu ihm gehört (es gehört das halbe heutige Deutschland dazu) setzen eine willentliche Haltung, eine Zucht, eine vom Willen diktierte und kontrollierte Auswahl voraus, während ich zu der Art gehöre, die gegen den Willen und das Gewollte mißtrauisch ist und eine Harmonie zwischen Geist und Natur, zwischen Willen und Gnade sucht. Die Gefahr der ersteren ist Hochmut, Diktatur (Georges Diktatur in seinem »Kreis« und sein Anspruch auf Ausschließlichkeit, als einziger Dichter der Epoche, waren Vorläufer der andern deutschen Diktatur, und zum Teil sogar direkte Vorbilder) – die Gefahr der andern Art ist Sichgehenlassen, Unterschätzen des Formwillens, mangelnde Zucht. Nicht irgendwo zwischen beiden Arten, sondern über ihnen im lebendigen Hin und Her zwischen beiden Polen liegt das Gültige.

(Aus einem Brief vom 25. 8. 1934 an Otto Basler)

Sie haben da, liebe Frau Markwalder, in Ihrem Brief etwas gesagt, was nicht richtig ist: Sie sagen, ich sei »stets unter den Feinden Deutschlands« gewesen! Warum denn? Weil ich sehr häufig ein Gegner der deutschen Politik war? Aber ein Volk hat ja nicht bloß seine Politik, es hat auch seine Seele, seine Kultur, seine Landschaft, seine Sprache, seine Geschichte und Erinnerungen, sein Erbe an Geist und Kunst. An dem allem habe ich, seit ich lebe, mit meiner ganzen Lebensarbeit den innigsten Anteil, sowohl als Dichter wie als Kritiker. Seit vielen Jahren besteht etwa die Hälfte meiner Arbeit im Lesen und Beantworten von Briefen, die ich aus Deutschland erhalte, meist von jungen Leuten, die mit ihren Nöten, ihren Hoffnungen, Idealen und Zweifeln zu mir kommen. Ich möchte alle diese, oft sehr verantwortungsvolle und lastende Arbeit nicht getan haben, um nun am Ende als ein »Feind Deutschlands« angesehen zu werden. So steht es wirklich nicht. Und wenn ich, wie Sie selbst es ja auch tun, die zum Teil unerhört grausamen und törichten Akte des jetzigen Regimes mißbillige (wie ich es auch schon vor dem Krieg unter dem Kaiser tat), so kommt auch das keineswegs aus Feindschaft, sondern aus Liebe. Ein Volk hat seine Denker, Dichter und Literaten nicht bloß, um ihm zu schmeicheln und es in jeder Laune und Unart zu bekräftigen, das wäre eine falsche Auffassung von unsrer Aufgabe.

Kurz, Sie werden keinen Deutschenfresser in mir finden.

(Aus einem Brief, ca. September 1934, an Berta Markwalder)

Ich bin sehr überanstrengt, und dabei wird der Verkehr mit Deutschland, auch der rein geschäftliche, immer heikler und häßlicher, die meisten Redaktionen zahlen überhaupt nichts mehr, manche berufen sich auf den gesetzlichen Schutz, den die deutsche Regierung den Deutschen gegen ausländische Gläubiger gewährt, das Ganze ist ein Räuberunternehmen. Aber die Beträge, die ich noch je und je zu bekommen habe, sind so winzig, daß das nicht einmal so wichtig ist. Viel schlimmer ist das Geistige und Moralische. Man steckt seine Arbeit da in eine Welt hinein (ich meine die deutsche Literatur und öffentliche Meinung), in eine Welt, die lauter Fäulnis ist, und an der nichts zu bessern ist. Vielleicht glückt mir eines Tages der Rückzug aus dieser Welt und aus der Sorge der Mitverantwortlichkeit um sie. Wenn es dazu käme, dann würde ich mich auf das Werk zurückziehen, das mich seit mehr als drei Jahren beschäftigt (im Dezember wird die Rundschau wieder eine Probe bringen[1]), und mich um das Aktuelle und die Außenwelt überhaupt nicht mehr kümmern. Heute ist mir das nicht möglich, ich fühle mich (vielleicht sehr irrtümlich!) dazu verpflichtet, dieses versaute und brutalisierte Deutschland nicht zu verlassen, sondern in meiner Sphäre die Tradition der Anständigkeit und Gerechtigkeit zu wahren. Unter andrem bin ich heut der einzige deutsche Kritiker, der Bücher von Juden anzeigt. Wie gesagt, vorläufig liegt die Entscheidung, ob ich

1 »Das Glasperlenspiel. Versuch einer allgemeinverständlichen Einführung in seine Geschichte.«

diesen Pflichten dienen oder mich auf eine fruchtbarere Arbeit zurückziehen soll, gar nicht bei mir. Es ist ganz wohl möglich, daß meine Gewissenhaftigkeit nur Schein ist, d. h. ein Ausweichen vor meinem Werk, zu dem die Kraft nicht reicht. Da hilft Klugheit gar nichts; es entscheidet sich, wie alles Vitale, nicht über, sondern unter der Schwelle.

(Aus einem Brief vom Oktober 1934 an Emil Molt)

Daß die Juden keine Engel sind und der Selbstkritik ebenso bedürfen wie jede andre Nation, ist mir nicht unbekannt. Aber es ist heute nicht die Sache eines Nichtjuden, dies öffentlich auszusprechen. [. . .]

Bei der heutigen neuen Welle von dümmstem Antisemitismus, die in Deutschland und Österreich, zum Teil sogar in der Schweiz besteht, ist es meine Sache nicht, die Juden zu kritisieren oder ihnen ins Gewissen zu reden, sondern denen, die mich als einen der Repräsentanten der deutschen Völker empfinden.

(Aus einem Brief, ca. 1934, an Sonia Braham)

Lachen machte mich Deine Erinnerung an meinen Massagetenscherz.[1] Um auf diese Art von beflissen nationalistischer »Kulturpropaganda« zu stoßen, braucht man freilich nicht nach Japan zu gehen, dieser Bazar blüht überall in der heutigen Welt, es ist nun eben die Hochflut des Nationalismus, und ihn habe ich nie sehr ernst nehmen können, einerlei welches Volk ihn ausübt, ausgenommen in seiner naiven und magischen Form, wovon Japan wohl noch etwas besitzt. Im übrigen halte ich von den verschiedenen Heiligtümern, auf die der Mensch seinen Egoismus verklärend abwälzen kann (sich einredend, er sublimiere ihn damit), die nationalistisch-patriotischen Begriffe für die wenigst hohen; Nationalismus als Religion oder Religionsersatz scheint mir gut für religiös unbegabte Völker, für andere ein Abfall ins Niedrigere.

(Aus einem Brief vom Oktober 1934 an Wilhelm Gundert)

Ein Wort in Ihrem Brief zweifle ich an. Sie sagen, mein Bekenntnis zum »Bedürfnis nach Maß« sei ganz und gar deutsch.

1 »Bei den Massageten«. Erzählung. Vgl. H. H., »Die Erzählungen« Bd. 2, Frankfurt a. M., 1973 bzw. »Gesammelte Erzählungen« Bd. 4 u. d. T. »Innen und Außen«, Frankfurt a. M. 1977, S. 173 ff.

Das kann ich nicht finden. Deutsch ist das Gegenteil. Deutsch ist Maßlosigkeit, Begeisterung fürs Dynamische, Jugendlichkeit, Unruhe, samt allen Tugenden und schweren Lastern solcher Konstitution. Das »Bedürfnis nach Maß«, uns von den Griechen und Franzosen her in schönen Beispielen bekannt, noch betonter vorhanden bei den klassischen Chinesen, scheint mir gerade das *ent*nationalisierte, übernationale Menschenbedürfnis zu sein, jenes Bedürfnis der Seele, dessen Stimme zugleich Mahnung zum Gedanken der Menschheit und schließlich alles Lebens als *Einheit* ist. Diese höchste Fähigkeit des Menschen, aus dem Ich, aus dem Ich der Nation, sich der göttlichen Einheit zu nähern – diese Fähigkeit als spezielle Gabe *einer* Nation in Anspruch zu nehmen, schiene mir gerade das Gegenteil jenes Bedürfnisses nach Maß. Nein, dieses Bedürfnis ist so deutsch, wie der Nichtpatriot Goethe deutsch war, und so griechisch, wie der verurteilte Sokrates griechisch war, es ist dem Bereich des Hochmuts und der Maschinengewehre entzogen. Ich wollte nur kein Mißverständnis aufkommen lassen.

(Aus einem Brief von Anfang Dezember 1934 an C. Brinkmann)

Ich teile natürlich Ihre Stellung zum offiziellen Deutschland durchaus, doch weiß ich aus guten Quellen eine ganze Menge von guten und sympathischen Zügen aus dem heutigen deutschen Leben. Ich würde sonst nicht weiterarbeiten, sondern meine bisherige Arbeit für erledigt und unnütz ansehen. Es sind auch keineswegs bloß ein paar kleine Pfarrer, die sich wehren, sondern hinter ihnen steht ein ganz beträchtliches Stück des Volkes und des Volksgewissens. Ich sehe alles womöglich noch trauriger als Sie, aber an die Dauer des Jetzigen habe ich nie geglaubt und tue es jeden Tag weniger. Wenn wir zurückdenken an alles das, was seit unsrer Kindheit in der Welt groß und mächtig war und Weltgeltung hatte, so ist davon nichts mehr da, diese Dinge sind alle kurzlebig.

(Aus einem Brief vom 14. 12. 1934 an Helene Welti)

Die viele Mehrarbeit galt hauptsächlich der Vorbereitung zu einem regelmäßigen Bericht über neue Bücher, den ich für eine neue Schweizer Monatsschrift übernehmen will, falls es sich mit den Leuten arbeiten läßt. Das Blatt heißt »Schweizer

Journal« und soll in 8-10 Tagen erscheinen, sehen Sie sich's dann einmal an! Es wird ein ganz gewöhnliches Gesellschafts- und Modeblatt sein, aber gerade darum habe ich mich drauf eingelassen, ich möchte versuchen, das naivere Publikum eines solchen Blattes ganz sachte über gute Bücher aufzuklären. Es ist ein Versuch, er kann auch mißglücken, wie mir schon viele mißglückt sind. Wenn es vorerst gelänge, wäre mir das auch aus dem Grund lieb, weil ich damit rechnen muß, in Deutschland bald nirgends mehr mitarbeiten zu können.

(Aus einem Brief vom Dezember 1934 an Mathilde Wassmer)

Meine Forderung an die Zukunft ist nicht Gleichschaltung der Geistigen mit den erfolgreichen Verdienern: der Geistige soll keineswegs an den Tischen der Reichen sitzen und am Luxus teilhaben, er soll mehr oder weniger Asket sein – aber er soll dafür nicht auch noch verlacht, sondern geachtet sein, und das Minimum an Materiellem soll ihm von selber zustehen, so etwa wie in den Zeiten klösterlicher Kultur der Ordensbruder, ohne persönliche Habe besitzen zu dürfen, doch leben konnte und im Maß seiner Leistung Anteil hatte am Ruhm und der Autorität seines Ordens. Eine eigentliche Aristokratie darf nicht die Ordnung des geistigen Lebens sein; Aristokratie beruht auf Erblichkeit, und der Geist ist nicht physisch vererbbar. Statt dessen stellt jede gute Ordnung des geistigen Lebens eine Oligarchie der Geistigsten dar, mit Offenhaltung aller Bildungsmittel für jeden Begabten.

(Aus einem Brief vom 12. 1. 1935 an Arthur Stoll)

Unter andrem entzückte mich der Verlag Reclam mit dem Vorschlag, für einen bald nötig werdenden Neudruck meiner »Weltliteraturbibliothek« alles hübsch zeitgemäß abzuändern, es blieb keine Seite ohne Fragezeichen, eine Menge sollte einfach gestrichen, dafür einiges jetzt Propagierte aufgenommen oder mehr betont werden. Ich schrieb den Leuten, daß sich meine Auffassung von der Weltliteratur in den letzten fünf Minuten nicht geändert habe, und daß ich das Bändchen nun eben zurückziehen wolle, es dürfe nicht die kleinste Änderung im Sinne ihrer Vorschläge dran geschehen. Damit glaubte ich es abgetan, aber es kam dann zu meiner Verwunderung die Antwort, man lasse meinen Standpunkt gelten und werde also auf die Änderungen verzichten[1]. Aber nicht alles verläuft so glimpflich.

(Aus einem Brief vom Januar 1935 an Walter Lochmüller)

1 Eine Neuauflage des Bändchens konnte aber dennoch erst 1949 erscheinen.

An den Verlag Philipp Reclam Junior, Leipzig

13. Dezember 1934

Hochgeschätzte Herren

Ich habe Ihren Brief, die Neuausgabe meines Bändchens, in Ihrer Universalbibliothek betreffend, erhalten und überdacht, und kann Ihnen leider keine Erfüllung Ihrer Wünsche versprechen. [. . .]

Sie wissen ja, daß mein Büchlein keineswegs ein objektiver und schulmäßiger Führer durch die Literaturen ist und sein will, sondern ein ganz persönliches Bekenntnis zu dem, was mir in meinen siebenundfünfzig Jahren an Lese-Erlebnis und Lese-Erfahrung zugewachsen ist. An diesen Erfahrungen und an diesem Bekenntnis nun möchte ich nicht das Geringste ändern. Ich halte nicht heute Bücher und Autoren für minderwertig, weil der Zeitgeschmack es tut, und streiche aus meinem Essay nicht Dinge weg, die mir lieb und wichtig sind – bloß weil die Konjunktur das nahelegt.

Ich sehe aus dieser Schwierigkeit nur zwei Auswege. Der einfachste, zu dem ich auch gern bereit bin, ist der: daß Sie mir nach Verkauf der jetzigen Auflage das Werkchen wieder freigeben, und es vorerst nicht wieder erscheint.

Der zweite wäre der: daß Sie meinen alten Text, abgesehen von einigen zu korrigierenden Druckfehlern, unverändert neu drucken. Ich wäre dann damit einverstanden, daß Sie diejenigen Ausgaben der Bibliographie, welche nicht mehr käuflich sind oder welche durch ebenso gute Ausgaben Ihres Verlags ersetzt werden können, in der Bücherliste meines Büchleins ändern.

Ausdrücklich aber müßte ich mir in diesem Fall ausbedingen, daß weitere Änderungen an der Bücherliste, zum Beispiel Weglassung jüdischer Autoren etc., nicht vorgenommen werden dürfen. Sie deuten eine ganze Reihe solcher Weglassungen als wünschenswert an, und ich verstehe Ihren Standpunkt, er ist aber nicht der meinige. In diesem Punkte sind Konzessionen mir unmöglich.

Vielleicht überlegen Sie die ganze Frage nochmals. Wenn Sie mein Anerbieten annehmen, auf eine neue Auflage zu verzichten, und mir das Autorrecht zurückgeben, dann haben Sie ja die Möglichkeit, mit einem Literaturhistoriker, der objektiver und zugleich zeitgemäßer ist als ich, einen Führer durch die Literatur auszuarbeiten, der meinen subjektiven Versuch künftig ersetzt.

Ehe ich definitiv zusage,[1] möchte ich noch einige Fragen stellen und kurz meinen Standpunkt kennzeichnen.

Ich würde zweimal im Jahr einen Überblick über Erscheinungen der neuesten deutschen Literatur geben, die mir bedeutend und charakteristisch scheinen. Der Charakter meiner Kritik ist durchaus positiv, nicht polemisch. Im Ganzen gilt mir als Grundsatz: das Gute anerkennen und propagieren, das Geringe gar nicht diskutieren!

Die deutsche dichterische Literatur, vor allem der deutsche Roman, steht zur Zeit nicht auf einem sehr hohen Niveau, ich werde daher außer der Belletristik auch denkerische Bücher anzeigen: natürlich nicht fachwissenschaftliche, sondern solche, die für die aktuelle Deutung von Zeit und Geschichte wichtig scheinen.

(Aus einem Brief vom 16. 1. 1935 an die Redaktion von »Bonniers Litterära Magasin«)

Dieser Tage stand in Ihrem Blatt leider eine Entgleisung[2]: eine ungehörige Beleidigung des »jüdischen Verlags« S. Fischer in

1 Da es Hesse im Verlauf des »Dritten Reiches« immer unmöglicher wurde, in deutschen Zeitungen und Zeitschriften zu publizieren, übernahm er ab März 1935 bei der schwedischen Literaturzeitschrift »Bonniers Litterära Magasin« die Aufgabe, in regelmäßigen Sammelrezensionen über »Neue deutsche Bücher« zu berichten. Vgl. H. H., »Neue deutsche Bücher«, Literaturberichte für Bonniers Litterära Magasin 1935-1936. Herausgegeben von Bernhard Zeller, Turmhahnbücherei des Schiller-Nationalmuseums, Marbach a. N., 1965.

2 Betrifft eine Glosse im »Kulturspiegel« der »National-Zeitung« vom 13. 1. 1935, worin der Verfasser, ein Journalist der »National-Zeitung«, wegen einer eliminierten Fußnote in Annette Kolbs Roman »Die Schaukel«, dem S. Fischer Verlag Opportunismus gegenüber den NS-Machthabern vorwirft. Die Fußnote Annette Kolbs lautete: »Vom Tage an, da die Juden im geistigen Leben zu Einfluß gelangten, machten sich in der gefährdeten Existenz des Künstlers gewisse Chancen fühlbar, daß er nicht mit einer Mühsal wie bisher, die subjektiv gesehen nur zu oft einem Auf-der-Strecke-Bleiben gleichkam, sich durchzuringen hatte: daß ein Hölderlin vielleicht davor bewahrt geblieben wäre, den armen Hauslehrer zu spielen, Franz Schubert vielleicht nicht so jung und als ein armer Teufel gestorben wäre. Wie dem auch sei: wir sind heute in Deutschland eine kleine Schar von Christen, sie sich ihrer Dankesschuld dem Judentum gegenüber bewußt bleiben.«

Berlin, wegen Weglassung einer Fußnote in dem Buch von Annette Kolb.

Aus verschiedenen Gründen, hauptsächlich aber wegen der kollegialen Verständigung, muß ich dazu Stellung nehmen und den leichtfertigen Beleidiger des Verlags Fischer dementieren. Er hat sich gründlich getäuscht. Auch sollte und könnte er wissen, daß der Verlag Fischer, samt seiner »Neuen Rundschau«, in Deutschland heute einen der paar Orte bildet, an welchen Verstand und menschliche Gesittung mitten im Chaos noch eine Zuflucht haben. Unter andrem besteht ein Hauptteil meiner Arbeit seit zwei Jahren darin, in meinen Bücherberichten in der »Rundschau« gerade diejenigen Bücher anzuzeigen, die kein einziges Blatt des Reichs mit dem gleichen Freimut anzuzeigen wagt: die Bücher von Juden, Katholiken, Protestanten, deren Gesinnung und Geist dem herrschenden System entgegen ist und die gute Tradition und intellektuelle Ehrlichkeit zu wahren bemüht ist.

Sie sollten, scheint mir, unsere ehrlichen Bemühungen, die oft nicht ohne Gefahr sind, nicht nur nicht durch so törichte Anwürfe sabotieren, sondern sich ihrer freuen. Die »Rundschau« ist zum Beispiel von sämtlichen deutschen Blättern, deren Mitarbeiter ich früher war, heut das einzige, das meine Aufsätze über Juden, Katholiken etc., soweit sie geistig dem Gewaltregime Widerstand leisten, noch zu drucken wagt. Alle andern haben versagt. Und der alte, nicht »jüdische« Verlag Reclam in Leipzig hat mir kürzlich zugemutet, in meinem Büchlein über Weltliteratur, das bei ihm erschienen ist, für die nächste Auflage alles umzuarbeiten, fast alle Juden zu streichen etc. Natürlich habe ich das abgelehnt.

Ich wiederhole: Sie dürfen keine dieser Tatsachen veröffentlichen, Sie würden uns und unsere Arbeit damit vernichten. Das ist auch bei dem Vorwurf in Ihrem Blatt das Gemeine, daß ja der Bescholtene nicht die Möglichkeit der Richtigstellung hat, weil er gefährdet und beobachtet in einem Land des Terrors steht. Sie sollen nichts von dem, was ich mitteile, weitersagen: aber Sie, die Redaktion und jener voreilige Mitarbeiter sollen aus einer offenbaren Ahnungslosigkeit geweckt werden, damit nicht ähnliches wieder geschieht.

Nun die Tatsachen: Der Verlag Fischer hat den nicht kleinen Mut gehabt, in Annette Kolbs Buch die erwähnte Fußnote (über Juden) abzudrucken – neun Zehntel aller deutschen Verleger hätten das nicht getan.

Dann ist (nicht bei der zweiten, sondern erst bei der fünften Auflage) eine deutsche Staatsanwaltschaft, offenbar durch Denunziation, auf die Fußnote aufmerksam gemacht worden. Jetzt wurde der Verlag vor die Entscheidung gestellt, entweder das ganze Buch konfiszieren und verbieten zu lassen oder die Note zu streichen. Er wäre vollkommen im Recht gewesen, wenn er sie jetzt ohne weiteres gestrichen hätte. Er tat das aber noch nicht, sondern der Leiter des Verlags[1] reiste selber nach Paris zu Annette Kolb, legte ihr den Sachverhalt dar und erhielt ihre Einwilligung zur Streichung jener Note, da die Autorin selber den Verlust der Fußnote dem Verlust des ganzen Buches vorzog. Der Verlag hätte nicht korrekter und sauberer handeln können. Meint Ihr Mitarbeiter, der Verleger hätte, bloß der Gebärde wegen, Buch und Autorin preisgeben, das Buch verbieten und eventuell sich selber ins Konzentrationslager bringen sollen? Vom Auslande her sind solche Don Quichottesken Forderungen leicht und billig zu stellen.

Ich nehme an, es werde Ihnen lieb sein, diese Aufklärungen zu bekommen. Ich mache mir mitten in meiner großen Überlastung die Mühe dieser Mitteilungen wirklich nicht, weil Fischer auch mein Verleger ist, sondern weil offenbar bei Ihnen wenig Ahnung besteht von den Bedingungen der geistigen und kulturellen Arbeit im jetzigen Deutschland. Ich selber stehe mitten in dieser Arbeit, deren Ziel es ist, über das Schlimmste hinweg mitten im Terror bei einer Minderheit ein reinliches Denken zu unterstützen und womöglich in eine andere Epoche hinüberzuretten. Der von Ihrem Mann bewitzelte Judenverlag Fischer, der es sehr schwer hat, hat sich in dieser Arbeit mir als ein treuer und anständiger Genosse erwiesen. Darum schrieb ich Ihnen. Ich richte das Schreiben an Sie, lieber Kollege, weil ich nicht weiß, wer für jene Entgleisung verantwortlich ist. Ich erwarte keine Antwort, ich erwarte nur, daß Sie meine Feststellungen zur Kenntnis nehmen.

(Aus einem Brief vom 17. 1. 1935 an Otto Kleiber, Redakteur der »National-Zeitung«, Basel)

1 Gottfried Bermann Fischer, Schwiegersohn des am 15. 10. 1934 gestorbenen Verlagsgründers Samuel Fischer.

[...] Dann wieder passiert es der Basler National-Zeitung, daß sie an auffallender Stelle eine hämische, gemeine Bemerkung über meinen Verleger S. Fischer bringt: dieser »jüdische Verlag« habe aus Feigheit eine judenfreundliche Fußnote in einem Buch von Annette Kolb in der neuen Auflage weggelassen. Ich kenne nun die Geschichte dieser Fußnote, kenne Annette Kolb und ihr Buch etc. sehr genau,[1] das alles ist ja ein kleines Stückchen in dem stillen Kampf, den wir um das geistige Deutschland führen, wo ich z. B. in Fischers Rundschau heut der einzige deutsche Kritiker bin, der jüdische Bücher bespricht und angelegentlich empfiehlt. Um dies noch weiter tun zu können, habe ich es soeben auch noch übernommen, dem Haupt-Literaturblatt von Schweden zweimal jährlich einen Bericht über den Stand der deutschen Literatur zu machen. – Mit der Fußnote nun ist es so: sie blieb in der ersten Auflage vorerst unbeachtet – es war schon sehr mutig vom Verlag gewesen, daß er sie zuließ, er brachte sich damit in Gefahr. Dann entdeckte, womöglich durch Denunziation, ein deutsches Gericht die Stelle im Buch, und unser Verlag wurde amtlich vor die Wahl gestellt, entweder müsse er die Fußnote in den künftigen Auflagen weglassen oder das Buch werde verboten und die noch vorhandenen Vorräte davon sofort konfisziert. Auch dann noch sagte der Verlag nicht gleich ja, was wohl jeder andre deutsche Verleger heut getan hätte, sondern nahm Bedenkzeit, reiste nach Paris und besprach es mit Annette Kolb, natürlich willigte sie ein, daß die Stelle gestrichen werde. Und nun wird der Verlag für sein nobles und tapfres Verhalten ausgerechnet von der National-Zeitung als feiger, kriecherischer Judenverlag verhöhnt! Dagegen könnte man sich ja nun in einem normalen Fall wehren, man könnte die Tatsachen feststellen, und die Zeitung zwingen, ihre Beleidigung zurückzunehmen. Aber grade das kann der Verlag nicht. Wenn die Öffentlichkeit erfährt, was da gegangen ist, bekommt er sofort, und zwar auf seine eigenen Kosten, einen Nazi-Spion in seine Firma gesteckt, und endet vielleicht im Konzentrationslager.

Alle diese Fälle, oder viele davon, landen auch bei mir und

1 Am 16. 9. 1934 veröffentlichte Hesse in der »National-Zeitung« eine Rezension über Annette Kolbs »Schaukel«. Vgl. H. H., »Eine Literaturgeschichte in Rezensionen und Aufsätzen«, Frankfurt a. M. 1970, S. 433 f.

müssen von mir aufgeklärt werden, alles unter der Hand und ohne Öffentlichkeit, weil ich nun einmal jetzt diese Rolle habe, in und für Deutschland zu arbeiten, aber Schweizer und Europäer zu sein. Ich denke dabei an Wirkungen ins Große überhaupt nicht. Ich denke lediglich an die Erhaltung einer winzig kleinen Schicht von Köpfen, denkenden und lesenden, die sich sauberhalten und eine Erbschaft von geistiger Redlichkeit über das heutige Chaos hinaus retten sollen. Und auch hier noch braucht es Mühe, den Streit und Haß sogar unter den scheinbar Gleichgesinnten zu besänftigen! Der Mann z. B., der die gemeine Bemerkung in der National-Zeitung schrieb, ist, wie ich vermute, zwar ein glühender Demokrat und Nazifeind, aber im Herzen eben doch Judenhasser. Dreck überall! Und mitten drin steht man und möchte sauber bleiben.

(Aus einem Brief vom 19. 1. 1935 an seinen Sohn Heiner)

Ich bin bereit, die fragliche Korrespondenz zu übernehmen, und Ihnen den ersten Aufsatz zum gewünschten Termin zu senden [. . .]

Der Titel »Brief aus Deutschland« kann nicht bleiben. Wir können statt dessen »Deutscher Literaturbrief« sagen. Der von Ihnen vorgeschlagene Titel würde den Schein erwecken, als lebe ich in Deutschland, ich lebe aber in der Schweiz und bin auch politisch Schweizer. Und zur »deutschen Literatur« rechne ich natürlich nicht bloß die reichsdeutsche, sondern die Literatur aller deutsch schreibenden Völker, dazu gehört außer der deutschen Schweiz auch Österreich, und je und je werde ich wohl auch Bücher der Emigrantenpresse anzeigen. Meine Stellung zur aktuellen deutschen Lage und Politik ist die jedes Schweizers und Europäers, ich bin aber deutscher Autor, und mein Wirkungsfeld ist Deutschland, darum suche ich dort, soweit das ohne jede Konzession an die Macht möglich ist, meine Arbeit fortzusetzen. Es gibt ein geistiges Deutschland, das zur Zeit beinahe ganz schweigen muß, das aber fortlebt, und an dessen Bestand ich mitarbeite.

(Aus einem Brief vom 25. 1. 1935 an »Bonniers Litterära Magasin«, Stockholm)

Herzlichen Dank für Deine Intervention bei der Basler National-Zeitung. Dein Interesse an der Sache und Dein Wille mir beizuspringen hat mich – ich war doch recht erregt und niedergeschlagen über diese Entstellung meiner tatsächlichen, nicht ganz ungefährlichen Bemühungen – beruhigt und mir große Freude bereitet und Mut gemacht. Manchmal komme ich mir auf meinem Posten recht verlassen vor. Du kamst gerade zur rechten Zeit. Das schlimme an der Emigrantenpresse ist, daß sie kein Gefühl dafür hat, mit uns zusammen kämpfen zu müssen – und nicht gegen uns. Wir empfinden ja genau das gleiche Gefühl des Ekels wie sie, wir sind ja Gesinnungsgenossen. Ebenso gilt das gleiche auch für die Ausländerpresse.

(Aus einem Brief Gottfried Bermann Fischers an Hesse vom 26. 1. 1935)

Es hat sich ja in jüngster Zeit so entwickelt, daß unsereiner, schon zuvor sehr isoliert, nun auch noch von den eigentlichen Gesinnungsgenossen gehaßt oder bespuckt wird, nur weil man sich nicht zum bloßen politischen Kampfmittel hergibt. Irgendwo müssen ja doch ein paar Existenzen übrigbleiben, welche in dünnem Faden gewisse Traditionen weiterleiten, ich denke dabei weniger an hübsche idyllische Dinge als an solche alte und ehrwürdige Konventionen wie die der intellektuellen Redlichkeit usw. Vor allem rechne ich zu den Traditionen, deren Schutz uns obliegt, den Sinn für die Qualität und das Sichnichtbeugen vor der Quantität. Darum freut mich das Wissen um einige Kameraden und stützt meinen Glauben. [...]

A[lbert] Ehrenstein[1] schrieb mir in sichtlich gehobener Stimmung aus Rußland. Ich beneide beinah die, die an das kommunistische Ideal glauben können, – ginge es ohne Hekatomben von Menschen und stieße ich bei den aktuellen Vertretern der Idee häufiger auf vollwertige Menschen, oder auf so feine und gutgeschulte Denker wie etwa Ernst Bloch, so wäre das schön. Es ist aber vorerst nicht so.

(Aus einem Brief vom 15. 2. 1935 an Stefan Zweig)

Ehe ich meinen ersten Bericht über deutsche Bücher an dieser Stelle beginne, erlaube man mir, die Grundsätze kurz darzulegen, die mich bei dieser Arbeit leiten. Es braucht kaum eigens

1 Albert Ehrenstein (1886-1950), Lyriker und Romancier.

gesagt zu werden, daß das deutsche Geistesleben, und damit die deutsche Literatur, zur Zeit in gewaltigen Krisen und Kämpfen liegt. Diese Kämpfe hier mitzukämpfen oder auch nur genauer zu verfolgen, wäre im Rahmen meiner kurzen Literaturberichte gar nicht möglich; außerdem fehlt es zur Zeit an einem neutralen Podium, von welchem aus sie zu betrachten wären. Ich soll und will hier nicht von den Programmen, Idealen und Forderungen sprechen, von denen die deutsche Literatur im Augenblick so sehr erfüllt scheint – es soll hier nicht von Programmen die Rede sein, sondern von Leistungen. Es sollen hier jeweils eine Anzahl besonders guter und interessanter Bücher besprochen werden, und zwar durchaus im Sinn einer positiven Kritik, einer Kritik aus Liebe also. Und ich glaube und hoffe, es werde sich dabei zeigen, daß es auch heute, inmitten der Kämpfe und Programme, eine deutsche Literatur gibt, welche unsres Interesses und unsrer Liebe würdig ist. Es wird in unsern Berichten selbstverständlich die Literatur des Deutschen Reichs vorherrschen, aber wir wollen nicht vergessen, daß es ohne Rücksicht auf die nationalen und politischen Grenzen eine Einheit der deutschen Sprache, der deutschen Geistestradition und der deutschen Dichtung gibt. An dieser Einheit haben alle in deutscher Sprache denkenden und schreibenden Autoren teil, also außer den Reichsdeutschen auch die Österreicher, die Deutschböhmen, die Deutschschweizer, die Deutschelsässer usw., und es haben an dieser Einheit auch teil die emigrierten deutschen Autoren; diese letzte Gruppe freilich ist zu jung und ist im Moment allzusehr teils durch Polemik, teils auch einfach durch die primitive Lebensnot in Anspruch genommen. als daß wir von ihr allzuviel verlangen und erwarten dürften. Die Polemik wird uns hier nicht interessieren, dichterische Leistungen aber werden uns stets zur Anerkennung willig finden, einerlei von welcher Gruppe sie kommen.

(Vorbemerkung zum ersten »Literaturbrief« Hesses in »Bonniers Litterära Magasin«, Stockholm, vom März 1935)

Am 20. Mai ist A. Ehrenstein aus dem Tessin ausgewiesen. Sein Verbrechen: er hat einen österreichischen Paß. Wie unsre Behörden sich zu Schnüfflern und Bluthunden im Dienst der Diktatoren hergeben, ist bald nicht mehr erträglich.

Mit Bermann hatte ich lange Gespräche, ich glaube nicht, daß er privatisieren wird. Freilich wird ihm die Lust vergangen sein, in der Schweiz sich nochmals der Behandlung auszusetzen, die er vor einigen Jahren hier erfahren hat, wo mehrere Kollegen, namentlich Oprecht und Rascher[1], ihn denunziert und, während sie persönlich hübsch mit ihm taten, gegen ihn gewühlt haben. Diese Affen können von ihm lernen, wie man Bücher verlegt, und daß die Schweiz nicht nur um einen guten Verlag, sondern auch um den Besitz der Autorrechte von Thomas Mann, Hofmannsthal etc. etc. gekommen ist, verdanken wir diesen gehässigen Dilettanten von Verlegern.

(Aus einem Brief vom Frühjahr 1935 an Carl Seelig)

Sie haben mir eine »Arier-Erklärung« zugesandt mit der Aufforderung, sie zu unterzeichnen. Vermutlich war das nur ein Irrtum, denn ich bin Schweizer, bin auch Mitglied des Schweizer Schriftstellervereins, und wir haben von Ihren Behörden die Zusicherung unbehelligter Mitarbeit erhalten, ebenso wie wir den reichsdeutschen Kollegen unsre Zeitungen, Bühnen etc. kollegial offen halten.

Ich habe zwar die Erfahrung gemacht, daß Ihre offiziellen Stellen viele ihrer Versprechungen und Verträge nicht halten. Zum Beispiel hat Ihre Regierung mit der Schweiz einen Vertrag über Doppelbesteuerung unterzeichnet, und nach diesem Vertrag würden unsre Honorare, da wir sie in der Schweiz versteuern, in Deutschland keiner Besteuerung unterliegen. Trotzdem werden uns, allem Recht entgegen, bei den Rundfunkabrechnungen zehn Prozent Auslandsteuer automatisch abgezogen.

Wir haben das hingenommen, aber keineswegs gebilligt. Deutsche Kunst und Literatur ist bei uns in der Schweiz jeden Tag in vielerlei Formen ein freundlich aufgenommener Gast, und uns Schweizern hat Berlin ausdrücklich in einer Erklärung an den Schriftstellerverein Gegenrecht zugesichert. Wir verlangen von deutschen Kollegen, die wir schätzen, keine Arier- noch andere Ausweise und erwarten Gegenrecht. Ich unterzeichne daher die Erklärung nicht, nicht weil ich etwa nicht

1 Die Verleger Emil Oprecht und Max Rascher.

Arier wäre, sondern weil diese Zumutung unserem Schweizer Gefühl und Bewußtsein widerspricht.

(Aus einem Brief vom 15. 3. 1935 an den Kölner Rundfunk)

Gestern bekam ich vom Rundfunk in Köln die Aufforderung, eine »Ariererklärung« einzusenden, d. h. ich soll erklären, daß ich kein Jude sei und meine Frau auch nicht, wenn wir es aber doch seien oder falsche Angaben machten, so sei künftig jede Verpflichtung des Rundfunks gegen mich erloschen: d. h. er werde niemals mehr etwas von mir vorlesen lassen und mir niemals mehr ein Honorar schicken. Ich bekomme nun zwar vom deutschen Rundfunk im ganzen Jahr bloß ein paar Mark Honorar (und in der Schweiz gar nichts, da kein Schweizer Rundfunk mich je berücksichtigt hat). – Aber natürlich ist dies der Anfang einer von mir schon lang erwarteten Kampagne, die mich schließlich erdrosseln wird.

(Aus einem Brief von März 1935, an Alice Leuthold)

Es fehlt mir zwar selbstverständlich nicht an Menschen, mit denen ich über die jetzige Weltlage, ihre Symptome und meine persönliche Stellung darin sprechen könnte, es geht ja immerzu ein kleiner Strom von Besuchern aller Art durch unser Haus. Aber die meisten dieser Leute sind Partei und für den, der eine Parteidoktrin übernimmt, ist natürlich das Beurteilen der Dinge leichtgemacht. Schwerer und heikler ist es, sie von einem neutralen Standpunkt zu sehen, ihnen gegenüber sich je und je etwas wie Objektivität zu erobern. Und auch darin darf man, nach meinem Glauben, nicht allzu weit gehen, denn sobald ich aufhöre, mich für Schäden und Nöte meiner Zeit persönlich mitschuldig zu fühlen, entziehe ich mich der Möglichkeit, wirklich das Lebendige und Wirkliche zu sehen. Am liebsten würde man natürlich die Augen zudrücken und das alles zu vergessen suchen. Aber das könnte man gar nicht, auch wenn man es wirklich im Ernst wollte.

(Aus einem Brief vom 6. 3. 1935 an Arthur Stoll)

Dazwischen kam dann in seinem schicken Auto der Verleger Knaur,[1] zeigte mir die Zukunft in rosigen Farben und meinte,

1 Adalbert Droemer, Inhaber der Droemer-Knaurschen Verlagsanstalt, München.

ich sei heut der einzige Autor, auf den er Wert lege, auch mit Thomas Mann sei heut in Deutschland nichts mehr anzufangen. Die ganze neue Zeit kam mit diesem tüchtigen Geschäftsmann zu mir herein, freundlich, optimistisch, voll Freude an großen Zahlen, aber ohne jede Spur von Qualität und Geist. Hoffentlich müssen wir nicht alt werden, sondern können beizeiten diese unerfreuliche Veranstaltung verlassen.

(Aus einem Brief vom 2. 4. 1935 an Alice Leuthold)

Wie ich sehe, haben Sie auch den Evola[1] vergeben. Mir ist das ganz recht, weil das Besprechen von Evola sehr heikel ist. Ich möchte, damit wir womöglich im großen auch hierin einig bleiben, eine Bemerkung zu Evola mir erlauben:

Dieser blendende und interessante, aber recht gefährliche Autor ist ein klassisches Beispiel für eine gewisse Art, esoterisches Wissen anscheinend in exoterisches umzusetzen. Nur sollte dabei die Reinheit der Kategorien einigermaßen gewahrt bleiben, welche Evola ganz wild und dilettantisch, dabei sehr herrschsüchtig, durcheinanderwirft. Ich teile weitgehend seine exoterische Grundauffassung: seit bald zwanzig Jahren schon sehe ich die Weltgeschichte nicht mehr im Bilde irgendeines »Fortschritts«, sondern eher wie die alten Chinesen als allmählichen Verfall einer Ordnung, die göttlich war. Die Art aber, wie Evola bald mit »wirklicher« Historie, bald mit wichtigtuerischem Okkultismus seine Halbwissenschaft treibt, ist lediglich gefährlich. Es wird in Italien beinahe niemand auf ihn hereinfallen, in Deutschland ist das anders (siehe G. Benn[2] etc.)

Bei der Beurteilung von Evola rate ich sehr, auch die Betrachtungen über ihn einzusehen, die das »Hochland«[3] in den Heften vom Januar und März brachte. Sie sind parteilich, aber sie zeigen doch Wichtiges auf.

(Aus einem Brief vom 27. 4. 1935 an Peter Suhrkamp)

1 Giulio Evola, »Erhebung wider die moderne Welt«.

2 Vgl. Gottfried Benn, »Der neue Staat und die Intellektuellen«, Stuttgart, 1933 und »Kunst und Macht«, Stuttgart 1934.

3 Anton Hilckman, »Mittelmeerisches und nordisches Neuheidentum. Die Bücher des italienischen Baron Evola«. Darin heißt es u. a., Evolas heidnische Philosophie trete als weltanschauliches Bekenntnis des italienischen Faschismus auf, seine Schriften lieferten die religiös-philosophischen Grundlagen für den politischen Faschismus in Italien.

[Jacob] Burckhardt [ist] nach unsrer Meinung der denkbar edelste Vertreter einer Geisteshaltung, der wir Heutigen viel tiefer verpflichtet und verschuldet sind, als wir meistens wissen und zugeben. Wenn es auch heute noch unter den Lehrern und Autoren inmitten der großen Kulturdämmerung Geister gibt, welche ihre Mission und Pflicht darin sehen, eine unbestechliche, vom Aktuellen her unbeeinflußbare, lediglich von der eigenen Verantwortung abhängige Geistigkeit als vorbildliche Haltung über die Erschütterungen und Verführungen des Tages hinweg den Nachkommen zu vererben – wenn die Unabhängigkeit, die Nichtkäuflichkeit und das Gewissen auch heute noch gültige Ideale für die geistige Leistung sind, so verdankt unsre Zeit das vorbildlichen Geistern wie Burckhardt. Gewiß, seine herrlichen Werke wären undenkbar ohne sein gewaltiges Wissen, seine riesige Belesenheit, und ohne den starken Einschuß von Künstlertum in seinem ganzen Wesen und Werk; aber die Grundlage von allem ist doch sein Charakter, die strenge, beinah asketische Form seiner intellektuellen Sittlichkeit. Darum wünschen wir jenen unter seinen Werken, welche auch von Nichtgelehrten verstanden werden können, und in erster Linie seinen »Weltgeschichtlichen Betrachtungen« und seiner »Kultur der Renaissance« die größte Verbreitung. Mögen diese schönen Ausgaben, die man heute halb geschenkt bekommt, für sehr viele bloß Bilderbücher sein, es wird sich doch immer wieder da und dort ein suchender junger Mensch zu ihnen finden, sich durch sie belehren, sich an ihnen Vorbilder und Richtlinien suchen, und das Gute in sich durch sie bestätigt und gefördert sehen.

(Aus »Schweizer Journal«, Zürich, Ostern 1935)

Diese Bücherberichte für Schweden[1] sind, von mir aus gesehen, der Ast, auf den ich meine Tätigkeit retten werde, wenn die Rundschau uns früher oder später weggenommen wird. Allerdings sind sie vielleicht auch das Pulver, das mich einmal in die Luft sprengen wird; da ich dort je und je auch antideutsche Bücher oder Bücher verbotener und exilierter Autoren anzeige und lobe, ist es wohl möglich, daß das dazu führt, mich auf die schwarze Liste zu bringen. Ich habe dabei den Grund-

1 In »Bonniers Litterära Magasin«.

satz, mich weder zu exponieren noch zu schonen, d. h. den Standpunkt einer neutralen Gerechtigkeit, so fiktiv er sein mag, einzuhalten, und weder vor dem Teutonischen Kotau zu machen noch dem Vergnügen eines gelegentlichen Wutausbruchs nachzugeben.

(Aus einem Brief vom 10. 5. 1935 an Thomas Mann)

Hier schicke ich Ihnen zwei Kleinigkeiten als Lebenszeichen.[1] Ich arbeite einstweilen noch weiter, obwohl es immer unwahrscheinlicher wird, daß meine Tätigkeit noch lang in Deutschland fortbestehen kann – und wenn sie dort unmöglich wird, wo sie einem ganz bestimmten Bedürfnis dient und eine ganz bestimmte Schicht des korrumpierten Volkes stützt und festmachen hilft, dann verliert sie ihren Sinn überhaupt. Es hängt vorerst davon ab, wie lange man in Berlin meinen Verleger und unsre Zeitschrift noch bestehen läßt, vermutlich nicht mehr lange. An Ostern bestellte ich meinen Verleger nach Zürich, da meine ganze Lage so nicht bleiben kann, er war eher hoffnungsvoll oder tat doch so, aber seither sind schon wieder eine Reihe neuer Sturmzeichen erschienen, obenan die Berufung Streichers[2] nach Berlin, die Rede Görings in Freiburg, etc.

(Aus einem Brief vom 15. 5. 1935 an Arthur Stoll)

Zur Zeit ist der Schweizer Schriftstellerverein z. B. die einzige Organisation, die es mir ermöglicht, noch in Deutschland mitzuarbeiten. Einzig durch die sehr brauchbaren Abmachungen, die der Verein mit den Berliner »Kulturkammern« etc. getroffen hat, sind wir Schweizer im deutschen Buchverlag etc. etc. zugelassen, ohne Arier-Erklärungen, Ergebenheitsschwüre an Hitler etc. vorzuweisen. Darum würde ein eventuelles Aufhören des Vereins für uns ein ganz unersetzlicher und schwerer Verlust sein.

(Aus einem Brief vom 8. 6. 1935 an Arthur Stoll)

1 Vermutlich auch ein Separatdruck von Hesses Sammelrezension »Notizen zu neuen Büchern« aus »Die neue Rundschau«, Berlin, vom März 1935.
2 Julius Streicher, Nationalsozialist, einer der Hauptinitiatoren der Judenverfolgungen seit 1933. Begründer des antisemitischen Wochenblattes »Der Stürmer«.

Mit meinem Verleger[1] bin ich nicht weitergekommen, er war zu Thomas Manns Geburtstag in Zürich und hat von dort eine ganze Stunde mit uns telefoniert, aber mit meinen Plänen, die ich mit ihm hatte, ist es vorerst nichts und leider sehr wahrscheinlich, daß der ganze Verlag unmöglich wird, dann müßte er entweder verkauft werden und käme in die Hände der Nationalsozialisten, oder er müßte im Ausland, evtl. Schweiz, neu gegründet werden.

(Aus einem Brief vom 15. 6. 1935 an Helene Welti)

Ich war und bin dies ganze Jahr von der Gicht belagert, besonders in den Fingern, und von außen durch die verdrießlichen Anzeichen der großen Zeit, in der wir leben. So habe ich zwei Drittel meiner Ersparnisse aus den paar guten Jahren (Steppenwolf und Goldmund) dadurch wieder verloren, daß sie leider in deutschen Obligationen angelegt waren. Es hat Ärger und Sorgen gebracht, jetzt hoffe ich sie bald vollends los zu sein; das Geld ist verloren, und ich werde auch nicht mehr viel dran denken, obwohl ich das nie mehr werde ersetzen können. Aber die Entdeckung, wie dumm ich war, als ich, nachdem ich schon einmal allen Besitz durch den Krieg verloren, nochmals meine Groschen der deutschen Republik anvertraute, an die ich doch schon damals nicht glaubte, diese Entdeckung stellte mich wieder einmal vor einen Spiegel, in dem ich nicht sehr edel aussah.

Dicht neben uns, in Italien, klirrt es von Waffen, das Land ist gestopft voll Soldaten, die Bevölkerung der größeren Städte tut sehr kriegsbegeistert. So sind weder die Völker noch wir einzelnen anscheinend dazu begabt und dazu gewillt, aus der Weltgeschichte etwas zu lernen.

(Aus einem Brief vom Sommer 1935 an Alfred Kubin)

1 Gottfried Bermann Fischer.

Zu Ernst Bloch, »Erbschaft dieser Zeit«

»Erbschaft dieser Zeit« von Ernst Bloch (Verlag Oprecht & Helbling, Zürich) scheint mir die überlegenste und zugleich eleganteste, geistig souveränste marxistische Kritik der jüngsten Kulturphasen zu sein, ein Buch, dessen Voraussetzungen ich nicht alle teile, denn ich bin nicht Marxist, dessen gewissenhaft scharfe Formulierungen und dialektische Biegsamkeit aber zur Bewunderung zwingen. Bloch hat das, was die übliche sozialistisch-kommunistische Literatur so selten hat: jene bürgerliche Tradition eines gepflegten, sauberen, methodisch einwandfreien Denkens: in seinem Fall ist es ein Denken mittels der Hegel-Marxischen Dialektik. Mit einem höchst subtilen Instrumentarium untersucht und präpariert er jene Gewebsschichten der heutigen bürgerlichen Kultur, welche am stärksten der Mode unterliegen und darum am leichtesten aus ihrer Abhängigkeit von den politisch-wirtschaftlichen Konstellationen erklärt werden können: die Modestile in der jungen Malerei, Baukunst etc., Theater, Film, Tagesphilosophie, Belletristik. Er räumt mit den Größen dieser Welt gründlich und reinlich auf, mit Ausnahme von Brecht und (teilweise) Strawinsky bleibt eigentlich nichts übrig, und es mag ja sein, daß er damit recht hat, ich stehe nicht hoch genug, um die Welt so götterhaft zu überblicken. Was nun aber hinter den reinen Modeerscheinungen in unsrer Kultur an Ererbtem vorhanden ist, Kleinigkeiten etwa wie das Christentum, das existiert für Bloch nicht eigentlich, sondern existiert bloß als antiquarischer Inhalt bürgerlich-romantischer Sammel- und Lesebedürfnisse, und hier macht sich der sonst vornehme Denker den Kampf gelegentlich etwas leicht. Im übrigen gibt es für den Marxisten ja sowenig ein Jetzt und Heute, als für den frommen Christen: es gibt keine Realität als das Proletariat und den Glauben daran, daß ihm die Zukunft gehöre, alles andre (auch die außerordentlich genießerisch-hochkultivierte Kennerschaft Blochs) ist nur Schein und Getue. Nun mag auch hier der Marxist recht haben: ich zweifle im Grunde nicht daran, daß »die Zukunft dem Proletariat gehört« und von ihm bestimmt wird. Aber ich bin nicht gläubig genug, um das Jetzt und Heute so vollkommen auszuradieren, zu entwerten und zugunsten der Zukunft zu vernichten, wie der Marxist es tut.

Mir scheint Menschenleben, auch geistiges, an sich ein Wert, und die Ehrfurcht davor und die Liebe dafür scheint mir ebenfalls ein Wert und kein Schein zu sein. Wie auch die heimliche Liebe des Spötters Bloch zu vielen geistreichen Büchern des Spätkapitalismus, z. B. seine sichtliche Liebe zu den Kultur-Charakteristiken Spenglers, zwar für das Proletariat und für die Zukunft völlig gleichgültig, an sich aber dennoch nicht Null ist. Der geistvolle Weltrichter, der uns in seinem witzigen Buch unsre paar spätbürgerlichen Blumensträuße zerrupft, wird dennoch von uns in manchen Augenblicken völlig als Bruder und Kollege empfunden, so wenig hat er offensichtlich sein Leben beim Proletariat und der Zukunft verbracht, so gründlich, so verliebt und verbissen hat er sich mit unsren romantischen Geistes-Spielereien beschäftigt: auf jeder Seite sieht man, wie seine gewaltige Belesenheit keineswegs bloß zu polemischen Zwecken gesammelt oder gar fingiert ist, nein, sie ist durchaus echt und ist mit größter Hingabe von einem Menschen erworben, der vieles von dem, woran zu glauben ihm sein Dogma verbietet, trotzdem sehr liebt, oder geliebt hat. So wie Karl Marx von manchem seiner Jünger wegen seiner Liebe zu »bürgerlichen« Studien, seinem Interesse für antike Kunst und dergleichen getadelt wurde und noch wird, so wird es auch E. Bloch ergehen, gerade die potentesten seiner Genossen werden sich über seine riesige romantisch-antiquarische Lektüre ebenso mokieren wie er selbst sich über Klages, Spengler oder Scheler mokiert. Aber ich greife da der Geschichte vor. Vorerst haben wir, auch wenn wir nicht seine Genossen sind, das Buch Blochs als eines der klügsten und feinfühligsten unsrer Tage ernst zu nehmen, und ernst zu nehmen haben wir auch die Ironie und ärgerliche Wehmut, mit welcher dieser Autor die Trümmer unsrer Kultur untersucht, deren Verlockungen er so gerne nachgeht, sei es auch nur, um sie analytisch zu vernichten.

(Manuskript, 1935, mit dem handschriftlichen Zusatz Hesses: »nicht so verwenden, zu oberflächlich«)

Man wundere sich nicht, daß in meinen Berichten die intellektuellen Bücher mindestens ebenso zahlreich vertreten sind wie die dichterischen. Die philosophische wie die historische Besinnung ist heute ebenso notwendig wie die dichterische Entspannung. Und ein großer Teil der jetzigen »dichterischen« Produktion in Deutschland steht unter dem Zeichen der Konjunktur und darf nicht ernst genommen werden. Die Konjunktur ist allerdings trügerisch, die Verleger der allzu vielen Bauernromane z. B. machen alle keine Geschäfte. Mit der neuen Parole von »Blut und Boden« wäre, so schien es, die Zeit für einige Dichter von Wert gekommen, welche bisher tatsächlich ungerecht waren vernachlässigt worden, es seien nur Namen genannt wie Paul Ernst und Emil Strauß – aber die öffentliche Meinung erwies sich als durchaus verwirrt und instinktlos, und die Werke und Dichter, welchen die Umwälzung nach aller Voraussicht hätte förderlich sein müssen, kamen nicht an die Reihe [. . .]

Mit Freude begrüße ich den neuen Essay-Band »Leiden und Größe der ›Meister‹« von Thomas Mann (S. Fischer Verlag). Jede Wiederbegegnung mit diesem elastischen, aber energischen Geist läßt uns fühlen, daß er nicht nur ein glänzender Schriftsteller und sehr kluger, geistreicher Mensch, sondern nicht minder ein treuer, fester, sich bewährender Charakter ist, ein Mann, der sich treu bleibt. Nie wollte er das antibürgerliche »Genie« sein, er will sich nicht aufspielen, er will nicht überkommene Wertungen zertrümmern, er ist ein dankbarer und vollwertiger Erbe und Sohn der bürgerlichen deutschen Kultur, einer vormodernen und zur Zeit von einem Teil der Jugend belächelten Kultur also – aber immerhin jener Kultur, aus der nicht bloß Goethe und Humboldt, Schiller und Hölderlin, Keller, Storm und Fontane, sondern auch Nietzsche und Marx hervorgegangen sind. Wir mögen ihn wohl jenen Meistern zurechnen und anreihen, deren »Leiden und Größe« er, ihr jüngerer Bruder, kennt und deutet. Das im schönen und würdigen Sinne »Bürgerliche« bei Thomas Mann kommt wohl in den Essays über Goethe, über Wagner und Storm besonders rein zum Ausdruck. Ein merkwürdig anpackender und wirksamer Aufsatz ist der über August v. Platen, auch er vermutlich nicht aus dem Ärmel geschüttelt, sondern treu erarbeitet, aber er wirkt wie der Blitz eines glücklichen Einfalls. Wegen des Wagner-Aufsatzes ist Thomas Mann seinerzeit in München von seinen vormaligen Kollegen und Freunden, den dortigen »Intellektuellen«, in ebenso häßlicher wie törichter Weise angegriffen und denunziert worden, weil trotz seiner lebenslangen tiefen Liebe zu Wagner sein Verständnis für das Fragwürdige und Pathologische in diesem Genie etwas tiefer reicht als das der Kapellmeister. Ich teile Manns tiefe Liebe zu Wagner nicht, aber ich muß diesen Wagner-Aufsatz ganz besonders rühmen.

Es sei übrigens, um nicht einem Irrtum Vorschub zu leisten, den die Gegner Manns gern verbreiten – es sei noch ein Wort über das »Bürgerliche« bei Thomas Mann gesagt. Er ist ein Bürger im positiven und edlen Sinne, aber er ist wahrlich kein Spießbürger. Junge Enthusiasten lehnen ihn gelegentlich ab als allzu verständig, allzu intellektuell und ironisch und übersehen dabei ganz und gar, wie sehr dieser Geist auch »Genie« ist, wie sehr individualisiert und gefährdet, wie sehr um das »Leiden« der Meister wissend, wieviel vom Heroismus und auch von der Dämonie des von seinem Werk Besessenen und sich ihm Opfernden er in sich hat. Wer das nicht aus seinen Dichtungen erkannt hat, der könnte es aus vielen herrlichen und verräterischen Sätzen dieser Essays erkennen [. . .]

Hohes Interesse verdient das Buch »Erbschaft dieser Zeit« von Ernst Bloch (Verlag Oprecht und Helbling). Bloch, ein entschiedener Kommunist, gehört nicht zu den populären Autoren, die im Tageskampf viel zitiert werden, er steht im Gegenteil dem »Vulgär-Marxismus« sehr kritisch, ja skeptisch gegenüber und gehört zu den wenigen Esoterikern des Marxismus, d. h. zu jenen paar Autoren, welchen die Zucht und Geschmeidigkeit der echten Hegelschen Dialektik nicht verlorengegangen ist. Obwohl ich nicht Marxist bin und es nie war, schätze ich diesen Autor hoch. In seinem überlegenen und doch leidenschaftlichen Buch zieht er die Bilanz der »Erbschaft dieser Zeit«, d. h. er klopft von seinem kommunistischen Standpunkt aus unsre ganze bürgerlich-kapitalistische Kultur untersuchend ab, um festzustellen, welche Teile und Reste dieser Kultur auch für die Zukunft, für den klassenlosen Staat wichtig sein und weiterleben könnten. Es zeigt sich dabei, daß der unerbittliche Feind und Richter des Bürgertums die Spätkultur dieses Bürgertums, seine Kunst, seine Dichtung, seine Geschichtsphilosophien, seine Illusionen und seine Pessimismen nicht nur sehr genau studiert hat, sondern manches in ihr auch liebt; z. B. spürt man es bei seinen vernichtenden Abrechnungen mit Spengler überall durch, wie er dessen positive Leistungen, namentlich gewisse kulturmorphologische Kapitel, nicht nur sorgfältig, sondern mit einer gewissen grimmigen Zärtlichkeit studiert hat. Auf lebendige und zum Teil ganz originelle Weise bezieht er Architektur und Musik, Kino etc. mit ein. Für wache und kritische Leser ein mehr als nur anregendes Buch.

Stefan Zweig hat ein Buch »Triumph und Tragik des Erasmus v. Rotterdam« geschrieben (Verlag Herb. Reichner, Wien). In seiner geschmeidigen Art, aber mit großer Herzenswärme zeichnet er nicht so sehr die private Biographie als vielmehr die geistige Stellung und das geistige Schicksal des großen Humanisten in seiner Zeit. Seinem Endkampf mit Luther, dem kraftvollen und zornigen Kämpfer, hat er ein wahrhaft aufregendes Kapitel gewidmet, ohne dabei Luthers Größe zu verkennen. Der eigentliche Gegenpart des klugen Gelehrten aber, des Freundes der Vernunft und Gerechtigkeit, des Verkünders einer Lehre des Friedens und der Menschlichkeit, war nicht Luther, sondern der nicht minder kluge Machiavelli, der Rationalist und Theoretiker der Machtpolitik. Ihn stellt Zweig im letzten Kapitel dem Humanisten gegenüber und kommt zu dem Schluß, daß allen Kriegen und allen Triumphen der Machtpolitik zum Trotz das Ideal einer übernationalen Gerechtigkeit und einer »Vermenschlichung der Menschheit« immer wieder lebendig ist und als geistige Gegenkraft an der Erziehung der Menschheit mitwirkt. Der berühmte, aber kaum mehr gelesene Erasmus, Freund des großen Thomas Morus, in dessen Hause er Anno 1509 seine »Laus stultitiae« schrieb, gewinnt in dieser Darstellung eine merkwürdige Aktualität, und indem der Leser diese vorbildliche Gestalt eines geistigen Helden neu sehen lernt, wird auch der Autor des Buches ihm von neuem lieb.

(Aus dem 2. Literaturbericht in »Bonniers Litterära Magasin«, Stockholm, vom September 1935)

Das starke Anwachsen der literarischen Beziehungen kommt wohl zumeist daher, daß ich zwischen den reichsdeutschen und auslandsdeutschen Literaten stehe und beide Gruppen, die im Reich und die des Auslands und der Emigration, Wert darauf legen, mich mehr oder weniger zu sich zu zählen. Im übrigen habe ich von dieser Sonderstellung leider nichts als Plackerei, denn zu meinen Verehrern im Reich gehört weder das Kultusministerium noch das Devisenamt.

(Aus einem Brief Mitte der 30er Jahre an Herbert Steiner)

Die Einkünfte sind winzig, und auch sie werden bald nicht mehr bezahlt werden, mein Verlag existiert grade noch so zur Not, alles ist erschüttert und kein Brett hält mehr, auf das man treten will. Da fehlt nur noch, daß dieser Stier Mussolini oder sonst eine der regierenden Bestien uns mit Krieg beschenkt, dann ist alles wieder wie es damals in der »großen Zeit« war.

(Aus einem Brief an Max Thomann, vermutlich vom Oktober 1935)

Die Bewunderer Mussolinis, des Mörders von Matteotti[1] und Unterdrückers des Geistes in Italien, sind jetzt in Verlegenheit, wo er sein wahres Gesicht zeigt und die Stunde zum Rauben für gekommen hält.[2] Hoffentlich bricht er den Hals, dieser geschwollene Herr.

(Aus einem Brief vom 11. 10. 1935 an Arthur Stoll)

Frau Dr. [Mathilde] Ludendorff hat ein neues Werk geschrieben, in dem sie nachweisen will, daß bei Mischrassigen verschiedenes Erbgut unvermischt im Unterbewußtsein nebeneinanderliege, das zu Entartung und Zersetzung, ja sogar zur Todesgefahr der Völker führe. Mit nicht geringem Staunen wird Hermann Hesse vernehmen, daß er und seine Werke für das deutsche Volk todesgefährlich sind. In den Kreisen und Zeitschriften der Frau Ludendorff ist es eine ausgemachte Sache, daß Hermann Hesse Halbjude ist. Wenn da die Stammbäume nicht ihre Kronen schütteln! Es gibt wenig deutsche Dichter der Gegenwart, die liebevoller ihr eigenes Herkommen geschildert haben als der Missionarssohn Hermann Hesse. Keiner weiß und ahnt vielleicht mehr um Erbgut und Erbmasse als er. Jedermann konnte seine Familiengeschichte schon in der Biographie lesen, die Hugo Ball längst vor 1933 schrieb. Welches nun sind die jüdischen Züge im Bild des Dichters? Erstens: Hermann Hesse stand »in Fremdheit

1 Giacomo Matteotti (1885-1924) wurde nach einer aufsehenerregenden antifaschistischen Rede im italienischen Parlament ermordet.
2 Sein Angriff auf Äthiopien (Abessinienkrieg).

und Grauen« vor der Kriegsbegeisterung der Völker im Weltkrieg. Zweitens (wörtlich): »Er vertiefte sich in die ihm seit Jünglingszeiten heilige und wahlverwandte Welt des indischen Geistes«. Aus Hesses Biographie erfährt man, wenn man so will, wie das Indienerlebnis »blutbedingt« war. Des fernern wird dem Dichter ein »Hang zum Okkulten« nachgesagt! Wie erginge es heute erst dem guten Schwaben Justinus Kerner, wenn das »Okkulte« jüdisch wäre. Und wie erginge es dem west-östlichen Goethe! Und solcher Irrwahn wird in Deutschland verzapft.

(Aus: »Rassische Literaturkunde«, in »Neue Zürcher Zeitung« vom 17. 10. 1935)

Ich habe mit dem Deutschen Reich kein Glück: solange ich das Geld hätte verzehren können, haben meine Schuldner nicht gezahlt, und jetzt, wo sie zum Teil zahlen, ist mir die Verfügung über das Geld genommen. Ich habe in den letzten drei Wochen nahezu meine gesamten fürs Alter gemachten Ersparnisse (aus den guten Jahren des Steppenwolf und des Goldmund) wieder verloren: es waren deutsche Goldpfandbriefe, und die sind heute außerhalb des Reichs nichts mehr wert, für einige habe ich – das war das höchste – ein Fünftel des Wertes bekommen, für andre noch weniger. Da ich auch sonst fast keine Einnahmen mehr habe, ist es das zweitemal, daß ich als Leidtragender an einer »großen Zeit« teilnehme . . .

Ich habe dies Jahr, für die Gartenidylle[1] und einige Gedichte im letzten Heft der »Corona«, 300 Mark Honorar eingenommen, dazu kommt etwa ebensoviel Honorar für meine Bücherberichte (die mich drei Viertel meiner Zeit kosten). Der Bücherabsatz ist gleich Null. Die Ersparnisse sind verloren, die ich sentimentalerweise in heimatlichen Werten (Württemberg, Stadt Stuttgart, etc.) angelegt hatte. Da hört mancher hübsche Luxus auf, bald vielleicht auch der des Essens. Zum Glück sitze ich wenigstens in meinem schönen Haus vorläufig unantastbar, da es nicht mir gehört und ich Gast darin bin.

(Aus einem Brief vom 18. 10. 1935 an Wolfram Kimmig)

1 Vorabdruck der »Stunden im Garten« in »Die Neue Rundschau«, Berlin. Die Erstausgabe erschien 1936 im Bermann Fischer Verlag, Wien.

Aus »Die Neue Literatur«, Leipzig, vom November 1935

Nach 1900 ist es mit der Berichterstattung über deutsche Literatur nicht besser geworden. Nach dem Weltkrieg vollends, als das Pressejudentum allmächtig war und sich gegen alles, was nicht jüdischen Ideen diente, ungestraft austoben konnte, als es wirklich deutschen Dichtern sogar im eigenen Land das Wirken fast unmöglich machte, da hören wir jenseits der Grenzen, wenn von deutscher Literatur die Rede ist, nur die Namen: Schnitzler, Wassermann, Feuchtwanger, Stefan und Arnold Zweig usw. usw. Die Folgen dieser Abschnürung alles volkhaft deutschen Schrifttums waren fürchterlich: unsern nächsten nördlichen Nachbarn wurden wir dadurch fremder als jedes andere Volk der Welt, sie konnten *uns einfach nicht kennenlernen.*

Ich höre die Leser aufatmen und sagen: Gott sei Dank, das ist ja jetzt anders geworden. Wir haben uns von dem Geschmeiß, das uns ersticken wollte, befreit! Heute können unsere deutschen Schriftsteller und Dichter wirken und unsere Presse unterrichtet das Ausland wahrheitsgetreu über deutsche Kultur. Es gibt höchstens noch ein paar Kläffer aus Emigrantenkreisen, aber diese werden selbst im Ausland nicht mehr ernst genommen.

Wie das aber in Wirklichkeit aussieht, möge folgender Fall dartun:

In »Bonniers Litterära Magasin«, der führenden kritischen Zeitschrift Schwedens, die selbstverständlich in jüdischen Händen ist, schrieb unlängst Hermann Hesse, *ein, wie ich betonen möchte, wirklicher Dichter und ein Arier, über neue deutsche Bücher. Wir wollen uns nun einmal ansehen, in welcher Art sich Hesse in diesem Aufsatz der Pflicht entledigt, über die neue Literatur seines Landes zu berichten:*

Er beginnt den Artikel mit einem Dithyrambus auf Thomas Mann, *nennt ihn »einen dankbaren und echten Sohn und Erben der bürgerlichen deutschen Kultur, einer unmodernen und gegenwärtig von vielen Jungen verlachten Kultur«, die aber immerhin nicht nur Goethe und Humboldt, Schiller und Hölderlin, Keller, Storm und Fontane, sondern auch Nietzsche und Marx (!) hervorgebracht habe. – Er schreibt weiter: »Wegen seines Aufsatzes über Wagner wurde Thomas Mann Gegenstand ungewöhnlich gehässiger und dummer Angriffe seiner früheren Kol-*

legen und Freunde in München, der bayrischen ›Intellektuellen‹«. Hesse kommt zum Schluß: »Th. Mann ist ein Bürger in hohem und positivem Sinn, aber wahrlich kein Spießbürger.«

Dann erklärt Hesse, daß »S. Fischers Verlag noch immer der vornehmste Verlag der deutschen Bücherwelt« sei. Was einen eigentlich in einem Artikel, der von einem S. Fischer-Autor stammt und viele S. Fischer-Bücher bespricht, nicht wundernehmen kann.

Aber nun geht's weiter: Gelobt werden der Prager jüdische Dichter Kafka ... *der Jude* Alfred Polgar ... ein malaiisches Pseudonym Koran Trang *(zu deutsch etwa: Zu wenig Licht), Verfasser eines in der Schweiz erschienenen, deutlich kommunistisch tendierten Romans aus den indonesischen Kolonien. Hesse findet in diesem Buch folgenden Satz besonders geistreich: »Europa macht sich überall breit, denn es ist kein Weltteil, sondern eine Psychose.«*

Dem malaiischen »Deutschen« oder deutschen Malaien folgt die Katholikin Gertrud von le Fort. *Dann finden wir in diesem Aufsatz über* deutsche *Literatur noch den kommunistischen Juden* Ernst Bloch, *zu dem Hesse sich freimütig bekennt: »Wiewohl ich nicht Marxist bin und es auch nie war, schätze ich diesen Schriftsteller sehr hoch ein.« ... Dann folgt wieder einmal ein Wiener Jude* Emil Lucka. Stefan Zweig *ist zumindest unter bibliophilen Ausgaben genannt.* Rudolf Wahls *Buch »Karl der Große« wird von Hesse gerade an jenen Stellen angegriffen, wo es sich gegen die blutigen Christianisierungsmethoden Karls und gegen die Verquickung von Geld und Kirche wendet. Den Kampf gegen die politisierende Kirche nennt Hesse dabei eine »Modetendenz«. Dagegen ist* Th. Steinbüchels *»Christliches Mittelalter« für Hesse etwas ganz anderes. Es ist, nach Hesse, »nicht nur das Bekenntnis eines Katholiken, sondern auch eines guten Europäers«. Dann folgt die Besprechung zweier Werke über den* jüdischen Scholastiker Maimonides *(Die Linie, die zu diesen Werken führt, ist an sich interessant) ...*

Halt, halt, höre ich den Leser rufen. Was hat denn Hesse, der deutsche Dichter Hesse, zur neuen deutschen *Literatur zu sagen?*

Das: »Die nächstfolgende Generation (– das ist unsere –) zeigt dagegen einen Hang zu primitiver Dogmatik und pathetischen Glaubenssätzen.«

Und das: »Ein Großteil der gegenwärtigen ›schönliterarischen‹

Produktion in Deutschland trägt das Gepräge zufälliger Konjunkturen und kann nicht ernst genommen werden. Konjunkturen sind übrigens trügerisch; die Verleger, die z. B. alle unsere Bauernromane herausgeben, machen durchaus keine guten Geschäfte . . . aber die offizielle Kritik erwies sich als vollkommen verwirrt und ohne gesunde Instinkte . . .«

Das sagt der deutsche Dichter Hermann Hesse. Er beschimpft die ganze neue deutsche Dichtung und verdächtigt die deutschen Dichter, auch die Dichter, die lange vor der Wende deutsch schrieben und schufen, der Konjunkturmache. Mehr noch, er verschweigt sie alle, die jungen wie die alten. Er tut, als habe Deutschland, das neue Deutschland, keine Dichter, als wäre das neue deutsche Schrifttum nur von Konjunkturschmierern geschrieben. Er verrät die deutsche Dichtung der Gegenwart an die Feinde Deutschlands und an das Judentum. Hier sieht man, wohin einer sinkt, wenn er sich daran gewöhnt hat, an den Tischen der Juden zu sitzen und ihr Brot zu essen. Der deutsche Dichter Hermann Hesse übernimmt die volksverräterische Rolle der jüdischen Kritik von gestern. Den Juden und Kulturbolschewiken zuliebe hilft er im Auslande falsche, sein Vaterland schädigende Vorstellungen verbreiten. Hermann Hesse mag seine persönlichen Freundschaften und Sympathien haben, die schon lange nicht mehr die des deutschen Volkes sind. Aber wenn er als Berichterstatter zu anderen Völkern spricht, so hat er zu seinem Volk zu stehen und zu helfen, die Wahrheit über sein Volk in der Welt zu Ehren zu bringen. *Kann er und will er dabei nicht helfen, so schweige er wenigstens, wie er von jeher geschwiegen hat, wenn er hätte seine Stimme für Deutschland erheben sollen.*
[Lily Birmer]

Ich habe selber seit mehr als einem Jahr an meiner künstlerischen Arbeit (Glasperlenspiel etc.) nicht den kleinsten Strich tun können und muß Tag für Tag durch die Niederungen des Aktuellen waten. Aber die Rückkehr zur Kunst scheint mir dennoch möglich und notwendig. Wir dürfen uns den Nöten und Problemen des Tages nur dann hingeben, wenn wir gewillt sind, in ihnen Partei zu ergreifen und uns ganz einzusetzen. Da ich die Partei nicht kenne, deren Ziel ich ganz bejahen könnte, gibt es diesen Weg für mich nicht.

(Aus einer Postkarte vom 16. 11. 1935 an Gunter Böhmer)

Ich habe im Laufe der letzten Jahre eingesehen, daß es mir nie möglich sein wird, meinen Glauben und mein Bekenntnis anders auszusprechen als in den Gleichnissen der Dichtung, die direkte Lehre ist nicht mein Gebiet.

Dies hängt damit zusammen, daß ich zu dem wichtigsten Problem des geistigen Lebens von heute eigentlich nichts beizutragen habe, zum Problem des Gemeinschafts- und Kollektiv-Lebens. Die Welt und Jugend strebt heute unbeirrbar und unaufhaltsam zum Kollektiven, ist ja oft auch, auf faschistischer wie kommunistischer Seite, mit einer sehr rohen und geistfeindlichen Art von Gemeinschaft zufrieden.

Umgekehrt war ich lebenslänglich ein einzelner und habe meine Einordnung ins Ganze des geistigen Lebens mehr in der Vergangenheit und Geschichte suchen müssen, als im aktuellen Leben, ich war vollkommen unfähig, mich irgendeiner der primitiven Formen von Gemeinschaft auch nur versuchsweise anzuschließen, und desto mehr auf die Auseinandersetzung mit den Religionen und Philosophien der Vergangenheit angewiesen, um schließlich doch den Glauben zu gewinnen, daß auch ich trotz meines Einzelgängertums mit dem Ganzen der Menschheit innig zusammenhänge.

Darum kommen zu mir seit vielen Jahren als Frager und Ratsucher jene jungen Menschen, denen es beschieden ist, sich über das alltägliche Maß hinaus individualisieren und differenzieren zu müssen, und die dann unter dem Zwiespalt mit den Forderungen der Gemeinschaft leiden. Dem einzelnen konnte ich zuweilen helfen, Prinzipielles aber habe ich nicht zu sagen.

(Aus einem Brief vom 10. 12. 1935 an G. Rutishauser)

Schlimmer als diese Kleinigkeit waren die Anpöbelungen, die in Deutschland wieder gegen mich begannen, und das schlimmste war, daß mein Verleger[1] (den ich in Zürich traf) berichtete: die deutsche Behörde habe ihm erklärt, man werde ihm erlauben, bei seinem Weggang einige Autoren seines Verlags und deren Bücher und Rechte mitzunehmen, aber nicht H. Hesse, der müsse unbedingt dableiben. Teils zum Renommieren, teils weil er auch im Ausland verkäuflich ist, wo die

1 Gottfried Bermann Fischer.

meisten deutschen Bücher heut boykottiert werden. Nun, man wird sehen, was draus wird.

(Aus einem Brief vom 23. 12. 1935 an Helene Welti)

In Deutschland ist seit November ein anfangs nur literarischer, jetzt aber weit in die Tagespresse gedrungener Angriff gegen mich im Rollen, vielmehr eine glatte Denunziation, mit gefälschten Angaben und Daten aus meinem Leben etc. Gleichzeitig läuft von der Gegenseite der nicht weniger bös gemeinte Angriff der Emigrantenpresse. Die schaden sich freilich damit selber, aber wo so viel Dreck spritzt, sitzt man nicht gut, und so komme ich mit dem Anwachsen der Kriegsstimmung in der Welt immer weiter weg von meiner Welt und Arbeit. Den halben Tag muß ich mich für arme Emigranten bemühen, um Geld, um Aufenthaltserlaubnis, um Versorgung halbverhungerter Kinder (das Elend ist oft grauenhaft), und die andre Hälfte des Tages kann ich mich dann mit dem beschäftigen, was dieselben Emigranten mir als giftige Antwort zurückschicken. Oft hat man mehr als genug, es ist kein Leben mehr. Sollte der deutsche Angriff gegen mich gelingen, so wäre ich nicht bloß vollends ruiniert, sondern auch mundtot, ich hätte dann keine einzige Zeitschrift mehr zur Verfügung.

(Aus einem Brief, Ende 1935, an Max Thomann)

Ein Mensch wie Thomas Mann hängt mit allen Fasern [an Deutschland], es ist ein Teil von ihm. Er muß den Schnitt bis in die Gewebe der Haut, die Veränderung bis in die Eingeweide spüren – fraglich, ob er, also amputiert, weiterleben könnte. Ebenso Hesse.

Als Hesse [1930] aus der Akademie austrat, schrieb er an Wilhelm Schäfer, er glaube an einen neuen Krieg und an eine neue Kundgebung der 93 deutschen Intellektuellen – und da wolle er keineswegs dabeisein. Er war kurz nach dem Krieg Schweizer geworden. Trotzdem, und obwohl er mir schon vor Jahren sagte, er könne Deutschland nur mit Furcht und Widerwillen betreten und tue es so selten wie möglich, ist und bleibt er ein Stück lebendiges Deutschland – in ganz anderm Maße als die deutsch schreibenden Schweizer.

(René Schickele, Tagebucheintragung vom 11. 12. 1935)

Ende 1935 erhielt die Familie Fischer vom Propagandaministerium die Aufforderung, aus dem Besitz und der Leitung des S. Fischer Verlages auszuscheiden.

Als die NSDAP über Strohmänner die Aktien der S. Fischer Verlag AG zu erwerben trachtete, entschloß sich Suhrkamp auf Drängen von Autoren und Angestellten, den Verlag zu kaufen. Suhrkamp gründete 1936 eine Kommanditgesellschaft, die der Familie S. Fischer die vereinbarte Kaufsumme auszahlte. Suhrkamp sorgte für einen Geldtransfer nach der Schweiz, für die Übergabe von Autorenrechten und eines erheblichen Buchlagers an Bermann Fischer, der am 1. Mai 1936 unter der Firma Bermann-Fischer Verlag GmbH, Wien, einen neuen Verlag eröffnete[1].

Aber auch nach dem Ausscheiden der Familie Fischer aus dem Besitz des Verlages hielten der Druck und die Behinderungen durch die faschistischen Machthaber weiter an. Die Zurücknahme einer schon ausgesprochenen Einstellungsverfügung der »Neuen Rundschau« zum Jahresende 1935 konnte von Suhrkamp durchgesetzt werden, doch gegen den gleichzeitigen Boykott der Verlagsproduktionen, die in den offiziellen Buchkatalogen nicht mehr verzeichnet wurden, war er machtlos. 1936, zwei Jahre nach dem Tode S. Fischers, beschrieb Suhrkamp in einem kurzen Vorwort zum Jubiläumsalmanach »Das 50. Jahr. 1886 bis 1936« die schwierige Situation des Verlages:

»Seine Geschichte seitdem ist nicht mehr die Geschichte seiner Ausbreitung, sondern sie ist eine einzige große Probe, die der Verlag vor der deutschen Gegenwart zu bestehen hatte; die Probe ging wie ein echtes Schicksal bis nahe an die Existenz. Vor wenigen Monaten wurden Teile des Verlages, welche in seiner Vergangenheit nicht unwesentlich an seinem Leben beteiligt waren, fortgegeben.

Es würde uns somit schlecht anstehen, das übliche Jubiläum zu feiern. Der Kranz hängt nicht über der Pforte eines saturierten Hauses. Wir haben zu sorgen und zu arbeiten wie in der Jugend dieses Verlages.«

»Nobler ließ sich«, wie Hans Schwab-Felisch hierzu bemerkte, »in dieser Zeit nicht sagen, was zu sagen war.«

(Aus Friedrich Voit, »Der Verleger Peter Suhrkamp und seine Autoren«, Kronberg/Ts., 1975)

1 Vgl. S. 633.

Falls Du in Calw auf dem Rathaus Freunde hast, würde ich bitten, einmal nachzusehen, ob sich noch Eintragungen über meine Eltern etc. finden. Mein Vater hat 1874 in Calw geheiratet, war Balte, also politisch Russe, zog dann 1880 nach Basel und erwarb dort für sich und die Familie das Basler und Schweizer Bürgerrecht.

Es läuft zur Zeit wieder einmal, von einem neidischen Kollegen aufgebracht, ein Angriff gegen mich in sehr vielen deutschen Blättern, worin über meine und meines Vaters Staatsangehörigkeit eine Reihe frei erfundener »Tatsachen« gegen mich angeführt werden. Ich kenne diese besonders giftige Art der Kriegführung von früher her – es ist nicht das erstemal, seit 1914 habe ich schon manches Kriegsjahr gehabt. Z. B. bin ich seinerzeit im Jahr 1912 für immer wieder in die Schweiz zurückgekehrt. Mein Gegner (der üble Literat Will Vesper[1]), obwohl er die Daten durch mich selber kennt, fälscht einfach die Zahlen und sagt: »im Jahre 1914, als sein Vaterland im schwersten Ringen lag, machte er sich nach der Schweiz davon« etc.

Diese Sachen sind nicht wichtig. Immerhin gibt es Momente, wo man etwa durch eine einfache Korrektur Schlimmes verhüten kann. Darum frage ich. Falls Du zum Rathaus oder Gemeindearchiv nicht Beziehungen hast, dann mache Dir keine Mühe! Nur wenn's leicht geht. Gedient wäre mir mit der Feststellung, daß mein Vater Johannes Hesse aus Weißenstein in Rußland damals noch Russe war. Ferner fände sich vielleicht nach seiner Rückkehr nach Calw, Sommer 1886, eine Notiz darüber, daß er jetzt Basler Bürger war.

(Aus einem Brief vom Dezember 1935 an Ernst Rheinwald)

Zu der Glosse im Novemberheft 1935 (S. 685) sendet uns Hermann Hesse *durch den Sekretär des »Schweizerischen Schriftsteller-Verein/Societé des Ecrivains Suisses« in Zürich folgenden Brief:*

»Zur Zeit Baden (sonst Montagnola), 3. Dezember 1935.
An die Schriftleitung der Zeitschrift ›Neue Literatur‹.
Auf Umwegen, durch den Brief eines Bekannten erfahre ich,

1 Will Vesper (1882-1962), Lyriker, Erzähler, Herausgeber der Zeitschrift »Die Schöne Literatur«, ab 1931 u. d. T. »Die Neue Literatur«, Leipzig, dem Instrument seiner agilen Denunziationen vor allem jüdischer Autoren und Verleger.

daß ich jüngst in Ihrer Zeitschrift angepöbelt worden bin, und man zitiert mir aus dem fraglichen Artikel einige Sätze, z. B.: ›der deutsche Dichter H. Hesse übernimmt die volksverräterische Rolle‹ und ›den Juden usw. zuliebe hilft er im Auslande falsche, sein Vaterland schädigende Vorstellungen verbreiten‹.

Ich möchte diese schändlichen Worte, unterstützt vom Schweizerischen Schriftstellerverein, dessen Mitglied ich bin, mir energisch verbitten und möchte die Schriftleitung ersuchen, bei künftigen Einsendungen, in welchen ein bisher angesehener Kollege in den Dreck gezogen wird, sich wenigstens die Mühe zu geben, offenkundige Lügen und Verleumdungen auszumerzen.

Sie mögen meine Urteile und Meinungen nicht teilen, Sie mögen auch beliebig gegen mich polemisieren, das ist Ihr Recht. Aber Sie dürfen nicht Lügen über mich verbreiten. Sie schädigen damit den ohnehin jetzt im Ausland tief stehenden Ruf Deutschlands und seiner Literatur – für die ich, der Ausländer, sowohl in meinen Berichten für die Neue Rundschau wie in denen für Bonniers Lit. Magasin alle meine Kräfte einsetze, weil ich, trotz ihres jetzigen Zustandes, die deutsche Literatur ernst genug nehme, um auch im eher feindlich gesinnten Ausland für sie einzutreten und zu werben.

Das Schlimmste an Ihrem Artikel gegen mich ist aber nicht die vollständige Verkennung meines Wollens sowie des tatsächlichen Dienstes, den ich durch meine Berichte der deutschen Literatur leiste. Sondern das Schlimmste ist, daß Ihr Referent die Sache so hinstellt, als sei ich Reichsdeutscher und ›Volksverräter‹. Diesen Behauptungen gegenüber stelle ich fest, daß ich nicht Reichsdeutscher, sondern Schweizer bin, und seit vollen 23 Jahren ununterbrochen in der Schweiz lebe.

Wenn Sie etwas auf Ihre Ehre halten, so korrigieren Sie wenigstens das, was in jenem Referat tatsächlich der Wahrheit widerspricht. Wenn der Schweizer Hesse Don Quichotte genug ist, in einem angesehenen schwedischen Blatt (von dessen Judentum mir übrigens nichts bekannt war) die in Schweden schwer in Verruf gekommene deutsche Literatur zu verteidigen, so begeht er damit keinen ›Volksverrat‹, sondern er tut etwas, wozu er das volle Recht hat.«

Die Art und Weise, wie Hermann Hesse sich bemüht hat, »im eher feindlich gesinnten Ausland für die deutsche Literatur ein-

zutreten und zu werben«, ist in unserer Glosse genau belegt worden. Hermann Hesse kann davon nichts ableugnen. Von den Schlüssen aber, die wir aus dieser seiner »Werbung« zogen, haben wir vor anständigen Leuten nichts zurückzunehmen. Allerdings müssen wir uns entschuldigen, daß wir nicht ahnten und es nicht für möglich hielten, daß der deutsche Dichter Hermann Hesse, der sich freilich schon 1914 von seinem Volk in die sichere Schweiz zurückzog, nun wirklich »emigriert« ist, die deutsche Staatsangehörigkeit aufgegeben und die Schweizer Staatsangehörigkeit erworben hat. Lange kann es noch nicht her sein, sonst würde er den Zeitpunkt deutlicher angeben. Von Geburt und Herkunft aber ist er Reichsdeutscher. Als Reichsdeutscher hat er früher unter uns gelebt und Erfolg gehabt. Deutschland ist sein Nest, mag er auch jetzt auf anderem Aste sitzen. In der Schweiz geborene Dichter werden wir stets in ihrer besonderen Art, Aufgabe und Einstellung achten. Aber auch die Schweizer werden verstehen, daß es für uns in diesem Falle etwas ganz anderes ist, ob ein Dichter ein geborener Schweizer ist oder – ein Emigrant; ganz gleich, ob er erst jetzt oder schon länger sein Volk in seinem schweren Ringen verlassen hat, um sich hinter sein gekauftes Schweizer Bürgertum verschanzen zu können. Jedenfalls ist uns Deutschen, und ich glaube nicht nur denen im Reich, das Bild dieses merkwürdigen »Ausländers« für immer geklärt.

(Aus »Die Neue Literatur«, Leipzig, vom Januar 1936)

Da der Verleumder Will Vesper unter andrem behauptet, ich sei als Reichsdeutscher und als Sohn eines Reichsdeutschen geboren, wollte ich wissen, ob in Calw die Tatsachen eingetragen sind. Über meine eigene Staatsangehörigkeit war ich nie im unklaren. Ich wurde 1890 zum Württemberger gemacht, um das Landexamen machen zu dürfen, und habe diese Staatsangehörigkeit mit vier Jahren Dienst im Krieg und sehr vielen andern Opfern getreulich bezahlt. Ich war, wofür Herr Vesper keinen Sinn hat, so anständig, mich nicht nur 1914 als Freiwilliger zu stellen und dann vier Jahre Arbeit bei der Gesandtschaft in Bern zu tun, sondern war auch, als der Krieg zu Ende war, der Meinung, es mache sich schlecht, ein sinkendes Schiff in Eile zu verlassen. Darum habe ich so lang mit der Wiedereinbürgerung in der Schweiz gewartet.

Also herzlichen Dank! Ich glaube nicht, daß Vesper viel

erreicht. Er möchte mich zwar kaputtmachen, aber noch viel mehr möchte er sich emporbringen und nach oben empfehlen. Unter Schriftstellern wird er nirgends ernst genommen, sowenig wie die Frau Ludendorff, die in ihrem Blättchen behauptet, ich sei Jude.[1] Ihr lebt in keiner guten Gesellschaft. Dagegen merke ich an hundert Zeichen, daß unsre Zeit vorbei ist, wir werden rasch vergessen, und sich damit abfinden zu müssen erschwert das Altern, erleichtert dafür das Sterben.

Ich habe einige Erinnerungen an meinen Bruder aufgeschrieben,[2] weiß aber nicht, ob es möglich sein wird, sie irgendwo zu publizieren. Die Absichten meines Verlegers, in Zürich neu anzufangen, scheinen infolge jener Hetze gegen uns wirklich gescheitert.

(Aus einem Brief vom Januar 1936 an Ernst Rheinwald)

Samuel Fischers Erbe, Herr Bermann, hat sich mit dem Dritten Reiche überraschend gut abzufinden gewußt. Im allgemeinen achtet das Nazi-Regime mit besonderer Strenge darauf, daß kein »Nicht-Arier« – wie man dortzulande sagt – »deutsches Kulturgut verwaltet«. Auf keinem Gebiet sind die rassischen Reinigungsmaßnahmen radikaler durchgeführt worden. Sogar die minderwertigsten Vorstadtkinos wurden etwaigen nichtarischen Inhabern erbarmungslos abgenommen. Der S. Fischer-Verlag dagegen, also wahrhaft eine Verwaltungsstelle »deutschen Kulturguts«, wurde unbeanstandet in den geschäftstüchtigen Händen des Herrn Bermann gelassen, Samuel Fischers Erben und Schwiegersohn. Es ist, soweit man sehen kann, der einzige Fall, in dem Herr Goebbels und die diversen nationalsozialistischen Kulturkammern einem markanten »Nicht-Arier« eine solche Ausnahmestellung gewährten. Herrn Bermanns Privileg als Schutzjude des nationalsozialistischen Verlagsbuchhandels muß besonders gut fundiert sein. Denn während verschiedene Autoren des S. Fischer-Verlages, Thomas Mann *an der Spitze, bei jeder Gelegenheit mit den Dreckkübeln der Nazi-Presse überschüttet werden, während andere Schriftsteller, mit denen Herr Bermann seine Geschäfte machte und macht, allen*

1 Vgl. S. 579.
2 Am 27. 11. 1935 hatte sich Hesses Bruder Hans das Leben genommen. Hesses »Erinnerung an Hans« erschien im März 1936 in der Zweimonatsschrift »Corona«, München/Zürich.

möglichen Polizeischikanen ausgesetzt waren, wurde über Herrn Bermann persönlich und über seinen Verlag in keinem Goebbels-Organ ein böses Wort gesagt. Nicht einmal Streichers »Stürmer« nahm die rassische Schande aufs Korn, daß an der Spitze eines der größten deutschen Buchverlage noch im Jahre 1936 ein Nicht-Arier stehe. Wie sich Herr Bermann diese privilegierte Stellung verschafft hat, – ob nur durch die Herausgabe von Büchern, die mit einer kriecherischen Widmung für den Minister Göring begannen, oder für einen höheren Preis, – ist bisher sein privates Geschäftsgeheimnis geblieben. Nunmehr aber scheint die Fortführung des Geschäfts in der bisherigen Weise unmöglich geworden zu sein und eine neue Vereinbarung zwischen Goebbels und Samuel Fischers Schwiegersohn erfordert zu haben. Herr Bermann ist im Begriff, mit seinem Verlag ins Ausland zu übersiedeln, – und ein erster Niederlassungsversuch, den er in der Schweiz unternommen hat, scheint nur daran gescheitert zu sein, daß der Ruf des S. Fischer-Verlages und seines gegenwärtigen Inhabers unter den langjährigen guten Beziehungen zur Reichskulturkammer stark gelitten hat. Da Herr Bermann, obwohl noch im Reiche ansässig, seine Neugründung in aller Öffentlichkeit vorbereitet, ist es in der Tat äußerst wahrscheinlich, daß sein Unternehmen von deutschen Amtsstellen gewünscht und favorisiert wird. Schon die erforderliche Devisengenehmigung hätte Bermann nicht bekommen können, wäre von ihm nicht eine lohnende Gegenleistung in Aussicht gestellt. Das Interesse des Propagandaministeriums, im Ausland einen getarnten »Emigrations«-Verlag, Marke S. Fischer, ins Leben zu rufen, liegt auf der Hand. Vermutlich erwarten die deutschen Behörden, daß Herr Bermann einerseits nur solche Literatur herausgeben wird, die im Dritten Reiche nicht sonderlich anstößig ist; und daß andererseits seine Konkurrenz jenen deutschen Auslandsverlegern, die auf das Dritte Reich keine Rücksicht zu nehmen haben, das Leben erschweren wird. Nach dem Scheitern seiner schweizerischen Projekte versucht Herr Bermann sein Glück in Wien. Aber es fragt sich, ob man dort größere Lust haben wird, die Hand zu einem Unternehmen zu reichen, das der stillen Teilhaberschaft des Berliner Propagandaministeriums dringend verdächtig ist.

(Aus »Das Neue Tage-Buch«, Paris, hrsg. von Leopold Schwarzschild, Heft 2 vom 11. 1. 1936)

Ein Protest

Die Unterfertigten fühlen sich verpflichtet, Einspruch gegen einen Artikel zu erheben, der in der Ausgabe vom 11. Januar der Wochenschrift ›Das Neue Tage-Buch‹ erschienen ist und sich mit der Person Dr. Gottfried Bermann Fischers, des Erben und gegenwärtigen Leiters des S. Fischer Verlages, beschäftigt. Dr. Bermann hat sich während dreier Jahre nach besten Kräften und unter den schwierigsten Umständen bemüht, den Verlag an der Stelle, wo er groß geworden ist, im Geiste des Begründers weiterzuführen. Er verzichtet jetzt auf die Fortsetzung dieses Versuches und ist im Begriffe, dem S. Fischer Verlag im deutschsprachigen Ausland eine neue Wirkungsstätte zu schaffen. In diese Bemühungen bricht der erwähnte Artikel ein, indem er sie nicht nur bereits als gescheitert hinstellt, sondern auch, direkt und zwischen den Zeilen, an der Haltung und Gesinnung Bermanns eine sehr bösartige Kritik übt. Die Unterzeichneten, die zu dem Verlage stehen und ihm auch in Zukunft ihre Werke anvertrauen wollen, erkären hiermit, daß nach ihrem besseren Wissen die in dem ›Tage-Buch‹-Artikel ausgesprochenen und angedeuteten Vorwürfe und Unterstellungen durchaus ungerechtfertigt sind und dem Betroffenen schweres Unrecht zufügen.

Thomas Mann · Hermann Hesse · Annette Kolb

(Aus »Neue Zürcher Zeitung« vom 18. 1. 1936)

Es ist nicht unsere Sache, das »Neue Tage-Buch« zu verteidigen, dessen Herausgeber sicher nicht verfehlen wird, von sich aus das ihm nötig Scheinende auf diese Erklärung zu erwidern. Aber es handelt sich hier um keine Angelegenheit, die eine einzelne Zeitschrift angeht, sondern um eine politische und moralische Frage, die für die gesamte deutsche Emigration von außerordentlicher Tragweite ist. Deshalb wird es jedem, der sich der Sache der Emigration mitverpflichtet fühlt, unmöglich erscheinen, stumm zu bleiben gegenüber der Kundgebung der drei Autoren des Verlages S. Fischer. Mit Hermann Hesse und Annette Kolb wird es freilich ausgeschlossen sein, ersprießlich zu diskutieren. Denn beide schreiben noch heute in der »Frankfurter Zeitung«. Sie unterstützen somit den Zweck der Auslandstäuschung, zu dessen wirksamer Durchführung Dr. Goebbels diesem Feigenblatt des

Dritten Reiches ab und zu eine größere Freiheit in der Auswahl seiner Autoren läßt als anderen Zeitungen. Sie beweisen durch diese Haltung, daß ihnen die strikte moralische Trennung vom Propaganda-Apparat des Dritten Reiches nicht als Pflicht gilt. Eine Auffassung, die uns vor allem bei der einstigen tapferen Vorkämpferin für Frieden und Verständigung unbegreiflich ist, deren Gesinnungsgenossen heute in den Konzentrationslagern des Dritten Reiches unsagbare Qualen erdulden.
(Auszug aus Georg Bernhard, »Der Fall S. Fischer«, in »Pariser Tageblatt«, vom 19. 1. 1936)

Sie haben bei Anlaß Ihres Artikels gegen den Verlag Fischer auch über meine Person und Tätigkeit sich geäußert, und zwar nicht nur wegwerfend, sondern gehässig, und leider mit Entstellung der Tatsachen.

Ich will mich hier nicht auf meine Tätigkeit als Kritiker berufen, die von den deutschen Emigrantenverlagen allerseits anerkannt wird. In der Neuen Rundschau, dem einzigen deutschen Blatt, dessen Mitarbeiter ich noch bin, habe ich als einziger Kritiker in der ganzen deutschen Presse stets die Bücher von Juden auf das freundlichste mitbesprochen.

Ich möchte Sie nur, für den Fall, daß Sie über dem Kämpfen den Dienst an der Wahrheit nicht sollten vergessen haben, darauf aufmerksam machen, daß Ihre Äußerungen über mich den Tatsachen recht sehr widersprechen.

Erstens bin ich nicht Emigrant, sondern bin Schweizer, und lebe seit vollen 24 Jahren ununterbrochen in der Schweiz.

Zweitens bin ich, entgegen Ihrer Behauptung, nicht Mitarbeiter der Frankfurter Zeitung. Ich weiß nicht, woher Sie diese Lüge bezogen haben.

Es erscheinen allerdings je und je in deutschen Blättern, meist kleineren, alte Feuilletons oder Gedichte von mir. Das sind Zweitdrucke, und die Redaktionen bekommen sie nicht von mir, sondern von einem Zweitdruckbüro, das seit Jahren die Rechte an diesen alten kleinen Arbeiten erworben hat. Sollte, was ich nicht glaube, allen ihren Traditionen entgegen auch die Frankfurter Zeitung einmal einen Zweitdruck von mir gebracht haben, was ich aber nicht glaube, so geschah dies durchaus ohne mein Wissen.

Das Kämpfen ist eine hübsche Sache, aber es verdirbt leicht

den Charakter. Wir wissen es vom Weltkrieg her, daß die Heeresberichte aller Mächte immer gleich sehr gelogen sind. Es wäre der deutschen Emigration unwürdig, wenn sie sich dieser Kampfmethoden auch bedienen würde. Wofür kämpft sie denn dann noch?

Ihre Äußerungen über mich in jenem Artikel enthalten Angaben, die den Tatsachen nicht entsprechen. Darauf wollte ich Sie aufmerksam machen.

(Aus einem Brief vom 24. 1. 1936 an Georg Bernhard)

Ich danke Dir von Herzen für die Verteidigung gegen den gemeinen Angriff Schwarzschilds. Er hat mich mehr aufgeregt, als es sich wohl verlohnte. Um so mehr freute mich die Rechtfertigung, die in dem kurzen Gegenartikel zum Ausdruck kam. Er hat seine Wirkung voll und ganz getan.

Meine Niederlassungsangelegenheit steht im Augenblick günstig. Ich glaube, daß die Stadt Zürich meinen Antrag befürworten wird. Inzwischen hat sich in Berlin herausgestellt, daß man Dich nicht freigeben will. Mit Gewalt kann ich Dich nicht herausbekommen. Ich bin nach wie vor der Meinung, Du solltest nun in Ruhe abwarten, wie sich die Dinge in dem Berliner S. Fischer Verlag entwickeln, und die erste Gelegenheit, die einen triftigen *Kündigungsgrund bietet, benützen um zu kündigen. Einen Verlagswechsel innerhalb Deutschlands halte ich für ganz falsch. Besser als der Fischer Verlag, mit seinen Dir treu ergebenen Angestellten und Suhrkamp an der Spitze, wird kein anderer Verlag in Deutschland Deine Interessen vertreten, zumal man bei den meisten deutschen Verlagen, auch der Deutschen Verlagsanstalt, nicht mehr weiß oder nicht mehr wissen wird, wem sie eigentlich gehören. Durch einen Verlagswechsel innerhalb Deutschlands kommst Du zudem in die Gefahr, überhaupt nicht mehr herauszukönnen. Wenn erst einmal ein neuer Verlag in Deutschland die Vorräte übernommen hat, läßt er Dich doch nicht mehr los. Ich meine also, Du solltest abwarten, solange die Verpflichtungen erfüllt werden. Ist das nicht mehr der Fall, so stehe ich bereit. Ich glaube, das ist das Vernünftigste und Richtigste.*

(Aus einem Brief von Gottfried Bermann Fischer an Hesse vom 23. 1. 1936)

Meine Situation ist jetzt genau die, die ich vorausgewußt und oft vorausgesagt habe: ich werde jetzt von der reichsdeutschen Presse als Volksverräter etc. etc. bezeichnet (das bedeutet einen Wink an die Behörden, meine Bücher doch endlich zu verbieten), und gleichzeitig schreiben die deutschen jüdischen Emigranten, für die ich mir so oft und hart die Finger verbrannt und denen ich persönlich beträchtliche Opfer gebracht habe, so über mich, wie Sie es im beiliegenden Artikel sehen. Der Mann, der ihn schrieb, weiß wahrscheinlich so gut wie ich, daß ich kein Emigrant bin, sondern Schweizer, und seit 24 Jahren nicht mehr in Deutschland gelebt habe, er weiß wahrscheinlich auch, daß ich viel für die Emigranten und speziell für ihre Literatur getan habe. Aber Tatsachen und Wahrheit spielen bekanntlich beim Kämpfen keine Rolle, und die Emigrantenpresse, welche unbedingt meinem Verleger den Garaus machen will, hat schon längst alle Methoden der Nazi übernommen: brutalstes Verfolgen des Feindes, auch des eingebildeten Feindes, mit allen, auch den unerlaubtesten Mitteln. So ist mir nun meine Tätigkeit zugunsten der so sehr in Not geratenen deutschen Literatur, in die ich mich geflüchtet hatte, auch zerschlagen worden, sie wird kaum mehr lang dauern können. Interessant sind diese Dinge nicht, sie überraschen mich auch nicht im mindesten. Ich teile sie nur mit, damit Sie Bescheid wissen.

Auch die Behauptung Bernhards, ich sei Mitarbeiter der Frankfurter Zeitung, ist einfach von ihm erfunden.

(Aus einem Brief vom 24. 1. 1936 an Otto Basler)

Deutsche Literatur im Emigrantenspiegel

E. K.[1] *Es ist Herrn Leopold Schwarzschild in Paris vorbehalten, in seinem »Neuen Tage-Buch« zu entdecken, daß das gesamte Vermögen der deutschen Literatur rechtzeitig ins Ausland verschoben worden ist. Der Verfasser, dem Literatur Ware ist, schreibt in dem angemessen merkantilen Stile wörtlich:*

»Im Hintergrund steht das einzige deutsche Vermögen, das – merkwürdigerweise – aus der Falle des Dritten Reichs fast komplett nach draußen gerettet werden konnte: die Literatur. Man mag es für mehr oder weniger erheblich halten: Tatsache ist jedenfalls, daß dies Vermögen nahezu komplett ins Ausland ›transferiert‹ werden konnte, nahezu nichts von Bedeutung ist drüben geblieben; Tatsache ist ferner, daß von allen ins Ausland geretteten Werten nur eben die Literatur komplett geblieben ist. Als einziger aller materiellen und kulturellen Werte kann also die deutsche Literatur in ihrer Gänze, nicht nur in Splittern und Partikeln, außerhalb des Reiches und außerhalb seines zerrüttenden Einflusses erhalten und für einen besseren Tag ›einsatzbereit‹ überwintert werden. Ich glaube nicht, daß das geschichtlich ein Beispiel hat. Ich glaube nicht, daß schon einmal fast die ganze Literatur eines Landes, en gros und total, dem Zugriff eines Regimes, das sie teils zu vernichten, teils zu deformieren drohte, entwichen und ins Ausland abgewandert ist.«[2]

Wem trägt Herr Schwarzschild solchen Aberwitz vor? Ausgerechnet Herrn Thomas Mann, weil seine Werke bisher noch in Deutschland erscheinen konnten und der Dichter der »Buddenbrooks« doch wohl diese Emigrantensprache als eine Unverschämtheit empfindet. Ein feiner deutscher Literaturkenner, den das Schicksal ebenfalls ins Ausland verschlagen hat, hat wohl das Recht, solche Äußerungen »Ghetto-Wahnsinn« zu nennen. Hier hat man es schwarz auf weiß, daß ein Teil der Emigranten – wir hüten uns zu verallgemeinern – die deutsche Literatur mit derjenigen jüdischer Autoren identifiziert. Es gibt für sie keinen Gerhart Hauptmann, der ein Dichter war, keinen Hans Carossa, keinen Rud. Alexander Schröder, keinen Max Mell, keinen

1 E. K. = Eduard Korrodi.

2 Zitiert aus Leopold Schwarzschild, »Antwort an Thomas Mann« in »Das Neue Tage-Buch«, Paris, vom 25. 1. 1936.

Waggerl, keinen Jakob Schaffner, keinen Emil Strauß, keinen Ernst Wiechert, keinen Fr. G. Jünger, keinen Ernst Jünger, keine Ricarda Huch, keine Gertrud von le Fort – um nur auf gut Glück ein paar Namen zu nennen. Es gibt für sie keine Schweiz *und* kein Österreich – *es gibt für sie nur den Querido-Verlag und De Lange-Verlag in Amsterdam. Nun werden die Nationalsozialisten triumphieren: Seht, wenn wir behaupteten, die Juden hätten vor 1933 die deutsche Literatur gepachtet und alles, was nicht ihres Stammes war, als nicht existent betrachtet – so wurden wir der Lüge bezichtigt. Heute bestätigt uns Herr Schwarzschild, daß die komplette deutsche Literatur ins Ausland transferiert worden ist. – Was ist denn ins Ausland transferiert worden? Etwa die deutsche Lyrik, die Herrlichkeiten der Gedichte Rud. A. Schröders? Wir wüßten nicht* einen *Dichter zu nennen. Ausgewandert ist doch vor allem die Romanindustrie und ein paar wirkliche Könner und Gestalter von Romanen. Betrachten sich diese als das Nationalvermögen der deutschen Literatur, dann ist es allerdings erschreckend zusammengeschrumpft.*

Wir begreifen, wenn in Frankreich die Zahl derer wächst, die der Emigranten-Literatur eine ausgesprochene Skepsis entgegenbringen, und wir begreifen vor allem, daß es angesehene Schriftsteller in der Emigration gibt, die lieber nicht zu dieser deutschen Literatur gehören möchten, der der Haß lieber ist als das Streben nach Wahrheit und Gerechtigkeit.

Diese Bemerkungen lagen schon im Druck, als uns die folgende Erklärung zuging, die sich jedoch auf das »Pariser Tageblatt« bezieht:

Erklärung:

Die Presse der deutschen Emigranten im Ausland hat bei Gelegenheit eines Feldzugs, den sie gegen den alten, verdienstvollen Verlag S. Fischer führt, auch meine Person mit hereingezogen, vor allem in einem Artikel G. Bernhards im Pariser Tageblatt. Da leider dieser Kampf unter anderm auch mit dem Mittel der Verleumdung geführt wird, sehe ich mich genötigt, gegenüber den Behauptungen jenes Artikels das Folgende festzustellen:

1. Ich bin nicht, wie die Emigrantenpresse es darstellt, deut-

scher Emigrant, sondern bin Schweizer, und lebe seit vollen vierundzwanzig Jahren ununterbrochen in der Schweiz.

2. Ich bin nicht, wie Herr Bernhard behauptet, Mitarbeiter der Frankfurter Zeitung. Hermann Hesse.

(Aus »Neue Zürcher Zeitung« vom 26. 1. 1936)

Die dreckige Hetze der Emigrantenpresse galt ja nicht mir, sondern Bermann, aber sie verletzte mich schon darum, weil kein andrer Literat seit 1933 so für die Emigranten und Juden eingetreten ist wie ich. Ich habe, in Deutschland als einziger Kritiker, der jüdische Bücher zu empfehlen wagte, und in meinen schwedischen Literaturberichten, wo ich ohne jede Zensur war, noch kräftiger den Emigranten die Stange gehalten, einfach weil sie mir leid taten, ich habe meine Existenz in Deutschland dadurch exponiert und fraglich gemacht – um am Ende von Affen wie Bernhard und Revolverleuten wie Schwarzschild mit Dreck beworfen zu werden. Noch am selben Tag, an dem Bernhards Artikel erschien, hatte ich hier im Hause eine lange Sitzung zur Aufrechterhaltung eines Heims für Emigrantenkinder – die Details von Elend und Not waren so grausig, daß ich, etwas leichtsinnig, alles Geld, das ich im Hause hatte, für den Zweck hergab. Gleichzeitig erschien in Paris das Blatt, in dem die Emigranten mir mitteilten, was sie von mir halten.

So habe ich mich denn gefreut zu sehen, daß es auch andre Meinungen gibt.

Das Geschrei der Emigrantenpresse wird mir vermutlich nicht sehr viel schaden. Zugleich ist aber in Deutschland eine Hetze gegen mich in Gang, wegen meiner schwedischen Literaturberichte (in Bonniers Magasin). Sie wird geleitet von W. Vesper, der vor 30 Jahren durch seine Gedichtsammlung berühmt wurde, in der er ungewöhnlich viele Gedichte des Emigranten Heine aufnahm. Er versucht, mich den Behörden als einen Mann zu denunzieren, den man nun endlich ausradieren und verbieten sollte. Ob er Erfolg hat, wird sich zeigen. Vorläufig beruht die halbe Duldung der Berliner Behörde gegen den Verlag, gegen Th. Mann und mich auf der einfachen Erwägung, daß unsre Bücher Devisen bringen, da sie zu den wenigen deutschen Büchern gehören, die auch im Ausland noch gekauft werden.

Sehr leid täte es mir, wenn Bermann wirklich geschädigt oder gar zu Fall gebracht würde. Ich halte zu ihm, auch wenn er da oder dort vielleicht ungeschickt war. Aber vorläufig bin ich, wenn der Verlag Fischer verkauft wird, dennoch noch weiter an ihn gebunden, juristisch, da der neue Besitzer die Verträge mit mir übernimmt.

(Aus einem Brief, ca. Januar 1936, an Kurt Kläber)

Alte gerissene Konjunktur-Journalisten wie z. B. G. Bernhard, die während des Krieges preußischer taten als der Kaiser, wollen mich jetzt als einen heimlichen Schrittmacher des Dr. Goebbels denunzieren – desselben Goebbels, den meine deutschen Kollegen anflehen, er möge meine Bücher verbieten. Es wäre zum Lachen, und geht vermutlich vorüber, aber es kann auch meinem Verleger und mir den Hals kosten.

(Aus einem Brief vom Januar 1936 an Hermann Hubacher)

Inzwischen hat es sich gezeigt, daß mein Versuch, die deutsche Literatur als Ganzes zu sehen und zu zeigen, von niemand geschätzt wird. Daß ich in Deutschland wegen meines beständigen Eintretens für jüdische und emigrierte Autoren würde angepöbelt und denunziert werden, war zu erwarten. Nicht erwartet hatte ich, auch von seiten der Emigranten als Dank für meine Bemühungen Fußtritte und Verdächtigungen zu bekommen.

Da ich nun, vor allem aus dem schlechten und zum Teil verleumderischen Artikel im Pariser Tageblatt, erfahren habe, daß die emigrierte deutsche Literatur, für die ich bisher, beinah als einziger, mich eingesetzt hatte, sich meiner schämt und mir mit Beschimpfungen antwortet, kann ich natürlich meine Besprechungen nicht fortsetzen.[1]

(Aus einem Brief vom Ende Januar 1936 an Klaus Mann)

Haben Sie für Ihren Brief vielen Dank – ebenso wie für den Durchschlag Ihres Schreibens an Georg Bernhard, das ja inzwischen publiziert worden ist.

Den Querido Verlag – d. h. den Leiter der deutschen Produk-

1 Ende 1936 hat Hesse seine zeitkritischen Literaturberichte über »Neue deutsche Bücher« eingestellt.

tion, Dr. Landshoff – habe ich von dem Inhalt Ihres Briefes an mich in Kenntnis gesetzt; Sie werden von ihm direkt eine Antwort bekommen. Ich darf Ihnen aber jetzt schon sagen, daß man Sie darum bitten wird, die Produktion des Verlages weiter zu empfangen – und weiter zu rezensieren.

Mir liegt daran, in demselben Sinn bei Ihnen vorzusprechen. Sie empfinden die Vorwürfe Georg Bernhards als ungerecht und ungerechtfertigt. Beweisen Sie aber die Richtigkeit und Gültigkeit dieses Ihres Empfindens, wenn Sie sich nun, auf diesen einen Angriff Georg Bernhards hin – aus persönlicher Gekränktheit also – zurückziehen von einer Emigration, die doch wohl nicht nur ein Sammelname für eine gewisse Anzahl von Personen, sondern ein geistig-moralischer Begriff ist? Falls Sie zu diesem Beschluß gekommen sein sollten, so taten Sie dies gewiß in einer stark gereizten Stimmung. Ich bin davon überzeugt, daß dieser Beschluß nicht definitiv sein kann.

Mir scheint, daß Sie um so eher geneigt sein werden ihn zu revidieren, wenn Sie sich nochmals vorhalten – was Ihnen natürlich bekannt ist –: daß nämlich wir es schließlich sind, die sich in der Defensive befinden; daß unsere – zuweilen vielleicht übertriebene Empfindlichkeit sich aus der ungeheuren Schwierigkeit unserer Position logisch erklärt. Gegen uns haben wir nicht nur den unbegrenzten skrupellosen, beinah unbegrenzt mächtigen Nazi-Apparat, sondern auch jene Kreise in den Ländern, deren »Gastfreundschaft« wir genießen, die mit diesem Apparat sympathisieren – zum Beispiel die »Neue Zürcher Zeitung«. Unter solchen Umständen – so beinah gänzlich isoliert – könnte man wohl zuweilen die Nerven verlieren. Ihre Ritterlichkeit sollte dafür Verständnis haben.

Mußten wir die berühmte Bermann-Erklärung in der NZZ, die mein Vater und Sie unglückseligerweise signiert haben, nicht als den allerbittersten Affront empfinden? Vorangegangen war, im selben Blatt, ein infamer Angriff auf Heinrich Manns schönstes Buch; unmittelbar folgen sollte die Attacke des Doktors Korrodi – dessen starke Seite die Ritterlichkeit nicht eben ist – und seine Eröffnung, daß Leonhard Frank, René Schickele usw. sowohl Juden als Fabrikanten seien, Ernst Jünger aber, der in schlechtem Deutsch von der Materialschlacht schwärmt, ein »Dichter«. Dieses saubere Manifest eines »konservativen Demokraten« war wiederum gefolgt von einer Erklärung von Ihnen – die auch *gerade kein Vorbild an Objektivität und Noblesse ist, da sie angibt, die Emigrantenpresse führe ihren Kampf gegen den »alten, verdienstvollen Verlag S. Fischer«, während sie ihn doch gegen die Machenschaften eines gewissen Doktor Bermann führt.*

Ich erwähne diese Dinge und Zusammenhänge, um Ihnen die etwas nervöse Reaktion gewisser Blätter verständlich zu machen; es geht hier um Vorkommnisse, die absolut verhängnisvoll für uns sein können. In diesem sehr prekären Zusammenhang ist man gegen Sie zu scharf aufgetreten. Im ersten Ärger schien Ihnen dies unentschuldbar.

Sie werden – hoffe ich – meine Offenheit entschuldigen, wenn ich es noch einmal betone: den Angriff Bernhards werden Sie wirkungsvoll nicht durch Gegenerklärungen in der NZZ widerlegen; sondern indem Sie Ihren geistigen Standort durch weitere Arbeit für unsere Sache – wie bis jetzt – auch künftig dokumentieren.

Ich danke Ihnen besonders dafür, daß Sie auf meinen »Tschaikowsky«[1] in Stockholm hingewiesen haben, und freue mich schon darauf, diesen Hinweis zu lesen.

(Aus einem Brief von Klaus Mann an Hesse vom 27. 1. 1936)

Sie haben meinen Brief etwas mißverstanden. Ich wollte Ihnen mitteilen, daß ich, beleidigt durch mehrere Wortführer der Emigration und von der Schmutzigkeit ihrer Kriegführung angewidert, mich als Kritiker aus einer so üblen Atmosphäre zurückziehe.

Keineswegs war es aber meine Absicht, Sie um Rat für mein ferneres Verhalten oder um Ihre Korrektur für meine Urteile über die heutige deutsche Literatur zu bitten.

In Ihrer Antwort an mich haben Sie das Unglück, lauter Töne auszuschlagen, die mir weh tun.

Sie werfen mir vor, ich reagiere auf die scheußlichen Angriffe Ihrer Partei zu »persönlich«. Gewiß, ich habe stets »persönlich« und nie kollektiv und organisiert gelebt, und werde das weiter so halten.

1 Klaus Mann, »Symphonie pathétique«. Ein Tschaikowsky-Roman. Amsterdam, 1935. Hesses Rezension des Buches erschien im April 1936 in »Bonniers Litterära Magasin«.

Zugleich identifizieren Sie mich einfach mit der Zürcher Zeitung, deren gelegentlicher Mitarbeiter ich bin. Sie wissen so gut wie ich, daß ich auch an andern Blättern mitarbeite, z. B. der Basler National-Zeitung etc.

Dann schreiben Sie von der »Gastfreundschaft« der Länder, in welchen Emigranten leben. Diese »Gastfreundschaft« in Anführungszeichen mag unter Emigranten ein beliebter und keineswegs unberechtigter Ausdruck sein. Mir gegenüber, einem Schweizer, der sich in hundert Fällen und mit großen Opfern vieler Emigranten und ihrer Not angenommen hat, ist dies Sichlustigmachen über unser ehrliches Mitleiden und unsre nicht ausreichende, aber herzliche Hilfsbereitschaft einfach eine Ohrfeige.

Sie geben zu, daß die Emigranten häufig allzu empfindlich seien, fordern aber Verständnis dafür, daß sie wahrlich gute Gründe dazu haben. Nun, und warum sollen meine Gründe weniger gut sein, wenn ich mich geohrfeigt und niederträchtig verdächtigt finde von Leuten, denen ich nie mit einem Wort weh getan, für die ich viele Opfer gebracht habe? Wenn die Emigranten Menschen sind und das Recht zu Menschlichkeiten haben, so bin auch ich ein Mensch und habe das Recht, an Beleidigung und Gemeinheit soviel einzustecken als ich eben vertragen kann. Wenn meine Verletztheit mich dazu triebe, nun gegen die Emigration Partei zu ergreifen, so hätten Sie recht. Aber ich tue ja nichts, als daß ich mich aus einer Tätigkeit zurückziehe, in der ich glaubte unter Kollegen zu sein, und wo man mir absichtlich und aus häßlichen Motiven weh getan hat.

Sie schreiben weiter von einer »Bermannerklärung«, die Ihr Vater und ich »signiert« hätten. Es ist eine Erklärung in Sachen Bermann, die Ihr Vater verfaßt hat, und die ich, nach telefonischem Durchsprechen des Wortlautes, gebilligt und mitunterzeichnet habe.

Ich stehe nach wie vor zu dieser Erklärung. Der Kampf der Herren Bernhard und Schwarzschild gegen Bermann ist der Kampf von erbitterten Gegnern gegen eine gefürchtete Konkurrenz, ein Kampf um Geld und Existenz, und er wird von diesen Herren mit Mitteln geführt, gegen die ein anständiger Mensch keine Gegenmittel hat.

Ich muß Ihnen auch sagen, daß die Wirkung dieser Mittel

eine zweifelhafte ist. Ich bekomme jetzt viele Briefe von Lesern, z. B. von Schweizern, die ihre Abonnemente auf die Emigrantenblätter sofort abbestellen wollen, und bei einigen werde ich Mühe haben, sie auch ferner zur Hilfsbereitschaft in Emigrantenfragen zu bewegen.

Jedenfalls hier in der Schweiz hat in meinen Kreisen, die sich freundlich und hilfsbereit zu den Emigranten verhielten, das Manöver gegen Bermann, Ihren Vater und mich den Emigranten sehr geschadet.

Ihren Ratschlägen werde ich nicht folgen, sondern meinem Herzen, und wenn ich im Gefühl des Verletztseins einen Fehler begehen sollte, so wird er, wenn das Blut sich beruhigt hat, wieder gutgemacht werden.

Meine Erfahrung in diesen Sachen ist nicht mehr jung. Ich habe im Krieg, während Herr Bernhard glühende Konjunkturartikel schrieb, einige wenige Literaten nicht bloß schwatzen hören, sondern sich bewähren sehen, dazu gehörte die jetzt von Bernhard verdächtigte Annette Kolb, und Romain Rolland; die Freundschaft mit den beiden war das einzige Gute, was die schauerlichen Kriegsjahre mir gebracht haben. Später, nach dem Krieg, kam Ihr Vater hinzu, das sind drei Kollegen, auf die ich stolz bin, die ich liebe und hochschätze, und die mir sehr viel mehr bedeuten als ganze Parteien und Cliquen. Es wird uns stets die Rolle zufallen, als Don Quichottes, belächelt oder von Gegnern im Kampf der Meinungen mit der Waffe der Lüge und Brutalität zum Schweigen gebracht zu werden. Aber diese gelegentlichen Begegnungen mit der Welt und den Kampfmitteln unsrer Gegner bedeutet in unsrem Leben nicht so viel wie die Gegner meinen.

Was den Verlag Fischer betrifft, so möchte ich hinzufügen: mein Eintreten für Bermann war das Eintreten für einen Freund, der von Räubern überfallen wird. Ob Bermann als Verleger einzelne Fehler mag begangen haben, weiß ich nicht, ich kenne ihn anders als seine Konkurrenten ihn kennen. Persönlich werde ich durch das Gelingen oder Mißlingen von Bermanns Plänen übrigens nicht berührt. Wenn er den Verlag Fischer verkauft, so gehen meine Bücher und Verträge an den Käufer über. Irgendwelche geschäftlichen Vorteile oder Nachteile habe ich also vom Endergebnis dieses häßlichen Kampfes der Konkurrenz gegen B[ermann] nicht zu erwarten.

Es ist nun genug. Ich wollte Ihren Brief nicht ohne eine Antwort lassen. Wenn die jetzigen Streitereien vorüber sind, begegnen wir uns vielleicht irgendeinmal wieder.

(Aus einem Brief von Ende Januar 1936 an Klaus Mann)

Es ist im Augenblick keine dankbare Aufgabe, der deutschen Literatur Dienste zu tun, ihre aktuelle Oberfläche besteht aus haßerfülltem Gezänk, und beide Lager, die Literatur des Dritten Reichs wie die der deutschen Emigration, sind zu kollegialer Diskussion und zur Anerkennung überparteilicher Standpunkte weder bereit noch fähig. Indessen bleibt es unsere Sache, die Sache der Neutralen, über den geistigen Giftgaskrieg hinweg einer edleren Tradition treu zu bleiben und sie womöglich zu retten.

Emil Strauß wird heute siebzig Jahre alt und wir denken an diesem Tag seiner und seines Werkes mit Dankbarkeit. Immer ein Einzelgänger, aber sehr viel tiefer im Volkstum und Sprachtum verwurzelt als alle Vertreter der modischen »Heimat«-Dichtung, hat er, zuzeiten wenig anerkannt, in seinem Werk dem südwestdeutschen Volkstum ein Denkmal gesetzt, das unsere Zeit überdauern wird. Wir teilen seine Gesinnungen nicht alle, namentlich nicht den in seinem letzten Werk bekundeten Judenhaß, aber wir lieben und ehren in ihm den bedeutendsten alemannischen Dichter dieser Zeit, einen der gewissenhaftesten und kraftvollsten Verwalter der deutschen Sprache und einen unbestechlich sich selber treuen Charakter. Er hat, vom »Engelwirt« bis zum »Riesenspielzeug«, genau das Gegenteil von dem getan, was die falschen Heimatdichter anstreben. Diese kommen vom Schreibtisch und bemühen sich, ihre Schreibsprache und ihr Schreibdenken volkstümlich zurecht zu machen. Statt dessen hat Strauß, ein Kind des Volks und seiner echten Sprache bis in alle Falten kundig, sich zeitlebens auf eine vorbildliche Art darum bemüht, diese bodenständige Sprache in strengster Zucht zur dichterischen Sprache zu erheben.

(Aus »Neue Zürcher Zeitung« vom 31. 1. 1936)

Soeben z. B. hat man, wie es scheint, nach langem sorgfältigen Intrigieren meinen Verleger Bermann in Zürich unmöglich gemacht. Wegen Gefahr der »Überfremdung«. Vielmehr weil er Jude ist. Einen Mann, der die beste deutsche Verlagstradition der letzten Jahrzehnte mitbringt und nicht bloß das, sondern die Rechte auf einige gute und wohlbekannte Autoren, schmeißt man hinaus, während man beständig über Krise, Mangel an Arbeit etc. klagt. Auch wenn Bermann nichts mit in die Schweiz gebracht hätte, als die Verlagsrechte auf das Werk Th. Manns, hätte man sich freuen sollen, einen solchen Wert in die Schweiz zu bekommen, einerlei, ob man an den wirtschaftlichen oder den moralischen Wert denkt. [. . .]

Es ist heute keine Ehre, zur deutschen Literatur zu gehören. Selten trifft man einen Kollegen, sei es Freund oder Feind, dem man die Hand geben könnte ohne Ekel. Das Geschrei, mit dem man sich jetzt dort drüben des alten Emil Strauß rühmt, ist so blechern, wie es vor einigen Jahren der plötzliche Ruhm von Paul Ernst war, diesem wunderlichen aber sympathischen Idealisten und Träumer, den man 70 Jahre lang entweder gar nicht kannte oder auslachte, um dann plötzlich einen Paladin aus ihm zu machen. Ach es riecht so schlecht in der Welt, es riecht, als wäre bald wieder Krieg. Aber der Urkrieg, der der Bewaffneten gegen die Wehrlosen, der Gemeinen gegen die Anständigen, ist ja immer und ewig.

(Aus einem Brief vom Februar 1936 an Herbert Steiner)

Die Schwarzschild- und Korrodi-Kampagne war eigentlich kein würdiger Anlaß, indessen begreife ich, daß Sie einmal den Schnitt durchs Tafeltuch haben tun müssen.[1] Nun es getan ist und in so würdiger Form, sollte man Ihnen eigentlich nur gratulieren. Ich kann es dennoch nicht tun. Ohne mir, auch nur in Gedanken, die geringste abfällige Kritik an Ihrem Schritt zu erlauben, bedaure ich im Grunde doch, daß Sie ihn taten. Es war ein Bekenntnis – aber wo Sie stehen, war längst jedermann bekannt. Für die Herren in Prag und Paris, die Sie auf so banditenhafte Art bedrängten, ist es Genugtuung zu sehen, daß der Druck gewirkt hat.

1 In seiner Entgegnung auf den am 26. 1. 1936 in der »Neuen Zürcher Zeitung« publizierten Artikel »Deutsche Literatur im Emigrantenspiegel« von Eduard Korrodi, vgl. S. 596f., hatte sich Thomas Mann in einem offenen Brief »An Eduard Korrodi« (NZZ vom 3. 2. 1936) erstmals vorbehaltlos mit der Emigration solidarisiert. – Vgl. Thomas Mann, ›Briefe 1889–1936‹, Frankfurt am Main 1962, S. 409 ff.

Wenn ein Lager da wäre, dem man sich zuwenden und anschließen könnte, wäre ja alles gut. Aber daran fehlt es ja. Wir haben aus der Giftgasatmosphäre zwischen den Fronten keine andere Zuflucht als zu unserer Arbeit. Und die gewissermaßen illegale Wirkung des Trostes und der Stärkung, die Sie auf die reichsdeutschen Leser hatten, wird Ihnen nun wohl verlorengehen – das ist ein Verlust für beide Teile. Auch ich bin mitbetroffen, ich verliere einen Kameraden, und ich beklage das ganz egoistisch. So wie ich während des Weltkrieges einen Kollegen in Romain Rolland hatte, so hatte ich ihn seit 1933 in Ihnen. Ich denke Sie zwar keineswegs zu verlieren, ich werde nicht leicht untreu, aber drüben in Deutschland stehe ich, als Autor, nun sehr allein. Ich möchte aber den Posten halten, solang es von mir abhängt.

(Aus einem Brief vom 5. 2. 1936 an Thomas Mann)

Thomas Mann an Hermann Hesse

Küsnacht 9. 2. 36

Lieber Freund Hesse,
seien Sie nicht betrübt über den getanen Schritt! Bedenken Sie den großen Unterschied zwischen Ihrer Situation und der meinen, der von Anfang an bestand und Ihnen soviel mehr Freiheit, Distanz, Unberührtheit sicherte. Ich mußte einmal mit klaren Worten Farbe bekennen: um der Welt willen, in der vielfach noch zweideutig-halb-und-halbe Vorstellungen von meinem Verständnis zum dritten Reiche herrschen, und auch um meinetwillen; denn schon lange war mir dergleichen seelisch nötig. Nach Korrodi's häßlichem Verhalten nun gar gegen die Emigration unter Verwendung meines Namens war ich dieser eine Genugtuung, ein Bekenntnis zu ihr schuldig. Vielen Leidenden habe ich wohl getan, das zeigt mir der Briefstrom; vielen Unbeteiligten auch ein Exempel gegeben, daß es doch noch etwas wie Charakter und feste Überzeugung gibt. Manche bedauern meinen Entschluß mit Ihnen und in Ihrem Sinn. Aber ich meine doch, im rechten Augenblick das Rechte getan zu haben »und befinde mich besser seitdem«, wie es im Liede heißt. Auch ich bin noch garnicht mal so sicher, daß die regierende Bande zurückschlagen wird. Olympiade[1] *und Außenpolitik sprechen dagegen, und ich halte es nicht für ausgeschlossen, daß – außer daß ich natürlich meine Habe nicht wiederbekomme – garnichts geschieht. Sehr möglich sind Ausbürgerung und Bücherverbot gewiß. Aber wenn sie ausgesprochen werden: entweder, darf ich mir sagen, kommt der Krieg oder es müssen sich in einigen Jahren in Deutschland Zustände herstellen, die die Verbreitung meiner Bücher wieder erlauben.*

Ich habe meinen Schritt nie als eine Trennung von Ihnen aufgefaßt; ich hätte ihn sonst nicht getan, oder es wäre mir doch bedeutend schwerer geworden. Nach gesprochenem Wort nun bleibt alles in meiner Haltung beim Alten. Ich werde fortfahren, meine Arbeit zu tun und es der Zeit überlassen, meine Vorhersage (die recht spät erfolgte) zu bestätigen, daß aus dem Nationalsozialismus nichts Gutes kommen kann. Aber mir wäre der Zeit gegenüber nicht wohl im Gewissen, wenn ich es nicht vorhergesagt hätte.

Herzlich und treulich Ihr Thomas Mann.

1 In Berlin fand 1936 die Olympiade statt.

Ich habe also gewagt, den Typus Jude Schwarzschild mit einer Äußerung festzulegen. – Thomas Mann, der Angegriffene, schreibt schnell einen Brief an die NZZ – ich lag mit einer Rippenquetschung und einer bösartigen Schienbein-Verletzung zu Bett – und ließ den Brief erscheinen. – Als ich ihn genau las, sagte ich mir: Er kneift also vor diesem Schwarzschild – jetzt, wo Sami Fischer in Zürich nicht starten kann, erklärt er sich endlich gegen Deutschland. Die Quittung hat er schon im »Volksrecht«[1]*, wo er gepriesen wird, und ich ein armer Kretin der Reaktion bin.–*

Und was nun den S. Fischer Verlag betrifft, so glaube ich, auch Sie hätten nicht ohne Beratung mit Zürchern – so geheimnisvoll diesen Verlag fördern sollen. Sie vergessen, daß in Zürich ein jüdischer Verlag eine wahre Gefahr ist, und Dr. B[ermann] hat sehr unredlich im Vagen gelassen, was für Autoren nach den schon Bekannten kämen. – Eine gewisse Besorgnis, daß Zürich noch mehr Emigranten bekäme, – auf der andern Seite das Problem: Warum denn in der Schweiz lebende Autoren nicht bei Schweizer Verlegern verlegen wollen – und die Ihnen bekannten Treibereien haben eine ungünstige Stimmung hergestellt.

– Ja, die wirklichen Schweizer sind zwischen Stuhl und Bank gefallen, die begabten internationalen Romanciers nicht – denn sie haben ihren »Knopf« in Amerika, und was weiß ich für jüdische Relationen und Filiationen. (Siehe Stefan Zweig). Herr Thomas Mann will das alles bagatellisieren – und da irrt er sich. Wir verlieren unsere Schweiz, *wenn diese schillernde Halbschweiz der Basler National-Zeitung (für die der wertvolle Dr. Kleiber, den ich sehr schätze, nichts kann) ein Lebensgefühl der Schweiz würde. Auch Sie, verehrter Herr Hesse, erkennen diese Gefahr der* Überfremdung *nicht, oder Sie stehen so sehr auf der »Freiheit froher Linken«, daß Sie meinen Pessimismus nicht verstehen. [. . .] Kein Thomas Mann hätte die Feder ergriffen, um den üblen Schreiber im »Volksrecht«, der Sie so blöde angriff, wegen Emil Strauß – in die Schranken zu weisen. Unsere israelitischen Blätter heulen, daß man Schwarzschild betupfte – aber daß es eine* deutsche Literatur *im Binnenland gibt und geben wird, geht über ihre Intelligenz.*

1 »Volksrecht«, Zürcher Tageszeitung, Organ der sozialdemokratischen Partei der Schweiz.

Wie! wenn ich nun einmal konsequent wäre und all den Juden, die bei uns antichambrieren, sagen würde: geht in die Zeitungen, die sich nicht aus der nationalen Substanz nähren! Haben wir denn nicht alle Fehler begangen, durch die Verwechslung der internationalen Literatur mit der Weltliteratur, *wie sie Goethe begriff?*

Thomas Mann sagt uns: daß Drama und Lyrik archaische Formen seien. – Das ist bedenklich und namenlos gewerblich gedacht. – Deutschland hat *(was immer man sage) eine Jugend, die sich an Schwierigkeiten verbeißt und Romane mit schlechtem Gewissen liest – aber Hölderlin liebt – trotz Olympiaden –. Darum weiß die Familie Mann nichts.*

Eine so inkomplette Literatur, die nur auf dem Roman fußt, begibt sich in die fragwürdigste Zone, sie riskiert, daß man sie ja denen überläßt, die in die Oper gehen und nicht wissen, was eine Symphonie von Beethoven oder ein Mozart-Streichquartett ist. – Von Bach nicht zu reden. –

Thomas Mann entdeckt das Westliche und den Katholizismus und schreibt einen Wälzer über Joseph und seine Brüder – nicht aus gläubigem Gemüt, sondern als Parvenü der liberalen Religionwissenschaft, erschrocken und beglückt, wie man aus »Wissenschaft« Romane destillieren kann. [. . .]

Ich sage Ihnen in der Offenheit, die uns verbindet, was mich selbst *betrifft, ekeln mich alle diese Linksemigranten an; es sind rankuröse Temperamente und* statisch *unfähig, ein Opfer des Individiums für eine Gemeinschaft zu bringen. [. . .]*

Es gibt einen schweizerischen Bon sens, und ihm vertraue ich. Es mag mir schlimm ergehen, aber wenn es so ist, daß die Dynastie Mann sowohl das Verständnis der liberalen Kultur und zugleich die Wohltaten einer schamlosen, kulturlosen Sozialdemokratie, die nichts produziert und nichts produzieren will, sondern nur aus unsern Steuern die alte Schweiz vernichtet – begehrt – dann weiß ich, wie sich viele Schweizer verhalten werden. Herr Thomas Mann findet das Verhalten Schwarzschilds wichtiger als »alle Poesie«. Er glaubt es nicht, aber sagt es unter dem Zwang seiner Versippung. – Wir aber werden die Poesie verteidigen, wir werden uns wehren.

Und nachdem Sie sich meines Wissens zum erstenmal öffentlich in einer Schweizer Zeitung als Schweizer *erklärt haben, werden Sie begreifen, daß Schweizer sein kein restloses Vergnügen ist und auch einen bescheidenen Heroismus verlangt. Warum sollten wir es immer besser haben?*

Dieser Brief ist von Affekten geladen, Ihre Klugheit wird sie auf das Maß zurückführen –. Sie werden zweifellos spüren, daß etwas nicht stimmt, wenn plötzlich die Schweiz durch einen Zudrang befremdender und anationaler Talente in eine Gefährdung kommt, wo wir denn lieber auf die Literatur *als auf unsere helvetische Konstitution verzichten möchten.*

Verübeln Sie mir dieses freie Wort nicht, wägen Sie es, ob es ganz unvernünftig ist, denn Sie kennen die Valeurs dieser delikaten Frage.

Kein Mensch weiß, was mit Deutschland geschieht. Ich weiß nicht, wie ich mich zu diesem Lande stellen muß, aber daß dieses Deutschland durch seine Wehrkraft eine Macht geworden ist, ist ein Phänomen, dem gegenüber Dichter sich in eine lächerliche Position begeben, wenn man weiß, wie Deutschland gedemütigt wurde durch die Versailler Verträge – kein Dichter des Samuel-Fischer-Verlags hätte für dieses schreckliche, aber auch gesunde und hochqualifizierte Volk sich einsetzen dürfen. Und dieser Verlag lebte in der hauchdünnen Oberschicht – und hat sein Schicksal erreicht. Verzeihen Sie mir meinen Freimut!

Die Tatsache besteht! *Daß S. Fischer-Autoren – durch ein Paradox gebunden, ihre »liberalen« Vorzüge erhalten wollen – und wir wissen,* daß es um eine andere Schweiz geht, *wenn sie nicht untergehen soll.*

(Aus einem Brief Eduard Korrodis an Hesse vom 9. 2. 1936)

Ich glaube, ich habe Ihnen schon im November einmal von den Angriffen Will Vespers gegen mich gesagt. Vielleicht haben wir unrecht dran getan, sie zu ignorieren, wenn auch Vesper ein trüber Literat ist, den man nicht ernst nehmen sollte. Sie sehen aus der Beilage, wie weit die in seinem Blatt »Neue Literatur« begonnene Kampagne schon reicht.

Da Vesper von Anfang an unlauter und mit verbotenen Mitteln gegen mich arbeitete, gebe ich Ihnen hier die paar Daten, die zur Enthüllung seiner Praktiken nötig sind und für die ich bürge. Wenn es Ihnen angezeigt scheint, so verwenden Sie sie nach Ihrem Belieben zur Aufklärung der Presse!

1. Anlaß zu Vespers Angriffen bieten meine Berichte über deutsche Bücher in Bonniers Magasin. Er wirft mir vor, daß

ich dort in »jüdischem Sold« nur Bücher von Emigranten etc. anzeige. Wie sich dann herausstellte, war W. Vesper selbst in diesem jüdischen Sold mein Vorgänger, er hat bis vor etwas mehr als einem Jahr für Bonnier gearbeitet, und wurde dort wegen zu einseitiger nationalsozialistischer Propaganda abgebaut. Daß in meinen Buchberichten mit der denkbar höchsten Anerkennung von Stefan George, Rilke, Hofmannsthal, Carossa, Emil Strauß etc. die Rede ist, verschweigt Vesper. Er hält sich nur daran, daß ich auch Bücher von Juden besprach.

2. Auf seinen ersten Angriff (November 1935) antwortete ich Herrn Vesper brieflich, ich sei Schweizer und sowohl die Schweiz wie Schweden hätten wohl das Recht, sich ihre eigene, neutrale Meinung über die deutsche Literatur zu bilden. Seither arbeitet Vesper, ohne es mich natürlich wissen zu lassen, fieberhaft daran, die Presse über den Fall Hesse zu informieren. Er macht seine falschen Angaben über mich wider besseres Wissen.

3. Vesper behauptet, ich sei Reichsdeutscher und als Sohn eines Reichsdeutschen geboren. Ich bin aber der Sohn eines Balten, der bei meiner Geburt noch russischer Untertan war, der aber für sich und seine Familie vor 50 Jahren (kurz nach 1880) das Schweizer und Basler Bürgerrecht erwarb. Die Mutter meiner Mutter war Schweizerin und meine Eltern lebten damals in Basel.

4. Reichsdeutscher bin ich dann allerdings geworden, im Alter von nicht ganz 14 Jahren. Meine Eltern ließen mich (nur mich allein, nicht etwa sich und die ganze Familie) in Württemberg einbürgern, weil ich dort studieren und die Staatsprüfungen machen sollte. In der protestantischen Mission, der meine Eltern angehörten, gab es damals eine Menge ähnlich internationaler Familien; z. B. war von meinen älteren Stiefbrüdern der eine Württemberger, der andre (weil in Indien geboren) Engländer.

5. Vesper erzählt, ich habe mein Vaterland Anno 1914, als es im schwersten Ringen war, feige verlassen. Auch dies lügt dieser arme Kerl, und zwar bewußt, er kennt die Daten. Er weiß, daß ich nicht, wie er sagt, »im Kriegsjahr 14«, sondern in vollem Frieden, schon 1912, in die Schweiz zurückgekehrt bin.

6. Meine reichsdeutsche Staatsangehörigkeit habe ich im Kriege dadurch bezahlt, daß ich mich im Sommer 1914 als

Freiwilliger stellte, und dann, 1915 bis zum Frühling 1919, eine von mir und Professor Woltereck gegründete Abteilung der Fürsorge für die deutschen Kriegsgefangenen leitete. Ich war als Beamtenstellvertreter der deutschen Gesandtschaft in Bern zugeteilt.

7. Als gewesener Schweizer Bürger hatte ich das Recht, mich nach der Rückkehr in die Schweiz innerhalb von 10 Jahren unentgeltlich wieder einbürgern zu lassen. Um nicht während des Krieges und der ersten Nachkriegszeit gewissermaßen zu desertieren, habe ich darauf verzichtet und bin erst im Jahr 1923 wieder Schweizer geworden. Inzwischen nämlich war meine Ehe geschieden worden und meine Frau hatte für sich und unsere drei Söhne wieder ihr ursprüngliches Heimatrecht (sie ist aus alter Basler Familie) in Anspruch genommen. Meine drei Söhne waren also Schweizer, ich selbst nur dem Papier nach Deutscher, mein Wohnort war die Schweiz, meine Söhne gehören alle der Schweizer Armee an – es war nur selbstverständlich, daß ich nun auch für meine Person das Schweizer Bürgerrecht erwarb.

Dies sind die Daten, die Vesper verfälscht hat.

Bitte geben Sie dem »Westdeutschen Beobachter«, den ich beilege, eine Berichtigung! Aber vermutlich standen diese Ausstreuungen über mich noch in sehr vielen andern Blättern.

Ich schäme mich, der deutschen Literatur anzugehören und solche Kollegen zu haben. Bei Vesper kenne ich zufällig auch die persönlichen, egoistischen Motive. Pfui Teufel! Meine Bücherbesprechungen, in Schweden wie bei Ihnen, baue ich ab, ich will nichts mehr damit zu tun haben.

(Aus einem Brief vom 9. 2. 1936 an Peter Suhrkamp, S. Fischer Verlag)

Da Sie schon so lange im Zeitungsleben stehen, war ich erstaunt darüber, daß Ihr momentanes Exponiertstehen Sie so stark erregt. Mir ist diese Reaktion sympathisch, ich selbst bin sehr empfindlich gegen Anrempelungen etc., d. h. ich bin mit dem Herzen und den Nerven sehr viel empfindlicher als mit dem Verstande. Eben darum habe ich mich in den Tageszeitungen, zu deren Atmosphäre der Kampf und das rasche Sichwehren gehört, stets nur als Gast bewegt, und in die politischen Kämpfe seit dem Weltkrieg niemals mehr, in die kulturpolitischen nur sehr selten ein Wort hineingeredet.

Als Reaktion auf eine augenblickliche Situation nun verstehe ich Ihren Brief sehr gut, und ich glaube auch nicht ganz fehl zu raten, wenn ich annehme, daß Ihr jetziger Bruch mit Thomas Mann, den Sie einst sehr verehrten, stark mit daran schuld ist. Ich kenne diese Art von Abschieden – mit Emil Strauß ging es mir ähnlich, ich habe ihm zwar die Treue gehalten, wie Sie wissen, aber persönlich hat er in seiner Verbitterung der ersten Nachkriegszeit mit mir gebrochen[1], und so habe ich noch manchen einstigen Freund in Deutschland, dem ich die Stange halte, wenn es nötig scheint, und zu dem ich stehe, von dem ich aber nie einen gleichen Gegendienst erwarten darf, denn sie sind politisiert, und bekanntlich hat im Zeichen der Politik und Partei der Mensch keine Verpflichtung mehr zu menschlichen, sondern nur noch zu parteilichen und kriegerischen Gefühlen und Methoden. [. . .]

Wenn ich richtig verstehe, so haben Sie an mir zu tadeln, daß ich meinen alten Verleger, dem ich seit dem Peter Camenzind (1904) bis heut treu geblieben bin, auch morgen und weiter treu bleiben möchte. Ferner nehmen Sie offenbar an, ich habe Dr. Bermann irgendwelche besonderen Dienste getan bei seinem Versuch, sich hier niederzulassen. Ich habe aber nichts getan als jene Erklärung gegen die lächerlichen Behauptungen Schwarzschilds mit unterzeichnet, was ich heute sofort wieder

1 Emil Strauß hatte 1919 seine Erzählung »Der Schleier«, dessen Erstdruck Hesses Anthologie »Alemannenbuch« eröffnen sollte, zurückgezogen, als er hörte, daß Prinz Max v. Baden zu den Stiftern dieses Buches zählte. Außerdem waren für ihn der Seldwyla Verlag und seine Mitarbeiter zu wenig deutschnational gesinnt.

täte; außerdem habe ich meinem Freunde Bermann in Zürich Empfehlungen an zwei oder drei Privatpersonen ohne politische Bedeutung gegeben, wie ich es jedem Freunde, dem ich wohlwill, sonst auch täte. Daß Bermann in der Schweiz einen Verlag auftäte, würde mir nicht wie Ihnen als ein Unglück erscheinen. Ich teile die Auffassung nicht, daß ein Verlag ein Handel wie ein andrer sei. Auch wenn der Schweizer Buchverlag wirklich auf internationaler Höhe stünde, und auch wenn Bermann vom alten Fischer gar keine überdurchschnittlichen Verleger-Fähigkeiten mitbrächte, so wäre es für die Schweiz kein Verlust, sondern ein Gewinn, wenn der Verlag von Thomas Mann, Schickele und andren guten Autoren sich hier im Lande, statt in Böhmen oder Wien oder Holland befände. Es würde in der Schweiz ein Plus an Arbeit und Umsatz geben. Reüssierte der neue Verlag nicht, so ginge er eben kaputt, die Schweiz verlöre nichts dabei. Reüssierte er aber, so wäre dadurch nur ein Gewinn erzielt, auch an Renommee.

Was nun mich selber als Autor des Fischer Verlags betrifft, so steht die Wahl, ob ich bei der alten Firma in Berlin bleiben oder mit zu Bermanns neuem Verlag übergehen will, gar nicht bei mir. Ebenso hat Bermann keineswegs selbst darüber zu befinden, welche Autoren er in einen neuen Verlag mit hinübernehmen will. Sondern der alte Verlag Fischer wird und muß (dafür gibt es keine andre Lösung) in Berlin weiterexistieren, nachdem Bermann ihn verkauft hat. Nach deutschem Recht erwirbt der Käufer des Verlags auch die Autorenverträge. Ich z. B. würde mit meinen Autorenrechten für die Jahre, die mein Vertrag mit Fischer noch läuft, an den neuen Besitzer mit übergehen, ohne irgend etwas dagegen tun zu können. Dagegen war ich allerdings gesonnen, meinem Freund Bermann wenigstens das zuzuwenden, was ich dem alten Verlag gegenüber als erlaubte Eskapade verantworten kann.

Ohne weiteres also hätte Bermann bloß die Autoren für einen neuen Verlag freibekommen, die in Deutschland zur Zeit verboten oder unten durch sind. Über jede solche Erlaubnis entscheidet einzig das Handelsamt oder Gericht in Berlin [. . .] Sie erwarten von mir, ich als Dichter möge nun endlich auch einmal ein Minimum an Heroismus zeigen und Farbe bekennen. Aber lieber Kollege: dies habe ich seit dem Jahre 1914, wo

mein erster Aufsatz zur Kriegspsychologie mir die Freundschaft Romain Rollands eingebracht hat, ununterbrochen getan. Ich habe nun seit 1914 fast ununterbrochen die Mächte gegen mich gehabt, die ein religiöses und ethisches (statt politisches) Verhalten zu den Zeitfragen nicht erlauben wollen, ich habe Hunderte von Zeitungsangriffen und Tausende von erbitterten Haßbriefen seit meinem Erwachen in der Kriegszeit zu schlucken bekommen, und ich habe sie geschluckt, habe mein Leben davon verbittern, meine Arbeit erschweren und komplizieren, mein Privatleben flötengehen lassen, und immer war ich nicht etwa, wie es üblich ist, von einer Front her bekämpft, um dafür von der andern beschützt zu werden, sondern immer haben beide Fronten mich, den zu keiner Partei Gehörenden, gern zum Objekt ihrer Entladungen gewählt, es war ja nichts dabei zu riskieren. Und ich bin der Meinung, das Stehen auf diesem Posten des Outsiders und Parteilosen, wo man von beiden Fronten, von rechts und links beschossen oder bespöttelt wird, sei mein Platz, wo ich mein bißchen Menschentum und Christentum zu zeigen habe.
Sie erwarten, so scheint es beinah, von mir, daß ich mich zu Ihrem Standpunkt, zu einem schweizerischen Antisemitismus und Antisozialismus bekenne. Nun, Sozialist bin ich nie gewesen, ich bin ja auch gleich Ihnen nicht zum erstenmal Zielscheibe von Dreckwürfen aus jenem Lager. Dagegen bin ich ebensowenig Anhänger des Kapitalismus und Befürworter der besitzenden Klasse – auch dies ist ein Stück Politik, und meine Stellung ist bis zum Fanatismus a-politisch. Und was die Juden betrifft, so bin ich nie Antisemit gewesen, obwohl auch ich gegen manches »Jüdische« gelegentlich Ariergefühle habe. Ich halte es nicht für die Aufgabe des Geistes, dem Blut den Vorrang zu lassen, und wenn Juden wie Schwarzschild oder G. Bernhard widerliche Kerle sind, so sind es Arier und Germanen wie Julius Streicher oder Herr Will Vesper und hundert andre genauso. Ich bin hier nicht zu belehren; dem Antisemitismus bin ich seit frühen Tagen begegnet, und den rassebegründeten Imperiumsansprüchen auch. Ich wollte, ich wäre in allen Lebensfragen so absolut sicher wie in dieser, wo ich zu stehen habe. Geht es den Juden gut, so kann ich recht wohl einen Witz über sie ertragen. Geht es ihnen schlecht – und den jüdischen Emigranten geht es, ebenso wie den Juden im Drit-

ten Reich, zum Teil höllisch schlecht –, dann ist für mich die Frage, wer meiner eher bedürfe, die Opfer oder die Verfolger, sofort entschieden. Dies ist der Grund, warum ich meine schwedischen Berichte über deutsche Literatur schrieb, die ich jetzt so teuer bezahle.

Nein, ich bin weder für Antisemitismus noch für eine politische Partei zu gewinnen, ich wäre auch keine wertvolle Akquisition. Das hindert nicht, daß ich Schweizer und Republikaner bin mit all meinen Sympathien. Wenn ich unsre Demokratie recht verstehe, so verlangt sie nicht, daß die Parteien sich totschlagen, sondern daß sie sich zur Beratung und Verständigung treffen. Das tun weder die Sozis noch tun es die Besitzenden. Ich lasse sie streiten, aber das sind Fronten, in denen ich nichts zu suchen habe. Wenn ich in den 24 Jahren, die ich in der Schweiz lebe, fast nie von meinem Schweizertum gesprochen habe, so braucht Sie das nicht zu wundern. Von meinen Vorfahren war nur eine Seite schweizerisch, und mein eigenes Bürgerrecht ist gekauft. Nun, Sie wissen, wie gern man im Lande die Eingekauften hat, die jeden Satz mit »Wir Schweizer« beginnen. Ich selber finde das widerlich, und in manchen Fällen, z. B. bei dem Seiltänzer W., war es mir zum Kotzen [...]

Ich gehe auf Ihre Worte über Thomas Mann, namentlich über seinen Josef, nicht ein. Sie sind in der Erregung gesagt.

(Aus einem Brief vom 12. 2. 1936 an Eduard Korrodi)

Wenn ich es beklagte, Sie als »Kameraden« verloren zu haben, so dachte ich natürlich nur an meine Position in Deutschland, wo ich für die unpolitischen Leser, wenn auch nicht genau für die gleiche Schicht wie Sie, ein Stück noch erhaltenes Deutschtum war. Ich bin nach wie vor nicht der Meinung, daß das ganze Leben und die ganze Menschheit politisiert werden müsse, und werde mich bis zum Tod dagegen wehren, mich selber politisieren zu lassen. Es müssen doch auch Leute da sein, die unbewaffnet sind, und die man totschlagen kann. Diesem Bestand der Menschheit gehöre ich an, und gebe darum den Schwarzschilden niemals zu, daß die Poesie weniger wichtig und nötig sein könnte als das Parteiwesen und Kriegführen.

(Aus einem Brief vom 13. 2. 1936 an Thomas Mann)

Ich habe die Angriffe und Verleumdungen, mit denen in jünster Zeit mich sowohl die Emigrantenpresse wie ein Teil der reichsdeutschen Presse bedacht hat, nicht gut ertragen, wenn ich auch nicht, wie Thomas Mann, nachgegeben habe. Er hat damit Eseln wie Georg Bernhard und Intriganten wie Schwarzschild einen Dienst getan, und hat sich und seine ganze Leserschaft in Deutschland um etwas Unwiederbringliches beraubt. Ich begreife ihn sehr gut, man will nicht ewig im Zwielicht stehen und von beiden Fronten her beschossen werden. Aber das Beschossenwerden von beiden Fronten ist heut genau die Situation, durch die jeder Geistige gehen und in der er, wenn es sein soll, umkommen muß. Das »Bekennen« hätte einen Sinn, wenn ein Lager, eine Front, eine Gemeinschaft da wäre, an die man glauben könnte. Die mittelländisch-demokratisch-liberale Kultur, an die Th. Mann apelliert, ist ihm heilig, aber das hindert nicht, daß ihre offiziellen Vertreter, vom Schweizer Bundesrat bis zum Pariser Deputierten, teils feig, teils käuflich sind und keines Opfers fähig. Das Fundament eines zukünftigen Glaubens und einer kommenden Ordnung wird aber genauso groß sein wie die Opfer, die wir heute bringen.

(Aus einem Brief vom 15. 2. 1936 an Victor Wittkowski)

Daß man Sie drüben im Reich in Ruhe läßt, freut mich. Sollten Sie verboten werden, so wäre es mir ein sehr unlieber Gedanke, dort allein meinen kleinen Markt weiter zu haben. Aber das muß sich entwickeln, es ist noch immer möglich, daß wir eines Tages beide zusammen verboten werden, und das würde mich freuen, obwohl ich es nicht provozieren darf. Unsre Arbeit ist heute eine illegale, sie dient Tendenzen, die allen Fronten und Parteien lästig sind.

(Aus einem Brief vom 12. 3. 1936 an Thomas Mann)

Endlich scheint ein ernstlicher Käufer für meinen Verlag Fischer in Aussicht zu sein; dann gehören meine Werke dem neuen Mann, den ich nicht kenne und der vermutlich aus dem ganzen Verlag das Gegenteil von früher macht.[1] Der bisherige

1 Vgl. Gottfried Bermann Fischer, »Bedroht, Bewahrt«, Frankfurt a. M. 1967, S. 115 ff.

Besitzer fängt im Ausland neu an und hat dafür das Werk von Thomas Mann freibekommen, aber meines nicht, das lassen sie drüben nicht los. Sprich aber mit niemand drüber, es schadet nur.

(Aus einem Brief vom März 1936 an Hermann Hubacher)

Was die Verlagsfrage betrifft, so sehe ich sie mit ganz andern Augen als Sie. Ich bin weder Stehr[1] noch Strauß[2], welche den »jüdischen« Verlag (er ist es übrigens längst nicht mehr) verließen, als ihnen das opportun schien. Für mich war im Gegenteil die Art, wie mein alter, schöner, bewährter Verlag in den letzten Jahren behandelt, geplagt, verfolgt und mit Gewalt kleingemacht wurde, ein triftiger Grund mehr, ihm die Treue zu halten. Dagegen, daß ich in Ihrem Lande als Autor allmählich vergessen und ausradiert werde, denke ich mich nicht zu wehren. Und daran, daß ich zur Zeit nicht einmal mehr die klein gewordenen Einkünfte aus meinen Büchern bekomme, sondern ausgehungert werde, ist nicht mein Verlag schuld, sondern Ihre dortigen Behörden. – Das Blättchen, das Sie mir beilegten, stammt aus dem 50. Jahresalmanach meines Verlags und spricht Bände.

(Aus einem Brief von 1936 an Kurt Eckner)

1 Hermann Stehr (1864-1940), Romancier, ursprünglich Autor des S. Fischer Verlags.

2 Emil Strauß ebenfalls.

Aus »Die Neue Literatur«, Leipzig, vom April 1936

Im Novemberheft 1935 brachten wir die Glosse eines Auslandsdeutschen über die Art, wie Hermann Hesse in der jüdisch-schwedischen Literaturzeitschrift »Bonniers Litterära Magasin« über die deutsche Dichtung der Gegenwart berichtete. Die Glosse belegte mit genauen Beispielen die Tatsache, daß Hesse in der oberflächlichsten und gewissenlosesten Weise ein irreführendes und verfälschtes Bild gab, die wichtigsten deutschen Dichter verschwieg, sie in Bausch und Bogen der Konjunkturmache beschuldigte und dafür Juden und Judengenossen in liebevollster Besorgtheit den Schweden anpries. Hermann Hesse sandte uns dann einen wütenden Brief, den wir im Februarheft [sic!] *wörtlich veröffentlichten. Ich betone nochmals, daß er in diesem Brief nichts von dem ableugnen und widerlegen konnte, was unsere erste Glosse über seine verfälschende Darstellung behauptet. Er begründete nur seine einseitige Darstellung damit, daß er gar nicht Reichsdeutscher, sondern Schweizer sei. Das war uns neu und überraschend genug, obgleich wir keineswegs erst jetzt Hesses Reichsfeindlichkeit bemerkten und obgleich ja auch die Schweizer Staatsangehörigkeit Hesse nicht davon entbinden kann, über die deutsche Dichtung ehrlich und nicht im Emigrantengeist zu schreiben. Er vergleiche dazu die Ausführungen von Korrodi in der »Neuen Zürcher Zeitung«.*

Wie immer Hesse aber auch schreiben mag, wir haben das Recht und die Pflicht, einen deutschen Dichter, ganz gleich welcher Staatsangehörigkeit, als einen Verräter an unserem Volkstum zu empfinden, wenn er die geistigen Leistungen unseres Volkes vor der Welt verleugnet und herabsetzt. Ich möchte sehen, was die Schweden sagen würden, wenn einer der ihren im Ausland über schwedische Literatur berichtete und dabei höchstens Strindberg und ein paar jüdische Literaten gelten ließe und weder Heidenstam noch Selma Lagerlöf noch sonstige wesentliche Erscheinungen der schwedischen Dichtung erwähnte. Hermann Hesse ist klug genug, um zu wissen, daß gerade heute das Verschweigen der großen geistigen Schöpfungen deutscher Dichter der Gegenwart, das Verkleinern deutscher Leistungen und das Hochloben jüdischer Literatur mehr ist als eine nur literarische Angelegenheit!

Bei unserer Abwehr ging und geht es uns selbstverständlich ganz allein um die Sache, um den Widerspruch dagegen, daß ein deutscher Dichter von Namen dabei hilft, das von jüdischer Seite im Ausland bewußt gefälschte Bild der deutschen Dichtung der Gegenwart noch mehr zu verfälschen. Es geht nicht um Hermann Hesses Lebensdaten und Familienverhältnisse. Da wir aber hier über Einzelheiten, die für den Kern der Sache belanglos sind, nicht genau unterrichtet waren, geben wir im folgenden wörtlich die Erklärung eines Verwandten von Hermann Hesse, eines Herrn Aegidius Hunnius (Prien am Chiemsee) wieder. Er schreibt: »Hermann Hesse ist 1877 in Calw geboren, sein Vater war als Balte russischer Staatsangehörigkeit. Hesse ist also nicht als Reichsdeutscher geboren. 1880 wurde sein Vater, der Theologe war, nach Basel berufen und erwarb anfangs der 80er Jahre, weil er voraussichtlich immer in der Basler Mission bleiben wollte, das Schweizer Bürgerrecht, für sich und seine Familie. Hermann Hesse wurde also damals schon Schweizer nb. ohne Reichsdeutscher gewesen zu sein. Im Jahre 1886 oder 1887 zog die Familie Hesse wieder nach Calw, wohin der Vater als Leiter des Calwer-Missionsverlages, einer Basler Gründung, berufen war. Dort besuchten die Kinder die Schule und, als der begabte Lateinschüler Hermann Hesse im Alter von kaum 14 Jahren das sog. Landesexamen zur Aufnahme in das Seminar Maulbronn machen sollte, wurde er Württemberger, *weil nur solchen die Zulassung zum Landesexamen gewährt wurde. Diese Einbürgerung war bei der Internationalität der Missionsfamilien damals eine Kleinigkeit. H. H. machte aber von den Vorteilen, die das Seminar Maulbronn bringen sollte, keinen Gebrauch, weil er das Seminar nach kurzer Zeit wieder verließ. Wenige Jahre darauf ging Hesse wieder in die Schweiz, lebte mehrere Jahre in Basel und heiratete 1904 eine Schweizerin (aus der alten Basler Familie Bernoulli). Dann lebte er bis 1912 an der badisch-schweizerischen Grenze in Gaienhofen am Bodensee und da sich seine Beziehungen zur Schweiz von dort aus allmählich stärker entwickelten als die deutschen, siedelte er im Jahre 1912 nach Bern über und hat seitdem bis auf den heutigen Tag ununterbrochen in der Schweiz gelebt. Dort in Bern lebte Hesse auch bei Kriegsausbruch und hatte damals sehr leicht die Möglichkeit, seine Wiedereinbürgerung in der Schweiz zu verlangen, ja er hatte sogar Anspruch auf unentgeltliche Wiedereinbürgerung lt. Bundesgesetz. Aber gerade weil er ein anständiger, geradliniger*

Deutscher ist, machte er keinen Gebrauch davon, sondern stellte sich im Sommer 1914 beim Deutschen Konsulat in Bern als Freiwilliger, wurde aber vorerst nicht verwendet. 1915 wurde er durch Professor Woltereck (bei der deutschen Gesandtschaft in Bern) in die Kriegsgefangenenfürsorge eingeführt und war dort bis zum Frühjahr 1919 tätig und zwar zuerst als Freiwilliger, dann als Beamtenstellvertreter. Dort war er als Halbschweizer, der die Schweizer kannte und ihre Mundart sprach, ein sehr geschätzter Mitarbeiter und redigierte in enger Fühlung mit dem Schweizer Roten Kreuz ein Sonntagsblatt für die deutschen Kriegsgefangenen, welches dann unter Schweizer Flagge leichter an die deutschen Kriegsgefangenen nach Frankreich eingeführt werden konnte. Aus dieser Tätigkeit wurde er ebenso wie Professor Woltereck Ehrenmitglied des Vereins ehem. Kriegsgefangener. Als der Krieg zu Ende war, im Reich Revolution und alles schlecht stand, schien es Hesse erst recht unmöglich, das sinkende Schiff zu verlassen und nach verlorenem Krieg gewissermaßen davonzulaufen. Er blieb also vorerst Deutscher, ließ seine Bücher weiter in Deutschland erscheinen, trotzdem er bei seinen Abrechnungen in Papiermark, trotz des enormen Umsatzes, von seinen Verlegern nur noch ein paar lumpige Franken bekam, von denen er nicht leben konnte. Um diese Zeit am Ende der deutschen Inflation besuchte ich H. Hesse in Montagnola bei Lugano, und da hörte ich alles eingehend, auch daß er jetzt im Jahre 1923 die Etikette der deutschen Staatsangehörigkeit nicht mehr aufrechterhalten könne, weil auch seine 3 Söhne, die, wie er, in Sitten und Sprache Schweizer waren, in der Schweizer Armee ihren Dienst getan haben. So hat er offiziell 1923 erst wieder seine Einbürgerung in der Schweiz veranlaßt.«

Zu den Einzelheiten dieses »internationalen« Lebenslaufes eines »geradlinigen Deutschen« wäre allerlei Peinliches zu sagen. Es geht uns aber nicht um das Persönliche. Notwendig aber ist es, festzustellen, daß Hermann Hesse trotz aller goldenen Brücken, die man ihm damals von Deutschland aus baute, bereits 1914 – also noch als Reichsdeutscher, »Freiwilliger« und »Beamtenstellvertreter« im Dienst der deutschen Gesandtschaft – den Verrat an Deutschland und die Fahnenflucht in die Schweiz in seinem Herzen für empfehlenswert hielt: In einem Aufsatz über den Vorkriegs-»Simplicissimus«, den er am 9. 4. 1926 in der »Neuen Zürcher Zeitung« veröffentlichte, bedauert er aus-

drücklich dieses Witzblattes »verhängnisvolle Anpassung an den Krieg« und nimmt ihm übel, daß »bei Kriegsausbruch Thoma siegte gegen die ursprünglichen und besten Tendenzen des Blattes, seinen internationalen Geist«, von dem Hesse selber sagt: »Der Geist dieses Blattes war eigentlich nicht deutsch, er kam aus Paris.« Trotzdem schreibt er: »Ich habe diesen Sieg vom ersten Augenblick an bedauert. Im Sommer 1914 hätte der Simplicissimus entweder sein Erscheinen einstellen sollen oder mit allen möglichen Mitteln (auch eine Verlegung in die Schweiz wäre in Frage gekommen) seinen alten Kampf gegen den Kaiser, gegen den Unteroffiziersgeist und gegen die Klassenjustiz fortsetzen müssen.« – Das waren also die wahren Gedanken des Beamtenstellvertreters in der deutschen Gesandtschaft zu Bern zu der Zeit, wo Deutschland um sein Leben kämpfte!

Hermann Hesse schickt jetzt, wie ich höre, hinter meinem Rücken ein Rundschreiben gegen mich herum, angeblich, weil er sich öffentlich in der deutschen Presse nicht verteidigen könnte. Ich habe seinen ersten Brief in der »Neuen Literatur« sofort vollständig abgedruckt und hätte auch weitere Erklärungen ruhig gebracht. Aber man muß doch den Anschein erwecken, als wäre man ein Märtyrer! Aus dem Schreiben des Herrn Verwandten Hunnius und einer Glosse im »Deutschen Volkstum« geht nun hervor, daß Hesse in seinem Rundschreiben mich verdächtigt, ihn deshalb anzugreifen, weil er mein Nachfolger in der Besprechung deutscher Dichter in der schwedischen Judenzeitschrift geworden sei. »Gerade dieser Umstand«, schreibt mir der Herr Verwandte, »bringt Sie doch in den Verdacht, daß Sie böswillig gegen Hermann Hesse polemisieren.«

Die Wahrheit sieht so aus: Am 20. April 1932 forderte mich der mir bis dahin unbekannte Verlag Bonnier in Stockholm auf, ihm für seine Zeitschrift »Litterära Magasin« laufend deutsche Literaturbriefe zu schreiben. Selbstverständlich übernahm ich diesen Auftrag gern, um im Ausland für die wirkliche deutsche Dichtung gegen das herrschende Literatentum zu zeugen. Ich erhielt aber gleich meinen ersten Aufsatz mit einem sehr betretenen Brief zurück: man könne den Aufsatz nicht bringen! »Und seit wir eine nähere Bekanntschaft mit Ihrer Zeitschrift gemacht haben, sind wir überzeugt, daß Sie vielleicht nicht ganz geeignet sind, deutsche Literaturbriefe für unsere Zeitschrift zu schreiben ... Es ist ganz offenbar, daß Sie von unserem Standpunkt aus zu viel Partei für eine gewisse Strömung der heutigen deutschen Literatur nehmen . . . Es würde nur unsere Leser verbrüllen, Ihre Umwertung der Produktion hervorragender deutscher Dichter wie Thomas Mann und die großen Juden zu lesen.« Das vereinbarte Honorar schickte man mir. Ich bestand darauf, daß man dafür auch einen Aufsatz brächte und schrieb einen sachlichen Bericht über die Wartburgtagung und die Dichter, die sich 1932 dort gegen Berlin versammelt hatten. Ich wies dabei besonders auf Paul Ernst, Hans Grimm, Kolbenheyer und Stehr hin und betonte, daß die Wartburg-Dichter nach dem Wort Kolbenheyers »das verleugnete, verlästerte, drangsalierte deutsche Wesen in der Dichtkunst unbekümmert weitergetragen« hätten. Dieser Aufsatz erschien in »Litterära Magasin« im September 1932 schwedisch. Nur das vorstehende Zitat blieb vorsichtigerweise deutsch.

Inzwischen erfuhr ich, daß der Verlag Bonniers in jüdischen Händen sei und damit war meine Mitarbeit dort selbstverständlich zu Ende. Mein »Nachfolger« wurde dann übrigens nicht Hermann Hesse, sondern der Jude Arthur Eloesser, der in der angeblich so neutralen Zeitschrift sofort mit Hymnen auf Stefan Zweig, Wassermann, Werfel usw. begann. Als Eloesser selbst in Schweden zu anrüchig wurde, gab man ihm als Nachfolger Hermann Hesse, von dem ja wirklich keine »Umwertung der großen Juden« zu fürchten war. Er setzt durchaus ebenbürtig Eloessers Berichte in jüdischem und judenfreundlichem Geist fort. Und hierum allein geht es uns heute! Mag Hermann Hesse inzwischen Botokude geworden sein; wenn er über deutsche Dichtung schreibt, so hat er überall und besonders im Ausland, ehrlich und wohlunterrichtet und nicht hinterhältig oder – meinetwegen ahnungslos zu schreiben. Aber an diese Ahnungslosigkeit glaube ich nicht! Hermann Hesse ist als Schriftsteller in tiefe Abhängigkeit von der Psychoanalyse des Wiener Juden Freud geraten. Ein bekannter schwäbischer Maler und früherer Verehrer Hesses schreibt daher in einem Brief mit Recht: »Das sollte einmal öffentlich gesagt werden, daß Hesse ein Schulbeispiel dafür ist, wie der Jude die deutsche Volksseele zu vergiften vermag. *Denn wäre er damals, als er keine Freude am Kriege hatte, – wir auch nicht, sind aber keine Pazifisten geworden – nicht dem Juden Freud und seiner Psychoanalyse in die Klauen geraten, so wäre er der deutsche Dichter geblieben, den wir alle so liebten.*

Nur diesem jüdischen Einfluß ist die Verbiegung seiner Seele zuzuschreiben. Wenn er sich als Schweizer fühlt, so soll er doch so handeln, wie viele anständige Schweizer handeln, das heißt, er soll als Schweizer sich nicht um deutsche Angelegenheiten und um die deutschen Dichter kümmern. In der Schweiz gibt es sicherlich auch manches, worüber er sich aufzuregen hätte. Er kann dort im Sinne seines früheren Lieblingsheiligen Franz von Assisi wirken und Liebe predigen und Versöhnung statt Zwietracht säen.«

W[ill] V[esper]

Ihr Eindruck, daß Ihr Preis[1] mich »im richtigen Augenblick« erreicht habe, stimmt genau. Ich stehe in einer Krise, die keinem »Intellektuellen« meines Alters erspart bleibt, und da für mich jede kollektive Lösung (etwa durch ein Bekenntnis zu einer der modischen Kollektiv-Weltanschauungen wie Faschismus, Kommunismus etc.) unmöglich ist, komme ich mir inmitten dieser Zeit mit meiner Lebens- und Denkart wirklich vor wie ein Tier der Urwelt, das durch eine Sündflut mitten in die mechanisierte Welt einer heutigen Großstadt geschwemmt worden wäre. Zusammen mit dem körperlichen Altern ist dies keine hübsche Situation, und so war Ihr Preis mir eine vollkommene Bestätigung dafür, daß trotz allem Ansehen mein Dasein und Tun doch nicht ganz vergeblich und ohne Echo war.

(Aus einem Brief vom 5. 4. 1936 an Martin Bodmer)

Hermann Hesse, dem die Martin Bodmer-Stiftung in Zürich soeben den Gottfried-Keller-Preis zuerkannt hat, bekundete seine lebhafteste Anteilnahme für das Schicksal der Juden und zeigte sich insbesondere an der Aufbauarbeit in Palästina stark interessiert. Er gab seiner Hoffnung Ausdruck, daß die Verbindung zwischen deutschen und jüdischen Intellektuellen auch weiterhin aufrecht erhalten bleibe, und daß das geistige Palästina sich in die Front des fortschrittlichen Geistes im Kampf gegen alle Unkultur einreihen werde. Mit großem Interesse nahm der

1 Am 28. 3. 1936 erhielt Hesse den Gottfried Keller-Preis der Martin Bodmer-Stiftung, Zürich.

Dichter aus den Händen von Dr. Kanowitz eine der Schriften von Bialik entgegen.
(Aus »Hermann Hesse und der Palästina-Aufbau« in »Jüdische Pressezentrale«, Zürich, 1936, Nr. 888)

Die »Angriffe« gegen mich in Germanien wären mir gleichgültig; es wäre ja eine Schande, wenn man von dort nicht angegriffen und abgelehnt würde. Aber daß diese Angriffe von alten einstigen Kollegen hinterrücks und mit den Mitteln der Lüge und Verleumdung erfolgen und daß in der deutschen Literatur, in der Akademie etc. etc. nicht ein einziger Kollege ist, der auf Ordnung hält und gegen diese Methode des Abschiebens unbequemer Feinde protestiert, daß überhaupt dort in Germanien das Verbotene, Gemeine, Scheußliche immerzu und in allen Kreisen und Schichten getan und erduldet wird ohne ein Wort, ohne einen Strahl von Licht und Geist, einfach in dumpfer, öder Geistlosigkeit und Ergebung, das ist unerträglich.
(Aus einem Brief von 1936 an Alfred Kubin)

Der einzige Verlag, der mir auf Ihre Frage einfällt, ist der von Bermann in Wien, dem Schwiegersohn von S. Fischer. Die Adresse ist: Bermann-Fischer-Verlag in Wien III. Esteplatz 5.
Er hat einen großen Teil des Fischerschen Verlags übernommen. Auch ich wäre längst in diesem Verlag, aber ich bin vertraglich noch einige Jahre an den alten Verlag Fischer gebunden, und muß ihm Wort halten.
(Aus einem Brief von 1936 an Martin Buber)

In diesem Zusammenhang muß ich etwas über Suhrkamp sagen. Suhrkamp hat sich in meiner Angelegenheit und der der Familie sowie des Verlages über alle Maßen bewährt. Es gibt gar keine Worte dafür, mit welchem persönlichen Mut er sich für uns eingesetzt hat. Ich habe ihm zu verdanken, daß die Abwicklung dieser Loslösung von Deutschland in einer einigermaßen erträglichen Weise erfolgt. In der heutigen Zeit ist diese Treue und Kameradschaft bis zum letzten unter diesen in Deutschland herrschenden Zuständen eine solche Rarität, daß sie gar nicht hoch genug eingeschätzt werden kann. Er hat nun die schwere Aufgabe übernommen, den Verlag weiterzuführen, vorläufig bis zum Verkauf, und dann unter dem neuen Besitzer, solange es eben geht. Ich beneide ihn nicht darum.

(Aus einem Brief Gottfried Bermann Fischers an Hesse vom 25. 4. 1936)

Am 25. Februar 1936 bekam ich aus Kapstadt folgenden Brief: »Die Verachtung der ganzen Welt brenne auf Ihrer schmutzigen Seele. Sie sind der Auswurf eines schwerleidenden Volkes. Sie sind ein Hund, ein verfluchter [. . .]«

(Dieser Mann hat offenbar die Verleumdungen der deutschen Presse über mich gelesen und ist auf sie hereingefallen.)

(Aus einem Brief vom Mai 1936 an H. C. Bodmer)

Der Keller-Preis übrigens kam für mich ebenso überraschend wie rechtzeitig, er traf mich grade auf einem Tiefpunkt von Schlechtergehen und Sorge, und so war er eine wirkliche Freude und Ermunterung. Von den vielen Arten, auf welche die Welt uns merken läßt, daß wir am Vertrotteln sind, sind solche Preise ja noch weitaus die angenehmsten. In zehn Jahren, wenn ich noch lebe, werden sie mich noch zum Ehrendoktor machen, und beim ersten Schlaganfall zum Ehrenbürger.

Die Sorgen freilich bestehen fort. Mein Verlag in Deutschland gehört zu den Opfern Hitlers, und ich mit, was draus wird, ist noch nicht abzusehen. Wohl dem alten S. Fischer, der Ende 1933 sterben durfte. Seine Tochter und deren Mann, mein Verleger, haben die Leitung des Verlags aufgeben müssen, ihr Haus verkaufen, den Verlag einem vorläufigen Leiter anvertrauen mit dem Auftrag, den Verlag baldmöglichst zu verkaufen.

(Aus einem Brief vom 4. 5. 1936 an Volkmar Andreä)

Inzwischen las ich das Aprilheft der Vesperschen »Neuen Literatur«. Im Kern seiner Auslassungen findet man, daß er nun offenbar nicht mehr umhin konnte, sich auf den Passus Ihrer Erwiderung einzulassen, der ihn betraf, daß er nämlich Ihr Vorgänger war in jenem Referat. Offenbar ist er ihm nun auf vielen Seiten begegnet, und er muß dazu stehen. Die Wendung, mit welcher er sich entzieht, ist beachtenswert: als hätten Sie ihm damit nur sagen wollen, er hätte Sie aus Konkurrenzgründen, aus Eifersucht angegriffen. – Diese Dinge erledigen sich natür-

lich selbst: sie werden durchschaut. Der Schaden, der bei dieser ganzen Kampagne entstanden ist, rührt leider daher, daß Sie ihm überhaupt erwidert haben. Dadurch bekamen die Auslassungen Vespers überhaupt ein Gewicht, das sie hier sonst nicht haben. Aber das konnten Sie nicht wissen. Aber ein für allemal: was sich hier in einigen Winkeln an Gesinnung tut, wird von allen Stellen, nur nicht von denen im gleichen Winkel, als niedrig beurteilt. Dahin gehört neben Vespers »Neue Literatur« noch die »Bücherkunst« des Herrn Hagemeyer. – Der Erfolg der ganzen Kampagne ist nun bisher der beabsichtigte: es haben sich Personen und Stellen gefunden, welche die Gelegenheit benutzten, »Narziß und Goldmund« zu denunzieren. Ich weiß das seit längerem und bin dem sofort in einer offenen Aussprache begegnet. Davon machte ich Ihnen keine Mitteilung, um Sie nicht zu beunruhigen. Vor einigen Tagen hatte ich wieder eine offizielle Aussprache darüber. Solche Besprechungen waren aber nur nötig, um die offizielle Haltung zu bestärken, die ganz eindeutig auf Ihrer Seite ist. An ein Aufgeben denkt man gar nicht. Ich hoffe nur, daß ich weiterhin rechtzeitig Witterung habe und zur Stelle bin. Darin bestand in den letzten Jahren in vielen Fällen, von denen niemand eine Ahnung hat, nicht einmal die, welche es eigentlich anging, meine Aufgabe. [...] Ich brauche jetzt, glaube ich, nur noch zwei Monate Standfestigkeit, um den Verlag wieder auf festen Grund zu bringen, so daß wieder planvoll gearbeitet werden kann. Das alles dauert so lange, weil alle wilden Spekulanten abgehalten werden müssen. Ich bin abergläubisch[1] *und möchte Ihnen deshalb im Augenblick keine von den Namen nennen, die ernsthaft in Frage kommen für einen Kauf. Sobald etwas sicher ist, geb ich Ihnen sofort Nachricht. Das wird auf keinen Fall so lange dauern oder einen Weg gehen, daß Sie sich um Ihre Bücher Sorge machen müßten. Das sage ich nicht leichtfertig oder aus einer Spekulation heraus. Diese Sorgen verstehe ich, weil es die Sorgen sind, die ich mir schon lange mache. Was ich in anderen Fällen in dieser Beziehung erreichte, dürfte Sie auch überzeugen, daß ich richtig sorge. Wenn Sie jetzt daran denken sollten, Ihr Werk noch aus dem Verlag herauszuziehen, würde das den Verlag in die äußerste Gefahr bringen.*

1 Mehrfach von Suhrkamp verwendete Formulierung zur Tarnung gegenüber der Briefzensur.

Sollten Sie Pläne dieser Art beschäftigen, geben Sie mir doch bitte vor einem Schritt eine Möglichkeit zu einer Begegnung und einer Besprechung.

(Aus einem Brief von Peter Suhrkamp an Hesse vom 6. 5. 1936)

Seien Sie meiner Loyalität gegen den Verlag für jeden Fall versichert! Ich habe auch nicht Pläne, meine Bücher in eigene Regie zu nehmen oder ähnliches, nichts liegt mir ferner und wäre mir unmöglicher, aber ich möchte ungefähr wissen, mit welcher Summe etwa die Bücher und Rechte zu erwerben wären, nur um im äußersten Notfall dann an Pläne denken zu können. Selbstverständlich unternehme ich nichts, ohne vorher mich mit Ihnen darüber zu verständigen, und bin froh, wenn meinerseits gar keine Aktion nötig wird.

(Aus einem Brief vom 11. 5. 1936 an Peter Suhrkamp)

In Wien ist jetzt auch der frühere Besitzer und Leiter des Verlags Fischer, er versucht dort einen neuen Verlag anzufangen, und unter den ersten Sachen, die er bringt, wird meine Gartenidylle sein. Im übrigen muß ich vorerst, durch Vertrag gebunden, bei Fischer bleiben, der weiter unter Leitung eines frühern Mitarbeiters in Berlin arbeitet – wer diesen Verlag, der bis vor kurzem der schönste in Deutschland war, kaufen wird, und wie er dann weiter geführt wird, weiß man noch immer nicht, die Sache zieht sich ewig hin.

(Aus einem Brief von Mai/Juni 1936 an Max Thomann)

Auch in den öffentlichen und politischen Dingen ist es so: oft werden die großen Sünden mit mehr Kinderunschuld begangen als sie von vielen Intellektuellen, die sich für das Gewissen der Welt halten, gerügt werden. Wir Geistigen sollen nicht das Patent haben, das Gewissen der Völker zu sein, aber wir sollen die Ungerechtigkeit und die Taten der Führer erleidend erleben, als Mitleidende, als sich schuldig Wissende.

(Aus einem Brief vom Juli 1936 an Felix Braun)

Wunderliche Briefe bekomme ich aus Deutschland. Von den einen fanatische Nationalistenbriefe, auftrumpfend, drohend, oft beleidigend, voll Begeisterung über die neue »Einigkeit«, und zugleich voll wütendem Haß gegen die Sozialisten oder

Katholiken und gegen uns Ausländer. Dann wieder resignierte, still klagende, hoffnungslose Briefe von solchen, die an die Wand gedrückt sind und unter diesem Regime einfach ersticken, manche sind zum Weinen und Verzweifeln.

(Aus einem Brief vom 3. 7. 1936 [?] an Helene Welti)

Nachdem ich in diesen Wochen viel an Sie gedacht habe – bei der Verleihung des Gottfried-Keller-Preises, die in unseren Zeitungen nicht erwähnt worden ist (soweit ich sie gelesen habe), und beim Lesen Ihrer schönen Erzählung »Der Beichtvater« in der Neuen Rundschau, bekomme ich nun einen Brief jenes jungen Theologen aus Pommern, den Sie so freundlich empfangen haben, und der mir schreibt, daß Sie sich noch meiner erinnern ... Ich habe mit Betrübnis in diesen Jahren verfolgt, wie schnell die Jugend diejenigen vergessen und verstoßen hat, die doch einmal ihr tiefstes Bild in ihr aufgerichtet haben. Und ich habe mit Beschämung lesen müssen, wie ein Vielgewandter mit billigem Ethos Schmutz auf Ihren Namen zu werfen versucht hat. Aber Sie sollen wenigstens von mir wissen, daß wir nicht vergessen haben, was Sie uns gewesen sind und immer noch sind. Daß Ihre Bücher die entscheidenden Jahre unseres Werdens begleitet und oft geleitet haben.

(Aus einem Brief Ernst Wiecherts an Hermann Hesse vom 23. 7. 1936)

Ich bin innerhalb weniger Jahre zu einem abgebauten alten Herrn geworden, dessen man sich kaum mehr erinnert. Allerdings vollzieht dies sich nur in der Öffentlichkeit und bezieht sich nur aufs Quantitative – früher war ein Arbeitstag von mir, wenn auch nicht so viel wie der eines Boxers oder einer Star-Tänzerin, doch immerhin soviel wert wie der eines Advokaten oder Arztes; heut ist er weniger an Geld wert als der eines Trambahnschaffners.

Indessen teile ich dieses Los mit vielen, und bei mir ist es noch immer ganz erträglich, das Nötige habe ich noch immer gehabt. Und dafür entspricht dem Abbau der einen Seite ein Plus auf der andern: nicht nur ist meine persönliche Entwicklung als Autor durch jene Misere eher gefördert als gehemmt worden, sondern es hat sich auch in dem Kreis von Menschen, auf die ich als Autor wirke, die Quantität verringert und dafür die Intensität gesteigert.

Möchten wir beide diese kritische Zeit überstehen! Wir werden zwar die erwartete neue Zeit nicht mehr erleben, ich glaube, daß die Liquidierung unsrer Kultur längst noch nicht bereinigt ist, aber vermutlich werden wir immerhin noch diesen und jenen von den großen Pilzen, die vorgestern noch nicht da waren und heute die Welt mit ihrer Größe und Wichtigkeit erfüllen, auch wieder klein werden und verschwinden sehen.

Nach der indischen Vorstellung, die ich immer geliebt habe, ist das ganze Reich der Zeit und der Zahl, das Reich der Materie und der Quantität, nur »Maya«, Oberfläche und Scheinbild. Das wirklich Seiende steht dahinter. Dorthin ziele ich.

(Aus einem Brief vom 13. 8. 1936 an Arthur Stoll)

Ich war, da es nicht mehr anders ging, in Norddeutschland beim Grafen Wiser. Flug von Zürich bis Hannover und zurück von da bis Stuttgart, 11 Tage in Bad Eilsen beim Arzt,[1] mit täglicher Behandlung, auch sonntags, nachher noch einige Tage bei meiner Schwester in ihrem schwäbischen Pfarrhaus. In Eilsen hatte ich auch meinen Verleger, den jetzigen Leiter des Verlags Fischer, einen Tag bei mir,[2] Sie finden auf dem beiliegenden Blatt einige seiner Auskünfte notiert. Die Bewegung in Deutschland geht, auch soweit sie gegen Literatur von meiner Art gerichtet ist, konsequent weiter, es steht eher schlimmer als ich dachte. Dagegen ist der Verlag nicht, wie ich sehr befürchtete, gleich manchem andern von Hitler und seinen Hintermännern gestohlen worden, sondern geht selbständig weiter.

(Aus einem Brief vom September 1936 an Helene Welti)

Die Zustände sind, was Anfeindung und offizielle Belästigung und Verdrängung betrifft, für mich die gleichen wie für Sie. Meine Bücher sollten schon mehrmals verboten werden, es wurde vorläufig durch den Leiter meines Verlags noch verhin-

1 Vom 24. 8. bis 11. 9. 1936 war Hesse letztmals in Deutschland, zuerst bei seinem Augenarzt Dr. Wiser in Bad Eilsen bei Hannover, anschließend bei Verwandten in Württemberg. Hin- und Rückreise im Flugzeug.

2 Peter Suhrkamp. Vgl. »Materialien zu H. H. ›Das Glasperlenspiel‹«, Bd. I, S. 166 ff: Peter Suhrkamp, »Erste Begegnung mit Hermann Hesse« (am 31. 8. 1936).

dert. Der Verlag selbst ist winzig klein und arm geworden, der vor wenigen Jahren noch einer der ersten im Reich war. [. . .]

Caro amico, die Reise in Deutschland war nicht heiter, es wird immer mehr ernst mit der Ausrottung vor allem, was unsereiner liebt und zum Leben braucht. Indessen wird einiges von dem, was wir gearbeitet und gelebt und gemeint haben, diesen ganzen Kram überleben, und wird als schmale Brücke das Menschentum der Zukunft mit dem, das vor uns war, verbinden. Eine andre Aufgabe haben wir nicht, und sie genügt auch.

(Aus einem Brief vom September 1936 an Alfred Kubin)

Ich war auch einen Tag mit dem jetzigen Leiter meines Verlags Fischer zusammen, da erfuhr ich nicht viel Tröstliches; wir Autoren von der unerwünschten Richtung werden konsequent ausradiert. Einige Notizen, die ich für drei, vier Freunde machte, lege ich bei.

Die Zustände sind wirklich komisch geworden: Hesse darf in Schwaben nicht mehr genannt werden, aber Huggenberger[1] reist treulich jedes Jahr zu den »Gau-Tagungen« der Nazis hinüber. Es ist alles widersinnig geworden, auch unsre Existenz, und man ist froh, daß es einen Tod gibt, der auf uns wartet.

(Aus einem Brief vom September 1936 an Max Thomann)

Der Verlag S. Fischer ist im Laufe der letzten drei Jahre sehr klein geworden. Ausgeschieden sind, teils durch Bücherverbot und Beschlagnahmung, teils »freiwillig« unter andrem die Autoren und Werke:

Thomas Mann – H. v. Hofmannsthal – Wassermann – Schickele – A. Kolb – Lichnowski und viele andre.

Nachdem aus der Leitung des Verlags alle Juden, auch alle Angehörigen der Familie Fischer ausgeschieden sind, wird nun auch das jüdische Kapital, bisher in Händen der Familie Fischer, ausscheiden. Die Aktiengesellschaft wird in eine Kommanditgesellschaft verwandelt, es sind drei neue Kapitalisten da, die sich beteiligen, die Leitung wird Herr Peter

1 Alfred Huggenberger (1867-1960) Schweizer Mundartdichter.

Suhrkamp haben, der schon in der schwierigen Übergangszeit den Verlag geleitet hat.

Meine Befürchtungen, einen unerwünschten Besitzerwechsel des Verlags betreffend, sind nicht eingetroffen: es läßt sich hoffen, daß der verkleinerte Verlag einigermaßen lebensfähig sein werde.

Dagegen haben sich meine Vermutungen, betreffend die Tendenz zur Unterdrückung meines Werkes und Namens, alle bestätigt. Es ist schon dreimal ein Verbot meiner Schriften beschlossen gewesen, das Verbot wurde nur durch den Einsatz und die Vermittlung von Suhrkamp bisher verhindert.

Ferner erfuhr ich von vielen Maßnahmen zur Unterdrückung meiner Schriften und ihrer Wirkung. Ein besonders deutlicher Fall war vor einem Jahr die offizielle, groß aufgezogene Feier zu Ehren der schwäbischen Dichtung. Ein bekannter Tübinger Professor hatte die einleitende Festrede, einen Vortrag über schwäbische Dichtung, übernommen. Dieser Redner bekam vom Kultusminister in Stuttgart den Befehl zugestellt: es dürfe in seiner Rede mein Name nicht genannt werden. Der Redner war so anständig, daraufhin auch die Namen aller andern noch lebenden schwäbischen Dichter nicht zu nennen und sich auf eine historische Betrachtung über die ältere schwäbische Dichtung zu beschränken.

(»streng vertraulich«, dem Brief vom September 1936 an Max Thomann beigefügt)

In Deutschland sah ich nicht viel, der Gesamteindruck war der einer ungeheuren Betriebsamkeit, eines gewaltigen Umsatzes, nur ist eben die Hälfte oder mehr davon militärisch. Wenn diese Maschine losgeht, wird das Blut wieder in Strömen fließen und die Heldendichter werden Arbeit haben. Ich hoffe, es nicht mehr zu erleben, ich komme mir längst vor wie ein Mammut, das aus Versehen noch auf Erden lebt.

(Aus einem Brief vom Oktober 1936 an Georg Reinhart)

Als Sie sich meiner damals in Bern annahmen, begann gerade mein Abstieg in ein Inferno, das ich nur knapp und nur mit bleibenden Narben überstanden habe. Es brach damals alles zusammen, worauf meine Existenz beruht hatte, materiell, moralisch und kulturell, es war eine Reihe von schweren und dunklen Jahren zu ertragen. – Und nun sehe ich mich heute so viele Jahre später, von ähnlichen Mächten materiell wie moralisch weggedrängt und an der Wurzel bedroht.

[. . .] Heute habe ich noch zu leben, aber nicht mehr. Die Einkünfte sind wieder minimal geworden, vermutlich werden sie bald vollends ausbleiben, ich bin ja nach wie vor auf den deutschen Buchmarkt angewiesen, und von dem werde ich mehr und mehr verdrängt, es war auch schon mehrmals ein Bücherverbot gegen mich ausgesprochen, das der Verleger durch Verhandlungen vorerst verhindern konnte. Mein Grundsatz ist, in dieser Sache keinen eigenen Schritt zu tun und erst der Gewalt zu weichen . . .

Die Fürsorge für bedrängte und hungernde Emigranten, vor allem Kollegen, gehört heute ebenso zu meinem täglichen Brot wie damals in Bern die Gefangenenfürsorge. Vor allem gibt es eine ganz entsetzliche Not unter den Kindern jüdischer und andrer Emigranten in Paris. Ich weiß von Familien, die vorher in guten Verhältnissen gelebt hatten, und deren Kinder in Paris wochen-, ja monatelang im Bett lagen, weil da der Hunger und die Kälte leichter zu ertragen waren.

(Aus einem Brief vom 5. 12. 1936 an Wilhelm Muehlon)

Am 18. Dezember ist der Kauf des [S. Fischer] Verlages [Berlin] abgeschlossen worden. Die Beteiligten sind: Herr Reemtsma, einer der Mitinhaber der großen Hamburger Zigarettenfabrik, ein Mann mit Kunstverständnis anscheinend, zumindest mit dem Ehrgeiz dazu; ich schließe das unter anderm aus der Tatsache, daß er sich für die Halle seines Hauses einen Figurenfries von Barlach machen ließ. Ein zweiter Gesellschafter ist der Bruder eines Berliner Bankiers Abs. Er selbst ist Rechtsanwalt in Bonn. In diesem Falle ist mir persönlich die Verbindung zu dem Bankier wertvoll. Er hat sich in der ganzen Verhandlung als ein äußerst vornehmer, sehr großzügiger Charakter erwiesen. Dieser wird die Interessen sämtlicher Gesellschafter, die selbst also gar nicht in Erscheinung treten werden, wahrnehmen. Ich kann mir keinen besseren Berater in Gelddingen denken. Der dritte Gesellschafter ist der junge Sohn eines früh verstorbenen Münchener Bankiers Ratjen, dessen Mutter die Einlage für ihn machte.

Was mich in dieser Sache betrifft, so freut es mich, daß auf diese Weise der Verlag erhalten werden konnte, aber ich bin von Zweifeln gequält, ob ich Geschäftsmann werden durfte. Sie werden mich auch richtig verstehen, wenn ich sage, daß ich die Position als eine politische ansehe, und daß ich mich ihr deswegen schon nicht entziehen durfte. Im übrigen hätten aber die traurigen Erfahrungen, die mir die ganze Aktion einbrachte, genügen können, um mir jeden Genuß an der Sache auszutreiben. Die letzten Illusionen, die noch irgendwo versteckt in mir nisteten, sind dabei aufgeflogen.

(Aus einem Brief von Peter Suhrkamp an Hesse vom 24. 12. 1936)

In Berlin ist dieser Tage mein lieber alter Verlag S. Fischer neu ins Handelsregister eingetragen worden. Der Besitzer und Leiter, Fischers Schwiegersohn, mußte die Arbeit niederlegen und Berlin verlassen (Jude), der größte und schönste Teil des Verlags ist durch Emigration, Bücherverbote etc. ausradiert worden, außer mir ist nur noch der alte Hauptmann da; der ganze Verlag, der vor vier Jahren noch der erste in Deutschland war, ist wieder klein und arm und man muß sehen, ob er am Leben bleibt.

(Aus einem Brief vom Dezember 1936 an Paul Schoeck)

Vor etwa 10 Tagen ist die neue Firma »S. Fischer Verlag« in Berlin eingetragen worden. Sollten Sie irgendwo den Almanach des Verlages sehen, so lesen Sie das Vorwort, es spricht Bände.

(Aus einem Brief, Ende 1936 an Max Thomann)

Am 15. Oktober 1936 besteht der S. Fischer Verlag fünfzig Jahre. Sein Begründer starb am 15. Oktober vor zwei Jahren; damals erschien im Almanach eine kurzgefaßte Geschichte des Verlages. Dort möge man nachlesen, was der Verlag war.

Seine Geschichte seitdem ist nicht mehr die Geschichte seiner Ausbreitung, sondern sie ist eine einzige große Probe, die der Verlag vor der deutschen Gegenwart zu bestehen hatte; die Probe ging wie ein echtes Schicksal bis nahe an die Existenz. Vor wenigen Monaten wurden Teile des Verlages, welche in seiner Vergangenheit nicht unwesentlich an seinem Leben beteiligt waren, fortgegeben.

Es würde uns somit schlecht anstehen, das übliche Jubiläum zu feiern. Der Kranz hängt nicht über der Pforte eines saturierten Hauses. Wir haben zu sorgen und zu arbeiten wie in der Jugend dieses Verlages. Der Ertrag des Jahres, aus dem wir auf den folgenden Seiten Proben bieten, muß vom treibenden Saft in Mark und Kernholz Zeugnis sein.

Der Verlag

(Vorwort Peter Suhrkamps zum S. Fischer-Verlagsalmanach »Das fünfzigste Jahr«, Berlin, November 1936)

Der S. Fischer Verlag, Berlin, war eine Familien-AG. Nachdem ich seit 1932 als Herausgeber der »Neuen Rundschau« und in der Verlagsdirektion in der Planungsabteilung des Buchverlags mitgearbeitet hatte, wurde ich Herbst 1933 zum Vorstandsmitglied bestellt. Der Vorstand bestand damals aus dem Gründer des Verlags, Herrn S. Fischer, seinem Schwiegersohn, Herrn Dr. Gottfried Bermann Fischer, der ursprünglich Mediziner war, und mir. Am 15. Oktober 1934 starb S. Fischer. Der Vorstand wurde nicht ergänzt, sondern bestand danach aus Herrn Dr. Gottfried Bermann Fischer und mir. Anfang Winter 1935 erhielt die Familie Fischer vom Propagandaministerium die Aufforderung, aus dem Besitz und der Leitung des Verlages auszuscheiden. Verschiedene Versuche, den Verlag zu verkaufen, führten zu keinem Ergebnis. Als letzter Käufer trat ein Strohmann der Partei auf. Daraufhin wurde ich von der Familie aufgefordert, doch den Verlag zu erwerben und ihn fortzuführen. Ich lehnte zunächst ab, wurde aber dann von einem Gremium aus Verlags-Mitarbeitern und Autoren zur Fortführung des Verlages gedrängt. Da ich kein Kapital besaß, wurde eine Kommanditgesellschaft gegründet, in der ich einziger persönlich haftender Gesellschafter war. Die übrigen Kommanditisten waren: Herr Rechtsanwalt Clemens Abs, Bonn, Herr Christoph Ratjen, ein Sohn des Bankiers Ratjen, Berlin, und Philipp F. Reemtsma, Mitbesitzer der Zigarettenfirma Reemtsma, Hamburg-Altona. Die drei Kommanditisten wurden mir gegenüber vertreten durch den Bankier Hermann J. Abs, dem Auslandsdirektor der Deutschen Bank. Die Kommanditgesellschaft kaufte das Verlagsgeschäft und zahlte an die Familie Fischer den geforderten Kaufpreis von RM 200 000,– zum 1. Januar 1937. In Unterhandlungen mit dem Propagandaministerium und mit dem Wirtschaftsministerium

hatte ich für die Familie folgende Vergünstigungen ausgehandelt:
a) Freigabe der Auslandskonten
b) einen Bar-Transfer von RM 240 000,– nach der Schweiz
c) Übereignung einer großen Anzahl von Autorenrechten an Herrn Dr. Bermann Fischer und Ausfuhr des Buchlagers, das mit diesen Autoren verbunden war. Dieses Buchlager allein stellte einen Verkaufswert von RM 1 500 000,– dar. Damit konnte Herr Dr. Bermann Fischer am 1. April 1936 den Bermann Fischer Verlag in Wien begründen, der nach dem Anschluß Österreichs 1938 nach Stockholm verlegt und dort vom Bonniers-Verlag, Stockholm, finanziert wurde.

(Peter Suhrkamp, »Verhältnis zum S. Fischer Verlag«. Aus: Hermann Hesse/Peter Suhrkamp, »Briefwechsel«, Frankfurt a. M., 1969)

Daß die deutsche Presse die »Gleichschaltung« des Verlags Fischer so betont, zeigt ja, wie sehr dieser Verlag als Punkt des Widerstands betrachtet wird! Ich hatte während der letzten anderthalb Jahre Sorge genug durch die Befürchtung, der Verlag werde für 5 Rappen von irgendeinem Hintermann der Führenden aufgekauft werden. Einzig Suhrkamp hat das vereitelt und hat den Verlag, unter furchtbaren Verlusten freilich, gerettet. Ich werde, solang nicht höhere Gewalt es hindert, meinem mit Fischer noch laufenden Vertrag und den Verpflichtungen, die mich mit den deutschen Lesern verbinden, treu bleiben. Schwer genug wird es mir gemacht, nicht bloß durch die beständigen und oft unausdenklich schmutzigen Angriffe der Nazi, die immer wiederholten Verbotsanträge gegen mich etc., sondern nicht minder durch die Haltung, die ein Teil der oft so üblen Emigrantenpresse gegen mich einnahm. Konjunkturhelden und käufliche Leute wie etwa der Pariser Bernhard denunzieren mich, weil ich Deutschland zehn Jahre früher als sie den Rücken wandte, und weil ich zwischen 1914 und 1918 gegen den Krieg sprach, während Bernhard wilde deutsche Kriegs- und Annexionsartikel schrieb – sie denunzieren mich, mit den selben Mitteln skrupelloser Lügen und Verleumdungen, als eine Art von Protegé des Dr. Goebbels. Dabei vergeht keine Woche, ohne daß die Nazipresse mich neu aufs Korn nimmt, ohne daß wieder ein

Lesebuch meinen Namen und meine Gedichte ausstreicht etc. etc. Es macht Mühe, inmitten dieser Zustände eine überparteiliche Neutralität und Ruhe zu bewahren, es ist aber notwendig, daß einige von uns das tun, im Interesse der Wahrheit.

(Aus einem Brief vom Januar 1937 an Otto Kleiber, Redakteur der »National-Zeitung«, Basel)

Meine freundschaftlichen Beziehungen zu Juden und Judentum gehen durch mein ganzes Leben, auch Martin Buber gehört zu meinen Freunden, meine jetzige Frau (seit 1930) ist Jüdin, und ich bin stets ein Feind jedes Antisemitismus gewesen. Dagegen verhalte ich mich gegenüber dem inzwischen neu erstandenen jüdischen Nationalismus durchaus ebenso neutral wie gegen jeden andern Nationalismus, und so sehr ich die Verwirklichung des zionistischen Ideals begrüße, lehne ich jede fanatische Aufpeitschung des Nationalgefühls ab.

(Aus einem Brief, ca. 1936/37, an Fritz Naschitz)

Ja, mit den Besprechungen in Deutschland mache ich ähnliche Erfahrungen wie Sie. Wenn früher ein Buch von mir erschien, wurde es von 100 und mehr deutschen Blättern besprochen, heute von 3 oder 4.

(Aus einem Brief vom 16. 1. 1937 an Victor Wittkowski)

Neulich besuchte mich ein Kollege, wir kamen auch auf den bevorstehenden 60. Geburtstag zu sprechen und er meinte: Wenn in Deutschland der Presse nicht verboten wird, meinen Geburtstag zu erwähnen, so müsse ich mit einer sehr viel größern Zahl von Gratulanten rechnen als ich es getan habe.

Über das Verhalten der Presse kann man im voraus nichts sagen, das Verhalten der offiziellen Stellen in Berlin gegen mich schwankt zwischen kühler Duldung und aggressiver Ablehnung.

(Aus einem Brief, ca. 1937, an Wilhelm Stämpfli)

Mein lieber alter Verlag Fischer, der vor wenigen Jahren noch der führende belletristische Verlag im Reich war, ist soeben auf neue Beine gestellt worden; es ist jetzt nicht nur in der Leitung des Geschäfts, sondern auch in dessen Kapital die Familie Fischer völlig ausgeschieden.

Verschwunden sind aus dem Verlag nicht nur die bisherigen Gründer, Leiter und Besitzer und sehr viele alte Angestellte, mit denen ich über 30 Jahre zu tun hatte. Verschwunden sind auch sämtliche Werke von Thomas Mann, von J. Wassermann, R. Schickele, Annette Kolb, Hugo von Hofmannsthal und vielen andern, der Verlust umfaßt weit mehr als die Hälfte des alten Bestandes, und nun muß sich zeigen, ob nach diesem tödlichen Aderlaß unser Verlag sich am Leben halten kann. Ich halte ihm die Treue, solang nicht höhere Gewalten es vollends verhindern, es kostet schon jetzt Opfer genug.

(Aus einem Brief, Ende Januar 1937, an Wilhelm Stämpfli)

Daß ich in diesem Jahr, wo ich 60 werde und wo mein lieber alter Verlag Fischer 50 Jahre alt geworden wäre, falls er nicht kurz vorher ein Opfer der Zeit geworden wäre – daß ich da meinem guten alten Verlag untreu werden und ein Buch einem nagelneuen anvertrauen soll, daran ist nicht zu denken. Ich könnte mir Worte ersparen und einfach feststellen, daß ich an den Verlag S. Fischer vertraglich gebunden bin und schon juristisch gar keine Möglichkeit besteht, den Wunsch des neuen Verlags zu erfüllen. Aber ich möchte, Ihnen gegenüber, auch betonen, daß ich gerade jetzt, wo mein alter Verlag wieder arm und klein und an die Wand gedrückt ist, doppelt zu ihm halten und ihm nicht die Felonie eines Abwanderns antun will und muß.

(Aus einem Brief, Anfang 1937 an Gustav Waldt)

Den Grundsatz, daß die Dichtung dazu da sei, dem Volk einfache, gesunde, erheiternde, über Konflikte weghelfende Kost zu bieten – dieser Grundsatz wird ohne Zweifel Herr Goebbels oder General Franco[1] wörtlich mit Ihnen teilen. Welche Art von Kunst man machen soll, darüber kann man verschieden denken, aber die ganze Frage geht leider nur die Fabrikanten von Kunst etwas an, nicht die eigentlichen Künstler, denn diese sind keineswegs vor die Wahl gestellt, was sie machen sollen. So habe ich während gewisser Jahre meines Lebens, gegenüber einer Welt von Gewalt und Verlogenheit,

1 Franco F. Bahamonde, Francisco (1892-1976), ab Sept. 1939 Diktator. Oberhaupt Spaniens.

meinen Dichter-Appell an die Menschenseele nicht anders zu äußern vermocht als dadurch, daß ich mich als Beispiel nahm und mein eigenes Sein und Leiden darstellte in der Hoffnung, von ähnlich Gestimmten verstanden, und mit der Erwartung, von den andern dafür verachtet zu werden. Es haben mir Hunderte gesagt, privat und öffentlich, daß die Werke meiner Krisenzeit geschmacklos, eitel, unerlaubt subjektiv seien, und daß das Backen von Brot oder Nähen von Hemden vielmal verdienstvoller sei, als das Schreiben von solchem Zeug. Es haben mich auch die Freunde zum Teil damals verlassen. Ich mußte es schlucken. Auf der anderen Seite der Rechnung steht eine Minorität von Lesern, die mir, wenn auch zuweilen zögernd und mit Hemmungen, gefolgt sind, und denen das Wissen um mich etwas Stärkendes, Brüderliches bedeutete und ihnen leben half, es gehören Menschen der verschiedensten Art und Berufe dazu. Ich muß beides hinnehmen, die Ablehnung derer, welche über die Aufgaben der Dichtung besser Bescheid wissen als die Dichter, und die (oft lästigere) Gefolgschaft der Mitschwingenden. Vielleicht könnte man am Ende meines Lebens etwa so fragen: »Da du jetzt, am Ende, wieder ungefähr bei dergleichen einfachen Wahrheiten hältst, mit denen du vor Jahrzehnten angefangen hast, war dann nicht dieser ganze weite Umweg, dieses viele Leiden und Sichdifferenzieren etc. lächerlich und vergeblich?« Aber ich fürchte, die Menschenleben sind selten, an die man am Ende nicht diese Frage stellen kann.

(Aus einem Brief, Jan./Febr. 1937, an einen Leser)

Was meine etwaige Mitarbeit[1] betrifft, so gebe ich Ihnen in aller Offenheit darüber gerne Auskunft. Prinzipiell nein zu sagen, fällt mir nicht ein. Andererseits ist mein Ja eingeschränkt durch verschiedene Umstände. Zunächst dadurch, daß ich sehr wenig mehr produziere, und grundsätzlich nichts auf »Anregung« schreibe. Und dann durch die Rücksicht auf meine Stellung im Reich. Damit steht es so: ich bin fest gewillt, meinem Verlagsvertrag und meinen deutschen Lesern treu zu bleiben, solang nicht eine force majeur es verunmöglicht, kei-

1 In einem Brief vom 23. 2. 1937 hatte Thomas Mann Hesse um Mitarbeit in der neugegründeten Zweimonatsschrift »Maß und Wert« gebeten.

nesfalls werde ich einen Bruch provozieren. Ich halte es, wenn nicht politische Änderungen kommen, für wahrscheinlich, daß materiell mein Weiterarbeiten im Reich ziemlich bald ein Ende finden wird: entweder durch Verbot meiner Bücher oder sonstige Verfemung, für die schon viele Zeichen da sind, oder aber ganz mechanisch dadurch, daß ich die Tantiemen nicht mehr erhalte. Schon jetzt erfolgen die Auszahlungen im Clearingverkehr immer langsamer, wahrscheinlich wird bald das Guthaben, das ein Schweizer im Reich stehen hat, ebenso entwertet sein wie es deutsche Obligationen etc. sind.

Aber auch noch im Fall, daß ich materiell gezwungen würde, im Ausland zu verlegen usw., würden manche Rücksichten fortbestehen, die ich zu nehmen habe. Ich habe meine beiden Schwestern in Deutschland leben, die eine als Frau eines Pfarrers der Bekenntniskirche, der es ohnehin sehr schwer hat. Und ähnliche Bindungen sind noch viele da. Z. B. sitzt einer meiner ältesten und treusten Freunde[1] seit einigen Wochen in Würzburg in der selben politischen Abteilung des Gefängnisses, in der Ihr Bekannter Fiedler[2] saß, und es ist so gut wie sicher, daß mein Briefwechsel mit ihm seit Jahren in Händen der Gestapo ist. Im Augenblick, wo mein Name drüben Wut erregt, kann es dem Freund Mißhandlung und andre Bußen einbringen. Das ist ein höchst zarter Apparat, dessen Drähte man kaum berühren darf. Sie wissen ja.

Nun halte ich es trotzdem für möglich, daß ich gelegentlich zu Ihrer Zeitschrift beitrage, der ich von Herzen Gutes wünsche und im voraus wohlwill, doch möchte ich immerhin erst sehen, wie weit Ihre Absicht, auf aktuelle Polemik zu verzichten, sich wird realisieren lassen. Das wird ja das erste und zweite Heft zeigen, denke ich, oder schon durch Herrn Lion mir beruhigend erklärt werden können.

1 Franz Schall.

2 Kuno Fiedler (1895-1973), Pastor, Lehrer, Philosoph und Publizist, seit 1915 mit T. M., seit 1922 mit H. H. in Briefwechsel. Er taufte T. M.'s jüngste Tochter Elisabeth (Vgl. T. M., »Gesang vom Kindchen«). Bei der ev. Landeskirche machte er sich durch seine theol. Publikationen so unbeliebt, daß er vom Kirchendienst suspendiert wurde: 1936 wegen politischen Widerstandes von der Gestapo verhaftet, gelang ihm die Flucht in die Schweiz, wo er bei T. M. für 14 Tage eine erste Unterkunft fand. Danach wieder Pastor in Graubünden. Publizistische Tätigkeit unter versch. Pseudonymen.

Erlauben Sie mir, eine Bitte anzufügen: Ich bitte um die jetzige Adresse von Fiedler, oder falls er in Zürich ist, bitte ich ihm zu sagen: mein Freund Schall (einst in Altenburg) ist Gefangener in Würzburg, und ich wüßte gern, ob für mich eine Möglichkeit besteht, irgend etwas für ihn zu tun.

(Aus einem Brief vom 25. 2. 1937 an Thomas Mann)

Daß Kunst so notwendig sei wie Brot, ist auch mein Standpunkt, eben darum habe ich mein Leben, und oft unter Opfern, darauf verwendet, Künstler zu sein. Daß der Künstler eine abgestempelte Gesinnung haben müsse (hast denn Du selbst eine?), daß er sich für eine Partei oder Gruppe entscheiden müsse (gehörst Du selber denn einer an?), und daß er über das, was gut und böse, schwarz und weiß sei, sich bei Dir oder sonstwo Bescheid holen müsse, glaube ich nicht, und nie hat das ein echter Künstler geglaubt. Die Kunst gehört zu den Funktionen der Menschheit, die dafür sorgen, daß Menschlichkeit und Wahrheit fortbestehen, daß nicht die ganze Welt und das ganze Menschenleben in Haß und Partei, in lauter Hitlers und Stalins zerfällt, der Künstler liebt die Menschen, er leidet mit ihnen, er kennt sie oft sehr viel tiefer als je ein Politiker oder Wirtschaftler sie gekannt hat, aber er steht nicht als ein Herrgott oder Redakteur über ihnen, der genau weiß, wie alles sein sollte. Was heißt denn Dein Lieblingswort »Gesinnung«? Der Heiland zum Beispiel hat ohne Zweifel die Armen geliebt und die Habgier verurteilt, er hat aber niemals ein Programm aufgestellt, wie durch normierte Gesinnungen, Parteien, Revolutionen etc. künftig die Armut abgeschafft werden könne, sondern hat aufs deutlichste erkannt und ausgesprochen, daß es allezeit Arme geben werde. Er war also, nach Deiner mir nicht recht klaren Theorie ein Außenseiter, der in einer »dritten Dimension« lebte, so wie wir Künstler, die Du so sehr verachtest. Auch das ist mir völlig unverständlich, was in Deinem Brief steht: die Künstler hätten sich im Lauf der Jahrtausende einen Privatstandpunkt erobert. Wo standen sie denn vorher? Und hat es nicht Künstler genug gegeben, die eifrigst Partei ergriffen haben, die Wortführer politischer Bestrebungen, Sozialisten etc. waren? Sie und ihre Werke sind dadurch um keinen Faden besser oder schlechter geworden. Daß ein Künstler oder Intellektueller ein Lump ist, wenn er seine echten Gefühle und Meinungen aus Opportunismus verleugnet und andere vortäuscht, darin sind wir ja einig. Daß aber z. B. heutzutage ein Künstler dadurch besser wird, daß er sich einer Partei verschreibt oder verkauft, kannst Du nicht im Ernst glauben.

Leid tut mir nur, daß ich in Deinen Augen auch so ein Mann bin, der die Kunst für etwas Privates hält, und weder Gut noch Böse, nur »Genial« oder »Ungenial« etc. kennt! Hast Du wirklich nie etwas von mir gelesen? Hast Du wirklich nie gefühlt, daß es mir damit ernst ist, daß ich die Programme und fertig formulierten »Gesinnungen« nur darum ablehne, weil sie die Menschen unendlich verarmen und verdummen, und daß ich für Gut und Böse ein ziemlich zartes Gewissen habe? Lieber Heiner, ich könnte heute, statt von allen extremen Parteien angespuckt zu werden, Erfolg und Einfluß in Menge haben, wenn ich mich einer Partei anschlösse. Die paar erfolgreichen Dichter des heutigen Rußland sind »Kommunisten«, bücken sich vor Stalin und dem Regime, und haben die Einnahmen von Fabrikanten, Ehrenburg [Ilja][1] wird im Jahr auf etwa 100 000 Rubel Einkommen geschätzt. Ich gönne ihm das gern, aber ich möchte mir durch den Verlust meines eigenen Gewissens und meiner eigenen Freiheit auch nicht das Zehnfache seiner Erfolge und Gelder erwerben. Der einzige heutige Dichter von hohem Rang, der sich am Ende seines Lebens zum Kommunismus bekannte, ist André Gide – ich meine: der einzige, den ich selber sehr hochschätze und ernstnehme. Er hat, resigniert und tief enttäuscht, seine Stimme und seinen Namen den Kommunisten gegeben, und ist als Dichter erloschen, vielmehr er hat sich zurückgezogen und schweigt.

Es hat im Laufe der Jahrhunderte tausend »Gesinnungen« und Parteien und Programme gegeben, tausend Revolutionen, sie haben die Welt verändert und (vielleicht) vorwärts gebracht. Aber keines ihrer Programme und Bekenntnisse hat seine Zeit überdauert. Die Bilder und Worte einiger echter Künstler, und auch die Worte einiger echter Weiser und Liebender und Sichopfernder, haben die Zeiten überdauert, und tausendmal hat ein Wort Jesu, oder ein Wort eines griechi-

1 Ilja Ehrenburg (1891-1967), Verfasser u. a. recht tendenziöser Romane im Sinne des »sozialistischen Realismus«.

schen oder andern Dichters, nach Jahrhunderten noch Menschen getroffen und aufgeweckt, und ihnen den Blick für das Leid und das Wunder des Menschentums geöffnet. In der Reihe dieser Liebenden und Zeugen ein kleiner, einer von Tausenden, zu sein, wäre mein Wunsch und Ehrgeiz, nicht aber für »genial« oder dergleichen zu gelten.

Schade, daß es so ist. Schade, daß Du einstweilen noch nicht die Reife und nicht die Liebe hast, um ohne Aburteilen etwas glauben und lieben zu können. Aber das Leben geht weiter, über uns und unsere Wünsche und Meinungen weg, und ich glaube daran, daß wir alle unfehlbar geprüft und gerichtet werden.

Du sprichst vom »Brotbacken«, mit dem Du die Kunst vergleichst. Aber ein Bäcker, der sich noch so glühend für eine Meinung oder Gesinnung einsetzt, und in jedes Brot einen Wahlzettel seiner Partei mit einbäckt, wird unfehlbar von denen, die sein Brot essen, eben doch bloß daraufhin geprüft werden, ob sein Brot gut ist, sich verdauen läßt und Kraft gibt. Wenn Homer und Goethe und alle die anderen Dichter, die Du mit ihren »privaten« Standpunkten so verachtest, nicht sehr gutes Brot gebacken hätten, so würde ihr Brot nicht heute noch für Menschen eine Speise sein können.

(Aus einem Brief, Anfang März 1937, an seinen Sohn Heiner)

Am 5. März brachten Sie eine Notiz über den Verlag S. Fischer, in der Sie die Vermutung aussprechen, der Verlag sei nun »völlig gleichgeschaltet«. Ich habe schon einmal, vor drei Jahren, Ihre Redaktion gebeten, mit solchen, im Grunde ja diffamierenden Notizen, doch etwas vorsichtig zu sein. Wie es scheint, hat bei Ihrer Redaktion niemand eine Ahnung von den unendlichen Schwierigkeiten, Kämpfen und Opfern, unter denen wir paar übriggebliebenen Autoren und Verleger in Deutschland arbeiten, die sich schweigend der Gleichschaltung entziehen und eine kulturelle Tradition über diese Zeit hinaus anstreben. Der Verlag Fischer und sein Leiter Suhrkamp gehören in dieser Arbeit zu den wertvollsten Kräften.

Selbstverständlich dürfen Sie davon in Ihrem Blatt nichts sagen, selbstverständlich muß unsre Arbeit in aller Stille geschehen – sie geschieht, weiß Gott, nicht um der Anerkennung willen. Aber daß Blätter wie das Ihre bei solchen Gelegenheiten nicht nur ahnungslos sind, sondern sogar die wertvollsten Kräfte mit Bemerkungen wie »gleichgeschaltet« bemängeln, ist ganz einfach Versündigung. Meine (offenbar auch verlorengegangene) Besprechung des Fischer-Almanachs deutete über diese Dinge so viel an, als heute öffentlich gesagt werden darf, und sie hätte Ihre Leser sehr viel wahrhaftiger orientiert als die jüngste Notiz!

(Aus einem Brief vom März 1937 an Otto Kleiber, »National-Zeitung«, Basel)

Zu den Stimmen, auf welche zu hören sich lohnt, gehört die des russischen Soziologen und Zeitkritikers Berdjajew. Seine neue Schrift[1] wiederholt und präzisiert zum Teil seine früheren Kritiken am Marxismus, und zeichnet in dem beachtenswerten Kapitel »die geistige Aristokratie« Wesen und Bedeutung der geistigen Arbeit innerhalb der heutigen sozialen Schichtung auf eine fruchtbare und edle Weise, hier sagt er das Natürliche auf eine Art, die wie neu klingt, so sehr ist über dem wohlfeilen Schematisieren der klassen- und parteimäßig eingestellten Presse das Niveau verlorengegangen. Im übrigen gilt der Kampf des Autors keineswegs einseitig den Theorien und Methoden des Kommunismus als der Verbürgerlichung des Geistes, von welcher für ihn die marxistischen Denk-Schablonen nur eine Abart bedeuten. Worum es ihm geht, das ist vor allem die Erweckung der Gewissen zur Wahrhaftigkeit, auch im Klassenkampf, den er nicht leugnet noch beschönigt, und in dem er durchaus auf Seiten der Unterdrückten steht.

(Aus der »National-Zeitung«, Basel, vom 18. 4. 1937)

Indessen wird das Gesicht der Welt und Zeit sich immer neu verwandeln, versteifen, verfratzen und wieder entspannen, und auch die häßlichen und rohen Bewegungen des Zeitgeistes sind Zuckungen des suchenden Menschengeistes. Im Zurückblicken sieht man es deutlich: im Überdauernden, in den Werken des Geistes, den Bibeln und Philosophien, sind in den Jahrtausenden die »Entwicklungen« sehr gering gewesen; vom alten Indien bis zum Thomas von Aquin oder Ekkehard ha-

1 Nikolai Berdjajew, »Christentum und Klassenkampf«, Nova Verlag, Luzern, 1937.

ben, unter wechselnden Bildern, stets die gleichen Wahrheiten gegolten. Freilich, sie gelten nur für die Wissenden, nicht für die Welt und Masse. Und die Wissenden sind immer nur wenige. Aber vielleicht bedürfen sie der Masse, die sie umhüllt und verbirgt, ebensosehr wie die Masse ihrer bedarf.

(Aus einem Brief von 1937 an Helene Welti)

Den Briefwechsel«[1] von Thomas Mann habe ich gelesen, im Ganzen bin ich durchaus derselben Auffassung wie er. Nicht richtig scheint mir nur die überspitzte Formulierung, die ganze Welt mit einziger Ausnahme Deutschlands wolle den Frieden, Leider ist es nicht so. Zum Krieg bereit ist Italien, ist Japan, und kriegsfördernde Mächte gibt es noch da und dort. So bekomme ich zuweilen eine neue französische Monatsschrift »La Phalange« zugesandt, worin ein wilder Faschismus, eigentümlich mit römischem Klerikalismus gemischt, wahre Orgien feiert.

(Aus einem Brief vom April 1937 an Helene Welti)

Da es sich bei dem Verlag Fischer und der N[euen] Rundschau um einen der wenigen ernsthaften und aufrichtigen Versuche handelt, in Deutschland gewisse gute Traditionen gegen den Strom durchzuführen, möchte ich diesem Mann, Herrn Suhrkamp, gern dabei helfen.

(Aus einem Brief vom 15. 4. 1937 an Rudolf Hunziker)

Einige gute Bekannte werden heuer 60, z. B. Sieck am 18. 4. (der Simpl. bringt ein gutes Porträt von Gulbransson mit einem Jubelkantus von mir). Für Hesse (2. 7.) läßt sich bei seiner offiziellen Unbeliebtheit leider nichts Ähnliches machen. Zum Privatgebrauch hab' ich einen Vierzeiler geschnitzelt:

Die ganze deutsche Presse
notiert für Hesse Baisse.
Ja, gäb' es noch den Mosse,
dann hätte Hesse Hausse!...

(Aus einem Brief von Hans Erich Blaich [Dr. Owlglass] an Erich Schairer vom 10. 4. 1937)

1 Thomas Mann, »Ein Briefwechsel«, Oprecht Verlag, Zürich, 1937.

Daß der Simplicissimus eines Mitarbeiters (seit 1905) nach mehr als 30 Jahren nur ohne Nennung seines Namens gedenkt, paßt zu allem andern. Ihnen aber danke ich für's Gedenken! Mitten in einer Welt ohne Gedächtnis, ohne Treue, ohne Aufrichtigkeit erblickt man einen solchen Einzelnen mit Freude.

(Aus einem Brief vom Juli 1937 an Simplicissimus-Redakteur Hans Erich Blaich [Dr. Owlglass])

Entgegen anders lautenden Meldungen stelle ich ausdrücklich fest, daß ich im Einvernehmen mit dem Herrn Reichsminister für Volksaufklärung und Propaganda und der Parteiamtlichen Prüfungskommission zum Schutze des NS-Schrifttums aus bestimmten Gründen die Ansicht vertrete, daß der Schriftsteller Hermann Hesse zukünftig keinerlei Angriffen mehr ausgesetzt und daß demnach die Verbreitung seiner Werke im Reich nicht behindert werden soll.[1]

(Aus den »Vertraulichen Mitteilungen für die Fachschaft Verlag«, hersg. von der Reichsschrifttumskammer, Berlin, vom 27. 5. 1937)

1 Diese Mitteilung verschweigt, daß dies nur für einen Teil der Werke Hesses galt. Für Hesses zeitkritische Bücher erhielt der S. Fischer Verlag keine Nachdruckerlaubnis: für »Unterm Rad«, »Der Steppenwolf«, »Betrachtungen« (mit einigen der während und nach dem Ersten Weltkrieg entstandenen politischen Aufsätze), »Eine Bibliothek der Weltliteratur« und »Narziß und Goldmund« (wegen eines in der Erzählung vorkommenden Pogroms). Insgesamt waren während der Jahre 1933 bis 1945 in Deutschland 20 Hesse-Titel (einschließlich der Nachdrucke) erhältlich, die im Verlauf der 12 Jahre eine Gesamtauflage von 481 Tsd. Exemplaren erreichten (das entspricht noch nicht einmal der Zahl von Hesse-Büchern, die heute in Deutschland innerhalb eines halben Jahres ausgeliefert wird), wobei allerdings 250 Tsd. auf das 1943 erschienene Reclam-Bändchen »In der alten Sonne« und 70 Tsd. auf die kleine, 1934 in der Insel-Bücherei erschienene Gedichtauswahl »Vom Baum des Lebens« entfielen. »Das Glasperlenspiel« mußte 1943 in der Schweiz erscheinen, nachdem 1942 vom Propagandaministerium die Druckerlaubnis verweigert worden war.

Hermann Hesse und der deutsche Buchhandel

Wer die Vorgänge des geistigen Lebens aufmerksam verfolgt, und zweifellos tut das jeder Buchhändler, dem werden die Auseinandersetzungen noch in Erinnerung sein, die es vor einigen Monaten um Hermann Hesse gegeben hat. Diese Auseinandersetzungen waren denen, von denen sie geführt wurden, durch den Dichter selbst aufgezwungen worden, der sich in einer ausländischen Zeitschrift betont für Werke emigrierter Literaten eingesetzt und der im gleichen Zusammenhang ebenso betont das Vorhandensein einer wirklichen deutschen Dichtung geleugnet hatte. Hermann Hesse, der in dem württembergischen Städtchen Calw geboren ist, geriet bei dieser Auseinandersetzung derart aus dem Häuschen, daß er nicht vor der traurigen Geschmacklosigkeit zurückscheute, sein eigenes Nest zu beschmutzen und gegen die gegen ihn erhobenen Vorwürfe die Tatsache auszuspielen, daß er ja nicht deutscher Reichsangehöriger, sondern – Schweizer sei!

Für alle, die die ersten Bücher Hermann Hesses geliebt haben, war dieser Dichter mit seiner späteren Entwicklung schon lange zu einer schmerzlichen Enttäuschung geworden. Besonders zeigte er immer dann, wenn er den Boden der künstlerischen Aussage verließ, daß er wenig oder gar kein Verständnis für das besaß, was seinem Volke wirklich not tat. Wem klänge nicht noch der unlautere Lärm in den Ohren, mit dem Hermann Hesse die Revolte von 1918 begrüßte! Zur Erinnerung seien einige Sätze aus den »Betrachtungen« von Hermann Hesse, die er dem Novembersturz von 1918 widmete hier angeführt: »Nein, diese herrliche, ungewollte, machtvoll plötzliche Bewegung ist nicht aus Klugheiten und Berechnungen geflossen, sie kam aus dem Herzen, aus Millionen Herzen. Möge nun, was aus dem Herzen kam, herzlich und wahrhaftig fortgeführt werden! Widerstehen wir der Versuchung zu allen effektvollen, theaterhaften, hysterischen Heroismen, spielen wir nicht die Trotzigen, zu unrecht Gezüchtigten, und halten wir uns namentlich nicht daran, daß wir denen, die jetzt unsre Richter spielen, das Recht dazu aberkennen! Ob unsre Feinde dieses furchtbaren Rechtes würdig sind oder nicht, das ist für uns von gar keiner Bedeutung.« (»Betrachtungen«)

Mit derartig gewissenlosen, von jedem natürlichen Volksemp-

finden verlassenen Sprüchen also trat ein Mann, den unser Volk bis dahin für seinen ersten Dichter gehalten hatte, in einer der bittersten Schicksalsstunden seiner Geschichte vor dieses gequälte und gedemütigte Volk, das er meinte, zur Liebe der ihm angetanen Schmach auffordern zu müssen! Man komme nun nicht mit der billigen Entschuldigung, daß es die deutschen Dichter damals alle samt und sonders nicht besser gewußt hätten! Das ist eine infame Lüge! Wir wissen ganz genau, wer sich z. B. unter jenen begeisterten Aufruf schrieb, mit dem sich einige deutsche Dichter und Künstler 1918 auf den bekannten »Boden der Tatsachen« und der damaligen Regierung zur Verfügung stellten. Es ist unter ihnen kaum ein Dichter, der uns heute wirklich noch etwas zu sagen hätte. Diejenigen aber, deren Kunst in enger Verbindung mit dem Leben und Schicksal ihres Volkes erwuchs, haben diesen Schwindel nicht mitgemacht. Vergleichen wir z. B. mit den Sätzen Hermann Hesses, die wir oben angeführt haben, die folgenden Sätze aus einem Aufruf, mit dem sich 1918 in der gleichen bitteren Stunde ein Mann wie Richard Dehmel vor sein Volk stellte: »In dieser verhängnisvollen Stunde, die vielen Edelsten aller Völker vor Trauer und Scham den Mund verschließt, dürfen wir deutschen Dichter nicht schweigen. Aufblickend zu dem heiligen Stern, der Deutschlands dunkelstes Weihnachtsfest mit letztem Hoffnungsschimmer beglänzt, erheben wir feierlichen Einspruch gegen die Vergewaltigung, die der Völkerbund unserem Vaterland antun will.« Hört sich das nicht anders an als der Schmus Hermann Hesses, der aus den oben angeführten Sätzen spricht? Es ist völlig falsch, den Dichter gerade in schweren Schicksalsstunden seines Volkes unter ein besonderes Recht zu stellen. Wer in solchen Stunden am Schicksal seines Volkes vorbeiredet, wer sich dazu verleiten läßt, dieses Schicksal gar noch zu verhöhnen, der versündigt sich mehr gegen das Leben der blutgebundenen Gemeinschaft, der er angehört, als irgendein armer verführter Teufel, der, ohne zu wissen, was er tut, irgendwelche blödsinnigen Phrasen wiederkäut und nachschwätzt, und er hat das Recht, unsere Teilnahme für sein Schaffen zu fordern, verwirkt.

Hermann Hesse feiert am 2. Juli dieses Jahres seinen 60. Geburtstag. Es scheint sich aus Anlaß dieses Jubiläums einiges zu tun. Besonders beobachten wir, daß die Werke Hermann Hesses, die vom S. Fischer Verlag verlegt werden, gegenwärtig dem deutschen Buchhandel mit besonderem Nachdruck von gewissen Seiten aufgeredet werden sollen. Doch es ist wohl kaum anzunehmen, daß diese Bestrebungen einen stärkeren Erfolg haben werden. Der deutsche Buchhandel wird gerade in diesem Falle wissen, was er zu tun hat. Er wird denjenigen unter seinen Kunden, die noch Hesse-Verehrer sind, die nötigen Hinweise auf die Art und Weise geben, wie sich der Dichter selbst außerhalb seiner Schicksalsgemeinschaft seines Volkes gestellt hat. Und sicher wird auch Hermann Hesse konsequent genug sein, um nicht zu erwarten, daß er mit seinen Büchern in einem Volk noch Geschäfte macht, dem er nach eigenem Bekenntnis gar nicht mehr angehören will.

(Aus: »Der Buchhändler«, Reichenberg, 1937, Heft 4)

Den Tag Deines 60sten Geburtstages, an dem vieler Menschen Gedanken voller Dankbarkeit und Verehrung sich auf Dich richten, empfinde ich als großen und wichtigen. Es ist schön, daß es solche Tage gibt, an denen derjenige, der durch Jahrzehnte hindurch geschenkt hat, nun die Herzlichkeit und Wärme der Beschenkten verspüren darf. Für die ist es insbesondere schön, den legitimen Anlaß zu haben, auszusprechen, was sie denken und fühlen.

Hermann Hesse, der Dichter, ist eine Gestalt, die den Wert menschlicher Existenz symbolisiert; daß er leiblich unter uns lebt und uns nahesteht, ist in einer Zeit, in der die Persönlichkeit zur Rarität geworden ist, ein großes Glück. Ein solcher Tag hebt es aus dem Wust des Alltags klar ins Bewußtsein.

Daß ich Dich Freund nennen darf, gehört zum Wertvollsten und Bedeutendsten was ich besitze. Zum größten Schmerz, daß ich nicht mehr Dein Werk betreuen kann, für das ich, neben ganz wenigen noch, meine ganze Arbeit einzusetzen bereit war. Aber ich fühle mich trotzdem – vielleicht ist es nur eitle Hoffnung – nicht getrennt von ihm. Ich warte. Eines Tages werden vielleicht doch noch meine Hoffnungen erfüllt.

Nun sehe ich Dich vor mir, eben sah ich Dich wirklich in dem Film, den ich einmal von Dir machte – Dein Gesicht voll Güte und Leid, und ich wünschte, ich könnte Dir die Hand drücken und Dir sagen, was ich Dir an Schönem für Dein Leben wünsche.

(Aus einem Brief von Gottfried Bermann Fischer vom 1. 7. 1937 an Hermann Hesse)

Der Dichter Hermann Hesse und wir

In diesen Wochen begeht der ehemalige reichsdeutsche Dichter Hermann Hesse seinen 60. Geburtstag. Hesse wurde früher in Deutschland viel gelesen. Er ist durch einige Romane im Stile Gottfried Kellers bekannt geworden, durch seinen Roman um junge Menschen »Peter Camenzind« und hat später im Thomas-Mann-Stil eine Reihe von Arbeiten verfaßt, die dem Buddenbrockschen Degenerationsprinzip Folge leisteten. Dieser Autor ist als politische Erscheinung eine Art Chamäleon. Das hat uns eine aufschlußreiche Auseinandersetzung im Jahre 1935/1936 bewiesen, als Hesse von dem Dichter und Kulturpolitiker Will Vesper wegen außerordentlich fragwürdiger Buchbesprechungen in »Bonniers Lit. Magasin«, das von dem jüdischen Verlag Bonnier in Schweden herausgegeben wird, öffentlich zur Rede gestellt wurde. Hermann Hesse hat sich bei diesen und ähnlichen Betrachtungen eindeutig für die Literatur der geistigen und tatsächlichen Emigration ausgesprochen und die neue deutsche Dichtung als eine »primitive Dogmatik« mit »pathetischen Glaubenssätzen« bezeichnet. Er hat den nachwachsenden Dichtern Deutschlands Konjunkturrittertum vorgeworfen und die deutsche Kunstbetrachtung als »vollkommen verwirrt« und »ohne gesunde Instinkte« bezeichnet.

Über diese Überheblichkeiten brauchen wir hier nicht zu rechten, denn sie rücken den Schriftsteller Hesse in grelles Licht, zeigen seine Abhängigkeiten auf und deuten wieder einmal an, wie ungesund es ist, wenn man Kultur und Dichtung als ein internationaler Büttel veranstaltet, ohne die organischen Voraussetzungen einer neu emporwachsenden Haltung zu kennen. Das ist im Grunde nur ein hysterischer Schrei, ein ohnmächtiger Wutschrei darüber, daß die Deutschen nun einmal endlich ihre Geschicke in die eigenen Hände genommen haben.

Hermann Hesse stellte damals – unseres Wissens zum ersten Male vor der Öffentlichkeit (im Jahre 1935/1936) – fest, daß er seit über zwei Jahrzehnten die schweizerische Staatsangehörigkeit besäße und auch seinen festen Wohnsitz nicht gewechselt hätte. Dieser Tatbestand war uns im Reiche neu; denn wir hatten von Hermann Hesse als deutschen Autor eines Berliner Verlages stets nur gehört. Plötzlich wurde die Maske gelüftet, und es zeigte sich, daß ein von seiner Zeit geschätzter Autor die sichere

Schweizer Luft vorgezogen hatte, als die Welt in Brand und Aufruhr versetzt wurde. Das stimmt zumindest nachdenklich, wenn wir zurückschauen, und läßt den Autor Hermann Hesse noch stärker als Pazifisten heraustreten, wie man es allerdings hier und dort schon aus seinen Arbeiten wußte. Das wollen wir heute betonen, um die Situation zu klären und um dem deutschen Lesepublikum der Ästhetenliteratur alten Schlages die Sachlage darzustellen!

Wir sind uns bewußt, daß eine Reihe von Leuten Hermann Hesse wegen seiner sog. Romantik verehren. Wir sind auch die Letzten, die den Reiz seiner Werke – namentlich auf Leserinnen – nicht erkennen. Immerhin erscheint es uns doch ratsam, eine deutliche Trennung der Hesseschen Werke etwa zu Emil Strauß zu ziehen. Strauß und Hermann Hesse kommen beide aus dem schwäbischen Stammeskreis, und doch sind sie in ihrer Kunst und Haltung verschieden. Beide beginnen in Gottfried Keller-Anklängen. Strauß erreicht die klassische Haltung seines Vorbildes, Hesse verniedlicht seine Begabung, verfällt ins Spiel mit dem Wort, mit der Form und verliert, sich dadurch in die Niederungen der Zivilisationsliteratur. Er zieht sich zurück von seinem Volk, wechselt seine Nationalität ohne jedoch jemals leugnen zu können, daß er deutscher Abkunft ist; er hängt in der Schweiz einem erträumten Wertherschicksal nach. Seine neue Umgebung stempelt ihn zu einem sogenannten »guten Europäer«, dabei ist er ein Mensch, der sehr allein lebt. Das ist vielleicht seine Tragik. Man hat Hesse mit dem Schweizer Dichter Jakob Schaffner verglichen. Das führt in den entscheidenden Phasen zu grundsätzlichen Verschiedenheiten. Schaffner hat des öfteren in Wort und Schrift den Bemühungen unseres Volkes zugestimmt und, wie er z. B. in einem Roman »Eine deutsche Wanderschaft« beweist, unsere Kultur und das Beste in unserer Seele tief begriffen. Er hat gerade die sozialen Errungenschaften Deutschlands gelobt und die nimmer müde werdende Arbeit und Fürsorge des Staates für den Arbeiter erkannt. Schaffner ist ein Mann der Entscheidungen, damit ein wirklicher Dichter. Hesse aber bleibt auch dichterisch in selbstquälerischer Einsamkeit und ist enttäuscht und wundert sich, wenn wir heute zwischen uns und ihm einen klaren Trennungsstrich ziehen.

Wir Jungen haben nun einmal keinen Sinn für sein Ästhetentum. Mehr, wir haben auch wenig Verständnis für seine interna-

tionale Bekenntnisfreudigkeit. Wenn schon jemand sein Volk verläßt und Staatsbürger einer anderen Nation wurde, dann soll er wenigstens soviel Takt und Anständigkeit besitzen, nicht in anderen Ländern über sein Mutterland herzuziehen. Da verlangen wir mehr Haltung. Wir haben beispielsweise nie gelesen oder gehört, daß Jakob Schaffner, der bekanntlich im Reiche lebt (aber Schweizer Staatsbürger blieb), seine Heimat angriff oder ihre Kultur, ihre Dichter in einer herabsetzenden Form betrachtete!

Wir möchten wünschen, daß die deutschen Leser diesen Fragenkreis verstehen. Es geht nicht um irgend etwas Beliebiges, sondern es geht um die Kernfrage, ob wir uns durch eine überholte Romantik täuschen lassen und in den Schoß der Ästheten der Jahrhundertwende zurückkehren oder ob wir nun tatsächlich die Totalität der Kunst anerkennen wollen. Dann müssen wir aber den Trennungsstrich zwischen Hermann Hesse und der deutschen Dichtung der Gegenwart ziehen.

(Heinz Grothe in der »National-Zeitung«, Essen, vom 3. 7. 1937)

Herr [Max] Picard[1] *brachte eines Tages seinen Hausbesuch, den gerade aus Deutschland eingetroffenen Schriftsteller Ernst Wiechert*[2] *mit. Dieser erzählte viel von dem gepeinigten Dasein, das er, seine Familie und seine Gesinnungsgenossen führten. Er lebe sozusagen unter dem Schutz von Goebbels, der große Stücke auf ihn halte. So sei es ihm gelungen, Freunde und Kollegen aus Gefängnissen zu befreien und ins Ausland zu schaffen. Hesse beschwor Wiechert, nicht mehr zurückzufahren, auf die Gunst des Herrn Goebbels sei kein Verlaß – er werde früher oder später im KZ landen. Wiechert sagte, daß er sich darüber klar sei, daß er aber bis dahin noch eine Anzahl Menschen retten könne, während er, wenn er in der Schweiz bliebe, nur tatenlos zusehen könnte. Er fuhr nach München zurück, Hesses Prophezeiung erfüllte sich nur zu rasch – nach einer Rede in der Universität München wurde Wiechert verhaftet.*

1 Max Picard (1888-1965), Schriftsteller, wohnte damals bei Montagnola.
2 Ernst Wiechert (1887-1950), Lyriker und Romancier. Der Besuch bei Hesse fand am 23. oder 24. 10. 1937 statt. 1938 kam Wiechert für zwei Monate in das KZ Buchenwald.

Herr X. überbrachte eines Tages eine Einladung seiner geschiedenen Frau T., die sich ein Haus in A. gebaut hatte. Die Einladung wurde angenommen und X. und der Maler Moilliet holten uns in ihrem Wagen ab. Nach Besichtigung der Wohnräume und des Gartens wurde ein Mittagessen serviert. Währenddessen mußte Ninon sich die Hände waschen und wurde durch das Schlafzimmer ins Badezimmer geführt. Sie kam totenbleich zurück und flüsterte mir zu: »Im Schlafzimmer hängt ein großes Hitlerbild.« Hesse bemerkte ihre Verstörtheit und auf seine Frage meldete Ninon über den ganzen Tisch hinweg, was sie gesehen hatte. Hesse verlangte Aufklärung von Frau T., und sie sagte: »Ich verehre Hitler über alles.« Hesse sprang auf, dunkelrot im Gesicht, zitternd, mit geschwollenen Stirnadern – an die Worte, die er sagte, kann ich mich nicht erinnern, weil wir alle so erschrocken waren und für ihn fürchteten, weil er sich so maßlos aufregte. Herr X. versuchte ihn zu beruhigen, T. sei kein politischer Mensch, sie stehe unter dem Einfluß eines Nazi-Gigolos, der auch der Grund für ihre Scheidung gewesen sei. Der Besuch wurde abgebrochen und man fuhr in bedrückter Stimmung nach Montagnola zurück.

(Aus einem Brief von Nellie Seidl an Heiner Hesse vom 19. 6. 1972)

Da gab es eine Freundin von mir, eine Dame von gutem Geschmack, Schweizerin, aus liberal denkender, guter Familie. Die hatte sich in einem Geheimkämmerchen ihrer Wohnung ein Privatheiligtum eingerichtet. Einmal, in einer Stunde besonderen Vertrauens, hat sie es mir gezeigt. Da stand allein für sich an der Wand ein Möbel, wie ein Bücherschaft, von einem Vorhang zugedeckt, und als der Vorhang weggezogen war, erschien auf dem oberen Boden ein halb lebensgroßes Hitler-Bild (es war um 1934), daneben stand ein Leuchter mit Kerzen und lag links das Neue Testament, rechts, schön gebunden, »Mein Kampf«. Im unteren Fach aber stand, Band an Band in hellblauem Leinen, alles was je an Büchern von mir erschienen war. Es war das Groteskeste, was ich je erlebt hatte, nie bin ich so wütend und zugleich so verlegen gewesen.

(Aus einem Brief, 1950, »an den Verfasser einer Broschüre über mich«)

Die heutige Weltlage hat Jacob Burckhardt, namentlich in seinen Briefen an Preen[1], schon von etwa 1866, noch stärker von 1871 an, aufs deutlichste vorausgeahnt. Ihm bedeutete Bismarck und die deutsche Machtanhäufung den ersten Schritt zu einem Zustand, der heute erreicht ist und den Burckhardt, namentlich als Gelehrter und Kunstfreund beklagenswert fand, denn wenn die Welt ohnehin dem Geist und den Künsten nicht viel nachfragt, tut sie es in heroischen und »großen« Zeiten noch weniger. Tatsächlich leben wir ja mitten im Krieg und es ist falsch, das noch »Frieden« zu nennen, wenn sämtliche Völker sich an Rüstungen verbluten, Überfälle ohne Kriegserklärung hier und dort erfolgen, und in einigen Völkern nicht nur zwei Drittel aller Kräfte auf Krieg hinarbeiten, sondern auch systematisch dem Volk von frühster Jugend an der Krieg als die natürliche und wünschenswerte Lebensform verkündigt wird. Da ist man gern ein alter Mann, denn die Fortsetzung dieser Weltgeschichte wird grauenhaft sein, wohl dem, der nicht viel mehr davon mitansehen muß. Aber vorerst atmen wir noch den Scheinfrieden und können ja ohnehin den Gang der Dinge nicht aufhalten. Da wollen wir uns des Guten freuen, das es trotz allem gibt, und wozu vor allem Freundschaft und Liebe zwischen den Menschen gehören.

(Aus einem Brief vom 31. 12. 1937 an Arthur Stoll)

Da schon alte Institutionen wie die konfessionellen Kirchen mit ihrem ganzen Apparat sich heute zu schwach zeigen, dem politischen Immoralismus Widerstand zu leisten, da das protestantische Deutschland das Großwerden des Hakenkreuzes nicht hindern konnte, der Papst[2] mit dem Duce paktiert hat, und italienische Kriegsschiffe von Erzbischöfen geweiht werden – wie soll da der gute Wille und Idealismus von uns Einzelnen, einer unorganisierten und zum großen Teil aus Unorganisierbaren bestehende Schar Gutgesinnter, Einfluß auf die Welt gewinnen? Ich glaube, daß der Mechanismus des modernen Staates und der modernen, gott- und geistfernen Menschheit sich in sich selbst auflösen, in Kriegen etc. austo-

1 Vgl. »Jacob Burckhardts Briefe an Friedrich v. Preen«, Stuttgart u. Berlin, 1922.

2 Papst Pius XI.

ben und zertrümmern muß, ehe Neubildungen möglich sind.

So spreche ich als alter Mann. Aber ich weiß und glaube auch das Gegenteil, nämlich daß jeder von uns, trotz aller offensichtlichen Unmöglichkeiten, das Seine tun und das Unmögliche mit seinen Mitteln anstreben soll, auch wenn es nirgends hinführt als in ein Martyrium – dies kann ja unter Umständen die wirksamste Art von Opfer sein. So strebe ich, als Dichter, danach, einer kleinen Anzahl von Menschen, die gerade mich verstehen und meinem Einfluß erreichbar sind, inmitten der Geld- und Kriegsmaschinerie, zu der die Welt geworden ist, ein beseeltes Leben, oder doch die Sehnsucht nach ihm, zu erhalten. Inmitten der Kanonen und Lautsprecher unsre kleinen Flöten spielen, die Aussichtslosigkeit unsres Tuns und auch seine Lächerlichkeit auf uns nehmen, das muß unsere Form von Tapferkeit sein.

(Aus einem Brief, Anfang Februar 1938, an Fr. A.)

Ich habe, von vielen Jugendsünden abgesehen, nicht das Gefühl, mich meinen Pflichten entzogen zu haben, und bin nun etwas bestürzt, als alter Mann von Ihnen an meine »Pflicht« erinnert zu werden. Und gerade im Verhältnis zu Deutschland, d. h. zum politischen und aktuellen Deutschland, habe ich seit 1914 nach meinem Gefühl durchaus richtiger und klarer gehandelt, als die Mehrzahl der Emigranten, die seit einigen Jahren plötzlich gemerkt haben, daß dort nicht alles stimmt, und uns andern nun mit ihrem Besserwissen auf die Schulter klopfen. Allerdings war mir die Haltung zum Teil erleichtert: ich konnte, statt zu konvertieren, in das Schweizer Bürgerrecht zurückkehren, das ich schon als Kind besessen hatte. Immerhin war auch damit genug Schwieriges verbunden.

Was das »heimliche« Deutschland, das der Sprache, Dichtung, Kultur betrifft, so habe ich mich stets dazu gerechnet und tue es weiter, auch wenn Sie diese Zugehörigkeit davon abhängig machen wollen, wie weit ich für Ihre Unternehmung[1] als Mitarbeiter in Betracht komme. Ich gehöre auch darin zum heimlichen Deutschland, daß ich sehr viel auf meine Unabhängigkeit und mein eigenes Gewissen halte und mich sehr ungern auf die Schulter klopfen und von andern über meine Pflichten

1 Ferdinand Lion war Redakteur der von Thomas Mann und Konrad Falke herausgegebenen Zweimonatsschrift »Maß und Wert« (1937-1940).

belehren lasse. Alles, was ich in Jahrzehnten getan habe, war ein Mitarbeiten am heimlichen Deutschland, und mit den Jahren wurde aus dem unbewußten Mitarbeiten mehr und mehr ein bewußtes.

(Aus einem Brief vom 16. 2. 1938 an Ferdinand Lion)

Der Mensch macht heute den Versuch, sich in etwas andres zu verwandeln als was er 10 000 Jahre war, und das macht nur den Jungen Spaß und denen, die dabei zu kommandieren haben.

Indessen ist die andere Welt vorhanden, die echte und helle, sie ist es nicht bloß im Gedenken an Mozart oder beim Lesen eines alten Buchs, sie lebt auch in uns, klein und schwach, und einen Funken von ihr wiederzugeben ist die letzte unsrer Pflichten.

(Aus einem Brief vom 17. 2. 1938 an Cecilie Clarus)

Mögen Sie mit Österreich recht behalten! Ich sehe in die politischen Details nicht hinein, will das auch nicht, desto mehr achte ich auf die moralisch-seelische Gesamtbilanz in der Welt. Und da scheint es mir, daß die Tapferkeit der Rede Schuschniggs[1] zwar lobenswert, aber doch nicht gar so heroisch ist, sondern daß Berchtesgaden der Ort war, wo er sich wirklich tapfer hätte zeigen sollen.

(Aus einem Brief vom 3. 3. 1938 an Arthur Stoll)

Mit Österreichern haben auch wir stets zu tun. Ich selber habe eine Reihe lieber alter Freunde dort, die zum Teil gefährdet sind, und meine Frau hat dort alle ihre Angehörigen und Freunde, sie ist Österreicherin gewesen. Über die Möglichkeiten für Emigranten habe ich mich, nachdem ich schon früher viel damit zu tun gehabt, neuerdings beim Völkerbund und den Komitees informiert, es ist sehr schwach damit bestellt, am

1 Kurt Schuschnigg (* 1897), damals österr. Bundeskanzler, schloß am 12. 2. 1938 mit Hitler das »Berchtesgadener Abkommen«, in dem er die Aufnahme von Nationalsozialisten in die Regierung zugestand und Österreich außenpolitisch und militärisch der deutschen Politik unterwarf. Die unmittelbar darauf von ihm kurzfristig angeordnete Volksabstimmung über die österr. Unabhängigkeit wurde von Hitler als Vertragsbruch ausgelegt und war der Vorwand für den deutschen Einmarsch in der Nacht vom 12. 3. 1938.

tätigsten ist die Fürsorge der jüdischen Kultusgemeinde in Zürich.

Im Dritten Reich bin ich vollkommen unten durch, mit Recht, wenn ich auch noch nicht verboten bin, worauf ich aber warte. Eine Empfehlung oder ein Eintreten von mir im Dritten Reich zugunsten von Internierten etc. würde im besten Fall ein Gelächter zur Folge haben, wahrscheinlich aber den vor mir Empfohlenen geradezu schaden. Freunde von mir sind in Gefängnissen der Gestapo gesessen, sitzen zum Teil noch dort.

Ich bin schon wieder von Besuchen überlaufen, wie soll das erst im Sommer werden? Ich freue mich auf den Tag, wo ich zur Ruhe eingehen darf. Daß ich vorher noch einmal leidlich frisch und ausgeruht an meine eigene Arbeit werde gehen dürfen, glaube ich nicht. Den Morgen nimmt die Post, dann bin ich mit den Augen fertig, und den größern Teil des Jahres sind Gäste und Besuche da, oft mehrere an einem Tag, im Sommer bis zu 8 und 10, und hängt man einen Zettel an die Tür und bittet um Schonung, dann bleiben die Feineren weg, und die Üblen kommen doch, die Mehrzahl davon ist ja auch in Not, Emigranten, arme Kollegen etc. oder Reichsdeutsche, die zu Hause in der Hölle leben und ein Trostwort suchen.

(Aus einem Brief vom Frühjahr 1938 an Carl Seelig)

Von dem neuen Überfall auf Thomas Mann (Krieck)[1] hörte ich durch die Zeitung, den Aufsatz zu lesen kann ich mir nicht leisten, dazu ist das Leben zu kurz. Ich bin überzeugt, daß er scheußlich ist. Viel schlimmer fand ich, daß in einem an sich sehr schönen Vortrag, den er neulich hielt, der 70jährige Wilhelm Schäfer es nicht lassen konnte, hämische Bemerkungen über Mann und den Nobelpreis anzubringen. Daß ein anständiger Autor, ein anständiger und verantwortlichkeitsbewußter Mensch von 70 Jahren wie Schäfer so entgleisen kann, zeigt, wohin in kurzer Zeit die Moral eines ganzen Volkes kommen kann, wenn die Führung teuflisch ist.

(Aus einem Brief vom 11. 3. 1938 an Otto Basler)

1 Ernst Krieck (1882-1947), Pädagoge und rassistischer Anthropologe veröffentlichte 1937 in der Zeitschrift »Volk im Werden« u. d. T. »Agonie: Schlußwort zu Thomas Mann« einen Artikel um T. M. aus der deutschen Literaturgeschichte zu »entrümpeln«.

Kürzlich mußte ich bei Romain Rolland im Auftrag von Freunden anklopfen mit der Bitte, er möge direkt bei Stalin für 3 Personen sich einsetzen, die seit einem Jahr von der Geheimpolizei weggebracht sind. Er schrieb resigniert zurück, es nütze nichts, er selber habe Freunde, die ebenso verschwunden seien, – solange Gorki[1] noch lebte, habe er durch ihn viel erreichen können, aber seit dessen Tod höre in Moskau niemand mehr auf ihn. In Deutschland ist es ja ebenso. Von jenem meiner Freunde, der im Juni 1937 weggeholt wurde, konnte ich bis heute nicht erfahren, wo er sei.

(Aus einem Brief vom 11. 3. 1938 an Helene Welti)

Der Verlust von Österreich[2] war auch für uns sehr empfindlich, meine Frau hat ja alle näheren Verwandten und Freunde dort, und ich habe, unter anderm, dabei den Verleger verloren, mit dem ich für die Zukunft gerechnet hatte.[3] Aus Deutschland bekomme ich zur Zeit nicht einen Pfennig mehr heraus. Wir sind um viele Freunde in Sorge, und die eigenen Sorgen wachsen. Außer dem Sichzurückziehen in den magischen Raum seiner Arbeit gibt es für unsereinen keine Zuflucht in dieser häßlich gewordenen Welt. Sie haben recht, für einen jungen Künstler ist die Welt heut feindseliger als je; aber für einen alten Künstler, der am Ende eines arbeitsamen Lebens zum alten Gerümpel geworfen wird und wieder alle Sorgen der frühern Jahre spüren muß, ist es auch nicht hübsch. Nur nehmen wir Alten es natürlich anders, wir sind mit dem nahenden Ende einverstanden, und Ihr Jungen dürft das nicht sein.

(Aus einem Brief vom Frühjahr 1938 an Peter Weiss)

Ich hatte in Bern auch geschäftlich zu tun, d. h. ich unternahm einige zwar aussichtslose, aber immerhin der Frau wegen nötige Schritte in Sachen der langsamen Aushungerung, die von Deutschland über mich verhängt wird. Sehr ernst nehme ich das Ganze nicht, rechne auch mit dem jeden Tag möglichen Hinausgeworfenwerden, aber bis das eintritt, habe ich der

1 Maxim Gorki war im Juni 1936 achtundsechzigjährig gestorben.
2 Der sog. »Anschluß Österreichs«, der am 12./13. 3. 1938 mit dem Einmarsch deutscher Truppen vollzogen wurde.
3 Gottfried Bermann Fischer, der seinen am 1. 5. 1936 in Wien gegründeten Exilverlag dort wieder auflösen mußte.

notleidenden kleinen Minorität in Deutschland die Treue gehalten, ebenso wie meinem alten Verlag, der in wenigen Jahren als einer der wenigen nicht gleichgeschalteten durch systematische Unterdrückung schon fast kaputt gemacht worden ist.

(Aus einem Brief vom März 1938 an Carl Seelig)

Mir hat die Eroberung Österreichs auch wieder eine Hoffnung verschüttet. Ich war längst entschlossen, nach dem Ablauf meines noch geltenden Vertrags mit Fischer, bei Bermann in Wien zu verlegen, und nun ist das auch dahin. Dr. Bermann, dem ja Anno 34 in Berlin sein Verlag genommen wurde, hat in den wenigen Jahren in Wien wieder einen recht schönen Verlag aufgebaut, nicht nur mit Hilfe der alten, in Deutschland verbotenen Autoren, sondern auch sonst. Nun ist sein Wiener Verlag auch beschlagnahmt, die Nazi nehmen ihn ihm weg, sie nehmen ja alles weg, was gut und teuer ist. Für mich eine große Enttäuschung. Zum Glück ist Bermann mit seiner Familie, von früher her gewitzigt, sofort weggefahren, ist außerhalb Österreichs und wenigstens persönlich in Sicherheit.

(Aus einem Brief vom April 1938 an Georg Reinhart)

Die Eidgenossenschaft ist unter dem Druck der Not entstanden, und hat durch Jahrhunderte vielen Bedrohungen von außen und von innen standgehalten. Stets waren die inneren die gefährlicheren, und so ist es auch heute. Manche Mitbürger nennen heute, durch ausländische Moden verführt, die Formen unsrer Demokratie veraltet und unsere Ideale abgestorben, und finden es nötig, die alte Eidgenossenschaft durch formale Änderungen oder gar durch Nachahmung neuester, noch unbewährter Methoden und Regierungsformen zu erneuern. Diese Meinung mag aus einem guten Willen kommen, sie hält aber keiner ernsten Prüfung stand, am wenigsten einer Prüfung an der Weltgeschichte. Die Weltgeschichte, das sollten wir immerhin nicht vergessen, hat dem eidgenössischen Versuch, Völkerschaften verschiedener Stämme und Sprachen als einen freiwilligen Bund von Gleichberechtigten zu konstituieren, recht gegeben, und der Bund hat Stürme überstanden, von denen scheinbar viel mächtigere Staatsformen weggefegt worden sind.

Die Erneuerung, die der Schweiz not tut, ist vor allem eine Erneuerung der Herzen, vielmehr ein Erwachen zur Wirklichkeit, ein Öffnen der Augen für die Abgründe, die uns umgeben. Der Kampf der Parteien und Klassen ist unsre Gefahr, wie er die jedes heutigen Staates ist. Wir können ihn weder aus der Welt schaffen, noch dürfen wir ihn leicht nehmen, aber wenn wir nicht fähig sind, ihn zu vertagen, oder mindestens ihn der so viel größeren gemeinsamen Gefahr unterzuordnen, dann haben wir die Weltgeschichte schlecht verstanden.

(»Die Eidgenossenschaft«, aus »Civitas Nova«, Lugano, geschrieben im April 1938)

In Zürich waren Bermanns an der Bahn, ich nahm sie mit in die Arch zum Tee, sie ziehen nach Ostern in eine Pension um. Er erzählte viel, z. B. hat er in Bern erfahren, daß einigen antifaschistischen Verlegern in der Schweiz neuestens die Briefpost gelesen wird, und nicht von deutschen Spionen, sondern amtlich im Auftrag der Schweizer Behörden! Einige andre Schweizer Verleger aber hätten sich in Berlin bereit erklärt, eine Art Bekenntnis zum Nationalsozialismus zu unterzeichnen, wenn man der Einfuhr ihrer Bücher nichts in den Wege lege.

(Aus einem Brief vom 18. 4. 1938 an Ninon Hesse)

Erlauben Sie mir, ein Wort für meinen verehrten Kollegen A. Ehrenstein einzulegen; er ist aus dem Kanton Tessin ausgewiesen worden, ohne ein andres Verbrechen begangen zu haben, als daß er Besitzer eines österreichischen Passes ist.

So sehr ich begreife, daß es zu den Funktionen der Fremdenpolizei gehört, die Schweiz vor Überfremdung zu schützen, so unbegreiflich ist mir die oft brutale Härte, mit der von den niederen Instanzen gegen Persönlichkeiten vorgegangen wird, die in Kunst oder Wissenschaft einen Namen haben, die still ihrer Arbeit leben und niemand zur Last fallen.

Es ist für die Schweiz nicht eine Schande und Gefahr, sondern *eine Ehre,* wenn sie von hochbegabten Künstlern, wie A. Ehrenstein einer ist, als Asyl inmitten einer irrsinnig gewordenen politischen Welt aufgesucht wird. Es ist *nicht wahr,* daß das Verbleiben eines Mannes wie Ehrenstein in der Schweiz dem Lande den geringsten Schaden bringen könnte. Wir Schweizer Künstler und Intellektuelle beginnen uns mehr und mehr der rohen Gewalt zu schämen, mit welcher unsre Kanzleien und

Gendamerien wahllos gegen verdiente und von uns hochgeschätzte Kollegen vorgehen.

Herr Ehrenstein, der bis zur Eroberung Österreichs Österreicher war, betreibt zur Zeit seine Aufnahme in die tschechoslowakische Staatsangehörigkeit, die Formalitäten werden jedoch noch einige Monate Zeit erfordern. Ich möchte die Bitte, ihn mindestens so lange in der Schweiz verweilen zu lassen, auf das herzlichste unterstützen.

(Aus einem Brief vom 28. 4. 1938 an die Direktion der Fremdenpolizei)

Wäre unsre Fremdenpolizei auf Hitler vereidigt, so könnte sie nicht prompter in seinem Sinn reagieren. Hier habe ich vielen Erleichterungen verschaffen können, durch Empfehlung an die Fremdenpolizei und persönliches Bürgen für die politische und moralische Integrität der Bedrohten. [. . .]

Zur Zeit arbeite ich, soweit die eigenen Sorgen mir Raum lassen, am Herausbringen einiger uns sehr nahestehender und zum Teil gefährdeter Personen aus Österreich, es geht alles zäh und langsam, man watet wie in Leim, schon weil man ja sich über alles nur auf komplizierten Umwegen und in weithergeholten Andeutungen verständigen kann. Immerhin hoffen wir eine dieser Personen bald hier zu sehen und ihr dann weiterzuhelfen. Und eine sehr liebe junge Freundin von mir sitzt in Schweden und sucht, ehe ihr Paß abläuft, krampfhaft nach einem Mann, der für eine Scheinheirat zu kaufen ist, um sie zur Schwedin zu machen, und natürlich melden sich da nur Gauner. Es ist eine verrückte Welt, zu der unser christliches Abendland geworden ist!

(Aus einem Brief vom 28. 5. 1938 an Georg Reinhart)

Zur Zeit bemüht sich Suhrkamp um eine Erleichterung für mich, denn ich bin zur Zeit infolge devisenamtlicher Schikanen vollkommen von meinen Einkünften abgeschnitten, sie werden alle auf Sperrkonto im Reich geschrieben. Wenn in Lugano jemand ein Buch von mir kauft, so kann ich meine Tantieme davon nicht bekommen, sondern sie wird mir in Berlin auf Nimmerwiedersehen »gutgeschrieben«. Vielleicht geht das vorüber, aber auch dann bleibt stets ein volles Drittel meiner Bezüge so beschlagnahmt. Mein Vertrag mit Berlin läuft Ende 39 ab, vielleicht ist bis dahin auch der »Glasperlenspielmeister« fertig. Auf jeden Fall bin ich sehr froh darüber, Dich wieder mit dem Bau eines Daches über unsern Köpfen beschäftigt, und für mich und Josef Knecht für den wahrscheinlichen Fall des Bruches mit Berlin eine offene Tür zu wissen. Hausieren gehen möchte ich mit meiner Arbeit auf die alten Tage nicht mehr, lieber würde ich auf eine Publikation zu meinen Lebzeiten verzichten.

(Aus einem Brief von Ende Mai 1938 an Gottfried Bermann Fischer)

Danke sehr für Ihren Hinweis aus dem Morgartenverlag. Ich bitte aber, dem Verlag nichts von mir zu sagen, die Sache ist noch nicht reif, und mein Vertrag läuft erst nächstes Jahr ab. Solang es irgend geht, bleibe ich meinem alten guten Verlag treu, einem der ganz wenigen, die sich bewußt und konsequent der Gleichschaltung entzogen haben und aufs bitterste schikaniert werden. Mir hat man z. B. jetzt für mindestens ein Jahr alle meine dortigen Bezüge (es sind meine einzigen) einfach gesperrt. Aber es ist noch nicht soweit, daß ich mit einem andern Verlag anfangen könnte.

(Aus einer Postkarte vom Mai/Juni 1938 an Albert Ehrenstein)

Ich höre in meiner Sache nichts mehr, die Wochen und Monate gehen hin und ich möchte Ihnen heute in Kürze sagen, wie die Lage für mich moralisch eigentlich aussieht. Wir haben einen Vertrag miteinander, dessen Bedingungen ohne Ihre Schuld seit langem nur noch sehr unpünktlich, seit Monaten überhaupt nicht mehr eingehalten werden. Der Vertrag ist, durch Staatsgewalt, gebrochen. Ich bekomme weder die ausdrücklich zur Sicherung meiner Existenz ausbedungenen monatlichen Vorauszahlungen, noch überhaupt etwas von meinen Tantiemen. Ich weiß nicht einmal, was aus den Erträgen Ihrer letzten Abrechnungen etc. geworden ist, ob und wo sie mir auf ein Sperrkonto geschrieben wurden etc. etc. Zugleich habe ich im Verlag Bermann, Wien, mein gutgehendes und früher stets pünktlich honoriertes Buch liegen[1] und kann nicht erfahren, was aus dem Buch und dem Verlag geworden ist. Der Streit darüber, ob man solche Zustände noch legal nennen will oder

1 H. Hesse, »Stunden im Garten«.

nicht, scheint mir unnütz. Ich möchte nochmals erklären, daß mein Vertrag mit Ihnen gebrochen ist, ohne Ihre Schuld zwar, aber eben doch gebrochen, und daß ich, wenn ich nicht bald direkt mit Ihnen eine Einigung über die nächste Zukunft finde, mir natürlich die Verfügung über das, worüber wir den Vertrag geschlossen hatten, vorbehalte. Ich würde dann in Zukunft etwaige neue Bücher im Ausland verlegen und würde baldmöglichst von einigen der früheren Bücher im Ausland neue Ausgaben veranstalten.

Das Verhandeln ist schwierig, denn ich weiß ja sehr wohl, daß ich nicht Sie gegen mich habe, sondern Ihre Behörde. Aber wenn Ihren Behörden die Existenz eines Autors gleichgültig ist, an dem sie jahrzehntelang Devisen etc. verdient haben, dann habe auch ich keinen Grund, in dem alten Verhältnis zu bleiben. Ich verlange, rechtlich und menschlich behandelt zu werden, andernfalls nehme ich an, Ihre Behörde wünsche mir durch diese unmenschliche Art von Aushungerung anzudeuten, daß ich Ihr unerwünscht bin. Daraus die Konsequenzen zu ziehn, wird dann meine Sache sein. Mich jahrelang als Autor gutgehender Bücher um alle meine Einkünfte bringen zu lassen, während gleichzeitig jede Post aus Ihrem Lande mir die Briefe zahlloser Leser bringt, das ist ein Zustand, dem ich recht bald ein Ende wünsche. Wenn Ihre Behörden sich nicht für und nicht gegen mich entscheiden können, meine Bücher dulden, mir aber meine vertraglich geschützten Rechte vorenthalten, dann muß ich meinerseits Schritte tun, meine Rechte wieder an mich zu nehmen. Schreiben Sie mir einmal, ich weiß, daß Sie viel zu tun haben, tun Sie es dennoch.

(Aus einem Brief vom 12. 6. 1938 an Peter Suhrkamp)

Wenn Du z. B. sagst: »Was kann Dich noch (in Deutschland) halten?« so muß ich antworten: mich hält mein Vertrag mit der Firma, mit der ich zeitlebens verbunden war, und die sich bis heute die größte Mühe gibt mir gegenüber. Es gefällt mir nicht, daß Du das bagatellisierst. Es hält mich außer dem Vertrag, der ja bis Ende 39 noch läuft, aber auch meine Leserschaft. Außerhalb Deutschlands habe ich wenig Leser, und ein Buch wie der »Josef Knecht«[1] wird in Deutschland, gerade im heu-

1 »Das Glasperlenspiel«, das in Vorabdrucken sukzessiv in der »Neuen Rundschau« und in der »Corona« auszugsweise abgedruckt wurde.

tigen geknebelten Deutschland, von einigen Zehntausenden fast restlos verstanden werden, während z. B. in ganz Amerika keine drei Personen sind, denen es etwas bedeuten wird. Das sind keine Bagatellen.

Nun ist allerdings wahrscheinlich, daß der »Josef Knecht«, in Deutschland sehr rasch wird verboten werden, wenn er dann einmal fertig ist und erscheint.

Auf jeden Fall halte ich meinen Vertrag gegen Suhrkamp so lange, bis er von der andern Seite gebrochen wird oder ich mich mit ihm richtig auseinandergesetzt habe, was schwierig ist, da man ja dorthin nicht schreiben kann ohne den Adressaten zu gefährden. Wenn aber einmal diese Fäden entwirrt sind und ich die Handlungsfreiheit habe, sehen wir weiter; ich bin sehr froh, am Ende dieser Wirrnis Deinen neuen Verlag inzwischen bereit zu wissen.

(Aus einem Brief vom Juni 1938 an Gottfried Bermann Fischer)

Sie nennen mich eine Säule, caro amico, und ich komme mir eher wie ein halb zerfaserter, überanstrengter Strick vor, an dem viele Gewichte hängen, und der bei jedem neu dazukommenden Gewicht das Gefühl hat: Jetzt wird es bald krachen. Indessen spüre ich dennoch, was Sie vermutlich mit der Säule meinen. Sie spüren in mir etwas wie einen Glauben, etwas was mich hält, eine Erbschaft von Christentum teils, teils Humanität, die nicht bloß anerzogen und nicht bloß intellektuell fundiert ist. Damit hat es seine Richtigkeit, nur könnte ich meinen Glauben nicht formulieren, je länger, je weniger. Ich glaube an den Menschen als eine wunderbare Möglichkeit, die auch im größten Dreck nicht erlischt und ihm aus der größten Entartung zurückzuhelfen vermag, und ich glaube, diese Möglichkeit ist so stark und so verlockend, daß sie immer wieder als Hoffnung und als Forderung spürbar wird, und die Kraft, die den Menschen von seinen höhern Möglichkeiten träumen läßt und ihn immer wieder vom Tierischen wegführt, ist wohl immer dieselbe, einerlei ob sie heut Religion, morgen Vernunft und übermorgen wieder anders genannt wird. Das Schwingen, das Hin und Her zwischen dem realen Menschen und dem möglichen, dem erträumbaren Menschen ist dasselbe, was die Religionen als Beziehung zwischen Mensch und Gott auffassen.

Dieser Glaube an die Menschen, d. h., daran, daß der Sinn für Wahrheit, das Bedürfnis nach Ordnung dem Menschen innewohnt und nicht umzubringen ist, hält mich über Wasser. Ich sehe im übrigen die heutige Welt wie ein Irrenhaus und ein schlechtes Sensationsstück an, oft bis zum tiefsten Ekel degoutiert, aber doch so wie man Irre und Besoffene ansieht, mit dem Gefühl: wie werden die sich schämen, wenn sie eines Tages wieder zu sich kommen sollten! [. . .]

Im übrigen werde ich immer dümmer, und sehe nur noch mit Erstaunen, nicht mehr mit eigentlichem Verstehenwollen zu, wie noch die kindischsten, ja viehischsten politischen Triebe sich als »Weltanschauungen» etc. geben, ja die Gebärden von Religionen annehmen. Diese Systeme haben mit dem so sehr viel geistvolleren marxischen Sozialismus das gemein, daß sie den Menschen für nahezu unbegrenzt politisierbar halten, was er nicht ist – ich halte die Krämpfe der heutigen Welt großenteils für eine Folge dieses Irrtums.

(Aus einem Brief vom 10. 7. 1938 an R. J. Humm)

Ich habe seit Monaten wohl kaum einen Tag gehabt, an dem meine Briefpost, von meinen eigenen Sorgen ganz abgesehen, nicht einige Bitten, Fragen, Hilferufe von Freunden, Kollegen oder auch Fremden enthielt, deren Lage eine sofortige Hilfe forderte. Die einen müssen aus der Hölle, zu der Wien geworden ist, befreit werden, die andern, denen schon die Flucht in die Schweiz gelang, sehen sich hier von einem Tag zum andern von der Polizei ausgewiesen, viele werden seit Monaten, manche seit Jahren von Land zu Land, von Grenze zu Grenze geschoben, heimatlos, ohne Möglichkeit zu irgendwelcher Arbeit oder Besinnung, von Uniformierten angeschnauzt, überall überwacht und verfolgt, überall wie Verbrecher behandelt und wie Diebe gefürchtet, obwohl sie niemandem etwas tun. Mit solchen Sachen habe ich es, im Grunde seit meinem Erwachen zur Einsicht in die Wirklichkeit des Lebens (seit dem Weltkriege) immerfort zu tun gehabt, und jetzt ist die Welle wieder so hoch gestiegen, daß ich oft das Gefühl habe, den ganzen Tag in Blut und Dreck gewatet zu sein und das Menschenleben nicht mehr ertragen, oder nicht mehr ernst nehmen zu können. Dennoch ist im Grunde, und unbeeinflußt von diesen Stimmungen und Müdigkeiten, mein Glaube ganz unberührt, ich werde mein Wissen und Ahnen um den Sinn des Lebens auch dann noch für richtig halten, wenn Hitler oder Stalin oder Mussolini persönlich mich in einem ihrer Kerker durch die Folter zu belehren suchen sollten. Ein Kollege und Freund von mir, E. Wiechert[1], nebst Niemöller[2], einer von den wenigen Deutschen mit etwas Courage, sitzt zur Zeit gefangen, so wie mancher andere meiner Freunde, soweit sie nicht schon getötet wurden oder sich selbst getötet haben.

(Aus einem Brief vom Sommer 1938 an Leonie Stämpfli)

Es ist grausig, aber wir haben keinen Grund, uns besser vorzukommen als die Teutonen. Seit 14 Tagen ist unsre Schweizer Fremdenpolizei, also unsre offizielle Schweizer Politik, ausgesprochen antisemitisch, bald wird Hitler Bundespräsident sein. Es ist schlimm, inmitten dieser Blindheit mit offenen Augen zu leben.

(Aus einem Brief vom 28. 7. 1938 an Carl Gemperle)

Die eidgenössische Fremdenpolizei legt mir heute Ihr Schreiben vom 28. April 1938 in der Aufenthaltsangelegenheit A. Ehrenstein vor. Sie schreiben zuerst von oft vorkommender brutaler Härte *der niederen Instanzen gegenüber ausländischen Künstlern oder Wissenschaftlern und bemerken ferner wörtlich: »Wir Schweizer Künstler und Intellektuelle beginnen uns mehr und mehr der* rohen Gewalt *zu schämen, mit welcher unsere Kanzleien und Gendamerien wahllos gegen verdiente und von uns hochgeschätzte Kollegen vorgehen.«*

Ich ersuche Sie höflich, mir einige dieser Fälle bekanntzugeben, unter genauer Angabe, in was die brutale Härte oder die rohe Gewalt bestanden haben, damit ich für Abhilfe sorgen kann.

(Antwortschreiben von Heinrich Rothmund, Chef der Schweizerischen Fremdenpolizei [1919-1954], an Hesse vom 1. 8. 1938)

Danke für Ihren Brief vom 1. August; er gibt mir willkommenen Anlaß zu einer Begrüßung. Denn ich habe es sehr oft mit

1 Vgl. S. 652 f.

2 Martin Niemöller (* 1892), ev. Theologe, kam 1937 auf Befehl Hitlers als dessen »persönlicher Gefangener« in das KZ Sachsenhausen, 1941 nach Dachau.

Angelegenheiten der Fremdenpolizei zu tun, einesteils als Autor, der sehr häufig von eingewanderten Kollegen zu Hilfe gerufen oder um Empfehlungen etc. gebeten wird, andrerseits durch meine sehr nahen Beziehungen zum alten Österreich, von wo schon viele Emigrierte meine Gäste und Schützlinge waren und wo ich noch manche leben habe, deren Herausbringen und Weiterbefördern ich mir zur Pflicht gemacht habe. Ich arbeite also ein wenig auf Ihrem Gebiete mit, wenn auch nur als Freiwilliger und allerdings mit entgegengesetzter Funktion: Während Ihr Augenmerk dem Zweck gelten muß, das Land vor Überfremdung zu schützen, habe ich die Aufgabe, im einzelnen Fall möglichst Linderung der Härten zu erreichen. Ich möchte hinzufügen, daß ich für die Funktion der Fremdenpolizei alles Verständnis habe, und daß ich bei vielen Stellen Erfolg gehabt und Verständnis gefunden habe: die Mehrzahl der Ausgewiesenen, für welche ein Eintreten mir verantwortbar schien, hat tatsächlich neue Aufenthaltsbewilligungen erhalten.

Darum stehe ich auch Ihnen in Fällen gern zur Verfügung, wo Sie etwa über Schriftsteller deutscher Sprache, die sich im Land aufhalten, Auskünfte haben möchten.

Sie vermissen nun aber meine Antwort auf Ihre Fragen. Ich habe mich damals im Fall Ehrensteins, durch mehrere rasch nacheinander an mich gelangte Hilferufe von bedrohten Kollegen erregt, in einem Briefe, den Sie zitieren, etwas ungehalten über vorgekommene Härten ausgedrückt. Auf diese Fälle zurückzukommen wäre mir, so viele Wochen später, schon darum unmöglich, weil ich weder ein Büro noch einen Sekretär, weder Akten noch Kartotheken habe – ich bin durch die Bemühungen zugunsten der armen Emigranten sogar so in Anspruch genommen, daß ich seit Monaten niemals mehr an meine eigene literarische Arbeit habe denken können.

Wenn ich also auf frühere Fälle hier nicht zurückkommen kann, weil ich den Apparat nicht zur Verfügung habe, um mir alle nötigen Details zu verschaffen, so werde ich doch gerne in etwaigen späteren Fällen, die an mich gelangen, Ihnen möglichst mit sachlichen Auskünften dienen. Im allgemeinen fand ich bisher im Tessin die oberen Organe der Fremdenpolizei stets menschlich und vernünftig, dagegen gelegentlich die Gendarmen unnötig präpotent.

Ihre Tätigkeit, hochgeschätzter Herr, ist mir seit manchen Jahren wohlbekannt, auch Ihre Mitwirkung am Kongreß von Evian, ich kann mich in die Schwierigkeiten Ihres Amtes einigermaßen hineindenken, und ich bin froh, Sie an dieser Stelle zu wissen.

(Aus einem Brief vom 4. 8. 1938 an Heinrich Rothmund, [Chef der Schweizerischen Fremdenpolizei])

Ich danke für Ihren Brief vom 4. August. Ich will nicht in den Fehler verfallen, den Sie gemacht haben, als Sie Beamten, die ihre von den Oberbehörden vorgeschriebene Pflicht tun, der brutalen Härte und der rohen Gewalt geziehen haben. Wie Sie schreiben, haben Sie es in der Erregung getan. Ich nehme es dem sensiblen Dichter auch nicht übel, wenn er Mühe hat, die Tätigkeit der Fremdenpolizei zu verstehen. Übelnehmen muß ich es aber dem Hermann Hesse, wenn er Beamte seiner Wahlheimat mit Ausdrücken bedenkt, die auf gewisse Leute seiner früheren Heimat passen mögen, bei uns aber Fremdwörter sein sollen und es auch sind.

Sachlich erlaube ich mir beizufügen, daß die Fremdenpolizei zur Beurteilung von Gesuchen von Schriftstellern in ständiger Fühlung steht mit dem Schweizerischen Schriftstellerverein, weil sie sich bemüht, mit ihren Entscheiden so wenig wie möglich danebenzuhauen. Ich empfehle Ihnen, sich gelegentlich mit Felix Moeschlin oder Dr. Naef über diese Zusammenarbeit zu unterhalten.

Sollte Sie Ihr Weg einmal nach Bern führen, so möchte ich Sie gern persönlich kennenlernen und Ihnen einiges über unsere nicht immer leichte, aber nicht unwichtige Aufgabe erzählen. Bis dahin mag Ihnen der beiliegende Vortrag, den ich am 3. April 1937 an der Delegiertenversammlung der Neuen Helvetischen Gesellschaft in Zürich gehalten habe, einen vorläufigen Einblick geben.

(Aus einem Brief Heinrich Rothmunds vom 15. 8. 1938 an Hesse)

Ihren Brief vom 15. ds. ließ ich unbeantwortet, weil ich auf seinen von oben herab belehrenden Ton nicht eingehen wollte. Über die Tätigkeit der Fremdenpolizei kann auch ein »sensibler Dichter«, der ja nicht unbedingt ein Dummkopf zu sein braucht, sich unterrichten, und sowohl als Dichter wie als

Schweizer und Demokrat hat er nicht nur das Recht, sondern auch die Pflicht, dem Standpunkt der Behörden gegenüber den Standpunkt der Menschlichkeit zu betonen – wie anders sollte denn ein Ausgleich zwischen den Bedürfnissen des Staates und denen der Kultur stattfinden können? Und wie anders als durch »sensible« Nichtbeamte, die wir mit zum Gewissen des Volkes gehören und es mit bilden helfen, soll verhindert werden, daß unser Staat eine autoritäre Gewaltmaschine ohne Kritik und ohne Hemmungen wird, etwa so wie es in den Diktaturstaaten der Fall ist? Ihr Brief enthält auch eine Anspielung auf meine »frühere Heimat«, die mich befremdet hat. Ich habe von den 61 Jahren meines Lebens 36 in der Schweiz gelebt und weiß zur Genüge, wie gern der geborene Schweizer dem Eingebürgerten auf die Schulter klopft und ihn fühlen läßt, daß man ihn nicht für voll nimmt. Ich habe aus demselben Grunde mich in all diesen Jahrzehnten jeder leisesten öffentlichen Äußerung zur Schweizer Politik enthalten. Daß jenes Anspielen auf die frühere Nationalität eines Eingebürgerten auch im brieflichen Verkehr bei hohen Bundesbeamten Sitte ist, erfuhr ich erst durch Ihren Brief.

Wenn ich wieder von Fällen erfahre, in denen gegen Fremde brutal oder ungerecht vorgegangen wird, so werde ich es Ihrer Amtsstelle sachlich melden. Daß die Kanzleien und die Gendarmen nicht immer vollkommene Muster der Artigkeit sind, dürfte vielleicht auch Ihnen bekannt sein. Aber solche kleine Vorkommnisse bei Subalternen sind es nicht, die uns »Sensible« je und je stutzig machen und an unser Gewissen appellieren, sondern es ist doch wohl etwas in der Haltung der obern und obersten Behörden selbst jenen Unglücklichen gegenüber, hinter welchen nicht schützend und drohend das Konsulat einer Diktaturmacht steht.

Lassen wir die Auseinandersetzungen, zumal die persönliche! Die Sache selbst ist wichtig, sonst nichts.

(Aus einem Brief vom 26. 8. 1938 an Heinrich Rothmund)

Statt »Heil Hitler« zu sagen, singt man in Germanien zuweilen auch den Vers:

Selig, wer sich vor der Welt
Ohne Haß verschließt,
Einen Freund am Busen hält
Und ihn dann erschießt.

(Aus einem Notizbuch Hermann Hesses)

Was Sie mir über Verlagsabsichten im letzten Brief schreiben,[1] *deprimiert mich natürlich tief. Aber ich kann dazu jetzt nichts sagen.*

(Aus einem Brief Peter Suhrkamps an Hesse vom 30. 9. 1938)

Ich verstehe, daß die Ausbürgerung Ihnen trotz allem so weh tut; andererseits würde ich, wäre ich in derselben Lage wie Sie, die ausgesprochene Ausbürgerung für ehrenvoller halten als das Fortbestehen einer inhaltlos gewordenen Zugehörigkeit. Mir geht es wie Stefan Zweig. Teils durch meine eigenen, teils durch die Beziehungen meiner aus Österreich stammenden Frau bin ich in das Wiener Elend und die Fürsorge für Flüchtlinge von dort so stark hineingezogen, daß mir für das Eigene nichts übrigbleibt. Wie ich einst im Kriege, während ich den Krieg verfluchte, jahrelang Fürsorge für die Gefangenen betrieb, so muß ich jetzt diese Flüchtlingsfürsorge treiben. Viel kann man nicht tun, ich konnte einige Kollegen vor der Fremdenpolizei retten. Und jetzt haben wir nach monatelangem Bemühen endlich einen befreundeten Flüchtling aus Wien herausgekriegt, es ging nicht leicht, und haben ihn vorerst hier,

1 Dieser Brief, wie der größte Teil seiner Korrespondenz mit Suhrkamp aus den Jahren 1933-1945, ist dem Brand des Verlagsgebäudes in der Lützowstraße, Berlin, am 10. 5. 1945 zum Opfer gefallen. Die erhalten gebliebenen Briefe Suhrkamps an Hesse, sowie einige Kopien der wichtigsten frühen Hesse-Briefe an Suhrkamp, sind aufgrund der Briefzensur außerordentlich vorsichtig formuliert und beschränken sich vorwiegend auf das Sachliche. Ein Meinungsaustausch über Zeitgeschichtliches, wie in Hesses Briefen an schweizerische und außerdeutsche Briefpartner, findet, soweit ersichtlich, nicht statt. Solche Themen wurden während Suhrkamps mehrfachen Besuchen in Montagnola mündlich besprochen.

ich habe mich übrigens seinetwegen auch an Stefan Zweig gewandt.

(Aus einem Brief vom September/Oktober 1938 an Max Herrmann-Neiße)

Von der Politik schweige ich. Wenn wir andern Menschen auch nur das kompensieren und abbüßen wollten, was an einem einzigen Abend von Hitler, Mussolini und ihren Vasallen zusammengebrüllt, geschrien und trompetet wird, so müßten wir alle zehn Jahre lang unverbrüchlich schweigen.

(Aus einem Brief vom 4. 10. 1938 an Otto Basler)

Die Freude der halben Welt über den erhaltenen Frieden und über die etwas zweifelhaften Manöver Chamberlains[1] kann ich nicht recht teilen, ich sehe allzu deutlich, was wirklich da geschehen ist.

(Aus einem Brief vom Oktober 1938 an Alice Leuthold)

1 Das vom engl. Premierminister Neville Chamberlain angeregte »Münchner Abkommen« (29. 9. 1938) zwischen Hitler, Mussolini, Chamberlain und Daladier, in welchem durch eine Amputation der Tschechoslowakei zu Gunsten des Deutschen Reichs der »Friede gerettet« worden sei.

Nachtgedanken

Wir Menschen schlagen einer den andern tot,
Zucken gierig zwischen Geburt und Grab,
Beben in Furcht und lodern in Leidenschaft rot,
Kriechen vor Herrschern, die unsre Angst uns gab,
Hören auf Fabeln vom kommenden Glück,
Opfern ewig das Heute dem Morgen,
Leben ruhlos und ungeborgen,
Blicken mit Neid auf ferne Zeiten zurück,
Zwischen Künftig und Einst, zwei Paradiesen,
Ist uns die Hölle zum Wohnort gewiesen,
Und wir bemühn uns, dem Höllenleben
Ein Scheinziel und einen Scheinsinn zu geben,
Glauben zu wissen, daß nie eine Zeit
So verzweifelt wie unsre, so grausam gewesen,
Fühlen den Tod so nah und das Glück so weit,
Sehnen uns grimmig nach Reinheit, nach Licht, nach Genesen.

Aber unter uns treulich hält stand die Erde,
Waltet mütterlich-stumm Natur,
Spricht in Same und Knospe ihr ewiges Werde.
Schreien wir ängstliche Kinder – sie lächelt nur.

Sieh, und über uns, lächelnd nicht minder,
Wartet die Gnade, die Zuflucht, wartet der Geist
Voll Versprechung und Trost seiner irrenden Kinder,
Deren er viele zurück zur Mutter weist,
Während er andere hinauf ins Lichte nimmt.

Zwischen den ewigen Beiden, Erde und Geist,
Zwischen Mutter- und Vaterwelt blüht,
Seele der Welt, das Wunder Liebe empor,
Das zum Einklang den wirren Weltlärm stimmt,
Unsern Frost mit seinem Zauber durchglüht
Und uns, Brüder, ordnet zum heiligen Chor.

Freund, der du leidest und ohne Hoffen
Deine finstere Straße gehst,

Dir auch stehen die Gnaden der Liebe offen.
Während du einsam, so scheint dir, im Leeren stehst,
Von den Schrecken der grausamen Welt umgeben,
Ohne Glück, ohne Sinn, ohne Herz und Leben, Warten
überall leidende Brüder auf dich.
Öffne die Augen, erkenne, und schenke dich
Hin den andern! Hast du nicht Brot,
Hast nicht Trost und Rat den Armen zu geben,
Gib ihnen dich, gib dein Leid, deine eigene Not,

Sprich mit ihnen, die sich gleich dir verschließen,
Laß durchs Wort, durch Blick und Gebärde
Liebe herein, und die alte, wartende Erde
Wird dir, und es wird dir der Vater Geist
Seinen Sinn und die ewigen Kräfte erschließen,
Du wirst Heimat im Chaos entdecken,
Und es werden die sinnlosen Schrecken
Schaubar, tragbar, deutbar: mitten im Rachen
Deiner Hölle wirst du zum Leben erwachen.

(Entstanden am 29. 11. 1938, am Abend, nachdem Hesse Meldungen über die Judenpogrome, Massenverhaftungen und Synagogenbrände der sogenannten »Reichskristallnacht« erhalten hatte)

Es war ein schweres Jahr, schwer an Leiden und Sorgen, und an Arbeit, denn all das Flüchtlingselend wächst uns über den Kopf, und es stehen zu lassen, um zu meiner eigenen Arbeit zu gehen, ist mir im Lauf des Jahres nur sehr wenige Male geglückt. Vielleicht ist das wirkliche Erleiden (und Bewußtmachen des Grauens) unserer Zeit heute notwendiger als alles produktive Tun.

(Aus einem Brief vom Dezember 1938 an Max Herrmann-Neiße)

Nur sind eben, wenn gehauen und gestochen wird, meist die Hauer und Stecher mehr zu Predigten und Lobpreisungen des Neuen, Jungen und Starken bereit als die Gehauenen. Sie bedenken nicht, daß der ganze Spaß des Hauens unmöglich wäre, gäbe es nicht Gehauene oder zu Hauende. Und da ich zu den Gehauenen gehöre, kann ich Ihnen nur über diese Seite der

Welt Auskunft geben. Die Prinzipien übrigens, um die es den Streitern geht, sind mir gänzlich egal, ich gebe nicht fünf Pfennige für sie. Es sind Ideologien, vielmehr Feuilletons über unbewußt gebliebene biologische Vorgänge. Wir Unterliegenden nun sind nicht nur damit beschäftigt, zu bluten und um das zu klagen, was man teils aus Mutwillen, teils aus Raffgier uns zerschlagen oder genommen hat, sondern wir haben auch andre, zum Teil sehr anstrengende Funktionen, zum Beispiel die Fürsorge für Heere von ausgeplünderten Flüchtigen – die Kriegsgefangenenfürsorge, in der ich einst drei Jahre arbeitete und zeitweise hart zu arbeiten glaubte, war ein Spaß dagegen. Daß hinter den Ideologien, vielmehr Feuilletons, auch viel Jugend, schöner dummer Glaube, und auch ein Teil echter Verzweiflung steht, daran zweifle ich nicht, die Mehrzahl der Beteiligten sind ja Menschen. Was mich betrifft, so kann ich, wie einst im Weltkrieg, mich für die Streitobjekte selbst schon darum nicht interessieren, weil sie im Streit so jugendlich-derben Vereinfachungen erliegen, daß man nicht dabei ernst bleiben kann, vor allem aber darum nicht, weil überall der Boden voll von Opfern liegt, die aus allen Löchern bluten, und für die zu sorgen uns alten und altmodischen Leuten dringlicher scheint als der jugendliche Wettkampf der Lautsprecher. [. . .] Wo ich stehe, ist mir völlig klar, der Standpunkt ist wieder, wie es mir immer ging, ein einsamer, durch keine Gruppe und Partei gedeckt.

(Aus einem Brief von Ende Dezember 1938 an einen deutschen Gelehrten)

Ihr wunderlicher Brief ist gekommen, ich habe keine Antwort darauf. Sie erzählen, daß Sie in England den Nationalsozialismus verteidigen, während Sie in Deutschland nicht an ihn glauben. Und Sie erzählen das ausgerechnet einem der Opfer dieser Gewaltherrschaft! Und aus diesem Durcheinander soll die Zukunft der Welt kommen. Nein, lieber Herr, daran glaube ich nicht. Öffnen Sie erst einen Moment die Augen für das namenlose Elend, das die Welt erfüllt, über das unsägliche, auf Gewalt und Gegenwehr verzichtende Leiden, das die von Ihnen Verteidigten über die Welt verhängen! Aus diesem Leiden, aus dieser Wahrheit, aus diesem Abgrund ohne Phrase, ohne Jünger,[1] ohne Steiner,[2] ohne Hitler, wird das neue Menschentum, vielmehr die Auferstehung des alten und ewigen, kommen.

(Aus einem Brief vom 10. 1. 1939 an H. B.)

Von Mussolini habe ich den Eindruck, daß er schon seit einer Weile seine Brutalitäten nicht mehr gewollt und überlegt begeht, sondern mehr und mehr der Gestoßene ist. Möge er dabei bald vollends verunglücken!

(Aus einem Brief vom 10. 4. 1939 an Fritz Emil Welti)

Schade, wir werden es nicht mehr erleben, daß die heroischen Versuche des modernen Menschen, sich zur Bestie zu vereinfachen, samt ihren Folgen wieder zusammenbrechen. Dennoch zweifle ich nicht daran, daß in absehbarer Zeit der Mensch es wieder mit zwei statt vier Füßen probieren wird, vielleicht erst über unsern Gräbern, aber immerhin. Der Krampf von heute dauert nicht ewig.

(Aus einem Brief vom April 1939 an Arthur Stoll)

Was ich in der Zeitung las über Hitlers Umfrage bei den von Roosevelt wenig geschickt aufgezählten Staaten, gefällt mir gar nicht. Die Schweiz hat gut, klug und richtig geantwortet, die andern, namentlich die Skandinaven, haben naiv genug das geantwortet, was Hitler gern hören wollte.

(Aus einem Brief vom 25. 4. 1939 an Helene Welti)

Wahrscheinlich noch in diesem Monat will mein Verleger aus Berlin kommen, um womöglich einen neuen Vertrag zu schließen. Das ist so, wie wenn zwei auf einem untergehenden Schiff noch einen Handel miteinander schließen.

(Aus einem Brief vom 14. 6. 1939 an Fritz Emil Welti)

Mit Suhrkamp bin ich in Fühlung, er war neulich rasch hier.[3] Natürlich bleibe ich ihm solange treu, als es eben einen Sinn hat.

1 Ernst Jünger.
2 Rudolf Steiner.
3 Suhrkamp besuchte Hesse Ende Juni 1939, um eine Vertragsverlängerung mit dem Berliner S. Fischer Verlag vorzubereiten.

Aus den Geburtstagsbriefen, die ich bekam, und aus dem, was einige Besucher in jüngster Zeit sagten, muß ich schließen, daß es Leute gibt, die heute in mir den einzigen Rest der guten deutschen Tradition sehen und mich darum anflehen, ich möchte doch ja noch lange leben. Das ist eine mehr erschreckende als komische Situation für mich, und so übertrieben und ahnungslos diese Behauptungen meiner Leser sind, so ist es doch scheußlich traurig, daß eine solche Absurdität auch nur gedacht und gesagt werden kann wie die, daß gewissermaßen das geistige Deutschland bis auf einen dahin sei, und dabei ist dieser eine ein alter Mann und einer, der sich, obwohl er Selbstgefühl hat, noch nie für einen der Großen gehalten hat.

(Aus einem Brief vom 10. 7. 1939 an Gottfried Bermann Fischer)

Nun haben wir Krieg![1] Ich gehöre zu denen, welche die Rechnung für Hitlers Fettwerden mitbezahlen mußten, und jetzt wird uns, so fürchte ich, sein Sturz noch weit teurer zu stehen kommen. Aber hoffentlich stürzt er wenigstens.

(Aus einem Brief vom September 1939 an Frau Dr. Brun)

Wäre ich jünger, so würde ich diesen Krieg eher begrüßen als beklagen. Der circulus vitiosus, in dem unser ganzes abendländisches Leben sich seit langem bewegt, treibt auf einen Durchbruch zu, der zunächst sich nur im Zerstören, in Kriegen austoben kann. Im ersten Krieg haben wir ja erlebt und gesehen, daß alle Ideologien, mit denen er begründet wurde, rasch dahinfielen, daß er sowohl in Versailles wie in Hitler fratzenhafte Gebilde eines wilden Unmenschentums zur Folge hatte, und daß er (etwa von der famosen Wahl Hindenburgs an) zwangsläufig auf den neuen Krieg lostrieb. Das wird so weitergehen, bis die Ermüdung und Ausblutung groß genug ist. Grausam, es so zu sehen, so sehen zu müssen.

(Aus einem Brief vom 20. 9. 1939 an Arthur Stoll)

Es gibt kaum Neues, das Neue ist jetzt halt der Krieg, und den braucht man nicht aufzusuchen, man weicht ihm lieber aus,

1 Am 1. 9. 1939 eröffnete Deutschland ohne vorhergehende Kriegserklärung den Kampf längs der polnischen Grenze. Am 3. 9. erklärten England und Frankreich entgegen den Erwartungen Hitlers den Krieg.

solang es geht. Er wird bald alt und uninteressant sein, während Mozart und vieles andre genau denselben Wert und dieselbe Aktualität haben wird wie heut und immer.

(Aus einem Brief, ca. September 1939, an Fanny Schiler)

Vorgestern habe ich wahrscheinlich eine große Dummheit begangen: ich habe einen neuen Vertrag mit dem Verlag S. Fischer unterzeichnet. Falls eine deutsche Inflation etc. kommt, ist dafür gesorgt, daß die Weltgeschichte und mein Privatleben weiterhin hübsch miteinander verbunden bleiben. Ich tat es lediglich der Person meines Verlegers zuliebe; er ist ein, wie ich glaube, vollkommen treuer Mensch, und auf so einen zu bauen, schien mir trotz allem besser als alles andre.

(Aus einem Brief vom 28. 9. 1939 an R. J. Humm)

Mit dem Ausbruch des zweiten Weltkrieges verstärkten sich die Restriktionsmaßnahmen gegen den Verlag und es begann ein zähes Ringen um seinen Erhalt. Fehlende und verweigerte Papierzuteilungen erzwangen eine weitere Einschränkung der Produktion und Neuerscheinungen. Als im Oktober 1939 der »Neuen Rundschau« die Papierzuteilung einschneidend reduziert wurde, versuchte Suhrkamp dies durch eine Verkleinerung des Schriftgrades aufzufangen. Zwei Jahre später konnte er erneut ein drohendes Verbot der Zeitschrift durch Verhandlungen mit dem Propagandaministerium verhindern. Im Juli 1942 wurde die zwangsweise Umbenennung des Verlages in »Suhrkamp Verlag, vormals S. Fischer« verfügt; 1944 mußte auch der Zusatz »vormals S. Fischer«, der letzte Hinweis auf den jüdischen Verlagsgründer, gestrichen werden.

Ab 1943 überwachte der Sicherheitsdienst Suhrkamp. Als im März dieses Jahres die Schließung des mißliebigen Verlages von den Behörden erwogen wurde, gelang es Suhrkamp, dies abzuwenden.

(Aus Friedrich Voit, »Der Verleger Peter Suhrkamp und seine Autoren«, Kronberg/Taunus, 1975)

Der Krieg kam erwartet, und wenn Hitler Danzig und den Korridor genommen hätte und alle andern wieder dazu geschwiegen hätten, so wäre das schlimmer gewesen als Krieg. Ich hatte das halb und halb gefürchtet, und in Deutschland hatten viele es sich so gedacht. Ich glaube, ich sagte Ihnen schon vor Jahr und Tag, daß ich glaube, der unhaltbare Zustand werde vorerst zu seinem Zusammenbruch und seiner Liquidierung eine Reihe kriegerischer Katastrophen brauchen, deren erste der Weltkrieg (I) war. Scheußlich, daß wir es erleben müssen, aber überraschend war daran nichts.

(Aus einem Brief vom 19. 10. 1939 an Otto Basler)

Und natürlich glaube ich auch nicht, daß wirklich die Orthodoxie die Mutter des Blutdursts und der Scheiterhaufen sei. Sondern das Tier und der Dämon im Menschen kehrt immer wieder zum Töten und Quälen zurück, und findet dann natürlich auch immer irgendeine »orthodoxe« Ideologie dazu, so wie Hitler und Stalin mit entgegengesetzten Orthodoxien denselben Mächten dienen.

(Aus einem Brief vom Oktober 1939 an Kuno Fiedler)

Das Welttheater selbst interessiert mich nicht. In welchen Formen und unter welchen Teufeleien sich der Abbau des nicht mehr Lebensfähigen vollzieht, ist für alte Leute nicht mehr von Belang. Mein Glaube an eine gewisse Stabilität des Menschen ist sehr groß, ich glaube, daß er von jeder Teufelei am Ende mit schlechtem Gewissen erwacht, und daß jeder Korruption ein neues Verlangen nach Sinn und Ordnung folgt – aber den Glauben, daß ich vom Wiederansteigen der momentanen Kurve noch etwas erleben werde, habe ich nicht.

*(Aus einem Brief vom Dezember 1939
an Max Herrmann-Neiße)*

Indessen weiß ich auch wohl, daß die uns berühmten Leuten dargebrachte Liebe und Achtung keineswegs zu unterschätzen, daß sie echt, und daß nur die jeweilige Personifizierung und der jeweilige Personenkult Irrtümer sind, daß diese Liebe viel Größerem gilt. Wenn heut ein Mensch einen Dichter oder Maler oder Musiker verehrt, so verehrt er, wissend oder nicht, in ihm alle Güter der Gesittung und des Menschentums, deren später, zufälliger Erbe und Vertreter jener ist, und die heute jeder mit Angst bestritten und gefährdet weiß. So muß man sich, wenn man in der Rolle eines zufällig Berühmten ist, zuweilen wie ein Bischof die Hand küssen lassen und das damit gemeinte Opfer richtig weiter adressieren.

(Aus einem Brief vom 26. 12. 1939 an Rolf Schott)

Möchten doch Ihre Hoffnungen auf Frieden in Erfüllung gehen! Ich kann mir freilich vorläufig einen Frieden, der wieder für eine Weile Bestand hätte, nur nach einem Sturz des deutschen Regimes denken, und daß der schon bald möglich sei, glaube ich nicht. Wir leben mitten in der Hölle, die der kluge Jacob Burckhardt schon Ende der sechziger Jahre in einigen seiner Briefe an Preen vorausgeahnt hat.

(Aus einem Brief vom 27. 12. 1939 an Arthur Stoll)

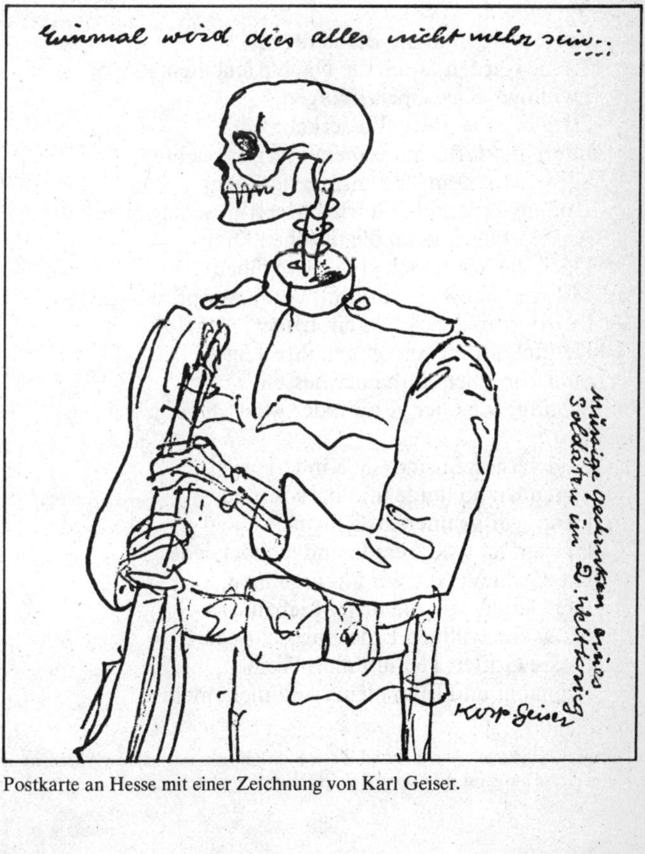

Postkarte an Hesse mit einer Zeichnung von Karl Geiser.

Müßige Gedanken eines Soldaten[1]

Einmal wird dies alles nicht mehr sein,
Nicht mehr diese töricht genialen Kriege,
Diese teuflisch in den Feind gewehten
Gase, diese Betonwüstenein,
Diese Wälder, statt mit Dorn und Drähten
Dicht bestachelt, diese Todeswiegen,
Drin so viele Tausend schaudernd liegen,
Die mit so viel Geist und Fleiß ersonnenen,
Die mit so viel feigem Witz gesponnenen
Todesnetze über Land, Luft, Meer.

Berge werden in die Bläue ragen,
Sterne werden durch die Nächte leuchten,
Zwillinge, Kassiopeia, Wagen,
Ewig in gelassener Wiederkehr,
Laub und Gras mit seinem morgenfeuchten
Silber wird dem Tag entgegengrünen,
Und im ewigen Wind wird Meerflut schlagen
An den Fels und an die bleichen Dünen.
Doch die Weltgeschichte ist vorüber;
Mit dem Schwall von Blut, von Krampf, von Lüge
Ist die prahlerische als ein trüber
Kehrichtstrom zerronnen, ihre Züge
Sind erloschen, ihre unermessen
Schlingende Gier gestillt, der Mensch vergessen.

Und vergessen sind die Kinderspiele,
Deren wir so holde und berückende,
Deren wir so unersättlich viele
Uns erdacht, so fremde und entzückende.
Die Gedichte, die wir uns ersonnen,
Die Gebilde all, die unser Lieben
Rings der willigen Erde eingeschrieben,
Unsre Götter, Heiligtümer, Weihen,
Alphabet und Einmaleins sind nicht mehr.

1 Dieses Gedicht wurde u. a. durch Peter Suhrkamp in zahlreichen Abschriften an von Hesse aufgeführte Adressaten in Deutschland versandt.

Unsrer Orgelfugen Himmelswonnen,
Unsre Dome mit den trotzig schlanken
Türmen, unsre Bücher, Malcreien,
Sprachen, Märchen, Träume und Gedanken,
Sie sind ausgelöscht. Die Erde hat kein Licht mehr.

Und der Schöpfer, der dem Untergange
All des Scheußlichen und all des Schönen
Stille zugeschaut, betrachtet lange
Die befreite Erde. Heiter tönen
Um ihn der Gestirne Reigen, dunkel
Schwebt die kleine Kugel im Gefunkel
Sinnend greift er etwas Lehm und knetet.
Wieder wird er einen Menschen machen,
Einen kleinen Sohn, der zu ihm betet,
Einen kleinen Sohn, von dessen Lachen,
Dessen Kinderei'n und Siebensachen
Er sich Lust verspricht. Sein Finger waltet
Froh im Lehm. Er freut sich. Er gestaltet.

(Geschrieben am 21./22. 1. 1940. Zeichnung von Karl Geiser)

Was mich zeitlebens beschäftigt, gefesselt und fruchtbar gemacht hat, waren nicht soziale Probleme, sondern die des Individuums, und die Tendenzen der neueren Weltgeschichte, die Persönlichkeit zu Gunsten der konformen Masse auszurotten, ist mir tödlich verhaßt.

(Aus einer autobiographischen Skizze vom Januar 1940)

Ihre Mahnung an die große Mitschuld der Intellektuellen und Literaten an der Finsternis der Zeit trifft mich mit, insofern eben jeder Appell an unsre Mitschuld uns treffen und schmerzen muß. Doch gehöre ich auf diesem Gebiet zu den Harmlosen, ich habe weder schädliche Lehren und Haltungen in die Welt gebracht, wie ein Nietzsche oder auch ein Stefan George, noch habe ich aus der Nachahmung solcher Haltungen einen Kult gemacht. Man hat mir seit meiner Jugend immer vorgeworfen, daß ich so gar kein »Kämpfer« sei; bald taten es die Frommen, bald die Ungläubigen, bald die Sozialisten, bald die Patrioten, darum empfinde ich, vermutlich irrtümlich, auch in Ihrem Brief etwas wie einen leisen Appell an mich, zu Gunsten eines Kämpfens für dies oder jenes Gute. Aber hier bin ich unbelehrbar. Ich habe in meinen jüngeren Jahren nicht auf Mahnungen von außen hin, sondern aus eigenem schlechten Gewissen, manchen Schritt aus dem Künstlertum ins moralische und erzieherische Literatentum hinüber getan, ich habe ohne inneren Beruf, aber eben aus schlechtem Gewissen, zum Beispiel lange Jahre demokratisch-antikaiserlichen Bestrebungen gedient, es war noch vor dem Weltkrieg, und habe dafür zahlen müssen, wie es sich gehört. Seither bin ich in dieser Hinsicht ruhiger, wenn auch noch längst nicht guten Gewissens.

(Aus einem Brief vom Januar 1940 an Kuno Fiedler)

Wie etwa ich die ganze Geschichte ansehe, zeigt Ihnen vielleicht am besten ein Beispiel aus der Mythologie. Die indische Mythologie zum Beispiel hat auch die Sage von den vier Weltzeitaltern, und wenn das letzte soweit ist, und alles in Krieg, Verkommenheit und Elend steht bis an den Hals, dann muß Shiva, der Kämpfer und Aufräumer unter den Göttern, antreten, er muß die Welt im Tanz zertrampeln. Kaum ist er damit fertig, so hat der holde Schöpfergott Vishnu, irgendwo im Rasen liegend einen schönen Traum, und aus dem Traum, oder aus einem Atemzug oder aus einem Haar von ihm, sprießt schön und jung und entzückend eine neue Welt auf, und alles fängt von neuem an, aber nicht wie eine Mechanik, sondern beschwingt und zauberisch schön.

Nun, ich glaube, daß unser Abendland im vierten Zeitalter steht, und daß Shiva schon auf uns tanzt; ich glaube, daß fast alles kaputt gehen wird. Aber ich glaube nicht minder, daß es von vorn beginnen wird, daß alsbald wieder Menschen Opferfeuer anzünden und Heiligtümer bauen werden.

Und so bin ich, als alter müder Kerl, dessen froh, daß ich alt genug und verbraucht bin, um ohne Bedauern sterben zu können. Aber ich lasse die Jugend, auch meine Söhne, nicht im Hoffnungslosen, sondern nur im Schweren und Bangen zurück, im Feuer der Prüfung, und zweifle gar nicht daran, daß alles, was uns heilig und schön war, ihnen und künftigen Menschen es auch wieder sein wird. Der Mensch, so glaube ich, ist großer Erhebungen und großer Schweinereien fähig, er kann zum Halbgott steigen und zum Halbteufel sinken; aber er fällt, wenn er etwas recht Großes oder recht Säuisches getan hat, immer wieder auf seine Füße und auf sein Maß zurück, und dem Pendelschlag der Wildheit und Dämonie folgt unweigerlich der Rückschlag, folgt die dem Menschen unentrinnbar eingeborne Sehnsucht nach Maß und Ordnung.

[. . .] Es zeigt sich ja, daß das sogenannte »Wirkliche«, das der Techniker, Generäle und Bankdirektoren, immer unwirklicher, immer unwahrscheinlicher wird, sogar der Krieg hat, seit seiner Liebe zum Totalen, fast all seine Zugkraft und Majestät verloren: es sind riesige Schemen und Chimären, die einander in diesen Materialschlachten bekämpfen – während dagegen jede seelische Wirklichkeit, jedes Wahre, jedes Schöne, jede Sehnsucht danach, heut wirklicher und wesenhafter scheint als je.

(Aus einem Brief vom 7. 2. 1940
an einen unbekannten Empfänger)

Die Weltgeschichte ist ein wildes Weib, sie drängt sich uns auf und will, daß ihr noch unser letzter Blick und Seufzer gehöre, während wir so gern anderswo wären und wohl wissen, daß das Schöne an der Geschichte nur die Geistesgeschichte, und das Hübsche im Ablauf der bösen Maschine nur die Momente der Abseitigkeit und Versunkenheit sind, die sich trotz allem ja finden. Übrigens ist auf die Dauer das Übelste nicht der Lärm, der Krach und die Brutalität, mit der die Geschichte auf uns einhaut, sondern die Spiegelung von Verlogenheit, mit der über den trüben Gewässern ein Scheinhimmel von Idealen gezaubert wird. Während wir uns z. B. Schritt für Schritt die Knebelung unserer Freiheit und die Vergiftung unserer Luft gefallen lassen, singen wir laut von der Verteidigung der edlen alten Schweizer Freiheit etc., und der alte Esel und Schädling Chamberlain, der bis 1939 endlich soweit war, daß er merkte, Hitler lüge die Welt an, mag sich heut wie der edle Ritter der Tugend vorkommen, welche natürlich eine rein englische Angelegenheit ist.

Wir versuchen dennoch, es zu überstehen, und den Blumen recht zu geben, die schließlich in ihrer jährlichen Wiederkehr auf den Wiesen vieltausendjährig und unwiderlegbar sind, während die Weltreiche, Dynastien und Nationen hinwelken und morgen nicht mehr sein werden.

(Aus einem Brief, Februar 1940, an Otto Basler)

Ich finde, unser Leben, das durchschnittliche Leben eines heutigen Abendländers, ist so scheußlich, daß es nur von Klötzen, von Idioten, von Leuten ohne Nerven, ohne Geschmack, ohne feine Schwingungen ertragen werden kann, der »Heroismus« ist ja denn auch das Ideal dieser Zeit und endet bei vierzig Grad Frost im Schützengraben. Nein, die Menschen ertragen dies Leben nur, weil sie sich die zarteren, und darunter die besten und schönsten Gaben des Menschen schon abgewöhnt haben. Ich, im Gegenteil, bin ein Dichter, ein Wesen also aus einer mythischen, untergegangenen Zeit, klüger zwar und weit differenzierterer Schwingungen fähig als der heutige Mensch, aber in der Welt und Luft dieses Heute gefangen und zum Verrecken bestimmt wie ein seltnes Tier im Käfig des Zoo.

(Aus einem Brief vom 20. 2. 1940 an G.G.)

Der Weltzustand fordert zur Verzweiflung auf, und zur Verzweiflung gehört eigentlich etwas wie Jugend, etwas wie Pathos, das bringe ich nicht mehr auf, und so komme ich mir recht fehl am Ort vor. [. . .]

Ein Leser von mir, Lehrer an höhern Schulen in Deutschland, schreibt mir tröstend: »Sie im neutralen Lande haben ja nichts zu fürchten.« Es ist also, seit dem Überfall auf Belgien im Sommer 1914, bis heute keinem neutralen Nachbarn von Deutschland irgend etwas passiert. Der Mann, der es schreibt, meint es gut, ist gebildet, ist ganz sicher auch nicht Nazi – aber so schreibt er, so denkt er, und so denkt das ganze Volk, es weiß nichts und will nicht wissen, es hat nie jemandem was getan; es watet bis an die Knie im Blut und macht dazu ein rührendes Kindergesicht. Das ist das Scheußlichste von allem. Nur mit Teufeln zu tun zu haben wäre besser.

(Aus einem Brief vom 21. 3. 1940 an Olga Diener)

Ich sehe dem Krieg in der Welt zu – seit ich damals 1914 aus allerlei sanften Täuschungen erwacht bin, sehe ich die Welt eigentlich nur noch als Krieg und nehme sie entsprechend wenig ernst, denn es ist ein Irrtum, das Pulver, die Giftgase und die Generäle für geistige Potenzen zu halten, auch wenn sie gelegentlich sehr aktiv werden können. Sich inmitten dieser eifrig und beständig kriegführenden Welt eine Ruhe und Liebe im Herzen zu bewahren und je und je als Dichter etwas davon weiterzugeben, das ist von Jahr zu Jahr schwerer geworden und muß doch immer wieder probiert werden.

(Aus einem Brief, 1940 [?], an Wolfgang Haußmann)

Die Weltgeschichte macht, wie immer, kaum jemandem Freude außer ihren paar Nutznießern, und unsre Arbeiten und Spiele geschehen heut schon beinah im Unwirklichen. Aber wir wollen sie doch fortsetzen.

(Aus einem Brief vom 29. 5. 1940 an Gottfried Bermann Fischer)

Um Frankreich tut einem das Herz weh.[1] Mir aber kaum weniger um die Tausende von Deutschen, die in ihrem ganzen Wesen und Glauben das Gegenteil von Terror und Preußentum sind, und doch der großen Maschine dienen helfen müssen. Der Basler Jakob Burckhardt, mit seiner feinen Nase, hat schon vor achtzig Jahren, grade als Bismarck groß zu werden begann, in seinen Briefen an Preen die ganze Art dieser jetzigen Machtbildung, samt dem Schicksal des Geistes und der Kunst, sehr genau vorausgefühlt, wie oft habe ich seit 1918 an ihn gedacht.

(Aus einem Brief vom Juni/Juli 1940 an Ernst Morgenthaler)

Die Weltgeschichte ist grausam und wir müssen uns drüber klar sein, daß sie unsern Ideen und Wünschen von Menschlichkeit usw. vollkommen widerspricht. Aber das nimmt diesen Ideen und Bestrebungen nichts von ihrem Wert. Im Augenblick ist eine Flintenkugel immer stärker als ein Gedanke oder ein Gedicht. Auf die Dauer aber sieht man doch, daß die geistigen Dinge ein sehr langes, ja anscheinend ewiges Leben haben können, während auch die größte Reichsgründung und Machtanhäufung meistens sehr geringe Dauer hat.

(Aus einem Brief vom 26./27. 8. 1940 an Carl Gemperle)

Der Krieg, den wir beide hassen, nährt sich ja von seiner ewigen Tendenz nach »Totalität«. Wenn Krieg ist, so schießen nicht nur die Soldaten, die Schullehrer tragen Helme und die

1 Am 22. 6. 1940 war nach der deutschen Besetzung von Nord- und Westfrankreich ein Waffenstillstand geschlossen worden.

Bäcker wetzen Bajonette, sondern noch jeder kleine Bub strebt danach, eine Binde um den Arm zu kriegen und kein Bub mehr zu sein, sondern ein Funktionär des Krieges. Je mehr der Dichter dieser Tendenz nachgibt, je mehr er dem Krieg das Recht zugesteht, über ihn zu verfügen, desto weiter kommt er von der Dichtung weg, für die es den Begriff der Aktualität nicht geben darf.

(Aus einem Brief, ca. 1940, an einen unbekannten Leser)

Der Weltgeschichte folge ich nicht sehr neugierig und ohne die Anmaßung, sie irgend deuten zu wollen; Geschichtsphilosophie ist mir von allem Verdächtigen das Verdächtigste. Mit dem Egoismus des Alten und Kranken lasse ich den Wunsch in mir dominieren, es möchte mir trotz allem Widerstrebenden doch noch gelingen, mit meiner Dichtung fertig zu werden, deren erste Anfänge nun schon zehn Jahre alt sind. Zu dieser Geschichte Josef Knechts schrieb mir neulich der Zeichner Kubin: »mit dem Josef Knecht haben Sie sich ein Zauberpferd gesattelt und reiten es im richtigen Tempo am Rande des metaphysischen Abgrundes.« Das hat mir Spaß gemacht.

(Aus einem Brief vom 18. 10. 1940 an Rolf Schott)

Ihre Anschauungen über die Völker, ihre Charaktere und ihre Eignung zur Herrschaft teile ich zwar nicht; der Patriotismus ist ja ein guter Antreiber zu Taten, als Erkenntnisquelle aber doch nicht zu empfehlen. Wenn das Volk, das Sie rühmen, im Geistigen und Technischen zur Vorherrschaft sich eignet, nicht aber im Ethischen, dann eignet es sich eben nicht, nach meiner Auffassung. Gelangt es trotzdem dazu, so entspricht das vielen Beispielen der Geschichte, und man steht eben einmal wieder vor der Wahl, ob man die Geschichte im ganzen als einen rein biologischen Vorgang oder aber moralischen bewerten will, es ist Geschmackssache.

(Aus einem Brief vom 19. 10. 1940 an Max Barth)

Ich sehe den Zersetzungsprozeß der staatlichen Moral und Politik als unaufhaltsam an und glaube zwar durchaus an ein Ende dieser Hölle und an eine Rückkehr der Menschen zu einer erträglichen Art von Menschlichkeit, Politik und Staat, aber ich glaube nicht, daß irgendeine Nation oder eine Verfassung der Welt vor dem Umfallen und Vergewaltigtwerden sicher ist. Die Hölle des totalen Staates ist eine Phase im Ablauf des Nationalismus und wird nicht ewig dauern, wird aber das, woran wir glauben und was uns das Leben lebenswert macht, beinahe vollends vernichten, ehe sie zusammenbricht. In solchen Zeiten ist es eine gute Schule, als Gegenmittel gegen blinden Patriotismus eine direkte Verbindung mit den Verfolgten und Notleidenden in seinem Leben zu haben.

(Aus einem Brief vom 25. 10. 1940 an Ernst Morgenthaler)

Der Heiland

Immer wieder wird er Mensch geboren,
Spricht zu frommen, spricht zu tauben Ohren,
Kommt uns nah und geht uns neu verloren.

Immer wieder muß er einsam ragen,
Aller Brüder Not und Sehnsucht tragen,
Immer wird er neu ans Kreuz geschlagen.

Immer wieder will sich Gott verkünden,
Will das Himmlische ins Tal der Sünden,
Will ins Fleisch der Geist, der ewige, münden.

Immer wieder, auch in diesen Tagen,
Ist der Heiland unterwegs, zu segnen,
Unsern Ängsten, Tränen, Fragen, Klagen
Mit dem stillen Blicke zu begegnen,
Den wir doch nicht zu erwidern wagen,
Weil nur Kinderaugen ihn ertragen.

(Entstanden am 21. 11. 1940)

Wenn ein Europäer vor 10 oder 15 Jahren sich etwas hätte ausdenken wollen, ein Mittel um ja beständig wach zu bleiben und alles Leid und alle Grausamkeit der Welt in sein persönliches Leben einzulassen, so brauchte er nur eine deutsche oder österreichische Jüdin zu heiraten, dann war ihm geholfen. Ich habe das getan, und seither ist dafür gesorgt, daß ich stets wach blieb und mir keine Schweinerei der Zeit etwa entging. Jetzt ist die Heimat meiner Frau russisch. Vorher wurde noch ein Neffe von ihr von den Leuten der eisernen Garde gefoltert und getötet, dann kamen die Russen, und schon herrscht in der reichen Bukowina Hungersnot, schon wagt man dort kaum mehr eine Postkarte ins Ausland zu schreiben, weil man sich dadurch schon gefährdet, und über jedem schwebt täglich die Drohung der Deportation »ins Innere«.

Und gleichzeitig kommen aus den neuen, zum Teil grauenvollen Lagern in Südfrankreich die Notrufe der kürzlich ausgewiesenen westdeutschen Juden. Und die können wenigstens noch bitten und klagen, während in so vielen Ländern, namentlich Böhmen, Polen etc., Millionen nicht einmal die Möglichkeit haben, jemand ihr Elend zu klagen.

Wir »Geistigen« können nichts dabei tun, wir müssen froh sein, wenn es uns gelingt, eine ganz kleine Zahl von wachen und unversehrt gebliebenen Seelen in die nächste Zeit hinüberzuretten. Das andre muß mit den Waffen geschehen. Diktatoren und Generäle müssen erschlagen, nicht belehrt werden. Und das ist ja nicht unsere Arbeit.

(Aus einem Brief vom 28. 12. 1940 an Olga Diener)

Wieviel wird noch zerstört, nicht nur an Leben und Gütern, sondern an Glauben und Ordnung und echter Menschlichkeit, eh wieder etwas wie Aufatmen und Sichbesinnen kommen wird! Und wie wird die große Masse, die mit dem Tag und dem Erfolg läuft, dann reagieren, wenn alle die großen Programme und Fanfaren nichts gebracht haben als einen Trümmerhaufen und eine allgemeine große Not?

(Aus einem Brief von Ende Dezember 1940 an Arthur Stoll)

Das gehört zum Stigma der Kriegszeiten, daß sie alles Private verächtlich machen und gleichzeitig den Menschen, je mehr sie entbehren müssen, desto deutlicher zeigt, wie kahl und dürr ein Leben ohne dies Private ist.

(Aus einem Brief vom Januar 1941 an Otto Korradi)

Wenn ich mein eigenes Leben nach den allgemein gültigen Regeln, und gar nach den Gesichtspunkten, die heute in der Welt gelten, ansehe, dann ist alles falsch gewesen und konnte nur zu einem üblen Ende führen.

Hätte ich jeweils so gehandelt und gelebt, wie Sitte, Vernunft, Hygiene etc. verlangen, so hätte ich es vielleicht zu einem mittleren Offizier gebracht und es wäre mir vielleicht die Zerstörung von einigen Dörfern gelungen, während ich so mit leeren Händen dastehe, es sei denn, man wolle mir die paar geschriebenen Bücher als mildernde Gründe anrechnen. Aber wenn ich heut jung wäre und wieder anfinge, würde ich es doch wohl wieder ähnlich machen wie diesmal.

(Aus einem Brief vom 7. 3. 1941 an Peter Suhrkamp)

Ich bin seit bald 40 Jahren vertraglich an Fischer in Berlin gebunden, dort wird seit einem Jahr eins meiner Bücher nach dem andern vergriffen, und für keines erhält der Verlag die Erlaubnis es neu zu drucken, so daß Buch um Buch allmählich verschwindet. Ich mache mir jedoch darüber in dieser Zeit der »großen« und lärmenden, aber doch wohl kurzlebigen Umwälzungen vorläufig keine Sorge.

(Aus einem Brief vom 13. 11. 1941 an Paul Ilg)

Der Krieg, so sehr er sich brüstet, hat wenig Phantasie, er stampft das Lebendige und Schöne kaputt und ist besonders mißtrauisch gegen das Geistige, was ihn auch nicht empfiehlt. Ich sehe dem Theater, selber vielfach mitbetroffen, zu, ohne mir von ihm imponieren zu lassen.

Die Herren der Welt sind, heute wie immer, nur Herren des Augenblicks, und die »großen« Zeiten hinterlassen große Schutthaufen.

(Aus einem Brief vom 30. 12. 1941 an Franz Vetter)

Inzwischen sind meine Bücher in Berlin alle ausverkauft worden, man kann dort keins mehr kaufen, und bis jetzt hat kein einziges neu gedruckt werden können. Wenigstens hatte ich für diesen riesigen Ausverkauf ziemlich fette Tantièmen zu bekommen, aber man hat mir auch das entzogen; bisher habe ich von dem, was in den letzten anderthalb Jahren mir zugefallen wäre, keinen Rappen bekommen, mein Verleger konnte bis jetzt trotz allen Bemühungen die Erlaubnis nicht erlangen, Geld an mich zu schicken.

(Aus einem Brief vom Januar 1942 an Louis Moilliet)

Ja, während die Mächtigen, die großen Narren, die Welt in Trümmer schlagen, versuchen wir Harmlosen, wir kleinen Narren, den Trümmerhaufen immer wieder mit versöhnlichen Schriftzeichen zu beschreiben und mit Blumensamen zu besäen. Den Sport des Druckens, d. h. Druckenlassens hübscher Sachen für arme Teufel habe ich Anno 1915 oder 1916 begonnen, mitten im Weltkrieg, da sammelte ich überall Mittel, fand auch immer wieder entgegenkommende Drucker und schickte den Kriegsgefangenen in ihr jahrelanges Elend manches Tausend von kleinen Tröstern, von Goethe, von Stifter, von Thomas Mann, von mir, von allen möglichen. Und es blieb auch das Wunder nicht aus: die Samen wurden nicht bloß als freundliche Liebesgabe akzeptiert und bald wieder weggeworfen; bei einigen wurden sie wirkliche Retter, oder Erwecker zu neuem Leben und Vertrauen, und ein paar von jenen zerlumpten Kriegsgefangenen, denen ich die Sachen damals schickte, schreiben mir heute noch, so alle paar Jahre, irgendeinen Gruß, aus fast allen Ländern der Welt.

(Aus einem Brief vom Januar 1942, an Richard Menzel)

Dieser Tage bekam ich ein merkwürdiges Dokument zu lesen. Jemand sandte mir ein durch Schmuggel herübergekommenes Exemplar von den gedruckten Vorschriften, welche in Deutschland »streng vertraulich« jeweils von der Behörde den Zeitungsredaktionen zugestellt werden. Da hieß es, meinen 65. Geburtstag könne man zwar erwähnen, aber man müsse dabei betonen, daß die Arbeit dieses Dichters von einer »Moderichtung bestimmt gewesen ist«. Man dürfe anerkennen, daß ich trotzdem wirklich ein begabter Dichter sei, aber keineswegs der Führer der Jugend, der ich vor zwanzig Jahren scheinbar gewesen sei.

Das ist angenehm. So weiß man im voraus, was in sämtlichen deutschen Blättern stehen wird, und braucht keins mehr zu lesen.

(Aus einem Brief vom Frühjahr 1942 an Alice Leuthold)

Die Summe von Vernunft, Methode, Organisation, mit der das Unsinnige getan wird, macht einen immer wieder staunen, nicht minder die Summe von Unvernunft und Treuherzigkeit, mit der die Völker aus der Not die Tugend und aus dem

Gemetzel ihre Ideologien machen. So bestialisch und so treuherzig ist der Mensch.

(Aus einem Brief vom 26. 4. 1942 an Thomas Mann)

Über Peter Suhrkamp denken Sie nicht ganz richtig; er hat schwer gekämpft, und die Umbenennung der Firma hat gewiß wenigen weher getan als ihm.[1] Ich hoffe, ihn noch in diesem Herbst zu sehen, es ist Wichtiges zu sprechen, hoffentlich kommt es wirklich dazu.

(Aus einem Brief vom 23. 9. 1942 an Tutti Bermann Fischer)

Gleichzeitig schrieb mir ein junger Deutscher von der russischen Front und meinte am Schluß seines Briefes: zu den Gütern, welche das deutsche Heer dort im Osten zu verteidigen habe, gehöre auch mein Werk. Was diese armen Knaben für Vorstellungen haben! Es ist zum Weinen. Und während dieser Knabe meint, mich und meine Bücher zu »verteidigen«, teilt man mir aus Italien mit, daß die dort geplante italienische Ausgabe der »Roßhalde« leider nun doch nicht erscheinen könne, denn man habe sich in Berlin erkundigt und erfahren, daß ich zu den zwar geduldeten, aber unerwünschten Autoren gehöre. Sie hatten nicht einmal die Courage, mir dies direkt

1 Auf Anordnung des Propagandaministeriums mußte am 1. 7. 1942 der Verlagsname »S. Fischer Verlag« verschwinden. In seiner dokumentarischen Chronik der Geschichte der Zeitschrift »Die Neue Rundschau« während der Zeit des Nationalsozialismus (im »Börsenblatt für den Deutschen Buchhandel«, Frankfurt a. M., v. 29. 6. 1971) berichtet Falk Schwarz:
»Man war der Ansicht, daß [Suhrkamp] sich ›kohlhaasisch‹ aufführe, wenn er seinen Willen gegenüber Anordnungen des Ministeriums und anderer Stellen durchzusetzen versuchte. Suhrkamp gelang es jedoch, durch sein diplomatisch geschicktes Vorgehen die gefährlichsten Bedrohungen abzuwenden. Dabei ging er davon aus, daß man ›mit den Leuten erst einmal ins Gespräch kommen‹ müsse, um die Beanstandungen zu umgehen. Ein Beispiel für die Verbissenheit und den Mut Suhrkamps berichtet seine Sekretärin Anne Mörike: Anfang 1942 war die Verfügung gekommen, daß alle jüdischen Namen getilgt werden müßten. Diese Anordnung betraf auch den SFV. Suhrkamp weigerte sich, den Verlag umzubenennen und schlug vor, ihn ›Fischer-Verlag‹ zu nennen. Als dieses Ansinnen vom ProMin abgelehnt wurde, gab Suhrkamp allen Ernstes zu bedenken, den Namen ›Fische Verlag‹ zu erwägen. Erst als das ProMin daraufhin ihm förmlich die Tür vor der Nase zuschlug, entschloß er sich zu der kühnen Umbenennung ›Suhrkamp-Verlag, vorm. S. Fischer‹. Erst wesentlich später mußte dieser Zusatz verschwinden.«

mitzuteilen, sondern sandten mir die Mitteilung auf vorsichtigen Umwegen.

(Aus einem Brief vom Herbst 1942 an Franz Xaver Münzel)

Die ganze Woche ist mein Berliner Verleger und lieber Freund Suhrkamp dagewesen – er hat seit einem Jahr um 24 Kilo abgenommen und wir erkannten ihn zuerst nicht wieder.

Er hat mir auch das Manuskript meines großen Buches wieder mitgebracht, das dreiviertel Jahr bei ihm gelegen war, und das nun in Deutschland *nicht erscheinen* kann.[1]

(Aus einem Brief, Ende November 1942, an seinen Sohn Bruno)

Für mich war also das Verlegen in der Schweiz einfach der einzige Ausweg, wenn ich die Existenz meines Buches, der Arbeit von zwölf Jahren, sichern wollte.

(Aus einem Brief vom Juni 1944 an Ernst Zahn)

Suhrkamp erhält vom Propagandaministerium die Anweisung, eine Reihe von Autoren nicht weiter zu verlegen, so z. B. Otto Flake, Manfred Hausmann, Hermann Hesse und Oskar Loerke. Suhrkamp kam dieser Aufforderung nicht nach, er lieferte nach wie vor, solange die Verlagsbestände reichten, diese Titel aus. 1943 erschien sogar noch einmal ein neuer Roman von Otto Flake, »Das Quintett«.

Im April 1943 verlangte Martin Bormann, der »Sekretär des Führers« und Leiter der Parteikanzlei, die Schließung des Verlages.

»Zu der Zeit bestanden zwischen Goebbels und Bormann große Spannungen, die ich benutzte, so daß Goebbels als Propagandaminister die Schließung nicht durchführte. Mir war danach klar, daß die Kräfte der Partei, die nach dem Verlag trachteten, nicht ruhen würden.« *(Peter Suhrkamp)*

Suhrkamp mußte versuchen, den Nationalsozialisten so wenig wie möglich Angriffsflächen zu bieten. Noch 1938 erhielt er von

1 Das Manuskript wurde vom Propagandaministerium »wegen eines Kapitels, das in einem Kloster spielt« (Peter Suhrkamp) abgelehnt. Die Erstausgabe des »Glasperlenspiels« erschien deshalb 1943 in dem Schweizer Verlag Fretz & Wasmuth, Zürich.

der Gestapo auf eine Anfrage der Reichsschrifttumskammer eine politische Unbedenklichkeitsbescheinigung. Suhrkamp mußte taktieren und Kompromisse schließen, auch im privaten Bereich; er war befreundet mit Gegnern des Regimes und mit solchen, die sich ihm angepaßt hatten oder anpassen mußten, so mit dem Bildhauer Arno Breker, mit dem Dramatiker Hans Rehberg und mit dem Staatsintendanten Gustaf Gründgens und Heinz Hilpert.
(Aus Siegfried Unseld/Helene Ritzerfeld, »Peter Suhrkamp. Zur Biographie eines Verlegers«, Frankfurt a. M., 1975)

Seit manchen Jahren ist die National-Zeitung [Basel] nicht nur der erste Erscheinungsort vieler kleiner Arbeiten von mir, sondern sie ist auch die Zeitung, welche ich täglich lese. Das hat zwei Gründe. Erstens ist sie ein Basler Blatt, mit reichlicher Pflege des Lokalen, und das ist für mich ein Reiz und Vorzug, denn ich weiß, wenn ich etwas lese, gern, woher es kommt, wo es gewachsen und zu Hause ist, ich bin Ideen und Meinungen nur dann zugänglich, wenn sie ein individuelles Gesicht, eine lokale Prägung und Eigenart haben. Und außerdem ist Basel die Stadt meiner ersten Schuljahre und eine alte Liebe, beinah hätte ich gesagt »unglückliche Liebe« von mir. Dies also wäre der erste Grund meiner Anhänglichkeit an die National-Zeitung. Der zweite Grund ist meine Sympathie für die soziale und menschliche Haltung, für die Gesinnung der Zeitung, für ihre spezielle Art von Schweizertum und ihre Auffassung der nationalen Staatsidee.
(Aus der »National-Zeitung«, Basel, vom 18. 3. 1943)

Daß ein Dichter am Sinn und der Berechtigung seines Dichtens häufig zweifelt, ist begreiflich. Weniger begreiflich ist, daß die Herren der Welt, jene wilden Halbmenschen, die die Welt regieren und die Macht anbeten, so gar nie Zweifel am Wert und Sinn ihres satanischen Tuns haben. Nein, wenn ein General oder Diktator einmal einen Moment beim Verdauen nachdenklich wird, so stellt sich ihm zur Verherrlichung seines Tuns gleich die ganze falsche Pracht der Geschichtsphilosophie zur Verfügung.

Solche Weltzustände wie der Krieg erleichtern mir übrigens den Glauben an den Wert oder doch die Erlaubtheit des Dichtens sehr. Wenn alle die Millionen mit allen Höllen der Technik aufeinander losfeuern, dann ist ohne weiteres jeder im Recht, der wenigstens etwas nicht Böses und Schädliches, etwas Harmloses und höchstens für ihn selber Gefährliches tut.

(Aus einem Brief vom Mai 1943 an Emil Schibli)

Der Josef Knecht[1] erscheint im Herbst bei Fretz in Zürich. In Berlin wurde die Erlaubnis zum Druck des Buches verweigert. Daß trotzdem das Reclambüchlein[2] erschien, beruht auf den vielen Unstimmigkeiten im deutschen Betrieb. Man rechnet mich dort offiziell zu den »unerwünschten« Autoren und möchte mich lieber totmachen: aber die Soldaten haben jetzt viel zu sagen, und da Bücher von mir immer wieder auf der Wunschliste der Feldbüchereien etc. stehen, hat man Reclam diesen Druck gestattet, fast die ganze Auflage geht ins Feld.

(Aus einem Brief vom 1. 6. 1943 an Josef v. Vintschger)

Am 22. November hat eine Serie schwerer Bombenangriffe angefangen, bis jetzt liegen drei hinter uns. Es werden sicher in Kürze mehrere folgen. Erlassen Sie es mir, Ihnen etwas über die Zerstörungen und den Zustand der Stadt zu sagen.

Bis jetzt ist der Verlag ohne nennenswerten Schaden davongekommen, und die Mitarbeiter sind Gott sei Dank alle wohlbehalten. Das Haus in der Gustloffstraße mit meiner Wohnung ist gleich am 22. November, ziemlich zu Beginn des Angriffs, abgebrannt. Meine Frau war hier. Alle Versuche, sie zu bewegen, in Kampen zu bleiben, waren erfolglos. Wir waren im Keller. Ich bemerkte die Einschläge sofort und stürzte die Treppe und die fünf Stockwerke hinauf. Mitzugehen konnte ich niemanden bewegen, als die Angriffe weiter in der Nähe lagen und noch Einschlag auf Einschlag folgte. Dazu das Flakfeuer. Für mich habe ich feststellen können, daß ich noch meine alte Unerschrockenheit habe. Oben brach aber das Feuer an einigen Stellen durch die Decke. Ich arbeitete eine Viertelstunde im brennenden Boden- und Dachraum. Da schlug in den dritten Stock noch von hinten her eine Sprengbombe ins Haus. Vorher waren es große Phosphorkanister gewesen. Von da ab war meine Situa-

1 »Das Glasperlenspiel«.
2 H. Hesse, »In der alten Sonne«, Erzählung (entstanden 1903/04).

tion bedrohlich. Der Gang zur Treppe stand in vollem Brand, die Treppe selbst war stellenweise verschüttet. Ich kam aber, wenn auch abgerissen und mit geringfügigen Verbrennungen an den Händen und einer Verletzung des Nasenbeins, heil unten an. Das weitere war dann, daß man aus den übrigen Wohnungen schleppte, was noch möglich war, und bei andren Bränden löschen half. Um 8 abends hatte es angefangen, um 5 morgens schleppte ich noch Wasser. Am nächsten Tag brachte ich meine Frau zu Kasack[1] nach Potsdam. Dort schlief ich auch diese und einige Nächte. Tagsüber arbeitete ich im brennenden Berlin.

Jetzt hat das Leben natürlicherweise sehr viele und große Beschwernisse für alle. Dazu kommt für uns persönlich, daß wir bei jedem Schritt feststellen, uns fehlen die allernotwendigsten Dinge, und so bald kann dem auch nicht notdürftig abgeholfen werden. Das Bett bei Kasacks war ein großer Luxus. Es ist alles unsäglich traurig, aber mein Lebensmut ist darum nicht gebrochen. Zu klagen halte ich mich nicht für berechtigt, und ich tu es auch nicht. Da ich die Gabe des Denkens erhalten habe, geht mir die Berechtigung dazu ab, denn jeder Denkende mußte wissen, was aus der Gewalt wird, wenn sie die Torheit benutzt. Beklagenswert ist aber die große Masse der Unschuldigen, denen die Gabe zu denken nicht gegeben ist.

(Aus einem Brief von Peter Suhrkamp vom 1. 12. 1943 an Hesse)

Hübsch ist die Geschichte von dem Offizier, der bei der Nachtübung meine Verse spricht. Aber es gab auch Offiziere genug, die nach dem Erschießen von 10 oder 100 Geiseln, oder dem Niederbrennen eines Dorfes sich die Hände wuschen, sich hinlegten und noch eine Stunde Rilke oder Goethe lasen. Mir wäre ein einziger lieber, der keinen Rilke noch Hesse liest, aber seine Soldaten, statt auf Russen und Juden, auf die eigenen Führer zu schießen beibrächte. Einst, um 1919, gab es eine kriegsmüde, stark pazifistische und internationalistische Jugend in Deutschland, besonders Studenten, die lasen R[illegible]

1 Hermann Kasack (1896-1966), Lyriker und Erzähler. Als Nachfolger Oskar Loerkes war er von 1941-1949 Lektor des S. Fischer Verlages, Berlin. Vgl. H. Kasack, »Mosaiksteine«, insbes. »Der Lübecker Kaufherr Dr. Hahn« und »Bildnis eines Verlegers«, Frankfurt a.M. 1956.

und Hesse und schienen eine Art Sauerteig zu sein, aber einen Moment später hatte Hitler schon eine Knabenarmee von 100 000 Burschen, die das Volk ihm freiwillig zur Verfügung stellte und deren braune Ausrüstung es zahlte. Ach, man glaubt an nichts in Deutschland als an das Janusgesicht, an den »Faustischen«, der heut Dörfer verbrennt und morgen wunderbar Mozart spielt. Und grade von dem hat man für immer genug. Nun, seien Sie geduldig, daß ich bei dieser Laune schrieb. Aber bei jahrelangen Launen kann man halt nicht anders.

(Aus einem Brief, Februar 1944 an Marianne Weber)

Das deutsche Elend wird noch lang nicht zu Ende sein. Das Unglück ist ja reichlich wohlverdient; vom Totschlagen der Juden bis zu den räuberischen Überfällen auf Österreich, Böhmen, Polen und schließlich fast ganz Europa konnte man bessere Früchte nicht erwarten. Ich fürchte, daß dort drüben nur unendlich wenige wissen, was alles geschehen ist, und für was alles sie mitverantwortlich sind. Wie sie jetzt, während sie selber schon am Umfallen sind, schnell noch die paar Hunderttausend Juden in Ungarn abschlachten, das allein würde genügen, das Wort »deutsch« für lange Zeit zu einem Schimpfwort in der Welt zu machen. Ach, schweigen wir davon.

(Aus einem Brief vom Frühjahr 1944 an Lina Kurtz)

Sollten wir den Krieg überleben, so ist mir vor den Wiederbegegnungen mit den Leuten von jenseits der Grenzen eher bang. Einerseits wird man sich wenig verstehen, und andrerseits wird von Euch jetzt in all diesen Prüfungen und Leiden ein Grad von Tugend, von Heroismus, von Geduld, von Großzügigkeit erlernt und erduldet, dem wir feiste Friedensgewächse nicht gewachsen sind. Nun, das sind vorläufig müßige Sorgen.

(Aus einem Brief vom April 1944 an Carlo Isenberg)

Hermann Kasack
[Die Inhaftierung und Rettung Peter Suhrkamps]

Mitte April 1944 wurde Peter Suhrkamp, der Leiter des früheren S. Fischer Verlags in Berlin, auf Anordnung des Reichssicherheitshauptamts in politische Haft genommen. Schon zu Lebzeiten des alten Samuel Fischer gehörte er als Verlagsdirektor dem Unternehmen an und hatte bei der sogenannten »Arisierung jüdischer Firmen« durch die Gründung einer Kommanditgesellschaft verhindert, daß die Partei den Namen und die verbliebene Substanz des Verlages billig erwarb. Mit den Beiträgen der Kommanditisten konnte die Familie S. Fischer auf redliche Weise ausbezahlt, darüber hinaus in das Verfügungsrecht über ein nicht unerhebliches Vermögen in der Schweiz gebracht werden. Von den Behörden wurde Suhrkamps Initiative bei dieser Regelung nicht vergessen.

Ahlmann[1] stand seit vielen Jahren mit Suhrkamp in einem engen freundschaftlichen Austausch. Ihre Bekanntschaft geht bis in die Zeit des ersten Weltkriegs zurück. Das für Ahlmann schicksalswendende Jahr 1916 seiner Erblindung ergab die menschliche Basis ihrer Beziehung. Später, als Ahlmann in Berlin wohnte, bedeutete er für Suhrkamp wiewohl auch für andere seiner Freunde eine Art Mentor, eine motorische Kraft für gedankliche und auf gleiche Weise taktische Information. Wer Ahlmann begegnet ist, weiß, daß er mit Worten wie ein vollendeter Fechtmeister umzugehen verstand ... Ahlmann war natürlich darüber unterrichtet, daß Goebbels mehrfach versucht hatte, den unerwünschten Verlag auf kaltem Wege schließen zu lassen. Diese Versuche waren an Suhrkamps Wachsamkeit und Geschicklichkeit gescheitert. Außer dem Propagandaministerium waren allmählich die Reichsstelle zum sogenannten Schutz des deutschen Schrifttums unter Hagemeyer, in Verbindung zur SS bis zur Spitze Himmler, sowie eine Gruppe der Parteikanzlei unter Bormann, der als »Graue Eminenz« einen beherrschenden Faktor für die geplante Liquidierung Suhrkamps bildete, daran interessiert, sich des Verlages für ihre Zwecke zu bemächtigen. Da dieses Ziel nicht erreichbar schien, solange Suhrkamp seines Amtes waltete, mußte zunächst seine Person beseitigt werden.

1 Dr. Wilhelm Ahlmann, Mitinhaber des gleichnamigen Kieler Bankhauses.

Nachdem die Beschattung auf einer Schweizer Geschäftsreise im Herbst 1943[1] *keine genügende Handhabe erbracht hatte, schickte man einen Lockspitzel in sein Verlagsbüro, den gleichen, der, wie sich später herausstellte, unter dem Stichwort »Schweiz« den Kreis um Frau von Thadden, Exzellenz Solf, Kiep dem berüchtigten Freisler zur Verurteilung geliefert hatte. Er muß seine Rolle gut gespielt haben, denn Suhrkamp, so gewitzigt er sich sonst bewies, hielt ihn nach dieser Unterhaltung für einen nicht ernst zu nehmenden »Phantasten«, ohne die gefährliche Rolle des »Verräters« zu durchschauen.*

Es war ein gewisser Dr. Reckzeh, der unter einem Verlagsvorwand Mitte Oktober 1943 vorsprach. Sein Name freilich blieb Ahlmann und mir noch längere Zeit verborgen. Suhrkamp gebrauchte unmittelbar nach dem Besuch mir gegenüber lediglich den Ausdruck »Phantast«, weil, wie er lachend erklärte, man ihm angetragen habe, den Verlag als geheime Verbindungsstelle für jenen angeblichen Kreis zur Verfügung zu stellen, der den in der Schweiz lebenden ehemaligen Reichskanzler Dr. Wirth als Nachfolger Hitlers anstrebte.

Als Suhrkamp, ständig heimlich beobachtet, Mitte April 1944, also ein halbes Jahr nach dem ominösen Besuch, im Verlag durch den SD verhaftet und nach Ravensbrück, der Ausweichstelle des Gestapo-Gefängnisses in der Prinz-Albrecht-Straße, gebracht wurde, übersah er zunächst noch nicht das abgekartete Spiel.

Ahlmann, der zufällig in diesen Tagen von Kiel nach Berlin gekommen war, konnte noch am gleichen Abend durch Suhrkamps Sekretärin über den Vorfall unterrichtet werden. Sie hielt sich nicht an die Schweigepflicht, die ihr bei der Haussuchung im Verlag unter Androhung eines Hochverratsverfahrens auferlegt worden war. Ahlmann, der ihr noch entsprechende Instruktionen für ein eventuelles Verhör gab, mußte annehmen, daß ich einiges von jenem verfänglichen Gespräch wußte. So eröffnete er am nächsten Tage unsere Bekanntschaft nach kurzem, vorsichtigem Abtasten mit den Worten: »Also – carte blanche!« Das gab unserem Verhältnis von vornherein einen offenen Charakter, der sich in den weiteren Begegnungen zu einer herzlichen Selbstverständlichkeit entwickelt hat.

1 U. a. zu einer Unterredung mit Hermann Hesse.

Es unterlag keinem Zweifel, daß sich die Aktion nicht gegen Suhrkamp als Privatperson, sondern gegen den Verlag richtete. So war Ahlmanns Aufgabe nach zwei Seiten hin bestimmt: einmal, durch seine besonderen Beziehungen Aufhebung oder wenigstens Linderung der Haft für unseren Freund zu erreichen, und zum anderen, ihm den Verlag zu erhalten und gegen die zu erwartenden Maßnahmen schützen zu helfen. So hängt es zweifellos mit seinen Bemühungen zusammen, daß Suhrkamp bald die Erlaubnis erhielt, in begrenztem Umfang sowohl mit seiner Frau als auch dem Verlag in schriftliche Verbindung zu treten. Freilich mußte der Zensur wegen vieles unausgesprochen bleiben. So erwog Ahlmann beispielsweise auch, sich als Kommanditist zu beteiligen, um sein Interesse am Weiterbestand des Verlages nach außen zu legitimieren . . .

Als er erkundet hatte, daß man mit einer Entlassung Suhrkamps in absehbarer Zeit nicht mehr rechnen konnte, wurde die Frage nach einem stellvertretenden Leiter des verwaisten Unternehmens immer drängender. Schließlich gab ich ihm von einer Klausel in meinem Anstellungsvertrag als Lektor vom Frühjahr 1941 Kenntnis, nach der ich für den Fall einer längeren Abwesenheit oder Behinderung Suhrkamps als sein Stellvertreter in der Leitung des Verlages vorgesehen war. Ahlmann verstand meine Bedenken, die sich nicht auf die persönliche Exponierung bezogen, sondern vielmehr darauf, durch diese Verpflichtung, die weder Zeit noch Kraft für anderes lassen würde, auf meine Arbeit an dem zur Hälfte geschriebenen Roman[1] *zu verzichten. Doch es gab keine andere Lösung. »Sie müssen das Opfer bringen«, sagte er.*

Bei allem, was weiter unternommen wurde und in seinen erregenden Momenten nur in Umrissen angedeutet werden kann, hielt Ahlmann die vielfältig verschlungenen Fäden in seiner Hand, um Überschneidungen der eingeleiteten Aktionen zur Rettung Suhrkamps zu verhüten. Auch Suhrkamps Frau, die über manche Verbindungen verfügte, unternahm bald keinen Schritt, den Ahlmann nicht sorgfältig erwogen und gutgeheißen hätte . . . Ahlmann erwies sich als ein Meister der Kombination,

1 Hermann Kasack, »Die Stadt hinter dem Strom«.

als Meister auch bei den Ferngesprächen zwischen Kiel und Berlin, die wegen der Zensur in einer versteckten Chiffrensprache geführt werden mußten. Bald redete man vom »Patienten«, der »Operation«, bald vom »Nachhilfeunterricht« und dergleichen. Allmählich verhehlte er sich nicht, daß eine Wendung zum Guten kaum noch zu erwarten war. Hätte es sich um eine übliche Denunziation oder um einen privaten Racheakt gehandelt, wäre es ihm vermutlich gelungen, die Behandlung des Falles rasch günstig zu beeinflussen. Da es aber um den Verlag ging, der in Suhrkamps Person tödlich getroffen werden sollte – woran anscheinend höchste Stellen interessiert waren –, sah der Kampf um Suhrkamps Kopf wie auch um die Existenz seines Verlages wenig aussichtsreich aus.

Ende Juni wurde gegen Suhrkamp nach einem gewaltsam erpreßten Halbgeständnis ein Verfahren wegen Hoch- und Landesverrat beim Volksgerichtshof anhängig gemacht. Etwa gleichzeitig wurde ein kommissarischer Verlagsleiter eingesetzt, und zwar auf unmittelbare Anweisung von Goebbels. Man erkennt, wie gut das Räderwerk funktionierte! Dann aber begannen die drei Stellen, Propagandaministerium, SS, Parteikanzlei, sich darüber zu streiten, wer von ihnen das Erbe des Verlages antreten sollte. Dieser Kampf untereinander, der gleichsam auf Suhrkamps Rücken ausgetragen wurde, brachte es mit sich, daß der Raub nicht rechtzeitig gelang. Immerhin häuften sich die Sorgen und Schwierigkeiten, wenn auch der beauftragte Kommissar sich mit der Repräsentanz nach außen hin begnügte und die praktische und diplomatische Steuerung der Geschäftsführung mir überließ. Da mich die meisten Mitarbeiter und Angestellten schon aus der Zeit kannten, als ich vorübergehend Mitte der zwanziger Jahre unter dem alten S. Fischer gearbeitet hatte, konnte ich ihrer Unterstützung und ihrer Treue zu Suhrkamp sicher sein. Größere Sorge bereitete es, die Nervosität der Autoren zu beruhigen, denen monatelang kein Wort über die Verhaftung gesagt und nur von einem »Sanatoriumsaufenthalt« gesprochen werden durfte. Eine weitere Aufgabe bestand darin, die vom Ministerium angetragenen Publikationsvorschläge abzuwehren und zu verhindern, daß sich der ideologische Einfluß der Partei während des letzten Jahres vor dem Kriegsende im Verlag entfaltete . . . Zwei Tage vor dem 20. Juli hatte Albrecht Haushofer, den Suhrkamps Geschick sehr bewegte, im Verlag vorgespro-

chen.[1] *Zwei Tage nach dem 20. Juli besuchte mich Ahlmann in meiner Potsdamer Wohnung. Seine Beziehungen zum Grafen Stauffenberg, die später Ahlmanns Tod verursacht haben, waren mir damals nicht bekannt ... Von Ravensbrück war [Suhrkamp] nach Berlin-Moabit in das Untersuchungsgefängnis überführt worden. Der Geschicklichkeit des Verteidigers, mit dem Ahlmann ebenfalls Fühlung hielt, gelang es schließlich, den Staatsanwalt zu bewegen, das Verfahren wegen ungenügenden Materials einzustellen. Diese Entscheidung paßte nicht in das Konzept der Machtträger, die, wie mich der kommissarische Verlagsleiter wissen ließ, Unterlagen besäßen, aufgrund derer sie mit Suhrkamps Verurteilung zum Tode rechneten ...*

Schon hatte Goebbels selbst auf einer Sitzung Anfang August uns offiziell als einen »Verlag des 20. Juli« bezeichnet. Der Spitzel Dr. Reckzeh hatte versucht, den Vertreter der Kommanditisten des Verlages, den Bankfachmann Hermann J. Abs, in seine Netze zu verwickeln. Schon hatte der Reichsjustizminister Thierack sich auf direkte Veranlassung von Himmler die Akten Suhrkamp kommen lassen und eine erneute Prüfung des Falles angeordnet, da nach seiner Auffassung das Material zur Erhebung der Anklage ausreichte, die zu jener Zeit eine Verurteilung bedeutete. Der Aufwand, der aus diesen Vorgängen deutlich wird, bestätigte Ahlmanns Ansicht, nach der höchste Stellen der SS und der Partei ihre Hand im Spiele hatten. Der Staatsanwalt Goerisch stand indessen außerhalb dieses Spiels, er tanzte aus der Reihe und brachte den Mut auf, seine erste Entscheidung aufrechtzuerhalten: das Verfahren vor dem Volksgericht wurde eingestellt.

Wir allerdings wußten schon zuvor, daß Suhrkamp nun keineswegs freigelassen, sondern erneut dem SD übergeben werden würde. Er kam zunächst in das Gestapo-Gefängnis in der Lehrter Straße ... Hans Carossa, der sich ebenfalls für Suhrkamp verwendet hatte, erhielt inzwischen von Kaltenbrunner den Bescheid, wonach dieser verfügt habe, Suhrkamp endgültig in ein KZ einzuweisen. Begründung: Suhrkamp gehöre zu jenen Ele-

1 Er wurde im Zusammenhang mit den Ereignissen des 20. Juli später festgenommen und als Häftling des Gestapo-Gefängnisses in der Lehrter Straße unmittelbar vor der Eroberung Berlins bei einem Transport auf der Straße durch Genickschuß ermordet. In seiner Hand fand man ein Heft mit Gedichten, die »Moabiter Sonette«.

menten, die, falls das Attentat vom 20. Juli geglückt wäre, vermutlich damit einverstanden gewesen wären.

Ahlmann hat die Überführung Suhrkamps in das Lager Sachsenhausen nicht mehr erlebt. Das Fahrtenbuch, in dem der Chauffeur des Grafen Stauffenberg jede Fahrt, wie es damals zur Kontrolle des Benzinverbrauchs vorgeschrieben war, vermerkt hatte, wurde Ahlmann zum Verhängnis. Wenige Tage vor dem 20. Juli hatte Graf Stauffenberg, wie sich daraus nachweisen ließ, in einer Pension in Berlin-Dahlem einen längeren Besuch gemacht. Es war die gleiche Pension, in der Ahlmann Quartier zu nehmen pflegte, wenn er sich in Berlin aufhielt. Dort habe ich ihn auch zum letzten Mal gesprochen. Er war von einer sokratischen Heiterkeit, und die Stunden jenes Vormittags waren wie ein Symposion. Kurz danach hatte die Geheime Staatspolizei ermittelt, daß Stauffenbergs Besuch Ahlmann gegolten hatte. Als er dann in Kiel zu einer Vernehmung des SD vorgeladen wurde – es gehört zu der Methode von Polizeistaaten, Verhaftungen zuweilen unauffällig vorzunehmen, um die Bevölkerung über Maßnahmen der Diktatur zu täuschen –, wußte er, worum es ging. Nachdem er klar und kühl alle bis ins einzelne gehenden Bestimmungen getroffen hatte, bis zum Text der Todesanzeige, nahm er sich unmittelbar vor der Verhaftung das Leben.

Suhrkamp erfuhr seinen Tod durch eine Anzeige in der Deutschen Allgemeinen Zeitung. Es ist bezeichnend für die Kenntnis der Zusammenhänge bei den maßgeblichen Stellen, daß gerade dieses Blatt ihm amtlich in die Zelle »geschmuggelt« wurde. Er spürte sogleich, daß Ahlmann an keiner Krankheit gestorben sein konnte, und ihn quälte das Geheimnis seines Todes, der ihn in seiner Lage besonders treffen mußte. Die näheren Umstände wurden ihm erst bekannt, als er, überraschend genug, plötzlich im Februar 1945 aus Sachsenhausen entlassen wurde und am Rande seiner Kräfte die letzten Wochen vor dem Kriegsende im Krankenhaus zubrachte. Es hat sich niemals mit Sicherheit feststellen lassen, auf welche unserer verschiedenen Unternehmungen diese Wendung in letzter Minute für Suhrkamps Geschick zurückzuführen war. Die Ereignisse dieser Wochen überstürzten sich und ließen bei der allgemeinen Auflösung den hohen Stellen keine Zeit mehr, ihre Absichten gegen den Verlag zu erreichen.

(Aus Hermann Kasack, »Mosaiksteine«, Beiträge zur Literatur und Kunst, Suhrkamp Verlag, Frankfurt am Main, 1956)

Die Stelle von Jünger,[1] die Sie mir mitteilten, ist freilich charakteristisch. Die Jüngersche Welt ist eine Welt voll Geist, Kritik, Verstand und hohem künstlerischem Geschmack, nur ohne Liebe. Und charakteristisch in Ihrem Zitat scheint mir besonders der Schluß vom Schicksal, das keine persönliche Haftbarmachung kenne. So ist es: niemand ist schuldig, man schießt und brennt die Welt in Trümmer, und ist dabei völlig unschuldig, man ist »Exponent« oder »Faktor« oder irgend etwas Geistreiches, aber kein Mensch, kein moralisches, unter Gott stehendes, ihm verantwortliches Wesen. Ich gebe, deutsch gesprochen, keinen roten Pfennig dafür.

(Aus einem Brief, Mitte Mai 1944, an Charlotte Petersen)

Es ist die Krebskrankheit, an der unsre ganze Welt krank ist: die Hypertrophie des zum Selbstzweck und Götzen gewordenen Staates und seiner Beamtenschaft, welche automatisch bestrebt ist, durch immer neue unnütze Formalitäten und Ämter sich unentbehrlich zu machen und ihre Zahl zu vermehren.

Was Ihre Einstellung zu Deutschland als natürlichem Verlagsland für unsereinen betrifft, so ist es im wesentlichen auch die meine. Nur denkt »Deutschland« darüber anders. Eine ganze Anzahl meiner Bücher war verboten, die andern zwar geduldet, aber ausdrücklich als »unerwünscht« bezeichnet. Und als ich, ungern und zähneknirschend, vor bald zweieinhalb Jahren meinem Berliner Verleger die Erlaubnis gab, das Manuskript des Glasperlenspiels der Behörde vorzulegen, um die Erlaub-

1 [Anmerkung Hesses:] Die Briefschreiberin hatte eine Stelle aus einem Buch von Ernst *Jünger* zitiert, die folgendermaßen lautete: »Die Schlacht ist ein furchtbares Messen der gegenseitigen Produktion, und der Sieg der Erfolg einer Konkurrenz, die schneller und rücksichtsloser herzustellen versteht. Hier deckt das Zeitalter, aus dem wir stammen, seine Kehrseite auf. Die Herrschaft der Maschine über den Menschen, des Knechtes über den Herrn wird offenbar, und ein tiefer Zwiespalt, der schon im Frieden die wirtschaftlichen und gesellschaftlichen Ordnungen zu erschüttern begann, tritt auch in den Schlachten dieses Zeitalters tödlich hervor. Hier enthüllt sich der Stil eines materialistischen Geschlechtes, und die Technik feiert einen blutigen Triumph. Hier muß eine Rechnung beglichen werden von Schulden, die längst verjährt und vergessen schienen, und wenn wir ›da hinein‹ mußten, so wird es schon seine guten Gründe haben. Wenn *wir* vielleicht auch gar keine Schuld hatten, aber das Schicksal kennt keine persönliche Haftbarmachung, es steht hoch über Fragestellungen dieser Art.«

nis zum Druck zu bekommen, wurde diese Erlaubnis verweigert, da Bücher dieser Art durchaus unerwünscht seien.
Für mich war also das Verlegen in der Schweiz einfach der einzige Ausweg, wenn ich die Existenz meines Buches, der Arbeit von zwölf Jahren, sichern wollte.

(Aus einem Brief vom Juni 1944 an Ernst Zahn)

Ihre Erregung über den Artikel in der Zürcher Zeitung begreife ich gut, aber ich glaube doch, daß es sehr wenige Leser sein werden, die nicht von vorneherein wissen, daß in einem Bericht dieses Blattes über Kommunistisches kein gutes Haar an den Kommunisten gelassen wird und werden darf. Sich aus einem strikt kapitalistischen Blatt über Kommunistisches informieren zu wollen, wäre etwa so, wie wenn einer, der gern Näheres über Martin Luther erführe, eine katholische Kirchengeschichte befragen würde.

(Aus einem Brief vom August 1944 an Salome Wilhelm)

Nein, »weiter« als der Regenmacher[1] sind wir heute nicht. Daß das Spätere das Bessere, Vollkommenere sei, daß die Weltgeschichte ein dauernder »Fortschritt« sei, das sich einzureden war wohl die größte Dummheit des sonst so klugen 19. Jahrhunderts. Von ihr verführt glauben die Feuilletonisten denn auch, das Glasperlenspiel sei eine Utopie und ihr Autor glaube, es werde um 2100 stattfinden. Während doch das, was in meinem Buch steht, eine seelische Wirklichkeit ist, die immer und immer vorhanden war und sein wird, und über die weder ein chinesischer Taoistenmönch im 10. Jahrhundert, noch ein kluger Musiker im 18. Jahrhundert den Kopf geschüttelt hätte.

(Aus einem Brief, von 1944, an Emil Schibli)

1 Ein Kapitel aus dem »Glasperlenspiel«, eine von den der eigentlichen Biographie des »Helden« Josef Knecht angeschlossenen imaginären Kurzbiographien, worin sich Knecht die Entwicklung der ihm eigenen Veranlagung unter den verschiedenen Umweltbedingungen anderer Zeitalter vorstellt. Im »Regenmacher« versucht er sich sein Schicksal in der prähistorischen Zeit vor 20 000 Jahren vorzustellen.

Zwischen den vielen Briefen voll Klage und Jammer war gestern auch einer aus Stuttgart. Da schreibt mir ein einstiger Schulkamerad, daß er unweigerlich an den Sieg über das infame England glaube und im neuen Jahr erhoffe. Es fallen auch höhnische Worte ab für die Neutralen, von denen er meint, daß sie dem Krieg, der doch auch für sie geführt werde, bequem aus dem Fenster zusehen. Die Welt ist verrückt. Aber das geht vorüber, und sehr verständig ist sie ja nie gewesen.

(Aus einem Brief von 1944 an Richard Menzel)

Lassen Sie die Schreier schreien, und versuchen Sie, mit den paar Menschen, die Ihnen ähnlich sind und ein besseres Leben und Denken aufzubauen als Ihre Umwelt, und Ihr Leben wird plötzlich einen hohen Sinn und Wert bekommen.

(Aus einem Brief von 1944 an Rolf Conrad)

Mir haben die Störungen unseres häuslichen Lebens (das Bleiben in unsrem Haus wird immer problematischer) und die schweren Sorgen um meine Bücher und Verlage (es existiert fast nichts mehr) eine Art Zusammenbruch gebracht, eben die »späte Prüfung«.

(Aus einem Brief von 1944 an Othmar Schoeck)

Späte Prüfung

Nochmals aus des Lebens Weiten
Reißt mich Schicksal hart ins Enge,
Will in Dunkel und Gedränge
Prüfung mir und Not bereiten.

Alles scheinbar längst Erreichte,
Ruhe, Weisheit, Altersfrieden,
Reuelose Lebensbeichte –
War es wirklich mir beschieden?

Ach, es ward von jenem Glücke
Aus den Händen mir geschlagen
Gut um Gut und Stück um Stücke;
Aus ist's mit den heitern Tagen.

Scherbenberg und Trümmerstätte
Ward die Welt und ward mein Leben.
Weinend möcht ich mich ergeben,
Wenn ich diesen Trotz nicht hätte,

Diesen Trotz im Grund der Seele,
Mich zu stemmen, mich zu wehren,
Diesen Glauben: was mich quäle,
Müsse sich ins Helle kehren,

Diesen unvernünftig zähen
Kinderglauben mancher Dichter
An unlöschbar ewige Lichter,
Die hoch über allen Höllen stehen.

(Entstanden am 10. 11. 1944)

Ich kann Ihnen sagen, daß ich von den wenigen Malen, da ich Ihren Vater um 1918[1] sah, einen sehr schönen und reinen

1 Dr. Johann Wilhelm Muehlon, Pazifist, Diplomat im Auswärtigen Amt, Direktor bei Krupp, wo er kurz nach Ausbruch des Ersten Weltkrieges seine Position aufgab, dann deutscher Gesandter mit geheimen diplomatischen Missionen; quittierte am 1. 2. 1917, dem Tag der Ankündigung des uneingeschränkten U-Boot-Kriegs, seinen Dienst; danach Kontakte mit deutschen Emigranten, Versuche, diese zu einigen.

Eindruck bewahrt habe, den auch jener spätere Austausch von Briefen nicht verdorben hat. Damals in Bern war mir die Begegnung mit ihm, dessen Kriegsbroschüre[1] ich natürlich kannte, nicht nur menschlich ein schönes Erlebnis, sondern es wäre beinahe ein Schicksal für mich daraus geworden. Ihr Vater war damals nahe daran, einem Ruf in die neue Republik Deutschland zu folgen und hat mich in Gümlingen in einer längern Unterredung dringlich aufgefordert, mich ihm anzuschließen, es werde Arbeit genug für mich geben.

Daß dann, um Jahre später, während ich, schon um 1925, im »Steppenwolf« den kommenden Krieg als nahe vorausspürte und das ganze Buch zu einem Schrei der Warnung wurde, daß dann, als mir die Ahnungslosen von allen politischen Richtungen lächelnd auf die Schulter klopften und mir rieten, mich doch nicht so wegen Hirngespinsten aufzuregen – da freilich war es mir eine schmerzliche Enttäuschung, auch Ihren Vater den Dichter als Leidenden, als Warner, als Seismographen ablehnen und in die Rolle des Erheiterers und Trösters zurückverweisen zu sehen. Doch hat diese Enttäuschung mir meine Sympathie und Verehrung für den bedeutenden Mann nicht verdorben.

(Aus einem Brief vom Februar 1945 an Raimund Muehlon)

1 Wilhelm Muehlon, »Die Verheerung Europas«, Orell Füssli, Zürich, 1918, geschrieben während der ersten Kriegsmonate 1914. Diese Schrift erkennt die Hauptschuld am Verlauf des Ersten Weltkriegs bei Kaiser Wilhelm II.

Dem Frieden entgegen

Für die Waffenstillstandsfeier des Radio Basel

Aus Haßtraum und Blutrausch
Erwachend, blind noch und taub
Vom Blitz und tödlichen Lärm des Krieges,
Alles Grauenhaften gewohnt,
Lassen von ihren Waffen,
Von ihrem furchtbaren Tagwerk
Die ermüdeten Krieger.

›Friede!‹ tönt es
Wie aus Märchen, aus Kinderträumen her.
›Friede.‹ Und kaum zu freuen
Wagt sich das Herz, ihm sind näher die Tränen.

Arme Menschen wir,
So des Guten wie des Bösen fähig,
Tiere und Götter! Wie drückt das Weh,
Drückt die Scham uns heute zu Boden!

Aber wir hoffen. Und in der Brust
Lebt uns glühende Ahnung
Von den Wundern der Liebe.
Brüder! Uns steht zum Geiste,
Steht zur Liebe die Heimkehr
Und zu allen verlornen
Paradiesen die Pforte offen.

Wollet! Hoffet! Liebet!
Und die Erde gehört euch wieder.

(Entstanden am 25. 2. 1945)

Während die Affen in England sich jetzt plötzlich über ganz Deutschland empören, als seien die Lagergreuel wirklich vom deutschen Volk begangen, schweigt man von den Tausenden stiller Dulder und Helden, die wie Suhrkamp sich zäh und immer wieder gegen die Übermacht gestemmt, vielmals Freiheit und Leben gewagt, und das deutsche Volk in der edelsten Weise in seiner schwersten Zeit repräsentiert haben. – Die Engländer haben jetzt, im Jahr 1945, die Lagergreuel entdeckt, die im Jahr 1934 schon in Prager Zeitschriften geschildert waren, und die die englischen Gesandten damals in Berlin hätten veranlassen sollen, von Hitler abzurücken, statt vor ihm Kotau zu machen, wie sie es getan haben, diese Affen. Davon spricht heute niemand. Und in Italien haben die Alliierten viele Leute, die vorher von den Deutschen und Faschisten verfolgt und im Volk als brave Antifaschisten bekannt waren, bis auf den heutigen Tag im Gefängnis gehalten.

(Aus einem Brief, Ostern 1945, an Otto Basler)

Kung Fu Tse, der große Gegenspieler des Lao-tse, der Systematiker und Moralist ... wird gelegentlich so charakterisiert: »Ist das nicht der, der weiß, daß es nicht geht, und es doch tut?« Das ist von einer Gelassenheit, einem Humor und einer Schlichtheit, für die ich in keiner Literatur ein ähnliches Beispiel weiß. Oft gedenke ich dieses Spruches, und manch anderer, auch beim Betrachten der Weltereignisse und bei den Aussprüchen derer, welche die Welt in den nächsten Jahren und Jahrzehnten zu regieren und perfekt zu machen im Sinne haben. Sie tun wie Kung Tse, der Große, aber hinter ihrem Tun steht nicht sein Wissen darum, »daß es nicht geht«.

(Aus »Lieblingslektüre«, in »Neue Zürcher Zeitung« vom 7. 4. 1945)

Ich bin zufrieden, daß ich das Leben Josef Knechts noch vor dem Nachlassen der Kräfte zu Ende gebracht habe. Es lag übrigens damals auch ein halbes Jahr in Berlin, da ich durchaus gesonnen war, meine Verpflichtungen gegen den treuen Suhrkamp einzuhalten (der lang in Gestapo-Gefängnissen saß, schließlich völlig erschöpft in ein Potsdamer Spital kam, das bald darauf bombardiert wurde, ich weiß nicht, ob der Treue noch am Leben ist). Doch fanden die Berliner Ministerien das Erscheinen meines Buches »unerwünscht«, und so ist es denn bis heute der Öffentlichkeit entzogen geblieben, wenn man von den paar Dutzend Lesern in der Schweiz absehen will.

Über die »Politisierung des Geistes« denken wir vermutlich nicht sehr verschieden. Wenn der Geistige sich zur Teilnahme am Politischen verpflichtet fühlt, wenn die Weltgeschichte ihn dahin beruft, so hat er nach Knechts und meiner Meinung unbedingt zu folgen. Sich zu sträuben hat er, sobald er von außen her, vom Staat, von den Generälen, von den Inhabern der Macht berufen oder gepreßt wird, etwa so wie anno 1914 die Elite der deutschen Intellektuellen törichte und unwahre Aufrufe zu unterzeichnen mehr oder weniger genötigt wurde.

(Aus einem Brief vom 8. 5. 1945 an Thomas Mann)

Ich bin jetzt von Deutschland völlig abgeschnitten und kann von den Verwandten und Freunden nichts erfahren, das wird wohl lange dauern. Am meisten sorge ich mich um Suhrkamp, der seiner reinen Gesinnung wegen und leider auch meinetwegen unendlich lang in Gefängnissen der Gestapo war. [. . .] Natürlich vergelte ich Suhrkamps Treue und halte ihm, solange noch eine Hoffnung besteht, daß er lebt, alle meine Rechte gewahrt.

(Aus einem Brief vom Mai 1945 an seinen Sohn Bruno)

Statt Ihnen meine persönlichen und unmaßgeblichen Gedanken über die deutsche Frage vorzulegen, teile ich Ihnen lieber in Kürze das Schicksal eines deutschen Verlegers mit, meines treuen Freundes und Verlegers P. Suhrkamp in Berlin.

Dieser Mann hat seine untadelige politische und menschliche Gesinnung sowie seine Treue gegen mich, seinen Autor, mit langer Haft in verschiedenen Gefängnissen der Gestapo bezahlt. Was die Nazi von seinem einst blühenden Verlag übriggelassen hatten – es war nicht mehr allzuviel –, wurde durch amerikanische Bomben vollends zertört.[1] Als Ende Januar der Verleger aus der Haft entlassen wurde, war er so gealtert, verfallen und abgemagert, daß die Freunde ihn zuerst nicht wiedererkannten. Sie brachten ihn zu einem befreundeten Arzt in ein Potsdamer Spital, und seither habe ich keine Nachricht mehr über ihn. Potsdam wurde bald darauf in Trümmer geschossen.

Lange wird es wohl dauern, bis ich erfahren werde, ob er noch

1 Bombardierung des S. Fischer Verlagsgebäudes in der Lützowstraße 89/90 in Berlin am 10. 5. 1945.

lebt und etwa wieder arbeitsfähig ist. Er besitzt die Rechte an beinahe allen meinen Büchern, von denen seit Jahr und Tag kein einziges mehr existiert, von einigen Schweizer Lizenzausgaben abgesehen, welche lediglich innerhalb der Schweiz verkauft werden dürfen.

Da haben Sie in wenigen Zeilen eins der Schicksale und Probleme, die für anständige deutsche Verleger und ihre Autoren heute bezeichnend sind.

(Antwort auf eine Umfrage der Zeitung »Freies Volk«, Bern, vom 15. 6. 1945)

Bei mir z. B. beträgt die Summe, die ich seit Jahr und Tag für regelmäßige Unterstützung nach Deutschland brauche, im Monat mehr als 600 Franken, und mein Einkommen ist kleiner als was ich das Jahr über zum Leben brauche. Sie werden das nicht weitersagen, es soll nur ein Beispiel dafür sein, wie das Problem Deutschland für uns im Alltag aussieht. Und während ich Jahr um Jahr nach diesem Land, das mich um mein ganzes Lebenswerk gebracht hat, diese Subsidien leisten muß, habe ich seit einem halben Jahr die heimatlos und brotlos gewordenen Geschwister meiner Frau im Hause, ohne daß sich bis jetzt die geringste Aussicht auf eine neue Existenz für sie zeigt. Die Fremdenpolizei behandelt sie freundlich, solang sie von mir erhalten werden, das ist alles.

(Aus einem Brief, ca. 1945, an Cecilie Clarus)

Du meinst in deinem Brief, es wäre besser gewesen, wenn Hitler bei jenem Attentat umgekommen wäre. Das stimmt insofern, als für Deutschland alles ein klein wenig besser ausgesehen hätte. Aber die Tatsache, daß Deutschland sich Hitler ausgeliefert, daß es Böhmen, Österreich, Polen, Norwegen und schließlich die halbe Welt überfallen, ausgeraubt, Menschen zu Millionen geschlachtet und Land um Land ausgeraubt hat, diese traurige Tatsache bestünde auch dann weiter, wenn Hitler etwas früher umgekommen wäre. Und das Unglück und die Schande Deutschlands besteht ja nicht darin, daß es jetzt auch einiges leiden muß und besiegt wurde, sondern daß es viele Jahre lang diese Scheußlichkeiten ausgeübt hat. Wir haben vor Wut geknirscht, als Eure Rekruten schon vor 1939 sangen: »Heute gehört uns Deutschland, morgen die ganze Welt«, und wir sind traurig darüber, wie wenig Euer Volk bis jetzt zu ahnen scheint, was es eigentlich angerichtet hat.

(Aus einem Brief vom 18. 6. 1945 an Günther Friedrich, in englischer Gefangenschaft)

Keinesfalls würde ich öffentliche und kollektive Bußpredigten an Deutschland mit unterschreiben, dagegen privat sage ich es fast jedem Deutschen, der mich anspricht: eine wie schlechte, böse und im Grunde dumme Politik Deutschland seit 1870 gemacht hat, stets und immer, und wie eben doch alle daran mit schuld sind. Wer sich für Bismarck oder Wilhelm den Zweiten nicht mehr mitverantwortlich fühlt und sich ostentativ die Hände wäscht, der ist doch, in 99 von 100 Fällen, treulich und begeistert seinerzeit zur Urne gepilgert, um Hindenburg zu wählen. Irgendeinmal muß eben doch das Volk anfangen, sich für sein Tun und sein Leiden selber verantwortlich zu fühlen. Aber das lernt sich schwer, und da viele andre Völker unendlich lang dazu gebraucht haben, wird es auch hier nicht rasch gehen.

(Aus einem Brief vom Juli 1945 an Paula Philippson)

Es kommen von nirgends her gute Nachrichten, manchmal graut einem vor dem Abgrund von Enttäuschungen, Wut, Haß und Elend, der statt des Friedens und Neubeginns einen angähnt. Auch die Kriegsgefangenen in allen Ländern der Welt, von denen viele Briefe, Klagen und Bitten kommen haben stark an dieser Mißstimmung teil, und ermahnende und beschwichtigende Worte wie die von Pfarrern etc. wirken auf sie nur aufreizend und machen sie noch cynischer. Überall, in allen Lagen und Lagern, blickt einem die Bestie Mensch grimmig und drohend an und scheint alle die herrlichen Möglichkeiten, die in ihr lägen, vergessen oder vertan zu haben.

Mein Glaube, d. h. mein Bild von Mensch und Welt ist nicht erschüttert oder gar ausgelöscht, nur bin ich sehr müde geworden und möchte ganz gern bald Abschied nehmen.

(Aus einem Brief vom August 1945 an Kurt Eckner)

Ich möchte Ihnen ... ein Wort zu Ihrem Brief sagen, in dem Sie das alte deutsche Lied singen von der bösen Kritik, dem bösen Verstande, dem alleinigen Wert des Herzens und der Begeisterung. Wir Ausländer können diese Töne, die ja seit 50 Jahren zum Programm der deutschen Jugend gehörten, auch von Hamsun kräftig unterstützt wurden, nicht hören, ohne uns dabei der Reden von Göbbels zu erinnern, worin er die Kritiker »Meckerer« und die Intellektuellen »Intelligenzbestien« nannte. Lieber Herr, was Deutschland in seine heutige Lage gebracht hat, war vor allem andern seine Bereitschaft, Kritik und Verstand für minderwertig zu halten und abzulehnen, und dafür das Herz und die Begeisterung zu preisen. Mit dieser Begeisterung haben dann eure Jungen Polen und Rußland bis zum Kuban[1] verwüstet, Ghettos angezündet und alle die übrigen Taten der vom Verstand befreiten Begeisterung getan.

Nein, die Fähigkeit zur Begeisterung wird die deutsche Jugend wohl immer wieder haben, es ist gar nicht nötig sie zu erziehen, wohl aber braucht sie Achtung vor dem Verstand, vor dem Vernünftigen, dem menschlichen Maß, der Kritik, denn das hat ihr stets sehr gefehlt.

(Aus einem Brief, 1945 an Heinrich Kiefer)

Schluß des Rigi-Tagebuches

August 1945

Die Post bringt jetzt zuweilen seltene Überraschungen, auch gestern gab es eine: Briefe aus Deutschland! Irgend jemand war aus Stuttgart in dic Schweiz gelangt und hatte Briefe für mich von ein paar schwäbischen Freunden mitgebracht, die sandte er mir und bot mir auch an, meine Antworten weiterzuleiten. Es waren nicht zufällige Briefe von Unbekannten, sondern erwartete von Freunden, und wenn ich auch über die größten meiner deutschen Sorgen nichts Neues erfuhr, so bekam ich doch zum erstenmal von einigen deutschen Intellektuellen, die weit über dem Durchschnitt stehen, direkte Mitteilungen über ihre Erlebnisse und Gedanken seit dem Zusammenbruch. Es sind unter diesen meinen Freunden natürlich keine Gläubigen des Dritten Reiches oder gar Nutznießer der Hitlerherrschaft; sie alle sind vom ersten Tage an wache und tief beunruhigte Zeugen seines Großwerdens und seiner Herr-

1 Hauptfluß des nordwestlichen Kaukasusvorlandes.

schaft gewesen, viele von ihnen haben sich in Leiden und Opfern treu bewährt, haben Amt und Brot verloren, sind in Gefängnissen gesessen, haben jahrelang wissend und ohnmächtig dem anwachsenden Unheil und der immer greller aufschießenden Teufelei zusehen müssen, haben seit dem Beginn des Krieges mit blutendem Herzen ihrem eigenen Volk die Niederlage und sich selber oftmals den Tod gewünscht.

Die Geschichte dieser Schicht des deutschen Volkes ist noch nicht geschrieben, ihre Existenz im Auslande noch kaum erkannt. Ein Teil dieser Leute war früher liberal und süddeutsch-demokratisch gesinnt, ein Teil katholisch, ein großer Teil sozialistisch.

Diese Menschen nun, von denen ich glaube, daß sie zur Zeit die leidgeprüftesten, reifsten und weisesten in Europa sind, haben teils bewußt und willentlich, teils unbewußt und instinktiv versucht, sich völlig von allem Nationalismus zu befreien. Der kämpfende Franzose, Italiener, der hungernde und leidende Holländer oder Grieche, der schwergeprüfte Pole, ja selbst der verfolgte, zu Herden in Folter und Tod getriebene Jude – sie hatten alle in ihrem für uns unausdenklichen Leide noch das eine: Gemeinsamkeit, Schicksalsgenossen, Kameraden, ein Volk, eine Zugehörigkeit. Das hatten die Hitlergegner und Hitleropfer innerhalb Deutschlands nicht, oder nur soweit sie schon vor 1933 organisiert waren, und diese, soweit sie nicht schon umgebracht waren, verschwanden fast alle in die Höllen der Gefängnisse und Straflager. Übrig blieben die nicht organisierten Gutgesinnten und Vernünftigen, und sie fanden sich von Spionage, Spitzeltum, Denunziation immer mehr ins Enge getrieben, lebten in einer zuletzt kaum mehr atembaren Atmosphäre von Gift und Lüge, sahen die Mehrheit ihres Volkes von einem scheußlichen, ihnen unverständlichen und bösartigen Rausch ergriffen. Ich glaube, daß die Mehrzahl derer, welche diesen zwölf Jahre dauernden Angsttraum überlebt haben, gebrochen und zur aktiven Teilnahme an einem Wiederaufbau nicht mehr fähig ist. Wohl aber können sie unendlich viel beitragen zur geistigen und moralischen Erweckung ihres Volkes, das vorläufig noch gar nicht begonnen hat, das Geschehene und von ihm zu Verantwortende ins Bewußtsein einzulassen. Der müden Stumpfheit des Volkes steht bei jedem Wachgebliebenen eine ungeheuer empfindliche

Bereitschaft für die Bewältigung der Schuldfrage, ein höchst zart und wund gewordenes Gewissen gegenüber.

Eines nun ist allen Äußerungen dieser wahrhaft guten Deutschen gemeinsam: die höchste Sensibilität für den Ton jener Aufklärungs- und Strafpredigten, welche jetzt, etwas spät, von den demokratischen Völkern an das deutsche gerichtet werden. Zum Teil werden diese Aufsätze und Broschüren, wirkungsvoll gekürzt, von den Besatzungsmächten propagiert. Das geschah auch mit dem Essay von C.G. Jung über Deutschlands »Kollektivschuld«,[1] und die einzige Schicht des deutschen Volkes, die zur Zeit überhaupt ein Ohr für diese Äußerungen hat und bereit wäre, zu lernen, reagiert auf sie mit einer Empfindlichkeit, über die man erschrickt. Kein Zweifel: die Predigten haben in sehr vielem vollkommen recht; nur erreichen sie das deutsche Volk nicht, sondern statt seiner gerade die wertvollste und edelste Schicht, wo das Gewissen längst überwach ist.

Ich kann jene Aufsätze, die ich Predigten nenne, meinen schwäbischen Freunden gegenüber nicht in Schutz nehmen, ich gebe sie preis. Ich habe diesen Freunden überhaupt nichts zu sagen. Wie sollte ein Mensch, der in einem unzerstörten Hause sitzt und täglich zu essen hat, der in den letzten zehn Jahren zwar Ärger und Sorgen, aber keine unmittelbare Bedrohung oder gar Vergewaltigung erfahren hat, diesen in jedem Leid Geprüften etwas zu sagen haben! Aber wenigstens in einem Punkt kann ich den Freunden drüben einen Rat und Zuspruch geben. Mögen sie mir in allem andern weit überlegen sein, in einem Punkt habe ich ältere Erfahrungen als sie, nämlich in der Loslösung vom Nationalismus. Die habe ich nicht unter Hitler oder unter den alliierten Bomben, sondern in den Jahren 1914 bis 1918 vollzogen und sie wieder und wieder revidiert. Und so kann ich meinen Freunden in Schwaben schreiben: »Das einzige in euren Briefen, was ich nicht ganz verstehe, ist eure Empörung über gewisse Artikel, die euer Volk über seine Schuld aufklären wollen. Ich möchte euch recht laut zurufen: Versäumt nicht wieder das wenige Gute, was der Zusammenbruch euch anbietet! Damals, im Jahre

1 C. G. Jung, »Nach der Katastrophe«, Erstdruck in »Neue Schweizer Rundschau« v. 2. 6. 1945, vgl. C. G. Jung, »Gesammelte Werke«, Bd. 10.

1918, konntet ihr eine Republik statt einer Monarchie mit schlechter Verfassung haben. Und jetzt könnt ihr, mitten im Elend, wieder etwas haben und erleben, ein neues Stück Entfaltung und Menschwerdung, das ihr vor den Siegern und vor den Neutralen voraus habt: Ihr könnt den Wahn jedes Nationalismus, den ihr ja im Grunde längst schon hasset, durchschauen und euch von ihm befreien. Ihr habt das schon weitgehend getan, aber doch nicht weitgehend, nicht gründlich genug. Denn wenn ihr diese Entwicklung in euch vollends vollzogen habt, dann werdet ihr über das deutsche Volk und die Kollektivschuld noch ganz andere Worte, dann werdet ihr jede Beleidigung oder Provokation ganzer Völker lesen oder anhören können, ohne euch im mindesten mitbetroffen zu fühlen. Tut diesen Schritt vollends zu Ende, und ihr werdet, ihr wenigen, eurem eigenen und jedem andern Volk an Menschenwert überlegen und einen Schritt näher bei Tao sein.«

(Erstdruck in »Neue Schweizer Rundschau«, Zürich, vom Sept. 1945).

Von meinem kleinen Rigitagebuch 1945 erschien soeben ein hübscher Privatdruck. Er kommt, wie alle diese Drucke, nicht in den Handel und wird bald gesucht sein. Ich gebe eine beschränkte Zahl Exemplare an Liebhaber ab, die mir einen Beitrag an meine private Deutschlandhilfe geben (mindestens 20 Fr). Ich muß einer Anzahl wertvoller Menschen über den Hungerwinter weghelfen.

(Vervielfältigte Briefbeilage, einen bibliophilen Sonderdruck ankündigend, der 1945 von Wilhelm Stämpfli, Bern, hergestellt wurde)

Über die »Kollektivschuld« Deutschlands denke ich natürlich anders als die Weltpresse, aber auch anders als meine deutschen Freunde. Die gingen alle damals, während ich den Steppenwolf schrieb, brav zur Urne und wählten Hindenburg und haben auch nachher stets das getan, was alle taten und was falsch war. Aber wohin käme man, wenn man die Welt nach solchen Kollektivschuldigen absuchen wollte! Es bliebe nichts übrig, und man fände sich selber in einem Maß mitschuldig, daß man nur sich töten könnte, womit der Welt auch nicht geholfen ist. Es braucht Geduld und Liebe, nichts sonst.

(Aus einem Brief vom 8. 8. 1945 an Erich Weber)

Den C. G. Jung und ähnliches nehmt Ihr zu tragisch. Da Deutschland nun seit dem Ende des ersten Weltkrieges sich der ganzen Welt verdächtig und verhaßt gemacht und schließlich die halbe Welt teuflisch zerstört hat, ist es natürlich, daß die ganze Welt die Deutschen haßt und nicht einen um den andern erst fragt, ob er nicht vielleicht ein Gegner Hitlers gewesen sei! Und ein kleines Korn an diesem Gesamthaß und dieser Gesamtschuld ist am Ende doch richtig: warum hat in den Jahren seit etwa 1923 unter 80 Millionen nicht einer die Courage gehabt, die große Bestie abzuschießen? Ihr dürft nicht verlangen, daß die von Deutschen beraubte, beschmutzte, zerstörte Welt sich dafür interessiere, was alles die Guten im deutschen Volk gelitten haben. Die Wunden klaffen überall, auch bei uns, auch bei mir.

Ich möchte sagen: das Empörtsein über Professoren wie Jung ist begreiflich, aber unnütz. Ihr solltet lernen, bei solchen Strafpredigten Euch selber gar nicht mehr mitbetroffen zu fühlen, jede andre Reaktion ist ein Rest von Nationalismus.

(Aus einem Brief vom 18. 8. 1945 an Marianne Weber)

Wenn ein Durchschnittsschweizer, stolz auf seine demokratische Tugend, obwohl regiert von einem Bundesrat, der gestern noch fast zur Hälfte profaschistisch war, einen jener Schauerfilme aus deutschen Lagern ansieht, dann vergißt er oft, daß nicht nur die darin vorgeführten Satane und Oberteufel Deutsche sind, sondern auch die Mehrzahl ihrer Opfer. Und diese Deutschen, die nicht seit 1939, sondern schon viele Jahre vorher unter Hitler gelitten, die ihre Ämter, ihre Ehre, ihre Freiheit, ihre Arbeit und Wirkungsmöglichkeit verloren, in Gefängnissen und Lagern gelitten und gehungert haben, die sind heute vielleicht die reifsten und weisesten Menschen in Europa. Ich habe viele Freunde unter ihnen.

(Aus einem Brief vom 22. 8. 1945 an Carl Gemperle)

Mit Deinem Hinweis darauf, daß Österreich fast ganz nazi gewesen sei, als Hitler einmarschierte, hast Du teilweise gewiß recht. Immerhin hat in letzter Stunde der arme Schuschnigg damals eine Volksabstimmung darüber vorgeschlagen, und Hitler hat das abgelehnt und den gewaltsamen Einmarsch vorgezogen, was er kaum getan hätte, wenn das mit den 80 Prozent so sicher gewesen wäre. Diese Schätzungen täuschen immer. Seinerzeit hieß es, Deutschland sei zu 80 bis 90 Prozent nazi, und heute will keiner dazugehört haben. Wenn die Radaubrüder in einem Dorf Lärm machen, dann können 20 von ihnen den Eindruck erwecken, es sei das ganze Dorf, das brülle.

(Aus einem Brief vom 31. 8. 1945 an Günther Friedrich)

Die Frage nach meinen Gedanken über den Frieden in der Welt, über die nächste Zukunft Deutschlands, der Menschheit und der Kultur, könnte ich ohnehin nicht beantworten, auch wenn ich junge Augen und Zeit genug hätte. Ich mache mir solche Gedanken gar nicht. Die Springflut von Jammer und Not, erst viele Jahre lang aus der Emigration und den von Deutschland vergewaltigten Ländern, jetzt aus Deutschland selbst, drückt mich an die Wand, will erlitten und irgendwie bestanden sein, fordert das Letzte an Kraft, und macht das Nachdenken über die Zukunft unmöglich und damit unnütz. Wenn wir uns heute, den heutigen Nöten und Forderungen gegenüber, einigermaßen menschlich und anständig halten, wird auch die Zukunft menschlich sein können. Mehr ist darüber nicht zu sagen. Die andere Frage: Wie sich der Deutsche heute all der Kritik, der Verachtung, des Hasses erwehren sollte, denen er nicht ohne gute Gründe ausgesetzt ist, habe ich schon einmal beantwortet: Er soll zunächst einmal sich um sich selbst und seine Seele kümmern, in sich aufräumen und sich nicht bei jeder Kritik an Deutschland persönlich mitgekränkt fühlen. Aber man hat diesen Rat nicht gerne gehört, und auch dies wird gute Gründe haben.

Meine Freunde bitte ich sehr, diese Mitteilung ja nicht als eine Aufforderung zu betrachten, mir nicht mehr zu schreiben, im Gegenteil, diese ganze Briefflut wird mir gerade dadurch erträglich und erleichtert, daß auch immer wieder Grüße meiner alten Freunde und Leser dabei sind.

(Aus einem Privatdruck Hesses
»An die deutschen Leser«, 1945)

An dem Wettbewerb der deutschen Intellektuellen darüber, wer von ihnen zu den Emigrierten, zu den Antinazi etc. zu rechnen sei, denke ich nicht teilzunehmen. [...]

Ich mag von mir aus nicht darum drängeln und kämpfen, daß Deutschland, das meine Bücher unter Hitler nicht mehr haben wollte, mich rehabilitiert und wieder druckt.

Ich lege Ihnen etwas bei, was ich einst am Ende des ersten Kriegs geschrieben habe, man hat es neulich hier wieder abgedruckt. Und nächstens hoffe ich Ihnen noch etwas Ähnliches, aber Neues zu schicken, aus dem Sie ungefähr sehen können, wie ich über die aktuellen deutschen Fragen denke. Gelöst und entgiftet müssen diese Fragen natürlich alle von Deutschland selber werden, aber daß wir im Ausland allzu sehr die Klugen und die Moralischen spielen, sollte womöglich nicht mehr zu lang dauern. Für jedes an dieser großen Weltschweinerei beteiligte und mitschuldige Volk kommt es darauf an, keine Ressentiments anzuhäufen.

(Aus einem Brief vom 24. 9. 1945 an Walter Bauer)

Der liebe Suhrkamp hat, zum Teil leider meinetwegen, lange Zeit in Gefängnissen der Gestapo gesessen, wurde im Januar schwer krank und in einem Zustand entlassen, daß die Freunde ihn nicht wiedererkannten, kam in Potsdam, (das gleich darauf schwer bombardiert wurde) in ein Spital, und seither weiß ich weder von ihm noch vom Verlag kein Wort mehr. Von meinen Büchern existiert längst keines mehr, außer ein paar Schweizer Lizenzausgaben, die außerhalb der kleinen Schweiz nicht verkauft werden dürfen. Ich habe die Hoffnung, meine Rehabilitierung und die Wiederauflage meiner Werke selber noch zu erleben, so ziemlich aufgegeben. Not leide ich nicht, es ist noch Erspartes da. Ich gebe in der Schweiz allerlei Altes und Neues heraus, damit wenigstens die Texte erhalten bleiben.

(Aus einem Brief vom 25. 9. 1945 an Joachim Maass)

Angeblich hat ja jetzt das »Gute« gesiegt, aber gesiegt haben die Generäle, die Kanonen, die Atombomben, die Ingenieure und wir andern sind nach wie vor »nicht von dieser Welt«, und sehnen uns darum auch oft danach, sie vollends zu verlassen.

(Aus einem Brief vom 2. 10. 1945 an Rolf Schott)

Manchmal scheint es mir, wir seien so gegen das Ende des vierten Zeitalters geraten und Shiva trete diesmal als Atombombe auf . . .

(Aus einem Brief vom 4. 10. 1945 an Lise Isenberg)

Ich wußte stets genau, daß ich als einzelner spreche, nicht als Funktionär einer objektiven Wahrheit, nicht als Prediger einer an sich glaubenden Organisation und Doktrin.

Ich wußte und weiß dabei auch, daß ich damit keinen Schaden anrichten kann, wie ich mich ja in meinem Rigitagebuch keineswegs, wie Sie falsch herausgelesen haben, ans deutsche Volk wende, sondern an eine ganz bestimmte, sehr kleine Elite, eine Schicht von einzelnen, Individualisten wie ich selbst, und die wissen genau, was ich meine und was sie damit anfangen können.

Wenn ich so viele Zweifel habe und über Gerecht und Ungerecht nicht so göttlich Bescheid weiß wie Sie, so weiß ich dafür doch: mit meiner Methode, den Menschen nicht Doktrinen und vermeintlich exakte Wahrheiten, sondern Erlebtes, Subjektives, also nicht »Wahres«, wohl aber Wirkliches mitzuteilen – mit dieser Methode bleibe ich vielleicht in Ihrem Sinn erfolglos und rede in den Wind (was aber auch nicht stimmt, denn ich weiß aus tausend Briefen und Gesprächen um die Art der Wirkung, die mir möglich ist) –, aber dafür bin ich auch sicher, daß um meinet- und meiner Wahrheit und Art willen nie ein Mensch oder gar ein Volk verfolgt, daß meine Lehren nie von Polizei, Justiz und Armee durchgeführt werden, sei es im Sinn Stalins des Weltgerechten, oder des Bundesrats Steiger,[1] der nicht minder genau um die Gerechtigkeit weiß. Es wird auf meinem Wege, lieber Humm, kein Blut vergossen und keine Gewalt getan, wohl aber auf dem Ihren, auf dem Wege des Anspruchs auf unbedingte Wahrheit, wie sie jede Partei, jedes Volk, jede politische Organisation für sich in Anspruch nimmt und mit mehr oder weniger Gewalt durchzuführen sucht. Das ist der Vorzug meiner Art und meines Weges. Darum habe ich den Lesern, für die jene Zeilen bestimmt waren, nicht ewige Wahrheiten mitgeteilt, sondern etwas von

1 Bundesrat Eduard von Steiger (1881-1962), erzkonservativer Politiker, damals Chef des Eidgenössischen Justiz- und Polizei-Departements.

dem Wenigen, was ich selber erfahren habe. Es war das Erlebnis der Lösung vom Nationalen, das mir der erste Krieg brachte.

(Aus einem Brief an R. J. Humm, ca. Oktober 1945)

Hier ist man eifrig im »Säubern« des Landes von Nazis und überhaupt von Deutschen, sogar Leute wie Bernard von Brentano[1] werden heftig angegriffen; nachdem man viele Jahre den Mund gehalten, vielleicht sogar mit Hitlerdeutschland sympathisiert hat, fegt man jetzt mit fester, törichter Heldenhand das Land Wilhelm Tells rein. Nun, es war und ist in andern Ländern auch so.

(Aus einem Brief vom 10. 10. 1945 an Felix Braun)

Du hast mir seinerzeit gemeldet, in einer Stuttgarter Zeitung sei mein Gedicht »Dem Frieden entgegen« abgedruckt, und es seien dabei die beiden Schlußzeilen, die wichtigsten, weggelassen worden. Ich habe, der Ordnung wegen und fast ohne Hoffnung auf Antwort, bei der Pressestelle der amerikanischen Armee protestiert, erstens gegen den ungefragten Abdruck, zweitens wegen der Verstümmelung. Nun ist eine Antwort gekommen, aber keine schöne.[2] Ich lege Dir die Abschrift bei, damit Du Bescheid weißt. Wie ich (und ob ich) reagieren werde, habe ich noch nicht entschieden. Dem Mann, der zu diesem dummen und bösen Brief fähig war, kann ich nicht direkt Rede stehen, ich bin ja kein besiegter und besetzter Germanensklave und habe wenig Lust, mich vor dem Offizierchen zu rechtfertigen. Wenn der diplomatische Weg, d. h. eine Mahnung unsrer Behörde an die amerikanische Gesandtschaft, mir nicht freigestellt wird, was sich noch zeigen muß, werde ich vielleicht öffentlich antworten. Auf jeden Fall weißt Du nun, daß und warum Du in jener Presse nichts mehr von mir finden wirst. Schaden habe ich dabei keinen, ich glaube ohnehin nicht, daß ich noch je einen Pfennig aus Deutschland mehr bekommen werde. Aber eine gute Nachricht kam gestern, indirekt, aber aus guter Quelle: Suhrkamp sei am Leben,

1 Bernard v. Brentano (1901-1964), sozialistischer Romancier und Essayist, vgl. S. 483.
2 Vgl. die nachfolgende Fußnote.

und man bemühe sich, ihn in die Schweiz zu bekommen (wozu ich auch schon Schritte tat).

(Aus einem Brief vom 23. 10. 1945 an Fritz Gundert)

Aus Ihrem Brief sah ich mit Erstaunen, auf welche Weise jetzt von amerikanischen Offizieren die deutsche Literatur wieder aufgebaut wird, und daß Göbbels und Rosenberg eifrige Nachfolger gefunden haben. Sie, Herr Bekessy, sind über meine Person und meine Personalien, über mein Werk, meine politische Stellung und Haltung völlig falsch informiert, und wagen aus dieser Ahnungslosigkeit heraus gegen mich Angriffe und Vorwürfe, wie sie vorher nur von Anhängern Hitlers gegen mich erhoben wurden. Und Sie gedenken also meinen Namen und mein Werk, die von den Nazi unterdrückt und nahezu vernichtet wurden, vollends tot zu machen.

Ich wehre mich dagegen nicht. Es liegt mir nichts daran, die Gnade einer solchen Wiederaufbau-Redaktion zu genießen; ich halte es für eine Ehre, von ihr gehaßt und unterdrückt zu werden. Später, irgend einmal, wird die deutsche Literatur, die mich bei ihrer jetzigen Armut nicht entbehren kann, mich schon wieder ausgraben.

Daß Ihre vielen Besetzungszeitungen sich künftig keine Arbeiten von mir mehr aneignen werden, ist mir ein angenehmes Versprechen. Besonderen Spaß machte mir in Ihrem Briefe die witzige Art, wie Sie die grobe Verstümmelung meines Gedichtes (an der die Weltwoche unschuldig ist) bagatellisieren und Ihren Spott über die Literaten ergießen, denen das Wort und dessen Reinheit und Unantastbarkeit heilig ist. Diese Ihre Ausführungen hätten, so scheint mir, in einem Brief des alten B[ekessy] an Karl Kraus stehen können.

(Nicht abgesandter Brief an Hans Habe vom Okt./Nov. 1945)

Verzeihen Sie eine kleine Belästigung. Ich bekam neulich den Brief aus Nauheim, dessen Kopie ich Ihnen beilege. Ich konnte den ebenso törichten wie anmaßenden Brief nicht beantworten, um so weniger als ich erfuhr, dieser Herr »Habe«,[1] der

1 Der Schriftsteller Hans Habe (* 1911), damals Chief Editor der in der amerikanisch besetzten Zone erscheinenden deutschen Zeitungen, hatte Hesse in einem Brief vom 8. 10. 1945 vorgeworfen, nicht wie Thomas Mann, Stefan Zweig

aber Bekessy heißt, sei der Sohn jenes Bekessy, der vor Jahrzehnten der größte Pressepirat und Revolverjournalist seiner Zeit war, und von dem Wiener Don Quichotte Karl Kraus zur Strecke gebracht wurde[1].

Ob Sie irgend etwas tun, jemand informieren, jemand einen Wink geben wollen, sei Ihnen überlassen. Ich dränge mich keineswegs zur Teilnahme am Wiederaufbau der deutschen Presse, mögen das die ahnungslosen amerikanischen Offiziere besorgen. Nur ist es komisch, daß ich die dummen Beleidigungen dieses Briefes schlucken soll, ich, der mit Deutschland zehn Jahre früher als die Emigration reinen Tisch gemacht, ich, dessen Haus viele Jahre Zuflucht für Emigranten jeder Art war, und der eine Frau hat, deren letzte Angehörige in Auschwitz etc. umgebracht wurden.

Die Deutschen denken darüber auch anders als Bekessy. Es kommen Briefe über Briefe, die meisten aus Gefangenenlagern, in denen steht, man erinnere sich meiner Mahnrufe aus den Jahren 1918-1919, und man bereue tief, sie damals nicht völlig ernst genommen und befolgt zu haben. Sogar der 78jährige Landesbischof Wurm[2] schrieb mir in diesem Sinn. Na, genug davon! [. . .]

und Franz Werfel Anklagen gegen das NS-Regime »in den Äther hinausgeschrien«, sondern statt dessen in »vornehmer Zurückgezogenheit im Tessin gesessen« zu haben. Anlaß zu dieser Behauptung war Hesses Verweis, daß sein Gedicht »Dem Frieden entgegen« in Habes Zeitungen ohne Rückfrage und ohne die beiden letzten, die Quintessenz des Gedichtes enthaltenden Zeilen abgedruckt worden war. Hesse bezeichnete diese Verstümmelung als »Barbarei«, Anlaß für Hans Habe, Hesse über die Barbarei der jüngsten Vergangenheit zu belehren mit dem Schluß: »An eine Berechtigung Hermann Hesses, noch jemals in Deutschland zu sprechen, glauben wir jedoch nicht.« In späteren Stellungnahmen hat Habe die Zusammenhänge immer anders und widersprüchlich kommentiert. (Vgl. dazu Hans Habe, »Die deutsche Presse im Jahre Null«, »Die Weltwoche« v. 19. 11. 1965; »Hermann Hesse und das Hitler-Reich«, »Aufbau«, New York, v. 2. 8. 1968, und »Erfahrungen«, 1973, Walter Verlag, S. 149 ff. Doch ist sein Brief vom 8. 10. 1945 erhalten und somit eine unmißverständliche Rekonstruktion des Falles möglich.

1 Hans Habe (Janos Békessy) war der Sohn des von Karl Kraus aus Wien vertriebenen Journalisten und Zeitungsherausgebers Imre Békessy (1886-1951).

2 Theophil Wurm (1868-1953), von 1929 bis 1948 ev. Landesbischof von Württemberg. Wortführer der ev. Kirche im Kampf gegen den Nationalsozialismus.

Ich habe mich besonnen, ob ich, nach Lesen Ihrer freundlichen Worte im Molobrief,[1] Sie noch mit diesem Bekessy behelligen solle. Ich tue es nun doch, es ist am Ende immer gut, wenn einige um solche Angelegenheiten wissen.

(Aus einem Brief vom 5. 11. 1945 an Thomas Mann)

Es hat etwas Verhängnisvolles, daß die ersten Wiederberührungen mit Deutschland und dem »neuen deutschen Geistesleben« so überaus entmutigend sind, – schon hat man wieder genug und wünschte, der Deckel wäre auf dem Topf geblieben. Ich könnte auch ein Lied singen – von dem werten Kollegen Thieß, der in den kontrollierten Zeitungen seine talentlosen Unverschämtheiten auskramen durfte;[2] von dem treuen Dulder Ebermayer;[3] von einem heimgekehrten Volksmann, dem man erlaubte, über meinen schonenden Absage-Brief an Molo öffentlich die Schale seiner patriotischen Empörung auszuleeren. Lassen wir's, es kommt einem nichts Gutes von da, auch heute nicht. Alles spricht dafür, daß sich in keiner Beziehung etwas geändert hat, und ich bin nachgerade zu der Überzeugung gelangt, daß ich mich – auch politisch – heute dort um nichts wohler fühlen würde, als um 1930. Was Ihr unöffentliches Ärgernis betrifft, den Brief aus Nauheim, so vermute ich, daß Ihre Weisheit (denn ein Weiser

1 Am 4. 8. 1945 hatte in der »Münchner Zeitung« der Schriftsteller Walter von Molo einen offenen Brief an Thomas Mann gerichtet, in dem er ihn zur Rückkehr nach Deutschland aufforderte. Thomas Mann antwortete in einem offenen »Brief nach Deutschland«, den die Deutsche Allgemeine Nachrichtenagentur übermittelte (gekürzt in »Süddeutsche Zeitung« Nr. 2 vom 9. 10. 1945, ungekürzt in T. M.: Briefe II 1937-1947, a.a.O. S. 441 ff). Er gedenkt in diesem Brief auch seiner Gespräche mit Hesse 1933.

2 Frank Thieß, »Die innere Emigration«. »Münchner Zeitung«, Nr. 11 vom 18. 8. 1945. In Briefen auf Frank Thies angesprochen, erinnert Hesse meist an den Begriff »Innere Emigration«: »Ich hasse den ebenso dummen, wie sprachlich scheußlichen Ausdruck ›Innere Emigration‹, den er erfunden hat«.

3 Der Schriftsteller Erich Ebermayer. »Der treue Dulder« ist ironisch gemeint. Ebermayer, ein Jugendfreund Klaus Manns, gab sich gleich nach dem Krieg als strikter Gegner des Nationalsozialismus. Im Novemberheft der Berliner Monatsschrift »Aufbau«, 1945, S. 310, war ein Brief Ebermayers vom 6. 5. 42 abgedruckt, der einem unbotmäßigen Rezensenten auf die ungünstige Beurteilung eines Ebermayerschen Buches hin mit Goebbels und Göring drohte, zu denen E. sich bester Verbindungen rühmte – und also das Gegenteil bewies. T. Mann hatte diesen Abdruck zweifellos gerade gelesen, da dasselbe Heft der Zeitschrift einen Beitrag auch von T. M. brachte.

sind Sie, spätestens seit dem »Glasperlenspiel«, wenn auch außerdem natürlich ein irritabler Künstler), daß also Ihre Weisheit jetzt, 3 Wochen post festum, wo ich Ihnen darüber schreibe, längst über den Quark hinaus ist und gar nichts mehr davon hören mag. Auch erübrigt es sich fast, zu sagen (aber ich sage es doch), daß der Brief des Chief Editor von einem verwunderlichen Mangel an Distanzgefühl und einer wirklich anstößigen Ahnungslosigkeit zeugt, mit wem er es denn schließlich doch, after all, und alles wohl erwogen, zu tun hat. Es ist ein Malheur, daß Sie ihm das Stichwort »Barbarei« gegeben haben, auf das aller Amerikanismus, auch der neuschaffene, wie es scheint, empfindlich reagiert, und für das ja wirklich heute allerlei andere Verwendung sich anbietet. Darauf reitet er nun polemisch herum, vergleicht Belsen und Auschwitz mit dem, was Ihrem Gedicht geschehen ist und macht Ihnen zum Vorwurf, daß Sie keine Donnerkeile gegen Hitler geschleudert haben. Wie Sie das als Schweizer, in der neutralen Schweiz, wo ich auch 5 Jahre lang so gut wie gänzlich den Mund halten mußte, hätten machen sollen, sagt er nicht. Loslegen, mein Herz waschen konnte ich auch erst in Amerika – wohin Sie nun einmal keinesfalls gehören. Daß Sie für den deutschen Teufelsdreck nichts übrig hatten, wußte jedes Kind in Europa, und pantomimisch haben Sie es hinlänglich zu verstehen gegeben. Ich bin recht froh, daß ich in dem offenen Brief nicht nur der guten, tröstlichen Stunden gedacht habe, die ich anfangs bei Ihnen verbrachte, sondern auch Ihrer frühen Loslösung vom politischen Deutschland, die Ihnen, dem Schweizer Bürger, neidenswerter Weise ein viel freieres, distanzierteres, viel weniger »pathologisches« Verhältnis zu den deutschen Dingen gab, als etwa ich es hatte. Deutscher Machtbesessenheit haben Sie schon aufs artikulierteste widerstanden, als ich noch in romantisch-protestantischer Verteidigung des gegen-revolutionären und anti-zivilisatorischen Deutschtums befangen war. Ich verleugne diese Phase nicht. Aber ich habe so wenig Recht wie Neigung, an dem Brief Capt. Habes etwas gutzuheißen.

Er »glaubt nicht an Ihre Berechtigung, je wieder in Deutschland zu sprechen«. Aber was heißt »sprechen«? Zum Volksredner und Bannerträger sind Sie ohnedies nicht geboren, womöglich noch weniger als ich; und wenn Sie sagen, Sie drängten sich nicht dazu, die deutsche Presse wiederaufbauen zu helfen, so ergänze ich das dahin, daß Sie sich auch wohl nicht dazu drängen, am

Wiederaufbau des deutschen Staates teilzunehmen. Es wird ja, wenn nicht alle Zeichen trügen, wieder ein recht schiefer Bau werden, für den man besser keinerlei Verantwortung übernimmt. »Zerstreut und verpflanzt in alle Welt, wie die Juden, müßten die Deutschen werden . . .« (Nun, hier bin ich!) Aber daß Sie als großer Dichter deutscher Zunge allezeit in Deutschland und für Deutschland »sprechen« werden, daran wird keine Press and Publication Section keiner amerikanischen Armee-Gruppe etwas ändern können.

(Aus einem Brief Thomas Manns an Hesse vom 25. 11. 1945)

Eine süddeutsche Zeitung schreibt mir, man habe dort das Rigitagebuch mit Beifall gelesen, man würde auch gern Teile draus abdrucken, aber von gewissen Teilen der Bevölkerung könnte mein Text als Ermunterung zum Widerstand gegen die Besatzungsmächte aufgefaßt werden, und ob ich für sie nicht das gleiche nochmals, aber harmloser, schreiben möchte. So kompliziert und schwer verständlich ist die Welt, voller Kunkelgassen.

(Aus einem Brief vom 6. 11. 1945 an R. J. Humm)

Hermann Hesse auf der schwarzen Liste

Daß ausgerechnet dieser Rufer in der Wüste, dieser Verkünder eines ewig lebendigen Geistes und Deuter unserer Zeit, von jenen auf die schwarze Liste gesetzt wird, die eine neue, bessere Welt aufbauen wollen, ist so unbegreiflich, ja grotesk, daß uns jedes Verständnis für eine solche Tat fehlt.

»Die Post bringt jeden Tag viel Sorge, Kummer und Ärger, namentlich seit wieder Nachrichten aus Deutschland kommen. So hat mir die Presseleitung der amerikanischen Armee, die die neuen Zeitungen für das besetzte Land herausgibt, mitgeteilt, daß ich auf ihrer schwarzen Liste stehe, und sie dafür sorgen, daß meine Stimme in Deutschland nicht mehr gehört werde.

Gestern kam auch ein längerer Brief vom württembergischen Landesbischof Wurm, der sich unter Hitler mehrmals sehr schön und mutig hielt. Er sagt darin, er habe meine Aufsätze von 1918 und 1919 gelesen. Damals hätte er meine Gedanken ablehnen müssen, heute aber müsse er mir völlig zustimmen. Das ist hübsch. Aber wenn einer der lautersten und bestgesinnten Männer in meiner einstigen Heimat, dazu noch ein frommer Christ, 25 Jahre gebraucht hat, um Gedanken des Friedens und der einfachen Menschlichkeit billigen zu können, wie mag es dann erst aussehen . . .?«

So schrieb dieser Tage Hermann Hesse an einen seiner Söhne. Im Anschluß an diese Worte können wir die Ausführungen von Thomas Mann zitieren, der seine Gründe darlegt, warum er nicht mehr »heim ins Reich« gehen will. ». . . ich habe Euch, die Ihr dort drinnen saßet (in Deutschland), nie beneidet, auch in Euren größten Tagen nicht. Dazu wußte ich zu gut, daß diese großen Tage nichts als blutiger Schaum waren und rasch zergehen würden. Beneidet habe ich Hermann Hesse, in dessen Umgang ich während jener ersten Monate Trost und Stärkung fand – ihn beneidet, weil er längst frei war, sich beizeiten abgelöst hatte mit der nur zu treffenden Begründung:

»Ein großes, bedeutendes Volk, die Deutschen, wer leugnet es? Das Salz der Erde vielleicht. Aber als politische Nation – unmöglich! Ich will, ein für allemal, mit ihnen als solcher nichts zu tun haben . . .«

Im Zusammenhang damit mag eine Exchange-Notiz interessie-

ren, wonach die Überwachung des Unterhaltungs- und Kulturlebens in der britischen Okkupationszone Berlins zum größten Teil in den Händen von zwei Offizieren der Royal Air Force liege. Ihre Hauptaufgabe sei die sogenannte Informationskontrolle, d. h. die Ausmerzung aller nationalsozialistischen Einflüsse und die Fernhaltung von nationalsozialistischem Personal. Jeglicher Hinweis auf die »Größe« des Nationalsozialismus und jede Verherrlichung des Krieges wird unterdrückt.

Wenn als Quintessenz solcher Bestrebungen (durch die Engländer oder Amerikaner) die schwarze Liste für einen Hermann Hesse gilt, so mag man sich mit Schaudern fragen, was wohl für Leute an diesen maßgebenden Stellen sitzen. Offenkundig kann es sich im vorliegenden Falle nur um eine völlig falsche Orientierung handeln (durch verkappte Nationalsozialisten, die sich vielleicht eines unbequemen Rufers entledigen wollten?). Wir brauchen bei Hesse ja nur an sein Hauptwerk »Das Glasperlenspiel« zu erinnern, um alles zu entkräften, was gegen ihn ins Feld geführt werden sollte.

(Eduard Keller in »Der Bund«, Bern, vom 14. 11. 1945)

Zur Affäre Hermann Hesse

Es gehört zu den Ungerechtigkeiten und Kuriositäten der ersten Nachkriegszeiten, daß falsche Leute geehrt und wiederum falsche Personen verfolgt werden. Unkenntnis und Übereifer, nicht vorsichtig genug geprüfte Lobpreisungen oder Denunziationen richten diese Übel an. Sie werden, wo ein gerechter Wille am Werke ist, flüchtige Erscheinungen bleiben.

Zweifellos ist diese Zuversicht besonders in bezug auf Hermann Hesse berechtigt. Es ist nicht der geringste Grund vorhanden, ihn auf die schwarze Liste der Schriftsteller deutscher Zunge zu setzen. Wer Hesses Werke gelesen hat, kann unmöglich auf dem Standpunkt des amerikanischen Zensors stehen. Ich möchte folgende beweisbare Tatsachen bekanntgeben:

In den letzten Jahren ist Hermann Hesse aufgrund der Meinungen, die er allgemein in seinen Werken geäußert hat, und aufgrund von Briefen, die er an Freunde schrieb und in denen der Nationalsozialismus verurteilt worden war, wiederholt beim Propagandaministerium in Berlin, bei der Reichsschrifttumskammer und bei der Geheimen Staatspolizei denunziert worden.

Sein Verleger, Peter Suhrkamp (Nachfolger von S. Fischer in Berlin), hat mir jedesmal, wenn ich mit ihm sprach – in Intervallen von einigen Monaten – erzählt, daß vom Ministerium her wieder die Absicht geäußert worden sei, das gesamte Werk Hermann Hesses für das Gebiet von Großdeutschland zu verbieten und Hesse auf die Liste jener Schriftsteller zu setzen, die, sobald sie den deutschen Stellen in die Hände fallen würden, als Staatsfeinde behandelt und in Konzentrationslager gesteckt werden sollten. Peter Suhrkamp focht in jedem einzelnen Falle langwierige Kämpfe durch, und es gelang ihm, die Nazi-Stellen am Ende doch jedesmal wieder zu überzeugen, daß ein Vorgehen gegen Hesse im Ausland einen katastrophalen Eindruck machen müßte. Suhrkamp fuhr einige Male in die Schweiz, um sich mit dem Dichter zu beraten. Der Verleger und sein Autor erwiesen sich als solidarisch in dem unerschütterlichen Willen, keine sachlichen Konzessionen zu machen.

Suhrkamp mußte dann schließlich sein Eintreten für Hesse und seine allgemeine, den nationalsozialistischen Forderungen gegenüber so unbequeme Haltung mit der Verhaftung und der Einlieferung in ein Konzentrationslager büßen, obwohl er ein kranker Mann war.

Seit kurzem ist Suhrkamp wieder auf freiem Fuß, und er wird sich mit Bermann-Fischer in Stockholm über den berühmten Berliner Verlag ohne Zweifel einigen.

Hermann Hesse aber ist im Urteil aller Kenner der Verhältnisse nicht nur einwandfrei in seiner freiheitlichen, demokratischen und kulturell vornehmen Gesinnung, sondern durch sein ganzes Werk auch berufen, dem deutschen Volk ein edler Führer zu einer geistigen Haltung zu sein, die unserem Kontinent und seiner kulturellen Entwicklung frommt.

(Max Schnetzer in »Der Bund«, Bern, vom 15. 11. 1945)

Mir war das aber höchst zuwider, daß die dumme Sache, und gar durch die Indiskretion meines Sohnes[1] (der es ja gut meinte) in die Presse gelangte. Denn der Brief, in dem der fragliche Presse-Offizier mir mitteilte, daß er mich unter die Autoren zähle, deren Stimme in Germanien nicht mehr gehört werden dürfe, war seltsamerweise nicht ein Ergebnis der üblichen amerikanischen Ahnungslosigkeit in geistigen und europäischen Dingen, sondern eine persönliche Gemeinheit und Bosheit. Nie wäre es mir eingefallen, gegen einen Angriff so niedriger Art mich zu rechtfertigen, als ob ich dem Angreifer das Recht einräumte, von mir Rechtfertigung zu verlangen. Nie auch hätte ich eine amtliche amerikanische Stelle um Korrektur gebeten. Möge mein Name auf noch so schwarzen Listen stehen, daran bin ich seit dem ersten Weltkrieg gewöhnt und habe es stets als Ehre betrachtet, daß ich automatisch immer die momentan Mächtigen und Offiziellen gegen mich hatte. Dabei soll es nur bleiben.

(Aus einem Brief vom November 1945 an den Redakteur der »Basler Nachrichten« Eduard Fritz Knuchel)

Die Schicht von Intellektuellen, die ich im Rigitagebuch meine, und die wirklich ernstlich sich gegen Hitler gesträubt und sich von seiner Korruption reingehalten hat, halte ich für recht dünn. Es will ja heute keiner ein Nazi gewesen sein von all diesen Feiglingen, nicht einmal Göring oder Papen. Aber in Wahrheit hat eben doch die Mehrzahl der »Geistigen«, wie das

1 Martin.

in Deutschland seit Bismarck und schon früher immer war, geschwiegen und sich angepaßt und mancher, der es heut vergessen hat, hat auch Vorteile aus seiner Anpassung gezogen.

(Aus einem Brief vom 20. 11. 1945 an Günther Friedrich)

Ich bin im Leben immer dort gestanden, wo die Unterliegenden, Verfolgten und Leidenden sind, und habe es mir zur Ehre gerechnet, automatisch stets die momentan Mächtigen und Brutalen gegen mich zu haben. Ob das nun deutsche Patrioten, Nazi oder Amerikaner sind. [. . .] Und ob man in Deutschland meine Bücher noch fünf Minuten vor meinem Tode wieder druckt, oder erst einige Jahre später, ist vollkommen einerlei.

(Aus einem Brief vom 23. 11. 1945 an eine Leserin)

Hinter allen diesen Dummheiten und Verlegenheiten steht eine so ungeheure, animalische, elementare Not, ein so gehäuftes Elend, daß jeder, der in Deutschland noch Verwandte und Freunde hat, zuweilen nachts am Alpdruck aufwacht.

Politisch hat dort niemand etwas gelernt, doch ist eine sehr kleine, durch Hitler und Himmler auf ein Minimum reduzierte Schicht vorhanden, die genau Bescheid weiß, und zu der ich manche Beziehungen habe. Doch reicht diese Schicht Humus längst nicht aus als Boden für eine neue Republik. Vorerst muß man damit zufrieden sein, daß wenigstens keine Machtmittel mehr vorhanden sind, die mißbraucht werden können.

Hier in Helvetien haben wir ja eine wundervolle, eine vorbildliche Verfassung. Würden ihre Möglichkeiten ausgenützt, so wäre das Leben hier nicht so grämlich und ängstlich wie es ist. Aber wenigstens hat je und je ein Winkelried die Courage, einen gestohlen habenden hohen Militär einen Dieb zu heißen, und zuweilen hat das sogar lästige Folgen für den Offizier. Dessen freut sich das Volk, und blickt im übrigen mit ängstlicher Hoffnung auf das mächtige Amerika, von dem man sich zwar unverstanden fühlt, das aber doch hübsch fern liegt und darum weniger Furcht erweckt als das ganz nahe gerückte Rußland.

(Aus einem Brief vom 15. 12. 1945 an Thomas Mann)

Ich wußte, was ich tat, als ich Schweizer wurde und der Berliner Akademie meinen Sitz zurückgab. Damals hat Thomas Mann (der dann seit 1933 mein Freund wurde) sich noch bemüht, mich zur Rückkehr in die Akademie zu bewegen, und war etwas verwundert über das, was ich gegen Deutschland, seine Intellektuellen, seinen alten Hindenburg und sein die Republik sabotierendes Volk zu sagen hatte [. . .]

So klar aber meine Loslösung vom politischen Deutschland seit 1916 sich vollzogen hat, so sehr bin ich nach wie vor durch Verwandtschaft, Freunde, Sprache etc. etc. mit Deutschland verbunden, und daß ein amerikanischer Pressechef der Besetzungsarmee versuchte, mich von der geistigen Mitarbeit in Deutschland auszuschließen, rechnete ich mir durchaus zur Ehre an, ich habe, Gott sei Dank, immer die Offiziellen und die in den gallonierten Uniformen zu Gegnern gehabt, auch hier in Helvetien, wo wir zwar eine vorbildliche Verfassung, aber Dreck genug am Stecken haben.

(Aus einem Brief vom 16. 12. 1945 an Otto Hartmann)

Ansprache in der ersten Stunde des Jahres 1946

Liebe Freunde! Ein neues Jahr nimmt uns auf mit unbekannten Versprechungen und Bedrohungen, und wenn auch diese heutige Mitternachtsstunde nicht mehr bedeutet als jede beliebige Stunde unseres Lebens, so begehen wir sie doch als ein Fest, und zwar als ein ernstes Fest, und daran tun wir gut, denn jede Gelegenheit und Mahnung, uns für eine Stunde dem Alltäglichen zu entziehen und etwas wie Besinnung, Rück- und Vorschau, Prüfung und Selbstprüfung, Abrechnung und Einkehr anzustellen, ist in unserem rastlosen und verarmten Leben eine Wohltat. Allein schon die Besinnung auf das Rinnen der Zeit, auf die Vergänglichkeit unseres Lebens und unserer Unternehmungen, geschehe sie nun in Trauer oder in tapferer Freudigkeit, bedeutet etwas wie Reinigung und Prüfung, klingt klar und unerbittlich wie eine angeschlagene Stimmgabel in den Wirrwarr unserer Tage und zeigt uns, wie weit wir in unserem Innern etwa von der reinen Stimmung, von unserem Platze in der Weltharmonie abgewichen seien. Es ist gut, zuzeiten diese Stimmgabel anzuschlagen. Es ist auch dann gut, wenn wir dadurch beschämt und in unserem Selbstgefühl verletzt werden.

Und diesmal, so scheint es, ist das neue, das willkommene, das noch so unbefleckte Jahr etwas ganz Besonderes und Wichtiges. Nach Jahren des Schlachtens und Vernichtens ist es wieder die erste Neujahrsnacht für uns, in der kein Krieg ist, in der wir nicht die Welt voll von Höllen und Toden wissen, nicht mehr die großen Maschinen der Vernichtung hoch über uns im Finstern zu beklagenswerten Zielen streben hören. Zwar wagen wir ja kaum, das Wort »Friede« auszusprechen, zwar sind wir gegen diese uns noch ungewohnte Stille in der Luft voll Mißtrauen, aber auch dies Mißtrauen und diese Besorgnis um die Gebrechlichkeit und Bedrohtheit dieses und jedes Friedens kann und wird uns helfen, der schönen und bangen Stunde unser Opfer zu bringen, indem wir einen Blick der Besinnung auf die Welt und auf uns selber werfen.

Wieder einmal haben wir uns einige Jahre lang daran gewöhnt, nicht gewöhnliche und private Jahre, nicht Menschenzeit und Menschenleben zu erleben, sondern »Weltgeschichte«, und wieder, wie nach allen sogenannten »großen« Zeiten, haben wir vor dieser Weltgeschichte einen großen Schauder und Ekel bekommen. Wie klang uns, als wir noch Schulknaben oder Jünglinge waren, das Wort »Weltgeschichte« prächtig und vielversprechend, wie manchmal sehnten wir Kinder uns danach, diese herrliche Weltgeschichte, die wir nur aus Büchern und Bildern kannten, wirklich mitzuerleben, ja mitzumachen! Ach, danach sehnt sich nun keiner mehr von uns. Bitter haben wir erkannt, daß die wirkliche Weltgeschichte nicht jene der Schulbücher und illustrierten Prachtwerke ist, nicht eine Perlenschnur von großen Taten, sondern eine Flut, ein Ozean von großen Leiden. Wie sehr haben wir genug von all dem Großen, womit uns die Weltnachrichten nun jahrelang jeden Tag überschüttet haben, von der großen Zeit, von den größten See- und Land- und Luftschlachten aller Jahrhunderte, von dieser gespenstisch-schauerlichen Hetze von Rekorden des Entsetzlichen!

Es ist aber mit der Weltgeschichte nicht anders als mit dem Leben und Menschentum überhaupt. So wie wir gelernt haben, in der Weltgeschichte diejenigen Zeiten für die schönsten zu halten, in denen man am wenigsten von der Weltgeschichte merkt, so hat jeder von uns auch in seinem privaten Leben es allmählich gelernt, die stillen und harmonischen Zeiten den stürmischen vorzuziehen, wobei das Maß, nach dem wir messen und werten, nicht das irgendeiner Philosophie ist, sondern ganz einfach das Maß unseres persönlichen Wohlbefindens. Das ist unheroisch und banal, aber es hat etwas für sich, es ist wenigstens aufrichtig.

So wäre denn also unser Leben am heitersten, wenn möglichst wenig darin los ist, und die Welt am glücklichsten, wenn sie gar keine Geschichte, sondern nur ein Dasein hat? Bei diesem Gedanken zucken wir schon wieder zurück, er blickt so ärmlich und gemein, er ist uns eben doch nicht annehmbar. Und es fallen uns nun, aus lange unbenutzt gebliebenen Kammern des Gedächtnisses, manche Sprüche und Verse der Weisheit ein, etwa von Goethe der Spruch, daß nichts schwerer zu ertragen sei als eine Reihe von guten Tagen. Ach, und doch wünschen wir uns die guten Tage so sehr! Aber die Weisheit behält trotzdem recht: der Mensch ist voll Verlangen nach Glück und erträgt doch das Glück nicht lange Zeit. So ist es im

Leben des einzelnen, das Glück macht ihn müde, macht ihn träg, nach einiger Dauer ist es überhaupt kein Glück mehr! Es ist eine schöne, liebenswerte, aber sehr verwelkliche Blume, das Glück. Vielleicht ist es auch in der Weltgeschichte so, und es muß die kleine Zahl und kurze Dauer der Epochen, die uns wohltemperiert und beneidenswert scheinen, durch den Jammer und die Blut- und Tränenströme der Weltgeschichte erkauft werden.

Aber was sollen wir uns dann eigentlich wünschen, wenn es nur die Wahl zwischen den Höllen des heroischen und den Kleinigkeiten des geschichtslosen Lebens gibt?

Wir könnten darüber lang nachsinnen und am Ende doch keine Antwort finden, wenn uns nicht einfiele, daß die Frage nach dem, was wir uns wünschen sollen, falsch getellt, ja daß es eine ganz unnütze Frage ist, eine rechte Kinderfrage. Das lange Kriegsgetöse hat uns etwas kindisch gemacht, so scheint es, etwas kindisch und primitiv, wir haben seit einer guten Weile fast alles vergessen, was die großen Lehrer der Menschheit gefunden und gelehrt haben. Sie lehren ja alle das gleiche, seit Jahrtausenden, und jeder Theologe oder auch jeder humanistisch Gebildete könnte es uns mit klaren Worten sagen, einerlei, ob er mehr zu Sokrates oder zu Lao Tse, mehr zu dem leidlos lächelnden Buddha oder zu dem Heiland mit der Dornenkrone neigt. Sie alle, und überhaupt jeder Wissende, jeder Erweckte und Erleuchtete, jeder wahre Kenner und Lehrer des Menschentums hat das gleiche gelehrt, nämlich, daß der Mensch sich nicht Größe noch Glück, nicht Heldentum, noch süßen Frieden, daß er sich überhaupt nichts wünschen soll, nichts als einen reinen, wachsamen Sinn, ein tapferes Herz und die Treue und Klugheit der Geduld, um damit so Glück wie Leiden, so Lärm wie Stille zu ertragen.

Diese guten Gaben wollen wir uns wünschen. Sie haben alle denselben Ursprung. Sie kommen von Gott, sie sind nichts anderes als der Gottesfunke in einem jeden von uns. Wir spüren den Funken nicht jeden Tag, wir spüren ihn oft lange Zeiten nicht und vergessen ihn, aber es kann ein einziger Augenblick ihn uns plötzlich wieder schenken, manchmal ein Augenblick des Schreckens und der Verzweiflung, manchmal ein Augenblick seligster Stille: der Blick ins Geheimnis eines Blumenkelches, das Horchen auf ein paar Takte Musik, das vertrauensvoll zu uns aufgeschlagene Auge eines Kindes. In diesen Augenblicken, denen hoher Lebensnot und denen stillster Aufgeschlossenheit, weiß jeder von uns, auch wenn er es mit Worten nicht sagen kann, das Geheimnis alles Wissens und alles Glücks, das Geheimnis der Einheit. Daß Gott, der Eine, in jedem von uns lebt, daß jeder Fleck Erde uns Heimat, jeder Mensch uns verwandt und Bruder ist, daß das Wissen um diese göttliche Einheit alle Trennung in Rassen, Völker, in reich und arm, in Bekenntnisse und Parteien als Spuk und Täuschung entlarvt – das ist der Punkt, auf den wir zurückkehren, wenn furchtbare Not oder zarte Rührung unser Ohr geöffnet und unser Herz liebefähig gemacht hat.

Wir wollen diesen innern Frieden uns und allen wünschen: denen, die in dieser Stunde in ihrem sichern Hause zu Bett gehen, und denen, die ohne Haus und Bett das Elend und die Not schmecken müssen. Wir wünschen ihn den Siegern, damit ihr Sieg sie nicht stolz und blind mache, und den Besiegten, daß sie das ihnen zugekommene Leid nicht schelten und auf fremde Köpfe hinweg wünschen, sondern bereit sind, es zu leiden und Gottes Stimme in ihm zu vernehmen.

Wir sind eines dauernden Lebens in diesem Frieden und in dieser guten, einfachen Erkenntnis nicht fähig oder nur die seltenen Heiligen, das wissen wir alle und haben uns dessen hundertmal geschämt. Aber wenn wir einmal wissen, daß der Weg zu einem höheren und edleren Menschentum einzig durch diese Schule führt, durch das immer wiederholte Erlebnis der Einheit, durch die immer erneute Einsicht in die einfache Wahrheit, daß wir Menschen Brüder und göttlicher Herkunft sind, wenn wir einmal richtig von diesem Blitz erweckt und verwundet sind, dann können wir nicht wieder vollkommen einschlafen und wieder ganz und gar in den Fiebertraum der Geisteshaltung verfallen, aus der die Kriege, die Rassenverfolgungen und alle Bruderkämpfe zwischen Menschen kommen.

Wir haben nun Jahr um Jahr das Schauerliche, das oft kaum mehr Erträgliche mitangesehen, und andere, weniger Bevorzugte als wir haben es mit allen seinen leiblichen und seelischen Qualen erleiden müssen, leiden es da und dort noch jetzt – da sind unter Blut und Tränen vielen die Meinungen und Einteilungen abhanden gekommen, nach denen der Durchschnittsmensch in bequemen Zeiten sich die Welt zurechtlegt, viele sind erwacht, vielen hat das Gewissen geschlagen, viele haben sich gelobt: wenn ich das überlebe, werde ich ein anderer und besserer Mensch sein. Es sind, heute wie immer, die homines bonae voluntatis, die Menschen, die eines guten Willens sind, ihnen hat sich Gott kundgetan, ihnen hat sich ein Stück des Weltgeheimnisses entschleiert, ihnen allein, und nicht irgendwelchen Nationen, Ständen, Bünden oder Organisationen, ist die Zukunft anvertraut, sie allein haben die geheime Kraft des Glaubens.

Einst in einer schlaflosen Nacht, schlaflos, weil ich unter dem ersten Eindruck der unter Hitler geschehenen Greuel stand, habe ich ein Gedicht geschrieben, in dem ich, dem Grauen zum Trotz, meinen Glauben zu bekennen versuchte. Die letzten Verse des Gedichtes lauten:

Darum ist uns irrenden Brüdern
Liebe möglich noch in der Entzweiung,
Und nicht Richten und Haß,
Sondern geduldige Liebe,
Liebendes Dulden führt
Uns dem heiligen Ziele näher.

(Gesendet von »Radio Basel« an Silvester 1945/1946)

Daß meine Neujahrsworte in Burg zwei gute und willige Hörer gefunden haben, ist mir lieb, ich schrieb jene Worte ja eigentlich nur für Deutschland auf, um an einige Wahrheiten zu erinnern, die man ebensogut in der Bibel oder bei Lao Tse oder Meng Dsi oder Sokrates lesen könnte, was man aber aus Dummheit und Faulheit nicht tut.

(Aus einem Brief vom 5. 1. 1946 an Otto Basler)

Du hast auf das Wort »Gott« in meiner Neujahrsbetrachtung heftig reagiert, und ebenso auf meine skeptische Betrachtung des »Fortschritts« in der Weltgeschichte.

Ich meinerseits glaube nicht, daß nicht zwei oder sechs oder zahllose Arten der Weltbetrachtung friedlich nebeneinander existieren könnten. Daß die Art, wie ein Mensch die Welt betrachtet, ein Kampfmittel sei und sein müsse, sehe ich nicht ein. Ich habe meinen Glauben, halb aus Herkunft, halb aus Erfahrung stammend, und er hindert mich nicht, Andersgläubige mit Achtung zu behandeln oder an irgendeinem Werk zur Verbesserung des Menschenlebens mitzuarbeiten. Ein sehr großer Teil meiner Arbeit im Leben hat in Arbeiten dieser Art bestanden, und in der Zeit von 1919 bis etwa 1925 hat die ganze pazifistisch und weltbürgerlich denkende Jugend in Deutschland auf zwei Namen vor allen andern geschworen, auf den von R. Rolland und auf den meinen. Rolland, einst ein gläubiger Verehrer Gandhis und der Lehre vom »Nichtanwenden von Gewalt«, hat nachträglich dann die überaus blutige russische Revolution gutgeheißen und sich zum Kommunismus bekannt, was unsre Freundschaft in keiner Weise berührt und getrübt hat. Jeder von uns wußte, daß die Welt nicht leben kann und nicht vorwärts kommt ohne Männer, die eines Glaubens und der Hingabe an diesen Glauben fähig sind. So habe ich an meinen »Gott« und er an seinen Kommunismus geglaubt, und jeder hat dem andern das Recht auf seinen Glauben gelassen.

(Aus einem Brief vom Januar 1946 an seinen Sohn Heiner)

Die ersten Worte, die nach dem Zusammenbruch vom Ausland her uns Deutschen nicht weh-, sondern wohlgetan haben, kamen aus Dichtermund. Das ist begreiflich; ihm ist es gegeben zu wissen, was andere fühlen und es mitzufühlen. Wäre das nicht so selten, würden uns nicht die Vorwürfe und Ratschläge auch wohlmeinender Personen, die wir als Freunde Deutschlands kennen, so tief verletzt haben. Wir, die unter bitteren Schmerzen im Kriege den Sieg des Feindes wünschten, während unsere eigenen Siege uns erschreckten, die den eigenen Untergang herbeisehnten, weil er zugleich den Untergang Hitlers und der Seinen bedeutete, sollten wir nicht die Schuld Deutschlands, für die wir politisch alle haften müssen, durch und durch kennen? Warum waren wir denn Hitlers Gegner und Opfer? Gewiß, es gibt auch jetzt noch Anhänger Hitlers. Kann ein Ausländer glauben, seine weisen oder zürnenden Worte könnten diejenigen bekehren oder zur Einsicht ihrer Schuld bringen, die das Strafgericht Gottes nicht bekehrt hat? Die Schuldigsten werden mit dem Tode bestraft, andere mit Gefängnis, Enteignung, Entlassung, alle, ob schuldig oder unschuldig, sind verarmt und entrechtet, haben die Trümmer ihres einst so schönen Vaterlandes vor Augen. Alle, ob schuldig oder unschuldig, waren jahrelang furchtbaren Leiden unterworfen, zu denen es gehörte, daß sie alle als verdient und logisch erkannt wurden, wozu noch Vorwürfe und Ratschläge? Dem Bedürfnis, die strafende Gerechtigkeit vollzogen zu sehen, sollte Genüge geschehen sein. Wenn Feinde, denen Unrecht angetan ist, sich rächen, ist das verständlich; von unseren Freunden, wenn sie überhaupt zu uns sprechen, erwarten wir ein Wort des Trostes. Sie, lieber Hermann Hesse, haben solche Worte gesprochen und damit Balsam auf unsere Wunden gelegt. Ich möchte Ihnen gern persönlich dafür danken, aber da ich zweifeln muß, ob ich dazu noch Gelegenheit haben werde, tue ich es aus der Ferne von ganzem Herzen.

(Ricarda Huch, »Dank an Hermann Hesse«, 1946)

Wir sind von Deutschland, was Post angeht, fast hermetisch abgeschnitten, nur kleine Drucksachen bringt man durch, so bekomme ich öfter die neue Konstanzer Zeitung, den Südkurier, der in einer seiner ersten Nummern im Herbst einen schönen Goetheaufsatz von Ihnen brachte. Von mir bringen deutsche Zeitungen sowie der Rundfunk beständig Sachen, meist Gedichte, die alle gestohlen sind. So wie in New York die Staatszeitung seit 40 Jahren wohl hundertmal Gedichte, Feuilletons etc. von mir gestohlen hat. Eine wirkliche, normale literarische Existenz habe ich seit Jahren, seit der völligen Vernichtung meines Werks in Berlin, nur noch in der winzigen Schweiz, da bin ich so eine Lokalgröße, und es existieren Bücher von mir in Lizenzausgaben, die nur für die Schweiz gelten. [. . .]

Post kommt kiloweise aus allen Ländern der Welt, seit einem halben Jahr sind daran neben der Emigration die Kriegsgefangenen besonders stark beteiligt, mit Stößen von Briefen, unter denen auch Schönes und Liebenswertes, zuweilen aber auch eine unheimliche Dampfkesselstimmung von Geladenheit, Wut und Rachelust sich findet. Inzwischen wird das, was von Europa übrig blieb, von USA und den Russen flach gewalzt. Ich hoffe zu sterben, ohne diesen Mächten je die kleinste Konzession gemacht zu haben.

(Aus einem Brief vom 13. 1. 1946 an Max Barth)

Was da an Not, Hunger, Enttäuschung, Wut, Rachelust mir fast jede Post ins Haus und Zimmer trägt, könnte einen verzweifeln machen, und während ich selber vor einem vernichteten Lebenswerk stehe, sehe ich, oft nicht ohne Grimm, der unbegabten und lieblosen Art zu, mit der die Sieger, mit Ausnahme Englands, Europa behandeln, anmaßend und großmäulig, ohne Sinn und Willen, für eine differenzierende Arbeit, es ist ein wohlgerüsteter Überfall der Barbarei über unser sterbendes Abendland.

(Aus einem Brief vom Januar 1946 an Karl Kuprecht)

Sie rühmen dem Gott der Kirche nach, daß er dem Menschen eine klare, in der Praxis bewährbare Moral gebe. Die deutschen Pfarrer, die sich samt ihrem Gott zu Haufen Hitler an den Hals geworfen haben, zeigen das Gegenteil, und ebenso die italienischen Erzbischöfe, die Mussolinis Kriegsschiffe und Flugzeuge geweiht und gesegnet haben. Sie zeigen vielmehr: der Kirchengott und die Kirche schützen den Menschen, bis hinauf zu den höchsten Beamten der Kirche, vor den gröbsten moralischen Entgleisungen keineswegs.

(Aus einem Brief vom 22. 1. 1946 an Otto Engel)

Der törichte Streit darüber, ob man in Deutschland einen Unterschied machen solle zwischen den Nazis und den Antinazis, berührt mich nicht; er ist nur in dieser völlig verfinsterten Welt möglich, deren Unordnung nun bei den Siegern ebenso aktiv wird wie vorher bei den andern. In jedem andern Land Europas wird genau zwischen Kollaborationisten und Förderern des Widerstandes unterschieden. In Deutschland behandelt man die Nürnberger Prominenten wie Porzellan, und die Märtyrer des Nazismus läßt man kaputtgehen, in Italien ist es auch wenig anders. Man schämt sich und ist froh, alt genug zu sein, um all das nicht lange mehr mit ansehen zu müssen.

(Aus einem Brief vom 23. 1. 1946 an Jonas Lesser)

Nach wiederholten Angriffen Hans Habes konzipierte Hesse dieses (nicht abgesandte) Bulletin:

Entwurf einer Stellungnahme für den Schweizer Schriftstellerverein[1]

Herr Hermann Hesse verzichtet darauf, die unartigen Briefe des Herrn Habe (Bekessy) zu beantworten. Was Herr Hesse während der Hitlerzeit getan und unterlassen hat, das zu kritisieren ist Herr Habe nicht befugt und nicht befähigt, er ist offenbar ohne jede Ahnung von der völlig klaren Stellungnahme dieses Autors zu Deutschland. Er hält offenbar Herrn Hesse für einen Deutschen und Emigranten, während er Schweizer und seit 34 Jahren in der Schweiz ansässig ist. Was Herr Habe über die Haltung Herrn Hesses zu sagen weiß, würde ebenso auf jeden beliebigen andern Schweizer Autor zutreffen. Herr Habe klagt ihn an, daß er weder in der Presse noch im Radio Angriffe gegen Hitler gerichtet habe, und scheint nicht zu wissen, daß in einem Lande mit strikter Neutralität weder Presse noch Radio für solche wohlfeilen Betätigungen einer schönen Gesinnung zur Verfügung standen. Hermann Hesses Frau ist Jüdin aus der Bukowina, und hat fast alle dortigen Angehörigen in diesen Schreckensjahren verloren; sein Verleger in Berlin und andre nahe Freunde von ihm lagen in den Gefängnissen und Lagern der Gestapo, und eine Provokation geringsten Grades hätte das Todesurteil für sie bedeutet. Von all dem weiß Herr Habe nichts, auch nichts von der vieljährigen Arbeit und Fürsorge im Dienst der Emigranten oder von der literarischen Arbeit Hermann Hesses in diesen Jahren, die eine spätere Zeit vielleicht als bleibenderen Protest gegen Hitler betrachten wird als alle vom sichern Schutz aus geschleuderten Proklamationen.

Hermann Hesse legt ferner Wert darauf, festzustellen, daß die Publikationen der Schweizer Presse über »Boykottierung« und »schwarze Liste« nicht nur ohne sein Wissen durch Indiskretion in die Presse gelangt sind, sondern daß er seit dem Erscheinen der ersten solchen Publikation sich jede Mühe gegeben hat, weitere solche unnütze und einseitig informierte Stimmen zu unterdrücken.

Herr Hermann Hesse bedauert, daß die amerikanische Presse in Deutschland einen Mann wie Herrn Habe an leitender Stelle

1 Mit handschriftlichem Vermerk Hesses: »Nicht abgesandt.«

hat, aber er hat niemals diesen Herrn mit Amerika identifiziert, und niemals behauptet, er sei offiziell von Amerika auf irgendeine schwarze Liste gesetzt worden.

Dieser Tage kam ein Brief aus Hannover von einer Dame, die mir früher sehr oft geschrieben hat. Sie fleht mich an, ich möchte meinen Einfluß in Deutschland geltend machen, um die noch sehr stark spürbare hitlerische Einstellung des Volkes zu bekämpfen. Dabei vergißt sie aber ganz, daß sie selber mir in der Zeit um 1939 oder 1940 geschrieben hat, sie habe Hitler in ihrer Stadt einziehen sehen, es sei unbeschreiblich herrlich gewesen, und noch niemals sei in der ganzen Weltgeschichte ein großer Mann so glühend geliebt worden wie Hitler. Ich glaube nicht, daß sie sich verstellt oder auf meine Vergeßlichkeit zählt, nein, sie hat tatsächlich vergessen, daß sie einst zu den deutschen Weibern gehörte, die fanatischer und hysterischer als alle Männer für die Bestie geschwärmt haben. Man kann da nur schweigen und den Kopf schütteln, wie man es auch zu den meisten Heldentaten der Sieger und Umerzieher tun muß.

(Aus einem Brief vom 4. 2. 1946 an Arthur Stoll)

Wegen des Nobelpreises wollen wir uns keine grauen Haare wachsen lassen; er käme zu spät, um mir noch Spaß zu machen, d. h. mehr Spaß als die Tatsache, daß es mir mein Leben lang beinahe völlig gelungen ist, von den offiziellen Stellen und Mächten unbemerkt zu bleiben: kein Staatspreis, kein Ehrendoktor, nichts dergleichen; ich habe nichts dagegen, wenn ich vollends so unbefleckt bleibe.[1] Und wegen des Nobelpreises kommt ja auch in Betracht, daß ich seit Jahren aufgehört habe, ein deutscher oder europäischer Autor zu sein, ich bin nur noch Schweizer, und das Glasperlenspiel ist nahezu unter Ausschluß der Öffentlichkeit erschienen, außerhalb der Schweiz weiß niemand davon. [. . .]

In Deutschland gibt es noch Leute, die vollkommen integer sind, aber es sind unendlich wenige. Hoffnung auf ein »Umler-

1 Die einzigen Ehrungen, die Hesse vor dem Nobelpreis (November 1946) und Goethepreis (September 1946) zuteil wurden, waren der österreichische Bauernfeld-Preis (1905) und der schweizerische Gottfried-Keller-Preis (1936).

nen« dort habe ich nicht. Aber vermutlich ist ein Gefährlichwerden Deutschlands doch auf sehr lange Frist unmöglich gemacht. Es sind jetzt eher andre Nationen und Nationalismen, die dafür sorgen, daß der Krieg nicht aussterbe.

(Aus einem Brief, ca. Februar 1946, an Paul A. Brenner)

Fatale Welt, in der unsre harmlosen Werke nicht existieren dürfen, und die Atomteufelei Millionen kosten darf. Aber falls die Welt sich je nochmals erholen sollte, werden unsre Spiele die der Atomprofessoren doch überleben.

(Aus einem Brief vom 21. 2. 1946 an Felix Braun)

Die Leute beginnen nun allmählich zu merken, was ein Krieg und eine Terrordiktatur ist, und daß das, was da zerstört wurde, von keinem »Frieden« wiederhergestellt werden kann. Es geht auch mir so. Ich war der Weltgeschichte gegenüber ziemlich wach und nie sehr zu Illusionen geneigt, aber auch in meinem privaten Leben ist die Zerstörung und das Irreparable nun größer, als ich noch vor anderthalb Jahren gedacht hätte. Das Materielle (daß mir mein Lebenswerk und damit mein Brot genommen wurde, und daß ich so viele Jahre materiell für nichts gearbeitet habe) ist natürlich nicht so schlimm, ich bin ein alter Mann, der sich für das, was ihm an Leben bleibt, keine Sorgen mehr macht und nicht den Hunger zu fürchten braucht, und daß das Glasperlenspiel, statt mir etwas einzubringen, nun ein reines Geschenk war, das ich in diese kriegerische Welt hineingab und hinterlassen werde, das ist sogar hübsch und ein ganz guter Spaß. Aber vorläufig sind meinem Werk auch die Leser genommen,[1] so wie mir selber eine dichterische und denkerische Arbeit nicht mehr möglich ist, weil man den Rest seiner Kräfte beständig für anderes, im Moment Notwendiges braucht etc. etc.

(Aus einem Brief vom 22. 2. 1946 an Gerda Schulz)

Vor einigen Monaten schrieb mir der 77jährige württembergische Landesbischof Wurm: er habe diese Betrachtungen[2] bei

1 Die erste deutsche Ausgabe des »Glasperlenspiels« konnte erst Ende November 1946 erscheinen.

2 H. Hesse, »Betrachtungen«, Berlin 1927. Das Buch, das u. a. auch eine Auswahl seiner im Ersten Weltkrieg entstandenen politischen Betrachtungen enthält, konnte erst 1946 wieder nachgedruckt werden.

Freunden gefunden und habe sie gelesen, und er müsse sagen, daß er ihnen heute Wort für Wort beistimme. Aber er müsse auch sagen, daß er damals, als ich diese Betrachtungen schrieb (nämlich 1914 bis 1919) keineswegs mit ihnen wäre einverstanden gewesen, sondern er hätte sie damals aus patriotischen Gründen heftig ablehnen müssen.

Man sieht also: selbst ein weiser und gelehrter alter Mann, dazu ein frommer Christ, hat 25 Jahre Zeit, hat zwei verlorene Kriege samt der Hitlerschen Schreckenszeit gebraucht, um den einfachsten, rein menschlichen Erwägungen, sobald es um Vaterland und Politik ging, zustimmen zu können. Ich mache mir über das heutige Denken des Volkes in Deutschland keinerlei Illusionen, aber ich versuche doch, einige Leute, und namentlich Kriegsgefangene, mit meinen Gedanken bekannt zu machen. Das Buch »Betrachtungen« selbst, in dem diese Gedanken standen, ist natürlich unter Hitler offiziell unterdrückt worden.

(Aus einem Brief vom 25. 2. 1946 an Günther Friedrich)

25 Jahre nachher werden die Gedanken der einfachen Menschlichkeit von den Gutgesinnten ohne viel Sträuben bejaht, nur ist dann inzwischen auch die Weltgeschichte weitergegangen, und so wäre eine anständige Minderheit immer für das zu haben, was vor 25 Jahren hätte gedacht und getan werden sollen.

(Aus einem Brief vom Februar/März 1946 an Paula Philippson)

Ihr habt also von allem und allem nichts gewußt! Nicht, daß Hitler durch seinen Münchner Putsch in seiner Gefährlichkeit bloßgestellt war, nicht, daß er von Euren »republikanischen« Behörden statt bestraft verhätschelt wurde, etc. etc., bis zum scheußlichen Boxheimer Dokument,[1] das noch lang vor Hitlers Machtergreifung in allen deutschen Zeitungen stand, und das jedem nicht völlig Blindseinwollenden vollends die Augen öffnen mußte. Und dann, von 1935 an, konnte man in Eurem Land an keinem Kurort vorbeifahren, ohne große Tafeln zu

1 Protokoll eines 1931 entstandenen nationalsozialistischen Diskussionsentwurfs von »Notverordnungen«, die bei einem kommunistischen Umsturzversuch wirksam werden sollten. Dieses Protokoll kam 1932 in die Presse.

lesen »Juden unerwünscht«, von dem überall angebrachten »Juda verrecke« zu schweigen, aus dem jeder nicht Blinde die nahenden Pogrome deutlich ablesen konnte. Nein, für mich war Hitler schon manche Jahre vor seiner Machtergreifung kein Rätsel mehr, und leider auch das deutsche Volk nicht mehr, das den Satan dann wählte und anbetete, und ihm jeden Kredit zu jeder Scheußlichkeit gab. Ich bin froh, daß ich schon während des ersten Krieges von Deutschland und seiner verfluchten Kanonenpolitik mich losgemacht und losgesagt habe. Das Leben als Vaterlandsloser ist auch kein Schleck, aber mir war es unendlich viel lieber als das Mitverantwortlichsein für die deutsche Blindheit, Wurstigkeit und Roheit in allem Politischen. Daß auch ein Mann wie Sie blind und ahnungslos bleiben konnte, ist von hier draußen einfach unfaßlich. Daß Leute wie Korfiz Holm[1] von alldem nichts wußten und wissen wollten, wundert mich gar nicht. Die Mehrzahl meiner Freunde in Deutschland wußte Bescheid, und manche sind gleich 1933 emigriert, andre in den Folterkammern der Gestapo verschwunden, so wie die Angehörigen und Freunde meiner Frau fast ohne Ausnahme in Himmlers Gasöfen in Auschwitz etc. verschwanden. Und Ihr habt von alledem nichts gewußt! Man glaubt es Euch natürlich nicht, denn in diese Kunst des Nichtwissens und Unschuldigseins, während man gleichzeitig bis an die Knie im Blut watet, kann kein andres Volk sich je hineindenken.

Nun, genug davon, es nützt ja nichts. An meinen Sympathien zu den Freunden drüben haben die Ereignisse wenig geändert, die Welt besteht ja nicht bloß aus Politik. Für uns draußen war eigentlich die schlimmste Zeit die etwa zwischen 1935 und 1939, als die Scheußlichkeit immer wuchs und wuchs und man noch nirgends ein Zeichen dafür sah, daß die Welt sich empören, und ihr den Krieg erklären werde. Der Kriegsbeginn war für uns, trotz allem, ein Aufatmen. Endlich geschah etwas! Und unsre Wünsche und Gebete galten dem Untergang Hitlers und seiner Heere, obwohl in ihnen zahllose mir verwandte oder befreundete Leute standen.

(Aus einem Brief vom 1. 3. 1946 an Wilhelm Schussen)

1 Korfiz Holm (1872-1942), Schriftsteller, Hauptschriftleiter des »Simplicissimus« u. Teilhaber des Albert Langen Verlages, München.

Der Nobelpreis für Literatur wird, im großen Ganzen, jeweils nach Erwägungen der Handelspolitik verteilt, d. h. man gibt ihn gewöhnlich dem Lande, dem man aus wirtschaftlichen Gründen grade eine Artigkeit erweisen möchte. Sollte in dieser Hinsicht die Schweiz wieder einmal drankommen und ich noch leben, so würde ich ihn ohne Zweifel bekommen. Aber ich habe diese Art Ehrungen nicht gern und würde sie zwar natürlich annehmen, aber es ist mir eher lieber, wenn ich gar nicht in diese Verlegenheit komme. Lieber wäre es mir, wenn in Deutschland mein restlos vernichtetes Werk wieder aufgebaut würde, obwohl ich materiell davon kaum noch einen Nutzen hätte. Aber vorläufig ist es mir noch nicht einmal gelungen, mit meinem treuen Berliner Verleger einen zuverlässigen Briefaustausch zu ermöglichen, das meiste geht verloren. Inzwischen wird meine Zeit und der Rest meiner Arbeitskraft durch Fürsorge für Leute in Deutschland und namentlich für zahllose Kriegsgefangene verbraucht.

(Aus einem Brief vom 1. 3. 1946 an Maria Stoll)

Ja, das ist schon merkwürdig, wie Sie jetzt in manchen Ihrer jugendlichen Visionen den Voraus-Alpdruck von Kommendem erkennen können. Mir ging es einst kurz vor dem ersten Weltkrieg so; nicht ganz ein Jahr etwa vorher hatte ich ein Gesicht oder einen Traum, der auch noch vor dem Krieg aufgezeichnet und gedruckt wurde,[1] und in dem der Krieg vorgefühlt war. Nun, jener Krieg hat mich dann genügend aufgeweckt und schließlich dazu gebracht, jeder politischen Verbundenheit mit Deutschland den Rücken zu kehren. Es war dann keine Kunst mehr, von 1919 oder gar von etwa 1923 an vorauszusehen, was kommen werde: Thomas Mann war einst ganz erstaunt, als er mich Ende der zwanziger Jahre bestimmen wollte, in die Berliner Akademie zurückzukehren, und ich ihm sagte, daß ich nicht an eine Republik glaube, die von drei Vierteln des Volkes sabotiert werde, und daß das alles zu Krieg und Jammer führen werde: ich hatte das ja auch schon im Steppenwolf deutlich genug geschrieben. Jetzt sind die Gespräche mit Deutschen eher noch unergiebiger und

1 Vgl. »Der Traum von den Göttern« in H. H., »Die Kunst des Müßiggangs«. Kurze Prosa aus dem Nachlaß, S. 168 ff. Frankfurt a. M. 1973.

unerfreulicher geworden: jeder, auch der gestern noch Nazi war, will alles gewußt und sich stets dagegen gewehrt haben und verurteilt Hitler bis in die Hölle, hält aber das, was längst vor Hitler geschehen ist, z. B. den ganzen ersten Krieg etc., keineswegs für eine deutsche Schuld. Na, lassen wir's! Es gibt Ausnahmen. *(Aus einem Brief vom 3. 3. 1946 an Alfred Kubin)*

Heute sandte man mir eine Zürcher Neuausgabe der einstigen Kriegsaufsätze von Romain Rolland,[1] die darin stehenden Worte über mich waren wohl die einzigen über mich geschriebenen, auf die ich eine Weile stolz war. Das war Anno 1915, und die Freundschaft mit Rolland war zugleich der Verzicht auf nationale und bürgerliche Zugehörigkeit. Daß ich nicht als deutscher oder europäischer Autor enden würde, sondern als im Ausland nicht mehr existierender Schweizer Lokaldichter, dachte ich damals nicht. Das alles ist so unwirklich, wie alles heute ist, man wird eines Tages sterben, und nicht sicher sein, ob es auch wirklich gestorben war und gilt.

(Aus einem Brief vom 6. 3. 1946 an Peter Suhrkamp)

Am Freitag war der württembergische Landesbischof Wurm einen halben Tag bei mir. Er war seit letzten Sommer in die Schweiz eingeladen, aber die Amerikaner ließen ihn erst jetzt heraus, sichtlich aus Furcht, sich zu blamieren, wenn eine Hauptfigur bei der ökumenischen Kirchentagung durch ihre Schuld fehlen würde. Dagegen haben sie den Nazilicbling Richard Strauss ohne weiteres herausgelassen. Und der Lieblingskünstler Hitlers, der Bildhauer, der den überlebensgroßen Monumentalkitsch für ihn machte[2] und viele Millionen verdiente, ist jetzt bei den Amerikanern ebenso beliebt und verdient wieder fast ebensoviel. So wie an der Universität Mailand fast ohne Ausnahme die alten Faschisten-Professoren blühen. Es ist alles umsonst gewesen.

(Aus einem Brief, Anfang März 1946, an Walther Meier)

Die Diskussion über die deutsche Schuld etc. wird mir jeden Tag etwa ein bis zwei dutzendmal in allen Fassungen brieflich ins Haus getragen. Auf Ihre Fragen kann ich antworten: ich

1 Romain Rolland, »Der freie Geist«, Büchergilde Gutenberg, Zürich, 1946.
2 Josef Thorak (1889-1952).

bin während des Krieges von 1914 zur Erkenntnis der Weltwirklichkeit erweckt worden, habe dem Krieg und der deutschen Gewaltpolitik abgeschworen und alle patriotischen Phrasen und Sentimentalitäten von mir getan, und habe bald nach dem Krieg meine deutsche Staatsangehörigkeit und die einzige offizielle Ehrung und Bindung, die Mitgliedschaft der Akademie, abgelegt.

Wir sehen häufig Deutsche, erst letzte Woche war der Bischof Wurm einen halben Tag bei mir, und Briefe kommen zu Hunderten, von denselben Leuten zum Teil, die unter Hitler jahrelang sich nicht mehr getraut hatten, an einen wie mich, der unten durch war, zu schreiben. Die Leute haben lauter Fragen und Sorgen, die wir vor Jahren beantwortet haben.

Nehmen Sie mir's nicht übel: ich ertrage die Klagen, die Gereiztheit und oft bösen Drohungen in den Briefen der Gefangenen schlecht. Sie klagen über lauter Dinge, von denen sie vorher das Hundertfache andern angetan haben, und sie singen Loblieder auf den deutschen Charakter und den herrlichen deutschen Soldaten im Haus eines Mannes, dessen Werk und Leben Deutschland zerstört, dessen Frau ihre Liebsten in deutschen Gaslagern verloren hat. Das hören wir nicht gern, wir haben jahrelang diesen herrlichen deutschen Soldaten die Niederlage gewünscht. Und wir halten es für unrichtig und für einen deutschen Fehler, im Haus des Gehängten so laut vom Strick zu reden und im Ertragen von Leiden, die andre von Euch viele Jahre lang vervielfacht ertragen mußten, so ungeduldig zu sein. Ich bekomme Briefe nicht nur von Ihnen, sondern von Hunderten von deutschen Kriegsgefangenen, von Deutschen im jetzigen Deutschland, und in fast allen vermisse ich jene herrlichen Eigenschaften, die Sie dem deutschen Soldaten zuschreiben, sie sind voll von Klagen, Bitten, Anliegen, und dabei von Andeutungen, wie wertvoll man selber und wie gering die andern seien, und an Drohungen mit Revanche fehlt es auch nicht. Für mich bedeutet das: Keiner hat etwas gelernt, jeder macht und denkt da weiter, wo der Krieg begonnen hat, jeder erwartet Mitleid, Hilfe, Verständnis, und keiner läßt merken, daß er sich am Ganzen mitschuldig weiß, nicht nur an Hitler, sondern noch an vielem andern.

(Aus einem Brief vom 11. 3. 1946 an einen Kriegsgefangenen in Frankreich)

Meine Leute in Deutschland hungern, ich verkaufe Privatdrucke gegen Beiträge, die Reichen drücken sich, die Armen geben, und so konnte ich seit Dezember für 1000 Franken Pakete hin beordern und habe vier Personen zu Erholungsaufenthalten eingeladen, was eine Menge Schreiberei etc. mit den Behörden gibt, zwei davon sind meine Schwestern. Von den Fällen in meinem Kreis, ähnlich wie der Ihres lieben [Friedo] Lampe, schweige ich, man watet ja seit Jahren in all diesem Elend und Unsinn, und hier in Europa hat das Leben seine Substanz völlig verloren. Nun, auch das ist auf eine Weise gut, wie denn die Welt immer wieder Bewunderung fordert: immer wieder, auch in den scheußlichsten Zeiten, entzückt sie die Jungen, und immer wieder macht sie den Erfahrenen den Abschied leicht.

(Aus einem Brief an Joachim Maass vom 23. 3. 1946)

Die Lehrerin der vielen Mädchen, die in Ihrem Haus wohnen, hat mich fragen lassen, ob ich ihnen nicht ein paar Gedichte vorlesen wolle. Ich ließ ihr sagen, das wolle ich nicht, aber ich wolle sie heut nachmittag für eine Viertelstunde bei mir empfangen. Sie kamen, die Bibliothek saß voll, ich sprach von Deutschland und Hitler und die Lehrerin war so ahnungslos und stellte so dumme Fragen, daß ich wütend wurde, sie anschnauzte und die Bude verließ.

(Aus einem Brief vom 10. 4. 1946 an Gunter Böhmer)

Was meine Stellung in der deutschen Literatur betrifft, so war sie bis 1914 eindeutig die eines erfolgreichen, aber nicht allzu ernst genommenen Romanciers. Nach meinem menschlichen und politischen Erwachen, vielmehr Aufgerütteltwerden durch den Weltkrieg und den ersten Äußerungen dieses Erwachens gab die anständige Presse in Deutschland ihrem Befremden, die unanständige aber ihrer heiligen Empörung über diesen gott- und vaterlandslosen Autor Ausdruck, ich wurde ein Vogel genannt, der sein eigenes Nest beschmutze, und eine Schlange, die das deutsche Volk ahnungslos an seinem Busen genährt habe. Und wieder nach einigen Jahren, als der Krieg verloren war, bekam ich aus Deutschland, namentlich von der Jugend und besonders von der europäisch-pazifistisch gesinnten Minderheit der Studentenschaft, Hunderte und Tausende von Briefen der Zustimmung und des Dankes.

Man hatte mich zwar nicht ganz verstanden, auch nicht immer gut gelesen, aber immerhin, man schwärmte für den Demian und pries mich und meinen Freund R. Rolland als »Führer« und »Wegbereiter« etc. Ich schrieb währenddessen den Steppenwolf, in dem ich keinen Zweifel darüber ließ, was ich von dem jetzigen Frieden und von den Aussichten des Europäertums und des Pazifismus halte. Man verbrannte das Buch nicht, man hielt mir auch keine Strafpredigten. Man las es, fand vieles darin sehr hübsch und amüsant, und klopfte mir wegen des Pessimismus, mit dem ich da von Weltgefahr und kommendem Krieg sprach, beruhigend und etwas spöttisch auf die Schulter. Ich hatte aber von dem gesprochen, was nachher ich und meine lächelnden Leser erleben mußten, von all den Greueln, die seither über Europa gegangen sind.

Dann kamen die Hitlerjungen auf, Deutschland wurde braun, und die deutsche Literatur war nicht mehr sich selbst überlassen, sondern wurde von Goebbels, Rosenberg und ihren Korporalen dirigiert. Frisch und fröhlich, kerndeutsch und gesund wurden pessimistische, krankhafte, beunruhigende Bücher wie der Steppenwolf oder der Goldmund verboten, und den Autor hätte man gern gehängt, wenn man ihn gehabt hätte. Die Buchhändler, die keine Vorschrift übertreten und doch gern Bücher verkaufen wollten, hielten meine Bücher hinterm Ladentisch verborgen und zeigten und verkauften sie etwa so, wie man früher pornographische Literatur an Gymnasiasten verkauft hatte. Immerhin, Rosenberg machte auch einen Versuch, das schwarze Schaf durch Milde zu zähmen, und ließ mir durch den Schweizer Unterhaltungsschriftsteller John Knittel anbieten, in seinem neu-europäischen Parnaß, zusammen mit Faesi und Ramuz, die Schweiz zu vertreten. Es war uns die Ehre zugedacht, neben Hamsun und den übrigen Kollaborationisten Europas in Hitlers tausendjähriges Reich einzugehen. Zum Glück reagierten die beiden Miteingeladenen ebenso wie ich. Nun aber war man lange genug nachsichtig mit mir gewesen, man schikanierte meinen armen Berliner Verleger bis aufs Blut, und schließlich setzte ihn die Gestapo in diverse Gefängnisse und ins Konzentrationslager.

(Autobiographisches Fragment, 1946)

Ricarda Huch
Loslösung vom Nationalgefühl?

Eine Erwiderung an Hermann Hesse

In einem offenen Briefe, den Hermann Hesse kürzlich an schwäbische Freunde gerichtet hat, empfiehlt er ihnen Loslösung vom Nationalgefühl[1]. Durch diesen Ratschlag befremdete er viele von denen, die er soeben sympathisch angezogen hatte, ja, er hob wohl für manche die wohltätige Distanz ganz auf. Ist es möglich, daß ein Deutscher, ein deutscher Dichter, seinen Landsleuten ihr Nationalgefühl zum Vorwurf machen sollte? Während alle Nationen ringsum ihr Nationalbewußtsein stolz zur Schau tragen, sollte Deutschland sich seiner entäußern? Mit welcher gemüthaften Anteilnahme, mit welchem Pathos feiert die Schweiz, wo Hermann Hesse seit langer Zeit beheimatet ist und die ihre Nationalität durch den Genius ihres Landes und durch historische Entwicklung erworben hat, ihre nationalen Feste!

In dem Worte »Loslösung«, das Hermann Hesse gebraucht, liegt beschlossen, daß das Nationalgefühl etwas Gegebenes ist. Wird doch jeder Mensch in ein Volk hineingeboren, die Zugehörigkeit zu demselben ist ihm unentrinnbar zu eigen. Dies Gefühl äußert sich in Liebe zu diesem Volke, in Stolz auf das Volk, im Verpflichtetsein und in der Verantwortlichkeit, ein Gefühl, das zu heldenmütigen Taten begeistert. Wer könnte es tadeln? »Für meine Deutschen bin ich geboren, und ihnen diene ich auch«, sagte Luther, und Zwingli und Hutten haben betont, daß die Liebe zu ihrem Vaterlande und Volke ihr Leben bestimmt habe. Man könnte ebensowohl die Anhänglichkeit an die Familie und den Stolz auf die Familie als etwas betrachten, das überwunden werden müsse.

Das sichere Selbstbewußtsein mit aufrichtiger Achtung anderer Völker zu verbinden, das scheint dem deutschen Volk immer schwer geworden zu sein. Es wechselt zwischen Selbstverachtung und Selbstüberschätzung. Es gab eine Zeit, wo Deutsche sich schämten, deutsch zu sprechen, wo ein preußischer König von sich selbst sagte, er spreche deutsch wie ein Kutscher. Damals warfen die deutschen Dichter ihrem Volke Mangel an National-

1 Im »Rigi-Tagebuch«. Vgl. S. 713.

gefühl und die Nachahmung des Fremden vor. Man schätzte nur, was weit her war. *Die Deutschen trösteten sich über diesen Mangel damit, daß mit ihm ihre Fähigkeit zusammenhänge, das Fremde zu verstehen, das Wertvolle der anderen sich anzueignen und zu genießen.*

Als Rückschlag auf die Hingebung an das Fremde folgte dann wohl ein Pfauenrad der Eigenliebe. *Es gibt auch andere Nationen, die sich bespiegeln, die ihre Vorzüge ein wenig prahlerisch ausposaunen; aber sie bleiben dabei in ihrer Tonart, sie beleidigen das Ohr nicht, weil ihre Fanfare echt und ihnen angemessen klingt. Wir, wenn wir in die Periode des Nationalgefühls eingetreten sind,* tönen leicht zu grell, zu krampfhaft, zu kampflustig. *Hatten wir früher das Fremde im Vergleich mit uns überschätzt, so erhoben wir nun das Eigene auf Kosten des Fremden, wie wir das im Nationalsozialismus mit Schrecken erlebt haben. Das Bestreben der Nazisten, das deutsche Nationalbewußtsein zu stärken,* wurde vergiftet durch die Verkleinerung ja Verächtlichmachung und Beschimpfung aller anderen Völker.

Vor diesem krampfhaft gesteigerten Nationalgefühl wollte, so sehe ich es an, Hermann Hesse warnen, worauf auch das Wort Nationalismus, das er gebraucht, deutet.

Oder sollte er doch an Loslösung vom Nationalgefühl überhaupt, nicht vom übertriebenen Nationalgefühl gedacht haben?

Auf eine Art Loslösung hat Goethe einmal hingedeutet, als er davon spricht, daß er eine Stufe erreicht habe, wo die Schicksale anderer Nationen ihn ebenso bewegten wie die der eigenen. Diese Stufe erreichen die großen schaffenden Menschen, die den Völkern gegeben sind und die zugleich der Menschheit angehören. Indem wir der Fahne folgen, die sie vorantragen, weihen wir uns den Idealen, zu denen sie sich bekannt haben, werden wir Brüder derer, die uns fremd oder feind waren. Abgesehen aber davon, daß nicht alle diese Stufe erreichen können, ist auch zu bezweifeln, daß die hohen Genien der Menschheit sich von der Wurzel ihres Volkstums wirklich loslösen konnten und wollten. Sind Goethe, Schiller, Beethoven, Schubert nicht als Deutsche kenntlich? *Sprechen sie nicht die Sprache unseres Herzens inniger aus, als wir selbst es könnten?* Kann von einer eigentlichen Loslösung vom Nationalgefühl nicht die Rede sein, so mag man uns Deutschen mit Recht die Überwindung des Nationalismus, des überhitzten Nationalgefühls empfehlen.

Die Geschichte kann uns lehren, daß diejenigen Völker, die ein sicheres, stetiges Selbstbewußtsein haben, auch von den anderen Völkern respektiert werden. Unterliegen sie in einem Kriege, so bemühen sich andere Nationen, ihnen beizustehen, die Spuren der Niederlage verschwinden zu lassen. Sie sinken nie sehr tief, weil den anderen daran liegt, sie auf ihren früheren Stand zu heben. Selbstachtung erweckt Achtung. An der Stetigkeit eines selbstverständlichen *Nationalbewußtseins haben es die Deutschen fehlen lassen.*

Es muß zugestanden werden, daß die Ereignisse der letzten Jahrzehnte geeignet waren, unsere Schwächen zu nähren, unser Nationalgefühl ins Krankhafte zu steigern und nach 1918 gleichsam uns zu verbittern. Indessen mußten wir auch die unglücklichen Störungen überwinden, die unser Bewußtsein erschüttern und verwirren! Vielleicht können wir unsere Tränen in Perlen verwandeln, wie es uns schon einmal vor Jahrhunderten gelungen ist; diese Gabe wird uns niemand neiden und niemand es tadeln, wenn wir uns einst ihrer rühmen.

(Aus »Tägliche Rundschau«, Berlin, vom 12. 4. 1946)

»Deutschbewußt, klar und gütig . . .«

Sehr verehrte Frau Ricarda Huch! Für Ihre Erwiderung an Hermann Hesse in der »Täglichen Rundschau« vom 12. d. M. danke ich Ihnen. Woche um Woche hatte ich gehofft, daß eine deutsche Stimme, die bekannt, anerkannt und geliebt ist, öffentlich dagegen sprechen und die häßliche Aufforderung Hesses negieren würde. Aber die Berufenen schwiegen öffentlich. Nur Sie, Frau Huch, öffneten die Tür Ihres begnadeten Alters, traten aus seiner Stille und sprachen: deutschbewußt, klar und gütig. Fast zu gütig vielleicht, weil Sie Hermann Hesse, einen Deutschen von Geburt, vor den anderen Nationen irgendwie schonen wollten. Vielleicht haben Sie Hesse auch besser verstanden als wir, da die Empörung über seine unglückliche Aufforderung uns trübte und hemmte. Vielleicht hatte Hesse den Sinn Ihrer späteren Worte gemeint:

»Das sichere Selbstbewußtsein mit aufrichtiger Achtung anderer Völker zu verbinden, das scheint dem deutschen Volke immer schwer geworden zu sein«, vielleicht hatte Hesse »nur« aus-

drücken wollen, daß das deutsche Volk für ein Nationalgefühl noch gar nicht reif sei. Wie dem auch ist: Hermann Hesse, der den Krieg und seine Nachwirkungen nur aus der Perspektive der Ruhe und Geborgenheit kennt, hat unser Deutschland beleidigt. Das ist beschämend. Wie vielen Deutschen mögen Ihre Worte wieder Kraft, Klarheit und Selbstbewußtsein gegeben haben! Als junger Student – 1922 – schrieb ich einmal an Käthe Kollwitz, nachdem ich einige Stunden Gast in ihrem Berliner Heim gewesen war, daß sie für mich »eine Mutter der Menschen« sei.

Sie, sehr verehrte Frau Ricarda Huch, haben sich schützend wie eine Mutter vor unser Deutschland gestellt, nun sind Sie für mich die »Mutter der Deutschen« *geworden.*

Ich wünsche von Herzen, daß eine gute Sonne Ihren Lebensabend durchhellen und erwärmen möchte.

In Verehrung — *Heinrich Dietze*

(Aus »Antworten an Ricarda Huch« in »Tägliche Rundschau«, Berlin, im April 1946)

Ein Brief nach Deutschland

Offener Brief an Luise Rinser

Merkwürdig ist das mit den Briefen aus Ihrem Lande! Viele Monate lang bedeutete für mich ein Brief aus Deutschland ein überaus seltenes und beinahe immer ein freudiges Ereignis. Es brachte die Nachricht, daß irgendein Freund noch lebe, von dem ich lange nichts mehr erfahren und um den ich vielleicht gebangt hatte. Und er bedeutete eine kleine, freilich nur zufällige und unzuverlässige Verbindung mit dem Lande, das meine Sprache sprach, dem ich mein Lebenswerk anvertraut hatte, das bis vor einigen Jahren mir auch mein Brot und die moralische Rechtfertigung für meine Arbeit gegeben hatte. Ein solcher Brief kam immer überraschend, immer auf wunderlichen Umwegen, er enthielt kein Geschwätz, nur Wichtiges, war oft in großer Hast während der Minuten geschrieben, in denen ein Rotkreuzwagen oder ein Rückwanderer darauf wartete, oder er kam, in Hamburg, Halle oder Nürnberg geschrieben, nach Monaten auf dem Umweg über Frankreich oder Amerika, wohin ein freundlicher Soldat ihn bei seinem Heimaturlaub mitgenommen hatte.

Dann wurden die Briefe häufiger und länger, und hinzu kamen sehr viele aus den Kriegsgefangenenlagern aller Länder, traurige Papierfetzchen aus den Stacheldrahtlagern in Ägypten und Syrien, aus Frankreich, Italien, England, Amerika, und unter diesen Briefen waren schon viele, die mir keine Freude machten und die zu beantworten mir bald die Lust verging. In den meisten dieser Gefangenenbriefe wurde sehr geklagt, es wurde auch bitter geschimpft, es wurde Unmögliches an Hilfe verlangt, es wurde höhnisch an Gott und Welt Kritik geübt und zuweilen geradezu mit dem nächsten Krieg gedroht. Es gab edle Ausnahmen, doch waren sie selten. Im übrigen sprachen sie nur von dem, was sie erleiden mußten, und klagten bitter über die Ungerechtigkeit der langen Gefangenschaft. Vom anderen, von dem, was sie als deutsche Soldaten jahrelang der Welt angetan hatten, war nie mit einem Wort die Rede. Mir fiel dabei immer ein Satz aus einem deutschen Kriegstagebuch aus der Zeit des Einmarsches in Rußland ein. Der Autor, im übrigen harmlos und leidlich frei von Nazimentalität, bekannte darin, daß der Gedanke ans Sterbenmüssen freilich jeden Soldaten nicht wenig beschäftige, während das andere, das Tötenmüssen, lediglich eine »taktische« Frage sei. Alle diese Briefschreiber gaben Hitler preis, keiner war mitschuldig.

Ein Gefangener in Frankreich, kein Kind mehr, sondern ein Industrieller und Familienvater, mit Doktortitel und guter Bildung, stellte mir die Frage: was denn nach meiner Meinung ein gutgesinnter, anständiger Deutscher in den Hitlerjahren hätte tun sollen? Nichts habe er verhindern, nichts gegen Hitler tun können, denn das wäre Wahnsinn gewesen, es hätte ihn Brot und Freiheit gekostet, und am Ende noch das Leben. Ich konnte nur antworten: Die Verwüstung von Polen und Rußland, das Belagern und dann das irrsinnige Halten von Stalingrad bis zum bittern Ende sei vermutlich auch nicht ganz ungefährlich gewesen, und doch hätten die deutschen Soldaten es mit Hingabe getan. Und warum sie denn Hitler erst von 1933 an entdeckt hätten? Hätten sie ihn nicht zum mindesten seit dem Münchener Putsch kennen müssen? Warum sie denn die einzige erfreuliche Frucht des ersten Weltkrieges, die deutsche Republik, statt sie zu stützen und zu pflegen, fast einmütig sabotiert, einmütig für Hindenburg und später für Hitler gestimmt hätten, unter dem es dann allerdings lebensgefährlich geworden sei, ein anständiger Mensch zu sein? Ich erinnerte solche Briefschreiber auch gelegentlich daran, daß das deutsche Elend ja nicht erst mit Hitler begonnen habe, und daß schon im Sommer 1914 der trunkene Jubel des Volkes über Österreichs gemeines Ultimatum an Serbien eigentlich manchen hätte aufwecken können. Ich erzählte, was Romain Rolland, Stefan Zweig, Frans Masereel, Annette Kolb und ich in jenen Jahren durchzukämpfen und zu erleiden hatten. Aber darauf ging keiner ein, sie wollten überhaupt keine Antwort hören, keiner wollte wirklich disputieren, wirklich an irgendein Lernen und Denken gehen.

Oder es schrieb mir ein ehrwürdiger greiser Geistlicher aus Deutschland, ein frommer Mann, der unter Hitler sich tapfer gehalten und vieles erduldet hatte: erst jetzt habe er meine vor fünfundzwanzig Jahren geschriebenen Betrachtungen aus dem ersten Weltkrieg gelesen, und müsse ihnen als Deutscher und als Christ Wort für Wort beistimmen. Aber ehrlicherweise müsse er auch sagen: wären diese Schriften ihm damals, als sie neu und aktuell waren, unter die Augen gekommen, so hätte er sie entrüstet weggelegt, denn er sei damals, wie jeder anständige Deutsche, ein strammer Patriot und Nationalist gewesen.

Häufiger und häufiger wurden die Briefe, und jetzt, seit sie wieder mit der gewöhnlichen Post kommen, läuft mir Tag um Tag eine kleine Sintflut ins Haus, viel mehr als gut ist und als ich lesen kann. Doch sind es zwar Hunderte von Absendern, aber im Grunde doch nur fünf oder sechs Arten von Briefen. Mit Ausnahme nämlich der wenigen ganz echten, ganz persönlichen und unwiederholbaren Dokumente dieser großen Notzeit – und zu diesen wenigen gehört als einer der besten Ihr lieber Brief – sind diese vielen Schreiben Ausdruck bestimmter, sich wiederholender, oft allzu leicht erkennbarer Haltungen und Bedürfnisse. Sehr viele von ihren Verfassern wollen bewußt oder unbewußt teils dem Adressaten, teils der Zensur, teils sich selber ihre Unschuld am deutschen Elend beteuern, und nicht wenige haben ohne Zweifel gute Ursache zu diesen Anstrengungen.

Da sind nun zum Beispiel alle jene alten Bekannten, die mir früher jahrelang geschrieben, damit aber in dem Augenblick aufgehört hatten, wo sie merkten, daß man sich durch Briefwechsel mit mir, einem Wohlüberwachten, recht Unangenehmes zuziehen könne. Jetzt teilen sie mir mit, daß sie noch leben, daß sie stets warm an mich gedacht und mich um mein Glück, im Paradies der Schweiz zu leben, beneidet hätten, und daß sie, wie ich mir ja denken könne, niemals mit diesen verfluchten Nazis sympathisiert hätten. Es sind aber viele dieser Bekenner jahrelang Mitglieder der Partei gewesen. Jetzt erzählen sie ausführlich, daß sie in all diesen Jahren stets mit einem Fuß im Konzentrationslager gewesen seien, und ich muß ihnen antworten, daß ich nur jene Hitlergegner ganz ernst nehmen könne, die mit *beiden* Füßen in jenen Lagern waren, nicht mit dem einen im Lager, mit dem andern in der Partei. Auch erinnerte ich sie daran, daß wir hier im »Paradies« der Schweiz während der Kriegsjahre jeden Tag mit dem freundnachbarlichen Besuch der braunen Teufel haben rechnen müssen, und daß in unserm Paradiese auf uns Leute von der schwarzen Liste schon die Gefängnisse und Galgen warteten. Immerhin gebe ich zu, daß je und je die Neuordner Europas uns schwarzen Schafen auch lockende Köder hingehalten haben. So wurde ich noch ziemlich spät zu meinem Erstaunen durch einen Miteidgenossen und Kollegen mit bekanntem Namen eingeladen, auf »seine« Kosten nach Zürich zu kommen, um mit ihm meine Aufnahme in den vom Ministerium Rosenberg gegründeten Bund der europäischen Kollaborationisten zu besprechen.

Dann gibt es treuherzige alte Wandervögel, die schreiben mir, sie seien damals, so etwa um 1934, nach schwerem innerem Ringen in die Partei eingetreten, einzig um dort ein heilsames Gegengewicht gegen die allzu wilden und brutalen Elemente zu bilden und so weiter.

Andre wieder haben mehr private Komplexe und finden, während sie im tiefen Elend leben und von wahrlich wichtigeren Sorgen umgeben sind, Papier und Tinte und Zeit und Temperament im Überfluß, um mir in langen Briefen ihre tiefe Verachtung für Thomas Mann auszusprechen und ihr Bedauern oder ihre Entrüstung darüber, daß ich mit einem solchen Manne befreundet sei.

Und wieder eine Gruppe bilden jene, die offen und eindeutig all die Jahre mit an Hitlers Triumphwagen gezogen haben, einige Kollegen und Freunde aus früheren Zeiten her. Sie schreiben mir jetzt rührend freundliche Briefe, erzählen mir eingehend von ihrem Alltag, ihren Bombenschäden und häuslichen Sorgen, ihren Kindern und Enkeln, als wäre nichts gewesen, als wäre nichts zwischen uns, als hätten sie nicht mitgeholfen, die Angehörigen und Freunde meiner Frau, die Jüdin ist, umzubringen, und mein Lebenswerk zu diskreditieren und schließlich zu vernichten. Nicht einer von ihnen schreibt, er bereue, er sehe die Dinge jetzt anders, er sei verblendet gewesen. Und auch nicht einer schreibt, er sei Nazi gewesen und werde es bleiben, er bereue nichts, er stehe zu seiner Sache. Wo wäre je ein Nazi zu seiner Sache gestanden, wenn diese Sache schiefging?! Ach, es ist zum Übelwerden.

Eine kleinere Zahl von Briefschreibern erwartet von mir, ich solle mich heute zu Deutschland bekennen, solle hinüberkommen, solle an der Umerziehung mitarbeiten. Weit größer aber ist die Zahl derer, die mich auffordern, draußen in der Welt meine Stimme zu erheben und als Neutraler und als Vertreter der Menschlichkeit gegen Übergriffe oder Nachlässigkeiten der Besetzungsarmeen zu protestieren. So weltfremd, so ohne Ahnung von der Welt und Gegenwart, so rührend und beschämend kindlich ist das!

Wahrscheinlich kommt Ihnen all dieser teils kindliche, teils bösartige Unsinn gar nicht erstaunlich vor, wahrscheinlich kennen Sie all das besser als ich. Sie deuten ja an, daß Sie mir einen langen Brief über die geistige Situation in Ihrem armen Lande geschrieben haben, ihn aber aus Zensurgründen zurückbehielten. Nun, ich wollte Ihnen nur einen Begriff davon geben, womit jetzt die größere Hälfte meiner Tage und Stunden ausgefüllt ist, und wollte damit auch erklären, warum ich diesen Brief an Sie drucken lasse. Ich kann nämlich die Haufen von Briefen, von denen die meisten ohnehin Unmögliches verlangen und erwarten, natürlich nicht beantworten, und doch sind unter jenen Briefen solche, denen mich ganz zu entziehen mir nicht erlaubt schiene. Ihren Verfassern werde ich nun diesen gedruckten Brief schicken, schon weil sie alle so wohlmeinend und besorgt nach meinem Ergehen fragen.

Ihr lieber Brief nun ist in keiner Kategorie unterzubringen, er enthält nicht ein einziges schabloniertes Wort, und enthält – wunderbar im heutigen Deutschland! – nicht ein Wort der Klage oder Anklage. Er hat mir außerordentlich wohlgetan, Ihr guter, kluger und tapferer Brief, und was er über Ihr eigenes Schicksal enthält, hat mich tief bewegt. So sind also auch Sie, wie unser treuer Freund[1], lange Zeit bewacht, bespitzelt, in die Kerker der Gestapo gesteckt, und sogar zum Tode verurteilt worden! Ich bin beim Lesen tief erschrocken, um so mehr als auch meine Briefe, trotz aller Vorsicht, Sie mitbelastet haben, aber eigentlich überrascht haben Ihre Nachrichten mich nicht. Denn ich hatte mir Sie niemals mit dem einen Fuß im Gefängnis oder Lager, mit dem andern aber in der Partei vorgestellt, sondern habe nie daran gezweifelt, daß Sie tapfer und wach, wie es Ihren hellen Augen und Ihrer Klugheit zukommt, auf der richtigen Seite standen. Und da waren Sie freilich in schwerster Gefahr.

Sie sehen, ich kann mit der Mehrzahl meiner deutschen Korrespondenten wenig anfangen. Es ist manches ähnlich wie

1 Peter Suhrkamp, der Luise Rinser für den S. Fischer Verlag entdeckt und ihr erstes Buch »Die gläsernen Ringe« 1941 publiziert hatte.

einst am Ende des ersten Weltkrieges, und ich bin freilich heute auch älter und mißtrauischer als ich damals war. So wie heute alle meine deutschen Freunde in der Verurteilung Hitlers einig sind, so waren sie es damals, bei der Gründung der deutschen Republik, in der Verurteilung von Militarismus, Krieg und Gewalt. Man fraternisierte allgemein, etwas spät aber herzlich, mit uns Kriegsgegnern, Gandhi und Rolland wurden beinahe wie Heilige verehrt. »Nie wieder Krieg!« hieß das Schlagwort. Aber einige Jahre später konnte Hitler schon seinen Münchener Putsch wagen. So nehme ich denn die heutige Einmütigkeit im Verdammen Hitlers nicht allzu ernst, und sehe in ihr nicht die mindeste Gewähr für eine politische Sinnesänderung oder auch nur für eine politische Erkenntnis und Erfahrung. Ernst, sehr ernst aber nehme ich die Sinnesänderung, die Läuterung und Reife jener einzelnen, denen in der ungeheuren Not, in dem glühenden Martyrium dieser Jahre sich der Weg nach Innen, zur Selbstkritik, der Weg ins Herz der Welt, der Blick in die zeitlose Wirklichkeit des Lebens geöffnet hat. Diese Erwachten haben das große Geheimnis ganz ähnlich gespürt und erlebt und erlitten, wie ich es einst in den bitteren Jahren nach 1914 erlebt habe, nur geschah es unter viel größerem Druck, unter härteren Leiden, und ohne Zweifel sind unzählige auf dem Weg zu diesem Erlebnis und Erwachen zusammengebrochen und erlegen, ehe sie die Reife erreichen konnten.

Hinter dem Stacheldraht eines Gefangenenlagers in Afrika schreibt mir ein deutscher Hauptmann von Erinnerungen an Dostojewskis »Totenhaus« und an Siddhartha, von seinem Streben, inmitten eines erbarmungslosen Lebens, das kein Alleinsein auch nur für Minuten erlaubt, den Pfad der Versenkung zu gehen und ins Innen zu gelangen, »ohne daß der Wille zum Ausscheiden aus allen Vordergründen endgültig würde«. Oder eine ehemalige Gefangene der Gestapo schreibt: »Ich habe durch das Gefängnis viel gelernt, und bürgerliche Kümmernisse bedrücken mich nicht mehr.« Das sind positive Erfahrungen, sind Zeugnisse wirklichen Lebens, und ich könnte solcher Worte noch viele anführen, wenn ich die Zeit und Augenkraft hätte, all diese Briefe nochmals durchzulesen.

Ihre Frage nach meinem Ergehen ist rasch beantwortet. Ich bin alt und müde geworden, und die Zerstörung meines Werkes, begonnen durch Hitlers Ministerien und restlos vollendet durch die amerikanischen Bomben, hat meinen letzten Jahren den Grundton von Enttäuschung und Kummer gegeben. Daß über diesem Grundton dennoch manche kleine Melodie noch möglich ist, und ich zu manchen Stunden auch jetzt noch im Zeitlosen zu leben vermag, ist mein Trost. Damit etwas von meinem Werk übrigbleibe, mache ich von Zeit zu Zeit von irgendeinem seit Jahren fehlenden Buch einen Schweizer Neudruck; es ist nicht viel mehr als eine Geste, denn diese Drucke existieren natürlich nur für die Schweiz.

Alter und Verkalkung machen Fortschritte, manchmal will das Blut nicht mehr so richtig durchs Gehirn laufen. Aber diese Übel haben schließlich auch ihre gute Seite: man nimmt nicht alles mehr so deutlich und heftig auf, man hört an vielem vorbei, man spürt manchen Hieb oder Nadelstich überhaupt nicht mehr, und ein Teil des Wesens, das einst Ich hieß, ist schon dort, wo bald das Ganze sein wird.

Zu den guten Dingen, für deren Aufnahme und Genuß ich noch Organe habe, die mir noch Freude machen und das Dunkle übertönen können, gehören die seltenen, aber eben doch vorhandenen Zeichen für das Weiterleben eines echten geistigen Deutschland, die ich nicht in der Betriebsamkeit der jetzigen Kulturmacher und Konjunkturdemokraten Ihres Landes suche und finde, sondern in solchen beglückenden Äußerungen der Entschlossenheit, Wachheit und Tapferkeit, der illusionslosen Zuversicht und Bereitschaft, wie Ihr Brief eine ist. Dafür sage ich Ihnen meinen Dank. Hütet den Keim, bleibt dem Licht und Geiste treu. Ihr seid sehr wenige, aber vielleicht das Salz der Erde.

(Aus »National-Zeitung«, Basel, vom 26. 4. 1946)

Ihre Menschlichkeit war mir in persönlichen und politischen Schwierigkeiten der letzten Jahre ein großer lebendiger Ansporn und eine Richtschnur. Sie haben viel dazu beigetragen, daß das alles erträglich wurde, und daß ich nicht abwich vom Weg. Was Sie in dem gedruckten Brief an mich schreiben, ist nicht erfreulich. [. . .] Es ist nicht so sehr das körperliche Leiden, das Sie quält. Unsereiner wird krank vom Geist her, glaube ich.

Sie sind verzweifelt über uns und über Deutschland besonders, das Sie lieben. Es ist alles wahr, was Sie schreiben, keiner will es gewesen sein, jeder will entnazifiziert werden (wie seltsam!); genausowenig wie man »arisiert« werden kann, kann man entnazifiziert werden. Für mich ist Nazismus Charakter gewesen, unverleugbare Charaktereigenschaft. In den meisten Fällen. Ich habe es den Leuten angerochen, und ich rieche es ihnen auch heute an, ob sie Nazis waren und sind oder nicht. Wie kann man durch eine Verfügung einer Spruchkammer von einem Makel befreit werden, der im Wesen liegt! Man kann durch eine lange harte Wandlung sich befreien, ja. Das ist etwas anderes. – Besonders abscheulich finde ich, wenn die Leute nun kommen und sagen: »Ich bin doch nur ein Mitläufer gewesen.« Oh, ich würde mich zu Tode schämen, das zu sagen. Lieber noch ein böser echter Nazi, vom Teufel getrieben, als »bloß ein Mitläufer«. (Welcher Mangel an Stolz und Einsicht!) – Ja, dies alles ist scheußlich. Aber so sind die Menschen doch! Wer sieht denn ein, wenn er etwas Dummes oder Böses getan hat? Einsicht bedeutet Wandlung, und Wandlung ist schmerzhaft und anstrengend. Und die Menschen sind träge. – Es gibt noch viel schlimmere Dinge bei uns, von denen Sie nichts schreiben. Das ist beispielsweise die Reaktion: Jene, die Angst haben vor dem Sozialismus, eben weil er die Wandlung im großen und im kleinen verlangt. Die triefen von schönen Worten: Freiheit, Ehrfurcht, Schönheit, deutsche Kultur, Humanität, und die nicht gesonnen sind, die reale Welt zu sehen. Ich war kürzlich eingeladen zu einem Kongreß der Jugend in Frankfurt a.M. Man sprach dieser armen, verwirrten, zu Krüppeln geschossenen, blassen Jugend, die keine Zukunftshoffnung hat, kein Geld, nur Schwierigkeiten aller Art, man sprach zu ihr von Schönheit der Kultur, von einer neuen Verfassung, von Gotterfülltheit des Lebens und ähnlichen schönen Din-

gen – und die Jugend saß da und schwieg. Man will einen zweiten Hohenmeißner[1] machen, künstlich, von den Universitätsprofessoren arrangiert. Man will die Jugend damit abziehen vom wirklichen politischen Leben. (Und heute ist alles Politik, denn was wir tun, jedes Wort das wir sprechen, hat politische Wirkung!) – Man macht wieder einmal in Romantik und Humanität und deutschem Idealismus, wobei es große Mode ist, von Realpolitik zu reden. Aber wenn es darum geht, auch nur etwas Realpolitisches zu tun, schreckt man zurück. So habe ich kürzlich in einer Rede in München von der Not der Jugend gesprochen und verlangt, daß man Heime für die gefährdeten deutschen [Kriegsgefangenen] schafft. Man sagte mir offiziell, daß man erst die Lösung des Währungsproblems abwarten müsse. (Aber ich bohrte weiter und spielte die Bayrische Regierung gegen die Großhessische aus – und heute steht in der »Neuen Zeitung«, daß wirklich Heime geschaffen werden!) – Es ist sehr schwierig, hier zu leben, denn man hat viele Hindernisse zu überwinden. Aber – und das eigentlich will ich Ihnen sagen: überall sind Kräfte am Werk, die arbeiten. Öffentlich oder in aller Stille. Viele Frauen sind es, die sehr viel klarer als die Männer die Wirklichkeit sehen (die deutschen Männer schmollen, weil man sie nicht mehr Soldaten spielen läßt!). Viele von uns warten nicht ab, bis der Konflikt zwischen Osten und Westen ausgetragen ist; bis die Amerikaner und Engländer unsere Industrie ankurbeln; bis die Währungsfrage geregelt ist; bis das Wunder geschieht. Viele arbeiten. Auf meiner Reise sah ich überall Fabrikschlote rauchen – wenn es auch nur kleine Betriebe sind, und wenn sie auch für die Besatzung arbeiten (z. Teil), so ist es doch ein Zeichen von Leben. Nur böswillige Leute können sagen, daß uns die Besatzung erdrosselt. Ich bin überzeugt, daß Amerika und England politische Vernunft genug haben, um das nicht zu tun. Überall sind kluge Leute am Werk, die (aus einer Verbindung von Berechnung, Instinkt und Ethik heraus) der Welt zum Frieden verhelfen wollen. Überall gibt es Menschen, die an die Macht des Geistes glauben. Es gibt jetzt eben hier in Deutschland nur zwei Arten von Menschen: die einen glauben an den Untergang, die andern an die Auferstehung. Ich glaube an einen harten langen

1 Auf dem Hohenmeißner, südöstlich von Kassel, fand im Oktober 1913 die für die deutsche Jugendbewegung entscheidende Tagung statt.

Weg. Die Kraft dazu kommt aus dem Geist. Die Hilfsmittel liegen einerseits im Zusammenarbeiten mit vielen vernünftigen Leuten des Auslands, andrerseits im nüchternen politischen Zusammen- oder Widerspiel der Parteien. Es ist ein langer Weg, denn die Fehler, die uns zum N. S. führten, liegen tief im deutschen Wesen, und sie können nicht in einem einzigen Jahr ausgemerzt werden. Wenn die Deutschen nur endlich lernen würden, daß die wesentlichen Dinge nicht durch rasche Gewaltstreiche erledigt werden, sondern durch Warten, durch die Kunst, Geduld zu üben. Wir haben einen zu kurzen Atem! Mich wird nichts davon abbringen, an den Sieg der Menschlichkeit zu glauben. Sie haben mir in Ihrem schönen Brief Klugheit und einen wachen Blick zugesprochen. Vertrauen Sie nun bitte diesem Blick, wenn ich Ihnen sage, daß es eine, wenn auch zahlenmäßig nicht sehr große, aber in ihrer geistigen Vitalität und in ihrem politischen Rüstzeug beachtliche Schicht gibt, die am Frieden mitarbeitet! Diese Schicht stammt aus der Mitte zwischen Reaktion und neuer Unfreiheit, und wir wissen uns in guter Verbindung mit dem Ausland. [. . .]

Sie schreiben, wir seien vielleicht das Salz der Erde. Hoffentlich benützt man uns auch zum Salzen. Sie, lieber Herr Hesse, waren auch Salz der Erde; hat man auf Sie gehört, als Sie 1918 und früher gegen den Krieg und für den Frieden und Menschlichkeit schrieben? Aber wir hoffen und glauben. Und wir haben ja auch gelernt!

(Aus einem Brief Luise Rinsers an Hesse vom 25. 5. 1946)

Als ich den Steppenwolf schrieb, in dem jede dritte, vierte Seite ein verzweifelter Warnungsruf vor dem morgigen Krieg ist, war Hitler noch ein kleiner Mann, aber er und die putschbereiten Generäle waren doch schon da, und jedermann konnte es wissen, nur das deutsche Volk, dem seine junge Republik samt deren Rechten und Pflichten keinen Pfennig wert war, wußte nichts, wollte nichts wissen, und dieses blinde nicht sehen, nicht denken wollende Volk mit all seinen großen Kräften und Gaben hatte Hitler dann zur Verfügung, um seinen verrückten Angriff auf die Welt zu unternehmen. Jetzt schreiben Hunderte mir entsetzt, von den Greueln in den Lagern etc. hätten sie nichts gewußt, nichts geahnt. Aber wer Hitler ist und was er wollte, konnte jeder, der wissen wollte, von seinem Putsch

1923 an und spätestens vom »Boxheimer Dokument« an, das ja noch eine ganze Weile vor der Machtergreifung entdeckt und in der ganzen liberalen Presse Deutschlands publiziert wurde, gut genug wissen.

Na, ich habe kein Bedürfnis zu richten, noch zu unterrichten: mein gedruckter Brief[1] setzt Leser voraus, welche wissen wie treu und sorgend ich an Deutschland denke, und daß sie in mir nicht einen böswilligen Ausländer vor sich haben. Aber doch einen, der es für nötig hält, daß auch Deutschland heut oder irgendeinmal es lernt: daß ein Volk für das, was es der Welt und sich antut, verantwortlich ist... aber ehe ich sterbe, mußte ich es eben doch noch einmal sagen: Kinder, tut eure blauen Augen endlich einmal auf!

Pflücken Sie sich daraus das, was Ihnen verdaulich ist, ich möchte Sie ja nicht verletzen, nichts liegt mir ferner.

(Aus einem Brief vom April 1946 an Franz Vetter)

An dem gedruckten »Brief« sollst du dich nicht stoßen, bitte! Viele ärgern sich über ihn, man wundert sich überhaupt, an was allem Ärgernis zu nehmen und seine Wut auszulassen Deutschland noch Zeit hat, es wären wirklich andre Sorgen wichtiger. Aber irgendwie, wenn auch so schonend wie möglich, mußte ich immerhin von jenen abrücken, die Heil Hitler gerufen haben und mich jetzt als Gegner von der Theorie der Kollektivschuld ausnützen möchten. Da bin ich hart. Es muß sich ja doch irgendeinmal, jetzt oder in fünfzig Jahren, in Deutschland herumsprechen, daß Völker für ihre Taten, ihre Regierungen, ihre Politik und Kriege nicht unverantwortlich sind. Wie man anno 1918 den Kaiser, so läßt man jetzt Hitler fallen und wartet auf den von morgen.

(Aus einem Brief vom 21. 5. 1946 an Otto Hartmann)

Die deutschen Industriellen, die waren seit Bismarck schon, nächst den Professoren, die Hauptzüchter des bazillus germanicus, der nach 2 Weltkriegen leider noch nicht tot ist.

(Aus einem Brief vom 24. 5. 1946 an Otto Hartmann)

1 »Ein Brief nach Deutschland«, vgl. S. 755

Auf eine Art sehe ich dem alten Schauspiel mit einer gewissen bittern Genugtuung zu: wie nun die Sieger, Schritt für Schritt, sehr zu Bestien werden und ihr schönes Recht konsequent in Unrecht verwandeln. Das ist eins der unheimlichsten Gesetze der Weltgeschichte.

(Aus einem Brief vom Mai 1946 an seinen Sohn Bruno)

Sehen Sie, Kitty: im »Goldmund« steht eine kleine Geschichte, die handelt von einem Judenpogrom im Mittelalter. Wenn ich diese Geschichte, die für das Buch scheinbar ohne Bedeutung ist, weggestrichen hätte, dann hätte mein Berliner Verleger das Buch, das seit mindestens zehn Jahren vergriffen ist, unter Hitler wieder drucken dürfen. Die kleine Konzession hätte mein Buch, wenn auch mit einer kleinen Verstümmelung, gerettet, meinem Verleger und mir einige tausend Mark eingebracht – aber sie hätte nach meiner Meinung eine Gemeinheit und Korruption bedeutet. Da gibt es nur ja oder nein, und zu Ihrem Verleger mit seinen Rücksichten auf Empfindlichkeiten seines Publikums etc. sage ich nein, ich lehne ihn, und den ganzen Geist, aus dem seine Vorschläge kommen, vollkommen ab und werde das immer tun.

Wie traurig, daß man solche Briefe schreiben muß, während man Tag für Tag bis zur Verzweiflung überbürdet ist. Ich gäbe viel darum, wenn ich nie ein Buch geschrieben hätte.

(Aus einem Brief, ca. Mitte Mai 1946,
an Kitty de Josselin de Jong)

Geleitwort zur Neuausgabe von »Krieg und Frieden«

Das Zusammenstellen dieses Buches[1] war für den Autor keine freundliche Arbeit, keine, welche angenehme Erinnerungen aufruft und geliebte Bilder beschwört. Im Gegenteil, jeder einzelne Aufsatz erinnerte mich brennend an Zeiten des Leidens, Kampfes, der Vereinsamung, der Anfeindung und Unverstandenheit, der bitteren Loslösung von angenehmen Idealen und angenehmen Gewohnheiten. Darum habe ich, um diesen Schatten, die heute häßlicher und aktueller sind als je, etwas Schönes und Lichtes entgegenzustellen, in der Widmung dieses Buches eine edle, geliebte Freundesgestalt und mit ihr das einzige Schöne und Bleibende beschworen, was jene Kämpfe und Plagen mir einst eingetragen haben. Ich vergaß vieles aus den beklemmenden Tagen des Jahres 1914, in denen der früheste dieser Aufsätze entstanden ist, nicht aber jenen Tag, an dem ein Briefchen von Romain Rolland[2] als einzige sympathische Reaktion auf diesen Aufsatz[3] mich erreichte, zugleich mit der Ankündigung seines Buches. Ich hatte einen Weggenossen, einen Gleichgesinnten, einen, der gleich mir gegen den blutigen Unsinn des Krieges und der Kriegspsychose empfindlich gewesen und dagegen aufgestanden war, und es war nicht ein Beliebiger, es war ein Mann, den ich als Dichter der ersten Bände des Jean Christophe (mehr kannte ich damals von ihm noch nicht) hochschätzte, und der mir an politischer Schulung und Bewußtheit weit überlegen war. Wir sind Freunde geblieben bis zu seinem Tode. Wir lebten räumlich zu weit auseinander, und waren in allzu verschiedenen Kultur- und Denkgewohnheiten aufgewachsen, als daß ich sein Gefolgsmann hätte werden und im Politischen viel von ihm hätte lernen können. Aber das war es auch nicht, worauf es ankam. Ich hatte meinen politischen Weg begonnen, sehr

1 Einige von Hesses Zeitungsartikeln aus dem Ersten Weltkrieg hatte er 1928 erstmals, neben anderen Arbeiten in seiner Sammlung »Betrachtungen« zusammengefaßt. »Krieg und Frieden« (Titel eines dieser Aufsätze) war die erste selbständige, 1946 in der Schweiz erschienene Buchausgabe dieser um einige neu hinzugekommene Stücke erweiterten Sammlung.

2 Vgl. S. 63.

3 »O Freunde, nicht diese Töne!« Vgl. S. 42.

spät, als Mann von bald vierzig Jahren, erweckt und aufgerüttelt durch die grauenhafte Wirklichkeit des Krieges, tief befremdet durch die Leichtigkeit, mit der sich meine bisherigen Kollegen und Freunde dem Moloch zur Verfügung stellten, und ich hatte auch schon die paar ersten Verluste an Freunden, die paar ersten Angriffe, Drohungen und Beschimpfungen erfahren, mit denen in sogenannten großen Zeiten die Gleichgeschalteten unfehlbar den Einzelgänger überfallen. Es war zweifelhaft, ob ich durchhalten, ob ich nicht an dem Konflikt zugrunde gehen werde, der mein bis dahin eher glückliches und über Verdienst erfolgreiches Leben jetzt zur Hölle machte. Da war es gut, da war es Rettung und Glück, einen zu wissen, der aus dem »feindlichen«, dem französischen Lager her denselben Protest des Gewissens gegen die Forderung des Sichduckens und Mitmachens bei den Orgien des Hasses und des krank gewordenen Nationalismus geleistet hatte. Ich habe weder während der Kriegsjahre noch nachher je eigentlich politische Gespräche mit Rolland geführt, aber ich weiß dennoch nicht, ob ich ohne seine Nähe und Kameradschaft jene Jahre überstanden hätte. Dessen mußte an dieser Stelle gedacht werden.

Sachlich ist zur Entstehungsgeschichte dieses Buches folgendes zu sagen: von den Betrachtungen aus dem Krieg von 1914 erschienen die meisten damals in der Neuen Zürcher Zeitung. Ich war damals (und noch bis 1923) deutscher Staatsangehöriger. Seit damals ist mir in Deutschland nie mehr eigentlich verziehen worden, daß ich einmal an Patriotismus und Kriegsgeist Kritik geübt hatte, und wenn auch, ähnlich wie heute wieder, unmittelbar nach dem verlorenen Krieg eine gewisse Schicht in Deutschland sehr friedlich und internationalistisch empfand und mit manchem Echo auf meine Gedanken Antwort gab, so blieb doch das Mißtrauen gegen mich wach, und noch lang vor den ersten Erfolgen des Nationalsozialismus gehörte ich für das offizielle Deutschland durchaus zu den Verdächtigen, nur zur Not Geduldeten, im Grunde Unerwünschten. Hitlers Partei hat dann in der Zeit ihrer Allmacht an meinen Büchern, meinem Namen, meinem armen Berliner Verleger mit Vergnügen Rache genommen. Wer das Inhaltsverzeichnis meines Buches durchliest, wird finden, daß es nur gewisse Jahre sind, in denen ich »politische« oder aktuelle Betrachtungen geschrieben habe. Man ziehe daraus jedoch nicht den Schluß, ich habe zwischenein wieder geschlafen und die Weltgeschichte Weltgeschichte sein lassen. Das war mir, zu meinem eigenen großen Bedauern, seit dem ersten grausigen Erwachen im ersten Weltkrieg nicht mehr gegönnt. Und wer sich mit dem Ganzen meiner Lebensarbeit befaßt, der wird bald merken, daß auch in den Jahren, aus denen keine aktuellen Aufsätze vorhanden sind, der Gedanke an die unter unsern Füßen glimmende Hölle, das Gefühl der Bedrohtheit durch nahe Katastrophen und Kriege mich nie verlassen hat. Vom Steppenwolf, der unter andrem ein angstvoller Warnruf vor dem morgigen Krieg war, und der entsprechend geschulmeistert oder belächelt wurde, bis in die scheinbar so zeit- und wirklichkeitsferne Bilderwelt des Glasperlenspiels hinein wird der Leser immer wieder darauf stoßen, und auch in den Gedichten ist dieser Ton immer wieder und wieder zu hören.

Wenn ich meine Aufsätze »politisch« nenne, so tue ich es stets in Anführungszeichen, denn politisch ist an ihnen nichts als die Atmosphäre, in der sie jeweils entstanden. Im übrigen sind sie das Gegenteil von politisch, denn jede dieser Betrachtungen sucht den Leser nicht vor das Welttheater und seine politischen Probleme zu führen, sondern in sein eigenes Inneres, vor sein ganz persönliches Gewissen. Hierin bin ich mit den Politikern aller Richtungen durchaus nicht einig, und werde darin stets unbelehrbar bleiben, daß ich im Menschen, im einzelnen Menschen und seiner Seele, Bezirke anerkenne, wohin politische Antriebe und Prägungen nicht reichen. Ich bin Individualist, und halte die christliche Ehrfurcht vor jeder Menschenseele für das Beste und Heiligste am Christentum. Es mag sein, daß ich damit einer schon halb abgestorbenen Welt angehöre, daß ein Kollektivmensch ohne Einzelseele im Entstehen begriffen, da und dort schon vorhanden ist, der mit der ganzen religiösen wie individualistischen Tradition der Menschheit aufräumt. Dies zu wünschen oder zu fürchten ist nicht meine Sache. Ich mußte den Göttern dienen, die ich als lebendig und hilfreich erfahren habe, und habe es auch da versucht, wo ich Feindseligkeit oder Gelächter zur Antwort bekommen mußte. Es war kein hübscher, kein bequemer Weg, den ich zwischen den Forderungen der Welt und denen der eigenen Seele gehen mußte, ich möchte ihn nicht nochmals gehen müssen, und er endet mit Trauer und mancher großen Enttäuschung. Aber ich bin damit einverstanden, daß ich seit dem ersten Erwecktwerden nicht, wie die Mehrzahl meiner Kollegen und Kritiker, alle paar Jahre einmal umzulernen und von einer Fahne zur andern hinüberzuwechseln fähig war.

Mein Verhalten, meine moralische Reaktion jedem großen politischen Ereignis gegenüber hat seit jenem ersten Erwachen vor dreißig Jahren sich stets instinktiv und völlig ungesucht eingestellt, meine Urteile haben nie geschwankt. Da ich nun ein ganz unpolitischer Mensch bin, war mir selber diese Zuverlässigkeit des Reagierens erstaunlich, und ich habe des öfteren über die Quellen nachgedacht, aus denen dieser moralische Instinkt herkam, über die Erzieher und Lehrer, die mich, ohne daß ich mich je systematisch um Politik gekümmert hätte, so geprägt hatten, daß ich stets meines Urteils sicher war und eine mehr als durchschnittliche Widerstandsfähigkeit gegen Massenpsychosen und geistige Ansteckungen jeder Art besaß. Man soll sich zu dem bekennen, was einen erzogen, geprägt und gebildet hat, und so muß ich nach häufiger Überprüfung der Frage sagen: es waren drei starke und lebenslänglich nachwirkende Einflüsse, die diese Erziehung an mir vollbracht haben. Es war der christliche und nahezu völlig unnationalistische Geist meines Elternhauses, es war die Lektüre der großen Chinesen, und es war, nicht zuletzt, der Einfluß des einzigen Historikers, dem ich je mit Vertrauen, Ehrfurcht und dankbarer Jüngerschaft zugetan war: Jacob Burckhardt.

(Erstabdruck in »Neue Schweizer Rundschau«, Zürich, vom Juni 1946)

Einen bekannten Namen zu haben, ist an sich schon oft lästig, und wenn man nun, wie ich, in der Schweiz lebt und zu Hause ist, die eine Hälfte seiner Familie und seiner Freundschaft aber in Deutschland, die andre in der Emigration hat, dann hat man seit 1933, was Briefe, Nachrichtenvermittlung etc. etc. betrifft, einen harten Dienst gehabt. Hinzu kommt die große Enttäuschung, mit der mein im ganzen reiches und oft glückliches Leben endet: die Zerstörung meines Werkes, die Errichtung einer turmhohen Mauer zwischen mir und meinem eigentlichen Wirkungskreis, und daraus resultieren wieder wunderliche Plagereien. Es vergeht kein Tag, an dem ich nicht aus Deutschland einige Mal gebeten werde, doch sofort dafür zu sorgen, daß dort meine Bücher wieder zu kaufen seien; oder, noch einfacher, man bittet mich, sie zu schenken. Manche sind so naiv, daß sie mich geradezu schelten und mir vorhalten, ich versäume meine Pflichten gegen meine Leserschaft etc. Als ob das Ausradiertwerden meiner Bücher, meiner Wirkungsmöglichkeit, meines materiellen Einkommens nicht für mich selber noch etwas peinlicher wäre als für diese ungeduldigen Leser. Und das ist ja nur ein kleiner und unwichtiger Teil meiner Post. Ein andrer hat es mit dem Hunger zu tun, ein andrer, sehr großer, mit den Kriegsgefangenen, von denen Hunderttausende seit Jahren abgesperrt und halbverrückt geworden hinter Stacheldraht in Ägypten, Marokko, Syrien etc. sitzen. Es handelt sich da, beim Hunger und bei den Gefangenen, nicht um intellektuelle und literarische Briefwechsel, sondern um das sofortige materielle Helfen, wobei leider Rotes Kreuz etc. sich als ganz hilflose Maschinen erwiesen. So habe ich das alles längst zu meiner Privatsache machen müssen. Ich habe es übernommen, den Gefangenen soviel gute Lektüre etc. zu schenken, als mir irgend möglich ist und habe Hunderte von Bänden schon an ausgewählte Adressen gegeben, es kommt das denkbar dankbarste Echo. Und daneben habe ich mich darauf versteift, eine kleine Zahl von wertvollen und mir teuren Menschen in Deutschland vor dem Hunger zu retten, ein gutes Dutzend etwa, und das braucht schon ziemlich viel und macht unsäglich viel Arbeit, denn das Geld dafür muß ich ja einzeln und im kleinen aufzubringen suchen durch Verkauf von Privatdrucken, Handschriften, Plünderung meiner Bibliothek etc. etc.

Aber nun genug davon. Ich wollte Ihnen nur andeuten, in welcher Situation etwa der »Brief nach Deutschland« geschrieben ist. Er ist übrigens ursprünglich an eine bestimmte Person gerichtet, die, gleich meinem armen Verleger, lang gefangen saß und den Tod zu erwarten hatte.

(Aus einem Brief vom Juni 1946 an Georg Reinhart)

Ich bin zu überbürdet und zu übersättigt mit den Hunderten und Hunderten von Schicksalen und Schrecken, die die Post mir immerzu bringt, um noch eigentlich zu leben. Der Sommer geht hin, ich sehe ihn kaum. Von Lesen ist auch kaum noch die Rede, viel weniger von Schreiben. Außer dem Lesen von Post besteht meine ständige Arbeit in ganz direkten und privaten Attacken auf die große Not. Ich verschenke Bücher an Kriegsgefangene, schreibe auch vielen, und ich habe mich darauf versteift, eine bestimmte kleine Zahl von mir teuren Menschen in Deutschland nicht verhungern zu lassen, das bedeutet, jeden Monat so und soviel hundert Franken für Eßpakete aufzubringen, durch Verkauf von Büchern, Handschriften, Aquarellen, es macht unendliche Arbeit, da beinah jeder Käufer sofort einen persönlichen Briefwechsel beginnt etc. etc. Es ist eine Betäubung und besser vielleicht als das tatlose Zusehen.

(Aus einem Brief vom 15. 6. 1946 an Felix Braun)

Eben kam Ihre Nummer vom 15. März in meine Hände. Zu der Notiz, mit der Sie meine Gedichte eingeleitet haben, möchte ich noch bemerken: ich habe nicht nur mit den Nazis nichts zu schaffen, sondern ich bin wohl der einzige früher reichsdeutsche Autor, der nicht bis Hitler gewartet hat, sondern schon bald nach dem ersten Weltkrieg Schweizer geworden ist, denn ich sah, wie Deutschland einmütig seine junge Republik sabotierte.

(Aus einem Brief an den »Aufbau«, New York, vom 21. 6. 1946)

Statt nach der eigenen Schuld zu fragen und den eigenen inneren Möglichkeiten zu Einkehr und Umkehr, urteilen Sie richterlich über die andern Völker. Es geht auf diesem Weg nicht vorwärts. Sie sagen auch, Sie haben den Krieg verloren, weil Ihre Rüstung die schwächere gewesen sei. Das ist eine der deutschen Lügen, die noch heute gedeihen. Ihr habt den Krieg, diesen von Euch satanisch und wahnsinnig heraufbeschworenen Überfalls-Krieg auf Eure Nachbarländer, nicht deswegen verloren; als er begann, war weder England noch Frankreich noch Rußland ernstlich für einen Krieg gerüstet, sondern Ihr habt ihn verloren, weil die deutsche Eroberungs- und Mordlust wieder einmal für die ganze Welt unerträglich geworden war. Und wenn man die ganze Welt gegen sich hat, verliert man eben. Und wenn man verloren hat, sucht man, statt etwas draus zu lernen, nun an den andern herumzunörgeln. Damit müssen Sie sich an die Sieger wenden, nicht an mich . . .

Es ist mein erster und letzter Brief an Sie. Sie werden nichts daraus lernen, da Sie nicht wollen, aber ich war doch leider verpflichtet, ihn zu schreiben.

(Aus einem Brief vom 25. 6. 1946 an L. E.)

Ich habe mit den großen Wohltätigkeitsmaschinen wie Rotes Kreuz etc. wenig gute Erfahrungen gemacht, es erstickt dort alle Initiative in dem zu großen, zum Teil schlecht organisierten Apparat. Meine beiden Fürsorgegebiete, die Hungernden und dann die Kriegsgefangenen, betreue ich direkt und vollkommen privat, und stets wieder die Mittel dafür aufzubringen durch den Verkauf von Drucken, Handschriften etc. etc., gibt viel zu tun und glückt nur teilweise. Immerhin: bis jetzt habe ich eine kleine Zahl von prachtvollen und tödlich gefährdeten Menschen über Wasser gehalten und werde es weiter tun. Wie schlimm der Hunger jetzt ist, sehe ich am deutlichsten nicht aus den Klagen, sondern grade aus jenen Briefen, die sich alle Mühe geben, es zu verschweigen. Und was die Gefangenen betrifft: stellen Sie sich, da Gott Ihnen ja Phantasie mitgegeben hat, einen Augenblick einen hochgebildeten Menschen vor, der 1939 oder 1940 als Soldat eingezogen wurde, nach Afrika kam, dort gefangen wurde, seit zwei, drei, vier Jahren in der Wüste hinter Stacheldraht in Ägypten oder Marokko sitzt, ohne zu wissen, ob er je wieder heimkommt, und wer dort noch lebt etc. etc. Nun, solche habe ich eine ganze Anzahl durch Briefe, durch Bücher etc. aufrecht zu halten. Ich halte, wie bei einer Bergtour, ein Seil in Händen, an dessen andrem Ende eine Anzahl schwerbedrohter Menschen hängt, und wenn es mir zu dumm wird und ich loslasse, weiß ich, daß sie zugrunde gehen.

(Aus einem Brief vom Juli 1946 an Johanna Attenhofer)

Deutschland auferlegt jetzt denen, die dort irgendeinen Namen oder eine öffentliche Funktion haben, allerlei neue Prüfungen und Opfer. So mußte ich in jüngster Zeit ganze Stöße von Schmähbriefen lesen, weil eine Münchener Zeitung, übrigens eine amerikanische, ungefragt und unbefugt meinen »Brief nach Deutschland« abgedruckt hatte. Gleichzeitig mit dieser trüben Welle kam die Anfrage aus Frankfurt, ob ich den

Goethe-Preis annehmen würde. Natürlich war meine erste Reaktion heftige Ablehnung, aber dann mußte ich mich vom Vertrauensmann der Frankfurter doch zur Annahme überreden lassen, weil erstens die Wahl einstimmig erfolgt war und weil zweitens dies Komitee in den Jahren von Goebbels' Herrschaft sich tadellos und tapfer betragen hat: Sie haben die von Goebbels befohlenen Kandidaten (darunter [Jakob] Schaffner) abgelehnt, und jahrelang den Preis überhaupt nicht mehr verliehen. Für mich bringt er, da natürlich kein Rappen überwiesen werden kann, lediglich Lasten, vielleicht aber auch eine Wirkungsmöglichkeit, die von Wert sein könnte. Von Emil Strauß wußte ich viele Jahre nichts, als daß er sehr früh der Partei beitrat und ein heftiger Nazi und Judenfresser war, ich mußte mit ähnlichen Schmerzen von dieser Gestalt Abschied nehmen wie von der Hamsuns. Nun kam dieser Tage eine Meldung von Wilhelm Schäfer: Strauß sei mit seiner Frau buchstäblich nahe am Hungertod, ob man ihn nicht sofort in die Schweiz einladen könne. Ein solches Gesuch hätten die Alliierten nun ohnehin nicht genehmigt, sie sind unerbittlich hart im Verhungernlassen auch bewährter Naziopfer und Nazigegner. Gott weiß warum, es häuft sich da unsägliche Schuld an. Ich mußte aber Schäfer außerdem antworten, daß nach meiner Meinung sich für Strauß, der dazu noch unter Hitler eine Art hohen Ehrenposten[1] innehatte, in der Schweiz kein Finger rühren würde.

(Aus einem Brief vom 21. 8. 1946 an Herbert Steiner)

1 Emil Strauß wurde 1933 im Zuge der Gleichschaltung zusammen mit Hermann Stehr Senator der preußischen »Dichter-Akademie«. Am 9. 6. 1933 notierte Oskar Loerke in sein Tagebuch: »Die guten Alten triumphieren. Emil Strauß und Hermann Stehr. Sie fühlen sich jetzt würdig und wichtig. Man hat ihnen auch Senatsstellen gegeben. Im übrigen waren die Herren Nationalisten sehr unter sich.«

Antwort auf Schmähbriefe aus Deutschland

Seit Deutschland im Jahr 1914 einen ungerechten Krieg und eine immer hemmungslosere Kriegspropaganda begann, habe ich je und je, zuerst im Herbst 1914, zuletzt im Frühling 1946, an die Besonnenen und anständig Gesinnten dort einen Anruf oder eine Mahnung gerichtet und bin seit 1914 bis heute dafür jedesmal teils ausgelacht, teils diffamiert und geschmäht worden. So ist Ihr Brief, der noch lang nicht zu den schlimmen zählt, einer von mehreren tausend Schmähbriefen, die ich seit 32 Jahren aus Deutschland erhalten habe.

Daß mein »Brief nach Deutschland« ungefragt und unberechtigt von der »Neuen Zeitung« abgedruckt, dabei vielleicht auch durch Kürzungen entstellt wurde, ist nicht meine Schuld.

Ich spreche in diesem Brief, der Sie so sehr empört, denjenigen Deutschen, die sich gegen Hitler gewehrt und unter ihm gelitten haben, meine höchste Verehrung und Liebe aus, nenne sie sogar das Salz der Erde. Auch dafür werde ich nun in einer Flut von empörten Briefen angepöbelt. Es fehlt mir jedes Verständnis dafür. Viele meiner Freunde sind durch Hitler-Deutschland gepeinigt, beraubt, getötet worden, viele haben in Gefängnissen und Konzentrationslagern geschmachtet, unter ihnen auch mein treuer Freund und Berliner Verleger Peter Suhrkamp.

Alle meine »politischen« Äußerungen werden im Herbst 1946 in Zürich gesammelt in einem Bande erscheinen.[1] Sie haben mir nicht nur jene zahllosen Haßbriefe eingetragen, sondern auch die Freundschaft Romain Rollands und anderer großer Vertreter der Humanität und Vernunft und die Liebe und Gefolgschaft einer kleinen Elite im deutschen Volk. Diese kleine Elite kämpft dafür, daß das hochbegabte, aber politisch völlig unerzogene deutsche Volk auch im politischen Leben Vernunft lerne und sich einordne.

Viele meinen, einem schwer leidenden Volk solle man nicht zumuten, etwas zu lernen. Ich wüßte aber nicht, welche Zeit

1 H. H., »Krieg und Frieden«, Fretz & Wasmuth, Zürich, 1946. Dieser Band enthält allerdings nur die grundsätzlichen politischen Betrachtungen, die keine tagespolitischen Details aufgreifen, keine Personen namentlich angreifen und keine Dinge wieder aufwärmen, die vergangen sein sollten.

der Einsicht und Einkehr bedürftiger wäre als gerade die der tiefsten Not und Demütigung.

(Aus »Neue Zürcher Zeitung« vom 23. 8. 1946)

Nein, im großen und ganzen erwarte ich von Deutschland nach wie vor nichts, es bleibt vorläufig unverdaulich für die Mitwelt, die es vergewaltigen und beherrschen wollte, oft auch auf geistigem Gebiet. Aber die Welt besteht für mich nicht aus Nationen, sondern aus Menschen, und was die Menschen, die Individuen, betrifft, so hat Ihr Land auch heut noch deren viele von hohem Wert. Ich allein, der ich seit 34 Jahren außerhalb lebe, kenne einige Dutzend, die ich den Besten jedes andern Landes gleichstelle. Auf die kommt es für meine Betrachtungsweise an und auf ihre Fähigkeit, als Salz und Sauerteig die Masse zu durchdringen und im Zügel zu halten. Dabei denke ich weit mehr ans geistige und sittliche Leben als ans politische.

Die Schmähbriefe, die ich in den letzten Monaten bekam, haben mir weniger zu schaffen gemacht als die Ehrungen. In einer Reihe von Städten und Städtchen wurden und werden Hesse-Abende gemacht, Reden gehalten, Adressen an mich gesandt, dann der Goethepreis, und mein Geburtsstädtchen Calw veranstaltet in zwei Bänden eine Hesseausgabe,[1] die nur den Calwer und schwäbischen Teil meiner Schriften enthalten soll. Für mich beinahe nichts als eine Belastung mit neuen Briefen, Fragen, Mißverständnissen, oft auch kommen ergebene Briefe von Leuten, die noch gestern das Gegenteil dachten. Und erst die völlige Beziehungslosigkeit zu all diesem Betrieb zeigt mir, wie anders als die meisten ich mein Leben gelebt habe, nämlich beinahe einzig aus mir selbst, ohne Vaterland, ohne meinesgleichen, ohne Gemeinsamkeit. D. h. Verbundenheit und etwas wie Heimat war wohl da, aber es bestand nicht in der Nähe und Gegenwart, mein Vaterland hieß Kastalien,[2] meine Heiligen und Könige waren die alten Inder und Chinesen etc. [. . .]

1 Hermann Hesse, »Gerbersau«, 2 Bde. Rainer Wunderlich Verlag Hermann Leins, Tübingen und Stuttgart, 1949.

2 Wie die »Pädagogische Provinz« seines Alterswerkes »Das Glasperlenspiel«.

Ich habe für ein Volk arbeiten müssen, das entweder sentimental und anbeterisch oder aber brutal und viehisch reagiert; ich habe ihm mein Lebenswerk anvertrauen müssen, der Sprache wegen, mit der ich geboren bin und bin dabei der Enttäuschte und Geprellte. Aber ins Ganze und Höhere eingeordnet war mein Leben und Schicksal durchaus sinnvoll, durchaus kein Widerspruch zu dem was ich denke und glaube, und was von meiner Arbeit übrigbleibt, wird sich bewähren. Insofern ende ich nicht im Bankrott.

Manches überkreuzt und wandelt sich sonderbar in meinem jetzigen Verhältnis zu den Deutschen. Es kommt z. B. vor, daß politische Gesinnungsgenossen von mir und bewährte Märtyrer unter Hitler mir fernrücken und mich enttäuschen, während schon mancher einstige Mitläufer Hitlers mich durch die Reinheit seiner Beichte und Reue zum Freund gewonnen hat.

(Aus einem Brief, Mitte Oktober 1946, an Felix Lützkendorf)

Ihre Zuschrift vom 4. Oktober habe ich erhalten und spreche Ihnen für Ihre Absicht, mich zum Mitglied der Akademie der Schönen Künste zu machen, meinen Dank aus.

In der von Ihnen vorgeschlagenen Form aber geht es nicht.

Würde ich als ordentliches Mitglied eintreten, so würde das der in Deutschland vorhandenen Neigung, mich auch politisch, nicht nur sprachlich, als Deutschen in Anspruch zu nehmen, Vorschub leisten. Das will und muß ich unter allen Umständen vermeiden. Auch die Schweiz würde nicht gut darauf reagieren, wenn ein Schweizer Bürger von Deutschland als Deutscher betrachtet und behandelt würde. Man hat hier die Zeit, in der die Schweiz, zumindest die deutschsprechende, von Deutschland aus als ein ihm zugehörender Gau reklamiert wurde, nicht vergessen.

(Aus einem Brief vom Oktober 1946 an die Bayerische Akademie der Schönen Künste, München)

Ob die Welt uns darben und vereinsamen läßt oder ob sie uns mit ihren materiellen Geschenken, ihren Preisen[1] und Goldmedaillen zudeckt und erstickt – es läuft aufs gleiche hinaus, auf ein großes Mißverständnis, und da die Welt das Bleibende

1 Im November 1946 war Hesse der Nobelpreis für Literatur verliehen worden.

und Fortdauernde ist, wir einzelne aber nur Vorübergehende, müssen wir auf Kampf und Auseinandersetzung verzichten und die Gaben der Welt annehmen, als hätten wir sie gewollt, als seien sie uns etwas wert.

(Aus einem Brief vom 27. 12. 1946 an Gunter Böhmer)

Hermann Hesse
Nobelpreisträger 1946

Ein Vertreter besten deutschen Wesens und Schaffens, später Nachfahr der Romantik und dabei ein wacher Sohn seiner eigenen Zeit, deren Fragwürdigkeiten er von allem Anfang an mit einer unverführbaren Klarsichtigkeit sondergleichen gegenüberstand, der erste »freiwillige Emigrant« der zeitgenössischen deutschen Literatur (denn schon das Wilhelminische Deutschland war ihm so zuwider, daß er sich noch vor dem ersten Weltkriege in der Schweiz ansiedelte) – kurz, ein Mann, der das Schicksal deutschen Geistes in einem hervorragend zeitgemäßen und deutlichen Sinne verkörpert, ist in Hermann Hesse geehrt worden. Mit großer Genugtuung begrüßen wir diese Ehrung, die der politisch-moralischen Lauterkeit und der zarten und bedeutenden Künstlerschaft des Geehrten in gleichem Maße gilt und zukommt, und schließen uns ihr mit von Herzen kommendem Glückwunsch an. In unserem nächsten Hefte werden wir Gelegenheit nehmen, diesem Glückwunsch in genauerer Weise Ausdruck zu verleihen, und begnügen uns für heute damit, nochmals auf das letztveröffentlichte Werk des Dichters hinzuweisen, »Das Glasperlenspiel«, das in seiner strengen und entrückten Geistes-Reinheit und -Schönheit wohl als eine Krönung und eine äußerste Verklärung der gedichteten Welt angesehen werden darf, die Hermann Hesses Namen trägt.

Herausgeber und Redaktion
der Neuen Rundschau.

(Aus »Die Neue Rundschau«, Stockholm,[1] *Frühjahr 1947)*

1 Trotz zahlreicher Bedrohungen der »Neuen Rundschau« während der NS-Jahre war es dem taktischen Geschick und der Waghalsigkeit Peter Suhrkamps gelungen, daß die Zeitschrift noch bis zum Herbst 1944 erscheinen konnte (am 13. 4. 1944 war Suhrkamp inhaftiert worden). Vgl. hierzu die dokumentarische Chronik der Geschichte der »Neuen Rundschau« während der Zeit des Nationalsozialismus von Falk Schwarz. Sie ist 1971 u. d. T. »Literarisches Zeitgespräch im Dritten Reich« im »Börsenblatt für den Deutschen Buchhandel«, Nr. 51, Frankfurt a. M., erschienen. Das erste Heft der »Neuen Rundschau« nach Kriegsende erschien, herausgegeben von Richard Friedenthal und Joachim Maass, 1945 zum 70. Geburtstag Thomas Manns.

Ihr Brief aus dem Auffanglager hat mich gefreut und gerührt, ich danke Ihnen dafür. Aber der andre, in dem Sie für meine Gaben an Gefangene öffentlich danken, soll lieber nicht erscheinen. Ich habe von Gefangenen in diesen 2 Jahren etwa 1500 Briefe gelesen und zum Teil beantwortet, und weit über tausend Bücher, eigene und fremde, verschenkt. Aber davon darf öffentlich nichts gesagt werden, es ist auch nur ein sehr kleiner Teil von dem, was für die Emigration und dann für das hungernde Deutschland zu tun war, und dessen Ende ich nicht mehr erlebe. Ich habe mich, es war noch die beste Lösung, vollends von dem geliebten und gehaßten Land auffressen lassen, nachdem es mein Lebenswerk vertan und mein Brot mir genommen hatte. Aber an der Diskussion über deutsche Fragen nehme ich in keiner Form mehr teil, ich bin seit Jahrzehnten international, mit der Schweizer Etikette.

(Aus einem Brief, Ende 1946, an einen unbekannten Empfänger)

Ich bin vor der aktuellen Wirklichkeit solang genügend geschützt gewesen, als ich am Glasperlenspiel arbeitete und mich in diese Arbeit jederzeit wie in einen unantastbaren magischen Raum zurückziehen konnte, und solang als ich noch daran glaubte, daß einmal nach Erledigung des Hitlerschwindels meine literarische Existenz in Deutschland ohne weiteres wieder ihren Anfang nehmen werde. Damit ist es nun vorerst noch nichts, noch heut kann ich nicht einmal das kleinste in der Schweiz gedruckte Buch von mir als Geschenk nach Deutschland schicken, und in Berlin ist bis heut noch nichts von meinen Büchern wieder gedruckt [. . .]

Aus Deutschland kommen Tausende von Briefen, bald verhimmelnde, bald bitterste Schmähbriefe. Aber eine dünne Schicht von völlig Unverdorbenen ist dort geblieben, die in den Nöten dieser Höllenjahre eine Würde und Seelenstille erreicht haben, vor denen ich mehr Respekt habe als sonst vor jemand auf Erden.

(Aus einem Brief vom 27. 1. 1947 an Salome Wilhelm)

Diesen Brief schreibe ich Dir in der Meinung, Du könntest ihn der Spruchkammer zeigen. Mich an diese selbst oder eine andere Behörde, sei sie deutsch oder Besatzungsmacht, zu wenden, ist mir vollkommen unmöglich.

Du weißt, wie ich zu Deinen politischen Ansichten und Leidenschaften seit etwa 1915 gestanden bin und stehe. Mir ist Deine Art von Patriotismus stets zuwider gewesen, und Du hast mit Deinem Namen, Deiner Begabung und Deiner Autorität als Autor stets auf der entgegengesetzten Seite gestanden wie ich. Du warst und bist ein typischer Deutschnationaler, und die sind es, die uns den Hitler und seine ganze Teufelei gebracht haben. Daß Du auch an Hitler selbst und seine Partei als eine reine, patriotisch-idealistische Sache geglaubt hast, ist traurig und ist nicht zu verzeihen, es ist die Sünde von 90 % der deutschen Intellektuellen, und das Volk und die Welt hat diese größte deutsche Sünde teuer bezahlt.[1] Aber diese Schuld oder Sünde oder Dummheit, wie man es nun nennen will, teilst Du mit Tausenden von Kollegen, denen man dafür kein Haar gekrümmt hat. Auch Leute wie Gerhart Hauptmann haben diese Sünde begangen, trotzdem wird sein Werk und Andenken heute noch gefeiert. Moralisch-menschlich ist das Entscheidende in Deinem Fall dies: daß Du zwar töricht und schädlich, aber reinen Herzens, gutgläubig und ohne Rücksicht auf persönliche Vorteile gehandelt hast. Du hast dieselbe Schuld wie alle anderen Deutschen, die seit 1919 die junge deutsche Republik sabotiert und das Entstehen der Hitlerei ermöglicht haben, es begann schon mit der Wahl Hindenburgs, ja noch weit früher, und darauf heute eine Strafe zu setzen, wäre völlig verkehrt. Wichtig ist jetzt nicht, daß Du an Hitler und seinen Schwindel geglaubt hast, sondern daß Du es nicht aus Egoismus, sondern reinen Herzens getan hast. Wichtig ist ferner nicht, daß Du, trotz der Parteidoktrin, etwa einmal für einen Juden eingetreten bist oder daß Du es auch für mich zu tun versuchtest[2] (worum ich Dich wahrlich nie gebeten hätte), sondern daß Du Dich nicht gescheut hast, während Hitlers Regiment mit dessen Vertretern und Machthabern überall da in Konflikt zu geraten, und Dich unbeliebt zu machen, wo es Dir Dein Gewissen geboten hat. Das ist moralisch das Entscheidende. Du warst verblendet, aber Du

1 Bilanz des 2. Weltkriegs: 55 Mill. Tote, davon 7 Millionen Deutsche.

2 Die bisher der Öffentlichkeit noch unzugängliche Korrespondenz Ludwig Finckhs mit Will Vesper erweist im Gegenteil, wie stark Ludwig Finckh an den Angriffen der Leipziger Zeitschrift »Die Neue Literatur« mitbeteiligt war. Vgl. S. 549 ff., 557 ff. und 589 ff.

warst nicht feige und nicht eigennützig. Du wolltest Deinem Volk und Deinen Idealen dienen, auch da, wo es Dich selber gefährdet und Dir schadet. Damit bist Du unschuldiger als es Zehntausende sind, die heut unangefochten herumlaufen.

Meinen Büchern ist es übrigens gegangen wie den Deinen. Sie sind samt meinem ganzen Verlag vernichtet. [. . .] Insofern und da ich einige Dutzend Leute bei Euch durchfüttern muß, war der Nobelpreis willkommen, der mir sonst nichts bedeutet. Den Goethepreis habe ich sofort innerhalb Deutschlands verschenkt.

(Aus einem Brief vom 6. 3. 1947 an Ludwig Finckh)

Du warst so freundlich, mir neulich das Zeitungsblatt über [Ludwig] Finckh zu schicken. Das hat mich gefreut, ich danke Dir.

Unser guter Finckh ist während der Hitlerzeit und während des scheußlichen Krieges derselbe gläubige, begeisterte, dumme Anbeter der Macht und dessen, was er Vaterland nannte, gewesen, wie er es zu Zeiten des Kaisers und des ersten Krieges war. Es wäre weiter nichts drüber zu sagen, es ist die typische Haltung des offiziellen deutschen Durchschnitts-Intellektuellen – damit haben wir schon vor Jahrzehnten gebrochen und abgerechnet.

In einer Hinsicht aber ist unser guter Finckh anders als Tausende: er hat, damals wie jetzt, mit seinem Hurrapatriotismus niemals für sich selber Vorteile angestrebt, und hat auch nie solche gehabt, im Gegenteil. So war er zwar ein blinder Hitlerschwärmer, hat es aber, seiner Art getreu, doch fertig gebracht, sich mit seiner Hitlerbehörde, dem Gauleiter etc. dauernd schwer zu verkrachen, so daß er höchst unbeliebt war und von seiner Hitlerei nur Plage und Ärger, keinerlei Vorteil geerntet hat. Das ist wieder sympathisch und freut einen.

(Aus einem Brief, 1947, an Max Bucherer)

Eigentlich wollte ich mit Ihnen einmal wegen eines kleinen Privatdrucks für diesen Sommer sprechen. Aber ich brauche den größten Teil dieser Drucke für Deutschland, und da habe ich die Erfahrung gemacht, daß die Esel von Zensoren sowohl im britischen wie im amerikanischen Gebiet zwar die Mehrzahl meiner gedruckten Briefe durchlassen, aber doch eine beträchtliche Zahl mit dem Vermerk, daß nur Privatbriefe, nicht aber Drucksachen zulässig seien, haben verschwinden lassen.

(Aus einem Brief vom 19. 3. 1947 an Hans Fretz)

Ich könnte eine Auslese von deutschen Briefen zusammenstellen (darunter solche von Leuten, die ich seit Jahrzehnten nur immer wieder beschenkt habe), die jeden Leser dazu verführen müßte, ganz Deutschland für zehn Minuten unter Wasser zu wünschen. Aber diese Briefe wurden vernichtet, bündelweise und dafür manche schöne, rührende und auch uns beschämende, ehrenvoll aufbewahrt.

(Aus einem Brief an Otto Hartmann vom 2. 4. 1947)

Mit Teilnahme und Sympathie habe ich Ihr Kommuniqué gelesen [. . .]

Ähnliche Kundgebungen wie Ihre gehen mir aus manchen Ländern zu, die meisten aber aus Deutschland, und das ist natürlich, denn die momentanen Besiegten sind immer, wenigstens scheinbar, am meisten reif zum Pazifismus. Wir bekommen jetzt aus Ihrem Lande alle die Aufrufe zur Menschlichkeit, die wir 15 Jahre lang vermißten, und die Welt neigt zu dem Gedanken:

Jetzt, wo es ihnen schlecht geht, sind sie plötzlich wieder die Edlen. Ich teile diesen Gedanken nicht, ich nehme Ihre Absichten ernst. Aber ich glaube nicht, daß Deutschland jetzt die Pflicht und das Recht zu solchen Appellen an die Menschheit habe, zu deren größtem Feind es sich für eine Weile gemacht hat. Angesichts der heutigen Weltkonstellation halte ich es für die Pflicht der Gutgesinnten, daß jeder in seinem Lande den Unsinn des Nationalismus und des Wettrüstens bekämpfe, jeder in seinem ihm erreichbaren Kreise, von Mensch zu Mensch, von Haus zu Haus. Das andere, auch wenn es noch so gut gemeint ist, wird immer sofort zu Papier und leerer Ideologie.

(Aus einem Brief, Mitte Mai 1947 an Hans Goltz)

Die großen offiziellen Hessefeiern in Württemberg scheinen, zu meiner Freude, nun doch nicht stattzufinden, da sich der

Kultusminister geweigert hat, daran teilzunehmen. Hesse sei zersetzend, meint er.

(Aus einem Brief vom Juni 1947 an seine Schwester Marulla)

Ja, der Weltgeist Hegels wird sich zur jetzigen Geschichte auch nicht anders verhalten als zur früheren. Er wird sagen: Wartet ein paar Hundert Jährchen, dann wird die Sache ganz sinnvoll aussehen. Er hat Distanz zum Geschehenden, wir nicht. Trotzdem bleiben solche Harmonisierungen wie die von Hegel eine hübsche und beruhigende Sache.

(Aus einem Brief, 1947[?], an Edmund Natter)

Was Sie in deutschen Zeitungen, Zeitschriften, Rundfunk etc. an Worten von mir zur »deutschen Frage« finden, das sind ohne Ausnahme willkürlich herausgerissene, oft auch tendenziös gekürzte Sätze: sie kommen ohne Ausnahme aus Aufsätzen, die nicht für deutsche, sondern für neutrale Leser bestimmt sind, und sie sind ohne Ausnahme gestohlen, d. h. sie werden von den Redakteuren ohne mein Wissen, ohne vorherige Anfrage bei mir, abgedruckt. Was Ihnen auf diesem Weg vor Augen kommt, ist ein Bruchstückchen von dem, was ich denke, und ist ausdrücklich nicht für die Diskussion innerhalb Deutschlands bestimmt, an der ich nicht teilnehme.

(Aus einem Brief von 1947 an einen unbekannten Empfänger)

Meine Lage Deutschland gegenüber ist diese: seit meiner Lossagung vom blutigen Imperialismus hat man mich dort in jeder Weise teilweise bagatellisiert, teils beschimpft, teils verboten, seit Jahren existiert kein einziges meiner Bücher mehr dort, und seit vielen Jahren hat Deutschland mir für meine Lebensarbeit nicht das kleinste Stück Brot mehr gegeben, dazu wird es auch, solange ich lebe, wohl nicht mehr kommen. Gleichzeitig werde ich im jetzigen Deutschland plötzlich als Schmuckstück gepriesen, und die deutsche Presse bezieht den Nobelpreis auf Deutschland und auf sich selbst, bestiehlt mich außerdem jede Woche mehrmals durch Abdrucke von meist gekürzten, oft absichtlich entstellten Stücken aus meinen Arbeiten. So ist denn ein gewisses Ressentiment alledem gegenüber nur eine natürliche Reaktion.

(Aus einem Brief vom Juni 1947 an Hermann Leins)

Sie sagen, man könne meine Stimme in Deutschland jetzt wieder hören. Das stimmt nicht so recht. Von meinem gesamten, Deutschland anvertrauten Lebenswerk ist bis heute noch nicht ein einziges Buch wieder in Deutschland käuflich. [. . .]
Ich . . . habe von Deutschland seit langen Jahren nichts bekommen als die Verpflichtung, eine Anzahl mir teurer Menschen dort durch Sendungen vor dem ärgsten Hunger zu schützen. So sind denn, trotz allem Mitgefühl, meine innern Beziehungen zur deutschen Öffentlichkeit . . . noch immer nicht frei von jenem Ressentiment, das sich aus meinem seit dem ersten Kriege dauernd schlechten Verhältnis zum deutschen Nationalismus ergeben hat. Und eben darum habe ich mich, von 1933 bis heute, konsequent jeder Mitarbeit an deutschen Blättern und jeder Einmischung in die deutschen aktuellen Diskussionen enthalten.

(Aus einem Brief, Ende Juni 1947, an eine Gruppe süddeutscher Schriftsteller)

Die Dummheit und Unbelehrbarkeit der Deutschen, von der Sie sagen, ist wohl am Ende die aller Menschen. Es war mir eine Weile bitter, daß die neuen, plötzlich demokratisch und pazifistisch lackierten Journalisten dort drüben mit mir genauso von oben herab, genauso ahnungslos brutal und dumm umgingen, wie vorher die Hitlerischen. Aber es ist doch besser so; sie schreiben, was die Kinder und Abonnenten gerne hören, und es wäre mir keine Ehre, ihre Gunst zu haben. Tiefer hat es mich nicht berührt.
Inzwischen bin ich Ehrendoktor,[1] Ehrenbürger und vielfaches Ehrenmitglied etc. geworden, es war schwierig zu überstehen und hat mich auf eine Weise erschöpft, die der Kram nicht wert war.

(Aus einem Brief vom Juli 1947 an Martin Schlensog)

Daß Ihnen China Sorgen macht, verstehe ich wohl. Seit Kommunismus, Nationalismus und Militarismus Brüder geworden sind, hat der Osten seine Zauber vorläufig verloren.

(Aus einem Brief vom Sommer 1947 an Salome Wilhelm)

1 Der Universität Bern.

Daß wir an Deutschland und unsern Beziehungen zu ihm noch viel Freude erleben werden, ist nicht wahrscheinlich. Doch wollen wir dennoch nicht vergessen und nicht unterschätzen, daß Ihnen wie mir von einer Schicht, die doch wohl eine Elite ist, Treue bewahrt wurde und Vertrauen geschenkt wird. Ohne das möchte ich heute, weiß Gott, lieber kein deutscher Dichter sein.

(Aus einem Brief vom 7. 8. 1947 an Thomas Mann)

Die Rechte [an meinen Büchern] gehören dem [S. Fischer] Verlag in Berlin, und er hat seit 1917 sehr viele Zehntausende meiner Bücher zu Schwindelwährungen à la Schacht[1] verkauft, von denen ich entweder ein Millionstel meiner Tantiemen oder auch, wie jetzt seit vielen Jahren, gar nichts bekam. Ich habe meine Lebensarbeit einem Volk anvertraut, das stets Geld für Rüstungen und Schmarotzer, aber keins zum Bezahlen seiner Verpflichtungen hatte, und so wird es bis zum Ende bleiben.

(Aus einem Brief vom 28. 8. 1947 an Edmund Natter)

Von 1914 an begann für mich, der ich nie an »nationale« Ideale geglaubt hatte, mein Verhältnis zu Deutschland, dessen unfreiwilliger Bürger ich war, sich langsam bis zur endgültigen, völligen Loslösung zu verschieben. Zu den vielen Zwiespälten, durch die ich dabei auch mußte, gehörte der zwischen dem primitiven, brutalen, preußischen Machtwillen und dem Idealismus einer unschuldigen, geistig und seelisch differenzierten, im Politischen aber jeder Rattenfängerei zugänglichen Jugend, die man lieben mußte, auch da noch, wo sie sich, wie seit 1914 so oft, unter Gesang den Generälen zu üblen Unternehmungen und Überfällen auf die Welt zur Verfügung stellte. Irgendwie, ohne daß Deine Biographie mir irgend bekannt war, warst Du lange Zeit für mich Vertreter dieser Art von Jugend, erst unter Hitler verschob sich das, denn jetzt sagte ich mich auch trotz allem von dieser Kreuzzugjugend energisch los.

(Aus einem Brief von Ende August 1947 an Karl Dettinger)

1 Hjalmar Schacht, von 1923-1937 Reichswährungskommissar, Reichsbankpräsident u. Reichswirtschaftsminister.

Der »Merkur« scheint eine Zuflucht der Prominenten unter den intellektuellen Deutschnationalen zu sein. Erst beging er die Geschmacklosigkeit, den Aufsatz zu meinem Nobelpreis von Curtius[1] schreiben zu lassen, der gegen mich, den Verräter an der deutschen Sache, Gift und Galle speit, und nun pöbeln sie den Thomas Mann wieder einmal an. Was für ein Pack, diese Leute.

(Aus einem Brief, 1947, an Walther Meier)

Sie sind nicht frei von Nationalismus, solang das Wort »deutsch« diese sentimentale Heiligkeit für Sie hat. Sie lehnen zwar den ewigen deutschen Soldaten ab, preisen aber den ewigen deutschen Mann, so als ob seine Würde, Tapferkeit etc. dadurch an Wert gewönnen, daß sie die Etikette »deutsch« bekommen, und wie wenn genau dieselbe Würde, Tapferkeit, Ausdauer, Ritterlichkeit nicht den guten Japaner, Chinesen, Muselmann, Franzosen etc. ganz ebenso auszeichnen würden wie den guten Deutschen. Ich habe Ihnen keine Lehren zu erteilen, aber an diesem Punkt ist etwas noch nicht in Ordnung. Sie müssen den Mann als Menschen, nicht den Mann als Deutschen erkennen und lieben lernen, ehe Sie sagen dürfen, Sie seien kein Nationalist. Im Augenblick wo in Deutschland wieder irgend etwas wie Machtbildung möglich sein wird, wird sie versucht werden von denen, die an das heilige Deutschland, seine heilige Not, sein heiliges Leiden und sein ewiges Mannestum appellieren, und dann wird sehr rasch auch der Soldat und der Anspruch Deutschlands auf Macht, auf Herrschaft, auf Auserwähltheit wieder da sein.

(Aus einem Brief, Ende September 1947, an H. D.)

Mich beunruhigt es z. B., daß Mondadori[2] in Mailand den italienischen Steppenwolf schon seit einem Jahr verkauft, ohne mich auch nur einer Mitteilung oder einiger Belegexemplare zu würdigen. Auch den »Goldmund« soll er wieder neu aufgelegt haben. Es scheint eine Geltung des geistigen Eigentumsrechts

1 Ernst Robert Curtius, »Hermann Hesse«, in »Merkur«, Stuttgart, 1947/1948, aufgenommen in »Über Hermann Hesse«, Bd. 1, hrsg. von Volker Michels, Frankfurt a. M. 1976.
2 Italienischer Verlag.

überhaupt nicht mehr zu geben. Daß es gerade Mondadori ist, dieser Mussolini-Fahnenträger, der mich um meine Werke bestiehlt,[1] ist mir besonders widerlich.

(Aus einem Brief vom 30. 9. 1947 an den Verlag Fretz & Wasmuth, Zürich)

Dein Bericht über Professor Thielicke[2] und über Deine Bedenken in diesem Zusammenhang hat mich stark berührt. Es ist natürlich eine rein persönliche Frage für jeden, wieweit er seine Pflicht getan habe, und ob man etwa grade von ihm das letzte Opfer habe verlangen dürfen. Auch ich stehe immer einmal wieder vor diesen Fragen. Sie lauten für mich etwa so: Erstens, wieweit hatte ich recht, als ich während des ersten Krieges den Nationalismus und Patriotismus als rückständige und von mir nicht mehr zu vertretende Ideale zu erkennen glaubte, also meine (ohnehin nicht angeborene) deutsche Zugehörigkeit aufgab? Zweitens, wäre ich fähig gewesen, irgendeiner inquisitorischen Macht gegenüber, die mich vor die Wahl zwischen Verleugnung meiner Überzeugungen und Folter oder Erschießung gestellt hätte, fest zu bleiben und mich umbringen zu lassen, während eine Formel mich gerettet hätte? Ich kann das sowenig beantworten wie Du Deine Zweifel, denn ich habe die Situation selbst ja nicht erlebt, und die Opfer und Verzichte, die mir praktisch durch die Lage auferlegt wurden, habe ich ja immerhin geleistet. Unser Gewissen ist eine hohe Instanz, aber ich zweifle daran, daß es immer die Stimme Gottes sei, und daß ihm die andre Instanz, der reine Lebenstrieb, gegenübersteht, ist gewiß ein Glück. In Deinem Fall ist ja natürlich rein praktisch-vernünftig zu sagen, daß im Sommer 1944 ein Plan wie der jenes Professors völlig ohne politischen Wert war; so wie es

1 Hermann Hesse war als Autor durch die u. a. mit der Währungsreform verbundene Abwertung besonders hart betroffen. Er konnte von seinem deutschen Verlag praktisch seit 1938, in keinem Falle mehr nach 1940, irgendwelche Zahlungen erhalten. Erst der Vertrag vom September 1948 und seine Genehmigung durch die bizonale »Joint Export Import Agency« in Höchst bei Frankfurt konnte regelmäßige Honorarüberweisungen ab Dezember 1949 ermöglichen. Seine in all den Jahren auf Sperrkonten angesammelten Honorarguthaben wurden ebenfalls auf ein Zehntel abgewertet.

2 Helmut Thielicke (* 1908), evang. Theologe, von 1936 bis 1940 Professor in Heidelberg, dann von den Nationalsozialisten abgesetzt.

damals stand, konnte nur noch danach gestrebt werden, durch Attentat etc. etc. wenigstens den Krieg abzukürzen und vielleicht noch ein Dutzend Städte zu retten. Die Offiziere haben das ja auch probiert.

(Aus einem Brief vom 28. 10. 1947 an Edmund Natter)

Die Zustände sind mir zum größten Teil wohlbekannt, ich habe in der Sowjet-Zone manche hundert Korrespondenten. Nur dürfen Sie nicht glauben, dies Unglück sei eine speziell deutsche Not. Ich habe z. B. nahe Angehörige in Rumänien, die keinen Tag der Freiheit und des Lebens sicher sind und um deren Wegbringung in andere Länder wir beständig kämpfen und große Opfer bringen müssen. Manchmal gelingt es, meistens nicht, wir haben schon Tausende für exotische Visa hingegeben, die nachher nie benutzt werden konnten und verfallen sind. Mit Ungarn etc. ist es ebenso.

(Aus einem Brief, Weihnachten 1947 an Kurt Eckner)

Ich bekam aus England die Umfrage der Mrs. Urquardt samt Ihrem Empfehlungsbrief. Ich habe Weltverbesserungsliteratur wohltätiger und allzu reicher Damen im Überfluß zur Verfügung und möchte sie nicht vermehren. Ich kann der Dame nicht antworten, ich bin Tag für Tag nicht mit Weltverbesserung, sondern mit wirklicher, praktischer, aktueller Hilfsarbeit bis zur Verzweiflung überladen und kann mich mit all diesen Damen, so nett und wohlmeinend sie seien, leider nicht an den Teetisch setzen. Es soll jede dieser Damen ihr Auto weggeben und statt ihrer Sekretäre ein paar verhungernde Genies füttern, so ist die Welt schon um ein Schrittchen weiter.

(Aus einem Brief vom 10. 1. 1948 an Rolf Schott)

Offenbar haben Sie zwei Briefe von mir, in denen ich Ihnen meine Lage andeutete und auch erklärte, warum ich den Roman Ihres Bekannten nicht lesen kann, nicht oder noch nicht bekommen. Die Lage ist nun die: ich habe seit gut 2 Jahren eine tägliche Briefpost, deren bloßes, einmaliges Lesen, noch ohne Beantwortung, einen jungen und gesunden Mann erschöpfen würde, es sind jeden Tag zwischen 100 und 500 Briefseiten, je nachdem, ein ununterbrochener Strom, der Tag für Tag meine Zimmer, meine Augen, meinen Kopf, mein Herz unter sein trübes und oft ätzendes Wasser setzt, der mir eine Welt von Elend, Klage und Ratlosigkeit, aber auch von Dummheit und Gemeinheit vorführt und mit allen Mitteln, von der einfachen Bitte bis zur Bedrohung, mich zum Helfen, Stellungnehmen, Geben, Raterteilen auffordert. Daneben habe ich in Deutschland etwa zwei Dutzend Menschen durchzufüttern, d. h. durch Nebenarbeit mehrere Hundert Franken im Monat aufzubringen, um meine Schwestern und Freunde am Leben zu erhalten. Die Augen sind seit Jahren kaputt, ich weiß seit Jahren nicht mehr, was ein Tag ohne Augenkrämpfe ist, und als Hilfe habe ich nur meine schon mit Haushalt, Gästen, Hilfsarbeit für die Emigranten etc. schwer überbürdete Frau, die allmählich verwelkt und ähnlich wie ich in dieser bitteren Tretmühle kaputtgeht.

(Aus einem Brief vom 11. 1. 1948 an Salome Wilhelm)

Den Aufsatz über Willstätter[1] in den »Beiträgen« hatte ich schon entdeckt und gelesen. Dieser große Mann hat, einer von den ganz wenigen, noch vor Hitler den deutschen Professoren und Geheimräten ein Beispiel und eine Lektion gegeben, das darf nie vergessen werden. Ein paar aufrechte und tapfere Charaktere wenigstens sind unter dieser Kaste gewesen, die an Deutschlands Niedergang seit Bismarck den größten und schmählichsten Anteil hat.

(Aus einem Brief vom Januar 1948 an Arthur Stoll)

Vermutlich hat [Thomas] Mann das »faustisch« Deutsche,[2] wie er es kannte, und wie er es in sich selber trägt, einmal von seiner diabolischen Seite her betrachten wollen, und zwar im Bild der deutschen Musikalität, die ja einerseits eine hohe Begabung, andrerseits auch ein Laster ist, so wie Mann selber vermutlich seine tiefe Liebe zu Wagner selbst als problematisch und gefährlich empfindet. Das wäre das Primäre. Hinzugetan hat er dann noch das andre, das Stück Zeitgeschichte und Schlüsselroman, den schlechteren aber auch amüsanteren

1 Richard Willstätter (1872-1942), Nobelpreisträger für Chemie, 1939 verließ er Deutschland aus Protest gegen die Judenverfolgungen. 1949 erschien seine von Prof. Stoll herausgegebene Autobiographie

2 Betrifft Thomas Manns 1947 erschienenen Roman »Doktor Faustus«.

Teil des Werkes, und hat da insofern ins Schwarze getroffen, als München in der Geschichte der reaktionären Tendenzen wirklich eine führende Rolle gespielt hat und vermutlich auch heute noch spielt. Schon vor 1914 war es der Hauptsitz der »Alldeutschen«, besonders einige Verleger stützten diese Bewegung. Nach dem ersten Krieg war es der Hauptort des sentimentalen Nationalismus, hier ließ man Eisner und Landauer ermorden, ließ Hitler groß werden, machte nach dem Putsch von 1923 seine Festungshaft zur Operette etc. etc.

(Aus einem Brief vom 20. 1. 1948 an Otto Basler)

Daß die Pfaffen im heutigen Germanien gegen unsereinen die Standhaftigkeit und Angriffslust aufbringen würden, die sie gegen Hitler nicht hatten, war zu erwarten, es ist da nichts, was mich wundert. Nehmen auch Sie es ruhig zur Kenntnis und legen Sie es ad acta. Sollten Sie als Pfarrer damit angegriffen werden, daß Sie mich empfohlen haben, so können Sie sich darauf berufen, daß Bischof Wurm und viele Stadtpfarrer in Schwaben in Reden und Predigten Worte und Verse von mir zu erbaulichem Zweck zitiert haben. Vor den Pfaffen habe ich nie weder Angst noch Respekt gehabt, einerlei zu welcher Konfession sie gehören, die Römischen sind da noch schlimmer als die Lutherischen, weil ihre Autorität weit besser fundamentiert ist. Schade wäre es nur, wenn einem zum Ekel an Germanien auch noch der Ekel am Christentum eingeimpft würde, davor wollen wir uns doch zu bewahren suchen.

Die große Christentumsmode bringt uns auch noch andere Blüten. Im Schweizer Radio gibt es neuerdings eine Stunde in der Woche, wo in der Schweiz weilende deutsche Intellektuelle, gekräftigt durch Milch und Butter, das Hirtenvölkchen über Deutschland und die Sendung des deutschen Geistes belehren. Ich habe nur einen von ihnen gehört, er hieß Horst Lange, früher hat er begabte aber etwas »seltsame«, morbide und schwüle Geschichten geschrieben. Jetzt hat er uns Sennenknaben mit jener ruhig überlegenen, sorgfältig artikulierenden und salbungsvollen Stimme, die wir früher an den Nordkaffern bald belachten, bald haßten, darüber unterrichtet, daß die Literatur in Deutschland heute keine ästhetischen Ziele mehr haben dürfe, und vor allem religiös sein müsse. Er hat, einmal wieder, Jeremias Gotthelf entdeckt und ihn uns wohlwollend ans Herz gelegt, und warum die Leutchen im Zürcher Studio ihn das alles von hoch oben herab predigen ließen, statt ihm einen Tritt zu geben, begreift man nicht.

Aber was begreift man überhaupt heute noch? Es ist begreiflich, daß die Zustände uns Intellektuelle und Künstler entweder zu pathetischen Existential»philosophen« machen oder uns zum Surrealismus erziehen müssen. Sollte ich je in diesem Leben noch etwas dichten, so würde es vermutlich noch surrealistischer sein als *Morgenlandfahrt* und ähnliche Sachen.

Denn, unbelehrt durch den Pastor Horst Lange, erwarte ich von der Kunst und vom Künstler nicht vor allem Ethik und »das Religiöse«, sondern Schönheit, Freude, Spiel, kindlichen Dank an Gott und die Welt, und über diese Register verfügt auch noch die surrealistische Kunst, während sie den Pfaffen und Radio-Ethikern nicht zur Verfügung stehen. Addio, lieber Goes, Sie nehmen mir das Wort Pfaffen gewiß nicht übel, es gehört ja auch zum eisernen Bestand des lutherischen Vokabulars.

(Aus einem Brief vom 27. 1. 1948 an Albrecht Goes)

Der Tod Gandhis[1] war für mich kein Schrecken, er war die gewissermaßen legitime Antwort der Welt auf Gandhis Leben und Werk, so wie Golgatha die folgerichtige Antwort der Welt an Jesus war.

(Aus einem Brief vom Februar 1948 an Helmut Richter)

Wie traurig ist das, und wie traurig ist fast alles, was jede Post mir bringt! Der jüdische Humanist, der am Maschinengewehr fällt, oder der deutsche Hitlergegner, der Jahre im Konzentrationslager saß und nun keine Stelle findet, weil man frühere Parteimitglieder ihm vorzieht, es ist alles gleich sinnlos, schmerzlich und unentwirrbar tragisch, und es gibt kaum eine menschliche Angelegenheit mehr, in der man auch nur seinen eigenen Gefühlen trauen dürfte.

(Aus einem Brief vom 7. 3. 1948 an Leopold Marx)

1 Mahatma Gandhi war am 30. 1. 1948 durch ein Attentat gestorben.

Die Juden des einstigen Österreich haben den Terror von Hitler und von Antonescu,[1] die zweimalige »Befreiung« durch die Russen und durch die Rumänen und zuletzt das vielleicht Schlimmste erduldet, den »kalten« Terror in einem Land, das sich zwar dem russischen Kommunismus verschrieben, seinen mordlustigen Antisemitismus aber beibehalten hat.

(Aus einem Brief vom 8. 3. 1948 an Julie Hellmann)

Die Rumänen bewohnen die Gastzimmer. Ninon ist glücklich, sie dazuhaben, ist aber arg übersorgt und übermüdet, oft ist mir bang um sie. Was wir nun so nach und nach über Rumänien und die Bukowina erfahren, ist noch schlimmer als wir's uns dachten, und wir haben es uns recht höllisch gedacht. Die Rumänen, die Deutschen, die Russen, lauter ausgepichte Teufel, jeder als »Befreier« auftretend und mit Raub, Totschlag, Deportation operierend, es ist schon ein Stück schlimmer als alles, was wir aus Deutschland kannten. Wie sich die Juden hielten, ist großartig, und auch wie unsere Gäste nie klagen, keine Greuel erzählen, keine Sentimentalität zeigen, man muß viel fragen, bis man die Einzelheiten ganz sachlich erzählt bekommt.

(Aus einem Brief vom 10. 3. 1948 an seine Schwester Marulla)

Deine Besorgnisse sind natürlich auch die meinen. Falls Europa von Krieg verschont bleibt, so wird es sein, weil die Kommunisten noch eine Weile genug mit Asien zu tun haben. Die Kriege werden gemacht von Leuten, denen das Leben anderer gleichgültig ist. Sie machen ihre Kriege mit der Habe, dem Blut und Leben anderer, und was wir anderen dazu denken und dabei leiden, ist ihnen einerlei. Immerhin haben auch sie ein wenig Angst, und die Bedenken vor dem Verwenden ihrer eigenen Zerstörungsmittel sind gewiß nicht geheuchelt.

Nun, die Sonne scheint noch, und daß Du wieder ein Haus hast, ist auch ein Bene, wir wollen uns dessen freuen. Und wir wollen womöglich auch einen Kern in uns bewahren, ein eigenes Schwergewicht, das uns dran hindert, mit in die sinnlose

1 Jon Antonescu (1882-1946), autoritärer rumänischer Politiker, Verbündeter Hitlers.

zentrifugale Schwingung gerissen zu werden, die immer unheimlicher wird und auch fern aller Politik sich in Tempo, Hetze und Unrast äußert.

(Aus einem Brief von 1948 an Kurt Lichdi)

Wie Sie [aus] der einen meiner Beilagen sehen, hat man in Berlin im Sinn, eine Aussprache über die Friedensfrage im Maiheft des »Aufbau« zu bringen, den ich übrigens weiter nicht kenne. Da die Depesche von Becher unterzeichnet ist, nahm ich an, es werde ein Versuch der Russen sein, mich zu irgendwelchen Äußerungen zu verlocken, die sie vielleicht auswerten können. Darum bin ich in dieser Form ausgewichen. Ich hätte brüsk geantwortet, halte aber Becher, der als Dichter ein naiv-sentimentaler Dilettant ist, für durchaus gutgläubig, darum war ich wenigstens halbwegs höflich. Noch erinnere ich mich daran, wie Becher einst, als er noch (einige Jahre vor dem Krieg) in Rußland eine Monatsschrift in deutscher Sprache herausgab,[1] ein Heft mit der Widmung an »Stalin, den Genius der Freiheit« herausgab.

(Aus einem Brief, Ende März 1948, an Walther Meier)

Telegramm: Berlin 21. März 1948
An H. Hesse, Montagnola
Aus tiefer Besorgnis und im Bemühen um einen gemeinsamen Weg erbitten wir Ihre Stellungnahme zu der Frage, ob ein Friede mit Deutschland eine sofortige Entspannung der Weltlage herbeiführen könnte und welche Schritte zum schnellen Abschluß eines Friedens mit Deutschland wünschenswert sind. Antwort bis fünf Seiten für Friedensheft Mai. Zusage erbeten an Redaktion Aufbau.

Johannes R. Becher   Paul Wiegler   Bodo Uhse

Antwort: Montagnola 21. März
An die Redaktion des Aufbau Berlin
Halte literarische Unterhaltung über Politik für wertlos. Mit kollegialem Gruß Ihr H. Hesse

1 »Internationale Literatur«. Deutsche Blätter.

Das ist recht, daß Sie für Ihren Lehrer eintreten. Ich stehe zwar, was das Politische betrifft, ganz anderswo als er und halte alles in allem, die Gesamtschuld der »Deutschnationalen« für nicht kleiner als die der Hitleranbeter, aber das ist eine Gesamtschuld, die kein Gericht beurteilen kann und darf, und persönlich für seinen Anteil daran so hart bestraft zu werden ist sinnlos. Da ich die Wege nicht kenne und auch nicht kennen will, welche ein Revisionsbegehren einzuschlagen hat, sende ich an Carossa einen Brief, den er der betreffenden Stelle vorlegen kann und von dem ich Ihnen eine Kopie mitsende:

Zur Revision eines Urteils über Prof. Ernst Bertram

Durch einige frühere Schüler von Professor Dr. Ernst Bertram, dem gewesenen Ordinarius für deutsche Literaturgeschichte in Köln, erfahre ich, daß Bertram in die Gruppe III. eingestuft worden ist und erfahre auch die Begründung dieses völlig unbegreiflichen Urteils.

Ich begreife wohl, daß bei den Spruchkammern Fehlurteile und falsche Einreihungen vorkommen können. Aber ein so auffallendes Fehlurteil wie dieses sollte doch unbedingt revidiert und korrigiert werden.

Persönlich kenne ich Bertram nicht und kann mir denken, daß seine politische Einstellung mit meiner eigenen keineswegs harmoniert hätte. Er gehörte zu den idealistischen Deutschnationalen, während ich grundsätzlich jeden Nationalismus für überholt und rückständig halte. Aber Nationalsozialist ist Bertram nie gewesen, und einzig darum geht es ja hier. Daß er ein Buch über Nietzsche geschrieben hat, ein überaus schönes Buch übrigens, geschah zu einer Zeit, in der weder Bertram noch sonst irgend jemand ahnen konnte, in welch schauerlicher Weise Goebbels und Rosenberg diesen romantischen Denker-Dichter für ihre Propaganda mißbrauchen würden.

Daß Bertram dem Kreise von Stefan George angehörte, ist ebensowenig ein Beweis gegen ihn. Es haben diesem Kreis, wie die Spruchkammer ja recht wohl wissen müßte, keineswegs nur Deutschnationale, sondern auch verschiedene namhafte Juden und Emigranten wie Wolfskehl, Gundolf, Kantorowicz etc. angehört.

Das über E. Bertram gefällte Urteil scheint mir, der ich viele ähnliche Urteile kennengelernt habe, im Prinzip falsch und der Revision bedürftig. Es würde in der geistigen Welt einen guten Eindruck machen, wenn dies Fehlurteil korrigiert würde.

(Aus einem Brief vom 31. 3. 1948 an Werner Schmitz)

Was die jüngern Generationen bei Ihnen über mich und meine Bücher denken, sagen sie mir selber in jener freimütigen, hemdärmeligen und krampfhaft forsch-männlichen Art, die wir am Deutschen hassen, jeden Tag direkt so viele Male, daß kein Bedürfnis nach mehr besteht. Auch die offizielle Kritik des Glasperlenspiels hat nichts Erhebliches gebracht als die Bestätigung der alten Erfahrungen: man will konsumieren, man will lesen und dann darüber klug reden, aber es fehlt jede Fähigkeit und Willigkeit, das Gelesene wirklich ernst zu nehmen, jede Ahnung davon, daß es hier möglicherweise auch um Substanz, um Realitäten, um Wahrheiten, nicht bloß um Unterhaltung oder, wie man vor 100 Jahren sagte, »Belustigungen des Verstandes und Witzes« handeln könnte.

(Aus einem Brief vom 3. 4. 1948 an einen unbekannten Empfänger)

Was nun das Buch von Speyer betrifft,[1] so müßte es natürlich eigentlich von einem Mann besprochen werden, der die Vorbilder und Probleme kennt, d. h. in der deutschen Geschichte und Kulturgeschichte der Zeit um 1890 zu Hause ist. Für mich ist das vertrauter Boden, und was ich an Speyers Buch zu bewundern habe, ist etwa dies:

Erstens ist es eine innige und sehnsuchtsvolle Schattenbeschwörung. So wie Joachim Maass in seinem Hamburger Roman[2] seine Heimat, die er verlassen und verlieren mußte, und die inzwischen vernichtet wurde, noch einmal mit tausend geliebten Einzelzügen beschwört und beschreibt, sie sich noch einmal ganz und innigst zu eigen macht und ihr damit ein herzliches Denkmal baut, so macht es Speyer mit Berlin, und er malt in sein Buch alles, worin er selbst hineingeboren und

1 Wilhelm Speyer, »Das Glück der Andernachs«, Micha Verlag, Zürich, 1947.
2 Joachim Maass, »Zwischen den Zeiten«, Bermann Fischer Verlag, Stockholm, 1945.

aufgewachsen ist und was er kennt und als Emigrant und Heimatloser liebt, so wie Sie das Tal, den Wald und Bach kennen und lieben, an dem Sie ein Kind und Knabe waren. Diese Liebe und Trauer gibt dem Buch die Wärme und das Dichterische.

Zweitens schildert das Buch mit größter Präzision und aufgrund vieljähriger genauester Einzelstudien die Zeit, in der das junge und strahlende, reiche und lebensfrohe deutsche Reich, wie sein uralter Kaiser,[1] immer mehr zum Schatten wurde, wie der Kronprinz,[2] die Hoffnung aller Liberalen und Humanen, als Todkranker immer mehr an die Wand gedrückt wird und zusehen muß, wie der junge Wilhelm[3] heraufkommt und allem, woran sein Vater glaubte, Hohn spricht.

Drittens, und das ist das zentrale Problem des Buches, wird der Beginn des deutschen Antisemitismus geschildert, sehr genau und richtig, und, das Tragischste und Groteskeste bei diesem Vorgang, wie innerhalb der Judenschaft selber, der wohlhabenden, gutgebildeten, dem Deutschtum schon völlig angepaßten volkswirtschaftlich wichtigen Schicht der Juden, wie innerhalb dieser Judenschaft selber dem jungen, frechen Wilhelm, dem hochmütig-reaktionären preußischen Adel, dem Antisemitismus des Hofpredigers Stoecker[4] etc. Vorschub geleistet wird, wie diese verwöhnten aber gutartigen Leute, indem sie sich ihres Judentums zu schämen und es zu vergessen und zu verdrängen beginnen, selber gerade das anbeten, fördern und begünstigen, was ihrer ganzen Schicht und Rasse später den Tod bringen wird.

Gern hätte ich das Buch selber besprochen. Aber nachdem ich so viele Jahre mich dieser Tätigkeit enthalten und viele hundertmal Autoren und Verlegern geantwortet habe, daß ich ausnahmslos auf das Rezensieren verzichten müsse, darf und kann ich nicht plötzlich doch eine Ausnahme machen. Ich müßte sie allzu teuer bezahlen.

(Aus einem Brief vom 7. 4. 1948 an Otto Basler)

1 Kaiser Wilhelm I., der 1888 im Alter von 91 Jahren starb.
2 Sein Sohn Friedrich III., der todkrank war und nur 99 Tage regierte.
3 Kaiser Wilhelm II.
4 Adolf Stoecker (1835-1909), Mitglied des preuß. Abgeordnetenhauses und des Reichstags, Führer der Ultrakonservativen und Antisemit aus volkswirtschaftlichen Gründen.

Versuch einer Rechtfertigung

Zwei Briefe wegen Palästina

Genua, 22. Mai 1948

Sehr verehrter Herr Hesse!

Ehe ich heute das Schiff besteige, das mich in meine Heimat, nach Haifa, zurückbringen soll, möchte ich eine Bitte oder Anregung an Sie gelangen lassen:

Möchten doch Sie, sei es allein, sei es in Verbindung mit anderen Autoren von Weltruf, die Stimme in dieser tragischen Stunde der jüdischen Geschichte erheben! Die Invasion, die das, was Generationen in mühevollster und redlichster Arbeit geschaffen haben, die Siedlungen, wahre Inseln menschlicher Reinheit, die Städte, Menschen, Bibliotheken in Flammen aufgehen läßt, bedroht nicht nur Stätten, die der ganzen Menschheit teuer sind, mit Vernichtung – sie wird auch, wenn die zivilisierte Welt nicht rasch Einhalt gebietet, die in Jerusalem und Tel Aviv befindlichen Inkunabeln und Handschriften, darunter, um nur zwei Beispiele zu nennen, den ganzen ungedruckten Nachlaß von Novalis und Franz Kafka, neben den herrlichsten Bildern, wissenschaftlichen und künstlerischen Sammlungen vernichten. Eine äußerste Anstrengung aller Geistigen, aller Völker müßte gemacht werden, um das zu verhüten und den Frieden wiederherzustellen.

Ich bin überzeugt, daß Ihre Stimme viel dazu beitragen könnte, in diesem Fall das Gewissen der Menschheit aus dem Tiefschlaf zu wecken.

Max Brod

Montagnola, 25. Mai 1948

Lieber, hochgeschätzter Herr Brod!

So ziemlich jeden Tag kommt, zumeist aus Deutschland, eine kleine Handvoll Bittbriefe an mich. Jemand ist krank und sollte in ein Sanatorium mit guter Verpflegung kommen. Jemand ist Literat, Forscher oder Künstler, lebt seit Jahr und Tag in einem einzigen Raum mit drei, vier andern Menschen zusammen, hat nicht einmal einen Tisch zur Verfügung; er sollte, um gerettet zu werden, für einige Zeit Raum, Ruhe, Erholung und Arbeitsmöglichkeit bekommen. »Es bedarf ja nur eines leisen Winkes von Ihnen, so werden die bekannten Fürsorgeorganisationen alles tun, um zu helfen«, schreibt der eine, und der andre schreibt: »Ein Wort von Ihnen an die Bundesbehörden wird ja genügen, um dem armen Manne die Einreise- und Arbeitserlaubnis, vielleicht auch die Einbürgerung zu verschaffen.« Darauf muß ich dann jedesmal antworten, daß es in unsrem Lande weder Behörden, noch andre Organisationen, weder ein Sanatorium noch auch nur einen Bäckerladen gibt, der auf einen Wink oder ein Wort von mir irgendeinem Hungernden, sei er wer er wolle, auch nur eine Mahlzeit schenken würde. Was an diesen Bitten so wunderlich anmutet und so wehtut, ist der Märchenglaube der Bittsteller an den vermeintlichen Zauberer, der nur den Finger zu heben braucht, damit aus Elend Glück und aus Krieg Friede werde.

Und nun wenden auch Sie, der alte Freund des tiefen Tragikers Kafka, sich mit einem solchen Anliegen an mich, und diesmal soll ich gar nicht nur einem oder einigen einzelnen, sondern gleich einem ganzen Volke beistehen und »den Frieden wiederherstellen« helfen! Das erschreckt mich, denn ich muß mich zu einem vollkommenen Unglauben an den Zusammenschluß der »Geistigen« oder gar an den guten Willen der »zivilisierten Welt« bekennen. Der Geist hat mit der Quantität nichts zu tun, und ob zehn oder hundert »Prominente« die Mächtigen ersuchen, irgend etwas zu tun oder zu unterlassen, ist gleich hoffnungslos. Hätten Sie sich, vor Jahren schon, mit einer Mahnung zu Menschlichkeit, zu Gottesfurcht und Gewaltlosigkeit etwa an die jungen, terroristisch geschulten Gruppen Ihrer eigenen Nation gewandt, Sie würden in überaus deutlichen Worten zu hören bekommen haben, wie man unter den Aktivisten und Bewaffneten über diese Ideale denkt.

Nein, so schön und edel Ihre Absicht ist, ich kann Ihre Auffassung nicht teilen. Ich halte im Gegenteil jede »geistige« Scheinaktion, jedes Mahnen, Bitten, Predigen oder gar Drohen der Intellektuellen den Herren der Erde gegenüber für falsch, für eine weitere Schädigung und Herabwürdigung des Geistes, für etwas, was unbedingt und in jedem Fall unterbleiben sollte. Unser Reich, lieber Max Brod, ist nun einmal »nicht von dieser Welt«. Wir haben weder zu predigen noch zu befehlen noch zu bitten, wir haben inmitten der Höllen und Teufel standzuhalten und weder unsrer Berühmtheit noch einem Zusammenschluß von möglichst vielen unsresgleichen das Geringste zuzutrauen. Auf lange Sicht, gewiß, werden wir immer

Sieger bleiben, etwas von uns wird noch da sein, wenn kein Minister noch Feldherr von heute mehr im Gedächtnis der Menschen sein wird. Aber auf kurze Sicht, im Hier und Heute, sind wir die armen Teufel, und die Welt denkt nicht daran, uns an ihrem Spiel zu beteiligen. Wir Dichter und Denker sind einzig darum etwas, weil wir Menschen sind, weil wir, bei allen Fehlern, Herz und Kopf und ein brüderliches Verständnis für alles Natürliche und Organische haben. Die Minister und anderen Politikmacher gründen ihre kurzfristige Macht nicht auf Herz und Kopf, sondern auf die Masse derer, deren »Exponenten« sie sind. Sie operieren mit dem, womit wir nicht operieren können noch dürfen, mit der Zahl, mit der Quantität, und wir müssen ihnen dieses Feld überlassen. Auch sie haben es nicht leicht, wir dürfen das nicht vergessen, sie haben es sogar schwerer als wir, denn sie haben nicht ihr eigenes Leben, ihren eigenen Verstand, ihre eigene Ruhe und Unruhe, ihr eigenes Gleichgewicht, sondern werden getragen, geschoben und weggewischt von den Millionen ihrer Wähler. Sie sind auch keineswegs unberührt von dem Scheußlichen, das unter ihren Augen und zum Teil aufgrund ihrer Fehler geschieht, sie sind in großer Verlegenheit. Sie haben ihre Spielregeln, die sie decken und die ihre Verantwortlichkeit erträglicher machen mögen. Wir andern, wir Wahrer, sehen ihnen mit ebensoviel Mitleid wie Schrecken zu. Aber unsre Spielregeln, so glauben wir, sind mehr als Spielregeln, sie sind wirkliche Gebote, wirkliche Gesetze, ewige, göttliche. Ihrer Wahrung gilt unser Dienst, und wir gefährden ihn mit jedem Kompromiß, mit jedem Eingehen auf jene »Spielregeln«, sei es auch mit den edelsten Absichten.

Wenn ich dies alles so unverblümt ausspreche, so setze ich mich bei den Oberflächlichen damit allerdings dem Verdachte aus, ich gehöre zu jenen verträumten Künstlernaturen, für die Kunst mit Politik nichts zu tun und der Künstler im Elfenbeinturme einer ästhetischen Existenz zu verweilen habe, um sich ja nicht durch Berührungen mit der rauhen Wirklichkeit die Stimmung zu verderben oder gar die Hände zu beschmutzen. Ich weiß, daß ich Ihnen gegenüber mich in dieser Hinsicht nicht zu verteidigen brauche. Ich habe, seit der erste Weltkrieg mich unerbittlich zum Blick in die Wirklichkeit erweckt hat, viele Male meine Stimme erhoben, und einen großen Teil meines Lebens der damals in mir erwachten Verantwortlichkeit geopfert. Aber ich habe dabei die Grenzen stets auf das strengste gewahrt, ich habe versucht, als Dichter und Literat meinen Lesern immer wieder die Mahnung an die heiligen Grundgebote der Menschlichkeit zuzurufen, niemals aber habe ich selbst versucht, die Politik zu beeinflussen, wie es in den Hunderten von Aufrufen, Protesten und Mahnungen der Intellektuellen immer und immer wieder feierlich, aber nutzlos und zum Schaden des Ansehens der Humanität geschah und geschieht. Und dabei will ich bleiben.

Wenn ich Ihren Wunsch nicht erfüllen konnte, so habe ich doch, wie Sie sehen, wenigstens den Versuch gemacht, Ihre Angelegenheit auch anderen vorzulegen und weiterzugeben, indem ich Ihren Brief und meine Antwort veröffentliche.

(Erstdruck in »Neue Schweizer Rundschau«, Zürich, vom Juni 1948)

Sie sind Student, und als Student haben Sie das Recht, bei irgendeinem Unrecht, das in der Welt geschieht, mit Ihren Kommilitonen Versammlungen, Umzüge zu halten und gegen das Unrecht feierlich Protest einzulegen, um nachher, da Sie ja das Ihre getan haben, ruhig wieder an Ihre Studien zu gehen. Wenn aber ein alter Mann, den man zu den Dichtern und Denkern rechnet, und der ein Leben lang mehr für die Menschen gearbeitet hat als die meisten von Euch je tun werden, sich überlegt, ob es wirklich einen Sinn habe, den Geist durch pathetische und völlig wirkungslose Proteste weiter zu entwerten und in seiner ohnehin geringen Autorität zu schwächen, dann ist das wirklich etwas wesentlich anderes. Sie können mich nicht verstehen, weil Sie nicht mein Leben und dessen Arbeit hinter sich haben.

Stellen Sie sich einen Augenblick den Präsidenten Truman, Stalin, den König von Transjordanien, die Führer der jüdischen und der arabischen Terrorgruppen vor, wie sie einen von mir, von Thomas Mann, Einstein und 50 andern bekannten Intellektuellen verfaßten Protest lesen. Stellen Sie sich vor, was jeder dieser Politiker für ein Gesicht machen würde, wenn er daran erinnert würde, daß der Nachlaß von Novalis oder eine wertvolle Bildersammlung vielleicht morgen vernichtet werden können. Glauben Sie im Ernst, daß ein einziger dieser

Träger der weltlichen Macht auch nur einen Atemzug lang sich um solche Dinge Sorgen machen würde? Nein, die Aufgaben des Geistes mögen noch so vielfältig sein, aber die eine Aufgabe bleibt die wichtigste: die Sorgen um die Wahrheit, die Sorge um das Sehen und Verstehen der Wirklichkeit. An dieser Wirklichkeit sehen 99% aller Menschen immer und immer vorbei, weil sie sie nicht ertragen. Zu dieser Wirklichkeit gehört auch das, was in meinem Brief an Brod über den Geist und dessen Aktionsmöglichkeit steht.

Wenn Sie andere Zeugen unter den Geistigen suchen, so lesen Sie einmal die Rede, die Paul Valéry in der Sorbonne 1932 zum Gedächtnis Goethes gehalten hat.[1] Es genügt sogar, wenn Sie nur die paar ersten Sätze dieser Rede lesen. Kaum je in unserer Zeit ist das heutige Verhältnis zwischen Geist und Macht klarer gezeichnet worden.

Genug nun, es warten viele andre Aufgaben noch heute auf mich, und wenn ich jeder von ihnen soviel Kraft und Zeit widmen würde wie Ihrem Brief, so müßte der Tag ein Monat sein. Gehen Sie den Weg ins Leben, und wenn Sie das, was Sie in meinen Worten erschreckt hat, nicht ertragen können, so vergessen Sie es. Sie haben, vermutlich, im Leben andre Aufgaben als ich, haben die Augen für andere Aspekte des Lebens offen zu halten, und niemand verlangt von Ihnen, was Max Brod oder was Sie von mir verlangen. Sie werden dann die nutzlosen Proteste denen überlassen, die das Recht zu ihnen haben, den Jungen und noch Verantwortungslosen, und werden desto strenger in Ihrem wahren Wirkungskreis Ihrem Gewissen folgen.

(Antwort an einen Studenten, der den Brief an Max Brod in der »Neuen Schweizer Rundschau« vom Juni 1948 gelesen hatte und sehr durch den Gedanken erschreckt worden war, daß Geist und Politik heute kaum noch die Möglichkeit einer direkten Zusammenarbeit haben.)

1 Der von Hesse hervorgehobene Passus der Rede beginnt mit den Sätzen: »Der Geist verabscheut jede Gruppenbildung; dem Parteiwesen ist er abgeneigt; von der Übereinstimmung der Geister fühlt er sich beeinträchtigt; ihm scheint, er habe im Gegenteil bei gegenseitiger Unstimmigkeit etwas zu gewinnen.«

Der Einfluß von Chamberlain[1] um 1900 war sehr groß. Seine »Grundlagen des 19. Jahrhunderts« waren eine geschickte und ganz geistvolle Formulierung des Geschichtsbildes, das der höher gebildete, reichstreue, von Wagner her etwas bengalisch angestrahlte Deutsche damals etwa hatte. Und dies Weltbild war natürlich um nichts richtiger oder falscher, als es heute das Ihre oder meine ist, diese werden in wieder 50 Jahren ebenso antiquiert sein.

(Aus einem Brief vom 11. 6. 1948 an Albrecht Goes)

Tröstlich aber waren mir, inmitten unzähliger Berichte und Klagen über die jüngsten Vorgänge in Deutschland, die Worte, die mir ein lieber Schulkamerad und Altersgenosse aus Schwaben geschrieben hat. Sie lauten:

»Die Währungsreform regt uns nicht auf; es ist wieder einmal vorteilhaft und vergnüglich, zu den Besitzlosen zu gehören.«

(Aus einem Rundbrief vom Juli 1948)

Ich für mich halte zwar Schiller als Dichter für unbedingt überschätzt und die Wirkung seines rhetorischen Idealismus für durchaus ungut, sie hat die deutsche Selbstzufriedenheit und die deutsche Pathetik, die dann mit Hitlers Liebling Richard Wagner gipfelte, kräftig unterstützt. Dagegen ist mir die Person Schillers, das Moralische an ihm, durchaus verehrungswürdig geblieben, die Dinge und Menschen haben ja nie bloß eine Seite.

(Aus einem Brief, 1948, an Edmund Natter)

Was meinen Satz über eine Höchstkonjunktur des Nationalismus betrifft, so dachte ich dabei freilich nicht nur an den jetzigen Augenblick, sondern an das Stück jüdischer Geschichte, das mit Herzl[2] und den Siedlungen der Zionisten

1 Houston Stewart Chamberlain (1855-1927), Schriftsteller und Kulturphilosoph. 1908 heiratete er Richard Wagners Tochter Eva und zog nach Bayreuth. Sein umstrittenes Werk »Die Grundlagen des 19. Jahrhunderts« (1899) zielte in der Nachfolge J. A. Gobineaus auf eine Verherrlichung des Germanentums und wirkte stark auf die Rassenlehre des Nationalsozialismus.

2 Theodor Herzl (1860-1904), mit seinen Ideen (»Der Judenstaat« [1896]) gab er den Anstoß zur Entstehung des politischen Zionismus.

beginnt. Und mit Nationalismus bezeichne ich jede Stufe des nationalen Selbstbewußtseins, auf der der Gedanke der Brüderschaft aller Menschen in Gefahr ist, vom Patriotismus überwältigt zu werden.

(Aus einem Brief vom 28. 8. 1948 an Max Brod)

Ich hätte Ihnen längst für Ihren Aufsatz über meine Beziehungen zu München[1] danken sollen, doch konnte das nicht mit wenigen Worten geschehen. Und auch heute reichen Kräfte und Zeit längst nicht für den Brief, der nötig wäre. Ihr Aufsatz, so gut und freundlich er ist, hat eine große Lücke. Er spricht von meinen paar Freundschaften dort. Aber kein Wort darüber, was München für uns Ausländer, d. h. für uns nicht nationalsozialistischen Deutschen war und immer mehr wurde. Es war ein Hauptsitz der »Alldeutschen«, die wir damals nicht sehr ernst nahmen, aber immerhin bitter haßten. Es war der Sitz einer überheblichen, auf allen Gebieten der Welt mit Ausnahme des Politischen versierten Intelligenz, die alles besser wußte, über alles spottete, die uns auch Stefan George entleidet hat. Es war der Sitz der Reaktion und des Klüngels, der Ort, wo man Landauer umbrachte und Hitler großzog, die Stadt der Hitlerei par excellence, und ich zweifle nicht daran, daß an der Universität wie anderwärts auch heute wieder eine gute Anzahl einstiger Nazigrößen funktionieren.

Über diese so liebliche und gastliche Stadt, der wir den halben Hitler verdanken, hat Thomas Mann im Faustus sich genügend geäußert, er hat sie besser gekannt als ich. Aber daß ich nun in Ihrem Aufsatz zu München ein so harmlos friedliches Verhältnis haben soll, ist recht wunderlich. Nun ist das Wesentliche gesagt, Sie haben es gut gemeint, und ich nehme nichts übel, aber richtigstellen mußte ich doch.

(Aus einem Brief, ca. 1948, an Horst Kliemann)

Für mich gehört in der Geschichte des Abendlandes oder der Christenheit die Epoche zu den merkwürdigsten und schrecklichsten, in der Inquisition und Welteroberung einerseits, Luthers Schisma andrerseits samt den Anfängen der Gegenrefor-

1 Horst Kliemann, »Hermann Hesse und München« in »Münchner Tagebuch« 3, 1948, Nr. 9.

mation sich abspielten, die Epoche, in der die abendländische Christenheit zum erstenmal das Ungeheuerliche, das Teuflische und irrsinnig Grausame auf sich nahm, in der Inquisition und, noch ärger, in der blutigen Vernichtung der südamerikanischen Völker und Kulturen. Und da stehen den bornierten spanischen und portugiesischen Königen, den blutrünstigen Konquistadoren und Indianerschlächtern ein paar große Christen gegenüber, selbstlos mutige Männer, mutig auch gegen ihre Fürsten, vor allem der Pater de Las Casas[1] in der Neuen Welt, und Xaver[2] im portugiesischen Indien.

(Aus einem Brief von Ende August 1948 an Wilhelm Gundert)

Die Macht ist wie ein Aussatz: an wen sie übergeht, der wird krank und tut unweigerlich das Verkehrte und Böse. So haben die Alliierten, nachdem die Macht an sie gelangt und die Allianz sinnlos geworden war, ihre Aufgaben und Möglichkeiten so blind und dumm in die Finger genommen, wie alle Mächtigen es tun.

Daß jetzt bei Ihnen die Nazi den Herrschern wieder willkommen sind, als Truppe im befürchteten Krieg, paßt vollkommen zu allem andern.

Nun, wir können da nichts ändern, die Welt muß weiterhin das Scheußliche tun und erleiden. Dagegen wollen wir wenigstens den Verführungen oder der Gewalt der Mächtigen bis zum Ende unerreichbar bleiben und dem, was unantastbar ist.

(Aus einem Brief, ca. 1948, an Max Steff)

Über »Du sollst nicht töten« habe ich einst, vor etwa 25 Jahren, einen Aufsatz geschrieben[3], den wiederzufinden meine Lage aber nicht erlaubt.

Ich hatte damals einen großen Teil der deutschen Jugend auf meiner Seite, sie waren zwar weit weniger radikal als ich, aber immerhin pazifistisch und unnationalistisch gesinnt, wie das nach einer schweren Niederlage kriegerischer und von sich

1 Bartolomé de Las Casas (1474-1566), Begleiter des Columbus. Auf sein Wirken hin wurde die Indianersklaverei verboten.

2 Franz Xaver (1506-1552), Jesuitenpater aus dem Kreis um Ignatius von Loyola, gilt als »Apostel Indiens und Japans«.

3 Vgl. S. 370 ff.

entzückter Völker leicht wird. Wieviel diese Gesinnungen wert waren, hat sich gezeigt, und ich bin heute gegen alle und jede friedliebende und mit dem Christentum ernstmachenwollende Bewegung in Ihrem Lande vollkommen skeptisch. Ich hüte mich natürlich, dies zu äußern, aber an die Dauer und Haltbarkeit dieser Gesinnungen, auch der großen momentanen Christentumsbewegung in Ihrem Lande glaube ich nicht. Man hat bis vorgestern »Juda verrecke« etc. gebrüllt und wird es, wenn die Konjunktur danach ist, wieder tun. So ist es in Deutschland, so in den meisten andern Ländern der Welt.

(Aus einem Brief, 1948, an K. Schellmann, Schriftleitung des evangelischen Sonntagsboten, Kassel)

Ich habe es nicht gern, wenn man stolz darauf ist, daß man geistige Arbeiten »nur mit dem Herzen« macht, es kann dann Folgen haben wie das Politikmachen mit dem Herzen.

(Aus einem Brief vom 3. 9. 1948 an Otto Hartmann)

Das »Gestrichene Wort«[1] hat manche Zuschriften gebracht, die meisten von Juden, aber auch eine echt treudeutsche Postkarte von einem Herrn in Bern, worin ich aufgefordert werde, künftig nicht mehr den Deutschen und den »Kulturträger« zu spielen, da ich ein Judensklave geworden sei. So geht die Welt weiter, jeden Tag schlagen kleine Kinder die unschuldigen Augen auf, und jeden Tag zeigen Millionen altgewordener Kinder, daß sie nichts zu lernen nach wie vor fest entschlossen sind.

(Aus einem Brief vom Herbst 1948 an Lisa Tetzner)

Übrigens stehen in süddeutschen Schullesebüchern ganze Bogen aus meinen Büchern genommen, ohne daß man mich auch nur gefragt oder mir zumindest einen Beleg gesandt hätte. Mein Widerwille gegen all das wächst noch immer, und die wahrhaft schweinisch-teuflischen Antisemitenbriefe wegen des »Gestrichenen Worts« tragen auch dazu bei. Ich ersticke und sterbe langsam an der großen deutschen Schweinerei, oft

1 »Das Gestrichene Wort« in H. H., »Die Kunst des Müßiggangs«, S. 350 ff., Frankfurt a. Main, 1973. Erstdruck in NZZ vom 17. 4. 1948.

fällt es sehr schwer, mit der positiven Arbeit für dies gnadenlose Volk fortzufahren.

(Aus einem Brief vom 7. 11. 1948 an Albert Steen)

Bezugnehmend auf Ihren, sichtlich zu Purim[1] *verfaßten ... Beitrag »Das gestrichene Wort« sei Ihnen nahegelegt, in dem von Ihnen gebrauchten Vokabular säuberlicherweise den Begriff »deutsch« zu entfernen, nachdem derselbe durch Sie nun schon lange genug verunreinigt worden ist. Seit »Demian« und allem, was folgte, konnte der nichtjüdische Leser Sie nur so ernstnehmen, indem er dieses Geschreibe als faulen Zauber abtat. Gott erhalte Sie weiter dem auserwählten Volke! Nebbich.*

(Aus einem Brief an Hesse vom 28. 4. 1948 von Freiherrn v. Malzahn)

Sehr geehrter Herr Dichter Hesse! *Oktober 1948*

Als wir kürzlich heben gelesen, daß Sie heben auf einen leisen Wunsch von einem unsre Brieder im gelobten Land von USA sogleich, will sagen nach ein bißchen Geschmus vorher, gestrichen ein böses Wort für die Juden, als haben wir Edlen Juden zu Lübeck auch sogleich beschlossen auf Zuruf (dreizehn gegen elf Stimmen) und teilen Ihnen zu Ihrer Freude mit, daß wir Sie haben gewählt zu einem

Ehren-Juden.

Wir haben ja lang schon gemeint, will sagen ungefähr seit 1906, daß Sie waren ein Feind von Ihren protestantischen Verwandten und Freunden; aber wir haben nicht gleich können sehen, ob Sie als Feind von die Christen nicht auch waren Feind von die Juden, zum Beispiel wie die verdammten Nazi. Als aber Ihr Verleger von Anfang an ist gewesen unser Bruder S. Fischer in Berlin und als wir haben gesehen, wie Sie nach einer kleinen Reise nach Indien sogleich sind geworden ein großer Buddhist –, da, da haben wir gewußt mit Bestimmtheit: er kommt gewiß noch zu uns! – Und ist er nicht gekommen? Sind Sie doch geworden ein ... Bruder, will sagen ein Philosemit, ein Freund von uns armen Juden! Wie es sich auch gehört für einen daitschen Dich-

1 Jüdisches Freudenfest am 14. Febr./März.

ter, was will werden bekannt und berühmt durch unsre Leite. Sie haben so schön schnell gehorcht unserm Bruder aus New York, daß Sie werden sein ein Beispiel und Vorbild für andere daitsche Schriftsteller, die wo wissen, was wir haben für eine Macht auch heute in Daitschland, trotzdem wir nun haben unsern eigenen Staat Israel, aber es ist doch bequemer für uns zu bleiben in Europa und Amerika, als in das gefährliche Land bei Jerusalem. Nun weil Sie sind geworden ein Vorbild haben wir Sie noch erwählt und ernannt zum

Ehren-Beschnittenen,

worüber Sie sich noch mehr werden erfreut sein, wenn Sie es erfahren. Für diesen Ehrendiplom wollen Sie so gut sein und zahlen eine kleine Gebühr von 50 oder 100 Mark, was Sie können an die Literatur-Direktion von unsrer Gemeinde schicken. Wir grüßen Sie herzlich mit Heil Juda!
Die edlen Juden von Lübeck
gez. Dr. Korinthenberg, Präsident beim Deutschen Landgericht

Als ich 1934 und 1935 das lärmende, singende Deutschland sah, mit Antijuden-Plakaten und auf allen Straßen donnernde Lastwagen voll schwerbewaffneter Männer, in den Eisenbahnen Massen von Arbeitern, die zum Spaß über den Sonntag von Konstanz nach Hamburg und umgekehrt transportiert wurden, da zweifelte ich nicht daran, daß dieser Glanz von irgend jemand bezahlt werden müsse, und daß ich zu den Beraubten gehören würde. So ist es auch gekommen und geblieben. Für meine ganze Lebensarbeit, von der vom Buchhändler und Drucker bis zum Dozenten Hunderte leben, habe ich nichts bekommen seit vielen Jahren als Stöße von unflätigen Schmäh- und Haßbriefen und einige tausend Bettelbriefe, und so wird es auch vollends bleiben.

(Aus einem Brief vom 4. 12. 1948 an Wilhelm Gundert)

Jenes deutsche Wesen, das wir lieben und dem wir zugehörig und verpflichtet sind und das Sie in Bach, Luther, Goethe verehren, – warum soll es der Verteidigung durch Waffen bedürfen? Sie verlegen da, glaube ich, wie man es gerne tut, ein moralisches Problem auf eine andere Ebene, vielmehr: Sie machen sich selber Skrupel und schlechtes Gewissen um etwas Wesenloses, während Sie Ihrem echten, wirklichen Problem damit ausweichen.

Es haben mir während des siegreichen deutschen Raubzuges durch halb Rußland manchmal deutsche Soldatenknaben geschrieben: »Wir stehen hier am Kaukasus, um jene höchsten Güter deutschen Geistes zu schützen, zu denen wir auch Ihr Werk rechnen« und ähnlichen Knaben-Unsinn. In Wirklichkeit halfen alle diese armen Helden den Bestien, die das »Vaterland« regierten, alles gute und echt Deutsche vollends kaputt zu machen. Und nun kommen auch Sie noch und plagen sich damit, ob Sie nicht etwa doch am Ende dem Deutschland Goethes mit dem Schwert aufhelfen sollten!

Nein, Sie verraten weder Goethe noch Bach, wenn Sie ihretwegen das Schwert nicht ziehen. Sie verraten Ihr Deutschtum aber, wenn Sie sich Ihrer geistig-moralischen Aufgabe: nämlich eben jenem unsterblichen geistigen Deutschtum immer fester und auf immer fruchtbarere Art anzugehören – wenn Sie dieser Aufgabe davonlaufen in die Sentimentalitäten der Melancholie, der Sünde oder des Selbstmordes hinein. Denn das Selbstmördertum hört erst mit der vollendeten Tat auf, sentimental zu sein.

(Aus einem Brief vom 12. 1. 1949 an H. V.)

Briefe wie den Ihren, von wohlgesinnten und suchenden jungen Deutschen, bekomme ich viele hundert im Jahr, und es sind vom Reaktionär bis zum Kommunisten alle Schichten vertreten. Aber bei allen gibt es Dunkelheiten und Widersprüche in der Logik, auch bei Ihnen. Sie hören gläubig dem Professor zu, der die Schuld am Zustand der Welt auf den »Eintritt der Massen in die Geschichte« schiebt, und sind selber der Sohn eines Akademikers, der im Vollbesitz der bürgerlich-individualistischen Traditionen dennoch, wie 99 Prozent seiner Kollegen, »nominell« der Partei Hitlers angehörte. Nominell oder wie immer, er hat durch seine Mitgliedschaft Hitler und die Judenfolterungen und die ganze satanische Welt jenes Deutschland bejaht und unterstützt. Und bezieht dafür noch heute und unter den Russen eine Pension, sei sie noch so gering. Unter Hitler hätte er die als gewesenes Mitglied der Kommunistischen Partei nicht bekommen. Die

Russen sind also immer noch um einen winzigen Grad menschlicher als die Partei es war, der Ihr Vater angehörte.

(Aus einem Brief vom Januar 1949 an einen deutschen Studenten)

Ich bin seit Kriegsende und gar seit dem Nobelpreis in einer Weise überbürdet, die auch ein Junger nicht lange ertrüge, und für die nur ganz wenige meiner Freunde Verständnis haben. Ob es Deutsche aus den KZ-Lagern sind oder schriftstellernde deutsche Juden in Palästina: jeder, der deutsch schreibt und nicht grade Nazi ist oder war, legt mir seine Bücher und Manuskripte auf den Tisch, an dem für eigene Arbeit längst kein Platz mehr ist, und die meisten legen noch in langen Briefen all ihr Leid, ihre Verluste und Sorgen mit dazu, betteln und wollen Rat, ich soll Verleger suchen, kranke Kinder unterbringen – es ist nicht nötig, mehr aufzuzählen.

(Aus einem Brief von Ende Januar 1949 an Luise Rinser)

Ja, Sie haben recht, wehren Sie sich nur für das Gute und Edle in Ihrem Vaterland, aber nicht weil es deutsch, sondern weil es gut und edel ist. Nun, Sie kennen und verstehen mich ja: Zu mancher Stunde möchte man ja das Wort »gnadenlos« auf viele, auf alle Völker anwenden, es scheint ja oft so, als sei der Mensch überhaupt etwas schön Versuchtes, aber nicht Geglücktes. Doch ist es nicht Ihre noch meine Sache, der Verzweiflung zu dienen, im Gegenteil.

(Postkarte vom 28. 2. 1949 an Albert Steen)

Unvermittelt streifte der Dichter das Gebiet der Politik, wobei er die Auffassung vertrat, daß hundert oder tausend republikanische Kleinstaaten das Ideal auf Erden wären, vorausgesetzt, daß sie für ein menschenwürdiges Dasein ihrer Künstler sorgen würden. Es sei zu bedauern, daß die Schweiz in diesem Punkte nicht als Muster genommen werden dürfte, da sie für geistige Werte zu wenig übrig habe. Die Großmächte und Diktatoren sind Hesse ein Greuel, und auch bei meinem Besuche rief er das Wort seines Lieblingshistorikers Jacob Burckhardt auf, wonach die Macht böse an sich ist.

(Aus Otto Zinniker, »Besuch in Montagnola«, in »National-Zeitung«, Basel, vom 20. 3. 1949)

Die Zeitungen lese ich nicht, kann also nicht sagen, was die Zürcher Zeitung über [Thomas] Manns Beziehung zum Kommunismus gebracht hat. Aber ich glaube kaum, daß er darüber viel anders denkt als ich. Ich habe von allem Anfang an den Kommunismus genau ebenso für mich abgelehnt wie den Faschismus, aber doch mit dem Unterschied, daß ich den Kommunismus für einen Versuch halte, der gemacht werden muß, während der Faschismus lediglich ein nutzloser Versuch des Rückschritts ist. Aber solang der Kommunismus nicht etwa die Verteilung von Macht und Besitz unter alle sich zum Ziel setzt, sondern die »Diktatur des Proletariats«, ist er mit Marx verglichen ein Rückschritt, und solang seine Nutznießer nicht das Volk, sondern die kleine Clique von Bonzen sind, ist ja nicht weiter darüber zu reden.

(Aus einem Brief vom April 1949 an Otto Basler)

Aus dem Brief eines emigrierten deutschen Gelehrten an mich vom April 1949:

»Es wird mit Deutschland immer schlimmer, am liebsten hätte ich meine letzten persönlichen Beziehungen abgebrochen. Ich muß gestehen, daß ich bis zum Ende des Krieges allen Anfeindungen zum Trotz hier in Amerika vom ›andern Deutschland‹ sprach und mich bemühte, meinen Studenten die Bedeutung deutscher Kulturwerte klarzumachen – an die ich heute kaum noch zu glauben vermag. Selbst mein Jugendfreund aus jener erzhumanistischen Schule, die mich erzog, heute ein Pfarrer und also eigentlich ein Führer des Volkes, schreibt nur noch mit kaum verhüllter Verachtung und Herablassung an mich, den Emigranten, der sich ›vor dem deutschen Schicksal drückte‹. Todeslager und Nazi-Torturen erscheinen als vergangene Kinderscherze, Schuld hat niemand – außer den Besatzungsmächten, die alles falsch machten, und den teuflischen Russen, die von der deutschen Armee zu gut behandelt worden sind. Man könnte weinen (man tut es auch), und das Dilemma meines Berufes: Germanist im Ausland, wird immer drückender. Nun, Sie wissen das ja.«

Aus meiner Antwort auf diesen Brief:

»Ihr Brief bestätigt viele meiner eigenen Erfahrungen.

Aber trotz alledem ist uns ein Zweifel an dem, was Sie die deutschen Kulturwerte nennen, nicht erlaubt. Wir haben, Sie wie ich, die Aufgabe, den übernationalen Gedanken, den Gedanken der Einheit der Menschheit und ihrer Kultur fördern zu helfen, und wir haben jedem Nationalismus Widerstand zu leisten: dem dummstolzen Patriotismus und Größenwahn des Durchschnittsdeutschen, des Durchschnittsamerikaners und so weiter, wie umgekehrt den Ressentiments gegen ganze Nationen oder Rassen oder Völkergruppen in unsern eigenen Herzen. Wir Geistigen haben, allen Dampfwalzen und Normierungstendenzen zum Trotz, das Differenzieren zu üben und nicht das Verallgemeinern.

Und so vielfach durch Erfahrungen belegt und so wohlberechtigt unsre Ressentiments gegen Deutschland scheinen oder sein mögen, so widerlich namentlich diese schon wieder vorhandene deutsche Großschnäuzigkeit auch ist, so stehen doch, wie überall auf Erden, auch in Deutschland dem allgemeinen Jammer sehr viele einzelne, individuelle Gedanken, Taten und Haltungen von rührender und vorbildlicher Reinheit und Größe gegenüber.

Wir müssen Widerstand leisten, wir dürfen nicht nachgeben, auch nicht unsern bestbegründeten Haßgefühlen.«

(Aus »Neue Schweizer Rundschau«, Zürich, vom Mai 1949)

Wenn ich von irgendwelchen Verbrechen höre und lese, habe ich nur sehr selten das Gefühl, daß ich unter Umständen nicht auch zu ähnlichem fähig wäre oder verführt hätte werden können. Der Mensch ist nicht gut noch ist er böse, sondern er hat alle Möglichkeiten zu beidem in sich, und es ist schon viel, wenn sein Bewußtsein und Wille sich auf die Seite des Guten neigen; auch dann noch leben unter der Oberfläche alle Urtriebe in ihm weiter und können ihn zu Ungeahntem führen. Daß gerade Deutschland, das Land eines allzuschön auftretenden Idealismus und eines allzu phrasenhaften Denkens, den Boden für diese übermäßigen Teufeleien abgab, ist schwerlich ein Zufall.

(Aus einem Brief vom 18. 8. 1949 an Isa Freifrau v. Bernus)

Seit den Sprüngen des Wang Lun[1] habe ich mich oft mit Ihnen beschäftigt und freue mich, Sie wieder in Deutschland und in

1 Alfred Döblin, »Die drei Sprünge des Wang-lun«. Chinesischer Roman, S. Fischer, Berlin, 1915.

einer so wertvollen Tätigkeit zu wissen. Aber in die Akademie einzutreten, ist mir nicht möglich.[1] Ich lebe seit mehr als 35 Jahren in der Schweiz, bin nach dem ersten Krieg in die Schweizer Staatsangehörigkeit zurückgekehrt, die ich schon als Kind besessen hatte, und habe mich in all den vielen Jahren sorgfältig von allen offiziellen Organisationen zurückgehalten.

(Aus einem Brief vom August 1949 an Alfred Döblin)

Nicht gefallen hat mir manches im Tonfall Ihres Briefes, das mich an das erinnert, was sich der Ausländer als »deutsche Jugend« vorstellt: etwas Verstiegenes und in Leid und Verzweiflung Verliebtes, etwas »Faustisches« und Existentialphilosophisches also, wovon wir Ausländer wenig halten. Diese von Tragik und Größe berauschte Jugend war einst, als sie mit Rucksack und Gitarre herumzog, halb drollig, halb liebenswürdig, eignete sich aber bald darauf vorzüglich zum Kriegführen, Erobern, Foltern und andern Tätigkeiten, von denen wir ebenfalls nichts halten.

Was mir an Ihrem Brief also nicht gefällt, ist mehr das Allgemeine, das Sie mit Ihrer Generation gemeinsam haben, als das Individuelle. Es würde mir darum Freude machen, wenn Sie all Ihre Kraft darauf wenden würden, das Individuelle, Einmalige, Schöne in Ihnen zur Gestalt und Reife zu bringen, und das Andre, Kollektive möglichst abzubauen, mindestens ihm zu mißtrauen, es ist eine Mitgift ohne viel Wert.

(Aus einem Brief, Ende August 1949,
an Karlheinz Stockhausen)

Danke für Ihren Brief. Ich verstehe und billige seine Tendenz, doch macht es mich traurig zu sehen, wie auch ein Mann wie Sie durch die Brille einer Theorie die reale Welt falsch sehen kann. Mein treuer Verleger und Freund Suhrkamp ist für Sie, aufgrund einer marxistischen Schablone, ein rückständiger Kapitalist, der meine Bücher dem jämmerlichen Bourgeois verkauft, sie dem edlen und nach nichts als Geist und Bildung

1 Döblin hatte Hesse eingeladen, der neugegründeten (westdeutschen) Akademie der Wissenschaften beizutreten.

strebenden Arbeiter aber tückisch vorenthält. Glauben Sie wirklich im Ernst an solche Märchen?

Für mich ist weder der Arbeiter so heilig, der auf die Minute seine Arbeit verläßt, um heim oder ins Kino zu gehen, noch ist der »Kapitalist« und Unternehmer, der seinen bedrohten Betrieb und seine Leute zu halten sucht und weder Feierabend noch Kino noch Ferien kennt, für mich der rückständige Typ, wie Sie ihn sehen. Für mich ist z. B. Suhrkamp vor allem ein Mann, eine Person, ein Charakter, und da kann ich nur sagen: Wenn Deutschland tausend solche Menschen und Charaktere hätte, wäre es zu retten. Dieser Mann, über den Sie mir so töricht schreiben, hat Gefängnis, KZ, Verurteilung zum Strang und schwerste Mißhandlung erduldet, ohne einen Schritt weit nachzugeben. Er hat, ohne ein einziges Wort der Klage, im Krieg seinen persönlichen Besitz und seinen Verlag verloren, und jetzt beginnt er seinen Verlag, darunter auch mein Werk, langsam und geduldig wieder aufzubauen. Er gerät damit in manche Nöte, unter andrem wollen ihm die Sieger, die ihn als Nazigegner etwas protegierten, minderwertige ausländische Literatur aufzwingen, er bleibt auch hier standhaft ohne jede Rücksicht auf Konjunktur. Und schließlich ist er nun, wie alle deutschen Verlage, in diese schwerste Buchkrise seit 35 Jahren hineingeraten. Und in diesem Augenblick soll ich ihn im Stich lassen, soll ihn gar mit einem »Machtwort« anbrüllen, wie Sie es von mir erwarten?

Nein, so preußisch ist es zwischen meinem Verleger und mir nie zugegangen. Und so werde ich auch heute kein Machtwort sprechen, was auch recht töricht und unnütz wäre, denn um Machtworte zu sprechen, muß man Macht haben, ich habe aber keine, sondern halte mich ebenso wie Suhrkamp an unsre Verträge.

(Aus einem Brief vom 19. 9. 1949 an Kurt Kläber)

Das Interview mit Heuss sah ich nicht, ist auch nicht nötig. Wenn am Ende des ersten Weltkriegs mir jemand gesagt hätte: Deine Gedanken über Deutschland werden angehört und zum Teil verstanden werden, wenn Deutschland zum zweitenmal geschlagen ist, die deutschen Städte zerstört sind, und der Redakteur der Neckarzeitung, Dr. Heuss, Präsident geworden sein wird – dann hätte mir das durchaus möglich geschienen.

Man wird, und nicht nur in Deutschland, auch jetzt und immer wieder dreißig Jahre zu spät dem zustimmen, was die einfachste Kindervernunft erkennt und verlangt.

(Aus einem Brief vom 28. 9. 1949 an Walther Meier)

Wie typisch deutsch ist das, was Sie mir von Ihrem »älteren Freund« berichten. Er hat die ganze Schweinerei seit 1933 miterlebt, sitzt mitten im deutschen Elend und Zerfall; was ihm aber Sorge macht und wogegen er »Feuer und Schwert« aufrufen will, ist die Sorge um die Moral Norwegens, das einen Landesverräter, der leider zugleich ein großer Dichter ist, nach seiner Meinung falsch behandelt. In Frankreich wäre Hamsun in der ersten Reihe der füsilierten »Kollaborationisten« gewesen. In Deutschland wäre er durchgeschlüpft. Ob Norwegen ihn »richtig« behandelt, weiß ich nicht, es gibt in einem solchen Dilemma überhaupt kein »richtig«. Und mir persönlich würde es natürlich besser gefallen, wenn man ihn laufen gelassen und es dem Volk allein überlassen hätte, wie es sich zu ihm verhalten wolle.

Von Hamsun abgesehen, der ja nicht nur ein Nazifreund, sondern auch in der Mehrzahl seiner Bücher ein bissiger Geistfeind war, macht es mich traurig, daß Ihr Freund, wenn er schon, statt in seinem eigenen Land eine Zelle des Friedens und Aufbaus zu bilden, andre Völker belehren will, es auf diese widerliche Weise tut, daß er uns Dichtern, die wir wahrlich am Schicksal Hamsuns, so wohlverdient es ist, bitter genug mitleiden – daß er also uns Dichtern nur zumutet, zu »Feuer und Schwert« zu greifen. Genau zu diesen Mitteln der Gewalt, der Dummheit und Roheit! Man wendet sich ab und schämt sich.

(Aus einem Brief vom 27. 10. 1949 an A. Sch.)

Wie sehr Sie, an führender Stelle mitten im Geschäftsleben, unter der Überbürdung und überhaupt unter dem trotz Überorganisation sehr in Unordnung und Hetze geratenen Mechanismus unseres Lebens zu leiden haben müssen, kann ich mir einigermaßen vorstellen, reicht doch die Herrschaft dieses dämonischen Zwanges sogar in die Weltflucht und den Eigensinn meiner Künstler-Existenz weit hinein. Die Kriege und Weltkatastrophen sind ja auch nur Explosionen dieser riesigen Gespanntheit und Getriebenheit, für die man im Grunde die historischen Ursachen nicht angeben kann – wenn es nicht, ganz einfach, die mit Technik und Industrie entstandene ganz ungeheure Vermehrung der Menschheit, eine Vermehrung schwer erträglichen Tempos, ist.

Ob Sie nun in Ihrem anstrengenden Tagesleben noch zum Lesen meiner oder anderer Dichtungen kommen, ihren vollen Wert hat solche Lektüre ja nur, wenn der Lesende von ihr etwas an Kraft, an Besinnung und Orientierung in eben jenes gehetzte Arbeitsleben mitbekommen hat. Dieses Arbeitsleben nicht völlig seelenlos werden zu lassen, seinem Riesenmechanismus die Maße und Werte des Menschlichen und Organischen entgegenzuhalten, ist ja heute wohl die wichtigste Funktion jeder Kunst.

(Aus einem Brief, Ende Dezember 1949, an Artúr Stoll)

Das Anwachsen der Verantwortung ist bei einem ohnehin heiklen Gewissen eine große Last, und die Belästigung, die sich Tag um Tag erneuernde Plage mit den Neugierigen, mit den Bettelnden, mit den jungen Kollegen und ihren Manuskripten, das Überlaufenwerden mit Besuchen, das ewige Angezapftwerden durch die Öffentlichkeit, die Presse, die nationalen und internationalen Gesellschaften mit weltanschaulichen, humanitären, politischen Programmen, das ist für einen, der immer Rumpelstilz war und dem sein Leben nie privat genug sein konnte, einfach ein Unglück. Gewiß, man könnte das irgendwie bewältigen. Viele werden ja damit fertig, man nähme Sekretärinnen, baute einen Kanzleiapparat gegen den täglichen Ansturm auf – aber das hieße für einen Menschen, der zeitlebens die Routine gehaßt und ihr in seinem Leben keinen Raum gegönnt hat, geradezu Kapitulation und Verrat. Und so besteht die Verlegenheit, die Not, die Folter fort, und es ist noch gut, daß ich mir zum Beispiel bei der Mehrzahl der Briefe, die ich lesen muß, sagen kann, meine Lage und Plage sei, verglichen mit der meiner Epistolographen, noch recht erträglich.

(Aus einem Brief, 1949/50, an einen Schulkameraden)

Ihre Bemühungen um die Erhaltung des Widerstandes gegen die faschistische Franco-Regierung in Spanien haben, wie Sie vermuten, meine volle Sympathie. So betrübend es ist, daß die

USA, wie es scheint, dazu neigen, ihre demokratische Ideologie nur noch in besetzten Ländern zu verfechten, so hoffe ich doch, das Weltgewissen werde nicht wieder einschlafen und das spanische Volk werde eine seiner würdigere politische Daseinsform gewinnen.

(Aus einem Brief vom 31. 1. 1950 an die Zeitschrift »Las Espãnas«)

Dennoch ist die braune Welle des Nationalsozialismus, die Ihre Heimat überfallen und geschändet hat, mit der ebenso grausigen roten Terrorwelle nicht einfach gleichzusetzen. Wir um einen Grad über Durchschnitt Wachgewordenen mögen den Terror in jeder Form hassen und die Vergewaltigung des Menschen in jeder Form verabscheuen, aber dennoch dürfen wir Hitler und Stalin oder vielmehr dürfen wir Faschismus und Kommunismus nicht in *einen* Topf werfen. Der faschistische Versuch ist ein rückläufiger, unnützer, törichter und gemeiner Versuch, der kommunistische Versuch aber ist einer, den die Menschheit machen mußte, und der trotz seinem traurigen Steckenbleiben im Unmenschlichen wieder und wieder wird gemacht werden müssen, um zwar nicht die dumme »Diktatur des Proletariats«, aber doch etwas wie Gerechtigkeit und Brüderlichkeit zwischen Bürgertum und Proletariat zu verwirklichen. Man vergißt das leicht bei der Ähnlichkeit der Methoden, mit der Faschismus und Kommunismus arbeiten.

(Aus einem Brief vom 3. 2. 1950 an R. H.)

Hermann Hesses dichterisches Werk findet in Deutschland noch unverminderte Anteilnahme. Die politische Haltung, die er hier offenbart, wird für viele seiner Leser überraschend sein, ja wird sie wahrscheinlich erschrecken. Sie weist erstaunliche Ähnlichkeit auf mit manchen Äußerungen, die man von Thomas Mann hörte. Wahrscheinlich ist Hesses politisches Urteil ähnlich wie das Thomas Manns aus der im echtesten Sinn revolutionär-liberalen Weltauffassung des Dichters aus der Zeit seiner Jugend zu erklären, die in der kommunistischen Revolution Rußlands die Fortsetzung der alten Ideale sehen zu können glaubt. Thomas Mann hat allerdings in der Rede zu seinem 75. Geburtstag

keinen Zweifel gelassen, daß er die Form ablehnt, in der sich der Kommunismus jetzt in der Sowjetunion darbietet.
(Anmerkung der Redaktion des »Südkurier«, Konstanz, vom 25. 7. 1950 zu einem Abdruck dieses Briefes)

»Wir um einen Grad über Durchschnitt Wachgewordenen mögen den Terror in jeder Form hassen und die Vergewaltigung des Menschen in jeder Form verabscheuen, aber dennoch dürfen wir Hitler und Stalin oder vielmehr dürfen wir Faschismus und Kommunismus nicht in einen Topf werfen. Der faschistische Versuch ist ein rückläufiger, unnützer, törichter und gemeiner Versuch, der kommunistische Versuch aber ist einer, den die Menschheit machen muß.«
In diesem Satz aus einem vor nicht langer Zeit geschriebenen Brief des Dichters Hermann Hesse – veröffentlicht in der Zeitschrift »Universitas« – finden sich die beiden Elemente, denen der Kommunismus seinen bis heute anhaltenden Einfluß verdankt: das Mitleid mit der gequälten Kreatur und der Glaube an die Gesetzmäßigkeit der Entwicklung vom Liberalismus über den Sozialismus zum Kommunismus. Die von Karl Marx mit scheinbar wissenschaftlicher Objektivität aufgestellte Lehre von der Unvermeidlichkeit der Weltrevolution, der durch sie aufgerichteten Diktatur des Proletariats und der durch diese verwirklichten staats- und klassenlosen Gesellschaft hätte sich nicht auch guter und edler Geister bemächtigen können, wäre sie nicht mit der Vorstellung verbunden gewesen, daß der Kommunismus eine höhere, ja die höchste Form sozialer Gerechtigkeit sei. Nicht um mit dem verehrten Dichter des »Glasperlenspiels« zu polemisieren und unter Verzicht auf den (nicht schwierigen) Nachweis der verwandten Züge aller totalitärer Regime – von denen, nebenbei gesagt, der italienische Faschismus die weitaus mildeste Form war – muß Hermann Hesse aber mit der Feststellung geantwortet werden: der kommunistische Versuch ist gemacht worden und hat sich als ein »rückläufiger, unnützer, törichter und gemeiner Versuch« erwiesen.
(Aus »Hier irrt Hermann Hesse«, in »Aachener Nachrichten« vom 18. 8. 1950)

Es mag auch für den, der im einzelnen zu ganz anderen Denkergebnissen gekommen ist, nicht unwichtig sein, einmal die An-

sicht des seit langem in die Schweiz verschlagenen deutschen Dichters zu dieser oder jener Frage zu hören. An einen Österreicher, der alle Umwälzungen der letzten Jahrzehnte in der Tschechoslowakei mitgemacht hat, schreibt Hesse: »Wir um einen Grad über Durchschnitt Wachgewordenen mögen den Terror in jeder Form hassen und die Vergewaltigung des Menschen in jeder Form verabscheuen, aber dennoch dürfen wir Hitler und Stalin oder vielmehr dürfen wir Faschismus und Kommunismus nicht in einen Topf werfen. Der faschistische Versuch ist ein rückläufiger, unnützer, törichter und gemeiner Versuch, der kommunistische Versuch aber ist einer, den die Menschheit machen muß und der trotz seinem traurigen Steckenbleiben im Unmenschlichen wieder und wieder wird gemacht werden müssen, um zwar nicht die dumme ›Diktatur des Proletariats‹, aber doch etwas wie Gerechtigkeit und Brüderlichkeit zwischen Bürgertum und Proletariat zu verwirklichen.«

Mit diesen Sätzen macht sich Hesse zum Sprecher einer sehr gefährlichen Anschauung, die der Unmenschlichkeit einen Freibrief auszustellen bereit ist, wo sie im Dienste des vielberufenen Fortschritts steht. Es zeigt sich in dieser schiefen Beurteilung der politischen Tatsachen wieder einmal, daß niemand die wirkliche Situation in den Diktaturen richtig zu beurteilen vermag, der nicht am eigenen Leibe Nationalsozialismus und Kommunismus erlebt hat. Welche Fakten berechtigen dazu, einen Unterschied zwischen Kommunismus und Diktatur des Proletariats zu machen? Das ist in allen kommunistisch regierten Ländern das gleiche und führt überall zu Unterdrückung der Freiheit und Gewalt, nein, es besteht kein Wesensunterschied zwischen der unter staatlichem Druck hergestellten »Volksgemeinschaft« Hitlers und der terroristisch verwirklichten »Volksdemokratie« Stalins.

Hesses Irrtum beruht auf seinem falschen Fortschrittsglauben. Er kennt und sieht nicht die ewig sich erneuernden Kräfte christlicher Weltanschauung. In einem anderen Briefe sagt er: »... mir genügt nicht, was an Fertigem und Überkommenem von Kirchen und Philosophien uns angeboten wird!« *Es geht den Menschen, die aus der christlichen Weltanschauung heraus das Leben der Gemeinschaft zu gestalten sich bemühen, doch keineswegs um fertige Rezepte und überkommene Lösungen, sondern um die Grundprinzipien, aus denen heraus das Neue entwickelt wird, auch die gerechte und brüderliche Gemeinschaft zwischen Bürgertum und Proletariat. Daß Hesse das Weltgeschehen und das Schicksal des Menschen nicht unter dem Gesichtswinkel* einer göttlichen Weltordnung *anzusehen vermag, wie es der christliche Politiker tut, das zeigt sich auch an einer anderen Stelle der Hesse-Briefe, wo er zur Frage des Selbstmordes eine Stellung einnimmt, die von der Verantwortung des Menschen seinem Schöpfer gegenüber nichts weiß:* »... wirft einer das Leben, das ihm unerträglich geworden ist, entschlossen von sich, so hat er nach meiner Meinung dazu dasselbe Recht wie andre es auf ihren ›natürlichen Tod‹ haben.«

Das muß der Leser wissen, wenn er Hesses Briefe mit dem gebührenden kritischen Abstand lesen will. Die Autorität des Dichters könnte sonst zu gefährlichen Konsequenzen im Politischen und im Ethischen verführen.

(Aus »Gefährliche Hesse-Briefe« in »Kölnische Rundschau« vom 15. 10. 1950, Untertitel: »Freibrief für Unmenschlichkeit – Der falsche Fortschrittsglaube«)

Nie habe ich z. B. Hitlers, Mussolinis oder Francos Versuche, die rückschrittlich, dumm und unnütz sind, mit dem großen Versuch des Kommunismus gleichgesetzt, der durchaus notwendig ist, und doch haben die Männer, in deren Hände der Machtapparat des Kommunismus geriet, sich jeder Vergewaltigung des Menschen, jedes Terrors und jeder Brutalität schuldig gemacht. Es scheint wirklich dem Menschen nur die eine Hoffnung gegeben, zwar nicht die Welt und die andern, aber wenigstens sich selber einigermaßen ändern und bessern zu können, und auf denen, die das tun, beruht im geheimen das Heil der Welt.

(Aus einem Brief, Anfang Februar 1950, an Salome Wilhelm)

Für Ihren Brief sage ich Ihnen schönen Dank, vieles in ihm hat mich freundlich und verwandt angesprochen.

Doch kann ich Ihre Einladung, einer zu gründenden deutschen Kulturgesellschaft als Mitglied des Senats beizutreten, nicht annehmen, auch nicht vorläufig und unverbindlich, wie Sie vorschlagen, denn die Frage ist von vornherein entschieden. Ich habe mehreren Akademien und Gesellschaften ähnlicher Art in Deutschland auf solche Einladungen mit einem Nein antworten müssen und kann davon nicht abgehen.

Wir sind hier in der kleinen Schweiz schon vor Hitlers Auftreten empfindlich und mißtrauisch gewesen gegen alles Einbezogenwerden in ähnliche Befreundungen mit Nachbarvölkern, und besonders empfindlich war die Schweiz gegen Ansprüche, die einen Zusammenschluß aufgrund sprachlicher Gemeinschaft forderten. Es begann mit der Berufung auf Zeiten, in denen die heutigen Staatengebilde noch nicht bestanden, es begann mit der Beschwörung gemeinsamer Leistungen kultureller Art, man wurde dringlich an Goethes Liebe zur Schweiz erinnert – und es endete mit dem Druck von Propaganda-Landkarten, auf denen die Schweiz als südlicher Gau von Großdeutschland zu sehen war.

Ich bin nun kein geborener und vollwichtiger Schweizer, von meinen vier Großeltern war nur eine Großmutter Schweizerin (sie sprach aber nicht deutsch, sondern französisch), aber gerade als freiwillig Eingewanderter und Eingebürgerter habe ich doppelt auf Loyalität geachtet. Es gab Gebiete genug, auf denen mein völliger Mangel an Nationalismus oder wenn Sie wollen, an Patriotismus auch der Schweizer Wahlheimat gegenüber sich zeigen und betätigen konnte; nach außen hin habe ich die schweizerische Haltung der unbedingten Verteidigung des eigenen Bodens und der eigenen politischen Unabhängigkeit, ebenso wie des unbedingten Verzichtens auf etwaige Annexionen stets gutgeheißen und mitgemacht. Ein einziges Mal habe ich eine Ausnahme gemacht und nach anfänglichem Sträuben und Neinsagen mich überreden lassen, die Wahl in eine reichsdeutsche Körperschaft, in die Berliner Akademie, anzunehmen. Ich tat es unter ausdrücklichem Hinweis auf meine politische Zugehörigkeit zur Schweiz und meine Ablehnung aller großdeutschen und alldeutschen Ansprüche. Aber schon bald mußte ich wieder nach Berlin schreiben und meinen Austritt anmelden, bei dem es denn auch geblieben ist.

Seither ist mir das Ablehnen ähnlicher Einladungen um so leichter geworden, als Alter und Resignation mich ohnehin gegen das, was durch Gesellschaften, Akademien, Organisationen zu erreichen ist, immer skeptischer gemacht haben. Ich habe im Sinn, als schwieriger und belächelter Individualist zu sterben.

(Aus einem Brief vom Februar 1950 an den Vertreter einer deutschen Kulturgesellschaft)

Sie stehen, aus dem Osten in Ihre westdeutsche Heimat zurückgeflohen, vor der Wahl, wieder den Rückweg anzutreten und in ein Leben zurückzukehren, das Ihnen nicht mehr ertragbar geschienen hatte, oder mit den Ihren für Jahre ins Gefängnis zu gehen, falls Sie nicht eine unerschwinglich hohe Summe aufbringen und bezahlen können. Es klingt unerhört und klingt grotesk, und es ist leider nicht neu und nicht mehr überraschend, sondern paßt zu allem andern, paßt genau in die Welt und die moralisch-politischen Zustände, in denen wir leben. Es ist nicht einmal der Gesetzgebung Ihrer Heimat ein besonderer Vorwurf zu machen, es würde einer Schweizerin in Ihrer Lage, wenn sie schutzsuchend in ihre Heimat geflohen wäre, ebenso gehen, nur mit Gefängnis würde man sie nicht strafen, sondern sie an die Grenze stellen oder zumindest der endlosen und bestialischen Büro- und Polizeihölle der Heimatlosen überlassen.

Es ist schaurig und auf eine Weise doch gerecht, daß Ihr Volk, das so viele Millionen unschuldiger Menschen umgebracht, gefoltert, aus der Heimat vertrieben hat, nun sich selbst in dieser Weise zerfleischen muß.

Sie fragen mich um meine Meinung in der moralischen Entscheidung, die Sie zu treffen haben. Sie haben, wie sie mir sagen, drei Möglichkeiten: in die Ostzone mit Zwangsarbeit usw. zurückzukehren, in Ihrer Heimat ins Gefängnis, angeblich auf fünf Jahre, zu wandern, oder sich das Leben zu nehmen. Ich glaube und hoffe nicht, daß Sie diesen dritten Weg wählen werden. Auch wenn Ihr Mann, über dessen Einstellung ich nichts weiß, mit Ihnen einig wäre, dem Leben ein Ende zu machen, sind ja noch Ihre Kinder da, die Sie im Stich lassen oder mit umbringen müßten. Eine nahe Verwandte von mir hat das getan, in Berlin, im Augenblick des russischen Einmarsches, sie hat mit ihren Kindern das Leben verlassen. Niemand von uns macht ihr darum Vorwürfe, aber es ist auch niemand damit einverstanden.

Ich würde, wenn ich in Ihrer Lage wäre, weder den Weg nach

rückwärts wählen noch den Weg in den Tod, sei es mit oder ohne Kinder, sondern ich würde dem Schicksal und den Behörden ihren Lauf lassen und das Gefängnis über mich ergehen lassen. Sich nicht wehren, sich passiv, schweigend und schmiegsam zu verhalten, ist in scheinbar hoffnungslosen Lagen ohnehin das beste, und es ist außerdem das richtigste, das einwandfreieste, christlichste oder ganz einfach: das anständigste Verhalten. Ich glaube nicht, daß es bei den angedrohten fünf Jahren bleiben wird – wer will heute sich auf so lange Zeit festlegen! Mit der Annahme der »Strafe« übergeben Sie denen, die Sie verurteilen, die Verantwortung, und lassen Ihrem Schicksal alle Möglichkeiten offen.

Zu meinem innigen Bedauern sehe ich gar keine Möglichkeit, von hier aus etwas für Sie zu tun. Eine Versöhnung zwischen Menschlichkeit und Politik, zwischen Gesetz und Geist wäre nötig, aber soviel ich sehe, sind die Versuche dazu vorläufig alle auf dem falschen Geleise der Büros und Kongresse, ich glaube nicht an sie und habe mich ihnen ferngehalten. Kein Tag, der mich nicht vor diese Fragen stellte!

(Aus einem Brief vom März 1950 an M. R.)

Eine aus Hessen stammende Frau, die in Sachsen lebte, kam mit Mann und Kind aus der Ostzone geflohen, wo der Mann hätte die russische Atombombe herstellen helfen sollen. In der Heimat der Frau verlangen die Behörden entweder Rückkehr nach Osten oder 10 000 Mark Zahlung oder sie und der Mann sollen für einige Jahre ins Gefängnis. Sie fragt, ob sie zurückkehren oder ins Gefängnis gehen oder sich umbringen solle. Ich riet ihr zum Gefängnis. Aber was für Fragen, was für Zustände. Und was mir erst die kommunistischen Jünglinge aus dem Osten schreiben!

(Aus einem Brief vom 14. 3. 1950 an Frau Grete Gundert)

Es ist also nichts mit Ihren etwas ironisch gefärbten Phrasen von dem Olymp, auf dem ich lebe, und der »erhabenen Ruhe«, von der Sie annehmen, daß ich sie vielleicht höher schätze als das Leben Ihrer drei Kinder. Sie wissen das Leben dieser drei Kinder durch die Atombombe bedroht. Sie glauben im Besitz des Rezeptes zu sein, das die Atombombe abschafft, und Sie machen nun, statt Ihr Rezept unmittelbar anzuwenden, den

Versuch, statt dessen mich vor Ihren Wagen zu spannen und nicht irgendeine Macht der Welt, sondern ausgerechnet mich persönlich für das Leben Ihrer Kinder verantwortlich zu machen. Da stimmt etwas nicht, und es kommt durch diese Phrasen vom »Olymp« und der »erhabenen Ruhe« ein falscher Ton in Ihren edel und aufrichtig gemeinten Anruf.

Daß Sie sich mein Leben und dessen Arbeit und Verantwortung falsch vorstellen, schadet nichts und geschieht arglos. Sie könnten sich aber mit wenig Phantasie leicht vorstellen, daß auch ich Kinder haben könnte. Ich habe drei, und dazu sechs Enkel, und wenn ich sie vor der Atombombe beschützen könnte, so hätte ich es längst getan, noch ehe Sie mir auch noch die Verantwortung für Ihre Kinder aufzubürden suchen.

Auch Ihr Verdacht, ich könnte als Olympier mit dem »einfachen Mann aus dem arbeitenden Volk« nicht reden wollen, klingt nicht hübsch und gefällt mir nicht. Wenn Sie mich und meine Arbeit so wenig ernstnehmen, daß Sie mich nicht mit zum »arbeitenden« Volk zählen, warum wollen Sie mich dann für eine so unendlich wichtige Sache in Anspruch nehmen? Ich glaube, wenn man das Maß an Arbeit mit dem Maß der Kräfte mißt, bin ich mindestens ebenso ein Arbeiter wie Sie, abgesehen davon, daß ich einst in meiner frühen Jugend auch einmal anderthalb Jahre lang in einer Werkstatt am Schraubstock und an der Fräsmaschine gestanden habe.

Sie müssen mir erlauben, Ihren Brief mit dem Maß von Kritik zu betrachten, das mir möglich ist. Und da muß ich Ihnen vor allem sagen, daß Ihr Brief kein Einzelgänger und keine Überraschung für mich ist, sondern ähnliche Briefe habe ich schon viele bekommen. Jemand in Amerika gründet einen Weltbund der Friedensfreunde mit vorläufig fünfundzwanzig Mitgliedern und macht mich und alle anderen ihm bekannten »Prominenten« für den Fall, daß sie diesem Bund nicht beitreten, für alle kommenden Kriege verantwortlich. Oder ein Bund für die Urbarmachung der afrikanischen Wüste, die, wenn sie zustande käme, die halbe Menschheit ernähren könnte, besteht darauf, daß Dichter, Historiker, Philologen und andre völlig Ahnungslose und Unsachverständige, wenn sie nur »prominent« sind, ihr Gutachten über diesen Plan abgeben.

Kurz, die Briefe, die die Weltverbesserung zum Ziel haben, bilden einen regelmäßigen und nicht ganz kleinen Bestandteil der paar tausend Briefe, die ich das Jahr hindurch lesen muß. Ebenso wie jeder Schüler, der mir seine jugendlichen Gedichte vorlegt und überzeugt ist, daß er der einzige sei, der das tue, und daß er mich damit auszeichne und überrasche, ebenso wendet sich jeder Weltreformator und soziale Prophet an uns berühmte Leute in der Meinung, er sei der einzige, und in der Meinung, wir brauchten nur ein bißchen aufgeklärt und ein bißchen aufgerüttelt zu werden, dann würden wir schon den Weltfrieden oder die Weltgerechtigkeit ins Leben rufen.

Nun bin ich auch ein wenig ironisch geworden, ich habe Gegenrecht geübt. Nun aber in vollem Ernst: Ich gehöre keineswegs zu denen, für welche Worte wie »Weltverbesserer« oder »Prophet« Spottnamen sind. Ich glaube durchaus daran, daß die Welt nicht nur der Verbesserung sehr bedürftig, sondern auch ihrer fähig ist. Ich verfolge auch, soweit möglich, ernstlich die verschiedenen Versuche, die heut an vielen Orten der Welt im Gange sind und deren Ziel es ist, über den Nationen und ihren Staatsmännern etwas wie ein Weltgewissen und die Vorstufe zu einer neuen Völker- und Staatenmoral zu bilden. Ein Versuch dieser Art wird, denke ich, auch der Ihre sein, über den Sie in Ihrem langen Brief leider so wenig Konkretes sagen.

Ich weiß nicht, ob Sie wirklich im Besitz des Geheimnisses sind, wie die Atombombe unwirksam gemacht und wie Stalin und Truman zusammengebracht werden können. Wenn es so ist und wenn Sie Ihr schönes Vorhaben wirklich für ausführbar halten, dann sollten Sie dafür, glaube ich, die Knaben und Jünglinge gewinnen, die, welche morgen und übermorgen an der Front stehen werden, und nicht uns Greise, die skeptisch und übermüdet sind. Sie anerkennen zum Beispiel an mir, daß ich ein leidlich anständiger Literat bin, Sie sind der Meinung, man brauche den etwas verbohrten Alten bloß ein wenig zu belehren und seine Talente in das richtige Flußbett zu leiten. Aber glauben Sie im Ernst, daß es gerade die Siebzigjährigen sind, siebzigjährige Einzelgänger und Eigenbrötler, die sich so leicht belehren, bekehren und umerziehen lassen? Mir ist das sehr unwahrscheinlich.

Und wenn es wirklich gelänge, wenn Sie den alten Künstler und Richter, den alten Gelehrten oder sonst einen durch Jahrzehnte spezialisierten und verfeinerten individuellen Kopf dazu bringen könnten, sich unter fremdes Kommando zu stellen – glauben Sie denn wirklich, daß er dann brauchbar wäre und in Ihrem Sinn funktionieren könnte? Ich, obwohl kein einfacher Mann aus dem arbeitenden Volk mehr, glaube es nicht, sondern habe von meiner vor mehr als fünfzig Jahren beendeten Handwerkerzeit her ein Gefühl dafür behalten, daß die Werkzeuge ihren Sinn haben und nicht vertauschbar sind, und daß es nicht zum Guten führt, wenn man einen Bohrer oder eine zarte Feile dünnsten Kalibers als Stemmeisen benutzt.

Nach meiner Erfahrung ist der ärgste Feind und Verderber der Menschen der auf Denkfaulheit und Ruhebedürfnis beruhende Drang nach dem Kollektiv, nach Gemeinschaften mit absolut fester Dogmatik, sei diese nun religiös oder politisch. In verzweifelten Zeiten wie der heutigen sehen wir alte Intellektuelle, ihrer Tätigkeit müde, sich bekehren und in eine Kirche fliehen, in eine katholische oder eine kommunistische, es gibt deren ja genug. Ich verarge es keinem, der es allein nicht mehr aushält. Aber ich habe mein Leben lang mich im Lesen und im Schreiben um den einzelnen Menschen bemüht, nicht um den kollektiven, und wenn dieses Mühen nicht überhaupt vergeblich war, so war sein Ertrag der von vielleicht einigen Dutzend Lesern, die wirklich mit mir gegangen und von mir geprägt, gestützt und aufrechtgehalten worden sind, Einzelgänger wie ich, wachen Gewissens, weitgehend gegen Phrase und Massenhypnose gefeit, bereit zur Hingabe an den Nächsten, aber mißtrauisch gegen die Programme, gegen die Bünde und Kollektive. Mehr habe ich im Leben nicht fertiggebracht, als diese paar wenigen Menschen, diese paar Schüler und Kameraden, in ihrem Kampf um ein würdiges, beherztes Menschendasein zu stützen.

(Aus einem Brief vom 15. 4. 1950 an einen »einfachen Mann aus dem arbeitenden Volk«)

Am 6. September 1949 erhebt Bermann Fischer den Anspruch, daß die Verlage Berlin und Frankfurt bis Ende 1949 an die Familie S. Fischer zurückgegeben werden müßten.

Am 14. November 1949 fordert Bermann Fischer von Suhrkamp, die Berliner Firma nach Frankfurt überzuführen. Das wurde von Suhrkamp abgelehnt. In den Verhandlungen konnten sich Peter Suhrkamp und Gottfried Bermann Fischer nicht einigen; vieles von dem, was Gottfried Bermann Fischer forderte, erschien Suhrkamp als Zumutung; er selber sollte als (jederzeit kündbarer) Verlagsberater fungieren. Am 8. Februar 1950 kündigte Gottfried Bermann Fischer das angebliche Treuhand-Verhältnis, verbot Suhrkamp das Betreten der Verlagsräume und reichte in Frankfurt eine Klage vor der Wiedergutmachungskammer ein.

Thomas Mann schreibt an Suhrkamp: »Über Zürich dringt ein Gerücht zu mir, angeblich aus London stammend, daß zwischen Ihnen und Bermann ernste Zwistigkeiten ausgebrochen seien, und daß das Ihr Ausscheiden aus dem Verlag zur Folge gehabt habe. Ich will sehr hoffen und glaube vorläufig fest, daß das wilde und unsinnige Gerüchte sind, wäre Ihnen aber doch recht dankbar, wenn Sie mir zu meiner Beruhigung (denn beunruhigt bin ich) sagen wollten, wie es steht und wie es zu diesen Gerüchten kommen konnte. Ich habe zu Ihnen und zu Ihrer Führung des Verlages immer besonderes Vertrauen gehabt und es würde sehr Bedenkliches und Ernstes für mich bedeuten, wenn diese Geschichten auf Wahrheit beruhten.«

(Brief vom 17. 3. 1950)

Suhrkamp an Thomas Mann: »Das Gerücht, das zu Ihnen drang, eilt den Ereignissen voraus. Seit Oktober 1949 stand mein Ausscheiden auch aus der Leitung der Verlage und die Verabschiedung mit einem Verlagsberatervertrag alle Augenblicke bevor. Ich war auch selbst oft soweit um des Friedens und des Verlages willen. Wenn es nicht dazu kam, so deshalb, weil ich wußte, ich würde damit Autoren, die mir freundschaftlich verbunden sind, in Verlegenheit bringen. Gegenwärtig steht es so, daß alle erdenklichen Mittel von Bermanns gegen mich eingesetzt werden. Das Ende läßt sich nicht absehen; ich bin oft verzweifelt über die Perspektiven, die man sehen kann und muß. Es geht, kurz gesagt, darum, daß an meinen wiederholt geäußerten und auch unverändert bestehenden Wunsch und Willen, das Erbe von S. Fischer der Familie zurückzugeben, seitens der Familie Bedingungen und Zumutungen geknüpft worden sind, die ich im persönlichen Interesse und nach meinen Einsichten in die Differenziertheit unseres Verlages sowie in die Mentalität von Herrn Dr. Bermann und seiner Kompagnons nicht annehmen konnte. Es will mir nicht richtig erscheinen, im gegenwärtigen Stadium Einzelheiten mitzuteilen. Ich will immer noch hoffen, daß eine interne Verständigung doch noch gelingt und es zu einem Prozeß vor der Öffentlichkeit, den Dr. Bermann beantragt hat, nicht kommt.«

(Brief vom 23. 3. 1950)

Da Suhrkamp keinesfalls einen Prozeß wünscht, den zwei »Verfolgte des Naziregimes« gegeneinander führen, kommt es am 26. 4. 1950 zu einem Vergleich vor dem Landgericht Frankfurt.

Die Präambel des Vergleichs lautet: »Veranlaßt durch das Bestreben nationalsozialistischer Kräfte, den S. Fischer Verlag in Besitz zu nehmen, und zur Abwehr dieser Bestrebungen haben die Herren Dr. Gottfried Bermann Fischer und Peter Suhrkamp im Jahr 1936 einen Weg gesucht und gefunden, Namen, Substanz und Tradition des Verlages rechtlich und tatsächlich zu erhalten. Als dies, teils im Ausland, teils im Inland, gelungen war, bemühten sich beide Partner nach 1945, den in Deutschland inzwischen durch Kriegsereignisse zerstörten Verlag wieder aufzubauen.

Dieses ihr Zusammenwirken betrachteten beide Partner im Sinn eines im übereinstimmenden Ziel wurzelnden Treuhand-Verhältnisses.

Die nachstehend getroffene Vereinbarung soll nunmehr als Durchführung des gemeinschaftlichen Bestrebens dazu dienen, einerseits den S. Fischer Verlag in seiner ursprünglichen Form wieder herzustellen, andererseits die unter dem Namen Peter Suhrkamp entfaltete verlegerische Tätigkeit als Peter Suhrkamp Verlag zu erhalten.«

Nach dem Vergleich konnten 48 Autoren votieren, ob sie im S. Fischer Verlag verbleiben oder in einem neugegründeten Suhrkamp Verlag veröffentlicht werden wollten; nicht votieren konnten Autoren, die von Bermann Fischer im Ausland veröffentlicht wurden, so zum Beispiel Thomas Mann. 33 Autoren entschieden sich für Suhrkamp. Das Votum Hesses für Suhrkamp war die wesentliche Entscheidung.

Gottfried Bermann Fischer hat in seinem Erinnerungsbuch »Bedroht, bewahrt«, Frankfurt 1967, eine einseitige Darstellung gegeben; er schließt das betreffende Kapitel mit dem Satz: »Ei-

nen Schlüssel zu Suhrkamps Verhalten habe ich nicht.« Dieser Schlüssel heißt Hermann Hesse. Als der resignierte und enttäuschte Suhrkamp, der nur schwer krank in die Verhandlungen mit Gottfried Bermann Fischer gehen konnte, nahe daran war, alles aufzugeben, telegrafierte ihm Ninon Hesse am 6. 2. 1950: »Denken Sie an Hermann Hesse, der sich schwere Sorgen macht. Geben Sie die Verlage nicht zurück.«
(Aus Siegfried Unseld/Helene Ritzerfeld, »Peter Suhrkamp. Zur Biographie eines Verlegers«, Frankfurt a. M., 1975)

Sie waren einst allzu enthusiastisch, ein edler Don Quichotte, dem seine ritterlichen Schwüre nun, wohl aufbewahrt, vom Partner vorgehalten werden. Aber eine Lösung muß doch möglich sein. Oder sollen wir beide zusammen einen neuen Verlag anfangen?

Eine Frage hat mich oft beschäftigt und ich habe mich zuweilen gewundert, daß Sie sie nie erwähnt haben, die Frage der Ostzone, wo niemand ein Buch von mir kaufen kann. Die Klagen und Anfragen werden so häufig, daß ich mir die Sache doch überlegen mußte. Mir liegt, wie Sie wissen, an Quantität und Expansion gar nichts, auch nicht am Verdienen, aber daß es viele gibt, die meine Bücher begehren und nicht haben können, ist nicht das richtige für so lange Zeit. In Frage käme die Erteilung einer Lizenz an einen östlichen Verlag, ich würde sie, für eine beschränkte einmalige Auflage, für einige Bücher gern ohne Entgelt geben. Aber ich kann das nicht selber tun, denn ich weiß durchaus nicht, ob überhaupt dort drüben ein Verlag existiert, den das locken könnte, und ob man dort Bücher von mir überhaupt zulassen würde. Jedenfalls wollte ich das einmal sagen, Sie kennen jetzt meine Stellungnahme.

(Aus einem Brief vom 14. 4. 1950 an Peter Suhrkamp)

Ich hätte seit dem Frühjahr 1941, nach [Oskar] Loerkes Tod, nicht an [Peter] Suhrkamps Seite und ihm zur Seite gestanden, wenn seine menschliche Haltung nicht überzeugend und seine Moral nicht integer wären. Ohne ihn wäre der Verlag in den Nazi-Kriegsjahren spätestens vor die Hunde gegangen, wären die Autoren in alle Winde zerstreut worden. Dann stünde Bermann in Deutschland heute vor einem Vakuum. Für den Verlag erlitt Suhrkamp die lange politische Haft mit allen ihren nieder-

trächtigen Phasen, auf seinem Rücken spielten sich die Kämpfe um das Unternehmen zwischen Himmler, Goebbels und der Bormann-Stelle ab. Ich kenne die Vorgänge bis ins Einzelne, weil ich in jenem Jahr an Suhrkamps Stelle den Verlag durchsteuerte und auch die Aktionen für Suhrkamps Rettung mit wenigen Freunden betrieb ... Der Mann, der im Widerstandskampf eine gute Sache gerettet hat, hat nun wie der Mohr abzutreten, nachdem er seine Schuldigkeit getan hatte.

Ich höre, daß Dr. Bermann-Fischer, dem ja nun Frankfurt und Berlin gehören, aus an sich wirtschaftlich berechtigten Gründen die Berliner Verlagsstelle auflösen wird. Es bekümmert mich freilich, daß dadurch einige Mitarbeiter, die zwanzig, fünfundzwanzig und mehr als dreißig Jahre tätig waren und ohne deren Hilfe und Vertrauen ich in der schwierigen Zeit 1944/45 kaum das Verlagsunternehmen vor dem Zugriff der Nazistellen hätte bewahren können, nun auch ausscheiden müssen ... Ich höre von den verschiedensten Seiten, daß die Nachricht von Suhrkamps Ausscheiden rechtes Befremden ausgelöst hat. Aber es ist auch bezeichnend für die Situation der Presse, daß kaum jemand den Mut hat, diese Dinge öffentlich beim rechten Namen zu nennen.

(Aus einem Brief Hermann Kasacks an Hesse vom 6. 5. 1950)

Vermutlich erfuhren Sie auch von der Rückgabe des Verlags Fischer an die Erben Fischers. Suhrkamp hatte nie etwas andres im Sinn als diese Rückgabe, aber sie erfolgte unter Umständen, die mich zwangen, Suhrkamps Austritt aus dem Verlag mitzumachen und ihm bei dem Abenteuer der Neugründung eines eigenen Verlags zu helfen.

(Aus einem Brief, vermutlich im Mai 1950, an Fritz Bondy)

Mit meinen Verlegern in Deutschland habe ich eine wunderliche Erfahrung gemacht. Tochter und Schwiegersohn des guten S. Fischer sind seinerzeit emigriert und haben in der Emigration nie aufgehört zu leben wie Millionäre. Ihren Verlag in Berlin führte der treue Suhrkamp weiter und hat dafür, als er sich den Nazi-Versuchen, seinen Verlag zu annektieren, widersetzte, mit langem Gefängnis, KZ, Folterung und Verurteilung zum Strang gebüßt, nur zufällig kam das Urteil nicht mehr zur Vollstreckung. Den Verlag hatte er längst den Erben Fischers regulär abgekauft, aber als Idealist und aus Treue gegen den alten Fischer hat er ihnen stets versichert, er halte sich nur für ihren Statthalter oder Treuhänder. Nun, die jüdischen Erben kamen im Luxusauto zurück, ließen sich den Verlag zurückgeben und setzten den, der für sie den Kopf hingehalten hatte, auf die Straße. Zum Glück gestattete mir mein Vertrag, nicht in den neuen Fischerverlag überzugehen, sondern zu Suhrkamp zu halten und ihm die Gründung eines neuen Verlags zu ermöglichen, der aber ohne alle Mittel starten mußte, so daß wir immer große Sorgen haben.

Dies bitte vertraulich zu behandeln. Es ist der einzige Fall, wo ich seit 1933 gegen Juden und für einen Deutschen, einen sehr blauäugigen, Stellung nehmen mußte.

(Aus einem Brief vom Juni 1950 an Fritz Bondy)

Suhrkamp, mein lieber treuer Verleger, war 10 Tage da, und einen Abend taute er, der sonst kaum je ein Wort davon spricht, auf und erzählte vom Martyrium in den Gefängnissen und Konzentrationslagern, den Verhören und Folterungen, den ewigen Transporten und Hinrichtungen. Er erlitt das alles für die Rettung des Verlages S. Fischer aus den Händen der Partei, den Erben Fischers zulieb, die jetzt aus Amerika kamen und ihren Verlag wieder an sich genommen haben während Suhrkamp auf der Straße steht und von vorn anfangen muß. Ich mußte alles mit ihm gründlich durchsprechen und ihm vor allem helfen einen Teil des nötigen Kapitals zum Neubeginn hier in der Schweiz aufzubringen (einige Kommanditäre), was auch gelungen ist.

(Aus einem Brief vom Juni 1950 an Otto Hartmann)

Wir haben uns ja erst zwei oder drei Jahre vor dem Beginn des Zweiten Weltkrieges, bei meinem letzten kurzen Aufenthalt in Deutschland, persönlich kennengelernt und befreundet. Ich sah Dich damals in zwar gefährdeter, aber noch relativ glänzender Lage, als ritterlich opferbereiten und kampfesbereiten Nachfolger und Statthalter des lieben alten S. Fischer, und es war zwischen uns, obwohl wir über das Kommende ähnlich dachten, noch nicht die Rede von den bittern Kämpfen und Opfern, in welche Deine vielleicht allzu ritterliche Treue Dich führen würde. Immerhin warst Du auch damals schon ein Partisane des Widerstandes gegen die damals herrschenden

Methoden und Ideologien des Terrors, und es muß mir irgendein Vorgeschmack, eine Ahnung der auf Dich wartenden Prüfungen und Leiden spürbar geworden sein, denn in meiner Empfindung für Dich war schon bei jener ersten, schönen Begegnung in Bad Eilsen etwas wie Bangigkeit und Mitleid. Wie sehr begründet dies Mitleid und diese Besorgtheit waren, bewiesen dann einige Jahre später Deine Erlebnisse auf der Höllenfahrt durch die Gefängnisse und Konzentrationslager Hitlers – und als Du dann, gebrochen und geschunden, aber lebend, dieser Hölle entkommen warst, begann ja schon bald die neue Prüfung und Leidenszeit, die noch heute nicht überstanden und vielleicht bitterer ist als jene erste, denn es standen Dir jetzt nicht mehr Feinde und Teufel gegenüber, sondern gewesene Freunde, die bis auf ein paar wenige Dich im Stich ließen und Deine Treue mit Undank lohnten. Diesmal hatte ich wenigstens die Möglichkeit, Dir beizustehen und meine Treue zu zeigen.

Wir hatten zu jener Zeit andere Sorgen als heute, und zum Teil Sorgen, die trotz ihrer relativen Unwichtigkeit, ja Lächerlichkeit, sich der schriftlichen Mitteilung und den Augen der deutschen Zensur entziehen mußten. Für die Nazi kam ein förmliches Verbot meiner Schriften und eine Ausbürgerung meiner Person nicht in Betracht, obwohl ihnen die Schriften sowohl wie die Person sehr zuwider waren. Aber ich war längst nicht mehr deutscher Staatsangehöriger, und außerdem standen meine Bücher zwar auf der Liste der unerwünschten Literatur, hatten aber die Sympathie mancher Kreise in Deutschland, die man nicht vor den Kopf stoßen mochte; überdies wurden sie auch im Ausland verkauft und brachten den Allmächtigen ein kleines Taschengeld an Devisen ein. Man begnügte sich also damit, dem Buchhandel und der Presse immer wieder einzuschärfen, wie wenig angenehm ich sei, im übrigen aber ein Auge zuzudrücken, wenn der Buchhandel meine Bücher zwar nicht im Schaufenster oder auf dem Ladentisch zeigte, sie aber mit verschämtem Lächeln eben doch verkaufte. Dagegen hatte man statt des Verbotes ein anderes Druckmittel erfunden: Man gab für Neuauflagen unerwünschter Bücher keine Papierbewilligungen mehr. So war seit Jahren das Buch »Betrachtungen«, das meine Aufsätze aus dem früheren Krieg enthielt, verschwunden, und dann tauchten bei Büchern, deren

Neudruck fällig gewesen wäre, wunderliche Fragen und Bedenken auf.

(Aus »Glückwunsch für Peter Suhrkamp« zum 28. 3. 1951)

Was Sie mir von der Jugend erzählten, die ohne Möglichkeit des Widerstandes, der Kritik und Nachprüfung der Erziehung in der Hitlerjugend ausgeliefert war, ist mir nicht neu, ich habe das gleiche schriftlich und mündlich viele hundert Male genau erzählt bekommen und den Erzählenden recht geben müssen. Dennoch sind Unstimmigkeiten da. Zum Beispiel sagen Sie nicht, daß Sie als Kind für das *Vaterland* zu leben und zu sterben bereit gewesen seien, sondern für Hitler. Aber Sie und Ihre Leidensgenossen haben ja hundertmal Bilder dieses Menschen gesehen, haben hundertmal sein Gebrüll am Radio gehört! Das bleibt uns doch nur halb verständlich. Und dann stellten Sie, noch mit einem Rest von nationalistischem Ressentiment, fest, daß die siegreichen Feinde jetzt gegen Deutschland genau ebenso verführen wie Deutschland einst gegen seine Feinde. Dies nun ist einfach eine sentimentale Täuschung. Niemand konnte und kann enttäuschter sein als ich über die Fehler der Besatzungsmächte, die oft zum Himmel schrien, aber auch in den grausamsten Fällen ging es niemals so zu wie etwa in Frankreich und Holland unter deutscher Besetzung – und selbst wenn man über diesen Unterschied wegsieht, bleibt immer noch das Verfahren der Deutschen gegen die Juden übrig: dem haben alle Völker der Welt in den letzten Jahrhunderten nichts Gleiches entgegenzustellen.

Ich mußte diese Bemerkung machen, nur um Ihnen zu zeigen, wie tief bei uns allen das Nationalistische sitzt (ich nehme mich nicht aus) und wie leicht wir von diesem törichten Gefühlskomplex aus die Wahrheit verfälschen. Nach dieser Richtigstellung aber bleibt mir nur übrig, Ihnen für Ihren lieben Brief und seine Gesinnung zu danken. Leider ist es die Gesinnung einer Minderheit, aber die Menschen des guten Willens sind immer eine Minderheit gewesen.

(Aus einem Brief, 1950, an eine ehemalige Nationalsozialistin)

Wenn ich das wenig angenehme Wort »Intellektuelle« schreibe, fällt mir unweigerlich ein anderes, noch weit widerlicheres Wort ein, das einst von den »Intellektuellen« des Dritten Reiches erfunden wurde. Es hieß »Intelligenzbestie«, und ist, Gott sei Dank, aus der viel mißbrauchten Sprache wieder verschwunden.

Damals, als Deutschland von Bestien »geführt« wurde, waren es gerade die Intellektuellen Hitlers, die das garstige Wort erfanden. Sie mußten Bescheid wissen, denn sie selbst waren es ja, die den Geist an die Macht verkauft und die Aufgabe übernommen hatten, den Geist, soweit er für Hitler nicht käuflich war, zu verdächtigen, zu entwerten und dem »Volkszorn«, einer von den Bestien erfundenen Instanz, preiszugeben. Seither haben die Leute, die nicht gern denken, die Schwärmer für Blut und Boden, Volksgemüt und Volkszorn, die Animosität gegen das, was sie »Geist« nennen, die Angst vor dem Denken und Urteilen, die Scheu vor Kritik und genauer Formulierung weiter gepflegt und sich weiter darum bemüht, die zarte reine Volksseele vor Einbrüchen aus der Welt der rauhen Wirklichkeit zu behüten. Und immer mit einem Anschein von Recht, denn es waren und sind ja nicht die Schlechtesten, die sich vor dem enthüllenden, entblößenden, ehrfurchtlosen Worte fürchten, es sind die Anständigen und Gediegenen mit dabei. Sie fürchten das Niederreißen, die Ehrfurchtslosigkeit, darum fürchten sie den »Geist« und ziehen ihm die »Seele« vor, als die Domäne der unschuldigen Gefühle.

Man sollte aber weder Geist noch Seele mit Anführungszeichen schreiben. Die christliche Lehre läßt den Menschen aus Leib, Seele und Geist bestehen, und auch die Psychologie hat bis vor kurzem die Gaben und Tätigkeiten des Verstandes als ein Teilgebiet des Seelenlebens betrachtet. Sie gehören unbedingt und untrennbar zusammen, Geist und Seele, Verstand und Gemüt, und wer eines von ihnen auf Kosten des andern oder gar im Kampf gegen das andre überschätzt und überzüchtet, der sucht und pflegt das Halbe statt des Ganzen, er ist krank, er ist nicht Mensch mehr, sondern Spezialist. Wer also das kritische Wort, den analysierenden und erkenntnisgierigen Verstand überzüchtet, tut es auf Kosten des Ganzen, des Menschentums. Das ist es, was Sie oft gespürt haben und was Sie gegen den Verstand mißtrauisch gemacht hat. Aber wenn wir Menschen nicht ernst und nicht für voll nehmen, die nur Verstand und Kritik gelten lassen, dann müssen wir auch wissen, daß das Gemüt und die Phantasie allein auch nicht genügen, um den Menschen vollwertig und sein Tun brauchbar zu machen. [. . .]

Wir haben es erlebt, wie der spezialisierte und der Macht hörige Geist der Goebbels im Volk gerade das Gemüt zu pflegen und gegen den Verstand aufzuwiegeln bestrebt war. Da Kritik an der Macht nicht mehr erlaubt war, da man mit einem kindlich kritiklosen Volk am leichtesten durchkam, wurden Blut und Boden, Ahnen und Instinkte verehrt, man konnte diesen Bestien gar nicht blauäugig, träumerisch und kindlich genug sein.

(Aus einem Brief, 1950, an R. R.)

Mehrere von Euch haben mir von schlechten Erfahrungen mit neuen Romanen erzählt, die sich die jüngste deutsche Historie zum Thema gewählt haben. Ich kenne von dieser Literatur sehr weniges und habe ja auch diese traurige Historie wach genug miterlebt, um kein Bedürfnis nach solcher Lektüre zu spüren. Aber zufällig ist mir doch ein solches Buch bekannt, ein sehr gutes, ein Roman, der von 1919 bis 1945 die Geschichte des deutschen Nationalismus und des deutschen Kommunismus erzählt. Der Roman ist von Anna Seghers, einer Kommunistin, und hat mir bis auf den Titel »Die Toten bleiben jung«[1] überaus gut gefallen, denn es waltet in ihm eine dichterische Kraft, Liebe und Gerechtigkeit, die stärker ist als alle Parteigebundenheit. [. . .]

Die Frage, auf welcher Seite wir im koreanischen Krieg zu stehen haben und wer für ihn und seine Folgen als verantwortlich anzusehen sei, werdet Ihr gewiß ähnlich beantwortet haben wie ich. Wir haben in diesem unsinnigen Krieg ebenso wie in jedem andern Kriege, der heute irgend denkbar ist, nicht auf der Seite dieser oder jener kriegführenden Macht zu stehen, das ist klar, sondern wir lehnen den Krieg an sich ein für allemal ab und halten ihn für ein vollkommen unnütz und töricht gewordenes Mittel zur »Fortsetzung der Politik«. Es ist damit wie mit den Atombomben: gemacht und vervollkommnet und aufgespeichert werden sie genau von denselben Mäch-

1 Anna Seghers, »Die Toten bleiben jung«, Roman, Berlin 1949.

ten, die zu ihrem eigenen Schaden den letzten Weltkrieg »gewonnen« haben und denen es nicht gelungen ist, daraus etwas anderes zu lernen, als daß man eben noch viel heftiger rüsten müsse als je. Die Staatslenker und Generäle der Großmächte haben nichts gelernt und wollen nichts lernen, sie haben seit ihrem traurigen »Sieg« kaum etwas für den Frieden, aber sehr viel für die Ermöglichung neuer Kriege getan. Wir halten sie, bis zum letzten bei der Bombenfabrikation mitarbeitenden Physiker, für unsre Feinde und für die Feinde des Friedens und der Menschheit.

(Aus »Rundbrief an einige Freunde in Schwaben«, vom Sommer 1950)

Was Sie auf Ihrem Briefblatt über Urchristentum und Kommunismus zitieren, gefällt mir nicht übel. Die Parallele stimmt natürlich nur sehr teilweise und stimmt namentlich nicht ganz aus dem Grund, weil hinter dem Christentum die Person und Geschichte Jesu steht, eine Realität, etwas Wirkliches und Substantielles, während hinter dem Kommunismus nichts steht als eine Idee, wenn auch eine wichtige und richtige. Daß die sozialen Zustände am Ende der kapitalistischen Epoche nicht mehr lebensfähig sind und vom Aufstand der Benachteiligten weggefegt werden, ist unvermeidlich, insofern führt Truman einen ebenso vergeblichen Kampf wie Hitler. Aber daß aus der Mit- und Gleichberechtigung aller Menschen an den Gütern der Erde die »Diktatur des Proletariats« gemacht wurde, zeigt ja schon, wie die Idee erkrankt und mißbraucht ist.

Ich weiß nicht mehr zum Thema zu sagen. Im Augenblick ist mir von beiden Weltfronten die eine so fremd wie die andre, beide sind militant, beide unduldsam, beide im Grunde phantasielos, also unschöpferisch. Gandhi war mehr als sämtliche amerikanischen Präsidenten des Jahrhunderts samt sämtlichen Vertretern und Schöpfern des Kommunismus von Marx bis Stalin.

(Aus einem Brief vom 10. 8. 1950 an Dr. G.)

Mit dem, was Sie über Gespräche in der Ostzone berichten, berühren Sie den für uns als Individualisten Aufgewachsenen wesentlichen Punkt. Ich kann mir denken, daß das für Sie, den

Jüngeren, höchst flagrant ist. Es wäre es auch für mich, wenn ich noch ein größeres Stück zu leben hätte. Da, wo ich stehe, ist die Frage nach einer etwaigen Anpassung an das kollektive Leben nicht mehr ernst, und falls ich es noch erleben sollte, würde ich rein passiv reagieren. Daß die Welle von Osten dieselben Terrormethoden mitbringt wie vorher die nationalbolschewistische, ist irrelevant. Kommunismus ist Gegenspieler und Entsprechung zum Gegenteil: hätte der altgewordene Kapitalismus die Kraft gehabt, seine Krise zu bestehen und Gemeinschaft zu bilden, so wäre dem Gegenspieler die Luft ausgegangen.

(Aus einem Brief, ca. 1950, an Felix Lützkendorf)

[Georg] Lukács[1] ist, wie alles, was von dort kommt, im Grunde uninteressant. Mir ist schon im Westen die nur soziologische Art der Literaturbetrachtung immer sehr ungenügend erschienen, und sie wird es noch mehr, wenn von einer Partei-Ideologie schon festgelegte Wertungsvorschriften gegeben sind.

(Aus einem Brief an Paul Schluck, undatiert)

Die Gewalt ist das Böse, und die Gewaltlosigkeit der einzige Weg derer, die wach geworden sind. Dieser Weg wird niemals der aller sein, und niemals der der Regierenden und derer, die die Weltgeschichte machen und die Kriege führen. Die Erde wird also nie ein Paradies und die Menschheit nie mit Gott eins und versöhnt sein. Die Bösen werden regieren und raffen, die Gleichgültigen werden, sei es jubelnd oder knirschend, mitlaufen, und die wenigen Wachgewordenen werden zusehen, werden aber auch immer wieder der Welt des Bösen und der Macht solch wunderbare Rettungsversuche entgegensetzen wie Buddha, Sokrates, Jesus, wie das Urchristentum, das Quäkertum, der Geist Gandhis.

Wenn man weiß, auf welcher Seite man steht, lebt man freier und ruhiger. Immer muß man auf Leiden und Vergewaltigung gefaßt sein, niemals aber darf man zum Töten bereit sein.

(Aus einem Brief vom 10. 8. 1950 an E. V.)

1 Georg Lukács (1885-1971), ungarischer Politiker und Schriftsteller, einer der Repräsentanten marxistischer Literatursoziologie und Literaturästhetik.

Auf der Heimreise aus dem Engadin las ich bei Freunden einige Stunden in den »Strahlungen«[1] von Ernst Jünger. Ich kenne nur einen kleinen Teil. Von diesem sehr umfangreichen Buch konnte ich nur höchstens den zehnten Teil lesen. Es ist ein Tagebuch aus dem Krieg, den Jünger als Offizier mitgemacht hat. Knappe, äußerst genaue, sehr gut und scharf formulierte Beobachtungen, eine wahrhaft souveräne Begabung von guter Rasse und hoher Disziplin, sehr hoch über den andern Talenten seiner Generation. Das Buch gibt jedoch auch viel Unangenehmes zu schlucken: wie der deutsche Offizier im besetzten Paris sich nichts von allem entgehen läßt, was mit Geld und guten Beziehungen zu haben ist, vom Einkauf von Antiquitäten und seltenen Büchern bis zum Umgang mit den Avantgardisten der französischen Literatur, wie er einer Erschießung beiwohnt und dann, mit gut gewaschenen Händen, in Gesellschaft zu Sekt und edlen Gesprächen geht, das hat für uns Vorkriegsmenschen etwas Beängstigendes und auch Degoutantes. Doch werden die Aufzeichnungen von dem Tag an, an dem er Paris verläßt und an die Ostfront kommt, weit sympathischer, ernster und sachlicher. Drollig berührte mich eine Notiz von dort: Er findet zufällig ein Buch von Wilhelm Raabe, erinnert sich, daß sein Vater einst diesen Autor geschätzt hat, stellt dann aber anhand eines raffiniert herausgepickten, tatsächlich schwachen und überlebten Ausspruchs von Raabe ohne weiteres fest, daß heute nicht nur solche Autoren wie Raabe, sondern gleich ganze Literaturen erledigt seien. Das sagt derselbe Sammler und Feinschmecker, der in Paris mitten im Krieg halbe Tage bei den Antiquaren zubringt, der seine Bibliothek und seine Tage mit den ausgefallensten und verschollensten Raritäten von Büchern aller Zeiten anfüllt. Dennoch sind diese »Strahlungen« voll von Schönem und Unvergeßlichem.

(Aus einem Brief vom August 1950 an Curt Wiedwald)

Daß die Schwaben mich zur Zeit wieder als den Ihren betrachten, nehme ich nicht so furchtbar ernst. In meinem Heimatstädtchen Calw tauchte einst im Gemeinderat, etwa 1914 oder 1915, der Vorschlag auf, eine Straße nach mir zu taufen oder

1 Ernst Jünger, »Strahlungen«, Tübingen 1949.

eine ähnliche Gebärde der Anerkennung zu machen. Doch war die Mehrzahl der Stimmen dagegen, und als bald darauf, einiger harmloser aber nicht kriegsbegeisterter Äußerungen wegen, eine Zeitungshetze gegen mich ausbrach, und man in mir eine am deutschen Busen genährte Schlange entdeckte, waren die Calwer sehr froh, daß sie einer Blamage entgangen waren. Noch komischer war es in Konstanz. Dort wurde irgendein neues Sträßchen »Hesse-Weg« getauft, weil ich etwa 7 Jahre am See gelebt hatte, und der Name blieb bis 1933 auf der Tafel stehen. Dann war er untragbar geworden, und es wurde der Name meines einstigen Freundes Finckh auf die Tafel gemalt. Und als dann 1945 Hitler verschwunden war, wurde Finckhs Name wieder ausgekratzt und der meine wieder draufgemalt. Der Teufel soll diese An- und Aberkennungen ernst nehmen.

Lieber wäre es mir gewesen, wenn die Schweiz, deren Bürgerrecht ich als Kind schon einmal besessen hatte, in der ich seit 1912 ununterbrochen gelebt und deren Staatsangehörigkeit ich 1924 zurückerworben hatte, mich ernstlich als den Ihren betrachtet hätte, um so mehr als ich jeder Diktatur in den Nachbarländern ein ernsterer Feind war als tausend Eidgenossen. Aber mit den Jahren habe ich doch eingesehen, daß ich auch kein Schweizer bin und in kein Vaterland passe.

(Aus einem Brief vom August 1950 an Karl Schmid)

Leid tut es mir auch, daß ich Ihre beiden Ratschläge nicht annehmen kann: entweder mich um Deutschland überhaupt nicht mehr zu kümmern oder aber über die politischen Vorgänge mich durch Sie informieren zu lassen.

Denn sehen Sie: obwohl ich nur zu einem Viertel Schwabe und meiner Natur nach kein Dickschädel bin, habe ich doch mein Leben lang meinen eigenen Weg ebenso zäh und eigensinnig gesucht und verfolgt wie Sie den Ihren, und in lebenswichtigen Fragen Rat und Wegweisung von Fremden anzunehmen, dazu habe ich heute mit dreiundsiebzig Jahren ebensowenig Lust wie einst als Jüngling, wo ich zum Kummer meiner Eltern, Verwandten und Lehrer jahrelang allen Versuchen, mich auf eine geregelte und ersprießliche Bahn zu bringen, hartnäckig meine verzweifelte Sabotage entgegensetzte.

Um die deutsche Politik allerdings kümmere ich mich seit

langer Zeit nicht mehr sehr eingehend. [. . .] Wenn ich mich aus guten Gründen der aktiven Anteilnahme oder gar Parteinahme enthalte, so bedeutet das nicht, daß Deutschland mir gleichgültig und fremd geworden wäre. Ich habe dort einen guten Teil meiner Herkünfte und Wurzeln und kann mich weder den zahlreichen mir teuren Menschen in Deutschland entziehen noch dem Mitleben in deutscher Sprache und Kultur. Diese Anteilnahme einzuschränken oder gar, wie Sie mir raten, einfach abzustellen, ist mir so unmöglich, wie aus meiner Haut zu fahren.

Und so ist es auch mit Ihrem zweiten Rat oder Vorschlag: ich möge mich künftig durch Sie über die deutschen Angelegenheiten informieren lassen. Da stößt Dickschädel auf Dickschädel, und wenn mich auch die deutsche Politik und öffentliche Meinung wenig mehr angeht, so ziehe ich es doch vor, auch hierüber mich an Hand der Zeitungen und der Tausende von Briefen, die ich das Jahr hindurch bekomme, selbst zu unterrichten.

(Aus einem Brief, Anfang September 1950, an F. F.)

Sie bitten mich um ein Wort zur politisch-moralischen Lage Ihres Landes [Japan]. Ihr Volk hat einerseits die Ablehnung des Krieges und jeder Gewaltpolitik in seiner neuen Staatsverfassung klar zum Ausdruck gebracht und auf Armee und Wehrpflicht verzichtet,[1] andrerseits aber fühlt es sich durch die politischen und kriegerischen Vorgänge in Asien unheimlich bedroht. Es ist in beinah der gleichen Lage wie Deutschland: von den Siegern noch besetzt, entwaffnet, nach nichts als Frieden sich sehnend, vor drohender Überwältigung aber in tiefer Bangigkeit. Nur daß vielleicht Ihr Volk die Einsicht in das von ihm früher begangene Unrecht und die moralische Abrüstung ernstlicher vollzogen hat.

Meine Meinung über Ihr Dilemma ist eindeutig. Ich halte die Weltkriege für vermeidbar, aber nicht durch Rüstung und

1 Die Verfassung von 1946 und der Friedensvertrag von 1951 untersagten Japan eine Rekrutierung der 1945 aufgelösten Wehrmacht. Doch ähnlich wie in der Bundesrepublik Deutschland kam es dort im Verlauf der nächsten Jahre zu einer an den USA – der damaligen Besatzungsmacht Japans – orientierten Wiederaufrüstung.

neue Anhäufung von Vernichtungsmitteln, sondern durch Vernunft und Verträglichkeit, und ich glaube nicht daran, daß irgendein Volk der Welt durch das Rüsten und Kriegführen auf die Dauer gewinnt und seine Würde und Freiheit retten kann. Ich bin ein Gegner des Fanatismus, der die ganze Menschheit in zwei Fronten teilen und diese Fronten mit allen teuflischen Tötungsmitteln aufeinander hetzen möchte. Und darum glaube ich nicht daran, daß eine Wiederaufrüstung Ihrem Lande Segen bringen würde. Besser ist es, Unrecht leiden als Unrecht tun. Falsch ist es, mit verbotenen Mitteln das Erwünschte verwirklichen zu wollen. Das sind Torheiten für die Generäle, und die Staatsmänner lachen darüber, doch sind es alte und bewährte Wahrheiten. Eine neue und hellere Epoche der Weltgeschichte und der Beziehungen zwischen den Völkern wird gewiß nicht von den Siegern in den nächsten Weltkriegen geschaffen werden, vermutlich aber von den Leidenden und auf Gewalt Verzichtenden.

(Aus einem Brief vom 14. 9. 1950 an Seiji Takahashi, Chefredakteur des »Gunzo«, Tokio)

Ein Brief Hermann Hesses

In der Besprechung der Briefe von Hermann Hesse[1] *ist unter anderem von jenem Brief die Rede gewesen, den der Dichter am 14. September 1950 an den Chefredaktor einer japanischen Zeitung geschrieben hat. Der tragende Gedanke dieses Schreibens ist in dem folgenden Satz ausgedrückt:* ». . . Und darum glaube ich nicht daran, daß eine Wiederaufrüstung Ihrem Lande Segen bringen würde. Besser ist es, Unrecht leiden als Unrecht tun. Falsch ist es, mit verbotenen Mitteln das Erwünschte verwirklichen zu wollen . . .« *Unter »verbotenen Mitteln« ist dabei die Gewalttätigkeit in jeder Form, unter dem »Erwünschten« ein freies, individuelles, geistmächtiges, sittlicher Ordnung verbundenes Leben verstanden. Dagegen wurde in der Besprechung, unter dem Eindruck der gegenwärtigen geisti-*

1 1951 erschien eine erste Auswahl der Briefe Hesses im Suhrkamp Verlag, Frankfurt a. M., die am 16. 6. 1951 von Werner Weber in der »Neuen Zürcher Zeitung« besprochen wurde.

gen und politischen Weltverhältnisse, auch die Notwendigkeit der Bereitschaft in Waffen folgendermaßen betont: ». . . Das Bestehende und Aktuelle heißt für diese Zeit: das im Geist ehrfürchtige Dasein ist bedroht; und die Bedrohung ist tragisch, weil nach der Struktur des Angreifers Hilfe nur im geistfremdesten Mittel liegt: in der Waffe, im entschlossenen, bereiten Arm. Ob wir den Geist durch solche Anfechtungen mit uns selbst rein in eine lautere Zeit hinüberbringen? Das muß unsere Sorge sein . . .« Nun antwortet uns Hermann Hesse darauf in einem Brief und schlägt uns zugleich vor, diese Antwort zu veröffentlichen. Sie folge hier:

Lieber Herr Dr. Weber!

Danke für Ihre Zeilen und für Ihre Besprechung des Briefbuchs.

Ich möchte dazu sagen: Daß die »Hälfte« der Welt sich losreißt und dem Teufel verschreibt, ist vermutlich schon öfter vorgekommen. Der Mensch ist jeder Dummheit und jeder Gemeinheit ebenso fähig wie jeder Hingabe an Sinn und Harmonie der Welt, und vermutlich sind die Dummen und Gemeinen stets in der Überzahl gewesen. Wie Gott darüber denkt, erfährt man in klassischer Form aus dem Gespräch Abrahams mit Gott wegen der Stadt Sodom. Da ist von keiner Hälfte die Rede. Gott läßt sich bis auf eine Mindestzahl an »Gerechten« herunterhandeln, und das Großartige an diesem zähen Handel ist, daß nicht Gott den Menschen zur Nachsicht und Duldung mahnt, sondern umgekehrt. Es ist ein wunderbares Gleichnis.

Worauf es mir aber ankommt, das ist: Wenn die »Hälfte« der Welt sich losgerissen oder emanzipiert oder dem Teufel verschrieben hat, so gelten für die andere Hälfte alle Gesetze des sinnvollen und ehrfürchtigen Lebens unverändert weiter. Wenn auch diese andere Hälfte an die Atombombe statt an die Vernunft, an die Technik statt an die Natur, an den Krieg statt an den Frieden glaubt, dann gehört eben die ganze Welt dem Teufel, und es hebt eine neue Epoche der Geschichte an – nach meinem Geschmack eine weder hübsche noch irgend interessante, denn das Interessante, brennend Interessante der bisherigen Geschichte ist einzig der Kampf zwischen Gott und Teufel, zwischen Bombe und Vernunft.

Woraus ich folgere: wenn dem altmodischen und auf »Gott«

ausgerichteten Menschen der losgerissene Mensch begegnet, mit der Waffe in der Hand, sei es die primitive Waffe als Instrument des Tötens oder die der Lüge, der Verdrehung, der Propaganda, dann ist es für den Fortbestand eines göttlichen Sinnes in der Welt wertvoller und richtiger, wenn der Losgerissene den wehrlosen Bruder totschlägt, als wenn er ihn dazu bringt, auch seinerseits sich loszureißen und das Stückchen Welt, für das er allein verantwortlich ist, nämlich sich selbst, zu verraten.

(Aus »Neue Zürcher Zeitung« vom 23. 6. 1951)

Antwort auf Briefe aus Deutschland

Oktober 1950

Danke für Ihren Brief, der mir so manches Interessante und Liebe bringt und der mich dennoch mehr erschreckt und befremdet als erfreut hat, denn er ist so voll von Symptomen der großen aktuellen Weltkrankheit, so erfüllt und gepreßt von einer verzweifelten Kriegsangst und Bolschewiken-Panik, daß man darauf nur antworten kann: »Ja, wenn Ihr im deutschen Westen wirklich so völlig mutlos und verzweifelt schon den ersten Attacken einer Massenpsychose und eines Nervenkriegs erliegt, dann freilich werden wir sehr bald den von Euch an die Wand gemalten und so widerstandslos und kindisch erwarteten Krieg haben.«

Wenn der Brief, den Sie mir geschrieben haben, nicht von Ihnen käme, einem Mann, den ich als klug und belesen kenne und der mich bisher oft der Übereinstimmung seiner Gesinnung und Anschauungen mit den meinigen versichert hat, oder wenn er nur die einmalige Äußerung eines einzelnen wäre, in einer verzagten Stunde hingeschrieben, so würde ich nicht auf ihn antworten. Aber die gleiche aufgepeitschte, hysterische Kriegsangst, die gleiche Anfälligkeit für Gerüchte, die gleiche blinde Hinnahme von satanischen Suggestionen und die gleiche törichte, ungeprüft weitergegebene Meinung, daß es nun selbstverständlich wieder das »arme Deutschland« sei, das den Schauplatz der kommenden Greuel abgeben müsse, steht auch in vielen anderen Briefen, Aufsätzen und andern Mitteilungen, die mir von drüben zugehen. Man hat Angst, man zittert vor Feigheit, man atmet das Gift der Aufpeitschung, der Gerüchte und Lügen mit einer selbstquälerischen Sensationslust ein, und schwatzt verantwortungslos und kritiklos nach, was die Angstmacher und Kriegshetzer einblasen. Genau wie Ihr einst, es ist noch nicht lange her, Euch von Hitlers Propaganda die Todesangst vor den Bolschewiken so lange habt einschwatzen lassen, bis das ganze Volk bereit war, wieder einen Krieg auf sich zu nehmen, so macht Ihr heute den Leuten, die am Zustandekommen eines neuen Krieges interessiert sind, die Freude, ihrer Reklame und Propaganda wie Behexte Glauben zu schenken und zuzustimmen.

Lieber Freund, ein Krieg kommt nicht aus dem blauen Himmel herab, er muß gleich jeder andern menschlichen Unternehmung vorbereitet werden, er bedarf der Pflege und Mitwirkung vieler, um möglich und wirklich zu werden. Gewünscht aber, vorbereitet und suggeriert wird er durch die Menschen und Mächte, denen er Vorteil bringt. Er bringt ihnen entweder direkten baren Geldgewinn wie der Rüstungsindustrie (und sobald Krieg ist – wie unzählige vorher harmlose Gewerbe werden da zu Rüstungsgeschäften, und wie automatisch strömt das Kapital diesen Geschäften zu!) oder er bringt ihnen Gewinn an Geltung, Achtung und Macht wie etwa den stellenlosen Generälen und Obersten. So sind zum Beispiel an der Wiederaufrüstung von Deutschland, Japan und anderen zur Zeit militärlosen Ländern viele Tausende und Zehntausende interessiert, Leute mit harten Rechnerseelen oder ehrgeizigen Kriegerseelen, und zu den Mitteln, mit denen diese Leute den von ihnen gewünschten Krieg vorzubereiten bemüht sind, gehört die Verbreitung der Unsicherheit und Angst – und Ihr, Freunde, die Ihr dieser Ansteckung erliegt, helft dadurch mit, den Krieg zu ermöglichen und herbeizurufen. Daß man Euch nach dem, was Ihr seit 1914 bis heute erlebt habt, noch darüber aufklären muß, ist traurig und beschämend und bestätigt jenen fatalen, angeblich Hegelschen Spruch: das einzige, was man aus der Weltgeschichte lernen könne, sei, daß noch nie aus der Weltgeschichte etwas gelernt worden sei.

Ich bin der letzte, der von Euch erwartet, daß Ihr die Augen vor der Wirklichkeit schließen und Euch hübschen Träumen hingeben sollt. Die Welt ist voll von Gefahren und Kriegsmöglichkeiten, und die »Bolschewiken« sind keineswegs die einzigen Bedroher, sie stehen unter demselben Zwang und sie sind vermutlich in der Mehrzahl ebensowenig für das Schießen und Erschossenwerden begeistert wie wir. Bedroher unsrer Welt und jedes Friedens sind jene, die den Krieg wünschen, die ihn vorbereiten und uns durch vage Versprechungen eines kommenden Friedens oder durch die Angst vor Überfällen von außen zu Mitarbeitern an ihren Plänen zu machen versuchen.

Diesen Leuten und Gruppen, für die der Krieg ein Geschäft ist, und zwar ein besseres als der Friede, diesen Vergiftern und Beschwörern tun Sie, lieber Freund, den Gefallen, ihren Suggestionen widerstandslos zu erliegen. Sie übernehmen damit eine Mitverantwortung am etwaigen Kriege. Statt in Ihrer

Seele alle Helligkeit und Wachsamkeit, alle Tapferkeit und Heiterkeit zu sammeln und zu stärken, wie es nötig und Ihre Aufgabe wäre, lassen Sie den Kopf hängen, tragen das Gift der Blindheit und Angst weiter und liefern sich und Ihre Umgebung dem unsinnigen Grauen aus. Ich weiß nicht, ob Sie ahnen können, welcher Schmerz und welche Enttäuschung es für mich sein mußte, gerade von einem alten, treuen Leser, Schüler und Gefolgsmann wie Sie so im Stich gelassen und von der Fruchtlosigkeit all meiner Bemühungen überzeugt zu werden. Auch hierüber einen Augenblick nachzudenken, würde vielleicht gut sein, es würde vielleicht helfen, ein wenig Licht in Ihre Verfinsterung zu bringen.

Sollten Sie einmal über die Wiederaufrüstung Ihres Landes abzustimmen haben, so rate ich Ihnen weder zum Ja noch zum Nein, sondern hoffe, daß Sie Ihre Stimme nach klarer und gewissenhafter Überlegung, nicht aber unter dem Druck dieser Hysterie abgeben werden. So sehr ich Vernunft und Verzicht auf Gewalt für den einzigen Weg in eine bessere Zukunft halte, gebe ich doch zu, daß von Land zu Land und von Fall zu Fall Anpassungen an das Bestehende und Aktuelle unvermeidlich sind. So habe ich hier bei uns in der Schweiz die Einrichtung einer Armee, die nur auf Angriff hin unser Land verteidigt und die sich in zwei Kriegen bewährt hat, niemals aus pazifistischem Puritanismus angefochten. Es wird gewiß in jedem zur Zeit mächtigen Staat der Welt eine Kriegspartei geben, doch fehlt es auch in besiegten und entwaffneten Ländern nicht an Leuten, die lieber heut als morgen wieder Aufträge für Heer und Krieg annehmen würden, und auch nicht an solchen, die gern wieder statt als Herr Müller als Herr Oberst oder Herr Leutnant angeredet werden möchten. Und so ist es überall. Wir Freunde des Friedens und der Wahrheit, Sie und ich, dürfen nicht diesen Geschäftemachern und Strebern Gehör schenken und helfen, wir müssen stets zu unsrem Glauben stehen, daß es andre Wege zum Frieden und andre Mittel zur Ordnung und Entgiftung der Welt gibt als die Bomben und den Krieg.

(Erstdruck in »National-Zeitung«, Basel, vom 22. 10. 1950)

Der Brief über Kriegsangst war wohl mein letzter Versuch dieser Art, er galt der amerikanischen Angst nicht minder als der deutschen, diese Angst gehört mit zu dem Vacuum, das den Kommunismus in der russischen Form ansaugt.

(Aus einem Brief vom Januar 1951 an Cecilie Clarus)

Gerhard Thimm
Hermann Hesses schlechter Trost

Der Dichter Hermann Hesse erhielt in der Schweiz, wo er seit 1912 lebt, Briefe aus Deutschland. Hermann Hesse las aus diesen Briefen »aufgepeitschte hysterische Kriegsangst«, »Bolschewikenpanik« und »blinde Hinnahme von satanischen Suggestionen« heraus. Er beantwortete sie mit einem Brief, der zunächst in der Basler »National-Zeitung« und dann gleichzeitig in der »Neuen Zeitung« und der »Rhein-Neckar-Zeitung« erschien. Die »Neue Zeitung« glaubte, ihren Lesern die Antwort des Dichters und Nobelpreisträgers nicht vorenthalten zu dürfen, obwohl sie grundsätzlich anderer Meinung ist. Die Meinung der Redaktion bringt die nachfolgende Antwort an den Dichter zum Ausdruck.

Hermann Hesse, der Dichter, macht den deutschen Briefschreibern, die ihm ihre Angst eingestanden, doch wohl in der Hoffnung, ein Trostwort aus Dichtermund zu erhalten, den Vorwurf, daß sie durch ihre »hysterische« *Angst gerade das herbeirufen, was sie vermeiden möchten, nämlich den Krieg. Er scheut sich nicht, diese Leute feige zu nennen, ja er verdächtigt sie sogar, daß sie »mit einer selbstquälerischen Sensationslust« das* »Gift der Aufpeitschung, der Gerüchte und Lügen einatmen« *und* »verantwortungslos und kritiklos nachschwatzen, was die Angstmacher und Kriegshetzer einblasen«.

Er wirft ihnen vor, daß sie mit ihrer Angst die Geschäfte derjenigen besorgen, die am Kriege interessiert seien, der Rüstungsindustriellen oder der stellenlosen Generale und Obersten. Die von der Angst Befallenen, so schreibt Hesse, machen sich geradezu zu Mitarbeitern der Kriegshetzer. Er will ihnen den hängenden Kopf zurechtsetzen und die Augen öffnen, um in ihrer Seele »alle Helligkeit und Wachsamkeit, alle Tapferkeit und Heiterkeit zu sammeln und zu stärken«. *Er fühlt sich in einem persönlichen Fall durch einen solchen Angstbrief als Künder des Friedens und der Wahrheit geradezu* »im Stich gelassen« *und appelliert zum Schluß an die Ängstlichen in Deutschland, sie dürften nicht den Geschäftemachern Gehör schenken, sondern sie sollten* »zu unserem Glauben stehen«, *daß es »andere Wege zum Frieden und andere Mittel zur Ordnung und Entgiftung der Welt gibt als die Bomben und den Krieg«.*

Dieser Glaube wird in Deutschland, wo man ebenso wie in Frankreich, Polen und Rußland die Schrecken des Krieges in einem Maß erlebt hat, das kaum eine dichterische Phantasie zu ermessen vermag, geteilt. Auch wir glauben – trotz allem. Aber es ist wohl doch ein Unterschied – der Dichter mag uns diese Feststellung verzeihen, es soll kein Werturteil sein –, ob jemand den Krieg selber miterlebt oder aber aus der Ferne gesehen hat. Wer ihn selber miterlebt hat, wer täglich durch zerstörte Städte und, was noch schlimmer ist, zerstörte Menschen an ihn erinnert wird, der hat Angst. Er hat Angst bei der bloßen Vorstellung, solches könnte eines Tages wieder über ihn hereinbrechen.

Diese Angst besteht ganz unabhängig von denen, die mit ihr – ein Blick auf unsere Zeitungsstände bringt dies beschämend zum Bewußtsein – Geschäfte machen, oder die sie gar verbreiten, um die Regierungen zu veranlassen, bei ihnen gegen guten Gewinn Kanonen und Flugzeuge zu bestellen. Wir sind in Deutschland nicht so kurzsichtig und auch nicht so hysterisch, wie Hermann Hesse aus den Briefen herauszulesen glaubt, daß wir nicht sehen, wessen Geschäfte mit der Angst gefördert werden. Aber es ist ein tragisches Zeichen für die Abseitigkeit eines großen dichterischen Geistes, wenn Hermann Hesse seinerseits nicht sieht, daß die Angst da ist, weil sie einfach eine menschliche Reaktion auf das Faktum einer ungeheuren Bedrohung ist, die man dadurch nicht aus der Welt schaffen kann, daß man ihre Hintermänner entlurvt (die braucht man uns nicht mehr zu entlarven).

Dichter sind stets geneigt, Kritik an menschlichen Unzulänglichkeiten mit Leidenschaft zu betreiben. Weil es ihnen um die Wahrheit zu tun ist, lassen sie um der Wahrheit willen alle Rücksichten außer acht. Aber weil Dichter leidenschaftlich sind, denken sie oft nicht zu Ende, und hier kommen wir nun, was Hermann Hesses Antwort an die Ängstlichen in Deutschland anbetrifft, zu einem Punkt, den der realistische zeitgeschichtliche Betrachter als gefährlich empfinden muß.

Es ist schlechterdings naiv, zu glauben, daß man die – nun einmal vorhandene – Angst einfach beseitigen kann, indem man die Ängstlichen aufruft, tapfer, heiter und wachsam zu sein und an »andere Wege« *und* »andere Mittel« *zum Frieden zu glauben. Der Dichter müßte schon sagen, welche anderen Wege und anderen Mittel, die wirklich gegangen werden können und Erfolg versprechen, er meint. Denn wenn er schon mit dichterischen*

Mitteln ein Thema in Angriff nimmt, das ein politisches ist, so muß er sich darüber auch politische Gedanken machen.

Wir haben, wie schon gesagt, in Deutschland den Glauben an diese anderen Wege und anderen Mittel. Wir glauben, daß es gegen eine Aggression, woher auch immer sie kommen mag, eine moralische Abwehrkraft gibt, die in den Vereinten Nationen ihren realen Ausdruck gefunden hat. Das Bewußtsein und nun auch die Erfahrung, daß ein Zusammenschluß von Völkern möglich ist, um Angreifer gemeinsam abzuwehren, ist der beste Schutz gegen Angst, ein besserer als alle Tapferkeit, Heiterkeit und Wachsamkeit der Seele, die in jedem Einzelfall wohl furchtlose Märtyrer, im ganzen aber kein Rüstzeug zur Verhinderung des Krieges schaffen kann.

Zur Abwehr der Aggression braucht man leider Kanonen, die Hermann Hesse für diesen Zweck sogar seiner Schweiz zubilligt. Diese Kanonen werden auch für die Schweiz von Leuten hergestellt, die daran verdienen. Insoweit solche Leute »an der Wiederaufrüstung von Deutschland, Japan und anderen zur Zeit militärlosen Ländern« *interessiert sind, verdächtigt Hermann Hesse sie, daß sie aus Gewinnabsichten den Krieg vorbereiten wollen und sich dazu der Angst bedienen. Er nennt sie* »Leute mit harten Rechnerseelen oder ehrgeizigen Kriegerseelen«, *für die der Krieg ein Geschäft sei, und zwar ein besseres als der Friede. Die Geschäfte dieser Leute sieht Hermann Hesse von den Angsthabern besorgt.*

Es gibt solche Leute, aber auch sie können ebensowenig wie der Krieg einfach dadurch bekämpft werden, daß der einzelne sich zwingt, nicht mehr ängstlich zu sein, wohl aber dadurch, daß ihnen der geschlossene Wille eines Volkes mit den Machtmitteln der Demokratie entgegentritt. Hermann Hesse spricht vom »direkten baren Geldgewinn der Rüstungsindustrie«, *er spricht von dem in Kriegszeiten* »automatisch strömenden Kapital«, *er scheint also die Geschäftemacher mit dem Krieg nur in einer Wirtschaftsform zu sehen, die auf dem Privateigentum basiert.*

Wir wissen, daß der Dichter mit seinen Worten den Unmenschen brandmarken wollte, da er ihm gerade am nächsten und schreckhaftesten erschien, aber wir müssen von ihm erwarten, daß er das Thema von allen Seiten sieht. Mindestens ebenso schlimm, wie die harte Rechnerseele eines großkapitalistischen Händlers mit dem Tod, scheint uns die harte politische Rechner-

seele der Beherrscher eines totalitären Staates zu sein, der gewohnt ist, statt Geld Menschenleben aufs Rüstungskonto zu verbuchen. Und gegen diese und ihre ehrgeizigen Absichten gibt es nicht die Gegenwirkung des allezeit kriegsfeindlichen Volkswillens, wie sie in einem demokratischen Staat gewährleistet ist. Die »Bolschewiken« *seien* »keineswegs die einzigen Bedroher«, *meint Herman Hesse. Sie ständen unter demselben Zwang und seien vermutlich in der Mehrzahl ebensowenig für Schießen und Erschossenwerden begeistert wie wir. Die Bolschewiken? Wenn der Dichter unter »Bolschewiken« das russische Volk versteht, so hat er bestimmt recht. Wenn aber, wie üblich, unter »Bolschewiken« die Anhänger und führenden Köpfe einer sozialen Idee zu verstehen sind, die zu einem Glaubensbekenntnis und zu einem System der Unfreiheit geworden ist, so ist zu sagen, daß sich gerade unter ihnen jene harten Rechnerseelen befinden, denen der Krieg ein Geschäft ist, und zwar ein politisches.*

Man kann den mit der Angst verknüpften politischen Problemen nicht ausweichen, wenn man sich über die Hysterie der Angst entrüstet. Auch Hermann Hesse geht deshalb in seiner Antwort auf die deutschen Briefe auf die Frage der Wiederaufrüstung ein. Er rät den Schreibern weder zum Ja noch zum Nein, sondern ermahnt sie, bei Abgabe ihrer Stimme nicht die Hysterie, die er in ihren Briefen zu entdecken vermeint, sondern klare und gewissenhafte Überlegung walten zu lassen. Er hofft auf den Sieg der Vernunft und den Verzicht auf Gewalt, gibt aber zu, daß »Anpassungen« *unvermeidlich sind, zum Beispiel im Falle der Verteidigung der Schweiz.*

Er hätte bedenken müssen, daß diese Schlußfolgerung leider Gottes aus der Erkenntnis gemacht werden muß, daß auch der Frömmste nicht in Frieden leben kann, wenn es dem bösen Nachbarn nicht gefällt, wobei es durchaus dahingestellt bleiben mag, wer wem als böser Nachbar erscheint. Und er hätte Verständnis haben müssen für Menschen, die aus den eigenen furchtbaren Entbehrungen Angst befallen hat. Er hätte diese Menschen nicht zurechtweisen dürfen und sie zum Trost anstatt auf ungewisse und unwirksame Umschaltung von Bewußtseinsvorgängen lieber auf den einzigen realen Weg und das einzige reale Mittel zur Beseitigung der Kriegsfurcht hinweisen sollen: auf die Vereinigung der freien Völker, die entschlossen sind, jedem Aggressor entgegenzutreten, wo immer er sich auch zeigen mag.

Dieser Weg zur Entgiftung der Welt von der angsterzeugenden Aggression ist unsere Hoffnung.

(Aus »Die neue Zeitung«, München, vom 2. 11. 1950)

Daß es mir gelang, wenn auch mit kleinen Opfern der Anpassung, meinen Brief über Kriegsangst[1] in die »Neue Zeitung« einzuschmuggeln, war ein unerhoffter Erfolg, den die dumme Erwiderung, zu der sie dann gezwungen wurde, nicht aufhebt. Schließlich zielt mein Aufsatz ja mehr nach Amerika als nach dem deutschen Westen, der ohnehin fast ein Anhängsel von Amerika ist. Und in der Schicht von Menschen, die mich lesen und auf mich hören, sind eben sehr viele, die von den Mechanismen und Methoden der Kriegspolitik keine Ahnung haben und denen man sagen muß, daß es Leute und Kreise gibt, für die der Krieg ein Geschäft und die Kriegsangst eine wichtige Mehrung ihres Kredits ist.

(Aus einem Brief, Anfang November 1950, an Peter Suhrkamp)

Mein Brief über Kriegsangst war keineswegs lehrhaft ans deutsche Volk gerichtet, er galt einer ganz bestimmten Schicht und war die genau erwogene Antwort auf ganz bestimmte Briefe, die aber zu zahlreich waren, um einzeln beantwortet zu werden. Daß es auch andre Leute drüben gibt, ist mir bekannt, und vor vielen ziehe ich den Hut.

(Postkarte vom 18. 11. 1950 an Eugen Zeller)

1 »Andere Wege zum Frieden.« Antwort auf Briefe aus Deutschland in »Die neue Zeitung« vom 28. 10. 1950.

Richard Drews
Hermann Hesse bricht das Schweigen

Der Dichter, der in fast klösterlicher Abgeschiedenheit im Tessin wohnt, scheint aus seiner kühlen Zurückhaltung heraustreten zu wollen. Man mußte schon befürchten, daß er, indischen Weisheitslehren und einem zu sehr in sich selbst versponnenen Humanismus zugeneigt, langsam verschweizern würde. Immerhin darf man sich seiner Worte erinnern, die er bald nach dem Kriegsende nach Deutschland hinüberschickte, doch dann schien er für die Fragen und Nöte einer in Geburtswehen liegenden Welt verstummt. Nun, zum ersten Male nach langem Schweigen, wendet er sich in einer westdeutschen Zeitung in sehr deutlichen, von tiefer Verantwortung zeugenden Worten gegen die westdeutsche Remilitarisierung, gegen die Rüstungsindustrie und die zügellose antikommunistische Hetze.

Mit wohltuender und beinahe überraschender Deutlichkeit, und um so höher zu bewerten, weil viele Leser und Freunde Hermann Hesses bürgerlichen Kreisen entstammen, die sich vor der Wirklichkeit ins Idyll, in eine halbromantische Welt zu retten versuchen, in die Sphäre eines mißverstandenen und fast völlig abstrakt gewordenen Humanismus. Diese Kreise werden, wenn sie noch wache Ohren haben, aufhorchen, weil ein Dichter, den sie nur noch mit zeitentrückten Dingen beschäftigt glaubten, urplötzlich mit beiden Beinen zur Erde, zur brennenden Gegenwart zurückfindet.

Möglich, daß nun die Westpresse das gleiche polemische Kreuzfeuer gegen Hermann Hesse eröffnen wird wie gegen Thomas Mann. Man darf einiges erwarten. Was alles hat man gegen Thomas Mann geltend zu machen versucht; wie wenig wählerisch war man in den Mitteln; wie unsachlich, wie voreingenommen, wie weit entfernt von dem Anstand und der Gesittung, die man im selben Atemzug als feinste Blüten abendländischer Kultur pries. Aus den angeblich so gesitteten Männern wurden schimpfende, mit groben Argumenten arbeitende Polemiker, die nicht mehr auf ihre Bügelfalten achteten, wie gereizte Wildkatzen fauchten und in einigen Fällen gar nicht den Schaum verbergen konnten, den sie vor dem Munde hatten.

Hermann Hesse wird einiges erleben, wenn er so weitermacht. Einen Alpdruck ist die bürgerliche Welt los; er hieß Bernard

Shaw; man war nie vor seinen kalten Duschen sicher und nie vor seinen Florettstichen, die in die empfindlichsten Stellen des bürgerlichen Heldenlebens hineinstachen und sie auch dann zu finden wußten, wenn man sie mit allerhand Wattebäuschen und kaschierenden Mitteln, mit heuchlerischen Phrasen und einer durch das helle Tageslicht längst entlarvten Begriffsspielerei zu umkleiden versuchte. Er starb ihnen sehr gelegen. Kaum daß er sich sterben gelegt hatte, erstand ihnen ein neuer Widersacher, und noch dazu von einer Seite, von der sie es kaum erwartet hatten. Während sie Hermann Hesse mit Glasperlenspielen beschäftigt glaubten, sprang er unvermittelt auf das politische Podium. Ob sich nicht unter den schreibbeflissenen Polemikern des Westens einer finden wird, der einmal der Frage nachgeht, aus welchem Grunde so viele deutsche Dichter von Weltrang ihre mahnende Stimme erheben? Weil sie das wache Gewissen der Menschheit sind; weil sie die Verblendung überalterter Kulturen an Beispielen aus der Geschichte der Antike kennen; weil ihr dichterisches Lebenswerk ein Bemühen um Wahrheit und Wahrheitsfindung ist, um eine tiefere Gerechtigkeit, ohne die ein wirklicher Dichter, ein verantwortungsvoller Schriftsteller nicht leben und nicht atmen kann.

Aufblickend aus ihrem Schaffen gewahren sie eine Umwelt, die ihren Bemühungen ins Gesicht schlägt, die alles, was sie wie einen dem Meere, dem Chaos abgerungenen Boden hegen, wieder in Frage zu stellen droht: die Fratze des Faschismus, der »Bolschewismus!« schreit, wie er gestern »Juden und Bolschewisten!« geschrien hat, und der im Grunde nichts ist als der lärmende Ungeist, als der zerstörende Nihilismus einer in Fäulnis übergehenden Kultur.

Zu harte Worte? Ach, der Heuchelei, der gleisnerischen Maske der sich als Biedermänner tarnenden Vorkämpfer und ihrer sich die Hände reibenden Hintermänner darf man nicht schüchtern entgegentreten; zu lange schon wiederholt man das alte Spiel. Seht sie Euch doch an, die westlichen Illustrierten, wie sie sich nicht genug tun können in der immer deutlicher werdenden Verherrlichung der faschistischen und nazistischen Vergangenheit; wie man den Hof wieder hoffähig zu machen bemüht ist, den Staat, mit dem kein Staat zu machen war; seht sie Euch doch an, wie sie mit einem äußerlich aufgeklebten Christentum hausieren gehen; wie sie offensichtliche Kriegsverbrecher zu vermenschli-

chen suchen; wie sie den verfetteten Reichsmarschall schlimmen Angedenkens im Vierfarbendruck herausstellen, umgeben von der Generalität, deren Genialität anzuzweifeln bald wieder als Hochverrat gelten würde, ließe man sie nur noch eine Weile gewähren.

Vielleicht, daß eine Ahnung dessen, was hier vorbereitet wird, in diesen Zeitschriften mit dem Ludergeruch des Zuhältertums, und was nun auf militärischem Gebiet schon eine beschlossene Sache ist, unter der Devise: Rettet das Abendland vor der bolschewistischen Gefahr! vielleicht, nein sicher, daß eine Ahnung davon in die stille Behausung Hesses gedrungen ist, inmitten einer aufrüstenden Schweiz, deren Zeitungen stahlgeschiente Artikel veröffentlichen.

Vielleicht wird Hesse spät, aber nicht zu spät, vom Geist Romain Rollands und Heinrich Manns ergriffen; vielleicht packt ihn die Empörung über das grausame Spiel, das, kalt beschlossen, noch kälter ausgeführt werden soll und das auch sein Lebenswerk vernichten würde, wie es alles vernichtet, was an gutem Glauben, an gutem Willen im Menschen ruht. Der Kenner des Ostens und östlicher Weisheit, der Hermann Hesse heißt, macht sich gewiß seine eigenen Gedanken über die Heraufbeschwörer eines neuen, gegen den Osten gerichteten Hakenkreuzzuges.

Er hat sein Schweigen gebrochen: seien wir ihm dankbar. Worte, die aus so berufenem Munde kommen, sind nicht ins Leere gesprochen. Sie werden ihre Wirkung tun; sie werden die Hysteriker nicht ändern, aber sie werden zumindest die nachdenklich stimmen, die zu den Lesern, zu den Verehrern Hesses gehören, dessen Lebenswerk ihnen Achtung gebietet.

(Aus »Die Weltbühne«, Berlin-Pankow, vom 15. 11. 1950)

Da Sie die Verhältnisse so gut kennen oder zu kennen meinen, müssen Sie auch wissen, daß zu den Mitteln der perfiden Politik (auf beiden Fronten) auch das Herauspicken einzelner Sätze und Gedanken gehört, die den Gewalthabern gerade passen. So haben Sie aus meinem Aufsatz, der jede Aggression und Gewaltpolitik, auch die östliche, klar ablehnt, einige Ihnen passende Worte herausgepickt, und so etwas daraus gemacht, was mit mir und meiner Arbeit nichts mehr zu tun hat.

(Aus einem Brief, 1950, an Horst Geiger)

Daß gerade die Christen die Grundidee des Kommunismus, die der sozialen Gerechtigkeit und Brüderlichkeit, wegleugnen, paßt zu allem andern. Die ganze Welt ist militant und gerüstet und zum Einsperren oder Totschlagen der Gegner bereit – nur wenn irgendwo einer von Verträglichkeit, Duldung und Brüderlichkeit spricht, hat er sofort alle Fronten der Welt gegen sich, vom amerikanischen Kapitalismus bis zu Stalin, vom protestantischen Pfaffen bis zum katholischen. Es ist nichts Neues. [. . .]

Gestern wurde ich von der kommunistischen Gruppe zu einem Welt-Friedenskongreß nach England eingeladen. Wahrscheinlich ein Tastversuch. Da auch hinter dieser Gruppe ein Generalissimus und eine bis an die Zähne gerüstete Weltmacht und Eroberungsgier steht, kann ich mich nur schweigend verhalten.

(Aus einem Brief, Anfang November 1950, an Isa und Heiner Hesse)

Du hast recht, ich sollte künftig meine Zeitungsaufsätze selbst vor Nachdruck schützen. Aber grade in diesem letzten Fall war es mir durchaus recht, daß eine Anzahl Zeitungen meinen Text abdruckten. So kam er wenigstens vor viele Leser, und das ist recht, wenn es mir auch zwei unangenehme Ergebnisse gebracht hat: erstens kommen seither die Briefe, meist dummfreche, in großer Flut, zweitens hat die Presse im Osten mich als ihren Bundesgenossen in Gebrauch genommen, lobt und propagiert meine Bemerkungen über Kriegsangst, bringt mein Bild etc., und zum Friedenskongreß in Sheffield, jetzt Warschau, wurde ich auch eingeladen. Nun, es wird Gras drüber wachsen.

(Aus einem Brief vom 18. 11. 1950 an Peter Suhrkamp)

Karl Friedrich Borée
An Hermann Hesse

Von meiner Jugend an verehrter Herr Hesse!

Wenn ich mich auf die Mitteilungen der sowjetzonalen Presse verlassen darf – die diese Nachricht unter Beifügung Ihres Bildes bringt –, so haben Sie einen Appell an Westdeutschland gerichtet, der sich gegen die Remilitarisierung wendet. Was geschieht, hochverehrter Herr Hesse, wenn man diesem Appell nachgibt und keinen Schutz gegen die gewaltige Kriegsmacht aufrichtet, die der Bolschewismus in seiner deutschen Zone und in den angrenzenden, von ihm bereits absorbierten Staaten schon unterhält? Der Bolschewismus hat, gestützt auf diese Macht, das Baltikum, Polen, Ungarn, Rumänien, Bulgarien sowie Ost- und Mitteldeutschland schon durchdrungen. Glauben Sie, daß er zögern wird, seine Ambitionen auf das übrige Deutschland zu verwirklichen, wenn er keinen zum Letzten entschlossenen Widerstand zu befürchten hat? Die Antwort ist Ihren Worten nicht mit Sicherheit zu entnehmen. Ich vermute, Sie meinen: besser ein Leben unter dem Bolschewismus als neues Kriegsentsetzen und endgültiger Untergang.

Ich habe diese zwei Kriege mitgemacht, in verschiedenartiger Situation, aber beide gründlich, bis zu ihrem letzten Tage, bis über ihren letzten Tag hinaus. Sie können mir glauben: Ich scheue und fürchte den Krieg noch mehr als Sie. Aber es gibt eine Wahrheit, die zugleich naturwissenschaftlich und philosophisch begründet ist: Der Mensch ist nur ein Mensch, insoweit er frei ist. Wenn man uns den letzten in dieser Gesellschaft und auf dieser Erde möglichen Rest von Freiheit nimmt, dann hören wir auf, Menschen zu sein, und das Leben lohnt nicht mehr. Dann zieht man vor, auch das Letzte daranzusetzen, auch das bloße Leben unter entsetzlichen Umständen zu riskieren.

Sie glauben das nicht, Sie halten das für eine fanatische Phrase. Versuchen Sie, auf ein paar Wochen nach Berlin zu kommen. Sie hätten täglich leidlich bequeme Gelegenheit, die kleinen Städte der Mark zu besuchen! Sie könnten sich vom Leben der Menschen da drüben überzeugen: es lohnt nicht mehr – für einen, der das Leben in Freiheit kennt. Diese Mitmenschen leben heute nur noch von der Hoffnung. Wollen Sie zwei und eine halbe Million Berliner, die mit Kälte, Hunger, Dunkelheit und Absperrung für ihr Menschsein gekämpft haben, nunmehr einem solchen Zustand und der Rache für ihren Widerstand ausliefern? Ist das human? Wollen Sie den Rest von Deutschland dieser »Bewußtseinsänderung« – wie solche Ent-Menschung psychologisch richtig genannt wird – übergeben? Es ist furchtbar bitter für Menschen, die diesen Widerstand wahrhaftig nicht nur um ihrer selbst willen bisher geleistet haben und noch leisten, zu hören, wie einer derjenigen, an dem sie die Menschlichkeit verehrt haben, sie zur Aufgabe ihrer Menschenwürde auffordert.

Machen Sie uns in unserer Verehrung für Sie nicht irre.

(Aus »Der Tagesspiegel«, Berlin, November 1950)

Den gedruckten Brief von Borée habe ich nicht gesehen, aber er hat mir auch persönlich geschrieben. Ich erschrak etwas darüber, daß auch ein Literat wie er auf die Propaganda hereinfiel, die im Osten mit einigen herausgerissenen Sätzen von mir getrieben wird. Ich habe unter andrem gesagt, auch die Bolschewiken seien Menschen, und ich halte dafür, daß auch in den Sowjetvölkern die große Mehrzahl der Menschen sich nicht nach Töten und Getötetwerden sehne. Da es im Augenblick gerade ins Programm der Ostpresse paßte, wurden die paar Worte überall abgedruckt und als ein Bekenntnis zum Sowjet-Regime angepriesen. Das wäre zum Lachen, aber daß jemand, der glaubt, mich über die Gefährlichkeit jenes Regimes aufklären zu müssen, selber auf diese sehr plumpen Lügen hereinfällt, ist betrübend. Ich kann das Herrn Borée, der im Ostsektor lebt und mir keine Westadresse gab, dorthin nicht mitteilen.

(Aus einem Brief von Anfang Dezember 1950 an Herbert Schulz)

Die Art, wie ich hier in der hübschen Schweiz zuweilen von Oberlehrern und frömmelnden Leuten, sogar Studenten, behandelt werde, ist merkwürdig. Und auf meinen letzten Aufsatz hin, der von der Hysterie und Massenpsychose der Kriegsangst handelte, ist mir zweierlei begegnet: aus dem deutschen Westen die übliche Flut von Empörung und Ressentiment, und im Osten eine Um-Lügung meiner rein menschlichen und vernünftigen Gedanken in ein Bekenntnis zum Stalinismus. Von dort schreiben mir Kommunisten begeistert und preisen mein »rückhaltloses Bekenntnis zu den Sowjets«, und betrübte alte Leser schreiben mir von ebendort, meine Bekehrung zu Sowjet sei für alle, die mich bisher für einen anständigen Menschen etc. gehalten hätten, eine Enttäuschung ohnegleichen. Dabei habe ich nie verschwiegen, daß ich für Stalin nicht mehr gebe als für Truman[1].

Nun, das sind so die Erfahrungen, die man macht, wenn man sich keiner Partei und keiner Macht zur Verfügung stellt. Diesmal ist es vermutlich das letztemal gewesen, daß ich mich mit dem Zeug befleckt habe.

(Aus einem Brief vom 6. 12. 1950 an Otto Heuschele)

Wie das Leben und der Kulturbetrieb in den kommunistischen Ländern aussieht, ist mir sehr wohl bekannt, ich habe nicht nur einige hundert Leute im Osten, die mir schreiben, sondern es ist, nach dem Strom der deutschen Emigration, auch eine Reihe von Emigrierten oder Geflohenen aus östlichen Ländern durch mein Haus gezogen. [...]

Mein Aufsatz über Kriegsangst wurde natürlich von der Ostpresse benutzt, es wurden zwei, drei Sätze herausgepflückt, und ich mit Tamtam wegen meines Bekenntnisses zu Sowjet gefeiert. Man muß das mit einstecken, doch nicht zu ernst nehmen.

In den zwanziger Jahren schrieb ich einmal ein politisches Bekenntnis in Versen, das unvollendet blieb. Es fing an:

Lieber von den Faschisten erschlagen werden / als selber Faschist sein. / Lieber von den Kommunisten erschlagen werden / als selbst Kommunist sein[2]...

So denke ich heute noch.

Zu der schamlosen Art, wie die Ostpresse mich benützt, konnte ich öffentlich nicht Stellung nehmen. Im Osten wäre ja kein Wort der Erwiderung gehört oder gar gedruckt worden, und von der Westpresse ist ebenfalls an Diskretion und Wahrheitsliebe wenig zu erwarten.

(Aus einem Brief vom 17. 12. 1950 an Karl Votteler)

1 Harry Truman (1884-1972), Präsident der USA von 1945-1953.
2 Vgl. S. 511.

Ich sehe die Welt als Künstler an und glaube zwar demokratisch zu denken, fühle aber durchaus aristokratisch, das heißt ich vermag jede Art von Qualität zu lieben, nicht aber die Quantität.

Daß Platon mit seinem Versuch, dem Geist auch politisch auf den Thron zu verhelfen, gescheitert ist, wissen Sie, und auch, daß er, der Künstler, sich zur Politeia hat verirren können, einem frühen Versuch, die Welt vom Verstand her zu regieren. Trotz seinem doppelten Mißerfolg hat Europa zweitausend Jahre lang eine zwar unerfreuliche Weltgeschichte, aber auch eine wertvolle Kultur hervorgebracht. Fast zur selben Zeit wie er lebten die größten der chinesischen Weisen, machten ähnliche Versuche und brachten zwar kein vom Geist regiertes Reich, aber eine tiefe Einsicht in das Verhältnis von Staat und Geist zustande.

Uns, denen von der Kunst, von der Natur oder den Wissenschaften her der Sinn für Qualität und der Dienst an ihr als Aufgabe geworden ist, uns kann es niemals obliegen, der Quantität zu dienen und, sei es auf westliche oder östliche Weise, den Irrtum zu fördern, daß die menschlichen Probleme sich wie mathematische lösen ließen. Wir haben den Werten zu dienen, an die wir wirklich glauben, nichts anderem, auch wenn wir ihnen nur auf engstem Raum dienen können, im eigenen Leben und etwa in kleinen Gemeinschaften. Wir haben zu riskieren, daß wir dabei unter die Räder geraten und zugrunde gehen, aber auf welchem Posten in der Welt und Geschichte hätten wir das nicht zu wagen? Überall!

Ich habe die paar Gedanken skizziert, die mir bei Ihrem Brief einfielen. Mehr ist mir nicht möglich. Vielleicht stärken sie einen ermüdenden Impuls in Ihnen oder regen Sie durch Widerspruch zu neuem Mut an. Es kommt einzig auf den Mut an. Er geht auch dem Tapfersten oft verloren, dann neigen wir zum Suchen nach Programmen, nach Sicherheiten und Garantien. Der Mut bedarf der Vernunft, aber er ist nicht ihr Kind, er kommt aus tieferen Schichten.

(Aus einem Brief vom 9. 1. 1951 an K. Sch.)

Die Leute unseres Schlages sind jetzt, so scheint es, selten geworden und beginnen sich vereinsamt zu fühlen, darum ist es ein Glück und Trost, in Ihnen noch einen Liebhaber und

Verteidiger der Freiheit, der Persönlichkeit, des Eigensinns, der individuellen Verantwortung zu wissen. Die Mehrzahl unsrer jüngeren Kollegen, und leider auch so manche unsrer eigenen Generation, strebt nach ganz anderem, nämlich nach Gleichschaltung, sei es nun die römische, die lutherische, die kommunistische oder sonst eine Gleichschaltung. Unzählige haben diese Gleichschaltung bis zur Selbstvernichtung schon vollzogen. Bei jedem Abschwenken eines früheren Kameraden nach den Kirchen und Kollektiven hin, bei jedem Abfall eines Kollegen, der zu müde oder verzweifelt geworden ist, um ein für sich selbst verantwortlicher Einzelgänger bleiben zu können, wird für unsereinen die Welt ärmer und das Weiterleben mühsamer. Ich denke, es werde Ihnen ähnlich gehen.

Seien Sie denn noch einmal gegrüßt von einem alten Individualisten, der nicht im Sinne hat, sich einer der großen Maschinerien gleichzuschalten.

(Aus einem Brief vom Januar 1951 an André Gide)

Sie stellen mir zwei Fragen. Die eine: »Was sollen wir tun?« Die kann ich nicht beantworten. Ich bin mein Leben lang ein Verfechter des einzelnen, der Persönlichkeit, gewesen und glaube nicht daran, daß es Allgemeingesetze gibt, mit denen dem einzelnen gedient wäre. Die Gesetze und Rezepte sind im Gegenteil auch nicht für die einzelnen da, sondern für die vielen, für die Herden, Völker und Kollektive. Die wirklichen Persönlichkeiten haben es auf Erden schwerer, aber auch schöner, sie genießen nicht den Schutz der Herde, aber die Freuden der eigenen Phantasie, und müssen, wenn sie die Jugendjahre überstehen, eine sehr große Verantwortung tragen.

(Aus einem Brief vom Januar 1951 an einen Schüler)

Jeder Nationalismus und so auch der deutsche Größenwahn hat eine große Stütze am Fanatismus der Frauen. Da ist nichts zu machen. Nicht hübsch ist, daß ich Ihnen erst gut genug war, um Ihre Manuskripte zu lesen, dann aber, da ich das nicht konnte, plötzlich als antideutscher Schädling entdeckt werde. Und daß Sie, wie alle, jetzt, wo man mit Siegen und wochenlangen Riesenschlachten nicht mehr renommieren kann, mit den Bombennächten und andern Leiden renommiert, die man andern so gern antat. Ich schäme mich für Euch, da Ihr es nicht könnt.

(Aus einem Brief, ca. Januar 1951, an eine Gräfin)

Was Du in Deinem letzten Brief über X sagst, wie unbegreiflich es sei, daß ein so herzensreiner Mensch habe Nazi sein können, das hat auch mich zuweilen geplagt. Aber teilweise läßt es sich erklären.

Bis zum Ende des ersten Krieges war in Familien wie der unsern die Anerkennung der legitimen Autorität (Staat, Kaiser, Kanzler, Behörden) etwas Selbstverständliches und Unantastbares. Dagegen ist nichts zu sagen. Aber die Autorität versagte, der bisher so vorlaute Kaiser lief davon, entsetzt mußte der Bürger eine Revolution mitansehen, und plötzlich war man kein Reich, keine Monarchie mehr, sondern eine Republik, d. h. das Volk selber sollte an der Ordnung seines Lebens teilhaben und mitarbeiten. Mit Ausnahme der paar alten Demokraten und der Sozialdemokraten hatte davon aber niemand eine Ahnung, die Republik war der Hälfte des Volkes unverdaulich und zuwider, besonders den bisherigen Hütern von Thron und Altar, wozu obenan die Gelehrten, die Leute an den Hochschulen gehörten. Sie haben es versäumt, die junge Republik anzunehmen und aufbauen zu helfen und dieses Versäumnis hat X natürlich auch begangen. Statt sich um den jungen neuen Staat zu kümmern, sabotierte man ihn und setzte seine Hoffnungen auf »starke Männer« wie Hindenburg etc., von da zu Hitler war es nicht mehr weit. – Aber dann kommt bei unsrem X noch etwas dazu: er hat grade in jenen Jahren, in der Nähe einer deutschen Gesandtschaft, als Mitglied einer »Deutschen Kolonie« im Ausland gelebt, und das war keine gute Luft, diese von den Gesandtschaften abhängigen und vor ihnen katzbuckelnden »Kolonien« waren richtige Treibhäuser für Kaiseranbetung, Titelsucht, rhetorischen Patriotismus etc. Diese Luft hat unser guter X arglos lange Zeit geatmet, und das hat noch viel mehr als seine Zugehörigkeit zu den Professoren ihn gehindert, jemals in politischen Dingen sich nicht als frommer Untertan zu fühlen, sondern die Augen aufzumachen und eigenes Denken und Urteilen zu wagen.

Sonst ist ihm nichts vorzuwerfen, er ist unschuldig wie ein

Kind den Weg mitgegangen, der die große Mehrzahl seiner Standesgenossen schließlich zu Hitler geführt hat.

(Aus einem Brief vom 24. 1. 1951 an Fanny Schiler)

Ja, der Artikel, den Curtius[1] vor einigen Jahren über mich geschrieben hat, war nicht hübsch und nicht klug. Es ist ja schon oft erlebt worden, daß leider ein Gelehrter und Schriftsteller von Rang zugleich ein schlechter Charakter sein kann, Curtius hat das ja des öfteren bewiesen. Was ich damals, beim Erscheinen seines häßlichen Aufsatzes im Merkur, als recht geschmacklos empfand, das war, daß es ein Jubiläumsartikel zu meinem 70. Geburtstag war. Daß er bis zu diesem Tag warten mußte, um mir zu sagen, wie zuwider ich ihm sei, das war dann aber wieder so grotesk, daß ich lachen mußte.

Übrigens kann ich die Animosität dieses Kritikers gegen mich nicht erwidern. Ich habe mehrmals Schriften von ihm mit hoher Achtung und mit Vergnügen gelesen,[2] namentlich seine vor etwa 30 Jahren erschienenen »Wegbereiter des jungen Frankreich«[3] machten mir damals starken Eindruck.

(Aus einem Brief vom Januar 1951 an Henry Tschudy)

Was meinen Brief über Kriegsangst angeht, so haben Sie eine andre Einstellung als ich. Auch wenn man in großer Not lebt und viel erlitten hat, kann es nicht schaden, sich seelisch so frei und tapfer wie möglich zu halten. Ich bin weiß Gott kein Kommunist, aber daß das Vergewaltigen von Frauen eine Spezialität der Russen sei, ist einfach gelogen. Die Franzosen haben es ebenso gemacht und einigemale auch die Amerikaner. Es ist sinnlos, sich mit diesen einseitigen Moritaten anzufüllen und sie noch weiter zu verbreiten. Gegen das, was Deutsche den Juden, Russen, Polen, Franzosen etc. angetan haben, kommt es noch immer nicht auf. Warum nicht einmal den Schlußstrich unter die Greuelmeldungen machen?

(Aus einem Brief vom Ende Januar 1951 an F. M. Jansen)

1 Ernst Robert Curtius, »Hermann Hesse«. Vgl. S. 787.
2 Vgl. Hesses empfehlende Buchbesprechungen S. 367 ff., S. 406 f.
3 Ernst Robert Curtius, »Die literarischen Wegbereiter des neuen Frankreich«, 1919.

Aus der westdeutschen Presse sickert das Gerücht von meinem rein menschlichen Appell an Vernunft und Menschlichkeit auch in den Osten hinüber, die ganze ostdeutsche, sowjetisch gleichgeschaltete Presse brachte einige herausgerissene Sätze aus meinem Text, meistens groß aufgezogen und mit meinem Porträt an der Spitze, und verbreitete die Nachricht, auch ich sei jetzt im Kampf für den Frieden an die Seite der östlichen Ideologie getreten. Was nichts an der Tatsache ändert, daß gleichzeitig mein ganzes Lebenswerk von der literarischen Kritik und den Hochschulen Ostdeutschlands als bürgerlich-romantisch abgelehnt oder lächerlich gemacht wird.

(Aus einer Antwort von Ende Januar 1951 auf eine Anfrage des eidgenössischen politischen Departements, Bern)

Ihr Brief war mir herzlich willkommen, und besonders Ihre Worte über den Heidegger. Er ist ja nicht der einzige. Es scheint eben doch die okkulte Lehre richtig zu sein: daß die Welt sich nicht im Sinn des Fortschritts, sondern des Verfalls verändert. Was aus dem großen Einsamen Kierkegaard bis heute gemacht wurde, ist die genaue Parallele zu dem, was der praktische Kommunismus aus dem »Manifest« von Marx gemacht hat, das um 1870 verfaßt ist.

(Aus einem Brief vom Frühjahr 1951 an Otto Engel)

Natürlich hat der Kommunismus, den Marx vor 80 Jahren im Manifest gemeint hat, nichts gemein mit dem, was sich heut unter dieser Flagge austobt. Das Schlimme dabei für uns Denkende ist, daß das, was inzwischen aus dem Kommunismus geworden ist, die Aussichten auf eine wirklich tragbare und menschliche Form des echten Kommunismus sehr verringert und alle Tendenzen, die noch weit hinter Marx zurückstreben, unendlich stärkt und scheinbar ins Recht setzt.

(Aus einem Brief vom März 1951 an Margot Böttcher)

Was ich an Preisen aus Deutschland bekommen habe, den Goethepreis mit 10 000 Mark und den Raabepreis mit 3000 Mark, das ist nur ein kleiner Teil der Summen, die ich zur Unterstützung unschuldig Hungernder in Deutschland bis heute ausgegeben habe. Wenn Sie wollen, können Sie also den Angreifer darüber beruhigen, daß nicht ein Pfennig aus deutschen Preisverleihungen an den verhaßten Schweizer gegangen oder bei ihm geblieben ist.

(Aus einem Brief vom April 1951 an Herbert Hupka)

Aus der deutschen Ostzone kommen Briefe, die in ihrer Angststimmung, ihrer Gewundenheit, ihren Warnungen und Deckadressen durchaus an jene Briefe erinnern, die man in der Hitlerzeit von Verfolgten und Beargwöhnten bekam. Es wird wie in allen kommunistischen Ländern die Schicht der Bürgerlichen und Intellektuellen teils ausgerottet, teils mit Argwohn überwacht. Die Sechzehnjährigen dort aber schreiben mir Briefe, in denen sie mich auffordern, endlich meine veraltete nichtmarxistische Denkweise zu korrigieren und meine Gaben in den Dienst der »Volksdemokratie« zu stellen.

(Aus einem Brief von Ende April 1951 an Barthold Hesse)

Über die Weltlage denke ich vermutlich ähnlich wie Sie, nur habe ich, glaube ich, mit den Kommunisten mehr praktisch-persönliche Erfahrungen, und die sind vollkommen enttäuschend. Das Hübsche und Liebenswerte in der Welt wird sich nach wie vor im Leben der Einzelnen abspielen, der Rausch der Massen und Gleichgeschalteten wird, wenn er auch edel begonnen hat, mit Blut und Vernichtung enden. Shiwa tritt zum Tanz an. In der Jugend imponierte mir die französische Revolution. Was mir heut noch an ihr imponiert, ist einzig die Haltung und Grazie, mit der der Adel in den Tod ging. So werden die Kapitalisten nicht sterben.

(Aus einem Brief vom Mai 1951 an Salome Wilhelm)

Wie's gemacht wird

Als Goethe sechzig Jahre alt wurde, setzte er sich in seine Kalesche, fuhr von Weimar nach Jena, arbeitete dort, und es blieb still.

Als Johannes R. Becher vor einigen Tagen sechzig Jahre alt wurde, konnte es so schlicht natürlich beileibe nicht abgehen. Die gesamte Ostzonenrepublik hallte wider. Die Zeitungen überschlugen sich in byzantinischen Hymnen. Tonnen von Papier, bedruckt mit Bildern, Gedichten, bewundernden Analysen. Es war, als hätte der selige Marx selber den Becher laut geküßt. Staats- und Festakt in der Oper, im Beisein aller selbstgekrönten Häupter der Regierung und Partei. Der Aufbau-Verlag stellte ein Huldigungsbuch zusammen. Der Taumel literarisch-politischer Exaltation war perfekt.

Bis auf eins: Es macht sich immer so gut, wenn auch aus dem Westen positive Stimmen gedruckt werden können. Aber die kamen trotz beflissenen Lockens offenbar nur spärlich. Woher nehmen? Also stehlen!

In der »Täglichen Rundschau« vom 22. April steht ein Gedicht von Hermann Hesse, überschrieben »Johannes R. Becher zum 60. Geburtstag«. Und wer das in der Ostzone liest, soll denken: »Donnerwetter! Sogar der!« Und wer es im Westen liest, soll denken: »Nanu, der auch?«

Und weil wir genauso reagierten, sind wir der Geschichte dieses Gedichtes nachgegangen. Folgendes ergab sich:

Hermann Hesse hat dieses Gedicht am 5. Dezember 1946 geschrieben. Die Überschrift lautet: »Skizzenblatt«. Als der siebzigste Geburtstag des großen Malers Karl Hofer[1] *herankam, schickte Hesse dieses Gedicht als Huldigung für diesen Künstler nach Berlin. Hier, in den Zeiten vergleichsweiser kulturpolitischer Unschuld, geriet es in die Hände des »Kulturbundes«, dessen Präsident Becher war und ist. Und jetzt, da Bechers Jubeltag herannahte und die Gratulationen aus dem Westen rar oder gar nicht flossen, wühlte man einfach in den Kulturbundarchiven, nahm das Gedicht, das Karl Hofer gehört, änderte den*

1 Karl Hofer (1878-1955), mit Hesse befreundeter Maler. Er machte Hesse 1919 auf die Casa Camuzzi in Montagnola aufmerksam. Seit 1945 war er Direktor der Hochschule für Bildende Künste in Berlin-Charlottenburg.

Titel »Skizzenblatt« dreist in das trügerische und falsche »Johannes R. Becher zum 60. Geburtstag« und war fein raus. Man hatte wieder einen »Namen«.

So wird es gemacht. Hermann Hesses Leser sind stutzig geworden und zweifeln an sich und dem Dichter. Der Dichter selber ist trügerisch festgelegt. Und mit einem fünf Jahre alten, zu einem ganz anderen Anlaß gestifteten Gedicht hat man sich arglistig einen prominenten Namen auf den triefenden Geburtstagstisch geschummelt. Wir gratulieren!

(Aus »Die neue Zeitung«, München, vom 25. 5. 1951)

Durch Briefe, Telefonanrufe etc. erfahre ich, daß Ihr Blatt eine Mitteilung über meinen Beitrag zu Joh. R. Bechers 60. Geburtstag gebracht hat. Den Wortlaut dieser Notiz kenne ich bis heute nicht, das Blatt ist mir weder von Ihnen noch von andrer Seite zugegangen. Doch enthält Ihre Notiz offenbar etwas Unrichtiges, darum teile ich Ihnen hier die Entstehungsgeschichte jener doppelten Widmung meines Gedichtes mit.

»Geschrieben« habe ich jenes Gedicht weder für Karl Hofer noch für J. R. Becher, es entstand im Dezember 1946. Als ich etwas später um einen Beitrag zu einer für Hofers 70. Geburtstag geplanten Festschrift gebeten wurde, wählte ich dieses Gedicht. Mit den Jahren aber vergaß ich das wieder, um so mehr als jene Hofer-Festschrift vermutlich gar nicht erschienen ist, wenigstens kann ich mich nicht entsinnen, sie je gesehen zu haben. Als ich nun für die zu Bechers Jubiläum geplante Festschrift um einen Beitrag ersucht wurde, ist mir das Mißgeschick passiert, daß ich in seniler Vergeßlichkeit wieder jenes selbe Gedicht zur Verfügung stellte. An dieser doppelten Widmung hat also niemand Schuld als ich allein.

(Aus einem Brief vom 29. 5. 1951 an die Redaktion der »Neuen Zeitung«, München)

Kürzlich brachte die »Neue Zeitung«, wohl das meistgelesene Blatt im Westen Deutschlands, unter dem Titel »Wie's gemacht wird« eine perfide Anklage gegen den Dichter Johannes R. Becher, zu dessen Festschrift zum 60. Geburtstag ich ein Gedicht mit Widmung beigesteuert hatte. Es war mir dabei das Ungeschick passiert, daß ich das gleiche Gedicht einige Jahre vorher schon für eine andre Festschrift, zu Ehren des Malers

Karl Hofer, weggegeben hatte. [. . .] Die »Neue Zeitung« erfand daraus die Greuelmeldung: Man habe in Ost-Berlin mein für Hofer bestimmtes Gedicht unterschlagen, und Becher habe es jetzt, mit einer gefälschten angeblichen Widmung von mir, sich angeeignet. Dabei steht meine Widmung für Becher mit meiner faksimilierten Handschrift abgedruckt in dem Jubiläumsbuch, das zu Bechers Ehren erschien. Dem politischen Zweck zuliebe erfand man diese groteske Geschichte und druckte sie, natürlich ohne mich etwa nach dem Sachverhalt zu fragen. Es kam ja nicht auf die Wahrheit an, sondern auf das Dreckwerfen gegen einen politischen Gegner (dem übrigens von zahlreichen andern deutschen Kollegen, die teils nicht-kommunistisch, teils betont antikommunistisch sind, die gleiche Ehrung erwiesen wurde).

(Aus einem Brief, Ende Mai 1951,
»Einigen Freunden mitgeteilt«)

Ich habe Ihr Rundschreiben an die Freunde erhalten. Sie sprechen selbst von einem Ungeschick, das Ihnen passiert ist. Das ist entschuldbar und kann jedem passieren. Sie müssen dann aber auch entschuldigen, wenn daraus falsche Schlüsse gezogen werden müssen. Es besteht nur der kleine Unterschied, daß die westliche Zeitung diese Ente sofort selbst erlegt hat, sobald der wahre Sachverhalt bekannt wurde, während östliche Zeitungen in solchen Fällen niemals ein Dementi bringen.

Allgemein gesprochen: Wir sind hier erschüttert über die gefährliche Ahnungslosigkeit des Westens, besonders der westlichen Intelligenz, die den Osten immer noch mit jener Maske der Humanität sieht, die er vor 30 Jahren trug. Die Maske ist nun aber ab, und was da hervorschaut, dagegen war die Hitlerei ein Kinderspiel.

(Aus einem Brief Karl Hofers an Hesse, vom 14. 6. 1951)

Leid tut mir, daß Sie mich einfach zur »westlichen Intelligenz« rechnen. [. . .] Ich weiß über die Gewaltmethoden im Osten genau Bescheid und weiß auch, wie man dort Propaganda macht und lügt. Was ich nicht richtig finde, ist nur: daß man von der westlichen Intelligenz jetzt erwartet, sie werfe endlich vollends die Idee der Humanität und die Achtung vor der Wahrheit über Bord, weil auf der andern Seite ja doch alles mit

Gewalt und Lüge gemacht werde. Nein: Je mehr dort gelogen wird, desto mehr bemühe ich mich, bei uns Rückständigen den Verfall der Wahrheitsliebe aufzuhalten.

Und gar nicht einverstanden bin ich mit der jetzt Mode gewordenen Bagatellisierung der Nazi-Greuel. Weil die Sowjets ebenfalls vor dem Menschen keine Achtung haben und ihn teuflisch behandeln, darum waren die Millionenmorde, die Folterungen und Teufeleien der Nazi keineswegs ein »Kinderspiel«, wie sogar Sie leider in Ihrem Brief sagen.

Weil ich Sie in schöner und herzlicher Erinnerung habe, darum habe ich es nicht lassen können, Ihnen diese Zeilen zu schreiben.

(Von Hesse vervielfältigter »stark gekürzter« Auszug[1] aus seinem Antwortbrief an Karl Hofer vom Juni 1951, den er mit nachfolgendem Kommentar versehen hat:

Ich hatte mich bei ihm wegen jener doppelten Widmung entschuldigt. Er hatte freundlich geantwortet, aber mir und der »westlichen Intelligenz« vorgeworfen, wir wissen zu wenig von den Zuständen im kommunistischen Osten, und hatte mit den Worten geendet: »Dagegen war die Hitlerei ein Kinderspiel.«)

Professor Karl Hofer, Berlin-Wilmersdorf

Lieber Hermann Hesse! *29. Juni 1951*

Ich möchte Sie nicht zu einer im Grunde sterilen Korrespondenz veranlassen über Dinge, die jener fatalen Sphäre der Macht zugehören, die wir nicht ändern, über die wir nur zu Gericht sitzen können, nachdem sie geschehen sind. Denn die Völker geben dem Verbrechen den Auftrag.

Ich fühle mich wie ein Dampfkessel unter dem Druck der Empörung, die kein Ventil finden kann. So kriegen Sie die ganze Ladung, denn ich weiß hier niemanden, der über sein tägliches Beschäftigtsein hinaus noch ein Mensch wäre.

Es freut mich, daß Sie die asiatische Gefahr erkannt haben, durch Ihren Glückwunsch an Becher mußte ich anderes denken, wie auch viele Ihrer hiesigen Freunde. Denn das Licht der Öf-

1 Das Original des vollständigen Briefes konnte bis Redaktionsschluß nicht aufgefunden werden.

fentlichkeit, in dem Sie stehen, wirft starke Schatten. Sie haben einen Mann beglückwünscht, der einst ein Dichter war, und heute in billigen Reklameversen das Verbrechen glorifiziert. Ich weiß, die Geste galt dem Gefährten der Jugend, aber sie mußte mißdeutet werden. Und nahe lag die Mißdeutung, denn wir müssen mit Bestürzung sehen, wie viele westliche und namhafte Vertreter des Geistes in sträflicher und schläfriger Ahnungslosigkeit einem Menschheitstraum von Freiheit und Glück anhangen, der sich im Augenblick des Erwachens, der Verwirklichung in das radikalste Gegenteil gewandelt hat. Ein Heinrich Mann lebte bis zum Schluß seines Daseins in einer von geschickter Propaganda der Lüge genährten Illusion von vorgestern. Und Bruder Thomas schwankt im Winde der Meinungen. Picasso und seine Genossen weigern sich strikt, die Wahrheit zur Kenntnis zu nehmen, denn die würde ihnen die gut eingeübte Pose des Bürgerschrecks verderben.

Die faschistischen Verbrechen waren gewiß kein Kinderspiel, sie sind es nur im Verhältnis zu dem, was sich heute ereignet. Unter allerhöchster Protektion, offener und versteckter, des Siegers, und es gibt nur mehr einen Sieger, erblüht der Faschismus zu neuem Leben. Denn heute braucht man die Landsknechte, die man gestern hingerichtet hat. Böse Verstrickungen der Schuld. Die Rechnung wird präsentiert für eine der größten Missetaten, die die Weltgeschichte kennt. Sentiments sind in der »hohen« Politik nun einmal gefährlich. Als der politische Konfirmand Roosevelt die Grenze Asiens an die Elbe legte, die Hauptstadt des besiegten Landes vom viel gefährlicheren Gegner umschließen ließ, die größte Ungeheuerlichkeit der neueren Geschichte, wodurch Millionen von ihren Heimstätten vertrieben wurden, glaubte er dies in naiver Anständigkeit der Waffenbrüderschaft schuldig zu sein. Wie mag der schulterbeklopfte old Joe sich die Hände gerieben haben. Was das für die Zukunft bedeutete, wußte bei uns selbst der einfachste Mann. Aber die zähnebleckenden Kaugummiboys wußten das nicht. Es scheint mir ausgeschlossen, daß sie nicht gewarnt worden wären. Wir wissen darüber heute noch nichts. Das deutsche Volk hatte längst kapituliert und erwartete mit Ungeduld die Befreier, die dann 18 Millionen der Sklaverei anheimgaben. Es war sinnlos, seine Kulturstätten zu vernichten, barbarisch, unschuldige Frauen und Kinder unter ihren zusammenbrechenden Wohnstät-

ten zu begraben als Vertreter einer angeblich höheren Kultur. Der Krieg war trotz des Widerstandes einiger Narren längst aus, als die wegen der Sensation mit ihren Freundinnen gefahrlos fliegenden Johnies sich dem Sport der Menschenjagd hingeben durften. Es ereignete sich der grausamste Spott, daß sogenannte Christbäume, langsam vom Himmel herabschwebend, das Todesziel absteckten. Im Keller sangen wir: »Vom Himmel hoch da komm ich her.« Aber die Kasernen, ein großer Teil der Waffenfabriken, die Nazibauten blieben verschont. Als letzten Ausfluß dieser Mentalität müssen wir es erleben, daß in sogenannt neutralen Ländern von den Nazis verfolgten Künstlern ihr Eigentum, ihre Werke weggenommen werden. Aber immer mit einem humanitären Hallelujah und in der Erwartung, daß man gegen östliche Barbarei kämpfe. Hypokrisie spricht von der Gesamtschuld des deutschen Volkes. Dies bekam ich zu hören, als man mir meinen Besitz raubte. Nichts soll beschönigt werden. Jedoch ist zu erinnern, daß, als bereits Tausende gefoltert und hingerichtet wurden, die Herren Vertreter des Auslandes, die darüber genauestens informiert waren, am Tisch des Führers und in seiner Theaterloge saßen, es ist ferner zu erinnern, daß die Widerstandsbewegung, von deren Ausmaß man erst heute Kenntnis hat, trotz aller Bemühungen keinerlei, auch nicht die geringste Unterstützung erfuhr. Das humanitäre Gewissen erwachte erst, als man selbst angegriffen wurde. Nicht anders, wenn auch in anderer Form, war es nach dem Ersten Weltkrieg, als Stresemann[1] klagte: »Wenn mich die Alliierten nur ein einziges Mal unterstützten, hätte ich das ganze deutsche Volk hinter mir.« Und wenn Hitler jemals ein wahres Wort gesprochen hat, so dieses: »Daß ich hier stehe, verdanke ich den Alliierten.«

Gewiß, im gemeinsamen Kampf gegen den vom geschäftstüchtigen Westen belieferten Dschingis Khan muß das alles vergessen werden. Angesichts des eben Erwähnten und angesichts des grausigen, von den Siegern angerichteten Unfugs versteht man, daß das deutsche Volk, von tiefstem Mißtrauen erfüllt, das Ohr wiederum jenen falschen Heilsbringern leiht, die allemal eine

1 Gustav Stresemann (1878-1929), national-liberaler Politiker, 1923 Reichskanzler, 1923-1929 Außenminister, der 1925 durch den Vertrag von Locarno die Wiederaufnahme Deutschlands in den Völkerbund erreichte.

Verzweiflung zu nutzen verstehen. Es ist dies um so bedauerlicher, als darüber die großzügige Hilfsaktion Amerikas vergessen wird, ohne die das Land zugrunde gegangen wäre. Man sieht, daß das Materielle an Wert einbüßt, wenn es ohne geistige Grundlage ist.

Kann die östliche Kulturbarbarei Europa nicht gefährlich werden, so desto mehr die amerikanische Zivilisationsbarbarei, die das einzige, worum es sich noch zu leben lohnt, unsere alte Kultur, die unsere Wohnung ist, zu nivellieren und unter Coca Cola zu ersäufen droht. Wie hat ein amerikanischer General die Kulturdenkmäler Europas genannt, die zu zerstören ihm eine Lust des Barbaren war? »Ansichtspostkartengerümpel«.

Wo die Gewalt ist, blüht wie Disteln das Unrecht. Doch immer, früher oder später, wird die Rechnung präsentiert. Das rote China, in sich eine Absurdität, ist die späte Quittung für die unersättliche englische Habgier, durch die dieses älteste Kulturland an den Rand des Verderbens gebracht wurde mittels des Opiumzwangs. Und die Bewegung Gandhis, die zur Befreiung Indiens führte, nährte sich vom Blutbad in Amritzar. Auch die Vergewaltigung und Zerreißung Deutschlands, die nichts mit dem Niederwerfen der Hitlermacht zu tun hat, wird dereinst und wahrscheinlich auf gänzlich unerwartete Weise bezahlt werden müssen. Selbst ein so winziges Ereignis wie der Raub meines Eigentums, hinter dem aber das Licht der ewigen Gerechtigkeit steht, wirft, da dieses Licht sehr nahe ist, einen riesigen Schatten, der auch auf die Schweiz fällt, die sich an diesem Gangsterstreich beteiligt hat.

Kunst und Dichtung sind Blumen auf einem riesigen Misthaufen, dessen Gestank ihren Duft überwältigt hat.

Herzlichst Ihr Karl Hofer

Wenn Sie in der deutschen Presse gelegentlich lesen, einerlei ob in Ost oder West, ich sei Kommunist geworden, so ist das auf beiden Seiten gelogen. Nur bin ich ebensowenig ein Freund jener Westpolitik, die mit der Bolschewikenangst der Bourgeois Kriegs- und Rüstungsgeschäfte macht.

Ich glaube, Sie haben sich im Grunde schon entschieden. Wenigstens ist Ihr Geschichtsbild, soweit Ihr Brief es erkennen läßt, völlig von der östlichen Doktrin abhängig. Wahrscheinlich gehört die Zukunft dem Kommunismus – eine andre

Frage ist nur, wie lang diese Zukunft dauern werde. Anno 1500 gehörte die Zukunft eindeutig dem Protestantismus, nur hat sich das später wieder geändert.

Wenn Sie wirklich nicht anders leben können als im orthodoxen Einklang mit der Ideologie Ihrer Umgebung, dann müssen Sie eben damit Ernst machen, aber auch wissen, daß Sie damit Ihr Einverständnis zu jeder Teufelei und Vergewaltigung geben, die unter jener Fahne begangen wird.

Vielleicht aber entdecken Sie eines Tages doch, daß es noch ganz andre Welten gibt als die Schemen Ost und West, und daß in dieser Welt zu atmen jedes Opfer wert ist.

(Aus einem Brief 1951 an Edith Schüler)

Wenn ich sagte, daß jeder Gott gegenüber nur für die eigene Person verantwortlich sei, so hieß das: er hat lediglich seinem Gewissen zu folgen. Daß dies Gewissen ganz verschiedene Inhalte haben kann, wissen Sie ja und erwähnen es selbst. Jeder Mensch ist etwas Persönliches und Einmaliges, und anstelle des persönlichen Gewissens ein kollektives setzen zu wollen, das heißt schon Vergewaltigung und ist der erste Schritt zu allem Totalitären. [. . .]

Ich halte nicht den pflichttreuen Offizier für weniger als den wehrlos bleibenden Märtyrer, jeder steht an seinem Platz und taugt genau soviel, als er an Treue und Opfer leistet. Wenn ein Offizier seine Pflicht erfüllt, hat er meine volle Anerkennung – wenn er das nicht tut, wenn er zwar genau drauf achtet, ob seine Soldaten ihn pünktlich grüßen, im Fall der Not aber zuerst an sich selber denkt, dann ist er eben ein Lump. Und ebenso: wenn ein Pazifist sein Leben lang Wehrlosigkeit und Verzicht auf Gewalt predigt, im Fall der Gefahr dann aber doch nach Kanonen und Bomben zu seiner Rettung schreit, dann ist er ebenfalls ein Lump. So und nicht anders meine ich es. *(Aus einem Brief, Juni/Juli 1951, an H. Friedrich)*

Jene Alterskrankheit, an der ich am meisten leide, die Berühmtheit, hat in allerletzter Zeit sich wieder wunderlich kompliziert und mich in neuen Formen attackiert. Während ich infolge politischer Mißverständnisse wieder einmal von einem Teil der Tagespresse, leider auch der Tessiner, in mehr oder weniger massiver Weise angeprangert wurde, gab es gleichzeitig einen wahren Hagel von mir zugedachten Ehrungen, die ich alle nicht annehmen konnte und deren Ablehnung mir vermutlich in nächster Zeit neue Salven zuziehen wird.

Zuerst wollte die westdeutsche Akademie, deren Mitgliedschaft ich schon früher abgelehnt hatte, mich mit andern Schweizern zusammen wenigstens zum korrespondierenden Auslandsmitglied haben, und ich mußte mir Mühe geben, die Einladung in höflicher Form zurückzuweisen. Dann tauchte, recht erschreckend, in der ostdeutschen Presse die Anregung auf, mir den Nationalpreis zu geben. Darauf brauchte ich vorerst nicht zu reagieren.

Und jetzt, in den letzten Tagen, rückte mir der Osten noch näher auf den Leib. Anläßlich der PEN-Club-Tagung waren die beiden Häupter der ostdeutschen Literatur, der Präsident der Ost-Akademie[1] und der Präsident des Kulturbundes,[2] in die Schweiz gekommen, und sie ließen sich telefonisch bei mir anmelden, um mir die Ehrenmitgliedschaft Ihrer Akademie anzubieten. Da mußte Ninon sich tüchtig zeigen, um sowohl den feierlichen Doppelbesuch wie die drohende Ehre abzuwehren, und hat es brav gemacht. Natürlich bedeuten die »Ehrungen« aus dem Osten nicht etwa, daß man sich dort etwas aus mir mache, sondern man denkt damit zweierlei zu erreichen: erstens einen bekannten Namen für die Propaganda zu gewinnen, zweitens den Geehrten in seinem Milieu unmöglich zu machen. Mit Thomas Mann wäre ihnen das ja beinahe gelungen.

Und dann, zuletzt, kam ein Anerbieten, das mich freute und rührte: Die »International Union for Cultural Cooperation« wollte mich, zusammen mit A[lbert] Schweitzer und dem Friedens-Nobelpreismann Lord Boyd Orr[3] zum Mitglied machen. Das wäre ja freilich keine schlechte Gesellschaft gewesen.

So schwamm ich alter Hecht im trüben Gewässer des Aktuellen, umgaukelt von westlichen und östlichen Ködern, ohne jedoch anzubeißen.

(Aus einem Brief vom 2. 7. 1951 an H. C. Bodmer)

1 Arnold Zweig.
2 J. R. Becher.
3 Albert Schweitzer erhielt 1952 den Friedens-Nobelpreis, John Orr Lord Boyd O. of Brechin (1880 bis 1971), Generaldirektor des Welternährungsrates, war der Friedens-Nobelpreisträger des Jahres 1949.

Den Bericht über die PEN-Club-Tagung bitte ich mir lieber nicht zu schicken, ich würde ihn ebensowenig lesen können wie die Berichte der Gegenpartei. Ich für meine Person bin, den Tendenzen der Zeit entgegen, ein rückständiger Individualist, und so gehöre ich dem PEN-Club ebensowenig an wie irgendeiner Akademie. Hinzu kommt, daß ich seit vielen Jahren Tag für Tag Pfunde und Kilogramme von beschriebenem oder bedrucktem Papier zugesandt bekomme, wovon ich, alt und seit vielen Jahren augenleidend, auch bei bestem Willen nicht den zwanzigsten Teil lesen könnte. Wie das ist, wissen Sie ja aus eigenster Erfahrung. Leider habe ich auch von den Heften Ihrer Zeitschrift bisher noch nichts lesen können.

Was die große Entzweiung in der Welt betrifft, die auch im PEN-Club evident geworden zu sein scheint, so nehme ich an ihr nicht teil, die Programme und Ideologien sind mir vollkommen uninteressant, werden ja auch immer simpler und stupider. Ich werde weder für Truman noch für Stalin kämpfen, sondern mit den Millionen von vergewaltigten Menschen untergehen, deren Recht auf Leben und Atemluft immer mehr aus der Welt verschwindet.

(Aus einem Brief vom Juli 1951 an Arnold Zweig)

Mein Briefbuch[1] habe ich nicht gut im Kopf, es ist zum größeren Teil von meiner Frau und meinem Verleger redigiert worden. Aber ich habe, da das Buch hier im Hause vorhanden ist, den Brief an Sie nachgesehen und kann wirklich nicht ein einziges Wort darin finden, das eine Seele mit Heimatliebe verletzen könnte. Der Brief ist vom Jahr 1934, einer Zeit, wo das »Dynamische« und »Faustische« Schlagwörter des Pöbels waren, ich finde nichts an ihm zu korrigieren und kann mir nicht vorstellen, warum er so in Ihnen nachgewirkt hat.

Dagegen zweifle ich nicht daran, daß andre Briefe jenes Buches das gleiche Thema mit weniger Liebe und Behutsamkeit und mit mehr Schärfe behandeln. Aber diese andern Briefe sind ja nicht an Sie und Ihresgleichen gerichtet, sondern an ganz andre Leute, die durch besonders dumme oder arrogante

1 H. Hesse, »Briefe«, Frankfurt a. M. 1951, von Ninon Hesse mehrfach erweitert, erscheint heute u. d. T. »Ausgewählte Briefe« als suhrkamp taschenbuch 211.

Äußerungen des Nationalismus solche Reaktionen bei mir hervorrufen mußten.

Meinen brieflichen Formulierungen etwas wie Endgültigkeit oder axiomatische Geltung zuzuschreiben, ist mir niemals eingefallen. Daß nur ein Deutscher den Goethe in allen Nuancen und nur ein Schwabe den Mörike ganz verstehen könne, war mir stets selbstverständlich. Aber die Weite Goethes »deutsch« zu nennen oder die Sensibilität Mörikes »schwäbisch« wäre eben doch unsinnig. Der Deutsche ist kein Goethe und der Schwabe kein Mörike, bildet es sich aber in Zeiten hochgehender Vaterlandsliebe gern ein.

(Aus »Eine Rechtfertigung«, Brief vom August 1951 an einen deutschen Professor)

Unter uns gesagt: Der von Thomas Mann gegründete Verein NDNVPV (Nobelpreisträger Die Nichts Von Politik Verstehen) wird immer größer. Das neueste Ehrenmitglied ist der deutsche Dichter Hermann Hesse – denn ein deutscher Dichter ist er selbstverständlich geblieben, obwohl er längst die eidgenössische Staatsbürgerschaft annahm.

Nachdem sich vor einem Jahr der Dichter von seinem Schweizer Olymp gegen die japanische Wiederbewaffnung gewendet hat – die japanische, es ist kein Druckfehler – richtet er nun an den Kritiker der »Neuen Zürcher Zeitung« einen Brief, in dem es heißt:

»Worauf es mir ankommt, das ist: Wenn die ›Hälfte‹ der Welt sich losgerissen oder emanzipiert oder dem Teufel verschrieben hat, so gelten für die andere Hälfte alle Gesetze des sinnvollen und ehrfürchtigen Lebens unverändert weiter. Wenn auch diese andere Hälfte an die Atombombe statt an die Vernunft, an die Technik statt an die Natur, an den Krieg statt an den Frieden glaubt, dann gehört die ganze Welt dem Teufel und es hebt eine neue Epoche der Geschichte an – nach meinem Geschmack eine weder hübsche noch irgend interessante, denn das Interessante, brennend Interessante der bisherigen Geschichte ist einzig der Kampf zwischen Gott und Teufel, zwischen Bombe und Vernunft.«

Gegen diese olympische Überheblichkeit wäre nichts einzuwenden, auch dann nicht, wenn man bedenkt, daß sich Hermann Hesse im Zweiten Weltkrieg – zum Unterschied etwa von den

Dichtern Thomas und Heinrich Mann, Franz Werfel, Lion Feuchtwanger, Hermann Kesten, Alfred Polgar, Fritz von Unruh, Oskar Maria Graf, Leonhard Frank, und wie sie sonst heißen mögen – an dem »brennend Interessanten« völlig desinteressiert zeigte, indem er sich in seine schweizerische Behaglichkeit zurückzog und den Kampf gegen den Teufel den anderen überließ.

(Aus »Abendzeitung«, München, vom 21. 7. 1951, gezeichnet »Pernod«)

Die Großschnäuzigkeit dieses Mannes in der Münchener Zeitung ist ja in der Tat nicht hübsch – aber was in der gesamten Konjunkturjournalistik wäre je hübsch gewesen? Für Leute wie mich aber ist es vielleicht ganz gut, wenn sie durch solche Rüpel gelegentlich erfahren, wie wenig ernst Berühmtheit und Bestsellertum zu nehmen sind.

(Aus einem Brief vom August 1951 an Kurt Kläber)

Herr Pernod behauptet, Hesse hätte im Zweiten Weltkrieg sich in eine schweizerische Behaglichkeit zurückgezogen und den Kampf gegen den Teufel anderen überlassen. Hermann Hesse hat wohl sein ganzes Leben nicht einen Tag »behaglich« gelebt, und wenn er auch nicht öffentlich gegen Hitler und den Nazismus auftrat, so hat er bestimmt mehr unter ihm gelitten und mehr gegen ihn und für seine Opfer getan wie Herr Pernod und viele andere Deutsche, die ihn heute angreifen, das zeigen am besten seine Bilder aus dieser grausigen Zeit.

Daß er aber nicht öffentlich gegen Hitler auftrat, war das Resultat vieler Besprechungen und Briefe, an denen ich auch teilhatte. Wir draußen mußten leider feststellen, daß es auf das deutsche Volk aber auch nicht die geringste Wirkung hatte, daß seine geistige Elite emigrierte und gegen den Ungeist und die Verbrechen des Nazismus auftrat. Im Gegenteil, der größte Teil der deutschen Menschen, von denen wir glaubten, daß die Worte der Emigrierten bestimmt eine Wirkung hätten, höhnten mit Herrn Goebbels um die Wette gegen Thomas Mann und andere Emigranten.

Deswegen, und nur *deswegen erschien es uns wichtiger, daß Hesse schwieg, damit wenigstens die Bücher eines der großen, lebenden deutschen Humanisten in Deutschland noch erscheinen konnten, und auf den Deutschen, besonders auf den jungen Deutschen, Einfluß nahmen. In Tausenden von heimlichen und offenen Briefen während des Krieges und in genausoviel Briefen nach dem Krieg zeigte sich, daß dieser Weg der richtige gewesen war.*

Daß Hesse heute wieder gegen die Krieghetzer schreibt und gegen die Menschen, die alle Hoffnungen auf die Atombombe setzen, entspricht weiter seiner ganzen Haltung. Seien Sie sich doch endlich klar: Die Soldaten kommen immer erst an letzter Stelle. Natürlich brauchen wir eine europäische Wehrmacht, aber was viel wichtiger ist als Divisionen, ist eine neue Idee oder, sagen wir es ganz offen, einen besseren, menschlicheren und sozialeren Unterbau, für den es sich zu marschieren lohnt. Das ist die einzig wirksame Waffe, die wir der östlichen Propaganda und den östlichen Tanks entgegensetzen können.

Sehen Sie hier in Westdeutschland auch nur ein Zipfelchen von dieser neuen sozialen Ordnung? Sehen Sie sie in Frankreich, wo deswegen die kommunistische Welle noch immer ansteigt? Sehen Sie sie in dem christlichen Italien, wo der Unterschied zwischen arm und reich noch nie so groß war wie heute und das neue Sodom schon vor der Tür steht?

Wenn Hesse heute an die Vernunft appelliert und damit einer der großen Wortführer eines neuen europäischen Humanismus ist, dessen Grundgedanken in der Bergpredigt wurzeln, und wenn er dieser Wortführer besonders für die europäische Jugend wird, die noch nie so stark wie im Augenblick auf ihn hört, so sollte jeder Mensch, der Deutschland und Europa vor diesem neuen Sodom (oder Untergang) schützen will, Hermann Hesses Prophetie nicht angreifen, sondern weitertragen.

Wenn dieser Geist lebendig und stärker wird, dann können alle russischen Regimenter bis an das Mittelmeer marschieren, sie werden dann genauso besiegt sein, wie es Hitler war, denn es kommt bei jeder kriegerischen Auseinandersetzung weniger auf die Masse der Divisionen und ihre Waffen an, sondern auf die Idee, die diese Divisionen beseelt.

(Aus einem Brief Kurt Kläbers vom 22. 7. 1951 an die »Abendzeitung«, München)

Über meine Gedanken zu Krieg und Rüstung haben Sie sich nicht getäuscht, ich habe sie ja auch seit 1914 viele Male deutlich ausgesprochen.

Dagegen war es ganz selbstverständlich hoffnungslos, heute einen zum Frieden mahnenden Aufsatz, und gar noch mit Bezugnahme auf mich, einer Reihe von bürgerlichen, d. h. kapitalistischen Zeitungen anzubieten. Diese Blätter stehen immer dort, wo das Kapital und die Masse steht. Sie haben mich in Deutschland von 1945 bis 1949 in den Himmel erhoben, und sobald Amerika wieder rüstete und auch Deutschlands Wiederaufrüstung wünschte und forderte, hatten sie alle ihren nie ernstgemeinten Pazifismus vergessen, ich stehe ebenso wie Thomas und Erika Mann, Reinhold Schneider etc. etc. auf ihrer schwarzen Liste, und Sie können sich, wenn Sie sich in Ihren Artikeln auf mich berufen, nur die Finger verbrennen.

(Aus einem Brief vom 7. 8. 1951 an Gottfried Gummerer)

Ich mußte darüber lächeln, daß Sie es für nötig hielten, mich über die Ostzone etc. aufzuklären. Glauben Sie wirklich, ich wohne auf dem Mond? Ich bin zur Erkenntnis der geschichtlich-politischen Wirklichkeit während des Ersten Weltkriegs erwacht und habe seither die Schlafmütze nie mehr benützt.

Sie und Ihre Freunde sind der uralten Meinung, Vernunft und Menschlichkeit seien zwar prächtige Dinge, angesichts politischer bedrohlicher Situationen aber sei es doch besser, diese prächtigen Dinge beiseite zu legen und sich auf die Generäle, die Rüstung und die Bomben zu verlassen. Das ist die Meinung jeder Menge, jedes Kollektivs, und in Deutschland war es leider stets auch die der Intellektuellen. Nun, ich kann das nicht ändern. Über Deutschland und speziell den Osten, aus dem ich vielen herausgeholfen habe, und wo ich viele habe, die mich auf Umwegen über alles informieren, bin ich reichlich unterrichtet, und seit 1933 ist ein Strom von Emigration aus allen versklavten Ländern durch mein Haus gegangen.

(Aus einem Brief vom August 1951 an Rudolf Jentzsch)

Daß eine wirkliche Fühlungnahme zwischen West und Ost nur aus jenen tief unter dem Aktuellen und Rationalen strömenden Urgewässern her möglich wäre, glaube auch ich. Und ich wehre mich oft, nicht gegen andre, sondern in mir selbst, gegen den Zweifel daran, ob wirklich auf beiden Seiten jene Urmächte noch wirksam genug seien, um einmal nach oben und in die Problematik der Gegenwart hinein durchzubrechen.

(Aus einem Brief vom September 1951 an Leopold Ziegler)

Jeden Tag muß ich einigemal denselben Brief beantworten, nur weil unter meinen Lesern sehr wenige den Standpunkt zu erkennen vermögen, von dem aus meine diversen Briefe geschrieben sind. Eine Auswahl von ihnen ist kürzlich als Buch erschienen, Sie finden dort, im Brief an einen von Kriegsangst befallenen Deutschen, auf den Seiten 414 und 415 die Worte: »Sollten Sie einmal über die Wiederaufrüstung etc. abzustimmen haben, so rate ich Ihnen weder zum Ja noch zum Nein, sondern hoffe, daß Sie Ihre Stimme nach klarer und gewissenhafter Überlegung, nicht aber unter dem Druck der Hysterie, abgeben«, und so weiter, samt ausdrücklicher Anerkennung z. B. der Schweizer Armee.

Die Zeitungen, meist in schlechter Absicht, reißen Stücke aus meinen Büchern und Briefen heraus, nennen mich den rabiatesten Individualisten, einen Kommunisten etc. etc., und die Leser machen dann nicht ihre Zeitungen, sondern mich verantwortlich.

Ich habe niemals versucht, irgendeinem Menschen eine Meinung, ein Programm, eine politische oder andre Richtung aufzureden. Am wenigsten lasse ich mich auf Deutungen der Zeitgeschichte ein. Sie z. B. preisen Amerika dafür, daß es Hitler umgebracht habe; daß es damit zugleich Rußland aufgerüstet und die große Zeit des Weltkommunismus eröffnet hat, verschweigen Sie. Man kommt auf diese Art nicht weit.

(Aus einem Brief, Mitte September 1951, an einen Leser)

Mit dem Osten ist es so: Ich war dort unten durch und unerwünscht, genau wie unter Hitler, bis sie entdeckten, daß sie mich für ihre Friedenspropaganda brauchen können, seither bin ich von dort umworben.

Aber kein einziger Mensch im Osten kann Bücher kaufen, die im Westen verlegt sind und 10 bis 15 Mark mehr kosten. Es müßte also einem Ostverlag die Erlaubnis gegeben werden, je eine Auflage von 1 oder 2 meiner Bücher zu drucken. Die recht anständigen Bedingungen aber, die Suhrkamp dort vorschlug, sind nicht akzeptiert worden, und man versucht über seinen

Kopf hinweg mit mir direkt zu Abmachungen zu kommen. Ein kompliziertes Kapitel, juristisch wie moralisch.

(Aus einem Brief vom Dezember 1951 an Otto Hartmann)

Gefreut hat mich auch Dein Einwand wegen meiner Bemerkung über die bewaffnete Neutralität der Schweiz. Ich glaube, das Dilemma liegt darin, daß ich ein Einzelgänger bin und stets nur als einzelner gelebt, gearbeitet und mich in allem, was ich sagte, an den einzelnen, das Individuum, gewendet habe. Die christliche (zum Teil auch indische) Forderung, dem Bösen nicht Widerstand zu leisten, sich ohne Gegenwehr umbringen zu lassen – diese Forderung darf jeder einzelne an sich selber stellen, aber wohl nicht an andre. Die furchtbaren Entstellungen und Schiffbrüche, die der christliche Gedanke in der Weltgeschichte erfährt, kommen, wie ich glaube, alle daher, daß dieser Gedanke immer die Person, den einzelnen, die einzelne Seele meint. Nur der einzelne kann sich opfern, nur er kann im Kampf gegen die natürlichen Triebe das Unmögliche erreichen. Eine Gemeinschaft, ein Volk kann das nicht, die wollen nicht nach diesen rein idealen Regeln regiert sein, sondern mit Zugeständnissen und Anpassungen rein praktisch behandelt werden.

Darum ist die jüdische Ethik weit lebensnäher, die jüdische Forderung nach Rechenschaft weit praktisch-möglicher, sie hat als Ziel nicht ein Jenseits, sondern die möglichst anständige Regelung des menschlichen Alltags.

(Aus einem Brief vom 31. 1. 1952 an Irmgard Schabicki)

Was jene Malerin zu Ihnen sagte (ich sei Kommunist oder »Edelkommunist«), das ist für mich natürlich tägliches Brot, es war seit 1914 immer wieder so. Die paar ersten Jahre nach einem verlorenen Krieg werde ich jeweils mit tiefem Respekt behandelt, dann kommt wieder das Gegenteil. Es ist nicht trauriger als alle andre Wirklichkeit auch, und im Moment kommt ja auch auf Deutschlands Entscheidung nicht halb so viel an, als die Wichtigtuer dort glauben.

(Aus einem Brief vom Januar 1952 an Elisabeth Albert)

Telegramme des III. Deutschen Schriftstellerkongresses

Herrn Thomas Mann

Wir, die auf dem III. Deutschen Schriftstellerkongreß versammelten deutschen Schriftsteller, senden Ihnen, dem großen Dichter der deutschen Nationalliteratur, dem Verteidiger des Friedens und der Humanität, in tiefer Verbundenheit unsere herzlichen Grüße. Wir als Schriftsteller und ebenso unser Volk in der Deutschen Demokratischen Republik drücken Ihnen zugleich unsere Freude darüber aus, daß Ihre Werke endlich wieder bei uns erschienen sind.

Deutscher Schriftsteller-Verband

Herrn Hermann Hesse

Der III. Deutsche Schriftstellerkongreß grüßt Sie, verehrter Herr Hesse, und dankt Ihnen dafür, daß Sie als deutscher Dichter so mutig Ihre Stimme für den Frieden erhoben haben. Wir freuen uns, daß Ihre Werke endlich wieder unserem Volke in der Deutschen Demokratischen Republik zugänglich gemacht wurden.

Deutscher Schriftsteller-Verband

(Aus »Tägliche Rundschau«, Berlin-Ost, vom Mai 1952)

Einen etwas kühnen Spaß hat sich soeben der deutsche Osten geleistet. Der offizielle Verlag der kommunistischen Partei in Ostberlin war seit langem in Verhandlungen mit meinem Verleger Suhrkamp, doch konnte man über zwei Punkte in den Bedingungen, an die Suhrkamp die Erteilung einer Lizenz knüpfte, nicht einig werden. Da hat nun der Ostverlag einfach zwei Bücher von mir gedruckt und ediert, jedes in zwanzigtausend Exemplaren, die in einer Woche verkauft waren, und die er auf dem Titelblatt kühn als Lizenzausgabe bezeichnet. Weder mein Verleger noch ich wurden benachrichtigt, nicht einmal Belegexemplare kamen, dagegen wurde in der Ostpresse diese Ausgabe als eine neue große Kulturtat des Ostens gepriesen. Das gleiche geschah mit Manns »Buddenbrooks«.

Das Juristische daran interessiert mich nicht, ist ja übrigens recht eindeutig. Das Materielle dran ist mir ebenfalls egal, ich war durchaus bereit, für eine solche Ausgabe auf meine Tantiemen zu verzichten. Ich teile Dir's nur mit, weil es ganz gut ist, wenn einige Freunde Bescheid wissen.

(Aus einem Brief vom Mai 1952 an Karl Dettinger)

Der Aufbau-Verlag Berlin hat unberechtigterweise Ausgaben von Hermann Hesses »Peter Camenzind« und »Unterm Rad« für das Gebiet der DDR herausgebracht. Die Ausgaben sind im Druckvermerk als »Lizenz-Ausgaben« und mit dem »Copyright by Suhrkamp Verlag« bezeichnet. Damit erwecken sie den Eindruck, daß sie aufgrund von Lizenzverträgen veranstaltet waren. Diese Version wird gestützt durch einen Bericht in der Wochenzeitung »Der Sonntag«, nach welchem Minister Wandel seinen Dank dafür, daß er diese Ausgaben möglich gemacht habe, an Johannes R. Becher richtet. Es sieht so aus, als glaubte der Minister, sie seien aufgrund von regulären Verträgen möglich geworden.

Dazu stellen der Autor Hermann Hesse und der Verleger Peter Suhrkamp fest:

1. Diese Ausgaben entbehren jeder vertraglichen Unterlage und stellen einen eklatanten Bruch des Urheberrechtes dar.

2. Als uns vom Aufbau-Verlag mitgeteilt wurde, er hätte auf Anordnung des Herausgeberkollegiums der »Bibliothek fortschrittlicher deutscher Schriftsteller« (BfdS) die beiden Bücher zum 1. Mai 1952 herauszubringen, wurde von uns beim Aufbau-Verlag dagegen schriftlich protestiert. Da darauf keine Antwort erfolgte, wurden die Proteste telegraphisch wiederholt, als im Leipziger Buchhändler-Börsenblatt das Erscheinen von »Peter Camenzind« und »Unterm Rad« für den 28. April angekündigt wurde.

3. Mit der Mitteilung des Aufbau-Verlages wurden Verhandlungen über Lizenzausgaben einseitig willkürlich beendet, die seitens des Herausgeberkollegiums der BfdS und des Aufbau-Verlages im November 1951 mit Hermann Hesse aufgenommen worden waren. Dabei waren von uns die Honorarangebote des Aufbau-Verlages diskussionslos akzeptiert worden. Seitens des Aufbau-Verlages waren unsere Forderungen nach Ausgaben a) ohne jede Veränderung, b) ohne jede Einleitung oder ein Nachwort, c) nicht in der für »Aktivisten« angelegten BfdS, sondern für den allgemeinen Buchhandel und damit jedermann zugänglich, angenommen worden. Lediglich be-

züglich des Zahlungsmodus der Honorare für Autor und Verlag war noch kein Ergebnis erzielt, weil der vom Aufbau-Verlag und uns vorgeschlagene Modus von der Ostregierung nicht genehmigt wurde. Zugleich mit der Mitteilung des Aufbau-Verlages darüber erfolgte ohne weiteres und überraschend die Mitteilung von der Anordnung des Herausgeberkollegiums der BfdS, »Peter Camenzind« und »Unterm Rad« bis zum 1. Mai 1952 herauszubringen.

4. Für die illegalen Ausgaben nehmen das Herausgeberkollegium der BfdS sowie der Aufbau-Verlag als Begründung für sich in Anspruch, die politische Spaltung zwischen West und Ost dürfe nicht vollständig gemacht werden durch eine kulturelle Spaltung. Diese Begründung können die beiden Stellen für die Bücher von Hermann Hesse nicht für sich in Anspruch nehmen. Bevor dieser Standpunkt von Johannes R. Becher öffentlich vertreten wurde, bereits im Frühjahr 1948, hat der Suhrkamp Verlag den zuständigen Stellen in der Ostregierung angeboten, von Werken Hermann Hesses in Leipzig Ausgaben ausschließlich für den deutschen Osten herzustellen; er war bereit, sich zu verpflichten, aus der Leipziger Produktion keine Bücher nach dem Westen zu exportieren und etwaige Erträge nur für weitere Produktion im Osten zu verwenden. Damals gehörten auch die Werke von Thomas Mann noch zum Suhrkamp Verlag, und für diese wurde das gleiche Angebot gemacht.

Montagnola, Mai 1952

gez. Hermann Hesse gez. Peter Suhrkamp

(Aus »Auch Suhrkamp protestiert in Ostberlin« in »Briefdienst Kultur« der Deutschen Presse-Agentur, Hamburg, vom 17. 5. 1952)

Eben habe ich die Folgen eines Gewaltstreichs zu tragen, den mir diesmal nicht Hitler und Goebbels, sondern die im Osten gespielt haben. Sie haben in ihrem offiziellen Berliner Parteiverlag zwei Bücher von mir gestohlen und im Rahmen einer Propagandabibliothek herausgebracht. Das geschah, während man mit meinem Verleger Peter Suhrkamp ergebnislose Verhandlungen über die Bedingungen führte, und obwohl ich mich zwar prinzipiell bereit erklärt hatte, ein Buch oder zwei für den Osten freizugeben, aber ausdrücklich unter der Bedingung, daß man sich vorher mit Suhrkamp einige und daß das Buch nicht im Rahmen jener Bücherreihe erscheine, die ein reines Partei-Instrument ist. ... Nun wird mein Name zur Propaganda mißbraucht, und die Leute im Osten, die sich freuten, nun endlich wieder ein Buch von mir kaufen zu können, bekommen es keineswegs, denn diese Bücherreihe kommt nicht in den freien Handel, sondern wird als Prämie verschenkt, etwa so wie Hitler seinen »Kampf« zu hunderttausenden verschenkte ... Offiziellen Protest haben wir sofort erhoben, aber ob mehr geschehen kann, ist fraglich.

(Aus einem Brief vom Mai 1952 an Wilhelm Gundert)

Da die Menschen und Völker in der Mehrzahl zum Herdenleben neigen, wird wohl die Scharung um die beiden gleich falschen Dogmatiken von Ost und West ihren Fortgang nehmen und irgendeinmal zu neuen Kriegen führen, wobei nicht gesagt und nicht einmal wahrscheinlich ist, daß Europa als Front eine große Rolle spielen wird.

(Aus einem Brief vom 16. 6. 1952 an Karl Votteler)

Eigentlich müßte es ja nicht mehr notwendig sein, Deutschland daran zu erinnern, was es gemordet, geschändet, vernichtet hat, eben als Folge der Mitgängerschaft der Jugend mit den Nazis. Daß diese Jugend, allen guten Willen zugegeben, den Instinkt nicht hatte, die Fratzen Hitlers, Goebbels', Rosenbergs, Streichers etc. als teuflisch und säuisch zu erkennen, daß ihnen die dummen, flachen, hysterisch gekreischten Reden Hitlers erträglich waren, das etwa wäre ihr vorzuwerfen. Mir hat ein Blick auf Hitler und das Anhören einer halben Rede am Radio genügt, um Bescheid zu wissen. Daß ich den Nationalismus, die Hybris jedes aufgepeitschten Patriotismus bei anderen Völkern ebenso dumm und gefährlich finde wie bei den Deutschen, ist ja selbstverständlich. Aber ich bin in der deutschen Welt und Sprache zu Hause, hatte einzig dort auch eine gewisse Wirkungsmöglichkeit, es war nicht meine Aufgabe, den Amerikanern oder Argentiniern zu predigen. Die geschehenen Dinge sind nicht so abgetan, wie Sie zu denken scheinen, z. B. ist die führende Schicht in Bayern, dieselbe die Hitler großgezogen und verhätschelt hat, heute genauso frech antisemitisch wie je. Gewiß ist es mit dem Nationalismus »vorüber«, ebenso wie etwa mit dem Kapitalismus, aber das sind geschichtsphilosophische Feststellungen, nicht geschichtliche. In der Geschichte, in der nackten Wirklichkeit, wird Bayern auch heut von Nazis regiert, und die kommunistischen Völker arbeiten und hungern, um ihre Kommissare fett zu machen, obwohl der Kapitalismus »vorüber« ist.

(Aus einem Brief, ca. 1952, an Werner Hassenpflug)

Wie Sie vermuten konnten, sagt mir Ihr Brief über die deutschen Zustände nichts Neues. Es scheint nun einmal so zu sein, daß die Völker überhaupt nichts »lernen«, weder aus verlorenen noch aus gewonnenen Kriegen, von allen Tätigkeiten scheint gerade das Lernen die, wozu sie am schwersten zu bringen sind. Was alles hätten die Sieger, was alles die Besiegten aus den Kriegen 1870, 1914 und 1939 lernen können! Aber dieses Lernen wird, so scheint es, jeweils weder von den Völkern noch von deren führender Oberschicht geleistet, sondern immer nur von einer dünnen und machtlosen Schicht von Geistigen. Diese kleine und einflußlose Schicht produziert zwar Erkenntnisse, sie stellt Wahrheiten fest, welche aber immer erst in einer zu Schlagwörtern verzerrten Form und um eine Generation zu spät den Weg in die Menge finden. Es folgt daraus, so scheint es, daß Verzweiflung die eigentliche und legitime Haltung der Erkennenden sein müsse, so wie Drauflosleben und Blindbleiben die der Völker. Dennoch scheint es aber hinter oder über dem Tatsächlichen und Manifesten eine echtere, haltbarere und sinnvollere Wirklichkeit zu geben, zu der unsre Philosophien und Religionen den geahnten Zugang suchen und um deren wegen es sich dennoch lohnt zu leben. Im »Steppenwolf« wird diese Wirklichkeit »Die Unsterblichen« genannt. Andre sagen »Reich Gottes«.

Geht uns auch vor diesem Reich die Ehrfurcht verloren, dann geht uns die Luft aus, und oft ist es ja nahe daran.

(Antwort auf einen politischen Leserbrief aus Deutschland vom Juli 1952)

Es war angeregt worden, daß auch die Baden-Württembergische Regierung eine Hesse-Feier[1] *veranstalte. Dieser selbstverständ-*

1 Anläßlich Hesses 75. Geburtstag am 2. 7. 1952.

liche Akt unterblieb jedoch aufgrund des vom Kultusminister erstatteten Gutachtens. Herr Schenkel nimmt Hesse übel, daß er (in seinem berühmten Roman »Unterm Rad«, in dem ein junger Mensch an der Schule zugrunde geht) ein evangelisches Seminar bloßgestellt hat. (Herr Dr. Schenkel ist evangelischer Theologe.) Er wirft Hesse »antinationale Haltung« vor. [...]

Nun, die Hesse-Feier in Stuttgart ist dennoch zustandegekommen, wenn auch nicht als amtliche. Statt des vorgesehenen Kleinen Schauspielhauses mußte man das Große Haus wählen, und trotzdem konnten nicht alle teilnehmen, die sich dazu drängten. Die Redner – der Dichter Rudolf Alexander Schröder und der Bundespräsident Heuss[1] *– sprachen schön und gut und unterließen es nicht, sich an geeigneter Stelle, wenn auch ohne Namensnennung, vom Veranstalter des unwürdigen Vorspieles zu distanzieren.*

Wir sind heute alle in der Gefahr, psychologisch zu verkrüppeln, denn wir neigen dazu, unsere Probleme nur als kleine Teilfälle von Gruppenexistenzen und Gruppenproblemen zu sehen. Hesse teilt diese unglückliche Neigung nicht. Ihm ist immer noch der Mensch Thema und das Einzelschicksal *dasjenige, das besonderer Beachtung wert ist.*

(Max Barth in »Druck und Papier«, Stuttgart, 1952, Nr. 14)

Zum Tag des Buches erschienen in der Deutschen Demokratischen Republik erstmalig Werke der größten deutschen Dichter unserer Gegenwart, Werke von Thomas Mann und Hermann Hesse. Amerikahörige Skribifaxe in den Redaktionen neofaschistischer Zeitungen und Journale, die tagein, tagaus die lächerliche Behauptung aufstellen, die Verlage der Deutschen Demokratischen Republik verlegten nur »bolschewistische« Literatur, entrüsten sich nun, daß bei uns Werke dieser beiden deutschen Dichter erscheinen, was sie, beziehungsweise die betreffenden Verleger im Westen, bisher mit allen Mitteln hintertrieben haben. [...]

Ich will mich deshalb darauf beschränken festzustellen:

1. Thomas Mann und Hermann Hesse erhalten wie alle anderen in der Deutschen Demokratischen Republik verlegten Autoren

1 Die Reden von Theodor Heuss und Rudolf Alexander Schröder sind enthalten in »Über Hermann Hesse«, Frankfurt a. M., 1976.

im Aufbau-Verlag ein Honorar von 15 Prozent des Buchpreises. Der Aufbau-Verlag und die »Bibliothek Fortschrittlicher Deutscher Schriftsteller« haben den Autoren in der Deutschen Demokratischen Republik Konten angelegt und darauf die Honorare eingezahlt. Sie stehen zu ihrer freien Verfügung.

2. Die Verleger erhalten in voller Höhe die üblichen Lizenzgebühren. Auch ihnen wurden Konten in der Deutschen Demokratischen Republik eingerichtet. Die Gelder stehen zu ihrer freien Verfügung.

3. Da die Bücher in der Deutschen Demokratischen Republik selbstverständlich gegen Deutsche Mark verkauft und daher auch in derselben Währung honoriert werden, und damit dem Buchhandel im Westen Deutschlands kein Nachteil entstehe, tragen die Bücher der beiden Autoren das Impressum: »Lizenzausgabe für die Deutsche Demokratische Republik. Der Vertrieb in Westdeutschland und West-Berlin ist nicht *gestattet.«*

Von alledem hat keine der westdeutschen und West-Berliner Zeitungen geschrieben. Und wenn »Der Spiegel« zusammen mit Beiträgen über Gangster und homosexuelle Verbrecher, wie bei diesem Blatt nicht anders zu erwarten, seinen Schmähartikel über die Herausgabe der »Buddenbrooks« mit dem Satz beginnt: »Ostzonale Buchhändler haben seit ganz kurzem wieder einen Band von Thomas Mann auf Lager«, so stimmt nicht einmal das mehr. Noch bevor diese Nummer des »Spiegels« erschien, war die gesamte Auflage des Buches in Höhe von 30 000 Exemplaren vergriffen. Damit wurden in der Deutschen Demokratischen Republik in fünf Tagen mehr Bücher von Thomas Mann verkauft als in den letzten fünf Jahren in Westdeutschland. Und wenn »Die Welt« in ihrer blütenreinen Unschuld meint, »was heute mit Mann und Hesse geschieht, wird morgen jedem anderen bekannten oder unbekannten Autor widerfahren«, so können wir diese Befürchtungen zerstreuen, denn wir haben nicht das geringste Interesse daran, die Bücher ihrer Lieblingsautoren, wie etwa Ernst Jünger, Erich Edwin Dwinger[1]*, Guderian*[2] *oder Man-*

1 Erich Edwin Dwinger (* 1898), Schriftsteller, Kriegsberichterstatter im Zweiten Weltkrieg.

2 Heinz Guderian (1888-1954), Generaloberst im Ersten und Zweiten Weltkrieg. 1951 erschienen seine Bücher »Erinnerungen eines Soldaten« und »Kann Westeuropa verteidigt werden?«

stein,[1] *bei uns in der Deutschen Demokratischen Republik herauszubringen.*

(Aus Willi Bredel, »Unsere Verantwortung« in »Aufbau«, Berlin-Ost, Juli 1952)

Ich lese einen Brief aus Württemberg, den ich, wenn er nicht aus seriöser Quelle stammte, schlechthin für eine Fälschung halten würde. Ich lese darin: »Hier im Lande hat die Regierung, vielmehr der württembergische Kultusminister, sich unendlich blamiert, indem er jede staatliche Feier zum 75. Geburtstag von Hermann Hesse ablehnte, mit dem Hinweis, Hesse sei antideutsch, international, er habe zersetzend gewirkt und habe eigentlich nichts erreicht, vor allem aber habe er mit seinem Roman ›Unterm Rad‹ die theologischen Seminarien beleidigt.«

Hier ist etwas geschehen, was man nicht widerspruchslos hinnehmen darf. Hier ist ein Schwabenstreich verübt worden, der mehr als bloß ein Schwabenstreich oder ein Bürokratenstreich ist. Auf alle Fälle haben wir das Recht, zu erfahren, wie der württembergische Unterrichtsminister seine Hessefeindlichkeit (sprich Teutoburgerei) begründen will. Wir möchten sagen, die Schweiz habe ein Anrecht darauf, denn wenn Hesse dieses alles ist, was ihm jener Kultusminister vorwirft, dann hätte die Schweiz den Fehler begangen, einen abscheulichen Kulturbolschewisten jahrzehntelang für einen deutschen Kulturwahrer zu halten. Es geht nicht an, daß die Leute des Staates Erlasse herausgeben und Verfügungen treffen, ohne coram publico zu ihrer Sache zu stehen. Wenn Württemberg heute die Feiern für Hermann Hesse, den innigsten Schwaben, den das Schwabenland in diesem Jahrhundert hervorgebracht hat, verbietet, soll es vor aller Welt zu seinem Entscheid stehen. Wir ruhen nicht, bis der württembergische Kultusminister seine Verfügung auch nach außen begründet und sich nicht bloß in das Deckungsgebiet interner Verfügungen zurückzieht.

Die Schweiz hat ein Anrecht zu wissen, wie jene Kräfte gelagert

1 Erich von Manstein (* 1887), Generalfeldmarschall im Zweiten Weltkrieg. 1950 von einem britischen Militärgericht zu 18 Jahren Haft verurteilt. 1953 freigelassen. Er publizierte die Bücher »Verlorene Siege«, 1955, und »Aus einem Soldatenleben«, 1958.

sind, die einen deutschen Nationalismus rekreieren, der sich vom Nationalsozialismus durch nichts unterscheidet. [. . .]
(Aus »Nebelspalter«, Rorschach, vom 17. 7. 1952)

Sie fragen, warum Deutschland sich nicht hätte mit dem Schwert verteidigen sollen. Aber Deutschland ist weder 1914 noch 1939 der Angegriffene gewesen, sondern beide Male der Angreifer, das ist ein Unterschied.
(Aus einem Brief, ca. 1952, an Klaus Stoelger)

Die Kommunisten bereiten wieder eine Schweizer »Friedens«-Attacke für Oktober vor, ich wurde diesmal persönlich überfallen, von einer sehr alten, rührenden und lieben Frau, die aber an Stalin und die Ideologie glaubt wie ein frommer Katholik an die Sakramente, und gegen Widerlegungen, auch wenn sie aus Tatsachen bestehen, vollkommen taub ist. Nun, die gewünschte Unterschrift bekam sie natürlich nicht.
(Aus einem Brief vom 5. 9. 1952 an seine Frau Ninon)

Anna Seghers an Hermann Hesse

Berlin, den 18. November 1952

Sehr verehrter lieber Hermann Hesse!

Ich wollte Ihnen bereits vor einigen Jahren schreiben, als Sie Ihre Gedanken über meinen Roman ausdrückten,[1] *der damals gerade erschienen war. In jener Zeit war ich oft in Westeuropa, und ich hoffte immer auf eine Gelegenheit, Sie aufsuchen und mit Ihnen sprechen zu können. Heute aber, obgleich ich gerade heute mit Ihnen selbst und gründlich über die Fragen sprechen möchte, die uns bewegen, muß ich Ihnen darüber schreiben. Ich kann Sie nur bitten, meine Worte so aufzunehmen, als ob wir uns gegenübersäßen, in dem Raum, in dem Sie jetzt diesen Brief vor Augen haben.*

1 Hesse rezensierte im Oktober 1931 in der Zeitschrift »Lesezirkel«, Zürich, Anna Seghers' 1930 erschienenen Erzählband »Auf dem Wege zur Amerikanischen Botschaft«. Er schrieb darin u. a.: »Diese neuen Erzählungen . . . kommen aus Not und Dumpfheit und dringen bis zur reinen Dichtung vor, den programmatischen Romanen etwa von Heinrich Mann und Leonhard Frank hierin weit überlegen.«

Im Dezember wird in Wien der Völkerkongreß für den Frieden stattfinden. Dieser Kongreß wird nichts gemein haben mit den Kongressen, die Sie bereits erlebten oder denen Sie abgesagt haben, in dem Gefühl, daß Ihr geschriebenes Wort besser Rechenschaft ablegt von dem, was Sie wünschen und wollen. Auf dem Völkerkongreß werden Menschen aller Nationen, aller Farben, aller Parteien (oder auch keiner Partei), Weltanschauungen und Berufen zusammenkommen. Was sie vereint, ist nur eins: Der Wunsch, die Welt vor einem dritten Weltkrieg zu bewahren. Jeder, aber auch jeder Vorschlag, den ein Mensch ausdrücken kann, schriftlich oder mündlich, durch sein Wort oder durch seine Arbeit, durch Gedicht oder durch ein paar Zeilen Prosa, durch Musik oder durch ein Bild, wird willkommen sein, wird ein mächtiges Echo haben. Lieber, verehrter Hermann Hesse, auf Ihr Wort warten all die Menschen, die Ihre Bücher durch viele Jahre begleitet haben, im gewöhnlichen alltäglichen Leben, und wenn es hart auf hart ging.

Ihnen brauche ich sicher nicht zu erklären und zu berichtigen, was Sie vielleicht an absichtlichem oder nur törichtem Unsinn in allen möglichen Zeitungen finden. – Um den Frieden zu lieben – und selbst dieser Satz scheint mir, wenn er an Sie gerichtet ist, überflüssig – braucht man nicht schwarz und nicht weiß zu sein, braucht man keiner Partei anzugehören. Daß Sie den Frieden lieben, haben wir von Jugend an durch und durch aus Ihrem Werk gespürt. Auf den Völkerkongreß nach Wien kommen Künstler und Wissenschaftler, Arbeiter und Geistliche, Hausfrauen und Gewerkschaftler, Menschen wie Nitti[1] kommen aus Italien, Matisse,[2] Picasso,[3] Vercors,[4] Sartre,[5] viele andere Künstler kommen aus Frankreich, aus der Sowjetunion und aus den Volksrepubliken kommen die Menschen, die im Krieg und im Frieden Gewaltiges für ihre Völker taten, um den Faschismus, um den Rassenhaß, die Unwissenheit und den Hunger zu besiegen; Quäker kommen aus England und Amerika. Meine alten mexikanischen Maler-Freunde werden mit meinen neuen chine-

1 Francesco Nitti (1868-1953), einer der Führer der ital. antifaschistischen Opposition.
2 Henri Matisse (1869-1954), franz. Maler und Graphiker.
3 Pablo Picasso (1881-1973).
4 Vercors (Jean Bruller) * 1902, franz. Graphiker und Schriftsteller.
5 Jean-Paul Sartre (1905-1980).

sischen Maler-Freunden über ihre Berufsfragen sprechen (ich war einige Wochen in China, und ich lebte mehrere Jahre in Mexiko). Denn die verschiedensten Berufsgruppen der verschiedensten Völker werden in Wien auf dem Kongreß die Möglichkeit haben, ihre Gedanken auszutauschen. Diese furchtbare Spannung, das unerträgliche Mißverständnis, das ein Volk von dem anderen absondert, einen Menschen vom anderen, wird dort endlich durchbrochen sein. Wie es für immer durchbrochen bleibt, werden wir auf dem Völkerkongreß beratschlagen.

Wenn Sie mich jetzt in Gedanken fragen, warum ich Ihnen plötzlich schreibe, und Ihnen den Kongreß, der am 12. Dezember stattfinden wird, in meinem Brief beschreibe, gebe ich Ihnen zur Antwort: Ihre Bücher haben Jahre um Jahre das Leben zahlreicher Menschen freudiger, reicher, in einem Wort besser gemacht. Wenn ein Schriftsteller dazu fähig war, dann können seine Gedanken, wenn sie ausgedrückt sind, alles Leben auf Erden besser machen. Sie können den Frieden verteidigen.

Lieber Hermann Hesse, sicher kann ich besser Erzählungen schreiben als Briefe. Wenn hier mein Wunsch auch äußerst schwach ausgedrückt ist, dann ergänzen Sie ihn, darum bitte ich Sie von ganzem Herzen, mit Ihren eigenen Gedanken. Ich wende mich an Sie, weil ich überzeugt bin, daß Sie diesen Wunsch teilen nach allem, was wir gemeinsam erlebten, nach allem, was wir gemeinsam befürchten.

Es grüßt Sie herzlich *Ihre Anna Seghers*

(Dieser Brief trägt den handschriftlichen Vermerk Hesses: »nicht geantwortet«)

Dies hätte in der »Neuen Zürcher Zeitung« erscheinen sollen, zu deren ältesten Mitarbeitern ich gehöre. Aber wie um zu zeigen, daß die bürgerlich-kapitalistisch-rüstungsfrohe Front ebenso stark und gewalttätig sei wie die kommunistische, hat die Zürcher Zeitung sich geweigert, meine »Antwort« zu drucken.

(Notiz Hesses auf seinem Belegexemplar des nachfolgenden offenen Briefes,[1] der am 19. 3. 1953 in der Zeitung »Volksrecht«, Zürich, erschienen ist)

1 Der Adressat dieses Briefes war die Redaktion der Ostberliner Zeitschrift »Aufbau«. Da dort mit einer Veröffentlichung nicht zu rechnen war, hatte Hesse eine Kopie des Briefes an die NZZ gesandt.

Antwort an die »Friedenskämpfer«

Hermann Hesse war seinerzeit aus der deutschen Ostzone aufgefordert worden, Stellung zu nehmen zu den Resolutionen, die am »Wiener Völkerkongreß« von mehr als hundert Schriftstellern aus zweiundvierzig Ländern formuliert wurden. Hesse antwortete darauf mit folgendem Schreiben:

Sehr geehrte Herren!

Ihren von Herrn Bodo Uhse gezeichneten Brief vom 13. Februar habe ich erhalten. Ihm vorangegangen war schon im vergangenen Herbst ein Brief meiner verehrten Kollegin Anna Seghers, der mich aufforderte, ich möge, als ein Mann außerhalb der politischen Parteien und Kämpfe, die Bemühungen des Wiener Kongresses um den Frieden unterstützen. Dieser Wiener »Völkerkongreß« war darin als eine neutrale Unternehmung hingestellt. Schon dies verbot mir, den Brief zu beantworten.

Meine Ansicht über alle diese Unternehmungen nun wäre etwa diese: Die Macht einer internationalen Schriftstellervereinigung wird in jedem Fall eine sehr geringe sein. In den Ländern und Völkern, in deren Macht es stünde, die Weltgeschichte ernstlich zu beeinflussen, gibt es eine wirkliche Macht der Literatur längst nicht mehr. Dort wird die öffentliche Meinung nicht von einer Elite der besten Köpfe oder Charaktere geformt, sondern autoritativ befohlen. Da der einzelne Schriftsteller, auch wenn er einen noch so berühmten Namen hätte, von diesen Mächten je nach deren Belieben benützt oder unterdrückt werden kann, da ihm in den totalitären Systemen und Staaten die freie Meinungsäußerung nicht erlaubt wird, wird jeder halbwegs mündige Leser gegen jede Gesinnungsäußerung eines Autors mißtrauisch sein. Einen gewissen spärlichen Kredit, ein gewisses Vertrauen werden bei wachen Lesern daher bald nur noch jene Autoren genießen, die konsequent auf den Schutz verzichten, den ihnen die Zugehörigkeit zu einer Partei gewährt, die lediglich der Wahrheit dienen und lediglich ihrem Gewissen folgen wollen und bereit sind, im Ernstfall die entsprechenden Opfer zu bringen. Auf sie wird das Weltgewissen vielleicht ein wenig hören, man wird sie nie weder als Nutznießer noch als Mitläufer der großen Machtgebilde verdächtigen dürfen.

Es mag Ansätze zur Bildung solch einer kleinen, übernationalen und unparteilichen geistigen Gemeinschaft geben. Auch wenn sie nur aus zehn, aus fünf, aus drei Männern oder Frauen bestünde, wäre ihr moralischer Wert größer als der einer tausendköpfigen Vereinigung von Intellektuellen mit Parteiabzeichen irgendwelcher Art.

(Aus »Volksrecht«, Zürich, vom 19. 3. 1953)

Ihre Wandlungen sind sehr gut zusammengefaßt in der von Ihnen mitgeteilten Notiz Ihres Tagebuchs über Gewalt und Gewaltlosigkeit. Ihre Notiz endet: »Das Leben ist mir zu kostbar um Zeit zu verlieren«, zu kostbar also, um Geduld zu haben und sich im Denken zu üben, und so ist es denn ein Bekenntnis zur Gewalt, weil es da vermeintlich schneller geht. So dachte Hitler auch, und Stalin ebenso, und nicht anders dachte Eisenhower, und die Welt und der Friede sind dadurch um keinen Schritt weitergekommen. – Aber jetzt haben Sie also Zeit und Geduld und befreunden sich wieder mit der Gewaltlosigkeit. Das ist ein nahezu normaler Ablauf, es ist nichts dagegen zu sagen, höchstens, daß es schade ist, daß die Mehrzahl der Menschen, solang sie kräftig und jung sind, mit der Gewalt liebäugeln, und an der Gewaltlosigkeit erst Geschmack finden, wenn sie müde sind.

Zwischen Marx und mir ist, abgesehen von den viel größeren Dimensionen von Marx, der Unterschied der: Marx will die Welt ändern, ich aber den einzelnen Menschen. Er wendet sich an Massen, ich an Individuen.

(Aus einem Brief vom 10. 1. 1954 an Hermann Scholz)

Jesus und die Armen

Du bist gestorben, lieber Bruder Christ,
Wo aber sind die, für die du gestorben bist?

Du bist gestorben für aller Sünder Not,
Aus deinem Leibe ward das heilige Brot,
Das essen sonntags die Priester und die Gerechten,
An deren Türen wir Hungrigen fechten.

Wir essen dein Brot der Vergebung nicht,
Das der fette Priester den Satten bricht;
Dann gehn sie, verdienen Geld, führen Krieg und morden,
Keiner ist durch dich selig geworden.

Wir Armen, wir gehen auf deinen Wegen
Dem Elend, der Schande, dem Kreuz entgegen,
Die andern gehen vom heiligen Nachtmahl heim
Und laden den Priester zu Braten und Kuchen ein.

Bruder Christ, du hast vergebens gelitten –
Gib du den Satten, um was sie dich bitten!
Wir Hungrigen wollen nichts von dir, Christ;
Wir lieben dich bloß, weil du unser einer bist.

Das Gedicht steht seit vielen Jahren in der Gesamtausgabe meiner Gedichte, und daß ein Oltener Blatt, ohne um Erlaubnis zu fragen, es sich angeeignet und es im unpassendsten Moment publiziert hat, daran bin ich unschuldig.

Sie haben sowenig wie die katholischen Blätter, die sich beeilt haben, das Gedicht mit keineswegs haßfreien Kommentaren ihren Lesern weiterzugeben, sich die Mühe genommen, das Gedicht richtig zu lesen. Es ist nicht eine Meinungsäußerung des Dichters, sondern ein Schrei aus dem Mund der Armen, Rechtlosen und Elenden, denen zeitlebens meine Liebe galt und deren Anwalt und Sprecher ich oft gewesen bin. In dem Gedicht sprechen diese Armen und Elenden, die von der Kirche und den Priestern wenig halten, dennoch ihre Liebe zum Heiland aus. Geschrieben aber wurde dies Gedicht zu einer

Zeit, da italienische Erzbischöfe den Raubkriegen Mussolinis und seinen Kriegsschiffen und Flugzeugen ihren Segen gaben. Es gab damals unter den armen Teufeln, die Mussolini als Schlachtvieh nach Afrika schickte, nicht wenige, die bei solchen Anlässen den letzten Rest von Glauben an diese Priester verloren.

Dies war die historische Situation, in der das Gedicht entstand.

(Aus einem Brief vom 15. 1. 1954 an R. St.)

Ich gehöre zu den Kriegsgegnern aus nicht christlichen Gründen. Es würde für mich, wenn ich einer Kirche angehörte, z. B. die Frage entstehen können: »Darf ein Kriegsgegner einer Kirche angehören, die den Krieg billigt und segnet?« Denn aus einer Kirche kann jeder austreten, aus ihrem Staat aber können es die wenigsten.

Aber auch ich sehe, wie Sie, nicht eine Kirche, sondern das persönliche Gewissen für die letzte Instanz an, darum gefällt mir in Ihrer Schrift besonders der Schluß und der Hinweis auf jenen Artikel des Bonner Grundgesetzes. Von diesem Punkt aus kann in Deutschland Christ und Heide gemeinsam denken und zu wirken suchen.

An einen praktischen Erfolg glaube ich nicht. Aber ich bin auch darin mit Ihnen einig, daß jeder, dem es ernst ist, trotzdem den aussichtslosen Kampf führen muß. Die Würde des Menschen steht und fällt damit, daß er sich Ziele im Unerreichbaren setzen kann, wie seine Tragik darin liegt, daß er den Weltlauf und die Praktiken der Welt gegen sich hat.

(Aus einem Brief vom Januar 1954 an Stadtpfarrer Daur)

Meine Dichtungen sind alle ohne Absichten, ohne Tendenzen entstanden. Wenn ich aber nachträglich nach einem gemeinsamen Sinn in ihnen suche, so finde ich allerdings einen solchen: Vom »Camenzind« bis zum »Steppenwolf« und »Josef Knecht« können sie alle als eine Verteidigung (zuweilen auch als Notschrei) der Persönlichkeit, des Individuums gedeutet werden. Der einzelne, einmalige Mensch mit seinen Erbschaften und Möglichkeiten, seinen Gaben und Neigungen ist ein zartes, gebrechliches Ding, er kann wohl einen Anwalt brauchen. Und so wie er alle großen und starken Mächte gegen sich hat: den Staat, die Schule, die Kirchen, die Kollektive jeder Art, die Patrioten, die Orthodoxen und Katholiken aller Lager, die Kommunisten oder Faschisten nicht minder, so habe ich und haben meine Bücher immer alle diese Mächte gegen sich gehabt und bekamen ihre Kampfmittel, die anständigen wie die brutalen und gemeinen, zu spüren. Es wurde mir tausendmal bestätigt, wie gefährdet, schutzlos und angefeindet der Einzelne, der nicht Gleichgeschaltete, in der Welt steht, wie sehr er des Schutzes, der Ermutigung, der Liebe bedarf. Zugleich zeigte sich aber im Laufe meiner Erfahrungen auch, daß in allen Lagern und Gemeinschaften, von den christlichen bis zu den kommunistischen und faschistischen, Unzählige vorhanden sind, denen die Gleichschaltung trotz ihrer Vorteile und Bequemlichkeiten nicht genügt, deren Seele in der Orthodoxie Not leidet. Und so stehen den massiven Ablehnungen und Angriffen der Kollektive Tausende von mehr oder weniger ratlosen Fragen und Beichten Einzelner gegenüber, denen meine Bücher (und natürlich nicht nur die meinen) etwas wie Wärme, Trost, Aufrichtung geben. Sie fühlen sich von ihnen aber nicht immer nur bestärkt und ermuntert, sondern recht oft auch verführt und verwirrt; denn sie sind an die Sprache der Kirchen und Staaten, an die Sprache der Orthodoxien, der Katechismen, der Programme gewöhnt, an eine Sprache, die den Zweifel nicht kennt und keine andere Antwort erwartet und duldet als die des Glaubens und Gehorsams. Es gibt eine Menge von jungen Leuten unter meinen Lesern, die nach kurzer Begeisterung für »Demian«, für »Steppenwolf« oder »Goldmund« gern wieder zu ihrem Katechismus oder zu ihrem Marx oder Lenin oder Hitler zurückkehren. Und dann wieder gibt es solche, die sich nach dem Lesen solcher Bücher nun allen Gemeinsamkeiten und Bindungen entziehen zu müssen meinen und sich dabei auf mich berufen. Ich vertraue aber darauf, daß es auch sehr viele andere gebe, die aus unsern Dichtungen so viel aufnehmen, als ihre Natur ihnen erlaubt, die einen Autor wie mich als Anwalt des Individuums, der Seele, des Gewissens gelten lassen, ohne sich ihm wie einem Katechismus, einer Orthodoxie, einem Marschbefehl unterzuordnen und ohne die hohen Werte der Gemeinschaft und Einordnung über Bord zu werfen. Denn diese Leser spüren, daß es mir weder um die Zerstörung der Ordnungen und

Bindungen zu tun ist, ohne die ein menschliches Zusammenleben unmöglich wäre, noch um die Vergottung des Einzelnen, sondern um ein Leben, in dem Liebe, Schönheit und Ordnung herrschen, um ein Zusammenleben, in dem der Mensch nicht zum Herdenvieh wird, sondern die Würde, die Schönheit und die Tragik seiner Einmaligkeit behalten darf. Ich zweifle nicht daran, daß ich zuweilen geirrt und gefehlt habe, daß ich manchmal allzu leidenschaftlich war und daß mancher junge Leser durch Worte von mir verwirrt und gefährdet worden ist. Aber wenn Sie die Mächte betrachten, die in der heutigen Welt der Entwicklung des Einzelnen zur Persönlichkeit, zum Vollmenschen hindernd entgegenstehen, wenn Sie den phantasiearmen, schwach beseelten, den ganz nur angepaßten, nur gehorsamen, nur gleichgeschalteten Typus Mensch betrachten, der das Ideal der großen Kollektive und vor allem des Staates ist, dann wird es Ihnen nicht schwerfallen, für die kämpferischen Gebärden des kleinen Don Quichotte gegen die großen Windmühlen Verständnis und Nachsicht aufzubringen. Der Kampf scheint aussichtslos und unsinnig. Viele bringt er zum Lachen. Und doch muß er gekämpft werden, und doch hat Don Quichotte nicht minder recht als die Windmühlen.

(Aus einem Brief vom März 1954 an eine deutsche Studentin)

Über das, was zu wünschen und zu erstreben wäre, bestehen keine großen Differenzen zwischen Ihnen und den meisten aktiven Politikern. Daß Friede besser wäre als Krieg und aufbauende Arbeit besser als Rüsten, und daß ein etwa nach Schweizer Vorbild föderativ aufgebauter Bund ein friedliches Europa ergeben könnte – darüber bin nicht nur ich mit Ihnen einig, sondern auch die Mehrzahl der heutigen Staatsmänner. Diese Wünsche sind nicht neu.

Aber wie diese Wünsche zu verwirklichen wären, d. h. wie man die Völker dazu überreden oder zwingen könnte, das Gute und Wünschbare zu tun, darüber wissen weder die Regierungen noch Sie, noch ich das Geringste. Was Sie auf Seite 37 sagen: »Wenn ein Staatsmann das Genie besäße, den Geist von Beethovens Agnus Dei mit den Notwendigkeiten der Politik zu verbinden«, das ist so, wie wenn einer sagen würde: Man brauchte nur die Temperatur am Nordpol um 25 Grad zu heben und am Äquator entsprechend zu senken, so wäre der

Menschheit geholfen. Außerdem ist das Agnus Dei keine Erfindung Beethovens, er ist nur einer der unzähligen, die Messen komponiert haben.

Ich habe in meinem langen Leben es immer wieder mit Kollegen von Ihnen zu tun gehabt, mit Leuten, die in Privatbriefen an Politiker oder Prominente den Versuch machen, die Welt zu beeinflussen. Jeder von ihnen weiß genau, was zu tun wäre, aber keiner weiß das Wie, und jeder erleichtert sich sein Herz dadurch, daß er die Verantwortung für das Ausbleiben der Rettung den Adressaten seiner Briefe zuschiebt. Ich habe es mir längst abgewöhnt, auf solche Briefe zu antworten.

(Aus einem Brief vom April 1954 an W. Kurtz)

Wie ich erfahre, sind in China die großen chinesischen Klassiker, die ich über alles verehre, heute verboten: Kung Fu Tse, Lao Tse, Dschuang Dse etc. Ich kann diese Nachricht nicht nachprüfen. Aber ich möchte in einem Lande, das seine edelsten Geister nicht mehr erträgt und nicht mehr dulden will, lieber zu den Verbotenen als zu den Geduldeten gehören.

(Aus einem Brief, Ende August 1954, an Yang En-lin)

Selbst wenn ich wollte und könnte, würde mir heute in Deutschland nur die kommunistische Presse zur Verfügung stehen, und die würde mich für ihre Zwecke ausbeuten.

(Aus einem Brief vom September 1954 an Theodor Lauber)

Natürlich leugne ich nicht die Möglichkeit, solche Schemata aufzustellen wie »aktiv« und »kontemplativ«, und leugne nicht, daß es nützlich sein kann, die Menschen aufgrund solcher Typenlehren zu beurteilen. Es gibt Aktive und es gibt Kontemplative. Aber dahinter steht die Einheit, und wirklich lebendig und im günstigen Fall vorbildlich ist für mich nur der, der beide Gegensätze in sich hat. Ich habe nichts gegen den rastlosen Arbeiter und Schaffer, und habe auch nichts gegen den nabelbeschauenden Einsiedler, aber interessant oder gar vorbildlich kann ich beide nicht finden. Der Mensch, den ich suche und erwünsche, ist der, der sowohl der Gemeinschaft wie des Alleinseins, sowohl der Tat wie der Versenkung fähig ist. Und wenn ich in meinen Schriften, wie es scheint (ich selbst kann mich ja nicht von außen sehen), dem beschaulichen

Leben den Vorzug vor dem tätigen gebe, so ist es vermutlich deswegen, weil ich unsre Welt und Zeit voll von aktiven, tüchtigen, rührigen, der Kontemplation aber unfähigen Menschen sehe. In jüngeren Jahren nannte ich diesen einseitig aufs Aktive gerichteten Menschentyp abendländisch, aber es ist ja längst auch der Osten »erwacht« und aktiv geworden. Neulich schrieb mir ein Chinese, er möchte Bücher von mir übersetzen und in China einführen. Ich schrieb zurück: das jetzige China hat Konfuzius und Lao Tse verboten oder doch für unerwünscht erklärt, und in einem Land, das zur Zeit seine eigenen Klassiker nicht ertrage, möchte ich kein Buch von mir übersetzt sehen.
(Aus einem Brief vom Dezember 1954 an Karl Friedrich Borée)

In den Jahren, die zwischen der ersten Konzeption und dem wirklichen Beginn der Arbeit am [Glasperlenspiel] lagen und in denen ich noch zwei andre Aufgaben zu erfüllen hatte, hat die Dichtung, die später den Namen »Glasperlenspiel« bekam, mir in wechselnden Gestalten vorgeschwebt, bald in feierlichen, bald in mehr spielerischen. Es waren für mich Jahre leidlichen Wohlergehens nach einer ernsten Lebenskrise, und es waren auch Jahre der Erholung und wiederkehrenden Lebensfreude für das vom Ersten Weltkrieg erschöpfte Deutschland und Europa. Zwar war ich in politischer Hinsicht wach und mißtrauisch geworden und glaubte nicht an die deutsche Republik und die deutsche Friedfertigkeit, aber die allgemeine Atmosphäre von Zuversicht, ja Behagen, tat mir doch wohl. Ich lebte in der Schweiz, kam sehr selten nach Deutschland und habe die Hitlerische Bewegung lange Zeit nicht ernstgenommen. Als sie nun aber, namentlich vom Bekanntwerden des sogenannten Boxheimer Dokumentes an, mir in ihrer Gefährlichkeit und Dynamik sichtbar wurde, und als sie gar offenkundig zur Macht gelangte, war es freilich mit meinem Behagen zu Ende. Es kam mit den Reden Hitlers und seiner Minister, mit ihren Zeitungen und Broschüren etwas wie Giftgas aufgestiegen, eine Welle von Gemeinheit, Verlogenheit, hemmungsloser Streberei, eine Luft, die nicht zu atmen war. Es bedurfte der erst um Jahre später bekanntwerdenden massiven Greuel nicht, es genügte dies Giftgas, diese Entheiligung der Sprache und Entthronung der Wahrheit, um mich wieder wie während der Kriegsjahre vor den Abgrund zu stellen. Die Luft war wieder giftig, das Leben war wieder in Frage gestellt. Dies war nun der Augenblick, in dem ich alle rettenden Kräfte in mir aufrufen und alles, was ich an Glauben besaß, nachprüfen und festigen mußte. Es war etwas heraufgekommen, weit schlimmer als einst der eitle Kaiser mit seinen halbgötterhaften Generälen, und würde vermutlich zu Schlimmerem führen als zu jener Art von Krieg, die wir kennengelernt hatten. Inmitten dieser Drohungen und Gefahren für die physische und geistige Existenz eines Dichters deutscher Sprache griff ich zum Rettungsmittel aller Künstler, zur Produktion, und nahm den schon alten Plan wieder auf, der sich aber sofort unter dem Druck des Augenblicks stark verwandelte. Es galt für mich zweierlei: einen geistigen Raum aufzubauen, in dem ich atmen und leben könnte aller Vergiftung der Welt zum Trotz, eine Zuflucht und Burg, und zweitens den Widerstand des Geistes gegen die barbarischen Mächte zum Ausdruck zu bringen und womöglich meine Freunde drüben in Deutschland im Widerstand und Ausharren zu stärken.

Um den Raum zu schaffen, in dem ich Zuflucht, Stärkung und Lebensmut finden könnte, genügte es nicht, irgendeine Vergangenheit zu beschwören und liebevoll auszumalen, wie es etwa meinem früheren Plan entsprochen hätte. Ich mußte, der grinsenden Gegenwart zum Trotz, das Reich des Geistes und der Seele als existent und unüberwindlich sichtbar machen, so wurde meine Dichtung zur Utopie, das Bild wurde in die Zukunft projiziert, die üble Gegenwart in eine überstandene Vergangenheit gebannt. Und zu meiner eigenen Überraschung entstand die kastalische Welt wie von selbst. Sie brauchte nicht erdacht und konstruiert zu werden. Sie war, ohne daß ich es gewußt hätte, längst in mir präformiert. Und damit war der gesuchte Atemraum für mich gefunden.

Ich tat damals auch meinem Bedürfnis nach Protest gegen die Barbarei Genüge. In meinem ersten Manuskript gab es einige Abschnitte, namentlich in der Vorgeschichte, die mit Leidenschaft gegen die Diktatoren und die Vergewaltigung des Lebens und Geistes Stellung nahmen;[1] diese in der endgültigen Fassung größtenteils gestrichenen Kampfansagen wurden in

1 Vgl. S. 456, 486.

meinem deutschen Freundeskreise heimlich abgeschrieben und verbreitet. Die Dichtung erschien noch während des Krieges in der Schweiz. Sie wurde von meinem deutschen Verleger in einer Abschrift, in der die krassesten antihitlerischen Stellen weggelassen waren, den deutschen Zensoren zwecks Erlangung der Druckerlaubnis vorgelegt, wurde von diesen aber natürlich abgelehnt. Später hatte die kämpferisch-protestierende Funktion meines Buches für mich keine Bedeutung mehr.

(Aus einem Brief vom Januar 1955 an Rudolf Pannwitz)

Über Gewaltpolitik, Krieg und das Böse in der Welt

Brief an einen Friedensfreund, der als deutscher Soldat Stalingrad erlebt hat

Montagnola, im Februar 1955

Ihre Betrachtungen über Weltgeschichte, Krieg und Sinn oder Unsinn des Ganzen kommen meinen eigenen Gedanken nahe, wir sind nicht weit voneinander. Doch kommt es für unser Verhalten im Leben nicht so sehr auf unsre Gedanken an als auf unsern Glauben. Ich glaube an keine religiöse Dogmatik, also auch nicht an einen Gott, der die Menschen geschaffen und es ihnen ermöglicht hat, den Fortschritt vom Einandertotschlagen mit Steinbeilen bis zum Töten mit Atomwaffen auszubilden und auf ihn stolz zu sein. Ich glaube also nicht, daß diese blutige Weltgeschichte ihren »Sinn« im Plan eines überlegenen göttlichen Regenten habe, der sich damit etwas für uns nicht Erkennbares, aber Göttliches und Herrliches ausgedacht habe. Aber dennoch habe ich einen Glauben, ein zum Instinkt gewordenes Wissen oder Ahnen um einen Sinn des Lebens. Ich kann aus der Weltgeschichte nicht schließen, daß der Mensch gut, edel, friedliebend und selbstlos sei, aber daß unter den ihm gegebenen Möglichkeiten auch diese edle und schöne Möglichkeit, das Streben nach Güte, Frieden und Schönheit, vorhanden sei und unter glücklichen Umständen zur Blüte gelangen könne, das glaube und weiß ich gewiß, und wenn dieser Glaube einer Bestätigung bedürfte, so fände er in der Weltgeschichte neben den Eroberern, Diktatoren, Kriegshelden und Bombenherstellern auch die Erscheinungen Buddha, Sokrates, Jesus, die heiligen Schriften der Inder, Juden, Chinesen und alle die wunderbaren Werke friedlichen Menschengeistes in der Welt der Kunst. Ein Prophetenkopf aus dem Figurengewimmel am Portal eines Domes, ein paar Takte Musik von Monteverdi, Bach, Beethoven, ein Stückchen Leinwand von Rogier, von Guardi oder Renoir bemalt genügen, um dem ganzen Macht- und Kriegstheater der brutalen Weltgeschichte zu widersprechen und eine andere, beseelte, in sich beglückte Welt darzutun. Und überdies haben die Werke der Kunst weit sicherern und längeren Bestand als die Werke der Gewalt, sie überdauern sie um Jahrtausende.

Wenn wir, die wir an die Gewalt nicht glauben und uns ihren Ansprüchen möglichst zu entziehen suchen, dennoch zugeben müssen, daß es keinen Fortschritt gibt, daß die Welt nach wie vor von den Strebern, den Machtgierigen und Gewalttätern regiert wird, so kann man das, wenn man die schönen Worte liebt, tragisch nennen. Wir leben umgeben von Apparaten der Macht und Gewalt, oft knirschend vor Empörung über sie, oft der tödlichen Verzweiflung nah (Sie haben das in Stalingrad erlebt), wir dürsten nach Frieden, nach Schönheit, nach Freiheit für die Flüge unsrer Seele, und hätten oft genug Lust, den Herstellern der Atombomben das vorzeitige Losgehen ihrer Teufelsapparate zu wünschen – und wir lassen diese Empörung und diese Wünsche doch nicht zur Blüte kommen, wir fühlen, daß es uns verboten ist, der Gewalt mit Gewalt zu begegnen. Unsre Empörung und jene schlimmen Wünsche belehren uns darüber, daß die Scheidung der Menschenwelt in Gut und Böse keineswegs eine reinliche ist, daß das Böse nicht nur in den Strebern und Gewaltmenschen lebt, sondern auch in uns, die wir uns doch friedliebend und wohlmeinend wissen. Kein Zweifel, daß unsre Empörung »gerecht« sei! Sie ist es. Aber sie läßt uns, die Verächter der Macht, doch für Augenblicke nach der Macht begehren, um ein Ende mit dem Unfug zu machen, um aufzuräumen. Wir schämen uns dieser Regungen und können doch ihre Wiederkehr nicht für immer verhindern. Wir haben teil am Bösen und am Krieg in der Welt. Und so oft wir diese unsre Zugehörigkeit erlebend erkennen, so oft wir uns ihrer schämen müssen, so oft wird uns auch deutlich, daß die Regenten der Welt keine Teufel, sondern Menschen sind, daß sie das Böse nicht aus Bosheit tun oder zulassen; daß sie in einer Art von Blindheit und Unschuld handeln.

Denkerisch sind diese Widersprüche nicht zu lösen. Das Böse ist in der Welt; es ist in uns, es scheint mit dem Leben untrennbar verbunden. Dennoch spricht die heitere und schöne Seite der Natur, spricht die heitere und schöne Seite der Menschheitsgeschichte unübertönbar zu uns, beglückt und tröstet uns, mahnt uns und rührt uns, und weht Hoffnung in unser Dasein, das oft so hoffnungslos scheint. Und wie wir uns Friedliebende nicht vom Bösen frei wissen, so hoffen wir, daß auch in den andern die Möglichkeit bestehe, zur Einsicht und zur Liebe zu erwachen.

(Aus »National-Zeitung«, Basel, vom 27. 2. 1955)

Danke für Ihr Schreiben vom 28. März, in dem Sie mich einladen, der Akademie als korrespondierendes Mitglied beizutreten.

Ich bin 78 Jahre alt und es ist mir gelungen, mich von allen ähnlichen Mitgliedschaften freizuhalten. So wie ich dem PEN-Club und den westdeutschen Akademien nicht beigetreten bin, so kann ich auch Ihrer Akademie nicht beitreten.

Ich bitte Sie, in dieser Antwort keineswegs eine Ablehnung Ihrer Bestrebungen zu sehen, sondern nur ein Festhalten an einem Grundsatz, dem ich treu bleiben muß.

(Aus einem Brief vom April 1955 an die Deutsche Akademie der Künste, Berlin)

Sie fragen mich: in welcher Form sich ein Beitrag zum Wohl der Menschen vollziehen solle, wenn einer zu keiner Partei oder Doktrin gehört.

Nun, ich bin zum Beispiel nie Mitglied einer Partei gewesen, sondern habe als Künstler und denkender Zeitgenosse versucht, den Frieden zu fördern. Und so kann es jeder tun, jeder in seinem Lebenskreis, im sozialen Leben, in der Familie, in der Erziehung seiner Kinder, im Einfluß auf seine Freunde und Nachbarn. Jeder kann, wenn er guten Willens ist, auf diese Art dem Frieden und der Harmonie in der Welt dienen.

Mehr kann ich dazu nicht sagen. In die aktuellen Vorgänge in Deutschland rede ich nicht herein, ich habe Deutschland schon vor dem Ersten Weltkrieg verlassen. Aber ich habe versucht, in meinem Wirkungskreis, ohne Politik, Menschen zur Einsicht zu erwecken und zur Vernunft zu ermutigen, und bei einigen ist es gelungen.

(Aus einem Brief von 1955 an R. v. Ley)

Das Veto der Mütter gegen die Bedrohung des Lebens

Ein Brief von Hermann Hesse

Im Juli dieses Jahres soll ein Weltkongreß der Mütter gegen den Atomkrieg stattfinden, wie wir anläßlich unserer Berichterstattung über die Genfer Tagung der »Internationalen Demokratischen Frauenföderation« (»Zeitdienst«, Nr. 9/1955) mitgeteilt haben. In der Schweiz setzt sich die Frauenvereinigung für Frieden und Fortschritt für diese Idee ein und sie hat sich in diesem Sinne an verschiedene Persönlichkeiten gewandt, darunter auch in einem Schreiben an Hermann Hesse, in dem sie u. a. ausführte:

»Wir haben den großen Wunsch, auch bei uns, in unserem bisher vom Krieg verschonten Lande, den moralischen Beitrag zu leisten, den wir der Menschheit schuldig sind, und die Idee dieses Kongresses weit zu verbreiten. Wir bitten Sie herzlich, Herr Hesse, diesen Kampf, der kein leichter ist, durch einige wenige Worte der Ermutigung zu unterstützen. Gar viele kennen und lieben Sie und werden auf Sie hören.«

Hermann Hesse hat nun diese Bitte mit folgendem Brief beantwortet:

Montagnola im Frühling 1955.

Daß Ihre Vereinigung sich an dem für Juli 1955 geplanten Weltkongreß der Mütter gegen den Atomkrieg beteiligt, ist mir eine Freude. Die Mütter der Welt sind in der Tat die moralische Instanz, welche mehr als jede andere das Recht und die Pflicht hat, ihr Veto gegen die Bedrohung des Lebens einzulegen, die von teuflischen neuen Waffen ausgeht.

Die heutige Welt wird, in West und Ost, von Generälen regiert, und hat sich an eine Politik gewöhnt, in der Generäle und Waffen das erste und letzte Wort haben. Für diese Politik gibt es nur die Frage der Macht, es gibt für sie keine Mütter noch deren Söhne, keine Moral, keine Kultur, keine Menschlichkeit. Geist und Natur empören sich gegen diese Art von Politik. Über ihren üblen Apparat hinweg muß die bedrohte Menschheit einig werden und den Weg zum Frieden finden.

Zu den Gefahren, die hier zu bekämpfen sind, gehört unter anderen auch die Kriegsangst, eine mächtige und ansteckende

Gemütskrankheit, deren sich die Weltherrscher und ihr Gefolge von Waffenfabrikanten und anderen Kriegsgewinnlern bewußt für ihre Zwecke bedienen. Dieser Angst persönlich nicht zu erliegen, ihr überall entgegenzutreten, ihr die Tapferkeit und den Glauben entgegenzusetzen, gehört mit zu den Pflichten derer, die guten Willens sind. Hermann Hesse.

(Aus »Zeitdienst«, Zürich, vom 30. 4. 1955)

Ist Hermann Hesse Kommunist?

So ungläubig man der Frage begegnet, ob der feinsinnige Dichter, Künstler und Kulturträger Hermann Hesse ein verkappter Anhänger und Verbündeter der kommunistischen Termitenwelt geworden sei, so sehr muß man gestehen, daß uns dieser Tage der greise Schriftsteller ein peinliches Rätsel aufgegeben hat, auf dessen baldige Entwirrung – die aber nur von Hesse selber kommen kann – wir mit Ungeduld warten. Man weiß, daß die Kommunisten vom 7. bis 10. Juli in Lausanne einen »Weltkongreß der Mütter« aufgezogen haben. Das propagandistische Trommelfeuer der kommunistischen Presse sucht der Welt weiszumachen, daß es sich um eine unpolitische Kundgebung für Frieden, Abrüstung und Völkerversöhnung handle und nicht etwa um die ruchlose Ausbeutung der Leichtgläubigkeit des Westens. Die unzähligen Stimmen aus kommunistischen Manifesten und Erklärungen, die für den eigenen Bereich den Pazifismus ablehnen, ja sogar als verbrecherisch und gewissenlos bezeichnen, die gleichen Zeitungen, die mit atavistischem Stolz ihre Leser mit sowjetischen Militärparaden langweilen, sie schwelgen plötzlich in uferlosen Phantasien über ein paradiesisches Zeitalter der Gewaltlosigkeit.

Welch schmerzhafter Widerspruch und welche Hinterhältigkeit! Daß auch die schweizerischen Filialblätter des Weltkommunismus, die »Voix ouvrière« und der »Vorwärts«, davon keine Ausnahme machen, ist nicht verwunderlich. Auch sie berichten von dem rührenden Lausanner Kongreß, an welchem »die Mütter aus 78 Ländern ihre Stimme für den Frieden erheben«, auch sie wissen zu melden, daß sogar zwei Delegierte von den Gletschern Islands an den Genfer See gepilgert sind, auch sie machen sich zum Sprachrohr der wortreichen Kongreßdirigentin, die auf den schönen Namen Cotton hört.

All das ist nicht verwunderlich, wohl aber die folgende Botschaft von Hermann Hesse an diesen Kongreß des weiblichen Weltkommunismus: »Die Mütter der Welt sind in der Tat die moralische Instanz, welche mehr als jede andere das Recht hat, ihr Veto gegen die Bedrohung des Lebens einzulegen, die von den neuen teuflischen Waffen ausgeht.« *Und der »Vorwärts«, dieser chronische Anbeter und Verteidiger der russischen Militärmacht und des russischen Kolonialismus im sowjetischen*

Machtbereich fügt scheinheilig hinzu: »Sie (d. h. die kommunistischen Abgeordneten in Lausanne) haben mehr als jede andere Macht das Recht, den Krieg in allen seinen verwerflichen Formen zu verurteilen.« Mit diesen Wölfen im Schafspelz vereinigt sich nun unser Dichter Hermann Hesse! Hat er unten im sonnigen und sorgenfreien Montagnola den Anschluß an den so irdischen Lauf der Dinge eingebüßt? Aber wir hoffen sehnlichst, daß er seinen Gruß an den »Kongreß der Mütter« widerrufen möge, bevor die Totenstille der Pax Sovietica noch weitere Länder und Völker mit unermeßlichem Leid und Elend überzieht.

(Aus »Schaffhauser Zeitung« vom 11. 7. 1955)

Hermann Hesse und die Kommunisten

Ein Musterbeispiel kommunistischer Irreführung

Die »Schweizerische Politische Korrespondenz« stellte dieser Tage an den Dichter Hermann Hesse die Frage, wieso er dazu komme, eine Botschaft an den kommunistischen »Mütterkongreß« in Lausanne vom 7. bis 10. Juli zu richten. Der Dichter gibt dazu nachfolgende Erklärung ab.

Erklärung

Ich habe meine Begrüßungsworte nicht an den »kommunistischen Kongreß in Lausanne« gerichtet. Sondern ich habe vor etwa einem halben Jahr einer Schweizerischen Frauenvereinigung ihren Wunsch, einige Worte zu einem Kongreß der Mütter gegen den Atomkrieg zu geben, erfüllt. Daß diese Frauenvereinigung kommunistisch sei, konnte ich nicht wissen.

In meinem Spruch, der also in Lausanne unter kommunistischer Flagge verlesen wurde, steht nicht ein einziges Wort, zu dem nicht jeder Friedensfreund stehen könnte und müßte. Der Spruch könnte auch keinesfalls von einem Kommunisten verfaßt sein, denn er spricht eindeutig aus, daß ich auch die östliche, kommunistische Welt als von Generälen beherrscht und als kriegsbedroht sehe – eine Feststellung, die einem kommunistischen Autor ohne weiteres den Hals gebrochen hätte.

Ich bin nicht Kommunist, und wenn ich einen Fehler begangen habe, so besteht er darin, daß ich jene Schweizerische Frauenvereinigung für eine neutrale und humanitäre gehalten habe. In meinem Spruch zum Mütterkongreß aber steht nicht ein Wort, zu dem ich nicht stünde.

Diese Erklärung des Dichters Hermann Hesse ist aus drei Gründen bedeutsam. Erstens bestätigt sie, daß Hesse kein Kommunist ist, sondern die kommunistische Welt sogar kritisiert. Daß bei ihm auch die westliche Welt nicht besser wegkommt, erscheint uns als ehrenhafter Irrtum. Wichtiger sind zwei andere Dinge: Der Dichter hat in guten Treuen gegenüber einer kommunistischen Frauenorganisation, deren wahrer Charakter ihm verborgen blieb, eine Botschaft für den Frieden abgegeben und diese Botschaft ist von den Kommunisten mißbraucht worden. Der »Vorwärts« zitierte einzig den ersten Satz von Hesses Botschaft, aber er unterschlug die Kritik am Militarismus der Kommunisten. Daraus ergibt sich nicht nur für Hermann Hesse, sondern für uns alle, die wir die Geistesfreiheit als hohes Gut achten, die ernste Ermahnung zu politischer Wachsamkeit. Es genügt nicht, Antikommunist zu sein, wenn man den Kommunisten ins Garn geht. Es muß endlich erkannt und beherzigt werden, daß die Feinde unserer abendländischen Kultur sich die Tarnkappe der Friedensliebe aufstülpen, damit wir ihnen zum Opfer fallen. Wer aber in Ahnungslosigkeit verharrt, schaufelt sein eigenes Grab.
(In mehreren schweizerischen Tageszeitungen vom 14. u. 15. 7. 1955)

Wir Europäer sind immer wieder von der weitherzigen Bereitwilligkeit überrascht, mit der unsre Wissenschaft, Kunst und Literatur in Japan aufgenommen wird. Wir sehen: der fernste Osten ist willig, uns kennenzulernen, auf unsre Gedanken und Spiele einzugehen, von uns zu lernen, mit uns geistigen Tauschhandel zu treiben. Leider kann ich nicht sagen, daß die abendländische Intelligenz ebenso bereit und begierig wäre, sich mit dem Geist des Ostens zu befreunden und vertraut zu machen. Gewiß, es gibt europäische Anhänger des Vedanta, es gibt europäische Buddhisten, auch Liebhaber und Sammler chinesischer und japanischer Kunst. Aber diese Liebe zur östlichen Welt ist auf kleine Kreise beschränkt und sie ist in vielen

Fällen unfruchtbar, ist eine Art von Flucht aus den aktuellen Nöten des Westens zu einer schönen Traumwelt. Ich glaube und hoffe, die Hinneigung Japans zu den Erzeugnissen europäischer Kultur habe nicht diesen Fluchtcharakter [...]

Die ernsthafte und fruchtbare Verständigung zwischen Ost und West ist nicht nur auf politischem und sozialem Gebiet die große, noch unerfüllte Forderung unsrer Zeit, sie ist eine Forderung und Lebensfrage auch auf dem Gebiet des Geistes und der Lebenskultur. Es geht heute nicht mehr darum, Japaner zum Christentum, Europäer zum Buddhismus oder Taoismus zu bekehren. Wir sollen und wollen nicht bekehren und bekehrt werden, sondern uns öffnen und weiten, wir erkennen östliche und westliche Weisheit nicht mehr als feindlich sich bekämpfende Mächte, sondern als Pole, zwischen denen fruchtbares Leben schwingt.

(»An meine Leser in Japan«, Geleitwort zur japanischen Ausgabe seiner »Gesammelten Schriften«, Mai 1955)

Hat Ihr Vater bisher je etwas anderes von dort [aus der DDR] an Tantiemen erhalten als wertlose Sperrgutschriften auf Ostmark?

Ich habe auf die vielen Leseranfragen aus dem Osten stets geantwortet, daß meine dort erschienenen »Lizenzausgaben« illegal waren, daß nachträglich zwischen Aufbauverlag und Suhrkamp zwar Vereinbarungen getroffen wurden, die einer nachträglichen Legalisierung jener Ausgaben gleichkommen, daß aber bis heute weder Suhrkamp noch ich einen Pfennig von dort bekommen hätten. Meine Auskünfte wurden dem Aufbauverlag hinterbracht, und er stellte rügend fest, daß er die Suhrkamp und mir zustehenden Tantiemen bis auf den letzten Pfennig bezahlt habe, bezahlt nämlich in gesperrten Gutschriften. Es war meinem Verleger seinerzeit versprochen worden, er werde über diese Gutschriften in der Art verfügen können, daß er mit ihnen Druckaufträge für seinen Verlag im Osten bezahlen könne. Dies Versprechen bewog Suhrkamp zum Nachgeben. Gehalten wurde es nicht. Suhrkamp konnte zwar im Osten einiges drucken lassen, durfte für die Bezahlung aber nicht jene Gutschriften benutzen, sondern mußte in Westmark bezahlen. Man hat ihn und mich einfach geprellt.

(Aus einem Brief vom Juni 1955 an Erika Mann)

Sie wollen dem PEN-Club durch die Sektion Westdeutschland eine Anregung zukommen lassen, durch weltweiten Protest auf die [Atom-]Experimente hier wie dort bremsend einzuwirken. Lieber Werner Helwig, Sie wissen, daß ich von Herzen mit dabei wäre. [...]

Ich zweifle, ganz ehrlich gesagt, an der Wirksamkeit eines solchen Unternehmens. Schon dadurch gerät ja die Sache für die Weltöffentlichkeit in schlechte Beleuchtung, daß sie vom besiegten Deutschland ausgeht. Denn ein Deutschland, das gesiegt hätte, würde sich ja gerade dieser Gewaltmittel, die ja ursprünglich in deutschen Laboratorien erbrütet wurden, skrupellos bedient haben, um seine Machtansprüche real zu unterstreichen. Außerdem nehmen bei mir die Zweifel zu, ob wir noch die Zeit haben oder solchen Zeiten entgegengehen, wo Gedrucktes – und sei es noch so schlagend formuliert – von irgendwelcher bewegenden Bedeutung wäre. Verübeln Sie mir diese halbe Ablehnung nicht, die sich vielleicht noch ändern könnte – lassen Sie mich immerhin die Resolution in ihrem Endstadium sehen – und überlassen Sie mich meinen privaten Versuchen, auf den Einzelnen einzuwirken. Auf Manifesten sehe ich meinen Namen nicht mehr gern.

(Aus einem undatierten Brief an Werner Helwig)

Es ist nicht nur der Völkerkrieg mit den Waffen, dessen Grauen und dessen Unsinn mir klargeworden waren. Es ist jeglicher Krieg, es ist jegliche Art von Gewalt und streitbarem Eigennutz, es ist jede Art von Geringschätzung des Lebens und von Mißbrauch des Mitmenschen, was mir Sorge macht. Ich verstehe unter Friede nicht nur das Militärische und Politische, sondern ich meine den Frieden jedes Menschen mit sich selbst und mit dem Nachbarn, die Harmonie eines sinnvollen und liebevollen Lebens. Es bleibt mir zwar nicht verborgen, daß im rücksichtslos harten Arbeits- und Erwerbsleben des heutigen Alltags dies Ideal eines edleren und würdigeren Lebens den meisten verstiegen und wirklichkeitsfern erscheinen muß. Aber Sache des Dichters ist es ja nicht, sich irgendeiner aktuellen Wirklichkeit anzupassen und sie zu verherrlichen, sondern über sie hinweg die Möglichkeit des Schönen, der Liebe und des Friedens zu zeigen. Sie können niemals voll verwirklicht werden, diese Ideale, so wie ein Schiff auf stürmischer See nie den idealen Kurs einhalten kann. Es muß aber dennoch seinen Kurs nach den Sternen richten. Und wir müssen dennoch und trotz allem den Frieden wünschen und dem Frieden dienen, jeder auf seinem Wege und in seiner Umwelt. Ich darf mich nicht fromm nennen im Sinne meiner Vorfahren, aber unter den Bibelworten, die ich gläubig verehre, steht obenan jenes Wort vom Frieden Gottes, der höher ist denn alle Vernunft.

(Aus der »Dankadresse« anläßlich der Verleihung des Friedenspreises des Deutschen Buchhandels, Erstdruck in »Neue Zürcher Zeitung« vom 10. 10. 1955)

Für mich wurden diese Ressentiments [gegen Deutschland], die ich auch hatte, erledigt durch meinen Verzicht auf die deutsche Staatsangehörigkeit und mein Fernbleiben. Daß ich als Autor deutscher Sprache auf Deutschland angewiesen, ja beinah beschränkt bin, daran kann ich nichts ändern, es wäre also sinnlos, mich lebenslänglich darüber zu ärgern.

Bleibt die Frage, warum ich den Preis[1] angenommen habe. Ich tat es darum, weil die Welt nicht nur aus politischen und moralischen Zusammenhängen, sondern auch aus lebenden und leidenden Menschen besteht, und weil ich für meinen Freund und Verleger Suhrkamp mitverantwortlich bin, denn daß er seinerzeit, krank, nicht mehr jung, ohne Geld, schwer geschwächt durch Gefängnisse und Mißhandlungen in der Nazizeit seinen eigenen Verlag angefangen hat, geschah großenteils unter meinem Einfluß, und was ich tun kann, um ihn zu stärken, muß ich unbedingt tun. Wäre dies nicht, so hätte ich den Preis nicht angenommen.

Ich könnte Sie noch fragen, warum Sie ihren begreiflichen Haß nur Westdeutschland schenken. Der deutsche Osten ist Rußland gegenüber ebenso hörig, machtlos und liebedienerisch wie es der Westen gegen Amerika ist – aber genug davon, ich will Sie nicht belehren, sondern bitten, mich künftig nicht mehr mit Ihren politischen Meinungen zu unterhalten, sondern mit den Träumen und Bildern, die mir Ihre Briefe lieb machen.

(Aus einem Brief vom 22. 1. 1956 an Hans Flemming)

1 Der Friedenspreis des Deutschen Buchhandels.

Jetzt habe ich Ihr neues Buch[1] gelesen und kann Ihnen dafür danken. Es hat mir starken Eindruck gemacht und ist eine ungewöhnliche Leistung. Der Untergang wird da in einer Reihe knappster Szenen sichtbar gemacht, viel Menschliches und viel Deutsches bloßgelegt, und die Technik der Erzählung hält eine angenehme, schöne Mitte zwischen Tradition und neuem Stil.

Für alte Menschen ohne jede militärische oder gar kriegerische Erfahrung, wie ich einer bin, bleibt freilich beim Lesen von Kriegsbüchern immer ein mißliches Gefühl von Versagen und Trauer zurück. Vor dem Vokabular der Kriegstechnik stehen wir wie ein Elementarschüler vor der Logarithmentafel – ein ähnliches Gefühl hatte ich früher gelegentlich beim Lesen von Seemannsgeschichten, wo die Spielregeln der Nautik mir ebenso fremd waren wie die ohne Lexikon unverständliche Schiffersprache. Das Gefühl war gemischt und quälend. Da war zunächst die Beschämung, wie man sie etwa vor einem rasch redenden Ausländer fühlt, der uns irrtümlich für voll nimmt, dessen Erzählungen wir nur hie und da ein Stückchen weit verstehen, den wir aber doch nicht unterbrechen und nicht durch ein grobes Kannitverstan enttäuschen mögen. Und daneben meldet sich, nicht minder quälend, in Intervallen der Gedanke oder die Empfindung: »Muß ich denn wirklich mich mit diesem Fach-Jargon plagen? Kommt mir, indem ich dies lese, wirklich etwas zu, was zu wissen not tut? Lasse ich damit nicht etwas in mich ein, was mich nur verderben und krank machen kann?«

Und diese Frage ist in der Tat ein unlösbares Dilemma. Wenn auch mancher von uns Literaten die beiden großen Kriege in Geist und Seele viel tiefer miterlebt und durchlitten hat als irgendein mit ein paar Narben und ungebrochenem Humor heimgekehrter Kanonier, so haben wir eben doch die eigenen Köpfe nicht im Feuer gehabt, haben das unsägliche Elend eines Lebens in Dreck, Hunger, Obdachlosigkeit, Übermüdung und ständiger Todesdrohung nicht miterduldet, haben nicht die Gewöhnung an den Anblick verbrannter Erde, verstümmelter und toter Menschen lernen müssen und wissen

1 Werner Walz, »Die tödlichen Tage«.

durchaus nicht gewiß, wie wir uns inmitten des Grauens gehalten und bewährt hätten. Es ist uns nicht erlaubt, den Krieg als das Unsinnige unsrem Weltbild zu entziehen – er ist gewesen, ist da und umgibt uns, als Drohung und Gift unsrer Atemluft beigemischt, zu jeder Stunde. Und wie sollten wir verschont gebliebenen Nichtkrieger die Arbeiten unsrer Kollegen ignorieren dürfen, die das Grauen durchschritten haben und nun versuchen, die Wirklichkeit des phantastischen Alptraumes in Schilderungen festzuhalten und uns in mahnenden Bildern vorzuhalten? Wir dürfen und können das natürlich nicht. Vielleicht dürften wir es, wenn das Gift in der Luft nicht wäre, wenn auf den Krieg ein Friede, ein vernünftiges und würdiges Menschendasein gefolgt wäre, wenn der Krieg zu etwas anderem geführt hätte als zu diesem unwürdigen und schwer erträglichen Leben, das heute unser Los ist. Nein, wir haben mit dem Krieg, so sehr wir ihn hassen mögen, als mit einem Gift in unsrer Luft, als mit einem Virus in unsrem Blut zu rechnen und zu leben, und wir haben ernsthaften Autoren zu danken und zuzustimmen, wenn sie das Unmögliche versuchen, uns Nichtsoldaten den Krieg als krasse Wirklichkeit in möglichst treuen Bildern zu zeigen und verständlich zu machen. Nur gelingt der Versuch eben nicht. Nur bleibt eben der Krieg auch nach dem sorgfältigsten Lesen Eurer Kriegsbücher uns fremd und unverständlich. Er wird es immer bleiben, er wird keinen Homer und keinen Äschylus finden. Denn die Dichtung hat es einzig mit der Natur und dem Menschen zu tun. Wenn etwas in den Kriegserzählungen uns wirklich verständlich, verdaulich und zu eigen wird, dann sind es die Erlebnisse, Leiden und Bewährungen der einzelnen, sind es edle oder herzbewegende Züge von Kameradschaft, von Mut, von großem Duldertum. Das andre, der Krieg selbst, der heutige Krieg mit seiner zum Selbstzweck gewordenen, dem Menschlichen entlaufenen und entwachsenen Technik, wird niemals begreiflich und darstellbar werden. Schon seine Sprache, sein scheußliches Vokabular von abgekürzten Namen für Waffen und andre Kriegsmaschinerie, ist der echten, gewachsenen, menschlichen Sprache nicht angleichbar und einfügbar, und alle diese hundert unmenschlichen Namen sind ja, kaum geprägt und von Millionen notdürftig erlernt, schon nicht mehr gültig: der Tank und Panzer von gestern ist ja schon heute altes Eisen wie alle über das dem

Menschen nötige und bekömmliche Maß hinaus gesteigerten Gebilde der Technik.

Das Quälende und Unheimliche bei alledem – ich denke nicht nur an den Krieg, sondern an alles, was die heutige Lage des Menschen schwer erträglich macht – ist das Bewußtsein der Mitverantwortlichkeit und der Ohnmacht, mit dem wir es erleiden und noch immer anschwellen sehen.

Es ist ein Teil unsres Lebensgefühls geworden, der bei der Lektüre von Kriegsbüchern (und zwar nur von guten, gekonnten und ihrer schweren Aufgabe bewußten) heftig und schmerzlich aufflackert. Wir haben ihm nichts entgegenzusetzen als unser Herz und jenen Rest von Geisteserbe, der uns von den Vätern überkommen ist und den seine zunehmende Bedrohtheit glücklicherweise eher zu stärken als zu lähmen scheint.

In Ihrem ergreifenden Roman stehen glänzende Schilderungen von Vorgängen im phantastischen Prozeß der Selbstzerstörung der Kriegsmaschinerie, aber unser Gedächtnis wird sie nicht bewahren und hegen, es wird sie abstoßen oder einkapseln, sie sind nicht assimilierbar.

Bewahren und hegen aber wird unsre Erinnerung jene schönen Szenen, in denen dank Ihrer Kunst Menschenherzen sich enthüllen, in denen wir sie leiden, sich bewähren und Liebe üben sehen.

(Aus einem offenen Brief in »Neue Zürcher Zeitung« vom 8. 3. 1956 an den Verfasser eines Kriegsromans)

Die Spaltung in Ost und West betrifft nicht nur Europa, sie betrifft die ganze Welt, und Europa als politische Macht spielt kaum noch eine Rolle. Mit der Aufspaltung der Welt in zwei vorläufig noch durchaus feindliche Lager haben wir Einzelnen uns abzufinden, sie ist ein Unglück, von beiden Seiten verschuldet.

Aber ein Europa gibt es dennoch, ein geistiges und übernationales, es beginnt zeitlich und räumlich mit Griechenland und reicht zeitlich und räumlich bis weit nach Rußland hinein, denn die russische Dichtung bis Dostojewski und Tschechow gehört durchaus dazu, und auch die heutige Staatsdoktrin ist ja nicht asiatisch, sondern stammt von Hegel und Marx, aus dem Westen also. Und diesem geistigen, umfassenden Europa anzugehören und sich in seinen Dienst zu stellen, ist heute ein ebenso edles Ideal und Ziel wie nur je.

(Aus einem Brief vom Juni 1956 an Ulrich Frank)

Mit Kopfschütteln las ich Ihren Brief. Solche Briefe bekomme ich jeden Augenblick. Irgend jemand ist soweit wach geworden, daß er merkt, was der Welt bevorsteht. Und was tut er dann? Er schreibt an Thomas Mann oder an Hammarskjöld oder an Hesse, den will er zu Nehru schicken, und zu wem soll Hesse dann Nehru schicken? Zu Eisenhower oder zu den Russen oder den andern Generälen, die die Welt beherrschen? Glauben Sie im Ernst, daß Leute wie Eisenhower oder die Russen oder Adenauer oder wer immer, auf Nehrus Worte hören würde? Daß er andres im Kopf hätte als seine Partei und seine Politik?

Sie meinen es gut, ich weiß es. Aber auch an Appelle, wie den von Freund Thomas Mann geplanten, glaube ich nicht. Das Weltgewissen hat keine Adresse, und die Regierenden vertreten alle nicht das Weltgewissen. Sie lachen über alle die schönen Appelle aus den Kreisen der Wissenschaft und Literatur, und jeder Aufruf dieser Art hat lediglich den Erfolg, daß er die Ohnmacht der »Geistigen« noch sichtbarer und ihr Wort noch wertloser macht.

Sie müssen tun, was Sie für recht halten. Aber Sie müssen in Gottes Namen selbst etwas tun, nicht andre schicken. Genug, betrachten Sie bitte diese Zeilen als *privat*, sie sind schlecht formuliert. Wir »Geistigen« können ja längst nicht mehr richtig arbeiten, da wir beständig mit solchen Anrufen mißbraucht werden.

(Aus einem Brief vom Juli 1956 an Josef v. Edlinger)

Das Leben wird Sie von selbst in die Lage bringen, wo die Problematik auch der bestgefügten Ordnungen sich zeigt. Um ein aktuelles Beispiel zu nehmen: Sie könnten als Soldat eingezogen und ausgebildet und irgendeinem Feind gegenübergestellt werden. Dann werden Sie Ihren Priester, Ihre Kirche, Ihr Vaterland auf Ihrer Seite haben, wenn Sie den Feind totschießen. Sie werden zugleich aber das göttliche Verbot des Tötens gegen sich haben. Es wird dann Sache Ihres Gewissens sein, ob

Sie die Gebote Gottes oder die der Kirche und des Vaterlandes befolgen sollen. Vermutlich werden Sie dann dem Priester und dem Vaterland mehr Autorität zugestehen als Gott. Sollten Sie das aber nicht tun und an der unbedingten Autorität von Kirche und Vaterland zu zweifeln beginnen, dann würden Sie schon zu denen gehören, denen »Demian« etwas zu sagen hat.

(Aus einem Brief vom August 1956 an N. G.)

Bei der Nachricht von Brechts Tod[1] war natürlich mein erster Gedanke der an Dich ... Ich sah ihn nur ein einzigesmal, im Jahr 33, bei Beginn der Emigration.[2] Da war er einmal, zusammen mit mehreren andern aus Deutschland Geflohenen, einen Nachmittag bei uns, man sprach unter andrem von den Bücherverbrennungen. Als Dichter stand er mir nur darum nicht so nah wie Dir, weil ich ja zum Theater kaum ein Verhältnis habe. Aber seine Gedichte und Erzählungen liebe und schätze ich von den Anfängen bis heute, sein Tod ist auch mir ein Schmerz und Verlust. Er war der einzig wirkliche Dichter unter den deutschen Kommunisten, und der einzige, der noch auf der ganzen breiten Basis einer umfassenden literarischen Bildung stand.

(Aus einem Brief, Ende August 1956 an Peter Suhrkamp)

Düsseldorf (ADN). »Ich bin Kriegsgegner, nicht mit christlicher Begründung, stehe aber brüderlich zu den Gleichgesinnten jeder Konfession und denke über die Äußerungen der Bundestagsabgeordneten Berendsen und Brökelschen ebenso wie Frau Lüders. Daß der Vernunft und Menschlichkeit auch von katholischer Seite ein so gut gerüsteter und schlagfertiger Verteidiger wie Peter Nellen erstanden ist, darüber kann ich mich nur freuen.«

Diesen Brief hat der bekannte deutsche Schriftsteller Hermann Hesse an die katholische Schriftstellerin Christa Thomas gerichtet.

Hermann Hesse nimmt damit zu einem Rundbrief Stellung, in dem Christa Thomas auf Vorgänge während der Wehrpflichtde-

1 Bertolt Brecht (1898-1956) war am 14. 8. in Berlin gestorben.

2 Der Besuch, gemeinsam mit Bernard von Brentano und Kurt Kläber fand im April 1933 statt.

batte im Bonner Bundestag eingegangen war. Der CDU-Abgeordnete Peter Nellen hatte sich im Bundestag im Gegensatz zur Mehrheit seiner eigenen Fraktion konsequent für das Recht auf Kriegsdienstverweigerung[1] eingesetzt, das nach dem Willen der CDU-Führung weitgehend beschränkt werden sollte.
(Aus »Neue Zeit«, Tageszeitung der CDUD, Berlin-Ost, vom 31. 8. 1956)

Im deutschen Osten erschien ein erstes Buch über mich, nicht von einem Autor, sondern von einem Kollektiv verfaßt, streng nach marxistischer Doktrin. Mein Verdienst besteht darin, daß ich mich in der kapitalistischen Welt so unglücklich gefühlt und dies Mißbehagen in Büchern und Gedichten ausgedrückt habe. Inzwischen ist dort im Osten Bert Brecht gestorben, die einzige große dichterische Begabung des deutschen Kommunismus, ich schätze ihn sehr und sein Tod geht mir darum nah, weil er mit Freund Suhrkamp seit Jahrzehnten nah befreundet war.
(Aus einem Brief vom September 1956 an Wilhelm Gundert)

Nächst dem Essay über meine Lyrik[2] sprechen mich in diesem Heft besonders die Gedenkworte für Weiskopf und für Brecht an. Brecht ist mir immer teuer gewesen, und ich bin dankbar für das schöne Bildnis, das Sie Ihrem Heft mitgaben.
(Aus einer Postkarte vom 14. 9. 1956 an die Schriftleitung der Zeitschrift »Neue Deutsche Literatur«)

Daß man im Osten sich überhaupt um mich kümmert, hat zwei Gründe. Erstens kümmert man sich dort prinzipiell um alles, was sich politisch ausschlachten läßt. Und dann gibt es noch einen andern Grund, der mir schon aus Hitlerzeiten bekannt ist: das Volk, und vor allem die Jugend, weiß durch Hörensagen soviel von mir, daß man auf Bücher von mir und über mich neugierig ist. Und ebenso wie Goebbels hören auch die Ost-Minister sehr genau auf die Wünsche der Jugend. Bei Goeb-

1 Für das Recht auf Kriegsdienstverweigerung hatte Hesse bereits 1917 plädiert. Vgl. S. 202.
2 Eberhard Hilscher, »Der Lyriker Hermann Hesse«, im Septemberheft 1956 der NDL, Ostberlin.

bels war es z. B. so: man unterdrückte mich gründlich, einfach indem man meinen Verlegern kein Papier für Neudrucke bewilligte. Aber als dann Krieg war, und die Wunschlisten der Heeresbuchhandlungen, deren Soldaten und Lazarettbibliotheken immer wieder nach Büchern von mir verlangten, half man sich so: man bewilligte etwa einen Neudruck des Knulp oder der Gedichte in einer Höhe von einigen Tausend, wovon der Verleger aber nur wenige Hundert frei verkaufen durfte, die ganze übrige Auflage wurde von der Heeresleitung reklamiert. Ähnlich machen die im Osten es jetzt auch.

(Aus einem Brief vom 14. 9. 1956 an Hilde Sarasin)

Über den Zustand Deutschlands denke ich so ziemlich gleich wie Sie. Nach dem Zusammenbruch begann es mit der Amerikanisierung, dann tauchten die Nazileute und Nazigedanken wieder auf und nebenher die Wiederbewaffnung, begleitet von einer Art Gegenreformation – es ist ein so lächerliches wie schändliches Theater. Doch sieht es in manchen andern Ländern auch nicht besser noch gescheiter aus, und die Schauplätze der aktuellen Weltgeschichte sind von Deutschland weit entfernt.

Und aus vielen dieser leidenden und verirrten Völker bekomme ich Briefe, die mir zeigen, daß überall, von Argentinien über Europa bis Japan, Menschen vorhanden sind, die ganz ähnlich denken und fühlen wie Sie und ich. Diese Minorität, die über alle Nationen sich verteilt, müssen wir als unser Vaterland und unsere Gemeinschaft betrachten.

(Aus einem Brief vom 20. 9. 1956 an Rolf Conrad)

Was den Osten betrifft, so können Sie meinetwegen ohne Sorge sein. Ich suche dort alles zu stützen, was ich an moralischem Widerstand kenne und bewährt finde und lasse mir durch Schmeicheltöne von offizieller Seite nichts vormachen.

(Aus einem Brief, ca. 1956, an Werner Bock)

Sehr geehrte Herren! Soeben erfahre ich, daß als Preisrichter für den Literaturpreis, der meinen Namen trägt, auch Professor Sieburg figuriert. Ich möchte Sie darauf aufmerksam machen, daß dies nicht angeht. Professor Sieburg ist mir und der Welt bekannt als prominenter Nationalsozialist, und ich bin jedem, den diese Dinge interessieren, bekannt als Vertreter einer Weltanschauung, die zu den Gedanken und Taten des Nationalsozialismus in schroffstem Gegensatz steht. Ich stelle nun den Antrag, daß Sie entweder Professor Sieburg zum Rücktritt veranlassen oder Ihrem Preis einen anderen Namen als den meinen geben.[1]

(Aus einem Brief vom November 1956 an die Förderungsgemeinschaft »Deutsche Kunst«, Stiftung Hermann Hesse-Preis)

Daß ich einen der Proteste von Intellektuellen wegen Ungarn[2] mit unterzeichnet habe, geschah lediglich den Kollegen, den Verfassern des wohlgemeinten aber natürlich nutzlosen Dokumentes zuliebe. Im ganzen suche ich die Beteiligung an solchen Aktionen sorgfältig zu vermeiden, da die ewig wiederholten Aufrufe und Proteste unverantwortlicher Skribenten in politischen Angelegenheiten ja bloß die Ohnmacht der Vernunft noch sichtbarer machen und durch ihre Häufigkeit den fraglichen Wert solcher Kundgebungen noch fraglicher machen. Wir sitzen auf den schönen Trümmern unsrer abendländischen Kultur vermutlich als eine der letzten Generationen. Was in Asien und Afrika sich, zum großen Teil durch die Schuld Europas, angestaut hat und wie ein Bergrutsch oder eine Völkerwanderung gegen uns unterwegs ist, davor wird nichts uns retten können. Immerhin, bei dem ungarischen Aufstand habe ich, der ich ja kein Freund von Heldentum und Gewalt bin, eine große Bewunderung für die Zähigkeit des Widerstands.

In Basel wurden in einer Schule die Zweitklässler bei den »drei Minuten des Schweigens« angehalten, für die armen Ungarn zu beten. Einer sagte dann, als man ihn fragte, er habe nicht für die Ungarn gebetet. »Für wen denn?« »Für die Russen, daß sie wieder lieb werden.«

(Aus einem Brief, etwa Dezember 1956, an Karl Dettinger)

1 Friedrich Sieburg trat nach diesem Brief aus der Jury aus. Erster Träger des Hermann Hesse-Preises wurde Martin Walser.

2 Im November 1956 wurde der ungarische Volksaufstand für demokratische Freiheiten von der Roten Armee blutig unterdrückt.

Den Ruck in der Weltgeschichte spüren wir natürlich auch. Der große Bergrutsch, unter dem unsre westliche Welt einmal begraben wird, geht seinen Weg, doch hat er immerhin zwei Aspekte: wenn die politischen Ereignisse dieser Wochen die Macht und die Brutalität des Ostens ausdrücklich sichtbar gemacht haben, ebenso wie die senile Schwäche des Westens – so haben sich doch beinahe überall im Osten Gegenströmungen gezeigt, die der Hoffnung Raum lassen, es werde unsre Welt nicht vom jetzigen Kommunismus überwältigt werden, sondern von einem revidierten, gemilderten, menschlicheren.

(Aus einem Brief vom 13. 12. 1956 an eine Leserin)

Wenn mir auch die Frage der Annäherung zwischen Ost und West und der Förderung dieser Annäherung durch die geplante Welt-Universität heute noch indiskutabel scheint, so kann ich doch das Gelingen dieser Gründung nur herzlich wünschen. Soweit ich die bisherigen Äußerungen der von Ihnen Befragten lesen konnte, finde ich die Idee dieser internationalen Eliteschule, wie sie auch mir als Wunschbild vorschwebt, am treffendsten in den Worten von Professor Max Huber[1] ausgedrückt.

(Aus einem Brief vom Januar 1957 an die Internationale Vereinigung zur Gründung einer Welt-Universität, Stuttgart)

Aus Ihrem Brief erfahre ich zum erstenmal, daß Sie also nicht Nationalsozialist waren und diesem Regime keine Dienste geleistet haben. Es war mir von vielen Seiten her immer das Gegenteil versichert worden. Sie jemals angegriffen oder öffentlich als Nazi bezeichnet zu haben, kann ich mich nicht erinnern. Ich habe an Literatenkämpfen und politischen Denunziationen niemals teilgenommen. Dagegen habe ich in meinem privaten, persönlichen Bereich in diesem Punkt stets auf Klarheit gehalten und habe selbst einigen sehr lieben Freunden ihre Zugehörigkeit zur Partei erst nach langen Jahren und nach rückhaltloser Aussprache verziehen.

Als ich von Kollegen darauf aufmerksam gemacht wurde, daß Sie jener Jury für den Baden-Badener Preis angehören, habe ich

1 Max Huber (1874-1960), Richter am internat. Gerichtshof in Den Haag, von 1928-45 Präsident des intern. Komitees vom Roten Kreuz.

das Comité gebeten, zwischen Ihnen und mir zu wählen, denn man hatte Sie mir ja als »prominenten Nazi« bezeichnet. Das war mein gutes Recht. Als jene Kollegen mich dann aufforderten, mich damit nicht zu begnügen, sondern meinen Brief an das Comité zu veröffentlichen, habe ich mich geweigert, das zu tun. Ich hatte nicht das Bedürfnis, Ihnen zu schaden.

(Aus einem Brief vom März 1957 an Friedrich Sieburg)

In Sorge bin ich um den früheren Leiter des Aufbau-Verlags in Ost-Berlin[1] Er wurde, vermutlich im Zusammenhang mit dem Prozeß Harich[2] im November verhaftet. Ich konnte bisher nicht erfahren, ob und mit welchem Urteil sein Prozeß geendet hat. Wenn Sie etwa davon erfahren, bitte ich um kurze Auskunft. Der Verhaftete heißt Janka und war ein anständiger und zuverlässiger Mann, übrigens frommer Kommunist.

(Aus einem Brief, 1957, an L. Preuss)

Sie waren Katholik und Kommunist und haben das Bedürfnis nach handfesten, autoritativen Programmen. Sie ehren Sokrates und Cervantes, weil sie in Schlachten mitgekämpft haben und haben offenbar nicht gemerkt, daß diese beiden zu den spöttischen und hintergründigen Geistern gehören, zu denen, bei denen Spaß und Ernst unheimlich ineinander verflochten sind – daß sie also gerade die Eigenschaften haben, die Sie mir und den andern heutigen Literaten so bitter und unartig vorwerfen.

Diese Verachtung für Geist und Dichtung, diese Knabenverehrung für Schwert, Blut und Schlacht, diese ganze edle Weltanschauung der Hitlerjugend ist einer Antwort nicht wert. Wozu reden mit Leuten, deren Sprache der Prügel ist? Wozu schreiben an Leute, die nicht lesen können noch es lernen wollen?

(Aus einem Brief vom 11. 3. 1957 an D. K.)

Den Millionen Hörern – nein, dem deutschen Volk, soweit es in der Bundesrepublik wohnhaft ist, uneins in seinen Rundfunk-

1 Walter Janka, ehemaliger Leiter des ostberliner Aufbau Verlages.

2 Der Philosoph Wolfgang Harich (* 1923) war von 1956 bis 1965 wegen seines Eintretens für liberalere Kulturpolitik als »Konterrevolutionär« inhaftiert.

stämmen, wurden die besten Gelegenheiten geboten, sich um Hesse herumzudrücken. Die meisten Hörer haben gar nicht bemerkt, daß etwas Besonderes los war, und es war ja auch im Rundfunk gar nichts Besonderes los, mit Routine wurde Hesse durch den Programmwolf gedreht, und mehr konnte schon deshalb nicht sein, weil es nicht so viele Autoren wie Programme auf Langwelle, Mittelwelle, Kurzwelle und Ultrakurzwelle gibt, die etwas Besonderes, etwas diesem 80-Jahre-Leben und seinem Werk durchaus Angemessenes zu sagen gewußt hätten.

Schauder ergreift alle föderativen Herzen. Will da vielleicht einer . . .? Ja, er will. Er will sagen, daß es Gelegenheiten gibt, seltene Gelegenheiten (aber dies war eine solche), bei denen die Rundfunkstationen sich ermannen und ihre überregionale Repräsentationspflicht begreifen müßten. Nicht vielgestaltige Fülle, sondern provinzielle Schwäche kommt zutage, wenn man auch solche Gelegenheiten in den Regionalprogrammen untergehen läßt. Diese hätten sich ja überdies Hesses bemächtigen können – aber zu einer Stunde, zu einer Hauptsendung hätten sich die Sender vereinigen müssen. Wenn es überhaupt keine überregionalen Zusammenschlüsse im Programm gäbe, dann müßte man natürlich auch einen regional fein dosierten 80. Geburtstag Hesses hinnehmen. Aber das ist ja nicht der Fall. Da gibt es zum Beispiel den guten deutschen Fußball. Ich habe noch nicht bemerkt, daß eine Endspiel-Fußball-Weltmeisterschaft mit deutscher Beteiligung im Nachtprogramm versteckt worden oder über Tage scheibchenweise verteilt worden wäre. Natürlich, warum nicht, schließlich ist eine Weltmeisterschaft für das Land, das sie erringt, ein nationales Ereignis und findet nur selten statt.

Eben. Hesses 80. Geburtstag fand sogar nur einmal statt. Die Vorstellung, daß Kulturereignisse nur regional gefeiert und gesendet werden dürften, halte ich für absurd. Ich sehe darin den Ausdruck eines Ressentiments, das die Politiker (leider) längst nicht mehr teilen. Mag man die deutsche Wellenskala durchdrehen können und dabei unausweichlich erfahren, wie viele Tore wer geschossen hat – gut, Millionen wollen es wissen. Aber hätte es den Millionen geschadet, wenn sie »der Rundfunk«, nämlich alle Sender des Staatsgebietes, gezwungen hätte, den Namen Hesse – wenigstens den Namen! – durch eine in jedem Sinne außergewöhnliche Sendung zu erfahren?

Es ist nicht gesund, wenn die »nationale« Arena ausschließlich *den Politikern, den Militärs und den Sportlern überlassen bleibt, während sich die Kultur provinziell abspielt.*

(Aus einer Glosse von Erich Kuby anläßlich der Hesse-Rezeption der deutschen Rundfunkanstalten bei Hesses 80. Geburtstag, »Süddeutsche Zeitung«, München, vom 5. 7. 1957)

Als das Komitee der deutschen Kultusminister beschloß, diese Summe[1] für notleidende Literaten zu stiften und der Stiftung meinen Namen zu geben, habe ich zuerst abgelehnt, dann mußte ich mich doch dazu überreden lassen, schon weil sonst niemand etwas bekommen hätte, während so immerhin 50 000 Mark an bedürftige Kollegen gelangen. Das Geld geht nicht durch meine Hände, die Verteilung besorgt das Komitee, ich habe lediglich einige Namen angegeben, die ich bei der Spende zu berücksichtigen bitte. Aber natürlich kam, wie ich gleich befürchtet hatte, eine Flut von Bewerbungen und Bitten von teils guten, teils schlechten, teils auch verrückten Literaten an uns, eine Belastung, die uns diesen Sommer noch mühsamer gemacht hat.

(Aus einem Brief an seinen Sohn Heiner vom August 1957)

Die Klagen über das Fehlen meiner Bücher im Osten sind mir bekannt, sie kommen jeden Tag, und ich habe, da die DDR im Erwerben von Lizenzen sehr knauserig ist, hunderte und hunderte von Büchern seit Kriegsende dorthin verschenken müssen. Und nun ist überdies der Leiter des Verlags, der bisher drei Bücher von mir gebracht hat, zu 5 Jahren Zuchthaus verurteilt, was seinen Tod bedeutet, da er schwerkrank ist. Ein durchaus integrer Mann, gläubiger kommunistischer Idealist. Damit ist mir die Lust zu weiteren Ausgaben vollends vergangen.

(Aus einem Brief vom Sommer 1957 an Ruth Haußmann)

Es ist immer ein zwiespältiges Gefühl, wenn ich von Versuchen höre, meine Bücher in Ihrer Zone bekannt zu machen. An sich freut es mich, aber praktisch ist die Folge nur die, daß wieder eine Anzahl von Bettelbriefen von dort kommt, und ich wieder

1 Des Hermann Hesse-Preises.

sehen muß, wie ich es ermögliche, einen Teil dieser Bitten zu erfüllen. Für einige zehntausend Mark Bücher habe ich seit Kriegsende nach Ihrem Osten verschenkt, weil man dort nicht gewillt ist, sie normal und käuflich zu erwerben, auch nicht, wenn wir den dortigen Verlagen noch so weit entgegenkommen. Am guten Willen der Verleger fehlt es nicht, es wäre ja auch für sie nur ein gutes Geschäft. Aber die Wirtschafts- und Devisenpolitik sabotiert das rigoros. So entsteht die groteske Lage, daß die Bücher eines westdeutschen Dichters in vielen Sprachen Europas, Amerikas, Asiens zu kaufen sind, nicht aber im deutschen Osten.

(Aus einem Brief vom Januar 1958 an Franz Vetter)

Sehr viele schon von meinen Lesern und Briefschreibern haben den Sprung nach dem Westen gewagt. Obwohl dieser Westen keine freundliche Oase sondern eine andre Art von Wüste ist, habe ich doch diesen Sprung in jedem Fall gebilligt und mich über ihn gefreut. Und soweit ich mich erinnern kann, ist von den Vielen, die mir schrieben, nur einer ernstlich in Gefahr, den Sprung bereuen zu müssen.

(Aus einem Brief, 1958, an Hilde Jerusalem)

Ein Wort über den Antisemitismus

Der primitive Mensch haßt das, wovor er sich fürchtet, und in manchen Schichten seiner Seele ist auch der zivilisierte und gebildete Mensch ein Primitiver. So beruht auch der Haß von Völkern und Rassen gegen andere Völker und Rassen nicht auf Überlegenheit und Stärke, sondern auf Unsicherheit und Schwäche. Der Haß gegen die Juden ist ein verkleidetes Minderwertigkeitsgefühl: dem sehr alten und sehr intelligenten Volk der Juden gegenüber empfinden die weniger klugen Schichten einer andern Rasse Konkurrenzneid und beschämende Unterlegenheit, und je lauter und heftiger dies üble Gefühl sich als Herrentum aufspielt, desto gewisser steckt Furcht und Schwäche dahinter. Ein wirklich Überlegener, ein wirklicher Herr wird den, dem er sich überlegen weiß, bemitleiden, vielleicht gelegentlich auch verachten, niemals aber hassen.

Wir alten Leute haben die Zeit noch erlebt, da man in Deutschland von den Judenverfolgungen in Rußland und andern Ländern nur mit Schauder und Entsetzen las und sprach. Ob man nun die Juden liebte und zu schätzen wußte oder nicht, man empfand diese Pogrome als barbarisch und menschenunwürdig. Doch reichte freilich die Verstandes- und Herzensbildung nur selten so weit, daß man den Antisemitismus auch im eigenen Volk und Staat erkannte und verurteilte, wo er sich vorläufig nicht in Schlächtereien, sondern nur in Rechtsbeschränkungen und in einem Vokabular von Spott- und Schimpfnamen für die andere Rasse äußerte.

Die scheinbar kleine Unterlassungssünde hat sich entsetzlich gerächt. Dasselbe deutsche Volk, das einst die Pogrome in andern Ländern mit Schaudern verdammte, hat ein paar Jahrzehnte später alle diese Scheußlichkeiten so überboten, daß seither in vielen Ländern der Erde das deutsche Wesen für viel gefährlicher und schändlicher gilt als jemals das der Juden oder der Hunnen.

Gewiß, dies Urteil ist nicht das der Gescheitesten und Fortgeschrittensten, es ist ein Urteil des aus Furcht geborenen Hasses, wie es einst der Judenhaß der Hitlerleute war. Aber es existiert, dies Urteil, es ist eine Tatsache, und wohin solche Haßgefühle führen können, wenn sie nur etwas geheizt und organisiert werden, das haben ja die deutschen Konzentrations- und Vernichtungslager der Welt vor Augen geführt.

Zu den Aufgaben der deutschen Jugend gehört es nun, diesem Deutschenhaß durch eine vernünftige und würdige Haltung zu begegnen. Dazu gehört vor allem eine Einsicht in die Ursachen der Schande, die der Nationalsozialismus und vor allem dessen Judenvernichtungen über Deutschland gebracht haben, und eine immer wache Abkehr von den Charakter- und Denkfehlern jener Generation und ihrer Führer.

Wer heute in Deutschland noch oder wieder hitlerische und judenfeindliche Phrasen nachspricht und die Augen vor dem so unheimlich folgerichtigen Ablauf der deutschen Geschichte zwischen 1933 und 1945 verschließt, ist ein Feind seines Vaterlandes. Und wenn einem von Euch Jungen das, was jeder weiß, noch nicht genügt, und wenn ihm ein Verführer mit jenen Lügenmärchen über jüdische Übeltaten kommt, mit denen Hitler und Himmler ihr Volk überschwemmten, dann denket daran, daß das, was Deutsche den Juden angetan haben, leider kein Lügenmärchen ist. Das Buch vom Dritten Reich und den Juden spricht eine Sprache, vor der jede Phrase verstummt.

(Aus »Blickpunkt«. Die junge Zeitschrift, vom Juli/August 1958)

Für mich gibt es *zwei* Menschengeschichten, die politische und die geistige. Etwas wie Fortschritt ist in beiden nicht feststellbar. Ob Simson die Philister mit einem Knochen totschlägt oder Hitler Raketengeschosse nach England speit, ist dasselbe. Und von der Philosophie der Upanishaden bis zu Heidegger ist auch kein Fortschritt wahrzunehmen. Dagegen unterscheiden sich die beiden Historien doch sehr. Die sogenannte Weltgeschichte mag man betrachten in welchem Abschnitt man will, so ist sie häßlich, grausam und teuflisch. Die Geschichte der Sprachen, der Denkweisen, der Künste aber ist auf jeder Strecke voll schöner, liebenswerter Bilder und Blüten. Sie ist es, deretwegen vermutlich der Schöpfer trotz allem die Menschheit bis heute hat weiter existieren lassen.

(Aus einem Brief vom 5. 8. 1958 an Curt Pfeiffer)

Im Westen interpretiert man mich psychologisch, im Osten soziologisch. Wenn sie im Osten ein Gedicht von mir finden, das etwas depressiv ist, dann sagen sie sofort, da sieht man, wie er unter dem westlichen System leidet.

(Hesse 1958 in einem Gespräch mit Franz Baumer)

Sie haben ganz recht: einem Dichter (und überhaupt einem Künstler) darf und muß man viel verzeihen. Es ist ja immer schon ein Glück für die Welt, wenn ein großes Talent da ist, ein echter Dichter oder Musiker oder Maler, ein Talent, das die Welt mit Schönem beschenkt. Daß ein Mensch mit solchem Talent auch noch sehr klug, sehr moralisch, sehr edel und gütig sein solle, das dürfen wir wünschen, aber gewiß nicht verlangen.

[Gerhart] Hauptmann war gewiß kein Nazi, wenn er sich auch davor zu schützen wußte, durch die Nazi seinen Lebens- und Schaffensraum zu verlieren. Er lebte außerhalb der Politik. Viel schlimmer stand es mit [Knut] Hamsun, der den Nazis mit offenen Armen entgegenlief, auch überdies kein guter Charakter und doch ein großer Dichter war. Doch hat auch er, als er die Greuel endlich sah, die man seinen Landsleuten antat, ein Herz gehabt und als prominentester Vertreter seines Landes sich an Hitler gewandt, um die größten Übel zu mildern (natürlich umsonst). Bei R[ichard] Strauss war es ähnlich wie bei Hauptmann, er gehörte zu den Leuten des Theaters, der massiven Wirkungen und Erfolge, der Ovationen, Bankette und Ehrungen. Wir Steppenwölfe und Einsiedler haben es leichter, uns diesen Lockungen fernzuhalten. Über Rolland wage ich kein Urteil. Er war der Freund und Bewunderer Gandhis, aber auch aktiver Kommunist, also einverstanden damit, daß eine Weltverbesserung auch mit Gewalt und Terror erreicht werde.

(Aus einem Brief, 1958, an Wayne Andrews)

Ihre Worte über Israel waren und sind mir teuer, da ich zu jenem Land und Volk viele und herzliche Beziehungen habe u. a. durch die jüdische Herkunft meiner Frau, durch die Freundschaft mit Buber und durch viele andere dortige Freundschaften. Ich habe während der Hitlerzeit einmal zu meiner Frau gesagt, es wäre eigentlich hübsch, wenn man mich zum Ehrenjuden ernennen würde. Später dann hat Israel mich überrascht durch die Pflanzung eines Waldes, der meinen

Namen trägt. Die hebräische Urkunde darüber war die einzige Ehrung, die mir wirklich Freude machte.

(Aus einem Brief vom Januar 1959 an C. J. Burckhardt)

Über das, was Sie von Kerr berichten,[1] habe ich lachen müssen. Die instinktive Abneigung, die er gegen mich empfand und so eigensinnig bis zum Tode festhielt, wurde von mir in früheren Jahren, als es ihm noch gut ging, und er in Berlin seine koketten Artikel schrieb, herzlich erwidert. Mit seiner Emigration hörte das auf, da tat er mir nur noch leid. Doch kann man nachträglich wohl sagen, daß Erscheinungen wie Kerr sehr dazu beigetragen haben, harmlose deutsche Patrioten zu Antisemiten zu machen.

(Aus einem Brief vom Februar 1959 an Georg Alter)

Als ich vor fünfzig Jahren in Indien war, stand im ganzen Osten der weiße Mann noch als Herr den »Eingeborenen« oder »Farbigen« gegenüber. Es gab unter den Kolonisten und europäischen Kaufleuten manche, die sich für indische oder chinesische Architektur, für malayische Batik-Kunst, für Sprachen, Religionen und alte Bräuche jener Völker ein wenig interessierten, China-Porzellan oder javanische Wayangfiguren sammelten und ein offenes Auge für die Naturschönheiten jener Länder hatten: auf Java und Sumatra gab es auch unter den Kolonialbeamten einige, die in jungen Jahren für Multatuli[2] geschwärmt hatten. Aber auch ihnen war es nirgends möglich, die Schranke zu durchbrechen, die sie als Weiße und

1 Georg Alter hatte Hesse über die nachfolgende Erinnerung von Willy Haas informiert: »Einmal wollte er [Alfred Kerr] mir über Hermann Hesse etwas erzählen, den er nicht mochte, konnte sich aber nicht auf den Namen besinnen. Er versuchte mich darauf zu bringen.
›Ach, dieser alte Schwabe, der sich immer als Schweizer aufspielt!‹ Ich wußte nicht, wen er meinte. ›Na – dieser harmlose Schriftsteller! Dieser un-glaublich harmlose Schriftsteller! Dieser entsetzlich harmlose Schriftsteller!‹ Noch immer tappte ich im Dunkeln. ›Dieser skandalös harmlose Schriftsteller!‹ schrie er fast. ›Hermann Hesse?‹ fragte ich zweifelnd. ›Ja – Hermann Hesse!‹ sagte er tief befriedigt, mit blinzelnden Augen.«
(Aus: Willy Haas, »Die literarische Welt«, Paul List Verlag, 1957).
2 Multatuli (lat.: »ich habe viel gelitten«) Pseudonym des holländ. Schriftstellers E. Douwes-Dekker (1820-1887) kämpfte u. a. in seinem Roman »Max Havelaar« gegen die Ausbeutung der Javanen durch den Kolonialismus.

Herren von den Eingeborenen trennte. Ein kleiner Vorfall aus den Tagen meines Besuches auf Sumatra ist mir unvergeßlich geblieben.

Wir lebten ein paar Tage im Bungalow einer Handelsgesellschaft, die weit oben am Batang Hari eine Waldstrecke erworben hatte. Im Bungalow hausten vier Herren, vier Europäer. In ringsum verstreuten Schilfhütten hausten die malayischen Waldarbeiter, bei ihnen war auch unser chinesischer Koch untergekrochen. Eines Abends erschien bei uns der Aufseher der Arbeiter, ein schön und traurig aussehender Malaye, von dem man mir erzählt hatte, er sei von edler Herkunft, Sohn eines Häuptlings. Er begrüßte mich mit dem üblichen Zuruf: »Tabeh tuan« (Gruß dir, Herr), den ich höflich mit Tabeh tuan beantwortete. Später, als der Aufseher wieder gegangen war, nahm mich der Manager der Firma beiseite und belehrte mich tadelnd, daß ich niemals einen Malayen mit tuan (Herr) anreden dürfe.

Die beiden »farbigen« Völker, von denen ich am meisten gelernt und von denen ich den größten Respekt habe, sind die Inder und die Chinesen. Beide haben eine geistige und künstlerische Kultur geschaffen, die der unsern an Alter überlegen, an Gehalt und Schönheit gleichwertig ist.

Die Hochblüte des indischen Denkens fällt so ziemlich in die gleiche Zeit wie die des europäischen, in die Jahrhunderte etwa zwischen Homer und Sokrates. Damals wurden über Welt und Mensch in Indien wie in Griechenland die bisher höchsten Gedanken gedacht und zu großartigen Denk- und Glaubenssystemen entwickelt, die eine wesentliche Bereicherung später nicht erfahren haben, ihrer aber auch wohl nicht bedurften, denn sie stehen heute noch in voller Lebenskraft und helfen vielen Millionen Menschen das Leben bestehen. Der hohen Philosophie des alten Indien, die an Kühnheit der Spekulation wie an spitzfindiger Logik von keiner abendländischen übertroffen wird, steht eine überaus vielgestaltige, an Tiefe und an Humor reiche Mythologie gegenüber, eine volkstümliche Götter- und Dämonenwelt und Kosmologie von üppigster Bildkraft, die in der Dichtung wie in der Struktur, aber auch im Volksglauben blühend fortbesteht. Doch ist aus dieser farbig glühenden, tropisch wuchernden Welt auch die ehrwürdige Gestalt des großen durch Entsagung Überwindenden, des

Buddha, hervorgegangen, und der Buddhismus erweist sich heute sowohl in seiner ursprünglichen indischen wie auch in der späteren chinesisch-japanischen Form des Zen nicht nur in seiner asiatischen Heimat, sondern auch im ganzen Westen, Amerika inbegriffen, als eine Religion von höchster Moral und starker Anziehungskraft. Seit etwa zweihundert Jahren ist das abendländische Denken häufig und kräftig vom indischen Geist berührt und beeinflußt worden, er hat auf dem Wege über Schopenhauer auch eine Elite der deutschen Intelligenz mit erzogen.

Wenn dieser indische Geist ein vorwiegend seelenhafter und frommer ist, so gilt das geistige Streben der chinesischen Denker vor allem dem praktischen Leben, dem Staat und der Familie. Wessen es bedarf, um gut und erfolgreich zum Wohl aller zu regieren, das ist das oberste Anliegen der meisten chinesischen Weisen, wie es ja auch das Anliegen Hesiods und Platons war. Die Tugenden der Selbstbeherrschung, der Höflichkeit, der Geduld, des Gleichmuts werden ebenso wie in der abendländischen Stoa hoch bewertet. Es gibt aber daneben auch metaphysische und elementare Denker, obenan Lao Tse und sein poetischer Schüler Tschuang Tse, und nach dem Eindringen der Buddha-Lehre hat China langsam eine höchst originelle, äußerst wirksame Form des Buddhismus entwickelt, das Zen, das ebenso wie die indische Form der Lehre auch im heutigen Westen von spürbarem Einfluß ist. Daß der chinesischen Geistigkeit eine nicht minder hoch und fein entwickelte bildende Kunst zur Seite steht, ist jedem bekannt.

Die heutige Weltlage hat an der Oberfläche alles verändert. Es war mit der Befreiung von den weißen Herren nicht getan, ganz andere Gewalten bilden jetzt den Sturmwind über Asien. Die Chinesen, einst das friedlichste und an kriegs- und militärfeindlichen Bekundungen reichste Volk der Erde, sind heute die gefürchtetste und rücksichtsloseste Nation geworden. Sie haben das heilige Tibet, neben Indien das frömmste aller Völker, barbarisch überfallen und erobert, und sie bedrohen dauernd Indien und andere Nachbarländer. Wir können das nur konstatieren. Vergleicht man etwa das politische Frankreich oder England des 17. Jahrhunderts mit dem heutigen, so zeigt sich, daß der politische Aspekt einer Nation sich im Lauf weniger Jahrhunderte gewaltig verändern kann, ohne daß dies

auch eine entsprechende Veränderung im Kern des Volkscharakters bedeuten müßte. Wir müssen wünschen, daß auch im chinesischen Volk über die Zeiten dieser Verstörung hinweg sich viele seiner wunderbaren Charakterzüge und Begabungen erhalten.
(»Blick nach dem Fernen Osten«, Erstdruck unter dem Titel »Indien und China«, in »Weltwoche«, Zürich, vom 30. 10. 1959)

Ich bin, was die Belehrbarkeit der Menschen und speziell die politisch-moralische Belehrbarkeit der Deutschen betrifft, Pessimist.

Was mich an Ihrem Schicksal und Wesen anzieht und freut, ist die Hingabefähigkeit an eine Idee, die Fähigkeit zu Kameradschaft und Opfer – und dann Ihre Unruhe, Ihr Bedürfnis nach Selbsterkenntnis und Rechtfertigung. In diesen Punkten verstehe ich Sie durchaus. Anders ist es mit Ihrer politischen Tätigkeit. Ich bin ein indisch-christlich erzogener Einzelgänger, dem jedes Machenwollen von Weltgeschichte, jedes Ändernwollen der Welt durch Gewalt, durch Saalschlachten, Kriegführen etc. etc. unsinnig und falsch erscheint, der auch die Weltgeschichte genügend viel betrachtet hat, um seine Meinung durch sie völlig bestätigt zu finden. Daß ein Zar durch einen Stalin, einen Kadar, Chruschtschow, Ulbricht ersetzt wird, ist kein Gewinn, es ist ein Tausch, keiner Opfer wert. Und daß auch im Westen nichts gut geworden ist, wissen Sie ja auch. Aufgrund dieser Anschauungen sehe ich in allen Versuchen, die Welt gewaltsam zu verbessern, nur Irrtümer. Was durchaus aber nicht hindert, daß ich vor dem guten Willen und Glauben des idealistischen Mitgängers und Mitkämpfers Respekt habe.
(Aus einem Brief vom Dezember 1959 an Alfred Kantorowicz)

Offenbar liegt ja heute die politische Vernunft nicht mehr dort, wo die politische Macht liegt, und es muß ein Zustrom von Intelligenz und Intuition aus nichtoffiziellen Kreisen stattfinden, wenn Katastrophen verhütet oder gemildert werden sollen.

Ihr Buch[1] halte ich für einen gescheiten, schönen und tapfern

1 Vermutlich: W. W. Schütz, »Schritte zur Wiedervereinigung«, Göttingen, Berlin, Frankfurt a. M. 1959.

Versuch auf diesem Felde, und wir müssen ja daran glauben, daß das Gerassel und Gebrüll der Diktatoren und Kriegstechniker auf die Dauer der leiseren Stimme der Vernunft nicht standhalten kann. Wenn ich sage »wir müssen«, so meine ich das nicht als moralischen sondern direkt als biologischen Imperativ.

(Aus einem Brief vom Februar 1960 an Wilhelm Wolfgang Schütz)

Die heutige deutsche Jugend halte ich nicht für verdorbener oder gefährlicher als die Jugend andrer Länder. Es sind ja auch in mehreren andern Ländern solche unflätige Demonstrationen vorgekommen.

Das Mißtrauen gegen Deutschland besteht im Ausland, wenn auch nicht mehr so heftig wie einst, noch fort. Schuld daran ist heutzutage weniger das, was das deutsche Volk unter Hitler gesündigt hat, als der sehr bedenkliche Umstand, daß auch heute noch alte Nazileute in hohen Ämtern, sogar in Ministerien, sitzen oder in Ruhe hohe Pensionen beziehen. Hier hat das Mißtrauen gegen Deutschland auch meiner Ansicht nach völlig recht.

(Aus einem Brief vom 12. 3. 1960 an Helmut Kirschstein)

Die Weltgeschichte wird im Wesentlichen von den Primitiven und Jungen gemacht, die besorgen das Vorwärtstreiben und Beschleunigen, im Sinn von Nietzsches etwas theatralischem Wort »Was fallen will, soll man auch noch stoßen«. (Er, der Hochsensible, hätte nie einem alten oder kranken Menschen oder Tier diesen Stoß versetzen können.) Es bedarf aber, damit die Geschichte auch Friedensinseln behalte und erträglich bleibe, immer auch des Retardierens und Konservierens als Gegenmacht, diese Aufgabe fällt den Kultivierten und Alten zu. Mag nun der Mensch, den wir uns denken und wünschen, andre Wege gehen als die unsern und zur Bestie oder Ameise sich entwickeln, so bleibt es eben unsre Aufgabe, diesen Vorgang möglichst zu verlangsamen zu helfen. Unbewußt lassen sogar die militanten Mächte in der Welt diese Gegentendenz gelten, indem sie – wenn auch täppisch genug – neben den Rüstungen und Propaganda-Lautsprechern ihre Kulturbetriebe pflegen.

(Aus einem Brief vom 12./13. 3. 1960 an Herbert Schulz)

Ihr Brief meldet mir nichts Neues. Was Sie da an politischen Gefahren entdecken ist dasselbe, was ich vor 50 Jahren zwar nicht entdeckt aber ahnungs- und gefühlsweise gespürt habe, als ich Deutschland verließ, um nie mehr dorthin zurückzukehren. Es ist die politische Unfähigkeit und Unzuverlässigkeit des Volkes. Während des Krieges von 1914 wurde mir das vollends klar, wurde durch das Schicksal der »Republik« Deutschland, dann durch Hitler, dann durch die servile Gelehrigkeit des Volkes, mit der es sich amerikanisieren ließ, und durch vieles andre bestätigt.

Das deutsche Volk, trotz seiner vielen guten Begabungen, eignet sich wie kaum ein andres zur Diktatur, ist ihr von Bismarck bis Adenauer stets offengestanden. Sie sind jung und die Entdeckung dieser Dinge ist Ihnen neu und erschreckt Sie, aber die Dinge sind alt und zwar betrübend, aber nicht in dem Maß wie Sie sie jetzt sehen. Deutschland ist ein kleiner Teil der Welt und seine Bedeutung für die Welt ist heute sehr viel kleiner als je seit 1870. Mir geht die Amerikanisierung Japans, die Militärisierung Chinas, der Untergang Tibets etc. etc. weit näher als die deutschen Ereignisse.

(Aus einem Brief vom 19. 3. 1960 an K. G.)

Seit langer Zeit haben Sie mir freundlicherweise Ihre schöne Monatsschrift zugesandt. Ich lese Politisches nur noch ausnahmsweise, habe mit der Zeit aber doch eine gute Vorstellung von Ihren Bestrebungen bekommen. Im Ausland lebend und weder den innerdeutschen noch den kirchlichen Problemen nahestehend, habe ich doch immer einmal wieder in Ihren Blättern gelesen und verdanke ihnen manche Belehrung. Ganz besonders freut es mich, daß Sie so tapfer und unermüdlich Ihren Lesern den Schandfleck der Bundesrepublik sichtbar machen, die Besetzung hoher und höchster Ämter mit zum Teil schwer belasteten Nationalsozialisten.

(An die Redaktion der »Blätter für deutsche und internationale Politik«, Köln, März 1960)

Ich lese, zum Teil mit Entsetzen, die Tagebücher von Georg Heym.[1] Der hat Glück gehabt mit seinem frühen Tod, er war

1 Georg Heym (1887-1912). Vgl. »Dichtungen und Schriften«, München, 1970.

zum Nazi prädestiniert, seine Wunschträume waren Offiziersuniform, Krieg oder Barrikaden, und Goethe nennt er nur »Goethe das Schwein«. Trotzdem ist manches an ihm gewinnend.

(Aus einem Brief 1960 an Gotthilf Hafner)

Ihre Schrift mit den Dokumenten[1] war mir sehr willkommen. Sie bringt die Schuldfrage auf eine neue, viel genauere Formel. Und sie tut es auf Ihre eindringliche und dabei unpathetische Art. Wenn man die, die es am meisten angeht, dazu bringen könnte, sie zu lesen, wie gut wäre das! Hier bin ich Pessimist. Nach meiner Erfahrung lassen immer nur jene Gewissen sich anrufen und schärfen, die ohnehin schon wach sind. Es wäre gut und mir lieb, wenn ich damit unrecht hätte.

(Aus einem Brief vom 30. 7. 1960 an Robert Neumann)

Daß Sie die Bedeutung des falschen Datums bagatellisieren,[2] ist begreiflich, aber nicht nett von Ihnen. Ihnen tut das nicht weh, ich aber habe mit dem verleumderischen Vorwurf, als habe ich Deutschland 1914 und als quasi Fahnenflüchtiger verlassen, durch viele meiner bittersten Jahre zahllose Kränkungen und Gemeinheiten erlitten, die sich dann von 1933 an wiederholten. Diese Datumfälschung ist für mich keine Bagatelle.

(Aus einem Brief vom 16. 1. 1961 an Lavinia Mazzuchetti)

Ihr Vorhaben, sich aus Protest gegen den Antisemitismus opfern zu wollen, hat mich gerührt, doch bin ich sehr damit zufrieden, daß es nicht zur Ausführung kam. Es hätte nichts in der Welt geändert und verbessert. Ihre Tat wäre lediglich eine von allen Zeitungen der Welt gierig ausgeschlachtete Sensation geblieben.

(Aus einem Brief vom März 1961 an E. Walcher)

1 Robert Neumann, »Ausflüchte unseres Gewissens, Dokumente zu Hitlers Endlösung der Judenfrage«, Hannover 1960.

2 Lavinia Mazzuchetti hatte in einem biographischen Vorwort zu einer italienischen Auswahledition von Hesses Briefen angegeben, Hesse habe Deutschland erst während des Ersten Weltkriegs verlassen, um in die Schweiz zu übersiedeln.

Samstag, 22. April, abends, nachdem wir »Garibaldi« von Ricarda Huch gelesen und nachher Musik von Rimski-Korsakow gehört hatten, Gespräch mit Vater über Weltgeschichte, Politik, später über Musik:

»Weltgeschichte ist im Ganzen ja eigentlich nichts Schönes. Das Schönste dran sind einzelne Figuren, die unbeirrbar sich für ihre Idee einsetzten und alles dafür opferten. Von den Italienern des vorigen Jahrhunderts ist mir eigentlich Mazzini[1] der Sympathischste. Erstaunlich ist, wie in der Geschichte sich immer wieder dies wiederholt: z. B. Athen, Theben, Sparta, jede der griechischen Inseln, lauter ganz kleine, politisch unbedeutende Staaten, aber in jedem höchste Blüte der Kultur. Dann Rivalisieren und Streit zwischen den beiden bedeutendsten unter ihnen, damit Beginn des Niedergangs. Dann wird von einem fremden Diktator alles vereinigt zu einer politischen Großmacht, mit der Kultur aber gehts weiter abwärts. Dasselbe in Italien, dasselbe auch in Deutschland.«

(Eintragung vom 22. 4. 1961 aus: Bruno Hesse, »Vater im Gespräch«)

Einen Rückfall in die faschistische Massensuggestion, wenn auch nur für kurze Perioden, halte ich in mehreren Ländern, nicht nur Europas, für möglich. Je mehr die individuelle Persönlichkeit und die Familie in den modernen Staaten an Wertschätzung und Wirkungsmöglichkeit verliert und durch Kollektiv und Gleichschaltung ersetzt wird, desto größer die Gefahr.

Die Schriftsteller, oder doch die Dichter, sollten sich an Umfragen so selten wie möglich beteiligen, und sollten zu ihren Lesern sprechen wie Mensch zu Mensch, nicht wie ein Lehrer zur Schulklasse oder ein Wahlredner zur Menge spricht.

(Antwort auf eine Umfrage der Zeitschrift »Successo«, Rom, vom 5. 5. 1961)

Die Art von Lähmung, die Sie in Ihrem Brief beschreiben, ist mir natürlich auch nicht fremd geblieben. Zwar hatte ich nach

1 Giuseppe Mazzini (1805-1872) erstrebte einen auf dem Volkswillen beruhenden ital. Einheitsstaat (Republik) und ein Europa, das sich mit dem Nationalitätenprinzip vereinbaren lasse, da jeder Nation eine bestimmte Aufgabe im Dienst der Menschheit zukomme. Die Ideen Mazzinis leisteten einen großen Beitrag zur Bildung des ital. Nationalstaates.

1945 keine Hoffnungen auf Deutschland gesetzt und bin durch die rasche Wiedererstarkung des Nazitums wie des Militärgeistes nicht überrascht worden, aber der ganze Weltzustand ist, von Europa aus gesehen, so morbid und drohend, daß man darüber wohl den Glauben an die Menschheit und die Lust an der Mitarbeit verlieren kann. Aber gerade aus dieser Depression heraus kommt mir auch immer wieder der Eigensinn und trotzige Wille, das scheinbar Unnütze dennoch weiter zu tun.

(Aus einem Brief, Anfang Juni 1961, an Max Stefl)

Das italienische Risorgimento hat seinerzeit bei der deutschen Intelligenz große Teilnahme und Sympathie gefunden. Zwar waren die Regierungen reaktionär, aber Napoleon war noch unvergessen und die Jugend, namentlich die Studentenschaft, voll liberaler und nationaler Ideale. Übrigens hat noch in unserer Zeit eine bedeutende deutsche Dichterin, Ricarda Huch, in schönen und temperamentvollen Büchern das Lied des Risorgimento gesungen, vor allem in den beiden Büchern über den Grafen Gonfalonieri und über Garibaldi.

Heute sind andre Probleme aktuell, und in vielen Ländern ist aus edlem National-Geist gefährlicher Nationalismus geworden. Wir können uns heute eine noch einigermaßen lebenswerte Zukunft nur vorstellen in der Atmosphäre einer irgendwie friedlich-föderalistisch geeinten Menschheit, sind aber vorläufig noch nicht einmal reif für eine solche Lebensform in Europa.

Auf dem schwierigen Weg dahin sind auch der Literatur und Journalistik große Aufgaben gestellt.

(Gruß an die Comunità Europea di Scrittori, Milano, vom Juni 1961)

Über die Zweckmäßigkeit der Politik Adenauer-Strauß erlaube ich mir kein Urteil.

Wenn sich diese Politik aber mit ihrer Christlichkeit brüstet, kann man das nur als Blasphemie bezeichnen.

(Aus einem Brief vom 19. 8. 1961 an die Reaktion »Contra«)

Es gibt Bücher genug über die Schrecken und Greuel der Jahre 1939 bis 1945, über die Bestialität und den Irrsinn der Mächte, die wieder einmal die Welt zu regieren schienen. Ob jene

Darstellungen und Dokumentensammlungen eine moralische Wirkung haben können, ist mir zweifelhaft. Ich habe, glaube ich, noch nie einen echten Nazi getroffen, der bekehrt worden wäre, nicht durch die Weltgeschichte, noch viel weniger durch Bücher. Hier[1] aber hören wir nicht die Stimmen der Diktatoren, der Bomber und Panzer, sondern wirklich die des Menschen. Wir atmen nicht Gase und Blutgeruch, sondern reine Luft, und es wird uns aus den Worten unzähliger Opfer alles bestätigt und bestärkt, was wir an Glauben und Hoffnung trotz der Greueljahre in uns bewahrt haben.

(Aus einem Brief, Ende November 1961, an Kurt Piper)

Es wäre beispielsweise interessant zu erfahren, was Hermann Hesse, ein Deutscher, der freilich das Schweizer Bürgerrecht erworben hatte, gegen das Naziregime getan hat. Franz Schonauer erwähnt lobend, Hesse habe einmal in einer schwedischen Zeitung ein gutes Wort für Thomas Mann, Kafka, Polgar, Ernst Bloch und den S. Fischer Verlag (also Hesses Verlag!) eingelegt. Wir in der Schweiz haben die ganzen tausend Jahre hindurch auf eine Stellungnahme Hesses gewartet. Dafür hörte man anderes: Hesse sei mehrmals nach Deutschland gereist,[2] seine Bücher gingen gut, keines wurde geächtet oder verbrannt.[3] Warum auch? Wenn je einmal die Flucht in die Idylle stattfand, dann hier – allerdings bemäntelt mit »Weltanschaulichem«. Aber wo blieb Hesses empörter Aufschrei gegen das Unmenschentum? Hesses private Résistance, seine nach dem Kriege flugs veröffentlichten Briefe an Deutsche ... Ich bin da sehr skeptisch, mit Verlaub.

(Walter Widmer in »Deutsche Literatur im Dritten Reich«, National-Zeitung, Basel, vom 27. 1. 1962)

Im Namen des Ministerrates der Deutschen Demokratischen Republik und seines Vorsitzenden, Otto Grotewohl, sende ich Ihnen, sehr verehrter Herr Hesse, aufrichtige Glückwünsche zu

1 »Die Stimme des Menschen«, (1939-1945) Piper Verlag, München 1961.

2 Während der NS-Jahre war Hesse nur ein einziges Mal in Deutschland, im Aug./Sept. 1936 zu einer 14tägigen Augenbehandlung bei dem Spezialisten Dr. Wiser in Bad Eilsen bei Hannover.

3 Vgl. Fußnote S. 646.

Ihrem 85. Geburtstag. Wir ehren Sie heute als einen der großen humanistischen Gestalter der deutschen Nationalliteratur unseres Jahrhunderts. Sie haben die guten Traditionen des deutschen Volkes in der Nacht des Faschismus unbeirrbar bewahrt. Sie waren und sind ein Mahner für unsere Nation, keine Mühe zu scheuen, um eine Welt ohne Kriege zu schaffen. In einer Zeit, in der im westdeutschen Staat sich leider die Restauration der verhängnisvollen Mächte des deutschen Imperialismus und Militarismus vollziehen konnte, besitzt der Geist des Humanismus und des Friedens, der ihr ganzes Werk beseelt, in unserem ersten Friedensstaat der deutschen Arbeiter und Bauern seine wahre Heimat. Deshalb gelten unsere herzlichen Wünsche Ihrem persönlichen Wohlergehen und Ihrem literarischen Wirken.
(Aus einem Telegramm vom 2. 7. 1962 von Alexander Abusch, Stellvertreter des Vorsitzenden des Ministerrates der Deutschen Demokratischen Republik, an Hermann Hesse)

Der Tod Hermann Hesses, des letzten Vertreters der deutschen Nobelpreisträger für Literatur und einer Generation, die vor der Jahrhundertwende geboren wurde und die bürgerlich-humanistische Literatur unseres Jahrhunderts entscheidend formte, ist ein schwerer Verlust. Seit dem Ersten Weltkrieg, den er im Gegensatz zur Mehrheit seiner Zeitgenossen und Kollegen nicht bejahte und bejubelte, hat dieser Autor, dessen Gedichte und Romane zum Höchsten zählen, was die bürgerliche Literatur dieses Jahrhunderts hervorbrachte, auf eine mystische und bedeutsam verspielte Art eine Versöhnung und einen Ausgleich westlicher und östlicher Weisheit angestrebt. Sein Werk spiegelte die Zerrissenheit und die Hoffnung, den Untergang und den Übergang des bürgerlichen Menschen wider, dessen humanistische Aufgabe und Verpflichtung im Zeitalter einer werdenden, gerechteren Ordnung der Menschen und des imperialistischen Endstadiums der Gesellschaft seiner eigenen Herkunft und Bindung immer schwerer erfüllbar schien. Der Dichter selbst hat diesen humanen Auftrag nie verleugnet, und sein Bild des Menschen wurde so auch zum Vorbild der neuen Welt. Das sozialistische Deutschland wird seinen kunstvollen und meisterhaften Werken eine Heimstatt und eine Zukunft sein.
(Willi Bredel, »Akademie zum Tod von Hermann Hesse«, in »Neues Deutschland«, Berlin-Ost, vom 11. 8. 1962)

Hermann Hesse war ein deutsches Phänomen von fast schon symbolischer Macht über die Gemüter. Obwohl seit Jahrzehnten in der Schweiz lebend, obligatem deutschem Tun und Lassen mehr oder minder polemisch und gefühlvoll abgewandt, hat dieser Sohn deutscher Missionare aus Württemberg die deutsche Flucht aus der Wirklichkeit in das Reich poetischer Träume als Mensch und Autor dargelegt wie selten einer ... Im Grunde handeln alle seine Bücher von einer Flucht aus der Wirklichkeit in das Land der selbstgesponnenen Träume ... Hermann Hesse war ein Autor, der auf erstaunlich schmaler Basis das deutsche Publikum zwischen den beiden Weltkriegen erobert hat. Er war der Autor des individuellen Katzenjammers, des Nicht-fertig-Werdens mit sich selbst, der Quälerei und Distanzlosigkeit. Er lehnte die soziale Bindung ebenso wie die künstlerische ab: das »Versagen vor den Aufgaben des Lebens« sei das eigentliche Thema Hesses, schrieb Ernst Robert Curtius.
(Aus Curt Hohoff, »Abschied von Hermann Hesse«, Süddeutsche Zeitung, München vom 10. 8. 1962)

Zur aufsteigenden Klasse des Proletariats und seiner Gedankenwelt besaß Hesse jedoch kaum Beziehungen. Diese neue Welt des Sozialismus wird in seinen Büchern künstlerisch nicht erfaßt. Hier liegen die Grenzen seines Wirkens.
(Aus einer Ost-Berliner Zeitung vom 11. 8. 1962)

Als vor einigen Tagen Marilyn Monroe starb, griffen in Redaktionen und Studierstuben die besten Schreiber mit den bekanntesten Namen in die Tasten. Der Tod Hermann Hesses wurde von einem weniger illustren Aufgebot betrauert. Wie kommt das?

Mit Hesse, sagen wir's deutlich, ist heute kein Blumentopf mehr zu gewinnen. Und das hat viele Gründe, gute und schlechte. Nur bedeutet es gar nichts Neues. So ist es dem eigensinnigen Schweiz-Schwaben mit baltischem Einschlag immer wieder ergangen: 1914, 1918, 1933, 1945, 1962 ...

Die Fürsprache eines Ernst Wiechert kann ihm wenig nützen. Vielleicht haben sogar Wiecherts gute Gefühle, mit denen man bekanntlich schlechte Literatur macht, noch dazu beigetragen, den in vielem als »ähnlich« empfundenen Hesse bei den Jungen, die neue Wege suchen, in Mißkredit zu bringen.
(Aus »Gehört Hermann Hesse zur deutschen Gegenwartsliteratur?« in »Die Zeit«, Hamburg vom 17. 8. 1962)

Nachwort

> »Mir liegt alles Politische nicht, sonst wäre ich längst Revolutionär.« . . . »Bekanntlich hat im Zeichen der Politik und Partei der Mensch keine Verpflichtung mehr zu menschlichen, sondern nur noch zu parteilichen und kriegerischen Gefühlen und Methoden.«
>
> Hermann Hesse

Wenn er sich selbst beurteilte, war Hermann Hesse schon immer ein Meister des Understatements. Seine Selbstkritik konnte es aufnehmen mit den Kritiken seiner erbittertsten Gegner, die – soweit sie ihn überhaupt gelesen haben – denn auch nicht müde geworden sind, ihre Beweisführung mit den entsprechenden Hesse-Zitaten zu »autorisieren«. So wird es, daran ist nicht zu zweifeln, auch jetzt wieder Stimmen geben, die als Fazit aus diesen annähernd tausend Seiten politischer Diagnostik die Briefe Hesses vom Februar 1936 anführen werden, worin er – im Kreuzfeuer sowohl von »rechten« als auch von »linken« Interessengruppen, umworben und zugleich verleumdet – mit der ihm eigenen Reizbarkeit behauptet: »Meine Stellung ist bis zum Fanatismus apolitisch . . . Ich werde mich bis zum Tod dagegen wehren, mich selber politisieren zu lassen. Es müssen doch auch Leute da sein, die unbewaffnet sind.«

»Unpolitisch« an diesem Schriftsteller aber ist allenfalls sein fundamentaler Gegensatz zur politischen Praxis, wie er sie erlebte: zum nationalistischen und kolonialen Imponiergehabe des zweiten deutschen Kaiserreiches, das in den Ersten Weltkrieg mündete, zum Versagen der deutschen Sozialdemokratie, »die weder etwas zum Zustandekommen der Revolution [von 1918] noch zur edlen Ausnützung derselben getan hat, sondern als dummer, fetter Erbe auf den Leichen Liebknechts, Landauers etc. sitzt, welche Persönlichkeiten sie alle ebenso gehaßt und sabotiert hat, wie sie es jedem Geist gegenüber tut« (Brief vom 9. 4. 1929 an Heinrich Wiegand), des weiteren zur »Halt- und Geistlosigkeit« der Weimarer Republik, welche die Ermordung Erzbergers und Rathenaus hinnahm und nach dem Münchner Putsch von 1923 die militärische Galionsfigur Ludendorff freisprach, Hitler hingegen in angeblicher »Festungshaft« verhätschelte und ihn dort »Mein Kampf« schreiben ließ. Aber auch die Jahrzehnte danach, die Genese und »Machtergreifung« des deutschen Faschismus, der Zweite Weltkrieg und die durch erneute Aufrüstung beschleunigte Polarisierung Deutschlands in zwei kontroverse Staatsgebilde waren nicht dazu angetan, die Kluft zu überbrücken, die Hesse von der politischen Praxis seiner Zeit trennte. Er hatte sie ja skeptisch genug bereits seit Wilhelm II. beobachtet, so daß sein politisches Vertrauen in die Deutschen alles andere als zunahm und er nicht von ungefähr Deutschland schon 1912 verließ.

»Unpolitisch« sind also die Positionen Hesses allenfalls, weil er im Widerstand gegen die Politik seiner Zeit diese nicht aktiv unterstützen wollte und konnte, keineswegs aber in ihren Analysen, Rückschlüssen, Vorhersagen und Gegenvorschlägen. Daß diese Alternativen den Praktiken und dem Trott der Tagespolitik so entgegengesetzt und lästig waren, daß sie in der Vergangenheit ignoriert worden sind, macht sie jedoch noch lange nicht zu »unpolitischen« Modellen für unsere heutige Gegenwart. Ganz im Gegenteil, denn wären sie schon damals in das allgemeine politische Bewußtsein gedrungen, hätte die deutsche Geschichte wahrscheinlich spätestens ab 1917 einen ganz anderen Verlauf genommen und Deutschland mit der Novemberrevolution von 1918 begonnen, »zwischen Sowjet und dem Westen« selbständige und »neue Formen der Entkapitalisierung« zu entwickeln, die mehr als nur eine Kopie von Moskau gewesen wären. (Brief vom 29. 2. 1932.)

Der Weg Hesses zur Erkenntnis dieser Notwendigkeit war lang und schmerzhaft. Die Ablösung von den traditionsverwurzelten und idealistischen Bindungen seiner Liebe zu Volk und Vaterland vollzog sich nur langsam und begann mit der Extremsituation des Krieges. Die Zwiespältigkeit seiner Tagebuchaufzeichnungen, seiner privaten und auch öffentlichen Rechenschaften bis 1917 spiegelt diesen Prozeß einer fortschreitenden Ernüchterung. Den völkerrechtlich illegalen Überfall deutscher Truppen auf Belgien und Luxemburg und die »Akquisitionslust mancher Patrioten bei uns, die diesen Krieg geradezu als einen Eroberungskrieg könnte erscheinen lassen« (Brief vom 15. 7. 1915), erlebte er als einen Verrat an jenem Deutschland, das er in sich selbst aufrechterhalten hatte und das er nun, im Augenblick der Bewährung, von seinen Repräsentanten und Intellektuellen im Stich gelassen fand. Die jetzt fällige Revision von Idealen, deren Pflege und Bestärkung in seinem bisherigen Werk eine so wesentliche Rolle gespielt hatte, brachte Hesse 1916 in eine derart schwere innere Krise, daß er sich schließlich in psychoanalytische Behandlung begeben mußte.

»Die sogenannte große Zeit war angebrochen«, erinnert er sich 1921, »und ich kann nicht sagen, daß sie mich gerüsteter, würdiger und besser angetroffen hätte als alle andern auch«. Ebenso wie die meisten anderen stellte sich auch Hesse – obwohl er Deutschland bereits zwei Jahre zuvor verlassen hatte und mit seiner Familie in Bern lebte – am 29. 8. 1914 als Kriegsfreiwilliger zur Verfügung, teils aus Solidarität mit seinen zahlreichen bereits einberufenen Kollegen und Freunden, teils auch, weil er damals noch glaubte, die Extremsituation eines Krieges könne die wachsenden gesellschaftlichen Spannungen abbauen, welche die immer stärker werdende Industrialisierung zwischen einer zum Arbeiterproletariat entmündigten Bevölkerung und der Bourgeoisie der Besitzenden und den Adligen verschärft hatte.

»Aus dem blöden Kapitalistenfrieden herausgerissen zu werden«, schrieb er damals (am 26. 12. 1914), »tat vielen gut ... Das gefällt mir eigentlich an diesem phantastischen Krieg, daß er gar keinen ›Sinn‹ zu haben scheint, daß es nicht um irgendeine Wurst geht, sondern daß er die Erschütterung ist, von der ein Wechsel der Atmosphäre begleitet wird. Da unsre Atmosphäre einigermaßen faul war, kann der Wechsel immerhin Gutes bringen.« Das war ein idealistischer Irrtum, wie er bald genug erfahren sollte, ein Irrtum, den er mit den prominentesten seiner Zeitgenossen teilte, von deren Mehrheit er sich damals nur darin unterschied, daß er sich nicht an ihrem Kriegschauvinismus beteiligte, sondern ihn energisch bekämpfte und früher als die meisten Krieg und Gewalt ein für allemal als untaugliche Mittel erkannte, um einen erhofften »Wechsel der Atmosphäre« herbeizuführen.

Am 15. Oktober 1914, nach der Rückkehr von einem längeren Aufenthalt in Stuttgart und Süddeutschland, notierte er in sein Tagebuch eine Beobachtung, die ihm sieben Jahre später, bei der Niederschrift seines »Kurzgefaßten Lebenslaufes«, als ein Schlüsselerlebnis bewußt wird: »Ich war zu Besuch in einem großen Lazarett, auf der Suche nach einer Möglichkeit, mich irgendwie als Freiwilliger [zum Militärdienst war er inzwischen seiner Kurzsichtigkeit wegen für untauglich befunden worden] sinnvoll in die veränderte Welt einzupassen, was mir damals noch möglich schien. In jenem Verwundetenspital lernte ich ein altes Fräulein kennen, das früher in guten Verhältnissen privatisiert hatte und jetzt in diesem Lazarett Pflegerinnendienste tat. Sie erzählte mir mit so rührender Begeisterung, wie froh und stolz sei sei, daß sie diese große Zeit noch habe erleben dürfen ... Für diese Dame hatte es des Krieges bedurft, um aus ihrem trägen und rein egoistischen Altjungfernleben ein tätiges und wertvolles zu machen. Aber als sie mir ihr Glück mitteilte in einem Korridor voll verbundener und krummgeschossener Soldaten, zwischen Sälen, die voll von Amputierten und Sterbenden lagen, da drehte sich mir das Herz um ... Wenn auf zehn Verwundete eine solche begeisterte Pflegerin kam, dann war das Glück dieser Damen etwas teuer bezahlt« ... »Wie soll man das verstehen?«, notierte er 1914 in sein Tagebuch. »Nur so, daß das Leben der meisten so arm im engen eigenen Kreis« verlaufe, daß jeder sich freue, einmal etwas Außerordentliches zu erleben, egal mit welchen Opfern es erkauft werden müsse.

Dieses Außerordentliche, was Hesse durch das Risiko einer Künstlerexistenz schon lange zuvor selbständig und aktiv vollzogen hatte als einen Verzicht auf die gesicherte Monotonie und das saturierte Gleichmaß des bürgerlichen Alltags, brach nun mit dem Krieg als ein kollektiver Ausnahmezustand über Millionen passiver Untertanen herein als eine nicht unwillkommene Abwechslung, als Erlebnis und nicht zuletzt als eine plötzliche, legitime Möglichkeit existentieller Bewährung vor äußeren, staatlich verordneten »Feinden«. Daß es sich dabei, wie bei den meisten Kriegen vor allem um unbewußtes Fluchtverhalten und um geschickt gesteuerte Projektionen innerer wie auch gesellschaftlicher Unzufriedenheiten auf äußere angebliche Feinde handelte, erklärt den Enthusiasmus der Bevölkerung beim Ausbruch des Ersten Weltkrieges weit besser als alle offiziellen und außenpolitischen Vorwände der Kriegserklärungen.

Der Krieg als eine Flucht heraus aus den Folgen politischer

und individueller Unmündigkeit, nach außen in den Rausch und Selbstbetrug eines Aktionismus, der doch nicht viel mehr war als eine »traurige Prügelei um nicht ganz klare Werte« (am 14. 11. 1914), stichhaltiger läßt sich das emotionale Vakuum, in das sich der Erste Weltkrieg entlud, die psychologische Motivation dieses Krieges also, nicht auf einen Nenner bringen. Und das nicht etwa aus der Retrospektive, aus der Kenntnis aller historischen Daten und Fakten, sondern bereits 1914, wenige Monate nach Kriegsausbruch. Wie war das möglich?

Verletzbarer als die Mehrheit reagiert der Künstler auf seine Zeit. Diese Verletzbarkeit ist seine Last, aber zugleich auch sein Produktionsmittel. Nur die Darstellung ihrer Ursachen ermöglicht es ihm, psychisch und materiell zu überleben. Je genauer, komplexer und fesselnder es ihm gelingt, diese Wirklichkeit zu vermitteln, desto mehr Menschen erkennen sich in seinen Gestaltungen wieder, finden eigene, zuvor unbewußte Antriebe ausgedrückt und dem Bewußtsein verfügbar gemacht. Ebenso wie alle materiellen Dienstleistungen entspricht auch das befreiende Ausdrucksvermögen des Künstlers, einem elementaren Bedürfnis aller Menschen. Es wird honoriert, wenn auch auf andere, ungesichertere Weise als jene Berufe, die lohnabhängig an die offiziellen Institutionen der jeweiligen Gesellschaftsform und ihrer Wirtschaft gebunden sind. Je unabhängiger der Künster von Staat und Gesellschaft ist, desto freier kann er in seinem Urteil bleiben, desto größer auch ist seine Chance zur Objektivität und zu Wahrnehmungen, die über das Tagespolitische hinausreichen. Diese Voraussetzungen trafen auf Hermann Hesse zu. Denn der Erfolg seiner Bücher erlaubte ihm finanzielle Selbständigkeit und damit eine Freiheit der Meinung ohne Rücksicht auf irgendwelche Interessengruppen.

Aber auch später, in Zeiten, als es ihm schlechtging – also ab 1917 bis zur Mitte der zwanziger Jahre und während des Nationalsozialismus bis 1946 – war er bereit, lieber die größten Schwierigkeiten in Kauf zu nehmen, als sich auf irgendwelche Zugeständnisse an die jeweiligen kulturpolitischen Moden, Tendenzen und Gruppierungen einzulassen, die im Grunde ja auf eine Beschränkung der Meinungsfreiheit hinausgelaufen wären. Am offensichtlichsten illustriert die Geschichte seiner Zugehörigkeit zur Preußischen Akademie diese Haltung.

Hinzu kommt noch Hesses für den Kulturbetrieb geradezu provozierender Mangel an Eitelkeit und Geltungsbedürfnis. Nie hat ihn, trotz vieler Angebote, sein Renommee dazu verlocken können, etwa wie Gerhart Hauptmann oder Thomas Mann, als Repräsentant des kulturellen Deutschland aufzutreten und sich als solcher im In- und Ausland feiern zu lassen.

Damals wie heute hat es nicht an Stimmen gefehlt, die solche Zurückhaltung als »elitär« und unsozial, als Flucht aus der Öffentlichkeit und Mitverantwortung ins Private und Unverbindliche gedeutet haben. Hesse hat diese Vorwürfe hingenommen. Sie waren der Preis für die Unbestechlichkeit seiner Zeitkritik, die sich mit der Brisanz seiner fiktiven Werke nicht nur die Waage hält, sondern auch die weltweite Wirkung seiner Bücher überzeugender motiviert als manche literaturwissenschaftliche Interpretation.

Wie sonst wäre es möglich gewesen, daß die junge Generation Amerikas, die in den sechziger Jahren nichts als die Romane und Erzählungen Hesses kannte (eine Auswahl seiner politischen Schriften erschien dort erst 1971), durch diese hindurch jene politische Sprengkraft witterte, die uns erst heute an Hand seiner zeitkritischen Schriften offensichtlich wird und Hesse schon damals neben Herbert Marcuse zu einem Toxin gegen die Johnson- und Nixon-Ära machte? Hesses politische und kulturkritische Schriften, aber auch seine Briefe zeigen den Hintergrund, vor dem sich die Gegenwelten seiner poetischen Werke in immer kunstvolleren Verschlüsselungen abheben. Sie zeigen seine Fähigkeit zu verblüffend lapidarer Analyse, ohne welche die ausgewogenen Synthesen seiner Erzählungen und Gedichte undenkbar wären.

Der Prozeß dieser politischen Entwicklung bei Hesse erstreckte sich über viele Jahre. Notwendig dazu waren sowohl die gutgläubigen Illusionen und Irrtümer der Jahre 1914 bis 1916 wie auch Hesses bisher fast unbekanntes tagespolitisches Engagement von Kriegsbeginn bis 1922. Seine in den verschiedensten deutschen, schweizerischen und österreichischen Zeitungen und Zeitschriften veröffentlichten Aufsätze und Stellungnahmen sind hier erstmals und vollständig in der Reihenfolge ihrer Entstehung zusammengefaßt. Ohne ihre Kenntnis ist ein wirkliches Verstehen von Hesses politischer Entwicklung unmöglich.

Diese vollzieht sich in mehreren Phasen. Genaugenommen setzt sie bereits 1907 ein – nach den Jahren der schriftstellerischen Selbstbehauptung von 1903 bis 1906 –, und zwar mit der Gründung der kulturpolitischen Zeitschrift »März«, als deren Mitherausgeber Hesse bis 1912, bis zu seinem endgültigen Verlassen Deutschlands, zeichnet. Die Tendenz dieser Zeitschrift war gegen das dünkelhafte und preußisch militante Regiment Wilhelms II. gerichtet. Doch trat Hesse hier noch nicht als eigentlich politischer Publizist in Erscheinung, es sei denn von Zeit zu Zeit mehr indirekt mit seinen kulturkritischen Aufsätzen und Buchbesprechungen, die allerdings keine vorsätzlich politische Systematik aufweisen.

Dieser eher zurückhaltenden Position entsprach dann auch seine Ambivalenz beim Ausbruch des Ersten Weltkriegs. Hin- und hergerissen zwischen seiner Liebe zu Deutschland und seiner Verachtung für das obrigkeitsstaatliche Versagen der politischen und intellektuellen Repräsentanten, war es, wie wir bereits gesehen haben, Hesse anfangs noch möglich, den Krieg zu akzeptieren wie ein Gewitter, das eine »Reinigung der Atmosphäre« verspricht. Doch der Einblick in die propagandistische Praxis der internationalen Kriegführung, worüber er sich in der Schweiz weit weniger einseitig informieren konnte, als es in Deutschland möglich gewesen wäre, läßt in ihm erste Zweifel aufkommen und bewegt ihn, seine politischen Vorbehalte nun erstmals auch öffentlich zu vertreten.

Zu Beginn freilich wendet er sich auch jetzt noch nicht gegen den Krieg als solchen, sondern vielmehr gegen alles, was die Glaubwürdigkeit Deutschlands in diesem Krieg gefährdet, gegen die chauvinistische Verteufelung der Feinde, gegen die elastische Hörigkeit der Presse, der Kirchen, des Kulturbetriebs und seiner namhaften Repräsentanten. Schon in seinem ersten, berühmt gewordenen Aufruf »O Freunde, nicht diese Töne!« und künftig immer vernehmbarer stellt er die Frage: was kommt danach? Auch in seinem »Offenen Brief an einen Verwundeten« (1914) spricht er die Hoffnung aus, daß dieser Krieg, welcher, intensiver als es im Frieden möglich gewesen sei, Menschen der verschiedensten sozialen Schichten im gemeinsamen Kampf für dasselbe Ziel miteinander in Berührung bringe, auch die althergebrachten Gegensätze sozialer Herkunft als fragwürdig entlarven und so zu einem Abbau der überlebten Wertbegriffe beitragen möge: »Der Mann, der heute neben mir oder meinem Bruder im Felde steht, darf mir nicht morgen wieder ein aus der Ferne bemitleideter Proletarier werden... Es tauchen vermutlich nach diesem Kriege Gelegenheiten und Stimmungen zu Neuordnungen im staatlichen Leben auf, die nicht wiederkommen werden. Die wollen wir nutzen.« Nicht den Feinden Deutschlands also und schon gar nicht ihrer Denunziation gelten die Appelle Hesses während der Kriegsjahre, sondern dem Versagen im eigenen Lager, das seine Hoffnung auf ein verändertes Nachkriegsdeutschland gefährden könnte. Er war sich dabei bewußt, daß mit kritischen Reaktionen auf das Tagesgeschehen und die Fehler anderer oder auch mit Aufrufen zum Pazifismus allein noch wenig ausgerichtet ist. Das Wünschenswerte mußte nicht nur formuliert, sondern vorgelebt werden durch verbindliches Beispiel, durch eigenes Handanlegen und praktische Aufbauarbeit.

»Mir ist es wunderlich«, schreibt er 1915 in einem streitbaren Aufsatz über den Pazifismus, »wie man für die ferne [friedliche] Zukunft schwärmen und tätig sein kann, während die blutige Gegenwart auf Schritt und Tritt unsere Hilfe anruft. Ich klage Euch an, daß Ihr redet, wo so viel zu tun wäre, daß Ihr Versammlungen und Vorträge besucht, statt tätig zu sein, statt Eure Säle den Kranken, Euer Geld den Armen, Euren Idealismus den Leidenden zur Verfügung zu stellen. Wer Adressen für Pakete an Gefangene schreibt, wer Nägel in Kisten schlägt, die Kleider und Schuhe zu frierenden Menschen bringen sollen, der tut unendlich viel mehr als Ihr mit allen Reden, mit allen Broschüren, mit allen Vorträgen.«

Das war nicht unverbindlich, war auch keine Koketterie eines Intellektuellen mit der »Basis«, sondern eine klare Forderung, entstanden aus Hesses neuen Erfahrungen und Aktivitäten. Denn bereits ein halbes Jahr vor der Niederschrift dieses Artikels hatte er gemeinsam mit Richard Woltereck und in Verbindung mit der Deutschen Gesandtschaft in Bern den Aufbau einer »Bücherzentrale für deutsche Kriegsgefangene« begonnen, die Hunderttausende Gefangener statt mit politischer und patriotischer Tendenzliteratur mit solchen Büchern versorgte, die ihnen nicht nur die gegenwärtige Misere erleichtern, sondern sie auch auf einen wirklichen Neubeginn nach dem

Krieg vorbereiten sollten. Für eine solche Aufgabe war Hermann Hesse, der nicht nur seine eigenen Bücher schrieb, sondern auch die der anderen las, und der zu den besten Kennern der Bevölkerung und ihrer Lesebedürfnisse gehörte, geradezu prädestiniert. An keiner anderen Stelle hätte er während dieses Krieges sinnvoller eingesetzt werden können. Auch kannte er sich selbst gut genug, um seinen Weg einer sozialen Wirksamkeit dort zu suchen, wo er am effektivsten war.

Unser Staat, so schreibt Hesse 1919, sei es gewohnt, daß die Talentlosen sich in seinen Dienst drängen und daß er über sie beliebig verfügen könne, und fährt dann fort: das einzige, worin er, Hesse, sich von den Dilettanten und Strebern unterscheide, sei sein Wissen, zu welcherlei Arbeit sein Gehirn und seine Vorgeschichte ihn bestimmen. Diese Arbeit suche er so konzentriert wie möglich zu tun.

Ein gutes Drittel aller seiner im Ersten Weltkrieg veröffentlichten Aufsätze gilt daher den Zwecken der Kriegsgefangenenfürsorge. Je mehr sich der Krieg in die Länge zieht, desto bedrohter sieht Hesse die Soldaten durch geistige Desorientierung und innere Verwahrlosung. Manch ein Leser wird sich bei der Lektüre all dieser eher karitativen Publizistik vielleicht fragen: ist denn auch das Politik? Statt Parteitagen, Grundsatzdebatten, Wahlreden und des gewohnten diplomatischen Zeremonienspiels all dieser inoffiziell humanitäre Kleinkram? Doch gerade jenseits der Schlagzeilen und realpolitischen Rituale kommt mit solchem »Kleinkram« in unser herkömmliches Politikverständnis eine neue Dimension: Verbindlichkeit statt Rhetorik, praktiziertes Engagement auch und mit gutem Grund gerade für das Detail. Dasselbe Engagement wird deutlich in den beiden Zeitschriften für Gefangene, die Hesse bis 1919 unter dem neutralen Decknamen eines Schweizers herausgibt, damit die feindlichen Aufsichtsinstanzen keinen Verdacht schöpfen.

Verdacht aber kommt keineswegs vom Ausland, sondern von seiten der deutschen Behörden. Hesses Antikriegsaufsätze in den Tageszeitungen beginnen diesen so unbequem zu werden, daß sie drohen, ihn von seinem Amt innerhalb der Gefangenenfürsorge zu suspendieren. Obwohl seine Fürsorgetätigkeit freiwillig und unbezahlt ist, läßt Hesse es darauf nicht ankommen. Die Arbeit auf diesem Sektor ist ihm zu wichtig und einflußreich, als daß er sie den Behörden allein überlassen wollte: »Denn die Regierung hat anderes zu tun; wo sie eingreift, pflegt sie nur das Patriotische und Kriegerische.«

In der Tagespresse findet sich fortan nichts mehr von Hermann Hesse Gezeichnetes, das in auffallender Weise politisch verfänglich wäre. Er scheint tatsächlich klein beigegeben zu haben. Nicht so allerdings ein gewisser Emil Sinclair, ein bis dahin völlig unbekannter Autor, gegen dessen nun erscheinende ungemütliche Satiren die Artikel Hermann Hesses sich geradezu noch harmlos gelesen hatten. – Erst drei Jahre später, lange nach Kriegsende, wurde das Pseudonym aufgedeckt. Den Anstoß dazu gaben nicht Sinclairs politische Aufsätze, sondern sein Roman »Demian«, der die Nachkriegsgeneration im gleichen Maße aufwühlen sollte, wie sein Autor während der letzten Kriegsjahre gefährdet war.

Mit der Niederschrift des »Demian« hatte Hesse eine Krisis durchstanden, aus der er völlig verändert hervorgegangen war. Der sattsam deklamierte »Untergang Europas« war für ihn kein nihilistisches Endzeitpathos, sondern vielmehr die Chance zu einem umfassenden Neubeginn.

Nie wieder hat Hesse das Tagesgeschehen so hoffnungsvoll verfolgt und begleitet wie in den Jahren von 1917 bis 1922. Der Krieg hatte sein lange erwartetes Ende gefunden, der Neubeginn, also die erhoffte »Reinigung der Atmosphäre«, stand bevor, der Obrigkeitsstaat hatte sich auf Kosten 16 Millionen Gefallener selber ad absurdum geführt, und diese einmalige Gelegenheit zu einem ganz neuen Anfang, auch im Politischen, mußte mit allen Kräften genutzt werden. In dieser Aufbruchsstimmung schrieb Hesse 1919 während der beiden letzten Januartage und -nächte ohne Unterbrechung und wie unter Diktat sein »Revolutionsvermächtnis«, die politische Flugschrift »Zarathustras Wiederkehr« als »Ein Wort an die deutsche Jugend von einem Deutschen« und gleich darauf den ersten Akt seines einzigen Theaterstücks mit dem Titel »Heimkehr«, einem »Draußen vor der Tür« des Ersten Weltkriegs. Die Flugschrift erscheint anonym, vor allem deshalb, weil der erhoffte Neubeginn nichts mehr zu tun haben sollte mit den alten fragwürdigen Autoritäten, von denen Hesse auch sich selbst bezeichnenderweise nicht ausschloß. Schon in seinem Ankündigungstext nimmt er eine der entscheidenden Einsichten vorweg, die ihm die Kriegsjahre gebracht hatten und die wenig später als Leitmotiv für seine künftige Arbeit in der politisch-sozialen Monatsschrift »Vivos voco« gelten wird: »Wir müssen nicht hinten beginnen bei den Regierungsformen und politischen Methoden, sondern wir müssen vorn anfangen beim Bau der Persönlichkeit, wenn wir wieder Geister und Männer haben wollen, die uns Zukunft verbürgen.« So einleuchtend sich das liest, ist es durchaus keine Selbstverständlichkeit, damals wie heute. Hesse mußte erkennen, wie sehr der autoritäre Feudalismus, die jahrhundertelange Unmündigkeit, den Deutschen noch in den Knochen saß. So schreibt er in »Zarathustras Wiederkehr«: »Ihr Deutsche seid mehr als jedes andere Volk der Welt an das Gehorchen gewöhnt. Ihr seid das frömmste Volk der Welt. Aber was für Götter hat Eure Frömmigkeit sich erschaffen! Kaiser und Unteroffiziere!« Gerade weil Hesse genau wußte, daß jede Systemveränderung oberflächlich bleibt, wenn sie nicht von der Bevölkerung getragen wird, gilt sein Augenmerk vor allem der *qualitativen* Veränderung, der Ermutigung möglichst vieler Einzelner zur Selbstkritik, zu individueller Mündigkeit und Selbstbehauptung. Ein fast utopisches Konzept, bedenkt man die erdrückende Übermacht der politischen Gegenströmungen und die geringe Resonanz, die Hesses unbequeme Mahnrufe daher finden mußten. Doch hat ihn das weder abgeschreckt, noch zu irgendwelchen Anpassungen an das kleinere Übel bewegen können.

In der Zeit, für die sie entwickelt wurden, sind Hesses Alternativen zwar so gut wie unbeachtet geblieben, aber heute, zwei Generationen später und zuletzt während des Vietnamkrieges haben sie doch Wirkungen gezeitigt, die uns vorsichtig machen sollten, seine Vorschläge als weltfremd abzutun, nur weil sie früher einmal für welfremd galten. Was damals nicht für weltfremd galt, war die sogenannte »Dolchstoßlegende«, das Gerücht Hindenburgs und aller durch den Ausgang des Krieges ihres Selbstverständnisses und Einflusses entledigter Militärs, der »im Felde unbesiegten Front« sei die deutsche Zivilbevölkerung, namentlich die sozialistische Linke und die Sozialdemokratie in den Rücken gefallen und habe die Niederlage Deutschlands herbeigeführt. Das war willkommener als die Aufrufe Hesses zur Veränderung durch Selbstkritik, denn nun hatte man wieder einen Sündenbock, eine neue Fluchthilfe heraus aus der eigenen Verantwortung in die Verleumdung gerade jener Minoritäten, die sich anschickten, die Konsequenzen aus den Fehlern der Vergangenheit zu ziehen.

Wieder einmal wurde – und noch dazu unter Berufung auf die sagenumwobene Autorität des »Helden von Tannenberg«, des Generalfeldmarschalls von Hindenburg, die Verantwortung für das Vergangene nach außen, auf bequeme Feindbilder verlagert. Vor diesem Hintergrund bekommt die Gegenreaktion Hesses, sein immer konsequenterer »Weg nach Innen«, sein Weg zur Veränderung durch Selbstkritik und Verweigerung, den er nun stellvertretend für Millionen Deutsche einzuschlagen begann, ein ganz anderes Gewicht. Dieser »Weg nach Innen« – die vorliegenden Bände beweisen es auf jeder Seite – war durchaus keine Flucht ins Private und Unverbindliche, es war alles andere als selbstgenügsame »Nabelschau«, sondern vielmehr das einzige gewaltlose Mittel gegen die Ursache politischer Fehlleistungen, gegen die Unmündigkeit und Trägheit der allzu lenksamen Mehrheiten.

Als im November 1918 die erste deutsche Republik ausgerufen und die Sozialdemokratie mit Friedrich Ebert den ersten Reichspräsidenten stellt, scheint auch politisch ein Neubeginn möglich. Denn immerhin hatte die Regierungsform sich verändert, wenn auch noch nicht das Fundament. Die Machtpositionen der bisher tonangebenden Schichten aber blieben nahezu unangetastet. Der gesamte Justiz- und Beamtenapparat des kaiserlichen Deutschland wurde übernommen. Unverändert blieben auch Großgrundbesitz, Industrie- und Finanzkapital sowie das beamtete, obrigkeitshörige Schul- und Universitätssystem. Der erste Einsatz des aus dem Weltkrieg zurückgekehrten ehemaligen kaiserlichen Heeres galt bezeichnenderweise der Ausrottung gerade jener Kräfte, die ähnlich wie Hesse (wenn auch mit anderen politischen Mitteln) den neuen Staat vor dieser restaurativen Unterwanderung bewahren wollten. Ohne einen aus Rußland importierten Kommunismus für wünschenswert zu halten, lag dennoch die Sympathie Hesses bei der konsequenten Entschlußkraft Gustav Landauers, Karl Liebknechts, Kurt Eisners und Rosa Luxemburgs, die ihren Kampf gegen die Konzessionsbereitschaft der Sozialdemokratie mit dem Leben bezahlt hatten.

Was Hesse daran hinderte, sich selbst an ihrem Kampf zu beteiligen, hat er später, 1931, in seinem »Offenen Brief an einen Kommunisten« zusammengefaßt. Für ihn war die Aufgabe des Dichters nicht die des Funktionärs, der seiner Tendenz zuliebe parteiliche Einseitigkeiten in Kauf nimmt. Gerade das macht nach Hesses Auffassung ja die Vertrauenswürdigkeit und inoffizielle Autorität des Dichters aus, daß er sich im Gegensatz zu den vielen Konjunkturliteraten nicht mit knappen, leicht faßbaren Rezepten und Feindbildern begnügt, sondern sich die Unabhängigkeit seines Urteils bewahrt, um nicht tendenziösen Teilaspekten, sondern der ganzen komplexen Vielfalt der Wirklichkeit samt ihren scheinbar unvereinbaren Widersprüchen gerecht zu werden. Als Dichter fühlte er sich »weder als etwas besseres noch etwas Geringeres als der Minister, als der Ingenieur, als der Volksredner«, sondern einfach als etwas vollkommen anderes. »Ein Beil ist ein Beil«, fährt er fort, »und man kann damit Holz spalten oder auch Köpfe. Eine Uhr aber oder ein Barometer sind zu anderen Zwecken da, und wenn man mit ihnen Holz oder Köpfe spalten will, gehen sie kaputt, ohne daß irgend jemand davon Nutzen hat.« Für Hesse ist der Schriftsteller ein »Nerv im Körper der Menschheit, ein Organ, um auf zarte Anrufe und Bedürfnisse zu reagieren, ein Organ zum Wecken, zum Warnen, zum Aufmerksammachen. Aber er ist nicht ein Organ, um damit Plakate zu verfassen, er eignet sich nicht zum Ausrufer auf dem Markt, denn seine Stärke liegt ja gar nicht in der lauten Stimme, das kann Hitler viel besser«.

1931, als Hesse diese Zeilen schrieb, war es nicht mehr schwer zu erkennen, was Deutschland mit Hitler bevorstand. Die Leser Hermann Hesses waren bereits seit zehn Jahren darauf vorbereitet. Denn in seiner Zeitschrift »Vivos voco« hatte er schon damals, unter dem Titel »Verrat am Deutschtum«, gewarnt, er habe Anlaß, »einmal ein Wort über eine der häßlichsten und törichtsten Formen jungdeutschen Nationalismus' zu sagen, über die blödsinnige, pathologische Judenfresserei der Hakenkreuzbarden und ihrer zahlreichen, namentlich studentischen Anhänger«. Der gegen die Sozialisten gerichteten Dolchstoßlegende Hindenburgs hatte sein »böhmischer Gefreiter«, den er im Januar 1933 zum Nachfolger inthronisieren sollte, ein noch griffigeres Feindbild hinzugesellt, »die Juden«.

Und Hesse fährt fort: »Daß man eine Menschenklasse schlechthin für das Übel der Welt und für die tausend schlimmen Sünden und Bequemheiten des eigenen, deutschen Volkes als Sündenbock aufstellt, ist eine Entartung so schlimmer Art, daß ihre Schande allen Schaden, der je durch Juden geschehen sein mag, zehnfach aufwiegt.«

Doch für den politischen Nachwuchs waren Sündenböcke, damals wie heute, vielversprechender. So konnte alle Unzufriedenheit über die Folgen des Krieges, über die verhängnisvollen Auswirkungen des Versailler Vertrages, der – geprägt durch die Revanchepolitik des französischen Delegierten Clemenceau – Deutschland bis ins Jahr 2000 mit unmöglichen Reparationszahlungen politisch zu isolieren versuchte, der die Inflation und illegale Besetzung des Ruhrgebiets auslöste, zur Karriere des Nationalsozialismus demagogisch benützt werden. Die Folgen der Weltwirtschaftskrise von 1929 und eine Massenarbeitslosigkeit, die 1932 die 6-Millionen-Grenze überschritten hatte, waren Aufwind für Hitler, den er nun innenpolitisch nutzte, um die Schuld an alledem jenen Kräften anzulasten, die sich seinen Zielen widersetzten. Auf diese Weise konnte er sich ihrer entledigen. Die führenden Kräfte der Revolution von 1919 waren ermordet, es folgten Matthias Erzberger (1921), Walther Rathenau (1922) und Friedrich Ebert (1925) als Opfer eines systematischen Rufmords. 1929 starb Gustav Stresemann. Die restaurativen Kräfte konnten triumphieren. – In diesem politischen Klima hatte »Vivos voco« 1926 sein Erscheinen eingestellt, Hesse im selben Jahr die Niederschrift des »Steppenwolf« beendet und zwei Jahre darauf seinen Sammelband »Betrachtungen«, eine erste Auswahl seiner politischen Aufsätze, vorgelegt. Es blieb bei der ersten Auflage. Wie fast alle seine zeitkritischen Publikationen konnte auch dieses Buch bis 1946 nicht mehr nachgedruckt werden.

Neue, unauffälligere und wirksamere Wege des Widerstandes galt es nun einzuschlagen. Bereits 1931, zwei Jahre vor Hitlers Machtergreifung, beginnt Hesse mit der Konzeption des »Glasperlenspiels«, um, wie er sagt, einen geistigen Raum aufzubauen, in dem man »leben und atmen konnte, aller Vergiftung der Welt zum Trotz, und um den Widerstand des Geistes gegen die barbarischen Mächte zum Ausdruck zu bringen«. Noch bevor er mit der Niederschrift des neuen Buches beginnt, weiß er den Ausgang: »Das Glasperlenspiel« sollte abschließen mit einer Unterredung zwischen dem Führer der Diktatur und Josef Knecht, seinem Gegenspieler, der Hauptgestalt des Buches. Auf der Rückseite eines Briefes der »Neuen Rundschau« vom 22. 6. 1932 skizzierte Hesse den Verlauf dieses Gespräches unter der Überschrift »Schluß«: Thema des Dialogs ist das Verhältnis zwischen Geist und Politik. Der Diktator beabsichtigt, auch die Kultur seinem neuen Staat dienstbar zu machen. Neben den Schulen und Universitäten versucht er nun die bis dahin unabhängigen Institutionen, also auch Kastalien, die Schule des Glasperlenspiels gleichzuschalten. Andernfalls müsse seine Partei dagegen ebenso rigoros vorgehen wie gegen jede andere Opposition, also Kastalien verbieten, es zerstören und seine Repräsentanten töten. »Der Versucher«, so schreibt Hesse, »spricht recht klug und beinahe geistig. Knecht gibt höflich und bescheiden Auskunft, macht keinerlei Versuch, sich zu retten. Er weigert sich, auf den Vorschlag einzugehen, d. h. sein Institut dem Staat zu unterstellen und die ihm vom Staat überwiesenen jungen Leute auszubilden, damit so der Geist mit der Politik und Aktion verbunden werde.« Knecht antwortet dem Führer: wer sich gewissenhaft und nach allen Regeln jahrelang dem Erlernen des Glasperlenspiels gewidmet habe, der sei für jedes Ausüben von Macht, für jedes materielle Streben für immer verdorben. Damit aber hat sich Knecht sein eigenes Urteil gesprochen. Vor seiner Hinrichtung bittet er den Diktator noch um die Erlaubnis und Frist zu einem letzten Spiel, das ihm gewährt wird. Als Thema dieses Spiels wählt er »den Kampf der unreinen, streberischen Mächte gegen den reinen Geist, mit scheinbaren Fortschritten der Macht und Politik, die sich aber langsam als lauter Auflösungen erweisen, und zuletzt, wo das ursprüngliche Geist-Thema sich zum Macht-Thema umgekehrt hat, stellt sich heraus, daß alles vom Geist verwandelt und durchsetzt ist«.

Zwei Jahre nach dem Beginn der Arbeit am »Glasperlenspiel« und der Niederschrift dieser Motive war Hitler an der Regierung, die Meinungsfreiheit unterdrückt, die Literatur durch die Reichsschrifttumskammer gleichgeschaltet und die jüdischen Autoren bereits bedroht und verdrängt. Es war also schon zu spät, als nun viele von Hesses Kollegen mit naheliegendem Protest und redlichem Abscheu zu reagieren begannen. Er dagegen, gerade weil er bereits vorher die Konsequenz aus seinem Mißtrauen gegenüber dem offiziellen Deutschland gezogen hatte, blieb dieser politischen Entwicklung nicht mehr im selben Maße ausgeliefert wie seine Kollegen im Reich. Weniger exponiert aufgrund seiner längst vollzogenen Emigration, brauchte er sich nicht in kurzatmigem Reagieren zu erschöpfen, sondern war gefestigt genug, um in ständiger Auseinandersetzung mit dem Aktuellen ein Gegenmodell entwickeln zu können, das auf eine längere Zeitspanne berechnet war. Dieses Modell war das »Glasperlenspiel«.

Hesses Antwort auf seine Zeit war also mehr als Protest und Entrüstung, sie ging einen Schritt weiter in die Zukunft und ins Konstruktive, indem sie Alternativen und Gegenkräfte entwickelte. Faszinierend ist es, anhand der 1932 entstandenen politischen Fassung der Einführung zum »Glasperlenspiel« zu verfolgen, wie Hesse – ausgehend von der unmittelbaren Empörung und Reaktion auf die aktuellen politischen Vorgänge – im Verlauf der Arbeit immer deutlicher auf das Grundsätzliche und über den Spezialfall des Augenblicks Hinausreichende zielen wird. Je mehr Tagesaktualität er dem Buch im Verlauf seiner Entstehung entzog, desto stärker haben sich dabei Perspektiven erweitert, die in die Zukunft weisen. So kommt es, daß wir dieses Buch mit seinem so provozierend »unpolitischen« Titel auch heute durchaus nicht als eine Auseinandersetzung mit etwas bereits Vergangenem lesen, sondern als grundsätzliche Kritik an allen autoritären Systemen, ganz unabhängig von ihrem ideologischen Aushängeschild, das damals eben das des nationalsozialistischen Faschismus war.

Doch war die Abwehrreaktion des »Glasperlenspiels« nicht die einzige Antwort Hesses auf das Deutschland des Nationalsozialismus. Er, der seine Bücher unter dem Druck persönlicher und zeitbedingter Krisen als lebensnotwendige Katharsis in der Regel sehr rasch und in einem Zug niederschrieb, brauchte zum »Glasperlenspiel« mehr als zwölf Jahre. Was er im Ersten Weltkrieg noch halboffiziell unter dem Schutz der deutschen Gesandtschaft geleistet hatte, die Kriegsgefangenenfürsorge, das besorgte er nun, ab 1933, anonym im Dienst der Emigration. Wer sich der Mühe unterzieht, die vielen tausend an Hesse gerichteten Briefe aus den Jahren 1933–1945 zu konsultieren und das Ausmaß an praktischer, moralischer und materieller Hilfe, sei es durch Empfehlungsschreiben, Visavermittlung, Interventionen, bei der Fremdenpolizei, festzuhalten, dem sich Hesse in dieser Zeit gestellt hat, der wird sich fragen, wie denn ein Werk wie das »Glasperlenspiel« dennoch zustande kommen konnte. Die vorliegende Edition enthält hinreichend anschauliche Beispiele für diese verbindlichste aller Formen politischer und sozialer Betätigung, ein Ausschnitt freilich nur, denn weder konnte aus Gründen des Umfangs und der Dramaturgie hier das gesamte verfügbare Material ausgebreitet werden, noch sind bis heute sämtliche Dokumente zugänglich.

Nicht nur Hans Habe, sondern noch viele andere haben es nach dem Krieg und bis auf den heutigen Tag für nötig gehalten, Hesse den Vorwurf zu machen, statt wie Thomas Mann, Stefan Zweig und Franz Werfel Anklagen gegen das Nazi-Regime in den Äther hinauszuschreien, sich in vornehmer Zurückgezogenheit im Tessin gesonnt zu haben. Dabei wird übersehen, daß die genannten Autoren zur Zeit ihrer Aufrufe nicht mehr in Europa, sondern mit ihren Angehörigen in Amerika lebten, und daß es für Hitler nur eine Frage der Zeit war, wann er neben Österreich auch die Schweiz »heim ins Reich« geholt hätte. Statt dessen veröffentlichte Hesse in Deutschland noch bis 1936 seine zeitkritischen Rezensionen und Bücherberichte und versuchte gerade in der Höhle des Löwen so lange wie möglich vernehmbar zu bleiben, bis die Nationalsozialisten selbst ihn mundtot machen würden. »Ich fühle mich verpflichtet«, schreibt er 1935, »dieses versaute und brutalisierte Deutschland nicht zu verlassen, sondern in meiner Sphäre die Tradition der Anständigkeit und Gerechtigkeit zu wahren. Unter anderem bin ich heute der einzige deutsche Kritiker, der Bücher von Emigranten und Juden anzeigt«.

Doch nach und nach werden ihm die politisch mißliebigen Passagen immer häufiger aus seinen Artikeln herausgestrichen, andere überhaupt nicht gedruckt. Sie gingen teilweise verloren. Auch die Zeitungen beginnen, ihm zu kündigen. So schreibt er schon 1934: »Vorgestern wurde mir meine letzte, seit manchen Jahren bestehende Mitarbeit in Deutschland gekündigt, meine mehrmals im Jahr erscheinenden Bücherberichte für die ›Propyläen‹ [Kulturbeilage der ›Münchner Zeitung‹] werden jetzt nicht mehr gewünscht, es war meine letzte Verbindung mit der heutigen Öffentlichkeit in Deutschland. Jetzt habe ich als Organ, an dem ich gelegentlich, mit beschnittenen Flügeln natürlich, mitarbeiten kann, bloß noch ›Die Neue Rundschau‹, und deren Leserkreis ist klein geworden.«

Deshalb greift Hesse zu, als ihn Georg Svenson noch im selben Jahr einlädt, ab 1935 in der Stockholmer Zeitschrift »Bonniers Litterära Magasin« in regelmäßigen Sammelreferaten das Ausland über die kritische Situation der deutschen Gegenwartsliteratur zu unterrichten, obwohl er sich der Gefährlichkeit dieses Unterfangens durchaus bewußt ist. »Diese Bücherberichte«, schreibt er an Thomas Mann, »sind der Ast, auf den ich meine Tätigkeit retten werde, wenn die Rundschau uns früher oder später genommen wird. Allerdings sind sie vielleicht auch das Pulver, das mich einmal in die Luft sprengen wird, da ich dort auch antideutsche Bücher oder Bücher verbotener und exilierter Autoren anzeige und lobe ... Ich habe dabei den Grundsatz, mich weder zu exponieren, noch zu schonen, d. h. den Standpunkt einer neutralen Gerechtigkeit, so fiktiv er sein mag, einzuhalten, und weder vor dem Teutonischen Kotao zu machen, noch dem Vergnügen eines gelegentlichen Wutausbruchs nachzugeben.«

An dieser Haltung entzündeten sich dann auch nahezu gleichzeitig die Angriffe sowohl der nationalsozialistischen als auch der Emigranten-Presse. Zu den Polemiken Will Vespers erübrigt sich jedes Wort, die Strategie der wichtigsten Pariser Emigrantenblätter jedoch verdient genauere Betrachtung:

1934 war Hesses Verleger Samuel Fischer gestorben. Gottfried Bermann Fischer, sein Schwiegersohn, übernahm die Nachfolge. Die einzigen Vorstandsmitglieder des Verlags waren nun er und Peter Suhrkamp, den Samuel Fischer selbst noch 1932 als Nachfolger Rudolf Kaysers zum Redakteur der »Neuen Rundschau« berufen hatte. Noch bis 1935 gelingt es dem S. Fischer Verlag im Widerstand und von den neuen Machthabern nahezu unbehelligt, die Verlagsproduktion mit neuen Büchern Thomas Manns, Jakob Wassermanns und anderer bereits verfemter und emigrierter S. Fischer-Autoren fortzusetzen. Das erregt den Zorn der Emigrantenpresse, die

Gottfried Bermann Fischer im Januar 1936 als »Schutzjuden des nationalsozialistischen Buchhandels« denunziert und ihn der »stillen Teilhaberschaft des Berliner Propagandaministeriums dringend verdächtigt«.

Jedoch war bereits Ende 1935 eine Aufforderung des Propagandaministeriums an die Familie Fischer ergangen, aus dem Besitz und der Leitung des Verlages auszuscheiden. Die Übernahme und Gleichschaltung des Verlages durch Nationalsozialisten war beschlossene Sache. Einzig dem Geschick und gewiß auch dem »arischen Stammbaum« Peter Suhrkamps war es zu verdanken, daß alles ganz anders kam. In ebenso langwierigen wie zähen Verhandlungen mit Ministerialrat Dr. Wissmann vom Reichspropagandaministerium ist es ihm gelungen, eine Kompromißlösung durchzusetzen, den S. Fischer Verlag vor einer Nazifizierung zu bewahren und eine Auswanderungsgenehmigung für die Werke der in Deutschland unerwünschten Autoren samt ihren kompletten Buchbeständen zu erreichen. Im Dezember 1935 traf sich Gottfried Bermann Fischer mit Hesse in Zürich, um ihn über die neue Situation zu unterrichten. Die deutsche Behörde habe Dr. Bermann erklärt, berichtete Hesse danach in einem Brief an Helene Welti, »man werde ihm erlauben, bei seinem Weggang einige Autoren seines Verlages und deren Bücher und Rechte mitzunehmen, aber nicht H. Hesse, der müsse unbedingt dableiben«. Einen Monat später schreibt ihm Gottfried Bermann Fischer aus der Schweiz: »Mit Gewalt kann ich Dich nicht herausbekommen . . . Besser als der S. Fischer Verlag [Berlin] mit seinen Dir treu ergebenen Angestellten und Suhrkamp an der Spitze wird kein anderer Verlag in Deutschland Deine Interessen vertreten.« Am ersten Mai 1936 eröffnete Bermann Fischer in Wien seinen Emigrationsverlag, nachdem seine Niederlassung in Zürich von schweizerischen Verlegern boykottiert worden war. Warum hat Hesse, der doch längst nicht mehr in Deutschland lebte, sich angesichts dieser Konstellationen nicht ostentativ mit den unerwünschten S. Fischer-Autoren solidarisiert? Befürchtete er Repressionen gegen seine in Deutschland lebenden Verwandten und Freunde, oder war er – was oft schnellfertig behauptet wird – bei den neuen Machthabern eben nicht »unerwünscht«?

Zunächst hinderte ihn daran sein Verlagsvertrag. »Auch ich

wäre längst in diesem Verlag [Bermanns Verlag in Wien]«, schreibt er 1936 an Martin Buber, »aber ich bin vertraglich noch einige Jahre an den alten Verlag Fischer gebunden und muß ihm Wort halten.« Und an Fritz Gundert: »Ich halte vorläufig meinen Vertrag, trotz allem, bin aber stündlich auf Änderung gefaßt.«

Daß er genau wußte, was ihm und seinem Werk in Deutschland bevorstand, wird niemand bezweifeln. Noch bevor sich der ihm befreundete Thomas Mann durch die Provokationen Leopold Schwarzschilds und Eduard Korrodis zur Solidarisierung mit den Emigranten gezwungen sah, hatten die Angriffe Will Vespers gegen Hesse keine Unklarheiten über sein künftiges Schicksal im Tausendjährigen Reich gelassen. Warum Hesse dennoch im deutschen S. Fischer Verlag bis zu dessen bitterem Ende geblieben ist, dafür ließen sich zahlreiche Motive anführen, wie sie sich aus den Dokumenten ergeben. An einige davon sei hier besonders erinnert:

1. Seine Abneigung gegen die fragwürdigen Kampfmethoden der Emigrantenpresse, die, wie viele andere Autoren, auch Hermann Hesse unglaubwürdig zu machen versuchte, weshalb er nach einer Kampagne 1936 an einen ihrer Wortführer schreibt: »Das Kämpfen ist eine hübsche Sache, aber es verdirbt leicht den Charakter. Wir wissen es vom Weltkrieg her, daß die Heeresberichte aller Mächte gleich sehr gelogen sind. Es wäre der deutschen Emigration unwürdig, wenn sie sich dieser Kampfmethoden auch bedienen würde. Wofür kämpft sie dann noch?«

2. Die Hoffnung, seine Bücher könnten – wenn sie nur greifbar blieben – zu einer »illegalen Stärkung der reichsdeutschen Leser« gegen die herrschenden Tendenzen führen.

3. Zwar rechnete er ständig mit dem Verbot durch die Machthaber, hütete sich jedoch, es selber herauszufordern, weil er den Nationalsozialisten dieses Armutszeugnis weder erleichtern noch ersparen wollte. So schrieb er an Thomas Mann, noch bevor diesem die deutsche Staatsbürgerschaft aberkannt wurde: »Sollten Sie verboten werden, so wäre es mir ein sehr unlieber Gedanke, dort allein meinen kleinen Markt weiter zu haben . . . es ist noch immer möglich, daß wir eines Tages beide zusammen verboten werden, und das würde mich freuen, obwohl ich es nicht provozieren darf.« Daß das Propagandami-

nisterium erst 1942 gegen Hesse vorging, indem es die Buchausgabe des »Glasperlenspiels« verhinderte (die deutsche Staatsbürgerschaft konnte es ihm nicht nehmen, da er sie bereits 1924 freiwillig abgelegt hatte) ist einzig auf die geschickten Interventionen Peter Suhrkamps zurückzuführen, der seinen alternativen Verlag und Autor um keinen Preis aufgeben wollte.

4. Hesses Staatsbürgerschaft. »Wäre ich nicht Schweizerbürger«, schreibt er im Juli 1935 an Wilhelm Stämpfli, »so wäre natürlich eine zwangsweise Auseinandersetzung längst erfolgt.«

5. Sein Respekt vor Peter Suhrkamp, den er erst im August 1936 persönlich kennenlernte und dessen Zivilcourage und halsbrecherischer List den S. Fischer Verlag nicht nur überlebensfähig hielt, sondern ihn zu einem der wenigen Zentren des innerdeutschen Widerstandes machte, so daß er von Goebbels als der »Verlag des 20. Juli« bezeichnet wurde und dem Verleger Gefängnis und KZ einbrachte.

»Ich bin weder Hermann Stehr noch Emil Strauß, welche den ›jüdischen‹ Verlag verließen, als es ihnen opportun erschien«, schrieb Hesse 1936. Stattdessen sei für ihn die Art wie sein Verlag behandelt, »geplagt, verfolgt und mit Gewalt klein gemacht werde, ein triftiger Grund mehr, ihm die Treue zu halten.«

Diese Gründe sind bisher nur selten differenziert gesehen worden. Statt dessen aber hat es nicht an Spekulationen gefehlt, Hesse habe sich nur deshalb keinem der Emigrationsverlage angeschlossen, weil er nicht auf seine »großdeutschen« Einkünfte verzichten wollte. Die in diesem Zusammenhang immer wieder gern zitierte »Vertrauliche Mitteilung der Fachschaft Verlag« des Propagandaministeriums vom 27. 5. 1937, daß man »aus bestimmten Gründen die Ansicht vertrete, daß der Schriftsteller H. H. zukünftig keinerlei Angriffen mehr ausgesetzt und daß demnach die Verbreitung seiner Werke im Reich nicht behindert werden soll«, wird durch die Fakten widerlegt. Denn wie es in Wirklichkeit aussah, zeigen die Auflagenziffern jener Hesse-Titel, deren Nachdruck während der NS-Jahre nicht unterbunden wurde.[1] Während der zwölf Jahre

1 Nicht nachgedruckt werden durften »Unterm Rad«, »Der Steppenwolf«, »Betrachtungen«, »Narziß und Goldmund« und »Eine Bibliothek der Weltliteratur«.

von 1933 bis 1945 erreichten sie eine Gesamtauflage von 481 Tsd. Exemplaren, eine Zahl, die so lange beachtlich erscheint, als man sie nicht auf ihre Zusammensetzung hin überprüft. Der Löwenanteil davon, nämlich 250 Tsd. Exemplare, entfallen auf das schmale, 77 Seiten starke Reclambändchen »In der alten Sonne«, weitere 70 Tsd. Exemplare auf die kleine Gedichtauswahl »Vom Baum des Lebens«, ein Bändchen der Insel-Bücherei. Der Rest, 161 Tsd. Exemplare, waren reguläre Buchausgaben. Mit anderen Worten: was in den zwölf Jahren Goebbelsscher Kulturpolitik an Hesse-Büchern wie »pornographische Literatur eher unter dem Ladentisch als offiziell« im großdeutschen Reich verkauft werden konnte, entspricht noch nicht einmal der bundesdeutschen Auflage des ersten Halbjahres 1977 (700 Tsd. Exemplare).

Finanzielle Gründe können es also nicht gewesen sein, weshalb Hesse es vorgezogen hat, bei seinem deutschen Verlag zu bleiben. Darüber hinaus wurden diese ohnehin geringen Einnahmen durch Doppelbesteuerung und die Schikanen des reichsdeutschen Devisentransfers in die Schweiz so drastisch beschnitten, daß Hesse kaum über das Existenzminimum verfügen konnte. Hätte er sein Werk einem Emigrationsverlag anvertraut, so wären seine Einnahmen gewiß nicht geringer gewesen als diejenigen seiner vergleichbar beliebten und gelesenen Kollegen Thomas Mann oder Stefan Zweig, also immer noch ein Vielfaches von dem, was er aus Deutschland erhielt. Als Ende September 1939, kurz nach dem Ausbruch des Zweiten Weltkriegs, sein Berliner Verlagsvertrag abgelaufen war, die Situation also eine Entscheidung erforderte, war es ihm erst recht unmöglich, den Verlag und seine Leser eigener Vorteile zuliebe einfach im Stich zu lassen. In einem Brief vom 28. 9. 1939 schreibt er darüber an Rudolf Jakob Humm, er habe seinen Vertrag dennoch verlängert und so dafür gesorgt, daß die Weltgeschichte und sein Privatleben »weiterhin hübsch miteinander verbunden bleiben. Ich tat es lediglich der Person meines Verlegers zuliebe; er ist ein, wie ich glaube, vollkommen treuer Mensch, und auf so einen zu bauen, schien mir trotz allem besser als alles andere.«

Hesse hat sich darin nicht getäuscht und auch nach Ausgang des Krieges beharrlich zu Peter Suhrkamp gehalten, als er diesen und das, was er aufrecht erhalten und aufgebaut hatte, durch ganz andere Umstände bedroht sah. Hesse war es, der Suhrkamp zur Gründung eines eigenen Verlages ermutigte. Es ist mittlerweile bekannt, daß es hauptsächlich sein Werk und dasjenige Bertolt Brechts waren, die den Aufbau des neuen Verlags ermöglicht haben.

Als der Krieg 1945 endlich zu Ende ging, gehörte Hesse zu den integersten Gestalten, die man mit Deutschland assoziierte. Tausende von Briefen aus aller Welt und allen Teilen Deutschlands machten ihn zu einem der genauesten Kenner der deutschen Nachkriegsgeschichte. Die Geldbeträge aus den nun plötzlich über ihn hereinbrechenden Preisverleihungen verwandte er in aller Stille zur Unterstützung jener von Hitler auf ein Minimum reduzierter Minoritäten, von denen allein er sich eine bessere politische Zukunft versprach. In seinem 1945 veröffentlichten Rigi-Tagebuch schreibt er über sie: »Ein Teil dieser Leute war früher liberal und süddeutsch-demokratisch gesinnt, ein Teil katholisch, ein großer Teil sozialistisch.« Auf ihre Fähigkeit, die Majorität als »Salz und Sauerteig zu durchdringen und im Zügel zu halten«, käme es an. Denn »heute liegt die politische Vernunft nicht mehr dort, wo die politische Macht liegt . . . es muß ein Zustrom von Intelligenz und Intuition aus nichtoffiziellen Kreisen stattfinden, wenn Katastrophen verhütet oder gemildert werden sollen«. (1960) Bald schon sieht Hesse sich aber wieder genötigt, gegen Tendenzen anzukämpfen, die auch mit dem Zweiten Weltkrieg nicht aus der Welt geschafft waren: gegen die Kollektivschuldparolen, gegen den wiedererwachenden Nationalsozialismus, gegen eine Politik des kalten Krieges, »die mit der Bolschewikenangst ihre Rüstungsgeschäfte macht«. Nicht sympathischer ist ihm allerdings auch der Osten, namentlich die »Schamlosigkeit«, mit der man dort seine Appelle an Vernunft und Menschlichkeit ebenfalls für Propaganda und kalten Krieg ausbeutet. Wieder gerät er notgedrungen, wie schon 1933, ins Kreuzfeuer zweier pragmatischer und unflexibler politischer Systeme, die weniger an der Psychologie des Menschen als an ihrer eigenen Erhaltung und Expansion orientiert sind. – Von neuem erinnert Hesse an die Aufgabe des Dichters, keinem System zu dienen, sondern gegen die einseitigen, verarmenden und verdummenden Ideologien anzukämpfen, Partei zu ergreifen für die Rechte des weder plan- noch marktwirtschaftlich dressierbaren Individuums. »So schwamm ich alter Hecht«, schrieb er 1952, nachdem er es abgelehnt hatte, der westdeutschen noch der ostdeutschen Akademie beizutreten und sich kulturpolitisch von ihnen einspannen zu lassen, »im trüben Gewässer des Aktuellen, umgaukelt von östlichen und westlichen Ködern, ohne jedoch anzubeißen.«

Die vorliegende Edition faßt das verstreute, in Hunderten von Zeitungen, Zeitschriften und Briefen zersplitterte Erkenntnispotential der politischen Positionen Hermann Hesses zusammen. Es wird damit erstmals geschlossen zugänglich und konfrontiert uns mit Alternativen, die in der deutschen Geschichte seit dem Ersten Weltkrieg als »unpolitisch« galten und deshalb nicht zum Zug kamen. So weit sie uns auch aus den aktuellen Problemen der Gegenwart zu deren Ursachen in der Vergangenheit zurückführen, lesen sie sich doch keineswegs nur wie eine Chronologie ferngerückter Geschichte, sondern erlauben auf Schritt und Tritt Parallelen zur Gegenwart. Denn sie erschöpfen sich nicht im Rekapitulieren des Faktischen, sondern verarbeiten das Spezielle zum Typischen und heben es damit auf eine grundsätzliche, allgemeingültigere Ebene. Die Faszination des Glaubwürdigen, die von ihnen ausgeht, ist das Resultat einer Identität von Denken und Handeln. Nicht die Form ist bei Hesse dem Inhalt voraus, sondern fast immer übertrifft bei ihm die inhaltliche Komponente die artistische und formale. Vor dem Hintergrund der politischen Ereignisse seiner Zeit wird Hesses Bemerkung verständlich: »Ich habe schon seit Jahren den ästhetischen Ehrgeiz aufgegeben und schreibe . . . Bekenntnis, so wie ein Ertrinkender oder Vergifteter sich nicht mit seiner Frisur beschäftigt oder mit der Modulation seiner Stimme, sondern eben hinausschreit.«

Der amerikanische Literaturwissenschaftler Egon Schwarz hat Hesse einmal einen »linken Romantiker« genannt. So unzureichend die abgewirtschafteten Etiketten »links« und »Romantiker« sich gerade am Beispiel Hermann Hesses erweisen, so trifft diese Begriffskombination doch etwas Wesentliches. »Deutscheres gibt es nicht als diesen Dichter . . . nichts das deutscher wäre im alten, frohen, freien und geistigen Sinn, dem der deutsche Name seinen besten Ruhm, dem er die Sympathie der Menschheit verdankt«, schrieb Thomas Mann

1937 über Hesse. Das war alles andere als ein artiges Jubiläumskompliment, sondern es zielt auf etwas Entscheidendes, auf das »Romantische«, bei Hesse, auf die Synthese von rational und irrational, auf Hesses Sinn für Landschaftliches, Herkunftverbundenheit und Naturnähe. Aber im Gegensatz zu anderen Autoren mit ähnlicher Disposition ist Hesse diese Veranlagung politisch nie gefährlich geworden. Dem faschistischen Mißbrauch dieser Komponenten ist er nicht auf den rassistischen und deutschtümelnden Leim gegangen und hat aus seiner Enttäuschung über dieses Versagen bei Knut Hamsun, Emil Strauß, Wilhelm Schäfer und anderen zuvor geliebten und geschätzten Kollegen kein Hehl gemacht.

Wie wenig sich Biographie und Werk Hesses von der Zeitgeschichte trennen lassen, welche Rolle die Politik auch in seinem Privatleben gespielt hat, zeigen neben den publizierten auch die nicht für die Öffentlichkeit bestimmten Dokumente, die Tagebücher und vor allem seine Briefe. Erst beide zusammen, offizielle und inoffizielle Stellungnahmen, in der Reihenfolge ihrer Entstehung geordnet, ergeben – obwohl viele wichtige Korrespondenzen, u. a. die mit Walther Rathenau, Emil Strauß, Richard Woltereck, der Redaktion von »Vivos voco«, Kuno Fiedler und Joachim Maass, verloren oder unzugänglich sind – ein einigermaßen vollständiges und in sich schlüssiges Bild der auch für sein poetisches Werk so folgenreichen politischen Entwicklung Hermann Hesses. Namentlich während der Jahre 1937 bis 1944, in welchen Hesse, absorbiert durch die Arbeit am »Glasperlenspiel«, vor allem aber durch seinen Einsatz für die Verfolgten und Emigrierten, auf zeitkritische Publikationen nahezu ganz verzichtet hat, belegt einzig die Korrespondenz seine Reaktionen auf Zeitgeschichtliches. Dabei fällt sofort auf, wieviel dezidierter und unmißverständlicher seine Antworten an Briefpartner in nicht-deutschen Ländern sind. Denn die Briefe nach Deutschland wurden in der Regel geöffnet und zeigen die Zensurstreifen der Nazibehörden. Aller Vorsicht zum Trotz wurden sie aber dennoch manchen seiner reichsdeutschen Briefpartner zum Verhängnis, so seinem Schulfreund Franz Schall oder Kollegen wie Kuno Fiedler, Luise Rinser, Peter Suhrkamp und als Belastungsmaterial zu deren Inhaftierung herangezogen.

Um Hesses politische Entwicklung möglichst komplex und

lückenlos zu rekonstruieren, wurden auch charakteristische Reaktionen seiner Zeitgenossen, sei es aus ihren Briefen, sei es aus Publikationen in der Tagespresse, mit einbezogen. Ebenso wie die zeitkritischen Passagen aus den Briefen Hesses selbst können sie keinen Anspruch auf Vollzähligkeit erheben, da die Erschließung der Sekundärliteratur und der 35 000 erhaltenen, an Hesse gerichteten Briefe erst in den Anfängen steckt. Solche sekundären Dokumente sind im Gegensatz zu den Texten Hermann Hesses kursiv gedruckt. Offensichtliche Schreib- und Druckfehler wurden korrigiert, die Orthographie der heute gültigen angeglichen. Besonderer Dank gilt der Hilfsbereitschaft des Deutschen Literaturarchivs Marbach, der Schweizerischen Landesbibliothek in Bern und Herrn Heiner Hesse, der uns bisher unzugängliche Dokumente und Korrespondenzen seines Vaters erschlossen hat. Aber auch Herrn Willi Kehrwecker in Ravensburg hat namentlich der letzte Teil dieser Edition viel zu verdanken, da er (von Hesse autorisiert) Abschriften einer ganzen Anzahl von Briefen des Autors anfertigte, die er von 1947 bis 1962 an Hesses deutsche Briefpartner expedierte und auf die hier zurückgegriffen werden konnte.

Frankfurt am Main im Juni 1977 Volker Michels

Personenregister

(Empfänger der Briefe erscheinen kursiv; indirekte Erwähnungen in Klammern)

Inhalt

Aufgeführt sind nur die unter selbständigem Titel erschienenen Beiträge; die zahlreichen Passagen aus Briefen und Rezensionen sind nicht einzeln genannt. Kursiv gedruckte Titel verweisen auf Beiträge anderer Autoren zum thematischen Zusammenhang.

Hermann Hesse
in den suhrkamp taschenbüchern

Lektüre für Minuten. Gedanken aus seinen Büchern und Briefen. Ausgewählt von Volker Michels. Band 7, 226 S.

Unterm Rad. Erzählung. Band 52, 166 S.

Materialien zu Hermann Hesse, »Der Steppenwolf«. Herausgegeben von Volker Michels. Band 53, 418 S.

Das Glasperlenspiel. Band 79, 614 S.

Materialien zu Hermann Hesse, »Das Glasperlenspiel«, Teil I: Texte von Hermann Hesse. Herausgegeben von Volker Michels. Band 80, 386 S.

Die Kunst des Müßiggangs. Kurzprosa aus dem Nachlaß. Herausgegeben von Volker Michels. Band 100, 374 S.

Materialien zu Hermann Hesse, »Das Glasperlenspiel«, Teil II: Texte über das Glasperlenspiel. Herausgegeben von Volker Michels. Band 108, 376 S.

Klein und Wagner. Erzählung. Band 116, 96 S.

Materialien zu Hermann Hesses »Siddhartha«. Erster Band. Herausgegeben von Volker Michels. Band 129, 350 S.

Peter Camenzind. Erzählung. Band 161, 150 S.

Der Steppenwolf. Band 175, 238 S.

Siddhartha. Eine indische Dichtung. Band 182, 122 S.

Demian. Die Geschichte von Emil Sinclairs Jugend. Band 206, 164 S.

Ausgewählte Briefe. Band 211, 580 S.

Die Nürnberger Reise. Band 227, 82 S.

Lektüre für Minuten. Gedanken aus seinen Büchern und Briefen. Neue Folge. Ausgewählt von Volker Michels. Band 240, 208 S.

Eine Literaturgeschichte in Rezensionen und Aufsätzen. Herausgegeben von Volker Michels. Band 252, 586 S.

Narziß und Goldmund. Erzählung. Band 274, 320 S.

Materialien zu Hermann Hesses »Siddhartha«. Zweiter Band. Herausgegeben von Volker Michels. Band 282, 388 S.

Die Märchen. Band 291, 272 S.

Über Hermann Hesse. Erster Band 1904–1962. Herausgegeben von Volker Michels. Band 331, 474 S.

Über Hermann Hesse. Zweiter Band 1963–1977. Herausgegeben von Volker Michels. Band 332, 524 S.

Aus Kinderzeiten. Gesammelte Erzählungen Band 1. 1900 bis 1905. Band 347, 398 S.

Kleine Freuden. Verstreute und kurze Prosa aus dem Nachlaß. Herausgegeben und mit einem Nachwort von Volker Michels. Band 360, 392 S.

Die Verlobung. Gesammelte Erzählungen Band 2. 1906 bis 1908. Band 368, 382 S.

Briefe an Freunde. Rundbriefe 1946–1962. Zusammengestellt von Volker Michels. Band 380, 262 S.

Die Gedichte. Neu eingerichtet und um Gedichte aus dem Nachlaß erweitert von Volker Michels. 2 Bde. Band 381, insges. 832 S.

Kurgast. Aufzeichnungen von einer Badener Kur. Band 383, 110 S.

Der Europäer. Gesammelte Erzählungen Band 3. 1909 bis 1918. Band 384, 370 S.

Innen und Außen. Gesammelte Erzählungen Band 4. 1919 bis 1955. Band 413, 424 S.

Die Welt der Bücher. Betrachtungen und Aufsätze zur Literatur. Band 415, 384 S.

Hermann Hesses weltweite Wirkung. Herausgegeben von Martin Pfeifer. 2 Bde. Bd. 386 u. 506, 355 S., 285 S.

Aus Indien. Band 562, 364 S.

Alphabetisches Gesamtverzeichnis der suhrkamp taschenbücher